Chica da Silva
CHICA QUE MANDA

AGRIPA VASCONCELOS

Chica da Silva

ROMANCE DO CICLO DOS DIAMANTES NAS MINAS GERAIS

PREFÁCIO DE
MARY DEL PRIORE

ITATIAIA

ENCONTRE MAIS
LIVROS COMO ESTE

Copyright desta obra © IBC - Instituto Brasileiro De Cultura, 2024

Reservados todos os direitos desta produção, pela lei 9.610 de 19.2.1998.

1ª Impressão 2024

Presidente: Paulo Roberto Houch
MTB 0083982/SP

Coordenação Editorial: Priscilla Sipans
Coordenação de Arte: Rubens Martim (capa)
Produção Editorial: Eliana S. Nogueira
Diagramação: Angela Cordoni Houck
Ilustrações: Yara Tupynambá
Revisão: Mariângela Belo da Paixão

Vendas: Tel.: (11) 3393-7727 (comercial2@editoraonline.com.br)

Foi feito o depósito legal.
Impresso na China

www.instagram.com/agripavasconcelosescritor
www.facebook.com/agripavasconcelosescritor

Dados Internacionais de Catalogação na Publicação (CIP)
de acordo com ISBD

V331c	Vasconcelos, Agripa
	Chica que Manda "Chica da Silva" / Agripa Vasconcelos. – Barueri : Editora Itatiaia, 2024.
	384 p. ; 15,1cm x 23cm.
	ISBN: 978-65-5470-026-9
	1. Literatura brasileira. I. Título.
2023-3724	CDD 869.8992
	CDU 821.134.3(81)

Elaborado por Vagner Rodolfo da Silva - CRB-8/9410

IBC — Instituto Brasileiro de Cultura LTDA
CNPJ 04.207.648/0001-94
Avenida Juruá, 762 — Alphaville Industrial
CEP. 06455-010 — Barueri/SP
www.editoraonline.com.br

SUMÁRIO

Prefácio 7
I — Estrela da terra 11
II — El-Rei nosso senhor não quer mais ouro 27
III — Diamante negro 56
IV — Terra não prometida 75
V — Mulata de partes com sangue azul 91
VI — Índia, Angola, fogueira ou galés 118
VII — A sultana das mil e uma noites 133
VIII — Sua excelência o contratador dos diamantes 153
IX — Chica que manda 172
X — Terras de fazer longe 193
XI — O Conde de Valadares beija a mão de Chica 209
XII — Serenata com lua cheia no Tijuco 218
XIII — Babas de moça e outras doçuras 221
XIV — As algemas douradas 259
XV — O búzio 293
XVI — O faro das hienas 314
XVII — O valo 342
Elucidário 375

PREFÁCIO

Uma flor no inferno

Mineiro de Matozinhos, nascido em 1896 e falecido em 1969, Agripa Vasconcelos foi médico de profissão e escritor de coração. E, como ninguém, ele misturou fantasia e história para contar as *Sagas do País das Gerais*: uma coleção que integra *Chica que Manda*. Agripa sempre soube misturar intrigas políticas e sentimentais, rivalidades, dramas familiares, enfim, todos os ingredientes indispensáveis à máquina de viajar no tempo que é o romance histórico, mas não só. O fato de ter percorrido as ruas que descreve, admirado as paisagens que pinta, ouvido o som dos sinos que menciona, murmurado as orações que seus protagonistas rezavam, o autor dá à sua narrativa uma verossimilhança que só grandes escritores conseguem. Ele soma ainda um indisfarçável afeto pelas "coisas mineiras", os chamados "arquivos do povo", e vai nos dando a conhecer gente que existiu à sombra de personagens inventados. Junto ao senso de observação e à pesquisa de documentos, o realismo de seus livros se deve à imaginação. E ela funciona, criando uma deliciosa intimidade entre seus personagens e o leitor.

Sua Chica é uma flor do inferno. Longe da escrava dócil e curvada ao desejo do senhor, da alforriada que vive entre a casa e a igreja, enfim, dos cansados clichês, ele a transforma numa rainha má.

Pioneiramente, Agripa trata da capacidade das mulheres, idealmente representadas como esposas e mães, se transformarem em monstros sorridentes. Está longe de querer fazer da sua Chica uma sinhá branca a maltratar escravos. Ele mostra, bem ao contrário, que qualquer mulher, negra, "mulata"

PREFÁCIO

ou branca, ainda que vivendo num paraíso, cercada de afeto, bens e luxo, pode ser um demônio. Sua Chica não é vítima. Ela é algoz.

Nessa pegada reside a genialidade da história. Chica barbariza fazendo arrancar os dentes da jovem cativa que o marido elogiou, mata a rival enterrando-a viva, abrindo-lhe a cabeça a machadadas, faz desaparecer seus desafetos, na goela de imensas sucuris, distribui pancadas entre os escravos, esquecida de que foi um deles. Não bastante, também, usa a violência psicológica para fazer o marido, João Fernandes, dobrar-se às suas vontades. É sobre o contratador de diamantes que Chica exerce a sua tirania, exigindo-lhe que satisfaça toda a sorte de desejos até o de criar um falso "mar" em pleno sertão. Os papéis tradicionais se invertem: a mulher veste as calças.

Agripa nos convida a tomar o caminho das Minas do século XVIII, no momento da descoberta das "pedras brancas". Inúmeros personagens entre funcionários do governo, padres, escravos, lavradores ou mineradores agitam a cena e a paisagem em que desembarca um jovem contratador de diamantes. Ao ser servido por uma escrava de 17 anos, ele a compra e vai viver com ela uma vida de romance. Com a riqueza que o contratador acumula, a existência da agora esposa perante a Igreja ganha contornos definidos. Para a vida pública — festas, procissões, consumo do que havia de mais fino; para a vida privada — a cama quente com lençóis em desalinho e o desabrochar do ciúme e da crueldade. No pano de fundo, a história do Brasil — da morte de D. João V até o reinado de Dona Maria I — quando se lia escondido a Declaração dos Direitos do Homem e festejou-se a Queda da Bastilha.

Hoje, graças a mais e mais pesquisas, sabe-se que Chica foi a ponta de um *iceberg* e que, em todo o Brasil, milhares de ex-escravas mantiveram ligações concubinárias com brancos, "mulatos" e pardos, muitas delas enriqueceram com seu próprio trabalho ou com a herança que lhes foi deixada, possuíram bens e cativos e cuidaram da educação de filhos que emergiram como uma classe poderosa de mestiços durante o I e o II Reinado. Ainda assim, Agripa foi pioneiro em tratar de um tema que só agora chega aos estudos de gênero: a violência das mulheres contra mulheres ou contra quem as cerca.

Neste e em outros romances de Agripa que se tornaram filmes e novelas, vê-se o tradutor de um tempo, o recriador de uma história capaz de ressuscitar o acontecido. Seu lugar é entre os maiores da nossa literatura. Agripa é mestre

PREFÁCIO

numa literatura que corresponde à necessidade de milhões de leitores historicamente desenraizados e privados de seus mitos e tradições, de se integrar ao passado. Se infelizmente ele não está mais entre nós, sua obra permanece vigorosa e apaixonante a encantar leitores.

Mary del Priore
Historiadora e escritora, lecionou na FFLCH/USP e na PUC/RJ, é autora de mais de 50 livros e ganhadora de mais de 20 prêmios nacionais e internacionais, entre os quais quatro Jabutis. Colaboradora de jornais e revistas nacionais e internacionais, e consultora de diretores de cinema e séries de TV.

A
Yone Couto Viana
e
Omar Viana

Trigueira, mas formosa...
Quem é que aparece como a alva do dia, formosa como a lua, formidável como um exército com bandeiras?

      REI SALOMÃO — *Cântico dos Cânticos*, trad. de Renan.

... as histórias antigas não devem ser reprovadas com facilidade, pois a tradição é de muita força.

      DR. FREI ANTÔNIO BRANDÃO — *Terceira parte da Monarchia Lusitana, Lisboa, 1632.*

E, passando eu por ao pé de ti, vi-te, e eis que o tempo era tempo de amores; e estendi sobre ti a ourela de meu manto e cobri a tua nudez; e dei-te juramento, e entrei em concerto contigo e tu ficaste sendo minha. Nutriste-te de flor de farinha, e mel e óleo; e foste próspera, até chegares a ser rainha.

      EZEQUIEL, 16:8,13.

I
ESTRELA DA TERRA

> *Mais riquezas se têm tirado do leito do Jequitinhonha, do que de outro nenhum rio do mundo.* — Southey.

Ao amanhecer, quando o sol ainda frio alaranjava os morros, foi-se esgarçando a neblina do vale do Ribeirão Machado. Só restava sobre as águas dos poços mais fundos uma bafagem transparente.

Apareceram, nos ares leves, ligeiras andorinhas-da-serra.

Já se ouviam ao longe escancarados cantos de seriemas bebendo a luz da manhã.

O faiscador Francisco Machado da Silva, que naquele dia trabalhava sozinho em sua cata de ouro, desceu para batear areia e canjica arrancadas na véspera. Fazia frio.

Seu rancho estava mesmo na barranca, no tabuleiro, e Violante, sua mulher, ainda penteava os longos cabelos pretos de morena, filha de brancos. Seus olhos grandes, muito negros, ainda tinham um resto de preguiça do sono e do amor da madrugada.

Às nove horas ela gritou da porta que a boia estava pronta.

O minerador subiu, enchendo ele mesmo o prato nas panelas. Foi comer no banco de fora da casa. Violante, sentada no chão, com as costas na parede, apanhou um martelo que ali estava e, enquanto o marido comia, foi, por desfastio, quebrando pedras de pedregulhos perto dela. Uma era, porém, dura e resistiu a várias marteladas.

A moça apanhou-a, mirando-a, para dizer ao marido:

— Olha que pedrinha mais bonita. Parece um ovo de pomba.

— É. Lá no ribeirão tem muitas delas.

A jovem continuava a reparar a pedra aninhada em sua mão aberta.

Quando Francisco terminou de comer, fazia com calma um cigarro de palha. Violante animou-se a falar:

— Chico, dizem que o arraial de Conceição vai virar vila. É verdade?

— É verdade. Vai ser a Vila do Príncipe e o Capitão-General Governador das Gerais vem inaugurá-la.

O mineiro acendia o cigarro, enquanto a esposa ainda negaceava o assunto:

— Dizem que a festa vai ser boa. Falam até em touradas, briguelos, circo de cavalinhos... — E encarando o marido: — Vamos lá, Chico?

— Vou ver. Estou com vontade de ir.

Levantou-se, inteiriçando o corpo magoado da posição de batear, e seguiu para a lavagem de suas areias.

Violante desceu com ele a rampa e procurava, na piruruca e na areia já acumuladas, pedras brancas iguais à que achara na porta do rancho. Apanhou algumas.

Isso foi em 1714, perto do arraial do Tijuco. Justamente nesse ano, a 29 de janeiro, foi instalada a nova Vila, e Francisco foi assistir às festas levando sua esposa, Violante de Sousa.

Na Vila do Príncipe, o faiscador presenteou a seu compadre Luís Botelho com uma das pedras catadas pela jovem na sua lavra de São Pedro, mimo que Francisco botara no bolso ao partir para a viagem. Também seu amigo tabelião José de Oia recebeu a lembrança de um cristal semelhante. Oia, achando linda a sua pedra, ofereceu-a a S. Exa. o Governador Dom Braz Baltazar da Silveira, que inaugurava a vila. O Capitão dos Dragões Imperiais João de Almeida de Vasconcelos também teve igual presente. Mas a pergunta de todos era uma só:

— Esses cristais terão algum préstimo? Serão mesmo cristais ou serão pedras preciosas?

Ninguém sabia responder.

Os mineradores do Ribeirão Morrinhos, Manoel Passos e Nicolau Gonçalves, que viram na Vila do Príncipe os cristais de Violante, começaram a guardar os que apareciam nas suas bateias. Nicolau indo ao Tijuco levou algumas das tais pedras, que mostrou ao ourives ambulante Felipe Santiago.

— Que seixos serão estes, mestre Santiago?

O artista virou a coisa na palma da mão, elevou-a à claridade, tornando a entregá-la ao dono:

— Isto é cristal mesmo. Como são bonitinhos, servem pra tentos de jogo.

E mais não disse. Mas estava presente o padre italiano Elói de Tôrres, que bateu a cabeça:

— É cristal mesmo... Só vale pela originalidade...

Desconfiado, sem demonstrar nenhum interesse pelo caso, o ourives e o padre carcamano juntaram muitas daquelas pedras e, passando pela Baía de Todos os Santos, venderam-nas por 8.000 cruzados... O ourives convidou o baiano Domingos Amarelo para continuarem com aquele comércio. Ficou de pensar no assunto.

Perguntado no Tijuco por que juntava pedras brancas, se não tinham valor algum, respondia mal-humorado:

— É pra tento de jogar. Porque valor não tem mesmo nenhum!

O que absorvia todas as atenções era o ouro farto da Comarca do Serro do Frio, a que pertencia o arraial de Santo Antônio do Tijuco. E nesse jogo de empurra, é não é, vale não vale, chegaram a 1720, quando foi nomeado

Ouvidor-Geral da Comarca serrana o Desembargador Antônio Rodrigues Banha. Ouvindo falar nos cristais brancos, procurou juntar alguns... alegava que seus amigos de Lisboa gostavam de exibir pedras falsas em seus adornos... Nos sapatos rasos e nos cintos.

O tabelião Oia estava intrigado com aquele interesse:
— Mas, senhor Ouvidor, esses seixos têm algum preço na praça de Lisboa?
— Preço? Não têm nenhum; valem tanto como pedaços de vidro!
— Porque aqui esteve um padre italiano, que só falava nesses pedriscos. Padre, Deus me perdoe, é nação de gente sabida...
— Sabem latim, e olhe lá. No mais, não passam de ingênuos. Os muitos jejuns acabam enfraquecendo a cabeça deles.

A capitania enterrava as mãos na colheita do ouro, pois a cota anual era de 100 arrobas devidas a el-rei. A Finta Real não podia decrescer, visto que os vampiros reinóis estavam sobrepairando as minas com promessas de derrama, se o ouro não atingisse aquele peso.

No entretanto, desde 1714 se fazia comércio clandestino dos cascalhos de Violante.

Estavam metidos no negócio padres, ourives, meirinhos, oficiais dos Dragões, comboieiros e o próprio ouvidor-geral da Comarca do Serro do Frio. Todos eles desfaziam dos seixos claros, que ajuntavam para tentos e para enfeitar fivelas dos sapatos de tunantes de Lisboa...

Os próprios mercadores do ramo procuravam iludir-se, iludindo uns aos outros, trapaceando, furtando os cristais, e desconversavam ao ouvir falar neles. Havia sobre o negócio do ouro um submundo de transações secretas, sem nome, explorando aquilo que não desejavam fosse conhecido de mais ninguém.

Porque os cristais descobertos por Violante de Sousa eram diamantes de finíssima água. Só eram conhecidos, até então, os diamantes das Índias Orientais, dos reinos de Visapur e de Golconda. O cascalho que a moreninha encontrara naquela manhã serena, aquilo que mirava na mão aberta, era esplêndido diamante puro, o primeiro aparecido na Ilha de Santa Cruz do Brasil, na Capitania das Minas dos Matos Gerais!

Aquele achado, a que o faiscador de ouro não dera importância, não tardaria a estremecer o mundo, causando perigosa inveja às nações mais ricas da terra. Movimentaria a política externa da Grã-Bretanha, fazendo Luís XV crispar os dedos de despeito e pondo mesmo em perigo a própria independência do Reino de Portugal.

Devido à incúria das autoridades portuguesas, com a absorvente monomania faminta do ouro e o descaso dos capitães-generais governadores da capitania, as pedras brancas de Violante de Sousa ficaram ignoradas por anos e anos... No mundo oficial ninguém falou nelas e, se falavam, era para dar de ombros com muchochos de desinteresse. Para que perder tempo com seixos brutos, quando a Coroa exigia as 100 arrobas de ouro do Quinto Real, do ouro certo da aluvião?

Por dezesseis anos o assunto se abafou, a novidade pareceu esquecida. Apenas os flibusteiros do ouro faziam pequeno comércio com as pedras, negócio de pouca monta, por falta de intermediários para as exportações.

Um português de Santarém, Bernardo da Fonseca Lobo, explorava terras de ouro de Morrinhos e Caeté-mirim, na Comarca do Serro do Frio. Ouvindo coisas a respeito da procura dos cristais, foi ver o novo Ouvidor-Geral da Vila do Príncipe, Antônio Ferreira do Vale e Melo, e o próprio governador, alertando-os sobre os boatos. Eles não se interessaram. Escreveu, mandou relatórios para autoridades, tudo sem resposta.

Bernardo então resolveu falar com S.A.R., o próprio Dom João V, sobre a possibilidade do aparecimento dos diamantes na colônia. Seu empregado de lavra, Antônio Teixeira, achou na bateia uma pedra muito bela, juntou-a às que destinara a exame em Lisboa, e para lá se foi, ardendo de esperança de boas alvíssaras. Chegando à Metrópole, encontrou frieza em todos os palacianos, com quem falava a respeito.

Muitos dias esperou, até que foi admitido à audiência pública de el-rei.

Mostrou-lhe as pedras, que levara em estojo forrado de veludo carmesim. O Rei olhou-as apenas, calando-se. Estava enfastiado e Bernardo insistiu:

— Real Majestade, suspeito que estas pedras sejam preciosas. Vossa Alteza mandando-as examinar pode ter na colônia do Brasil uma riqueza maior que a do ouro.

O semanário sentiu que a presença do vassalo aborrecia a el-rei e aproximou-se para convidá-lo a se retirar, quando o cônsul holandês, que estava presente, pediu licença para ver as pedras.

— Oh, mas isto são diamantes! Diamantes puríssimos, mais preciosos que os do Oriente!

O Rei gaguejou, atarantado, como acordando:

— São diamantes? O Brasil tem diamantes?

O holandês alterava-se, com o estojo nas mãos.

— Diamantes de primeira água! São gemas de valor muito alto, que darão brilhantes dignos de um Rei como Vossa Majestade!

El-Rei abria a boca, aproximando os olhos da caixa preciosa. Tremia ligeiramente.

— Diamantes... então não é só ouro. Tenho também diamantes!

Os dignitários presentes alvoroçaram-se, queriam ver a preciosidade. Cumprimentavam o soberano. Dom João V lembrou-se da rainha.

— Chamem Sua Alteza a Rainha, para eu mesmo lhe dar a notícia!

A Rainha Dona Maria Ana de Áustria amava as pedras preciosas. Conhecia brilhantes, mas não vira ainda os diamantes. Ao pegar no escrínio, sorriu com tristeza:

— Mas não brilham, são foscos...

Aquela gafe real foi contornada pelo cônsul da Holanda:

— É que ainda não foram lapidados, Alteza. Trabalhados, ficarão magníficos. Veja a Senhora Rainha esta pedra: tem 5 quilates. Lapidada em rosa ficará digna de Vossa Alteza, Senhora.

A sala de audiências encheu-se de damas de honor, atraídas pela novidade. Estavam espavoridas diante do punhado de diamantes brutos.

Na tarde do outro dia se fez a comemoração da nova sensacional, que encheu a cidade e, não demorou, muita gente nas ruas estava apreensiva.

É que os aragões de todas as igrejas, conventos e capelas de Lisboa começavam a vibrar, comemorando a nova conquista do reino na América Portuguesa. A capital sentiu-se alvoroçada com o frenético badalar dos sinos, embora a população ignorasse os justos motivos. Na rua, os transeuntes perguntavam-se:

— Que houve?

— Não sei, mas deve ser coisa importante.

De repente, do pátio do Arsenal de Guerra ouviu-se o ribombo de um canhão, em salva de 21 tiros. Também as fortalezas da barra e as naus de linha surtas no Tejo repetiram as salvas de honra.

Aquilo era sinal de fato notável. O povo foi para as ruas a saber do que acontecera. Várias bandas militares saíam pela capital, executando músicas heroicas. Havia festejo real, como em chegada de nau de guerra trazendo notícia de vitória em batalha importante.

Só então foi sabida a razão daquele júbilo incontido. Ruas e praças encheram-se de gente. Falavam, dando o motivo dos festejos:

— Foi descoberta imensa mina de diamantes no Brasil!

— Não diga!

— E diamantes melhores que os do Indostão!

Os funcionários públicos, soldados e marujos de folga encheram a cidade. Havia febril entusiasmo:

— Viva Portugal!

— Viva el-rei nosso senhor!

— Viva Dom João V!

Abriram-se as janelas de casas nobres, onde apareceram colchas de Esmirna e tapetes de Bizâncio, como em dias de festa nacional. As igrejas, abertas, foram clareadas com todas as luzes, conforme acontecia nas grandes datas litúrgicas. À noite houve luminárias em praça pública e muitas casas anoiteceram com a frente esplendendo lanternas coloridas. Bandas de música foram para as praças, em retretas. O povo começou a dançar pelas ruas. Delirava, entontecido de prazer cívico e divino.

Mas não dançava, em carnaval, apenas o Zé Povo. Valsavam em público respeitadas senhoras de sangue limpo, bandarras de alto bordo; oficiais reformados de terra e mar, estudantes, funcionários, recrutas, marinheiros, regateiras, colerejas... A alegria era imensa. Bombas reais e foguetes de festa espocavam no centro e nos bairros de Lisboa.

Foram abertos e franqueados ao povo os salões dourados do Paço de Nossa Senhora da Ajuda, onde o Rei estava inchado de orgulho de ser o senhor da longínqua Capitania das Gerais, exuberante de pedrarias e do ouro que cevava o Erário Real. Tão fabulosa riqueza de diamantes até ali apenas o Decão podia ostentar.

No outro dia se celebrou na Igreja Patriarcal *Te Deum Laudamus*, com o Santíssimo Sacramento exposto, pela graça concedida pelo Céu a Sua Majestade Fidelíssima Senhor Dom João V. Houve depois solene procissão acompanhada pela família real.

Todas as cortes europeias felicitaram a el-rei, dono de tamanha ventura. A Holanda, terra dos lapidários de pedras finas, desapontava, ao saber que

Portugal se equiparara ao Oriente em grandeza de diamantes. Sua Santidade, o Papa Clemente XII, enviou ao Rei Magnífico felicitações e bênção especial. Os Cardeais do Sacro Colégio fizeram votos de crescentes progressos à glória portucalense. Chegavam mensagens de parabéns de reis, imperadores, regentes de tronos, rajás, marajás, sultões...

Os ministros da Coroa convocaram desembargadores e vozeiros célebres do país, a organizarem às pressas um Código Regulador de extração das pedras.

E assim, em 1730, foi legalizado o sistema para extração de diamantes de Santo Antônio do Tijuco, sendo de 5 mil-réis o imposto por escravo que trabalhasse nas lavras.

A exploração das gemas ficou livre, aberta a qualquer pessoa.

E Bernardo da Fonseca Lobo?

Com honras e atenções, estava um tanto abobado com a confusão congratulatória a que assistia. Inculcara-se descobridor de pedras, quando havia 16 anos que Violante de Sousa achara o primeiro diamante. O burlão correu gritando que fora o descobridor e agora, na corte, ganhara muitas honras. Voltara para suas terras com o Hábito de Cristo, provido no ofício de tabelião da Vila do Príncipe, além das divisas de sargento-mor das Milícias. Voltou para o Brasil com o rei na pança. Não cabia mais orgulho, nem mais um pouco de empáfia.

A esposa do novo tabelião, Ana Mascarenhas de Vasconcelos, mineira de Mariana, foi para a cama ao saber da insólita notícia de tantas honras abatidas sobre a família.

Foi chamado para vê-la o cirurgião Francisco José Guedes, velho amigo do novo comendador, que ao chegar à casa da doente, na Vila do Príncipe, viu na porta, descalça, uma filha de Bernardo. O cirurgião zangou-se:

— Não ande na rua de vestido sujo e descalça, que você agora é gente da alta. Vocês agora são nobres!

Naquele momento, no rancho de palha da lavra de São Pedro, à margem do Ribeirão Machado, Violante mexia, no fogão de trempe de lajes, o angu com ora-pro-nóbis que ia ser o almoço de seu marido Francisco. Trabalhava, cantando com plangência triste:

> Quem é rico neste mundo,
> amanhã pode não ser.
> O destino dá, mas tira,
> só não tira o bem-querer...

Sua voz amorosa enchia a solidão de magoada doçura:

> Eu não te dou rosa aberta,
> já beijada pelo vento,
> mas te dou botão de rosa
> que ainda tem perfume dentro...

Violante estava feliz. Não sabia ainda do que Bernardo fizera. Tinha saúde, tinha o amor do marido... Que lhe faltava mais no mundo?

Nos salões do Paço da Ajuda, emproados fidalgos comentavam, em grupos, o sucesso que os enlouquecia. O Conde de Sabugosa falava, com grande proa:
— O que está acontecendo é prova da proteção divina a nosso amado soberano, Sol EL-Rei Dom João V!
O Visconde de Ourém concordava, cheio de pose:
— Um país que venceu o Oriente e tem o ouro mais copioso do mundo (era o nosso), recebe agora de Deus a glória de ser o mais rico em diamantes, muito mais rico do que o Reino de Visapur.
Ao receber as felicitações do embaixador de Luís XV em Lisboa, el-rei sorriu, perverso:
— O rei de França me felicita. Agradeço a lembrança de meu primo bisneto do Rei-Sol, oferecendo-lhe meus préstimos de rei que vive do ouro inesgotável e agora dos diamantes de meus domínios.
O Conde de Palmela, que introduzira o embaixador de França no Salão do Trono, também sorriu quando ele se retirou:
— Agora Luís XV abate bandeiras diante do nosso rei... Esgotado pelas guerras de seu bisavô Luís XIV, o Grande, e em vésperas de novas guerras, quer ostentar o *panache* gaulês, mas está contrafeito com o destino de Portugal, que nada em ouro e vai afrontar os povos estrangeiros com a maior mina de diamantes que o universo já viu!
O marquês de Cascais concordou, com malícia:
— Pobre Rei Luís XV... Quer se comparar com Dom João V, o Magnânimo... Portugal é hoje a maior nação do mundo, a mais rica, a verdadeira terra de Canaã.
Muitos desses fidalgos eram arruinados, vivendo de tenças do rei, gente servil até o limite da humilhação. Viviam sem destino na vida, a não ser um sorriso difícil, a um gesto de seu soberano absoluto. Com a descoberta dos diamantes, todos eles se agitavam, ansiando enriquecer, estadear carruagens, castelos, amantes. O Visconde de Alcoforado estalava os dedos em desassossego:
— Somos da raça dos conquistadores. Dominamos a Índia, afrontando os mares bravos. Sei que é duro partir para a colônia do Brasil e viver entre

negros e bugres. Mas... *noblesse oblige* e eu, gentil-homem da corte, estou disposto a enfrentar os tufões da travessia e as febres dos trópicos, cercando córregos, abatendo feras, para voltar honrando meus avoengos, rico, embora bichado pelas mazelas do clima quente.

Os amigos aprovavam com a cabeça aquele rasgo de coragem, embora incrédulos da valentia do frança. O Visconde de Ourém advertia, paternal:

— É bom pensar que Aristóteles, Plínio e Cícero julgaram impossível a vida na zona tórrida.

Não respondeu. O escudeiro Domingos estava pasmo da facúndia do filho de algo:

— Mas, com perdão do bom propósito de Vossa Alteza, vai partir para o Brasil, terra de degredo...

O fidalguinho desvairava:

— Terra de degredo mas terra da promissão, de riquezas mais legítimas que as de Calecute! Dizem que lá se apanham pedras brilhantes mesmo com os dedos cheios de anéis brasonados.

Frei Gaspar, que era capelão do rei, opinou com o peso de sua papada fofa:

— El-Rei nosso senhor hoje não pode ser comparado a qualquer imperante vivo. Fala-se muito em Luís XV. Ora, Luís XV... Eu ontem disse à Abadessa do Convento de Santa Clara: — Dom João V é o mais poderoso rei da terra. Não vejo na história quem se lhe compare, salvo o Rei Salomão. Isso porque Salomão levava de Ofir e Parvaim para Jerusalém, ouro e as pedras preciosas, as pérolas; da África, marfim, bugios e pavões; do Líbano, os cedros, a púrpura de Tiro, o *almug*, o sândalo vermelho; de Társis e da Ásia, sedas púrpuras e incenso; da Arábia, os cavalos, a mirra. Suas frotas eram lastreadas de prata, que pouco valor tinha no seu tempo.

Todos os fidalgos estavam invejosos da sorte de Senhor Rei, e contudo orgulhosos dele.

O velho Dr. Eusébio Leitão, assistente da corte, era físico por Salamanca. Grave, guardando a tabaqueira de tartaruga, achou brecha para falar:

— Boas novas essas, de pedrarias finas no reino de S. A. R., mesmo porque preciso de pedras preciosas para minhas curas.

Frei Gaspar intrigou-se:

— Vossa Mercê cura também com pedras?

— Sim, elas entram no *letuário de gemis*, com o nome de *fragmenta preciosa*. A esmeralda, *verbi gratia*, cura a melancolia, a ametista a embriaguez. As pedras da águia facilitam os partos perigosos. As ágatas escarlates curam as peçonhas das cobras e salvam esses ofendidos até já agonizantes. Os povos antigos acreditavam, e andavam certos, que a esmeralda é a pedra que protege a castidade. Quem a trouxer no anel, tendo contato sexual, vê-a partida, estalada.

Brincava com a corrente de ouro do colete:

— As pedras têm virtudes singulares. A pedra olho de gato que Vossenhoria traz no dedo faz conservar as riquezas e aumentá-las. O diamante, chamado o insensível, o esplendente, o resplendente, esfregado com camurça atrai objetos leves e também os olhares de quem está perto. Estuda-se a possibilidade de também atrair desejos e ambições. O pó resultante de sua lapidação é veneno inapelável quando bebido. Estou feliz com as descobertas, pois os diamantes são preciosos para minha medicina.

Frei Gaspar aspirou seu simonte superfino e dirigiu-se, irônico, ao Conde de Alcoforado:

— Então vai mesmo para o Domínio?...

— Se vou? — riu, para desarmar a pergunta. Tão certo como nós estamos falando...

A camareira Júlia estava espantada:

— Deixar a corte. Senhor Visconde, para viver entre pretos bateeiros... entre silvícolas comedores de gente...

Dona Mariana, esposa do ministro Astrogildo, estava também temerosa:

— Pelo que ouvi dizer, o faiscador Lobo revela coisas sobrenaturais... Acredito mesmo que não sejam verdade... Não é possível. Isso é balela, igual à volta de El-Rei Dom Sebastião, o Encoberto.

A graciosa Maria Salete, camareira da rainha, suspirou com tristeza:

— Pois eu... mesmo fraca arrostaria os perigos de uma viagem à Colônia Americana, desde que conseguisse um gorjal de brilhantes parecido ao de nossa rainha Dona Maria Ana de Áustria...

O Visconde Alcoforado curvou-se para a jovem, muito solícito:

— Pois, se consente, ofereço-lhe um lugar na minha caravana, para buscarmos o colar de diamantes, no Tijuco. Serei o pajem da menina. Partiremos à procura do novo continente de pedras aos montões!

O Conde de Arnoso sorria com acidez:

— O visconde sabe que esse continente de ultramar é prenhe de perigos?

— Calculo que sim, senhor conde.

— Que para chegar ao Tijuco é obrigado a transpor montanhas mais alterosas que a Serra da Estrela, e que essa região é dominada por selvagens antropófagos?

— Também sei, senhor conde.

O Dr. Guião, médico da corte, aparteou:

— Isso sem falar nas febres malignas reinantes no detestável clima subtropical, no beribéri ali encontradiço, além do escorbuto e de incuráveis úlceras da zona tórrida.

O conde alegrou-se:

— Está ouvindo? Quem assim fala é o sábio Dr. Guião, o médico predileto de Sua Majestade Real.

E voltou ao assunto interrompido: — Sabe que os rios da Capitania das Gerais são inçados de crocodilos, mais ferozes que os do Nilo? Pense que os rios auríferos e diamantinos escondem cobras de trinta palmos, mais grossas que um barril e que estrangulam, quebram os ossos da vítima em suas roscas, engolindo-a inteira?[1] Lembre-se de que há pelos trilhos serpentes de asas, de picada irremediavelmente mortal. Além de tudo, de São Sebastião do Rio de Janeiro ao arraial do Tijuco são cento e trinta e quatro léguas, sem caminhos, sem pousos, sem médicos. Tudo é ainda deserto.

Riu com júbilo maldoso: — O Visconde, com essa indumentária de casquilho, calção verde, véstia amarela, sapatos de verniz com laçarote grená e adaga de gancho à banda, vai sofrer nessa jornada...

O visconde ofendeu-se:

— Conheço esses perigos, mas medite Vossa Fidalguia que foram moços iguais a mim que acompanharam Dom Sebastião a Tânger. Foi com ele a flor da mocidade portuguesa, essa mocidade que Vossa Mercê tanto ridiculariza em mim... Falou em montanhas, mais altas que a da Serra da Estrela, mas esqueceu que Aníbal transpôs os Alpes, levando milhares de elefantes de guerra.

Emproou-se, ofendido: — Aspiro ver o cheiro do diamante defendido por tantos perigos, como os infantes portucalenses foram ver o cheiro do mouro em África!

Era hora da ceia de Sua Majestade. Os nobres foram chamados, para, de pé, verem o rei comer. Depois do repasto real, os fidalgos iam também cear.

As únicas palestras ouvidas na corte eram sobre diamantes, e havia, em todos, repentinos anseios de muita riqueza. As damas lastimavam ser fracas e não poderem partir para buscar tão vastos tesouros. Enquanto no Paço Imperial namoravam, fofocavam, sempre preocupados com diamantes, muitos aventureiros se faziam à vela para busca do Tijuco e de suas oportunidades. Repetia-se em todo o país o que se dera com a descoberta do ouro brasileiro. De todo Portugal, levas e levas de fascinados faziam-se ao oceano, cegos de ambição, em busca das terras milagrosas do Norte da esquecida capitania. Perguntavam aos viajantes:

— Não temem os azares da aventura?

— Ora, perigos! Perigo maior é morrer de fome.

O reino estava abalado. O reino deixava seu povo fugir para a aventura. Acorriam massas de povo procurando caravelas para a travessia. Largavam famílias inteiras, aldeias ficavam com raros habitantes. O que não podiam vender, abandonavam.

---

1. "... alguns pegos mais fundos aonde andam huas cobras de mais de trinta palmos de comprido e tam grossas como um barril, e tem tragado alguns negros". — Carta à Sua Majestade, de Dom Lourenço de Almeida, Governador e Capitão-General da Capitania do Ouro, 1732.

Um delírio coletivo avassalava a população das províncias portuguesas. Ninguém mais plantou. Muitos deixaram as colheitas inacabadas, fascinados pela fartura repentina. Não demorou e a partida dos emigrantes já provocava fome nas províncias de Extremadura e Algarves. As províncias do Minho, Trás-os-Montes e Beira, dominadas pela indústria particular dos vinhos, por falta de braços já comprava arroz, azeite e trigo. Caiu em decadência a pesca do atum nos Algarves. A população de Portugal era de 2.931.950 habitantes. Lisboa possuía 200 mil almas. Mas o total dos padres em todo o país era de 30 mil.

Em face do que estava acontecendo, o Rei ouviu os seus ministros. Os ministros protestaram:

— Isso não é possível, Majestade!

El-Rei concordava, com a cabeça quente:

— Não é mesmo possível. Vou por cobro à retirada.

E proibiu as transmigrações. A proibição não valeu. Apinhavam as caravelas, pagando dobrado as passagens, e seguiam até como clandestinos. Só no ano do "descobrimento" oficial dos diamantes, saíram, do Tejo 93, caravelas de emigrados. Começavam a viajar via Espanha. Portugal despovoava-se.

Se isso acontecia em Portugal, no resto do Brasil a coisa era pior. A Capitania das Gerais vivia exclusivamente da extração do ouro, que mantinha a extorsiva cota do Quinto Real. Na Comarca do Serro do Frio, onde manava ouro do melhor quilate, só na zona de Santo Antônio do Tijuco estavam registrados 600 proprietários arrematantes de datas. Nessas lavras trabalhavam 10 mil cativos.

A notícia do descobrimento dos diamantes sofreu uma reversão. Em vez de partir de Tijuco para Lisboa, a revelação veio de lá... veio de São Sebastião do Rio de Janeiro, veio da Vila Rica do Ouro Preto. Só então se soube no Tijuco da descoberta...

O ouro era tabelado a 1.200 réis a oitava e agora o diamante cotava-se a 9 mil-réis o quilate. O povo de todas as minerações da capitania começou a acorrer ao Tijuco.

O arraialejo do sertão enchia-se de forasteiros nacionais, que chegavam prontos a desmontar cascalhos e emalar dinheiro.

Chegavam estropiados da caminhada. Vinham em magotes, em caravanas, escoteiros.

Tinham tanta certeza de sua fortuna que muitíssimos deles chegavam com as famílias, escravos, trastes de casa, trens de cozinha. Apareciam na aldeia alguns enganchados nos cavalos, com esposa na garupa e filho pequeno em travesseiro na cabeça da sela. Em seus corpos magoados da viagem, só estavam vivos os olhos, onde luzia a esperança de encher as mãos de diamantes.

Os arraiais do sul e do oeste, onde a única indústria era também a extração aurífera, de um dia para outro perdiam seus habitantes. Quase todos debandavam para o norte da capitania, onde brilhava a Estrela de Belém. Também as lavras de ouro, ainda com bom rendimento, iam sendo abandonadas pela atração da nova maravilha diamantina. Deixavam em montes a areia e o saibro acumulados para a lavagem. Seus donos largavam tudo, a toque de caixa, sôfregos, como acossados por exército invasor prestes a chegar.

Esses viajantes não eram só mateiros curtidos pelo sol das chapadas, sem prática de minerar, ocupados com roças e bois. Eram pequenos negociantes, eram vagabundos, eram prostitutas, que mergulhavam no mato buscando enriquecer por passe de mágica.

Nas precárias estradas havia filas de cavalos de carga, burros de canastras; negros alugados gemiam sob o peso das mudanças para lá.

Vila Rica e Mariana perdiam sua incômoda rafameia, ávida de riqueza sem trabalho, fugindo às pressas para o sertão.

— Adeus, compadre, até um dia!
— Pra onde vai, gente?
— Pro Tijuco do Serro do Frio, onde diamante está de dar com o pé...

Um companheiro do viajante corrigia:
— Diamante lá já está dando nos peitos...

O exagero natural aumentava a fama do descoberto.

Um retirante, já montado, procurou a porta do vizinho:
— Adeus, sô João!
— Adeus, como? Pra onde vai, Zé?
— Pro Tijuco. Diamante lá está até no papo das galinhas.
— Ôi, e é tanto assim?
— O trabalho é só catar no chão, onde está solto, e encher o saco!

Não era só nas Gerais o entusiasmo pelas minas da Comarca do Serro do Frio. A atoarda delas chegou a Pernambuco, onde todos os forros se despachavam para as minas do Sul. Não tardou que os donos de escravos para alugar mandassem os seus, acorrentados nos libambos, em fieiras de 20 em cada uma. Marchavam 600 léguas para a arranca diamantina, como aconteceu no aparecimento do ouro.

Escravos do engenho fugiam, no mesmo rumo. Houve colapso na agroindústria do açúcar. A produção da cana decaía. Como a quantidade de pães. Pernambuco, que no século XVII foi quem mantene o mercado açucareiro no mundo, mal produzia para o consumo interno de sua capitania. Faltavam braços do africano, que sustentavam os engenhos. Para coibir esse absurdo, foi baixado um alvará proibindo as viagens dos escravos, forros e mulatos para as minas do Sul. Foi inútil a proibição. Partiam escravos para as minas do Sul... Viajavam em patachos, em sumacas, viajavam por terra, a pé... E com isso começavam a fracassar os canaviais pernambucanos e baianos, alcançando os escravos da Guiné preços exorbitantes. Na Bahia esses escravos, que valiam 100 mil-réis, passaram a custar 200, 300 mil-réis. Pararam muitas plantações de cana.

Da Baía de Todos os Santos, que iniciava a criação do gado em seus currais do São Francisco, subiam multidões para o serviço da cascalheira. Descia gente do Piauí, do Maranhão...

O Tijuco puxava toda essa matula de baianos, aventureiros, jogadores, facinorosos magnetizados pelas gemas dos 35 ribeirões diamantinos do Serro do Frio.

Em consequência do afluxo pletórico dos trabalhadores corridos das minas auríferas, a produção do ouro também diminuía, pondo em risco a quota obrigatória das 100 arrobas anuais devidas ao Rei.

O Continente do Tijuco, já borbulhante dos exploradores do ouro, viu-se superpopulado com as massas aventureiras dos caçadores de pedras. Os diamantes do Tijuco eram também único assunto da colônia. Ouro e açúcar passaram a plano secundário, a coisa velha, de importância muito relativa.

Uma ordem discricionária do Capitão-General Governador Dom Lourenço de Almeida, em 1730, permitia a exploração livre das terras diamantinas, desde que fossem pagos os 5 mil-réis por escravo empregado nas catas. O preço correspondia à Sisa do Quinto devido a el-rei. Por esse tempo, já chegavam ao Tijuco ondas de portugueses, que vinham no cheiro das gemas. Ondas? Multidões, procissões, exércitos de romeiros famintos de pedras preciosas. Eram fidalgos, eram negociantes, eram quebra-esquinas e peralvilhos. A mole humana acomodou-se no pobre arraial sertanejo, que não comportava nem um terço de tais hóspedes. Era a preamar do velho continente que escorregava, subindo, a Serra da Mantiqueira, para se despejar no planalto do São Francisco, o estuário dos rios escorridos através das terras do Serro do Frio. Essa maré crescente chegava ao arraial pobre...

Lotaram as ruelas do Macau, do Chafariz, de São Francisco, da Romana. Os subúrbios do Burgalhau, do Piruruca, do Arraial de Baixo, formigavam de peregrinos que, sobrando nas casas, armavam nos terrenos baldios tendas e barracas. Os becos da Tecla, das Beatas, da Grupiara, do Mota, estavam entupidos de recém-vindos, e alguns com família. Muita gente já partira para o interior, satisfeitas as exigências oficiais. Partiam em condições de viver com fome, dormir no chão, e sobretudo de trabalhar. Ainda estavam com a febre, com o sonho com que partiram da Europa.

Na igrejola tosca de Santo Antônio o padre Paiva pedia ordem, respeito e frequência ao templo. Manquejavam de esmolas pingadas as Irmandades do Santíssimo Sacramento e de Nossa Senhora do Terço do Senhor dos Passos.

O obscuro arraial da serra, com suas casas de paus a pique, vegetava sob a misericórdia divina. Com o afluxo de gente nova fariscando diamantes, abriram-se hospedarias e casas para vender pratos de comida. Um novato que foi comer numa dessas estalagens bradou armas por sal. O alimento estava insosso. O vendilhão sorriu:

— Sal, neste continente? Meu senhor, desde o ano passado não temos uma pedra de sal do Reino no Tijuco. Por absoluta falta dele, o padre não batiza crianças. Não é pilhéria, não. Há um ano aqui não sabemos o que é gosto de sal...

Um rapaz aparecido na vaga de aventureiros instalou uma Botica de Garrafagem, em que havia de tudo, para curar todas as doenças e moléstias. Chamava-se Tibúrcio Aguirre e dizia-se farmacêutico, mas, na opinião de alguns, não passava de herbanário. Aguirre... boa praça. Fez logo muitos amigos, entre eles Padre Zuza, Major Tôrres, Major Guerra, Major Silva. Apareceu na botica do Aguirre para comprar uma hóstia o temido Desembargador Antônio Ferreira do Vale, Ouvidor-Geral da Vila do Príncipe e agora nomeado superintendente do Distrito do Tijuco. Conversando com o padre e os majores Guerra e Tôrres, o ouvidor, muito enfático, elogiava o mineiro Bernardo da Fonseca Lobo, que estava premiado como descobridor dos diamantes.

— O comendador Bernardo é um grande para Portugal. Descobriu o que está glorificando todo o reino!

Todos calaram e o ouvidor retirou-se, muito senhor de si, do seu cargo e de suas opiniões. Quando a autoridade se retirava, Padre Zuza falou muito baixo:

— Vejam como são as coisas. Esse Bernardo da Fonseca Lobo é uma espécie de Américo Vespúcio, que tem o nome de descobridor da terra desvendada por Colombo. O espanhol Alonso de Rojeda esteve no Brasil, terra ainda desconhecida em 1499, mas o almirante Cabral tem as glórias de seu descobrimento. Arzão descobriu o ouro, Carlos Pedrozo inculcou-se como tal e recebeu prêmios reais. Quem descobriu o diamante foi Violante de Sousa. O outro correu na frente, pedindo alvíssaras... Ah, filhozinho de mamãe... Estamos perdidos com essa gente. Bem diz o espanhol: *Portugueses pocos, y aum locos...*

Padre Zuza, que estava na botica com os amigos, limpou a garganta, cruzando as pernas.

Nesse instante o Major Guerra lhe perguntou:

— Padre Zuza, aqui só se fala em diamantes. Fico pensando como na terra bruta, na ganga empedrada das montanhas, pode nascer tanta coisa linda como ouro e os diamantes. Sob esse chão áspero dormem debaixo da crosta grosseira, quase só de pedras, os diamantes de tantas cores e o ouro fulvo.

Encarou o padre amigo:

— Como se geram essas coisas? Como nasce o ouro? Como nasce o diamante?

O padre sorriu com tristeza:

— Os engenheiros explicam a origem do ouro e dos diamantes com teorias complicadas, que não entram na cabeça de ninguém. Quem fez todas as coisas, grandes e puras, foi Deus. Santa Ana, opina o excelso São Bernardo, ficou grávida por um beijo singelo de seu esposo Joaquim. Quando isto aqui ainda era terra bárbara que nada valia, ouvi de uma bugra velha como essas coisas preciosas foram criadas. Eu era menino, e a índia devia ter ultrapassado os cem anos. Ela contava, que esses tabuleiros de terreno ruim não serviam nem para os gentios que aí viviam mal, com caça difícil, pouco peixe e fruta rara. Quase ninguém navegava por esse geral feio.

Os índios eram poucos e fracos, sem alegria e quase todos doentes. Eles contavam que o demônio ria muito da bobagem que Deus fez em criar um pedaço de mundo tão sem jeito para homens, bichos e plantas viverem. Falava, criticando Deus:

— Terra assim, até eu faço...

Deus foi ficando triste com aquelas ironias, mas reconheceu que isto aqui não valia nada mesmo, não. E resolveu vir cá, para dar uns retoques na sua criação, consertando o que ficara sem valor nenhum. Mas para consertar isso demorava, e ele então mandou que o sol entrasse pela terra adentro, e sua luz amadurecesse debaixo dela. Vocês sabem que o sol aqui é louro e frio. Pois esse sol se embebeu na carne da terra e a luz dele coalhou e endureceu, virando blocos, grãos, palhetas e poeira. Deus então sorriu, porque a luz do sol virara ouro debaixo do chão. Foi assim que o ouro se criou.

O major, que ouvia atento, achou bom:

— Assim, agiu bem... E os diamantes?

O padre ainda ensinava:

— Criando o ouro, Deus achou que ainda era pouco, ficando pensativo. Os puris tinham uma festa muito bonita. Nas noites de muitas estrelas no céu, estrelas de todas as cores e tamanhos, os índios reuniam-se no alto de um morro, cantando e dançando para alegrar as estrelas. Eram cantos muito belos e tocavam suas flautas, para agradá-las. À meia-noite, quebravam ramos de murta florida, jogando braçadas de flores para cima, para o alto, para as estrelas lá em cima. Deus ficou grato aos infelizes que se lembravam de coisas angélicas e para, do mesmo jeito, agradar os gentios, uma noite mandou chover milhares e milhares de estrelas para também os satisfazer. Durante muitas noites caíram estrelas sobre esta região, em chuva que ninguém tinha visto na terra... Elas caíam nos morros, nos baixos, nas bocainas, nas águas correntes, nos ribeirões do deserto que era isto tudo por aqui. Essas estrelas, com o tempo, foram-se entranhando nas areias, nos cascalhos, por aí tudo. Foram ficando frias, transparentes. O mundo foi-se enchendo de gente... espalhando o povo pelo geral grande... E começaram a achar ouro às pampas, e diamantes e mais diamantes... Ouro, que foi a luz do sol cristalizada dentro do chão e também por cima dele. Diamantes, que foram as chuvas das estrelas que caíram por muitas noites, por ordem de Nosso Senhor. Foi assim que foram criados os diamantes desta brenha.

Sorriu, procurando fazer graça de padre: — Isso de chuvas de estrelas para Deus não deve ter sido difícil, porque no verão, em certas noites quentes, costumam tombar dos espaços na terra das Gerais vinte e quatro mil estrelas cadentes por hora...

Tossiu, assoando-se: — A pedra diamantina que Violante encontrou foi apenas a primeira daquelas estrelas achada na terra. O mais está nas mãos do que, no mundo, foi o peregrino Yhesus...

II

El-REI NOSSO SENHOR NÃO QUER MAIS OURO...

O Dr. Antônio Ferreira do Vale, Ouvidor-Geral da Comarca do Serro do Frio, fora mandado como superintendente do Serviço dos Diamantes do Tijuco. Um bando rigoroso expulsou os frades desse território, por serem gente preparada, e a Coroa só acolhia a ignorância obediente de olhos baixos a suas ordens draconianas.

O Major Torres, possuidor de fazenda e pequena criação de gado, comentou com o Major Guerra, também fazendeiro com poucos cativos:

— E esta?

— Esta o quê?

— Foram expulsos os frades da Terra Santa, que esmolavam pelo mundo para o sustento e libertação do Santo Sepulcro.

— Mas você está enganado. Foram expulsos da capitania não só os frades, mas também os padres que não sejam vigários colados, curas d'almas e os indispensáveis para o culto nas igrejas.

— Dessa eu não sabia. Então os padres foram expulsos...

Guerra acomodou-se melhor na poltrona.

— Lembro-me que, desde o tempo do governador Antônio de Albuquerque, ele disse serem os clérigos negocistas, ociosos, inúteis e dados a revoltas, escandalizando os povos com suas vidas dissolutas. Em vista da desorganização da capitania, onde tudo andava na marra para obedecer a um rei degenerado, os padres tornaram-se imorais, ladravazes, assassinos, polígamos indecorosos e contrabandistas. Veja o caso do Cônego João Vaz, da Vila do Carmo, que até há pouco ainda cobrava três oitavas de ouro de todos os seus confessandos que coabitassem com negras...

— Ora, Tôrres, por que a besta dá um coice, não se lhe corta a perna.

— Não é só. Veja ainda o vigário de Mariana, que furtou uma jovem mulata escrava e não a quis entregar nem ao dono e nem à polícia. Resistiu a ambos, de armas nas mãos. Ficou brabo, gritando escorado nos ferros:

— Quem botar a mão nesta peça, morre!

Foi preciso vir ordem régia para consentir em ser preso.

— Mas até o Rei gosta de reservar mulheres para ele próprio...

— As freiras...

— Vive escandalosissimamente amigado com a Irmã Paula, do Convento de Odevelas... Está de mala e cuia com ela.

— Pense na indecência do Padre Manoel Franco, da mui nobre e sempre leal cidade de Olinda, no Pernambuco. Esquecido de tudo, dança por noites inteiras a fofa com barregãs, dança os lundus de umbigada com elas, sem dar satisfação a ninguém...

Riram, de maus. Tôrres comentava:

— Não é de estranhar, porque, na mesma cidade, na noite de São Gonçalo, homens e mulheres dançam a noite inteira nas igrejas. Lembre-se de que o Concílio de Trento foi iniciado com um minueto.

— Proibiram os ourives de viver nas zonas do ouro, o que se explica. Eles contrabandeavam mesmo. E os advogados?

— Foi pior. Ficamos sem eles, os nossos vozeiros. O Rei não quer que ninguém aqui deixe de ser cego. Mas podem ficar os que são nascidos neste geral, desde que não trabalhem na profissão.

— Ora essa... E sabe que foi proibido de plantar cana? Proibiram e estão quebrando os molinetes, para fabricação de mel e aguardente. Não podemos mais plantar anil... nem pimenteiras... Estão devastando as árvores de pau-

-brasil, para evitar concorrência à cochonila asiática... Também não podemos criar bestas.

Tôrres esboçou sorriso sadio de homem destemido:

— Foi pena que isso não fosse feito antes de nós nascermos, ou antes de nascer muita gente de sangue real, com carta branca no Vaticano...

Guerra acompanhou-o na risada, para ficar sério:

— Ouça, rufam tambores no Largo da Intendência. Vamos ver o que há?

Os decretos do Rei eram enviados aos povos nos largos principais das povoações, lidos por meirinhos. Eram cantados em voz ditada, repetidas vezes, depois de frenéticos rufos de tambores tangidos por papangus vestidos de vermelho e cercados pela soldadesca dos pedestres, ordenanças ou dragões locais.

O bando gritado naquela manhã no Largo da Intendência era por todos os títulos espantoso. Depois de ouvi-lo, Guerra empalideceu:

— Será possível isso? El-Rei manda despejar da região diamantina todos os faiscadores de ouro com suas famílias, terens e escravos! Têm de deixar sem prazo, imediatamente, as lavras, mesmo aquelas que arremataram segundo o regulamento em vigor, sem excetuar quem possui família e propriedades herdadas na Comarca do Serro do Frio! Estão despejados todos os faiscadores, sem ressalva de ninguém! Os que resistirem terão degredo por dez anos para Angola, e todos os bens sequestrados pela Fazenda Real...

Padre Zuza também estava na multidão dos ouvintes e aproximou-se dos amigos. Tremia as mãos e estava descorado.

— Ouviram?

— Ouvimos.

— Estão despejados os mineradores de ouro!

Estava sob penosa emoção.

— Não é só isso. Estão expulsos também do território os negros e as negras, mulatos e mulatas, e os forros. Os que não saírem logo terão dois meses de cadeia, duzentos açoites e degredo. A ordem é para o Ouvidor Superintendente cumprir logo e o Capitão Morais Cabral executar a ferro e fogo.

Os três amigos perderam o assunto; estavam atoleimados. Para assistir à leitura dos bandos, reunia-se quase toda a população, mesmo porque não começavam a leitura sem a presença de grande parte do povo. Enquanto se ajuntavam os ouvintes, os tambores vibravam insolentes, conclamando os habitantes à ordem do Rei. Assim, o bando fora ouvido por todo o arraial.

Muitos mineradores, ao se inteirarem do decreto, foram procurar o superintendente, a saber sobre a validade de seus direitos adquiridos. Ele recebeu-os. Em nome de todos falou o mineiro Procópio Moura:

— Vossa Exa. vai cumprir o bando?

— Hoje mesmo, agora mesmo começo a cumpri-lo. A Companhia das Ordenanças foi encarregada do despejo geral, sob as ordens do Capitão Morais.
— E nosso direito, não vale nada?
— Que direito?
— O de lavrar ouro. De minerar ouro. Não temos posse legal das lavras de que pagamos o arrendo?
— Até aqui tiveram direito de explorar ouro, os que fossem donos das lavras concedidas. De hoje em diante não têm mais direito a nada.
— Mas o chão medido não é nosso, na vigência do ajuste?
O superintendente aborreceu-se:
— Ora, vocês querem posse quando a Coroa as anula, as extingue! Não sejam burros.
E já descontrolando:
— Retirem-se, retirem-se ou mando botá-los nos troncos. Ó canalha indômita!
Saíram, de cabeça baixa.
Quando desciam do Largo da Intendência, encontraram Aguirre, descabelado, que subia para ouvir a coisa.
— Que houve, lá em cima?
Tôrres respondeu:
— O que houve é que o povo está despejado das catas de ouro.
— Mas as datas não foram arrematadas?
— Foram.
— Então despejam quarenta mil pessoas que trabalham na terra?
— Já foram despejadas.
— Mas... expulsar, por quê? Como?
— A patas de cavalos, na ponta das baionetas. Por que, não sabemos.
— Mas isso não fica assim. O povo se levantará. Haverá revolta, motim, guerra santa!
Padre Zuza murmurou:
— Revolta... motim... guerra santa... Você se esquece da Sedição do Pitangui, da Inconfidência do Curvelo, da Sedição de Vila Rica, com Felipe dos Santos à frente... O que vai haver é conformismo, amém às ordens do rei... vão largar tudo, sair da Comarca do Serro do Frio...
Ficaram gelados com aquele parecer, mas o padre completou:
— O povo deve levantar seu pobre acampamento de molambos e ferros velhos. El-Rei nosso senhor não quer mais ouro...
Os tambores continuavam rufando, lá no alto.
Anoitecia no arraial do Tijuco.

A população trabalhadora das lavras foi despejada, consoante ordens recebidas. Mas foi despejada à força. Foi arrancada pelos cavalarianos da Companhia de Ordenanças do Rei. Tangida com seus troços transportáveis, catres, panelas, colchões, malas, bateias, almocafres.

Os velhos foram tocados, porque podiam ensinar modos de contrabando; as mulheres, porque podiam sugerir, por ardis, o extravio; as crianças, porque poderiam ser, no futuro, gatunos de ouro. Os homens válidos, porque sabiam furtar...

Um choro geral sacudiu as multidões retirantes, empurradas pelas patas da cavalaria, pela ponta das espadas rabo-de-galo. A procissão dos jogados fora enchia os caminhos precários, de lamentos, de soluços de quem sai espoliado e sem apoio algum nas leis.

Alguns velhos protestavam, fora de si ao se verem desenraizados de suas propriedades legítimas, compradas ou herdadas antes do *rush* do ouro.

— Ganhei a terra com o suor do meu rosto.

Outro deblaterava:

— Herdei as terras de meus velhos pais. Não devo nada ao rei! Meus filhos são agora sacos de carregar fome...

Um outro gritava, já rouco:

— Não sou criminoso; sou amigo do rei, mas ganho o pago com a violência dos amarra-cachorros!

Um meganha espetava-lhe de leve as costelas com a ponta da baioneta:

— Vamo pra diante, trem ruim! Óia os tronco, óia o pescoço...

Acompanhavam as famílias desalojadas seus animais domésticos, cavalos de cangalhas, vacas magras, cabras puxadas em cordas, porcos mofinos de pálpebras costuradas a cordão.

Vendo de sua janela passar a leva de rebotalhos, Padre Zuza perguntou ao Major Mota:

— Para onde vão? Que rumo levam esses bagaços?

— Para onde vão? Para lugar nenhum. Vão pra fora de suas terras, empurrados pelas clavinas, pelas espadas nuas. Que cada qual procure onde cair vivo, porque morto em qualquer lugar se cai. Você pergunta que destino levam. Isto eu sei: vão para os campos secos, para os chapadões desertos. O que tombar não terá sepultura, vai ser comido por bichos.

Acendeu um cigarro no pavio de fazer lume:

— Vão para onde o Rei quer. Vão morrer de fome. Esses velhos, mulheres e meninos estavam roubando da Coroa, embora morassem no que era próprio, no que era deles. Agora, vão por aí...

O padre olhou para fora, para o céu longe:

— Sem roteiro... caminhando... A vida não é como a gente quer, mas sempre às avessas.

Silenciou e disse como se monologasse:
— Estou velho, suspenso de ordens, banido de meus direitos canônicos, enxotado também da igreja, réprobo.
Continuou a olhar o vazio, alheado de tudo:
— Sou um pária, enjeitado da vida. Vivo de migalhas para manter a dignidade de sacerdote, que sempre serei, mesmo sem as ordens eclesiásticas. Vocês pelo menos têm esposas e filhos que lhes passem as mãos na cabeça nas horas de desalento. Eu... *vae-victis*.
Calou-se de novo, enquanto os últimos ciscos passavam empurrados.
— Nós mesmos talvez amanhã sigamos na batida desses despejados. Seremos decerto enxotados como bichos importunos, um cão rabugento, mosca repelente.
Tôrres ficou de pé, encarando o padre:
— Padre Zuza, será que o Rei está doido?
— Continua. O remédio é cumprir os editos... Estamos assistindo ao êxodo dos hebreus... seu Egito são as terras pedregosas do Tijuco, onde descobriram ouro e agora palpitam os diamantes. Estão mandando tudo embora.
Riu, nervoso: — Estão matando de dia, para roubar.
Guerra lastimava:
— Imagine a desolação dessas bibocas, sem o povo que alimentava os lugarejos, as bodegas pobres.
Zuza agitou-se:
— As bodegas? Então você não sabe? Ninguém mais pode ter loja de gêneros ou de qualquer coisa a não ser duas léguas retirada das catas... As penas dos infratores são açoites, degredo, galés.
Moura suspirou:
— Isso parece fim do mundo. Cessam todos os nossos direitos. Será que Jesus, que só convidou pescadores para seus discípulos, não pensou nos que vivem nas montanhas?
Zuza respondeu:
— Em todos. Em todas as criaturas.
Lá fora, voz de mulher escandalizava a rua:
— Num sáiu! I pru quê? Sáiu nada... Quem secórri meus fio, cum o pai duenti? Sáiu não!
Outro grupo de tocados seguia na frente de troços de ordenanças. Tangiam uma velha desgrenhada, que protestava mas seguia, aos empurrões dos praças.
— Tudo fora, tudo pra frente ou a baunêta mama...
O padre, que chegara à janela, voltou à sua velha poltrona:
— Pensei que fossem prostitutas, que vão ser também expulsas da comarca.
Guerra avivou-se:
— Ué! Tem isso também?

— As meretrizes escandalosas tiveram o prazo de oito dias para deixarem a Comarca do Serro.
— Isso é brinquedo seu.
— Elas estão na mira do reino. Com a chegada dos emigrados e nacionais atraídos pelo ouro, o arraial encheu-se delas. Eles, os donos do mundo, querem que elas tenham o comportamento de freiras na capela do convento. Se não, fora... Os povos, por Direito Divino, Natural e Reservado, têm de obedecer às leis do monarca.

Quase todos os ranchos do geral ficaram desabitados e de portas abertas. Passaram a moradas de bichos. Nos povoados as ruas entristeceram, sem o bulício dos habitantes indo e vindo das minas.

Na beira dos ribeirões não se ouviam mais os cantos tristes das lavandeiras e os risos das crianças. Passando por uma dessas aldeias, um ancião, que ali tivera filhos hoje expulsos, gemeu:
— Lugar por onde passou a peste, levando o povo todo...

Porque só ficaram no território uns poucos roceiros, sem influência para a mineração e adstritos à miserável lavoura de cereais.

Estava, pois, desocupada de intrusos, que eram donos e arrematantes, a terra aurífera do Tijuco.

Zuza terminava a longa conversa daquela manhã com os velhos amigos:
— É fácil pregar renúncia e resignação, quando não se sente na própria carne viva o martírio desses suplícios. Sofrer com um sorriso as torturas morais é mais fácil do que enfrentar as bestialidades físicas padecidas pelos primeiros cristãos, chamados peregrinos e viajeiros, quando o cristianismo estava no início e era conhecido por "O Caminho". Caminho por onde veio Jesuah, da Galileia, e por onde chegaram à graça os marítimos aliciados pelo Nazareno. Causa horror pensar que andam por ele, segundo diz o Santo Padre, os reis de Portugal... A verdade é que vejo tudo sombrio no destino dos tijuquenses.

> Uma, nuvem que os ares escurece,
> sobre nossas cabeças aparece.[2]

O Major Silva protestou, sem interesse:
— Você está um bocado pessimista. Que diabo, nós somos vassalos do rei, mas acreditamos em milagres.

O padre riu sem vontade:

---

2. Camões — *Os Lusíadas*, episódio do Adamastor.

— A gente ser bobo e ingênuo em menino é uma coisa, mas ser tolo depois de velho é caduquice desfrutável.

Quando os visitantes diários se retiravam, já na porta, o padre lhes sussurrou:

— Cuidado com a liberdade. A liberdade é coisa muito fina, é como alfenim que se parte à toa, até na boca...

Tôrres concordou, acrescentando:

— A liberdade é conhecida aqui só pelos pássaros de Deus e pelos negros fugidos...

Já na rua, Guerra também debicou as instituições:

— Conheço a liberdade, mas só de nome. Dizem que ela existe, mas aqui está arrochada nos troncos e contida pela mira das escopetas...

No dia 13 de junho, passava pela porta do Padre Zuza a procissão do padroeiro do arraial do Tijuco. Muitos soldados a acompanhavam. O padre falou a seus amigos sobre o santo:

— A popularidade de Santo Antônio, nas classes armadas de Portugal e nas colônias sempre foi muito grande. Mesmo porque Santo Antônio é velho militar do Exército de Linha. Morreu em 1231. El-Rei Pedro II, o "Pacífico", de Portugal, que dominou seu país até 1706, enfrentou problemas disciplinares de seus soldados, pela devoção ao santo meu compatriota. No dia de seu aniversário, como hoje, os quartéis ficavam desertos, em vista das romarias a templos dedicados à sua glória. A obrigação de pagar promessas constituía outro problema para os comandos militares, pois os praças não temiam prisões para não faltar às preces à imagem do orago. O rei então resolveu recrutar Santo Antônio, para servir no regimento estacionado em Lagos, África Portuguesa. Mas na ocasião de escriturar o recruta, ele precisava dar fiador idôneo, para que, no caso de desertar, fosse obrigado a oferecer outro soldado no lugar do fujão. O sargento que anotava os papéis do novo conscrito esbarrou com essa dificuldade. Procurou o alferes:

— Não sei como resolver o caso. O novo soldado necessita de um responsável por ele, segundo exige o regulamento. Sem esse avalista não posso incorporar o novato.

— Um padre não servirá?

— Não serve, porque o padrinho do conscrito tem de comparecer com ele ao quartel, para que regularize os documentos, e padre tem direito à parte, pode vir ou não.

— Então, quem há de ser, sargento?

O sargento ficou pensando para, inspirado, propor:

— Meu alferes, não sei se será pecado, mas a Virgem Santíssima servirá como fiadora do conscrito?

— Só ouvindo o comandante.

O comandante concordou, de modo que Santo Antônio foi aceito como recruta, passando em todos os exames. Em 1683, o meganha estava com 15 anos de serviço e tinha direito à promoção. Promoção a cabo. O comando geral aí resolveu infringir a norma militar e promoveu Santo Antônio a capitão. No Rio, o santo já era capitão de infantaria, confirmado pelo Capitão-General Governador Antônio de Albuquerque. Em ambos os postos, nunca deixou de receber as etapas e vantagens militares a que tem direito. Nem a continência dos camaradas de menos graduação. É o mochila mais querido da tropa. Os praças sitiados na terra do ouro sempre foram seus camaradas na caserna. E Santo Antônio tem tarimba na tropa de linha, vivendo no coração de seus colegas de armas. É o oficial da Companhia de Dragões mais credenciado, no arraial de Santo Antônio do Tijuco...

Ah, mas parece que o despotismo do ouvidor-geral e seus asseclas não lograra o que Portugal queria: diamantes a rodo. A safra estava modesta para mecanismo tão dispendioso e também decepcionante.

Já haviam afastado da terra os faiscadores de ouro, mas o preço de cada escravo era de 250 mil-réis, alto demais para gente de poucas posses. Além de tudo, o povo perdera a confiança nos donos da terra, não arriscando mais dinheiro, pois poderia vir nova ordem de despejo dos que exploravam gemas, como aconteceu com os do ouro.

A Coroa tomou a peito erguer aquilo, fazendo render muito, desde que o reino caísse em decadência, no comércio, nas indústrias, nas suas impossíveis conquistas. O que sustentava o desvario real era o nosso ouro. Os diamantes, no sonho do Rei, dariam muito mais!

Foi criado então o lugar de Intendente-Geral dos Diamantes, sendo investido no alto cargo o velho Rafael Pires Pardinho, probo Desembargador da Casa da Suplicação de Lisboa.

Ao vê-lo chegar com numerosa comitiva, um homem da rua ficou pasmo:

— É gente!

Muita gente chegava mesmo com o ministro de el-rei, pois o intendente dos diamantes era ministro de S.A.R. Vieram, como seu escrivão, Belchior Isidoro Barreto; como Fiscal dos Diamantes, Sebastião de Oliveira; Meirinho, João Batista Ferreira, e Escrivão do Meirinho, Francisco Fernandes Moreira, além dos três caixas administradores.

O pé de exército, sob comando do intendente, era constituído pela Companhia das Ordenanças do Rei, pela Companhia dos Pedestres e pela Companhia dos Dragões Imperiais. A bandeira dos dragões era de seda com cadarços de ouro e ostentava a legenda *Caedere Aut Caedi* (Matar ou ser morto), mas parece que seus soldados usavam mesmo era só matar. Foi só?

Antes fosse. Chegou com o intendente muita gente especializada no Conselho Ultramarino como amanuenses, escriturários, contabilistas do Erário Real, espias, guardas pessoais secretos e secretário particular, com encargo da correspondência reservada para Sua Alteza. Trataram logo da demarcação do Distrito Diamantino, que abrangia imensa área onde afloravam pedras preciosas. Sim, porque, além dos diamantes, apareceram, em proporções comerciais, topázios e turmalinas.

A área demarcada media, de norte a sul, 12 léguas, e de leste a oeste, sete, englobando 75 léguas quadradas, que invadiam terras da capitania da Baía de Todos os Santos.

Essa extensão de terras foi apenas o núcleo, dilatado depois por medidas mais amplas.

O grupo do intendente dos diamantes trabalhava noite e dia na organização do condado, de onde sairiam milhares de diamantes e haviam de correr torrentes de sangue dos perseguidos.

Padre Zuza, sabendo pelos amigos da azáfama que havia na Casa da Intendência, balançou a cabeça:

— Deus do Céu, o que vai sair dessa misteriosa embrulhada? Coisa boa não será. Trabalham dia e noite, com muito afã. Trabalham como assaltantes que, de noite, combinam, planejam o assalto da madrugada...

O Major Tôrres advertiu o amigo:

— Papagaio que fala muito vai pra Lisboa... Olhe o pescoço... Olhe esses pulsos... olhe esses pés...

— Você se refere à forca, às algemas e aos troncos. Não tenho medo deles.

O Major Guerra também avisava:

— Olhe o confisco, o degredo, a desgraça dos amigos... Porque aqui, os amigos, os compadres, os vizinhos, os conhecidos, são, por força da lei, cúmplices provados...

O padre consentiu:

— Só por isso me calo. Aliás, só falo com os amigos, pois lhes conheço o coração e o *prez*.

A Coroa usava pôr no estanco as coisas que o Reino não sabia administrar. Puseram no estanco o sal do Reino, a farinha, o bacalhau, o vinho, o azeite, o fumo, o pau-brasil, o pau-amarelo, o pau-marfim, o pau-rosa, a aguardente do Reino, o transporte anual de 20.000 escravos de Angola para a Europa e para a colônia do Brasil. Resolveram também fazer o contrato dos diamantes, que era o estanco, em arrematação feita pelo Conselho Ultramarino.

Quem ganhou a concorrência foi o Sargento-Mor João Fernandes de Oliveira, português de Barcelos, freguesia de Nossa Senhora da Oliveira, casado com a paulistana Dona Maria de S. José, de família nobre de Taubaté.

Morava em Vila Rica, e teve por sócios dois companheiros, pois a transação era grande demais para um só. O negócio lhes custara 300.000 cruzados, podendo empregar nas lavras apenas 600 escravos.

O contratador tinha as máximas regalias do novo Distrito Diamantino, Demarcação Diamantina ou Distrito Defeso, que diziam a mesma coisa. A polícia discricionária contra o extravio era governada por ele e o intendente agia por ordem real, com tudo a seu alcance para prestigiá-lo.

Só ele tinha direito de tirar diamantes, que entregava à Casa da Intendência para ser negociado em Lisboa. Esses dois régulos, contratador e intendente, eclipsavam a autoridade do próprio governador, pois agiam como soberanos absolutos.

Estava, pois, instalada a máquina de extorsão dos que trabalhavam nas datas.

Começaram a agir nessa ocasião os capitães do mato, escória social mais repelente, que contava com o apoio real para prender negros quilombolas. Eram em geral forros e neles se teve a certeza de que há homens sem alma.

Padre Zuza com seus amigos sorriu, ao saber da legalidade desses pegadores de pretos.

— Esses monstros são edição melhorada dos capitães do campo do tempo das capitanias hereditárias. Pelo menos podem se gabar de ser colegas de João Fernandes Vieira, que foi capitão do campo antes de ser o herói das guerras contra a Holanda em Pernambuco.

Tôrres estava apreensivo:

— Está. Ficou pronta a nova ordem das coisas no Tijuco. Temos intendente e o resto, além do contratador. Santa Maria, rogai por nós!

Os tiranos da terra arregaçavam as mangas. Queriam a terra só para eles. Conseguiram. O resto estava bem à vista.

João Fernandes de Oliveira inchou logo o papo, tornando-se odioso por seu covarde procedimento para com o povo. Todo mundo perdeu a pouca liberdade que possuía.

Querem ver o vilão? Botem-lhe o cargo na mão. Começaram as minuciosas perseguições. A cainçalha a seu mando afilou as orelhas. Combatendo o extravio, esbagaçava carnes do calabrote, matava de surras, fome e sede à menor suspeita. Além de aceitar denúncias anônimas válidas como verdade, derramou nas ruas e nas lavras espiões sádicos. Por mal dos pecados, uma carta régia reservou os diamantes de mais de 20 quilates para regalia de el-rei...

Padre Zuza sabia de caso acontecido com o mulato forro Benvindo. Contou-o a seus amigos íntimos.

— Parece que vocês não sabem o que está acontecendo com os suspeitos do extravio dos diamantes. A suspeita nasce às vezes por antipatia pessoal de um pedestre, um dragão ou de um meirinho, contra pessoa que ele até pode desconhecer. Passar sem cumprimentar é fazer-se suspeito. Falar alto, também. Ser próspero, casar, fazer uma cafua, comprar um cavalo, um porco, usar roupa nova, fazer uma viagem, mesmo para perto, são casos de suspeição. A razão, porém, mais perigosa, mais terrível, mais concludente é ter cara de contrabandista. Isso é caso muito sério. Ter cara de extraviador! Como é essa cara? Ninguém sabe. Um pedestre vê um sujeito e desgraça-o para toda vida, apenas dizendo:

— Esse camarada tem cara de extraviador.

Assim aconteceu com o mulato Benvindo. Por ter cara de extraviador, ganhou a antipatia dos esbirros da intendência. Por isso ficou suspeito... Começaram a pensar nas suas conversas, nos planos que fazia para melhorar a sorte, nas suas atitudes pessoais, gestos, modos de olhar. Um desocupado resolveu apoiar o meganha:

— É mesmo. Parece contrabandista.

Começou a ser visto como inimigo das leis, como perigoso. Seus amigos evitavam-lhe a companhia. Pesavam suas palavras, reparando no modo pelo qual, passando, olhava para a Casa da Intendência. Se olhava, podia ser por medo, para ver se o espiavam. Se não olhava é porque era comprometido, temia ser preso. O boato ganhava corpo. Vendo-o na rua, um conhecido seu fazia sinal para outro:

— Dizem que está no extravio. Eu é que não queria estar na pele dele...

Amigos de ontem deixaram de cumprimentá-lo, com receio de crime de conivência, horroroso crime de contraprova difícil, quase impossível. O suspeito não via explicação para a frieza de relações antigas que se desfaziam, esfriavam sem motivo. Tentando por tudo isso mudar de residência, procurar novo lugar para viver, era certo o comentário de muitos:

— O extravio está rendendo... Vai é fugir, amedrontado. Está rico!

No entanto, esse homem jamais pusera a mão em pedra alguma, não entendia do assunto, era um pobre diabo jogado na vida por engano. Pois um dia um sem que fazer qualquer escreveu um bilhete anônimo para o contratador, denunciando o coitado. Agora foi que a desgraça chegou. Um pedestre procurou-o:

— Tá prêsu in nomi du Rei!

— Preso por quê?

Uma coronhada respondeu à inútil, mas justa pergunta. Não chegou à intendência para ser inquirido, mas para enferrujar os peadores no tronco. Um belo dia arrastam a vítima. Identificam-na.

— Que diz em sua defesa?

— Defesa de quê? Não cometi crime algum.

— Não cometeu? Pois você agora mesmo confessa como se faz o extravio de pedras...

Foi a primeira vez que ouviu a imputação, completamente mentirosa. Foi surrado com esta brutalidade vigorante na capitania.

— Confessa agora?

Mal podia falar.

— Sou inocente.

O inquisidor é meirinho insensível às dores alheias.

— Olhe, seu cabo, esfregue um pouco de salmoura nos lanhos, que o tétano gosta muito de gente ruim.

Voltou para o tronco, bem medicado contra o tétano.

Um pedestre beberrão contou numa tasca o que estava acontecendo com o mulato. Quando ele saiu, um ex-amigo de Benvindo condoeu-se dele:

— Vai ver que tudo é falsidade. Mas o intendente é costela do rei. Pra acabar com a ruindade dele, oração não vale nada; só bala quente e faca fria. Mas quem pode falar? O certo é não dizer nada e fazer cara boa. Em terras de sapo, de cócoras com ele...

Os tiranetes da arguição mostraram-se humanitários, pois o sabugo de milho sapecado entranha nas feridas do rebenque a mistura de pimenta, sal, vinagre e caldo de limão, para evitar males maiores. Benvindo sofreu outras inquirições.

— Não sou do extravio. Não tenho crime nenhum na minha vida.

Fez-se o processo. O Ouvidor-Geral condenou-o, por não haver provado que não era extraviador... A condenação fez o sequestro de seus bens adquiridos e por adquirir, além de 200 chibatadas em volta do pelourinho e degredo para Angola, por toda a vida. Os bens referidos são uma cafua de palha, um cavalo sertanejo e roupas, além da aliança de casado feita de latão. Mas os bens da família também estão incluídos no arresto legal. Esses bens são tralha de cozinha, a aliança da esposa, os catres ordinários e os trapos de tapar nudez. Tudo foi levado. Benvindo está pagando um crime inventado, com testemunhas contra ele. Testemunhas juramentadas, com a mão nos Santos Evangelhos... Testemunhas que são funcionários da Intendência dos Diamantes... O condenado viajou hoje de madrugada, na corrente que ligava outros criminosos. Vai ser entregue ao Tribunal da Relação do Rio de Janeiro, para destino conveniente.

Pigarreou, abafado.

— Vendo sair os condenados na fieira dos libambos, o intendente resmungou para o contratador:

— Negros, criá-los, depois vendê-los. Mulatos, criá-los e depois matá-los...

Por aí vocês veem como estamos bem servidos de intendente e contratador...

Vencido o prazo do 1.º Contrato, o Sargento-Mor João Fernandes de Oliveira arrematou o 2.º Contrato, que se extinguiu, com o mesmo diapasão de perversidade, em 1747. Quem arrematou o 3.º Contrato foram Felisberto Caldeira Brant e seus irmãos Joaquim, Conrado e Sebastião.

Tibúrcio Aguirre chegou dando pulos na casa do Padre Zuza.

— Estou lavado dos peitos! Felisberto Caldeira Brant arrematou o contrato! Se pudesse, se me deixassem, sairia pelas ruas gritando vivas a Felisberto. Agora vamos ter paz.

Padre Zuza alegrou-se:

— Agora os ferros infames do suplício enferrujarão nas masmorras, pois ficaram lisos e gastos pelo uso dos sacripantes. Felisberto tem fumaça de fidalguia, mas fidalgo ele é. Pelo menos agora vamos ter direito de ar para respiração, sem pagamento com sangue.

O próprio Felisberto dizia aos de sua grei:

— El-Rei tem direito aos diamantes, eu ao lucro do contrato, mas o povo tem direito à paz e à vida.

Estando organizado o serviço, o Distrito Diamantino agora rendia diamantes com assombrosa quantidade. O povo sentiu mais humanidade na vigilância aos contrabandos; começou a ganhar dinheiro.

O arraial progredia aos olhos de todos. Com o ouro, muita gente enriquecera. Com os diamantes e a tolerância do contratador, foi possível que a sociedade local florisse, ganhasse ares civilizados. Muitas pessoas não conheciam os sorrisos e agora podiam rir diante de todos.

Voltavam centenas dos expulsos no tempo do ouro, a tentar a vida com os diamantes.

Edifícios sólidos e mansões confortáveis subiam de alicerces, chantados por operários cantando. Lindas jovens e senhoras de espírito, como são até hoje as do Tijuco, apareciam ao sol, nas salas, em cadeirinhas de arruar. Apareciam, como reapareceram, para florir, depois do dilúvio, as árvores e as plantas humildes. Voltaram de novo as serenatas, proibidas desde o tempo do ouro.

Dona Osvaldina Guerra abanava-se com grande leque de plumas francesas:

— Antes de Felisberto, o que mais se gastava no Tijuco era o silêncio e o que menos se usava era a alegria.

Dona Carmem Hallais apoiava, satisfeita:

— Há dias minha filha Lili correu a me perguntar se o irmão mais velho, o Quincas estava doente, pois ria diante das visitas...

Padre Zuza falava alto para os amigos:

— Felisberto é um tanto falastrão, mas é homem de bem. Como todo rico, tem orgulho de sobra, mas o povo o adora e aos irmãos.

O alferes Tolentino estava eufórico:

— É um pouco boêmio, gosta de vinhos e de mulheres, mas é amigo. Ser amigo, aqui, é ser santo.

Faleceu o Intendente Plácido Montoso, foi nomeado intendente interino Francisco Moreira de Matos. Um chegou morrendo, outro quase a morrer. Matos era o menos protocolar dos ministros da Coroa, pois comparecia à Intendência de chinelos sem meias, roupão em cima da pele e barba e cabelos semivirgens de tosas. Sendo católico, por comodismo mandava celebrar a missa em seu próprio quarto. Assistia-a espichado na rede, com a cabeça enrolada em lenço de Braga, apenas soerguendo o busto na hora da consagração. Foi afinal substituído pelo sinistro Sancho de Andrade Castro e Lanções, de negra memória.

Quanto ao contratador, há dois anos ia tudo em mar de rosas, mas espiando-o com olhos torvos, nas sombras, no fundo da noite, a inveja afiava as unhas. Os espias vindos com o primeiro intendente babavam a reputação de Felisberto, denunciavam-no a el-rei, como prejudicial aos interesses da Coroa. Mandavam dizer que ele remetia para a Intendência os diamantes menores, reservando os de altos quilates para lapidários de Amsterdão. Não era só isso. Fervilhava muita intriga. Falavam até que ele sonhava libertar a colônia! Falavam em levante, com pretos, forros e mulatos nas barricadas! O Intendente Lanções estava alertado, mas o temia.

Aconteceu que, vindo da Vila do Príncipe um grupo de visitantes para a Semana Santa do Tijuco, chegou com eles o novo ouvidor-geral da Vila do Príncipe, Dr. José Pinto de Morais Bacelar. O Intendente Lanções forneceu-lhes com liberalidade os bilhetes de visita ao Distrito Diamantino. Porque ninguém entrava na Demarcação Diamantina sem esse documento especial.

Tudo correu bem, até a manhã da Missa da Ressurreição, manhã clara de ares transparentes e ventos frios da serra. A população devota do arraial já estava reunida de joelhos na Igreja de Santo Antônio, quando entrou para assistir ao ofício o Dr. Ouvidor Bacelar. Via-se ajoelhada em prece no corpo da nave uma jovem, de olhos fitos no altar-mor. O ouvidor ficou de pé, a seu lado. Ao perceber a moça, encantado de sua beleza, escolheu na botoeira da casaca de casquilho elegante um botão de rosa vermelha, que atirou, sem pensar, no colo da mocinha. Ela repeliu a flor, com súbito gesto de mão. Os que presenciaram a cena estremeceram de horror. Felisberto, que também estava presente e assistira ao desrespeito, levantou-se, segredando no ouvido do galanteador:

— Essa jovem que insulta é minha parenta e, depois da missa, lá fora, você vai me dar satisfações de seu ato indigno!

O ouvidor, que era também afoito, respondeu alto, para que muitos ouvissem:

— Depois da missa, não. Vamos é agora!

Saíram do templo, no meio da celebração.

Vários amigos de Felisberto o acompanharam. A discussão foi rápida e feia. Felisberto, em assomo de ira, procurou cravar o punhal no ouvidor, mas a ponta da lâmina encravou-se em grande botão de madrepérola da véstia de Bacelar. O ouvidor, defendendo-se, tira sua adaga de gancho da bainha de veludo e enfrenta o adversário:

— Canalha!

— Ouvidor sem compostura! Magistrado sem honra!

Felisberto ia de novo investir contra o moço quando amigos o detiveram. Gente da Intendência segurava o ouvidor. Nesse ínterim, o Padre Cambraia saiu da igreja, com a missa inacabada, alçando bem alto o crucifixo, a pedir paz em respeito e honra da hóstia já consagrada. O povo todo abandonou o templo, cercando os desavindos.

Os pedestres que estavam na igreja ficaram de lado de Felisberto, a quem eram sujeitos, mas chegava em marche-marche tropa dos Dragões Imperiais, prestigiando o ouvidor. O povo ficou ostensivo ao lado de Felisberto. O arraial alarmou-se.

— Felisberto quis matar o ouvidor da Vila do Príncipe!

O caso do botão de rosa já estava conhecido de todos. A casa de Felisberto encheu-se de amigos e o ouvidor seguiu, bem garantido, para a Casa da Intendência. O Major Guerra correu à casucha do Padre Zuza, para contar o grave incidente. Revelou tudo.

— Mau, mau.

Guerra, exaltado, lastimava o empecilho do botão.

— Maldito botão!

Zuza procurava estar calmo:

— Qual dos botões? O da rosa ou o da casaca?...

— Não faça molecagem. O da casaca.

Chegavam outros amigos do padre.

— E a coisa lá, acomodou?

Tôrres estava nervoso:

— Acomodou, agora; na aparência. Cada um dos brigões saiu com seus amigos. Mas a coisa esteve preta, foi ruim.

Zuza tabaqueava-se:

— Foi péssimo. Felisberto vai sofrer muito com isso e nós vamos sofrer mais ainda.

Guerra discordava:

— Qual sofrer. O intruso precisava mesmo é de lição de boa moral.

— Pois vão ver. O velho aqui percebe muitas coisas até antes de acontecerem.

O arraial ficou vigiado por triplicadas rondas de dragões e pedestres, com ordens severas. Naquela manhã tão clara, de ares tão leves e sol frio, ninguém teve alegria mesmo nos lares mais modestos. Quase todos se orgulhavam de Felisberto, mas os cortesãos estavam do lado do ouvidor. Os aduladores, sem nada para perder. Os amigos da força, da situação e das mexeriquices.

Um soldado dos Dragões falou com outro da ronda apertada:

— São grandes, lá se entendam.

— Este chanfalho está aqui para mastigar carne de gente. Pra ele, sendo carne, qualquer uma serve...

O ouvidor voltou para sua Vila do Príncipe, deixando o arraial alarmado com suas tropelias de Dom João sem-vergonha.

A remessa dos diamantes para Lisboa era anual, em dezembro. No fim de novembro chegavam ao Rio a nau do ouro, como a chamavam, porque levava o ouro do Quinto Real, e a nau de guerra de alto bordo, da Coroa Portuguesa, que a protegia. Ostentava 60 peças de artilharia.

A apartada naquele ano era a *S. João Batista*, e levaria, além do mais, as 100 arrobas do ouro da quota mantida pela colônia ocidental, que era o Brasil.

A colheita anual dos diamantes era guardada, à proporção que se apurava, em sacolas de seda, numeradas e com especificação dos quilates. Esse tesouro era recolhido ao cofre geral da Intendência, sempre trancado com três chaves: uma ficava com o intendente, outra, com o 1.º caixa administrativo, e a terceira, com o fiscal-geral dos diamantes.

O total dos diamantes extraídos durante o ano seguia para o Rio em caixa com forro de marroquim vermelho, fechada por tachas amarelas. Essa caixa era metida em canastra que viajava no lombo de uma besta. Seguia coberta por larga manta de veludo verde, bordada com as armas reais. A caixa era fechada na presença do intendente, que punha seu carimbo de lacre nas fechaduras. O peso estava aferido pelo escrivão da Intendência.

A besta seguia puxada pelo cabresto, por um pedestre de boa conduta. Na frente da comitiva marchavam a linha de pedestres veteranos, no meio a mula com a carga preciosa, e atrás dragões selecionados por bom comportamento. Acompanhavam a besta um funcionário da confiança do intendente e dois comissários a serviço da Intendência dos Diamantes, indicados pelo fiscal-geral. A tropa era garantida na retaguarda por cavalarianos armados.

No Rio, a carga diamantina era entregue ao capitão da nau de guerra e aos enviados do fiscal real. Em Lisboa, passava às mãos do guarda-joias, oficial de grande importância na Corte Portuguesa.

A Casa da Intendência do Tijuco era guardada dia e noite por pedestres armados de espadas, e oficiais faziam durante a noite repentinas inspeções a essas sentinelas, recomendando atenta vigilância.

Na vigência do contrato de Felisberto Caldeira houve enorme descontrole dos serviços extrativos e o contrabando reviveu com insolente audácia. Felisberto era populista; fazia timbre em se mostrar amigo do povo. Nessa emergência, a repressão ao extravio perdera autoridade; contudo, a colheita anual fora ótima.

Dezembro estava chegando e era preciso enviar a safra das gemas para embarque.

O contratador entregara os diamantes, o intendente os recebera e o fiscal-geral conferira a exatidão da entrega.

Estava pronta a bagagem milionária para viagem. Selecionaram os funcionários que seguiriam e o destacamento de pedestres e dragões. Deviam partir no fim de novembro, pois a nau *S. João Batista* estava para chegar, protegida pela fragata de guerra que a garantia contra piratas espanhóis.

Nos quartéis houve lufa-lufa para polir os metais das fardas, botões, dragonas e vivos dos quepes. Untavam-se as clavinas, areando-se espadas e as baionetas compridas. Os dragões cuidavam do fardamento e dos capacetes encimados por um dragão de metal, de onde tiraram o apelido. O intendente, o fiscal e o contratador entregavam a correspondência para Lisboa e o capitão Morais Cabral dava a seus oficiais últimas ordens para a partida.

— Marchas regulares de quatro léguas, para chegarem com segurança, dentro de um mês e pouco. Máxima disciplina, punição sem dó das faltas até veniais de qualquer pré. Não marchem dispersos, distraídos, mas em grupo atento e vigil. Nos pousos, marquem sentinelas com baionetas caladas, e façam incertas, de hora em hora, das guardas noturnas. Não permitam que os praças conversem com qualquer pessoa, constituindo as infrações faltas graves. A besta da carga deve ficar sob vigilância dos soldados. Os senhores oficiais ficam responsáveis pela bagagem e ordem na marcha.

Fez uma pausa, para ameaçar: — Pensem que, por extravio da mala, estão incursos em crime capital de lesa-majestade. São essas as minhas ordens, que ficam registradas no livro do tombo do quartel.

Cuidaram dos animais, rasparam, referraram, deram rações dobradas de milho e rapadura.

Iam sair ao amanhecer do dia seguinte. Novembro é nas montanhas plena estação chuvosa e de frio, muito frio úmido e pouca visão pelo cinéreo dos ares. Os caminhos eram péssimos; só havia pontes provisórias, perigosas.

Na antevéspera da viagem chovia muito. O Capitão Cabral chegou à janela do quartel, espiando o tempo.

— Má notícia. Muita água!

Com chuva e friagem, o arraial anoiteceu deserto. As ruas esconsas escachoeiravam as enxurradas. À noite, na presença do caixa e do fiscal, o intendente retirou a mala do cofre-forte, entregando-a, contra recibo, ao Capitão Cabral, que escalou sentinelas especiais para guardá-la. Deu ainda uma ordem:

— Fechem as portas dos fundos e tirem a chave, que fica em poder de vocês; um guarde-a, no bolso.

Como a caixa ficasse no andar superior, o comandante ainda recomendou:

— Ninguém sobe esta escada. Nem o intendente, nem o fiscal, nem o contratador!

Frisou com má cara: — Ninguém sobe! Um de vocês, de hora em hora, vá ver lá em cima se tudo está legal.

As sentinelas eram dos pedestres.

Com o afrouxamento decorrente da administração de Felisberto Caldeira, lavrava indisciplina na tropa reinol. Aquele rigor das tropas militares, que encantara viajantes estrangeiros, passara a ser formalista; os soldados de el-rei contaminaram-se do regime poluto do contratador.

Naquele dia, quando o arraial adormeceu... naquela noite molhada ninguém sonhava que armavam um golpe terrível contra a coroa.

Certos aventureiros, conhecedores do movimento da intendência, planejaram roubar a mala de diamantes. A ocasião chegara. Tinha de ser naquela noite ou nunca mais seria feito.

À meia-noite, três negros, conjurados sob juramento de sangue, aproximavam-se da porta dos fundos da Casa da Intendência. Sabiam que, lá dentro, lá em cima, sobre uma mesa, estava a caixa de pedras que ia ser levada ao amanhecer. A porta entreabriu-se e eles entraram, apanhando a canastra, dentro da qual estava a caixa. A porta fechou-se e os negros desapareceram na noite escura.

Passaram pelas ruas desertas e, sob a chuva, ajuntaram-se aos comparsas que os esperavam fora do arraial. Um cavaleiro recebeu a canastra, ajeitando-a na cabeça da sela, para se afastar com rapidez. Seus companheiros seguiram-no, mas não foram pelo caminho do sul, no rumo de Vila Rica. Procuraram o norte, na direção do lugarejo Passagem das Formigas, que estava no caminho da Bahia.

Na fuga acelerada, na marcha aflita, nenhum deles falava nem fumava, para não chamar a atenção com o lume dos cigarros. Não havia ninguém pelos trilhos, que eram esses os caminhos pouco transitados do sertão.

Nos povoados que atravessavam, iam com garruchas engatilhadas e facas à mão, prontos a matar qualquer curioso. Ao amanhecer, estavam assombrados com a claridade, e esconderam-se no mato sob profundo silêncio. À noite, continuaram a caminhada, no rumo do Arraial das Formigas. Os ladrões sabiam qual a sentença infalível que os esperava, no caso de serem presos. Como não queriam ser vistos, passavam fome, o que pouco lhes importava, desde que só almejavam a posse das gemas e das vidas.

No Tijuco a chuva amainara, sem cessar. Começavam a cantar galos pelos quintais.

Os rios Grande, Piruruca e São Francisco estavam transbordantes da chuva da noite, que fora muito fria.

Às cinco horas o Capitão Cabral bateu com a coronha da clavina na porta da intendência:

— Sentinelas!
— Quem bate?
— Capitão Cabral.
— Qual é o santo?
— S. Jorge. E a senha?
— Jequitinhonha.

Abriu-se logo a porta.

— Que houve de noite?
— Tudo em paz, capitão!
— Ninguém bateu?
— Ninguém, capitão!

Ele já despertara as praças que iam viajar. Já prontos, comiam o tira-jejum das madrugadas de diligência.

A besta apareceu arreada. Às cinco e meia, todos estavam a postos e a cavalhada dos dragões em ordem de marcha.

Sabendo que a tropa marcharia às seis horas, já havia muita gente curiosa nas imediações do quartel, pois era espetáculo atraente a partida do comboio com a caixa de diamantes.

O negro trombeteiro empunhou seu instrumento polido a capricho e o capitão deu-lhe ordem de um toque:

— Preparar para a marcha!

O soldado embocou o clarim, acordando o resto do povo com um som claro, forte, bem compassado. Já estavam presentes o Intendente Lançóes, o fiscal dos diamantes, os três caixas, o fiscal da administração, o meirinho juramentado, funcionários, espiões e o secretário particular, escravos às ordens.

Felisberto Caldeira chegou escarreirado, com os bastos cabelos em desdém. O intendente reparou sua demora:

— Quase perde a hora, Contratador.
— Pois nem dormi. Passei a noite escrevendo cartas para Lisboa.

Muitos, quase todos do arraial queriam assistir à partida da tropa. Engrossava na rua, trocando impressões, o número dos curiosos.

— Vejam como as fardas estão limpas, a bainha das espadas brunidas, sem um verdete que as enfeie.
— Parece que o fardamento é novo.
— Olhem os estribos como estão brunidos. E as cambas dos freios. Noto é os soldados com cara amarrada.

— Têm razão. Vão em viagem de muita responsabilidade.
— Vão ver o mar. Quem me dera ir também. Quanto dias de marcha?
— Trinta e seis. É terra pra pisar, hem?
Às cinco e quarenta o dia estava claro. Os dragões montaram. Os civis já estavam nas selas.
Os pedestres apareceram em formação, com as clavinas a tiracolo e mochilas nas costas.
O Capitão Cabral, um pouco nervoso, inspecionou a força.
— Tudo pronto?
Estava tudo pronto. O pré do clarim deu a última ordem:
— Silêncio! Sentido!
O capitão gritou para o Alferes Cambuí, suboficial dos dragões:
— Vá com dois praças buscar a caixa!
Puxaram a mula para o pé da porta.
Já eram multidão na rua os curiosos da partida.
Momentos depois o alferes chegou muito pálido, segredando ao ouvido do capitão, que, em três pulos, entrou para a Intendência. Sem demora, mandou chamar o intendente lá em cima.
Todos os tijuquenses esperavam ver a caixa sair da casa para a cangalha. Foi quando, já sem o quepe, descabelado, descomposto, apareceu como doido o Capitão Cabral, a gritar, sacudindo os braços para cima:
— Roubaram a caixa de diamantes!
Aquela notícia estuporou a assistência que a ouvira. Entreolharam-se, não acreditando. Com o impacto da revelação, o povo da rua não pôde dizer uma palavra. Os grandes da administração falavam-se muito agitados, porém, com cara de defuntos.
Felisberto Caldeira estava abobado, braços caídos, gago. Seu rosto era de pasmo.
No grupo de maiorais, só pôde falar como quem pergunta:
— E agora?
O intendente o olhava por baixo dos olhos:
— Agora é prender os ladrões. Apreender o roubo!
Os dragões apearam. A tropa não viajaria mais. Toda a população estava assombrada.
— Roubaram os diamantes da Coroa!
— Como foi?
Ninguém sabia. Nem poderia saber.
Horrorizados como viviam pelas violências reinóis, todos tremiam prevendo opressões e injustiças. Do concílio dos senhores da situação era certo sair muita barbaridade, sangue, galés, enforcamentos. O intendente estava irredutível:

— É preciso prender gente, apurar o imperdoável crime de lesa-majestade!
E começaram a prender. Primeiro, foram os prés da sentinela, que juravam o cumprimento das ordens do capitão.
— Fechamos a porta e guardamos a chave, que foi entregue ao comandante, ao chegar aqui pela madrugada.
O capitão esbravejava:
— Como entraram então os assaltantes?
Os soldados não podiam saber.
Iniciou-se então no Distrito Diamantino uma caçada, como as sabiam fazer os portugueses.
Prenderam as sentinelas, seus parentes, amigos, vizinhos. Bastava uma denúncia anônima para perder um pai de família. Um simples nome escrito em papel, deixado sob a porta de autoridade, bastava para enterrar nas masmorras um inocente.
Abriram devassa, tão violenta, de tal modo selvagem, para apurar o crime, que aquilo mais parecia delírio furioso das autoridades. Não era só prender para sindicar, era prender para carregar de correntes, espancar aleijando ou aleijar matando. O Distrito Diamantino ficou em estado de guerra, com lei marcial para todos os absurdos, vinditas e indignidades.
Na sua casa modesta mas limpa, Padre Zuza cochichava com os majores Tôrres e Guerra:
— Afinal, em quanto calculam o roubo?
— Em duzentos mil cruzados.
O padre corrigiu:
— Não pode ser isso. O próprio Conselho da Coroa declarou há pouco que o montante das compras anuais das pedras do Tijuco é de duzentas mil oitavas de diamantes.[3] Uma oitava pesa três gramas e noventa centigramas. Duzentas mil oitavas são setecentos e oitenta mil quilates. Com o preço atual de nove mil-réis o quilate, setecentos e oitenta mil quilates valem sete mil e vinte contos de réis, sete mil e vinte contos. Essa é a cifra exata do roubo. Se esse roubo fosse de duzentos mil quilates seria de oitenta contos de réis, o que não é possível como renda de um ano de extração, mesmo com o número legal de seiscentos escravos. Vocês confundiram duzentos mil oitavas com cruzados. Vocês e muita gente boa que escreve sobre o que pouco entende.

Partiram patrulhas de galfarros em busca dos ladrões daquela noite. Mas seguiram pela estrada do arraial de Gouveia e de Vila Rica, caminho de São Sebastião do Rio de Janeiro. Não se lembraram do Norte e dos trilhos do Arraial de Nossa Senhora do Bonfim de Macaúbas, limite setentrional do território do Tijuco.

---

3. Uma oitava pesava 3 gramas e 89 centigramas.

No arraial, pedestres, dragões e prés das ordenanças prendiam, por palpites, a quem encontrassem, velhos, mulheres e crianças. Até os capitães do mato detinham os suspeitos das cacholas deles.

As diligências desumanas pararam a vida do Tijuco. Temiam abrir uma janela, encarar um soldado. Estavam nas correntes centenas de presos sem culpa. Havia dezenas de prostitutas atenazadas de pés e mãos nos troncos de ferro. Inumeráveis crianças estavam na chave, como possíveis informantes do roubo.

O arraial do Tijuco mantinha-se esmagado pela lei marcial dos delegados do reino.

No entanto, anoitecera e os criminosos, tarde da noite, iam reencetar a marcha de fuga. Sobressaltava-os o menor ruído, o voo de uma ave noturna, o fungado de um bicho do mato, o relincho de um cavalo no pasto.

A caixa abraçada pelo cavaleiro afastava-se do arraial onde, à aquela hora, já estavam nos ferros, grades, correntes e troncos, inocentes suspeitos do roubo.

Quando fugiam, um dos criminosos foi mandado a uma aldeola, como espia, sob pretexto de comprar gêneros. Voltou com notícia da maior fervura do mundo a respeito do caso.

— O mundo vai abaixo no Tijuco!

Passando por um rancho abandonado, viram um bananal. Numa dessas touças enterraram a caixa, até passar a tempestade de pedras...

Concordaram, dispersando-se, em se reencontrar ali, depois de tudo em calma, para dividirem a riqueza. A chuva de sangue demorou a ceder. E ninguém voltou ao rancho para o qual chegara novo morador, um forro velho.

Esse rancho é no Vão da Jaíba e o bananal cresceu, multiplicando-se em léguas e léguas no planalto úbere. Ninguém poderá dizer onde vicejaram as primeiras touças de bananeiras... E os ladrões, que fim levaram? Foram presos? Morreram? Por que não voltaram para a busca do cofre?

As tremendas autoridades tudo fizeram para descobrir o roubo. Nem o mais leve indício farejaram. O furto dessa caixa de diamantes é ainda um mistério na história do Tijuco.

O Intendente Lançóes foi o mais parcial e o menos digno dos funcionários do Distrito Diamantino.

Felisberto sempre fora mais amigo do povo e de seu arraial, do que do Rei e de si mesmo. Era administrador confuso, sem escrituração exata.

Depois do incidente com o Ouvidor Bacelar, o intendente vasculhou tudo quanto foi possível para perdê-lo. Além das acusações funcionais, com dívida de um milhão e meio de cruzados, havia 700.000 cruzados em saque sobre a Caixa Administrativa dos Diamantes, em Lisboa, saque não aceito e recambiado para o contratador.

Além de tudo, o que era suspeito, depunha contra Felisberto sua popularidade. Pois o intendente alertou a el-rei que ele podia revoltar a Demarcação Diamantina contra Portugal e fazer-se régulo de uma república apoiada por invencível massa popular.

Depois do atrito na igreja, o Padre Zuza disse muito certo:

— O intendente vai fazer direitinho a caveira do Felisberto com o Rei.

E parece que fez mesmo. Lisboa estava alertada contra Felisberto e o Capitão-General Governador Gomes Freire de Andrade foi encarregado por el-rei de ir ao Tijuco, para prendê-lo. Tudo ficou planejado no escuro, em completo segredo. Felisberto Caldeira foi preso pelo próprio governador, quando fora encontrá-lo no caminho, perto do Tijuco.

Foi preso e encarcerado com sentinelas à vista. Sua prisão abalou todo o povo, de modo que ficou decidido transportá-lo imediatamente para o Rio.

Ainda não eram quatro horas da madrugada e o capitão dos dragões chegou ao quartel da companhia.

À sua aproximação, uma sentinela noturna gritou, de clavina apontada:

— Alto! Passe de largo!

— Sou o comandante, Capitão Cabral.

O soldado apresentou-lhe a arma, em continência.

Uma névoa fria retardava a claridade do alvorecer. O arraial dormia na madrugada gélida.

O Cabo Pantaleão, que ainda afivelava o cinto, bateu continência, unindo com estrondo os calcanhares.

— A escolta está pronta?

— Pronta, capitão!

— Chame dez praças e vá buscar os presos.

Apresentaram-se, já fardados, os vinte dragões da escolta, cujos cavalos estavam arreados para a viagem. Foram trazidos para a frente do quartel. Apresentou-se o Tenente Sérvulo, que seguia comandando a tropa. Recebeu as últimas ordens rigorosas do superior.

Com pouco prazo chegou o troço do cabo com os presos. Estavam amarrados pelo pescoço a imensas correntes, ligadas também aos pulsos e tornozelos. Caminhavam com dificuldade.

O capitão entregou o ofício de ordens ao tenente, quando surgiram, sob capotes, o ouvidor da Vila do Príncipe e o fiscal da Administração, encarregado do cumprimento das leis no Distrito Diamantino. O Ouvidor Bacelar encarou um dos presos, que não desviou os olhos, fitando-o também de frente, com altiva insolência.

Os presos eram Felisberto Caldeira Brant, orgulhoso contratador dos diamantes, e seu irmão Joaquim, que seguiam para Lisboa por ordem real. Felisberto pediu para se despedir da esposa, Dona Branca de Almeida Lara, da mais pura aristocracia paulista. O ouvidor respondeu, grosseiro:

— Não pode. Você é réu incomunicável.

Esquecido de que praticava covardia sem nome, o ouvidor confirmou para o tenente comandante, apontando Felisberto:

— Cuidado, todo cuidado com este, que é réu de crime capital de lesa--majestade de primeira cabeça, rebelião, alta traição e parricídio!

Foi aí que o capitão reavisou ao tenente:

— Estes presos não podem falar com ninguém, como já determinei. São presos de Estado. Se tentarem fugir, passem fogo e lavrem ato de criminosos mortos em fuga. Nesse caso é bom cortar-lhes a cabeça, para prova perante qualquer autoridade do caminho. Isso acontecendo, é prudente até conservarem a cabeça em salmoura, para evitar complicações. Podem seguir!

Não podendo montar pelo estorvo das correntes, os prisioneiros foram guindados à sela por praças. Um pré levava na cabeça do selim o tronco de ferro em que haviam de dormir, trancados, os dois irmãos. Já cavalgado, o tenente bateu continência ao capitão, rompendo a marcha. Os presos iam flanqueados pelos dragões, entre outros da frente e de trás.

Partiram em silêncio.

O ouvidor viu-os afastarem-se, orgulhoso de sua força e com alegria fulgurando nos olhos irresponsáveis. Um pouco agitado, rosnou como vencedor:

— Não voltarão nunca mais. Seus crimes coram as pedras e bradam aos céus!

Felisberto afastava-se do Tijuco sem amigos, sem família, desgraçado da estima real, ele que fora benemérito do Tijuco, homem querido pela população em peso de um arraial que lhe devia serviços e muito dinheiro. Quando começou a amanhecer, ele passava pelas lavras dos rios familiares, onde reinara como um príncipe e agora revia carregado de ferros ultrajantes.

Desciam pelas grotas águas fartas do inverno que findara e, lá embaixo, nas várzeas, os rios cheios ainda não se acomodavam nos leitos. Ouvia-se o barulho de águas ocultas gorgolejando pelos grotões. Sorriam lírios-do-brejo nas beiras d'água e sempre-vivas nas campinas agrestes, agora verdes de seivas borbulhantes.

Ele partia caído em desgraça, perseguido por intrigas e acusado de irregularidades de pouco valor.

Em pé, diante do Quartel dos Dragões Imperiais, as autoridades coatoras olhavam a tropa se afastar, até desaparecer. Felisberto Caldeira enfrentava o mais duro dos destinos.

Chegando à Lisboa, foram ouvidos por funcionários subalternos do Erário Real. Cobraram-lhes 900 mil cruzados só de multas e pagamentos devidos à Coroa, fora letras sacadas contra a Real Fazenda, que não foram devolvidas. No contrato firmado com o Governador Gomes Freire de Andrade, ele pagara 220 mil-réis para cada um dos 600 escravos do serviço diamantino, mais 10 mil-réis de espórtula por unidade e 350.000 cruzados à Coroa. Pelas contas do Fisco Real, ele era devedor agora da imensa quantia que lhe cobravam.

— Isso não posso pagar. Não tenho aqui meios que comprovem a lisura de meus negócios, por estar incomunicável.

Um funcionário com fuça de porco esclareceu:

— El-Rei sabe disso. O acusado está falido. O resto de seus crimes será provado pela devassa que está correndo no Tijuco.

A Corte estava convencida de que Felisberto fora o autor do roubo dos diamantes da Intendência. Essa circunstância influiu no rigor malaio de sua prisão e no seu tratamento ao chegar a Lisboa.

Um soldado tirou dos presos os anéis e as alianças de casados. Suas famílias no Tijuco também foram espoliadas de todos os haveres, ficando na miséria. Aí um meirinho fez-lhes o auto de prisão, hábito e tonsura, isto é: registrando-os como réus e fazendo com que abaixassem as cabeças para examinar se eram clérigos, se tinham na cabeça o sinal da tonsura dos sacerdotes.

Ao anoitecer Felisberto e Joaquim foram sepultados nas masmorras do Limoeiro.

O Limoeiro era a prisão mais pavorosa da Península Ibérica. Suas tradições eram infernais. Ao ser escriturados ali, tiveram as cabeças raspadas a navalha, vestiram calças grosseiras e camisa de estopa. Quando cortava a cabeleira de Felisberto, o barbeiro, comentou, satisfeito:

— Parece a juba de um leão...

Mal sabia ele que Felisberto era mesmo, em força, prestígio e imponência, um leão indomável das Gerais.

A prisão do Limoeiro era indigna fortaleza amarela, que nunca fora lavada, e abrigava nessa época 860 prisioneiros, com guarda sempre à vista. O sono de seus hóspedes era perturbado por baratas, piolhos, percevejos, pulgas e ratazanas. Grassavam lá dentro moléstias de pele, disenteria e outras mazelas, já que a alimentação era sórdida sopa duas vezes por dia.

Na divisão das galerias internas, os "segredos compridos" eram parcamente arejados; os "segredos escuros", sem ar nem luz, e as "casas fortes", escuras e abertas às intempéries por postigo no alto da muralha. Os segredos escuros mediam 9 palmos de extensão para 9 de largura, com um respiradouro de palmo no alto.

Nessas covas de vivos não havia camas e sim uma enxerga de palhas com ralo cobertor, para todas as estações do ano. Essas enxergas eram suspensas em pranchas apelidadas bailiques, que de dia ficavam presas à parede por argolas. À noite não se acendiam luzes. Como se tudo isso fosse pouco, ao entrarem para tal fojo os infelizes usavam obrigatoriamente um capuz, à maneira de saco, que lhes descia pela cabeça até o pescoço, tendo apenas dois buracos para os olhos.

Os presos viviam em célula para uma só pessoa, não lhes sendo permitidos banhos.

Tal a abjeta bastilha do Limoeiro, prisão dos reis beatos de Portugal. Aí gemeu quase sete anos Felisberto Caldeira, o 3º Contratador dos Diamantes do Distrito Defeso, cuja capital era o Tijuco. E com ele, seu irmão Joaquim.

Ficaram emparedados nos segredos escuros.

O Governador Gomes Freire, depois da retirada de Felisberto, ainda permaneceu alguns dias no Tijuco.

O Distrito Diamantino ficara em estado de choque, com o que acontecera. O arraial mantinha-se recolhido, sob o terror sangrento dos delegados da Coroa. Os meninos pobres dos subúrbios do arraial, os desvalidos de fim de rua, viviam encantados com as tropas militares ali sediadas. Crianças esfarrapadas, desnutridas, famintas, sentiam-se renascer ouvindo os tambores dos pedestres, dos dragões e das ordenanças do rei desfilando pelas ruas. Nunca viram soldados, mas agora, com o surto diamantino, estavam com a fascinação das fardas, espadas, clavinas e principalmente pela cadência dos tambores puxando as companhias.

Tanto assistiram ao desfile das tropas que, para imitá-las, organizaram um batalhão de vinte ou trinta e, atrás de um comandante mirim, passaram a percorrer as ruas do arraial.

Decoraram uns versos, solfejados por algum soldado brincalhão, versos que, cantados, imitavam a toada dos tambores. Com o comandante à frente, montado em cavalo de pau de vassoura, faziam garbosas marchas abaixo e acima. Aquilo agradou ao povo, que via meninos pobres, pretos, mulatos e brancos com espingardas de pau (uma vara) no ombro, sérios, no regime das tropas de linha. Pareciam mesmo soldados, pois aprenderam a desfilar, marchando — uns bem pequenos, esforçando-se por imitar o aprumo dos mais crescidos. Tentavam fazer manobras com acerto e obedeciam, prontos, às vozes de comando:

— A-alto!

— Ordiná-ário!
— Se-entido!
— Ma-arche!
— Vol-ver!
— A-apontar!
— Fogo!

Faziam risíveis evoluções, convictos, orgulhosos de sua disciplina de veteranos. O comandante passou logo a furriel e havia um cabo exigente, a verificar a linha da formação. Com o grito de:

— Acelerado!

Voavam um pouco em desordem, mas ninguém faltava à chamada nem perdia a hora de revista...

O que mais agradava ao povo era a imitação da toada dos tambores, que eles fizeram de latas velhas, mas com a boca reproduziam a música exata das caixas de guerra. Passavam, rufando-as com aquele orgulho menineiro:

Ratos com coco,
lagartixa com feijão,
lá no Beco das Beatas
tem arroz com camarão.
Rão, prão, prão, prão,
compro todo o camarão.
O ferreiro fez a foice
mas não fez o gavião.

Arreda cachorrinho,
não empate o batalhão
que ele vai pra muito longe,
vai guerreá na Conceição.

Casaca de ferro
botão de latão,
dez réis de pimenta
seis réis de limão.

Marche, marche, batalhão,
mate o que roncou no chão,
rana, rana, rataplana,
mate aquela ratazana.

Rão, prão, prão, prão,
compro todo o camarão.

Quem forjou a ferradura
esqueceu de pôr rompão.

Ajuntava gente para ver passar o batalhãozinho dos esfarrapados. Seu efetivo crescia; já orçava em 23 praças. À tarde, o governador estava na Intendência, quando ouviu o barulho de latas velhas na rua. Parou, escutando.
— Que é isso?
O intendente explicou:
— São moleques vadios que brincam de soldados.
Gomes Freire chegou à janela.
Nesse instante passava o batalhão. Na frente, no cavalo de pau, o comandante de oito anos baixou com o braço duro uma vara, para fora e para o chão. Os soldados de rostos voltados para a janela tinham na frente, firmes nas mãos, as espingardas de cana de milho. Aquilo era continência e todos sorriram, menos o governador.
— Que é isto? Ensaiam formação militar? São futuros adversários da Coroa e do Rei! Isto é pura demagogia de pés-rapados contra a ordem social, eterna e onipotente!
Retirou-se da janela, sentando-se diante da mesa, em cujo tampo tamborilava os dedos.
— Não quero saber desse absurdo! Prendam esses malandros e deem seis bolos em cada um e doze no safadinho do comandante. Avisem aos pais que, se seus filhos continuarem com semelhante palhaçada, eles, pais, serão expulsos do Distrito Diamantino!
Naquele mesmo dia foi cumprida a ordem, e assim ficou dissolvido o batalhão dos mulambentos.

III

DIAMANTE NEGRO

... achamos que Chica da Silva foi uma mulata bonita, tal a forte paixão que despertou, primeiro no Dr. Manoel Pires Sardinha e depois no Desembargador João Fernandes, que se deixou enlear nas redes de um forte amor,

> satisfazendo a todos os caprichos da escrava que passou a ser a Rainha do Tijuco. — Sóter Couto — *Vultos e Fatos de Diamantina*, Impr. Of., Belo Horizonte, 1954.

O beatíssimo Rei Dom João V fechou os olhos ao mundo de suas delícias, em 1750.

Ocupou o trono, ainda quente de seus pecados mortais, Dom José I, digno filho de tal pai.

O Rei morto foi rival, no fausto, de Luís XIV. No seu reinado descobriram-se os diamantes do Brasil, de cujo ouro sempre viveu com delirante desregramento. Para ser enterrado não se achou dinheiro no Erário Real e foi preciso tomá-lo por empréstimo para sepultar, com todas as pompas, o esplendoroso Testa Coroada Dom João V, o "Magnânimo", por graça de Deus, Rei Fidelíssimo de Portugal e dos Algarves, daquém e dalém mar; em África Senhor da Guiné; e da conquista, navegação e comércio da Etiópia, Arábia, Pérsia e Índia; Senhor do Reino e Senhorio de Malaca e do Reino e Senhorio de Goa e do Reino e Senhorio de Ormuz, Imperador de Angola e Congo, etc.

Muitos títulos para tamanha pobreza...

Dom José teve juízo ao convidar o jovem Sebastião José de Carvalho e Melo, futuro Marquês de Pombal, para seu Ministro e Secretário de Estado dos Negócios do Reino.[4]

Com a prisão de Felisberto Caldeira, notou-se que havia babélica desorganização na Intendência dos Diamantes do Tijuco. Mais da metade dos diamantes extraídos era consumida pelo contrabando, aliás facilitado pela displicência do contratador agora preso. Pombal fez uma limpeza no mofo escandaloso daquela repartição, de onde vinha a maior cifra do orçamento da Coroa, com os diamantes e o ouro. Porque no Oriente, Portugal estava falido.

Um dia antes da posse de Pombal, em reserva lhe confessara o pessimismo o jovem Duque de Lafões:

— Portugal tem perdido suas possessões mais ricas por descuido dos portugueses. Muitas foram e estão sendo arrebatadas por franceses, holandeses, ingleses, mouros africanos e espanhóis. De Dom Pedro II, pai de Dom João V, para cá, em desvairados governos já perdemos a ilha Manará, com as pérolas maravilhosas, Cochim, Coulão, Granganor, Negapatão, Cananor, Jafanapatão, das costas de Malabar, Choromândel e Ceilão, conquistas de soberbas riquezas. Estão já perdidos para nós o Reino do Ormuz, as Molucas, Malaca, a Costa da Mina, o Cabo de Boa Esperança e parte da Guiné. Nossa

---

4. Sebastião José de Carvalho e Melo não tinha ainda nenhum título nobiliárquico. Em 1758, recebeu o de Conde Oeiras, e só em 1770, o de Marquês de Pombal. Tratamo-lo sempre por Marquês de Pombal, com o que passou à história. Do mesmo modo procedeu Camilo Castelo Branco.

Colônia Ocidental do Brasil sempre foi cobiçada em constantes investidas por franceses, ingleses e holandeses, em Pernambuco, Maranhão, Ceará, Baía de Todos os Santos. Nassau lá esteve vinte e quatro anos, os franceses vinte e um... O próprio Portugal vive ameaçado pela Espanha... É que Portugal sempre teve colônias para exauri-las, não para colonizá-las. Chegamos, no reinado de Dom João V, a ver oficiais e soldados do nosso exército pedindo esmolas, para não morrerem de fome.

Pombal ouvia, de olhos cerrados:

— Pense o que foi o reinado de Dom João V, bastando recordar que ele obteve do Sacro Colégio o título de Rei Fidelíssimo hereditário, a troco de 450 milhões de cruzados em dinheiro, 6. 417 arrobas e 25 libras-peso de ouro; 324 arrobas de prata; 15.679 arrobas de cobre; 2.508 quilates de diamantes não lapidados... A Companhia de Jesus invadiu o mundo português, tudo domina, a começar pelos atos do rei e de seus ministros. Os padres, no confessionário, com suas lábias, valem mais que nossos capitães no campo de honra. Fomos perdendo tudo... Infelizmente tudo... De modo que em verdade só nos resta o Brasil, onde os mulatos se contam em número maior que os de pretos e brancos juntos...

Pombal ouviu tudo calado. Mas seu cérebro estava fagulhante de sinistras claridades.

João Fernandes de Oliveira, filho do sargento-mor do mesmo nome, nasceu em Mariana, capitania das Gerais, em 1722. Doutor em Leis pela Universidade de Coimbra, em 1750, logo depois já era Cavaleiro professo da Ordem de Cristo e Desembargador da Relação do Porto. Era solteiro.

Fez-se amigo de Pombal na Universidade e, embora bem encaminhado na vida, aos 29 anos, foi chamado pelo ministro:

— João, preciso de você. Estou vendo o que apuro dos salvados do incêndio, que lavrou por muitos anos em Portugal e nos domínios. O Erário Real não tinha um xenxém ao se iniciar o reinado que aí está. Nossa marinha de guerra acabou. Só temos hoje doze naus de linha e umas desmanteladas fragatas para garantirmos o Império na Ásia, África e América Ocidental. É temerário que nossas naus comerciais, brigues e charruas enfrentem os mares para navegações grandes. Muitas dessas embarcações estão fundeadas em África e Ásia, sem condições para regresso. Vendo as coisas bem descamadas, há balbúrdia, mãos sujas e muito contrabando com o ouro e os diamantes do Brasil.

E encarando o amigo com olhos fulgurantes: — Quero que você vá para o Distrito Diamantino como Fiscal Geral dos Diamantes, com ordens reservadas. Seu pai é o atual contratador e o negócio caiu de tal modo que julgo necessária a intervenção da Coroa para salvarmos as minas. Levará carta de prego para só a abrir no Tijuco.

E erguendo-se da poltrona:

— A nau de Macau, a *Sereia*, sai depois de amanhã, e você vai nela.

O Dr. João Fernandes embarcou. Os fiscais dos diamantes eram nomeados pelos governadores da capitania, mas aquele fora nomeado por alvará do próprio rei.

Estava em vigência o 4.º Contrato, mais uma vez arrematado pelo Sargento-Mor João Fernandes de Oliveira, pai do novo fiscal geral dos diamantes. Associara-se a José Alves Maciel, que administrava os serviços, pois o sargento-mor, velho e doente, residia em Vila Rica, só indo em caso excepcional ao Tijuco, ocupando então a Casa do Contrato, quase sempre fechada. José Maciel despachava em sua casa da Rua da Quitanda, onde residia.

Pombal já alertara a João Fernandes, pai, do péssimo rendimento das catas no início dos trabalhos, o que foi confirmado pelas observações do novo fiscal dos diamantes.

O Dr. João Fernandes, chegando ao Tijuco, foi morar na Casa do Contrato, na ala residencial, pois a outra era para ligações oficiais do contratador quando no arraial.

O sargento-mor possuía ainda confortável solar na Rua Lalau Pires, então desocupado e que o filho mandara pôr em ordem para sua residência. Durante todo o ano de 1752, foi atento fiscal, com as ordens recebidas na carta de prego que trouxera. Não só via e revia os documentos da Intendência, como vigiava o livro de entrada de diamantes, entradas decaídas desde o tempo de Felisberto Caldeira. Não era só: visitava as catas, assistia à arranca dos cascalhos, via como era feita a lavagem.

Acabou sabendo como prosperava a indústria dos garimpos, que era a exploração clandestina das pedras. Os garimpeiros ficavam todos ricos... O extravio e os trabalhos nas datas estavam sendo feito às escâncaras.

De tudo quanto viu, o que mais lhe impressionou foi a desorganização do contrato, porque seu pai era responsável, e o descontrole com que o administrava o sócio e gerente do sargento-mor, José Alves Maciel.

O meirinho da Intendência, ouvindo lá uma conversa sobre os filhos de Felisberto Caldeira, que viviam na mais triste miséria, pigarreou como satisfeito:

— Pecados de nossos avós, fazem-nos eles, pagamo-los nós...

João Fernandes, ao chegar ao Tijuco, recebeu algumas visitas. Naquela tarde, lá chegaram para essa cortesia Padre Zuza e os majores Tôrres e Guerra.

— Pois vim lhe trazer minhas homenagens e pedir notícias do nosso sargento-mor.
— Obrigado pela atenção, Padre Zuza. Meu pai não passa bem, nos últimos tempos. Macacoas da idade. Já faz com sacrifício as viagens de Vila Rica ao Tijuco. Está ficando gasto...
— Mas são cinquenta e quatro léguas, doutor Fiscal. E de maus caminhos.
— Depois isto aqui exige atenção indormida, energia férrea; só para os moços.
— Doutor João, depois de tantos anos, que achou de nosso arraial?
— Caindo aos pedaços, moralmente. Florido e florescente nas construções.
— O senhor disse moralmente...
— Sim. Falo como delegado de el-rei. Deixaram os garimpeiros se apossearem de quase tudo que pertence à Coroa. No Distrito Diamantino hoje mandam mais os garimpeiros e os negros fugidos, que também o são, que o próprio intendente e o contratador...
— Não sabia. Vivo afastado, no meu canto.
— Mas a ordem é consertar tanto descalabro!
Saiu para atender um funcionário sobraçando imenso livro. Ao voltar, os visitantes já estavam de pé para sair.
Já na rua, Guerra se manifestou aborrecido:
— Não gostei do homem. Não gosto de gente emproada.
O padre riu-se:
— Em Lisboa ajoelham-se, para beijar as mãos do rei. Saem do Palácio da Ajuda com o próprio rei na pança... Isso é de todos os aduladores.
Caminharam um pouco, em silêncio, e Guerra falou inspirado:
— Zuza, no topo do mastro grande da caravela que acabamos de visitar vejo tremulando a insígnia de Almirante.
— Por quê?
— Você verá e não demora.
Quando as visitas se retiravam, o escrivão da Intendência indagou:
— Por que V. Exa. chamava padre um desses visitantes?
— Padre Zuza, amigo de meu pai, é sacerdote suspenso de ordens há muitos anos. Foi obrigado pelo bispo a despir a batina, usando em lugar dela, como viu, um sobretudo cinzento em todas as horas e estações do ano. Mora na Rua do Macau e traz as janelas sempre fechadas. Diziam que fora suspenso de ordens por viver portas adentro com uma jovem mestiça de quem tinha um filho. Preferiu suspensão de ordens a abandonar a caseira. Tem ou teve algum recurso, porque minerou ouro com escravos, encerrando a cata antes da proibição. Parece que cria um pouco de gado em fazendola vizinha. Mas é muito preparado. O outro, o Major Guerra, estudou em Coimbra, interrompendo o curso já no fim. Rabulejava, antes de proibirem, é vivo e respeitado,

sendo também pequeno fazendeiro. São pessoas consideradas no arraial. Meu pai sempre foi amigo deles. Desejo conservar essas amizades.

Entretanto, aconteceu o que ninguém esperava. Por ordem régia recém--chegada, o Desembargador João Fernandes de Oliveira teve incumbência de assumir a administração do 4º Contrato arrematado por seu pai e entregue à gerência atrabiliária de José Alves Maciel.

A ordem fora decerto inspirada pelo Marquês de Pombal e assim João Fernandes passou a ser, de fato, o Contratador dos Diamantes.

Mudou a residência para a casa da Rua Lalau Pires, fazendo instalação de quem viera para ficar. Mobiliou a mansão em gosto superior ao do sargento--mor, com móveis de jacarandá da Bahia e louça de gente rica. Falavam que as roupas brancas das camas eram de linho inglês, o que parecia verdade. Muitas mucamas e ladinas foram servir o já chamado Contratador. E escravos às ordens? Muitos.

O certo é que, depois do caso de Felisberto, fizeram renovação geral na própria Intendência, cujo chefe foi substituído.

E João Fernandes começou a combater garimpos e garimpeiros. Não era por falta de vigilância da administração anterior que agiam os ladrões do Erário Real, extraviando gemas, mais fáceis de esconder do que o ouro. A Demarcação Diamantina era extensa demais para ser vigiada e policiada a rigor. Estando no cascalho do solo e do subsolo, ninguém sabia onde e em que profundidade ficava o diamante. Havia os profundos, de arranca penosa e cara, como havia os superficiais e até sobre a terra. Inúmeras gemas foram apanhadas na beira dos trilhos e na raseira das águas.

Os de Coroa apareciam à vista, nas primeiras remoções de terra, e os soltos, em cima do chão. Eram comuns as pedras apanhadas aflorando a terra; eram os diamantes de raiz de capim.

Muito negro, passageiro nos trilhos, viu uma pedra diferente, solta em cima do chão ou no raso dos ribeirões... Essa pedra nunca passaria pela Intendência, nunca daria alvoroço a rei nenhum... Ia, vendida por alguns vinténs, por um pedaço de rapadura, por cachaça da terra, para lapidações da Holanda. Abençoada a mão que levantou da terra essa gema de Deus.

Foi em vão que espalharam registros pelos caminhos de S. Sebastião do Rio de Janeiro, onde ancoravam as caravelas do comércio mundial. Destacamentos militares com pessoal treinado na repressão procediam minuciosos exames na bagagem dos viajantes.

Abriam as malas, arrancavam os forros, descosiam roupas, como também as cabeças das selas e o enchimento dos suadouros. Descarregavam com saca--trapos, trabucos, garruchas e espingardões; arrancavam-lhes as coronhas de pau. Também eram arrancados os saltos das botas e sapatorras, como rachados os cabos dos piraís. Desarmavam os fardos, partiam as caixas, desferravam os animais para ver dentro dos cascos. Penteavam clinas com pentes finos. Ai do boi que chegasse mancando nos registros. Era derrubado e vasculhado nas unhas, onde podiam estar as razões da manqueira... E senhoras viajantes? Soldados insolentes tiravam-lhes as roupas íntimas, examinavam mesmo as partes pudendas, tateando pedras! O Dr. Vieira Couto assistiu num desses postos respeitável negociante do Rio receber um clister de pimenta, porque estivera dias no Tijuco e voltava com bagagem. Clisteres de pimenta e purgativos de óleo eram habituais em escravos de comitivas que regressavam do Distrito Defeso.

Nos abomináveis postos de verificação de contrabando passavam famílias com mulheres e crianças dias e dias, enquanto fuçavam as bagagens. Essa estada forçada era paga com ouro pelos viajantes!

Em boiada descendo das Minas para o Rio, foi achado um saquinho de pedras escondido na vassoura da cauda de um novilho. Só Deus sabe o que sofreu o boiadeiro, imediatamente preso no tronco. Sofreu o confisco da boiada inteira. Era natural que fosse, como de fato foi, para Angola, com 10 anos.

O viajante surpreendido a passar por atalho que não levasse diretamente à Intendência dos Diamantes perdia o que levava consigo e era submetido a torturas, até que provasse ter errado o caminho, por onde nunca havia passado. Era quase impossível essa prova. Era proibido errar caminho...

Os soldados contra o extravio arrogavam-se a psicólogos. Encaravam um viajante e decidiam:

— Você leva diamantes! Está com os olhos arregalados...

Sofria com tal palpite, perdão: diagnóstico, de tal doutor tarimbado em *check-up* vergonhoso, com muitos dias para confirmação... Um desses cães de fila fixou os olhos nos olhos de um tangerino de tropa:

— Nêgo dos diabo, ocê leva contrabando. Istá olhano os praça de zóio discunfiado!

No barulho do facão, no espirrar do sangue, foi apurado que ele não conduzia pedra nenhuma. Esse processo de apurar garimpeiro, olhando-lhe a fisionomia, era corrente.

Precisava-se muita coragem para ir ou vir das Minas. Mas foi descoberto um passaporte diplomático para os encarregados do fisco: os presentes, as gorjetas, o tutu dos viajantes. Os que tinham coragem de lançar mãos de tais recursos passavam sem sangue, vexames e dor pelos registros dos caminhos de el-rei.

Só havia uma classe que não temia os miseráveis fiscais, nem as rondas do mato, nem nada: eram os negros fugidos. Os quilombolas eram o pesadelo dos fiscais do extravio, e por isso passaram a ser caçados como feras. Estava no regimento dos capitães do mato que negro, quando era fugido pela primeira vez, fosse marcado com o carimbo em brasa da letra F, de fujão. Na segunda vez, cortavam-lhe uma orelha e, se resistisse à prisão, seria morto. O capitão do mato só tinha a mais o trabalho de cortar a cabeça do calhambola, que apresentava ao Intendente, para receber o prêmio. Porque havia prêmio para tal ato de bravura.

Toda essa bestialidade, essa baixeza do rei, de fiscais do reino e dos capitães do mato não evitavam que o contrabando de diamantes fosse igual ao volume das pedras extraídas dentro da lei. Viajantes estrangeiros ilustres calcularam ser o extravio igual à colheita legal do ouro e dos diamantes.

Padre Zuza e o Major Mata subiam, de olhos no chão, a Rua da Cavalhada. Caminhavam em silêncio.

Já escurecia no vale e a tarde começava a esfriar. Súbito, estrupido de cavalgada os despertou. Subia a rua deserta um grupo de cavaleiros a meio-galope.

Ao passar por eles, o que ia na frente saudou-os com a mão balançada no ar. Para evitar a poeira erguida pelos cavalos, o padre levou ao nariz o lenço vermelho da Costa. O major comentou:

— O João Fernandes vem das lavras apressado. É o fogo do dinheiro. Do que já tem do pai e do contrato, que já está em suas mãos.

A poeira caíra. Padre Zuza deu um resmungo:

— Está podre de rico! Ficou soberbo... Mais de quatro mil escravos trabalham para ele, quando o contrato é só de seiscentos negros...

— Sim, está muito orgulhoso, mas é bom sujeito. É nosso amigo; ainda agora nos cumprimentou.

Padre Zuza parou, sorrindo com um ronco:

— É nosso amigo... Você já viu gente rica ser amiga de quem é pobre?

Nesse instante, lá embaixo, na Igreja do Bonfim, plangeu o primeiro dobre da Ave Maria.

Os homens de novo silenciaram, tirando os chapéus para rezarem no coração a prece angélica.

João Fernandes pouco demorou na casa da Rua Lalau Pires, onde já residia, saindo apressado. Chegou com a noite na residência do Sargento-Mor José da Silva e Oliveira Rolim, nomeado 1.º Caixa Administrador da Intendência dos Diamantes, na remodelação que, às pressas, lhe fizeram, por ordem de Pombal.

— Caro sargento-mor, boa noite.

— Desembargador, que honra me dá, aparecendo no meu rancho. Boa noite.

Apertaram-se as mãos.

— Rancho... Eu digo que sua mansão é quase um palácio. Palácio que muito honra, com seu dono, o nosso Tijuco.

— Seus olhos estão de tal modo habituados a esplendores, que veem riquezas em tudo. Vamos assentar.

O dono da casa expandia-se:

— Depois que seus negócios tomaram novo rumo, é difícil encontrá-lo em casa. Vive inspecionando as catas... lavras desorganizadas por Felisberto Caldeira. Só agora vejo as coisas tomarem novos rumos. O rumo antigo, determinado por seu pai.

Rolim acomodou-se melhor na poltrona:

— Eu sempre disse que Felisberto era um demagogo. O demagogo mais perigoso do sertão e da mata. Era dos tais que confiam no povo; que dão ouvidos a qualquer badameco. Queria ser popular, confraternizando até com forros, crioulos e mulatos. Ele quase põe a perder a grande obra organizada por seu pai. Não fosse a mão de ferro de Pombal...

João Fernandes falava com autoridade:

— O caso é que no seu contrato a produção das pedras caiu a tal ponto que o rei se alarmou. Estava quase falido o comércio dos diamantes.

Mudou de assunto: — Vim aqui para indagar do amigo sobre as entradas de pedras este mês, na Intendência. Vou fazer correspondência ainda hoje e as cifras me fogem. Só o nosso primeiro caixa me esclarecerá.

E falaram muito sobre a questão. João Fernandes ia sair quando chegou uma ladina, com bandeja de vinho do Porto. A mucama vestia-se com modéstia, mas alegrava as orelhas com argolões de prata.

João Fernandes recebeu o cálice, mas deixou-se a olhar a jovem que, de olhos baixos, aguardava. Era morena, alta, enxuta de carnes e cabelos negros corridos de filha de branco.

O sargento-mor reapanhava a conversa já perdida:

— Agora não. Com seu modo de administrar, prestigiado como está, vejo a Intendência florescer em ordem e cruzados.

João Fernandes não ouvia mais o amigo e se esquecera de beber o vinho, encarado na rapariga.

Repentino, bebeu de um trago o seu Porto, depondo o cálice na salva de prata.

Ficara silencioso, mas despertou, com vivacidade:

— Sargento-Mor, essa moleca que aqui esteve é sua escrava?

— Sim, é escrava, minha cria. Mas não é moleca, pois já é mãe de dois filhos.

— Que idade tem?

— Dezessete anos.

— Como se chama?
— Francisca.
— É casada?
— Não. No tempo do Felisberto chegou aqui para averiguações secretas um magistrado, Manoel Pires Sardinha, que botou casa. Emprestei-lhe minha escrava cozinheira Maria da Costa, que levou a filha que o senhor viu. O magistrado abusou da menina, aos treze anos, e, quando voltou para nossa casa, veio grávida. O homem é fogo, a mulher é pólvora, vem o diabo e sopra... O outro filho veio, não sei como.

Só não contou que era o pai da mocinha Francisca...

João Fernandes foi até uma sacada do prédio, tamborilando os dedos no parapeito.

Lá fora, a noite floria em estrelas brancas. As casas senhoriais da Rua do Carmo também estavam iluminadas.

João retomou seu lugar na poltrona, encarando o amigo:

— Prezado sargento-mor, você vai me vender a escrava!
— Que escrava?
— A Francisca.
— Oh, é impossível, senhor João Fernandes, a Chica é menina muito estimada de minha família.

Desapontou: — É colaça de minha filha Gertrudes...

Fez-se embaraçoso silêncio. O sargento-mor explicava-se:

— Você sabe que tomamos amor até aos animais que vivem perto de nós... Até às peças de roupas velhas... Me desculpe, mas não posso vender a ladina.

Abrupto, João Fernandes irritou-se:

— Vou levar a escrava por um conto de réis. O preço dessa peça é 300 mil-réis.

— Não, não posso. O preço é bom, mas não vendo a mulata.

Repentino e inflamado, o desembargador adiantou-se:

— Pois eu dou-lhe dois contos pela moça e será favor que me faz aceitar a oferta, única no Distrito Diamantino, pois nem os escravos especializados na lavagem de pedras valem isso!

O velho sargento-mor balançou a cabeça em calma negativa:

— João Fernandes, essa cabocla não tem preço. Você é o mais rico dos habitantes do Tijuco, tem rios de dinheiro, é praticamente o contratador, mas isso não vale a estima que tenho pela Chica.

— Que diabo! Sempre fomos amigos, você é amigo de meu pai e escravo é mercadoria. Toda mercadoria tem preço; dou-lhe o triplo do que valem escravos especializados e você rejeita!

— Mas há razões que a gente respeita... Minha família gosta de Chica...

— Ponho então o negócio no terreno da amizade. Dou-lhe dois contos de réis e peço-lhe o favor de me ceder a rês. Se assim não serve, abra o preço!

— Você me embaraça... põe a coisa no terreno da amizade...

Levantou-se por sua vez, agitado, chegando também a uma das janelas. Ficou em silêncio, espiando a rua.

— ... não quero que se aborreça comigo.

E vivo, de frente para o visitante:

— Há coisas que não têm preço, você compreende. Você é contratador, é formado em Leis, é rico, tem sorte em tudo. Mas a Chiquinha você não leva...

Um tanto estabanado, João Fernandes apanhou o chapéu.

— Bem, retiro-me, mas estremecido com vosmecê.

Rolim pensou, esfriando a cabeça, nos embaraços que aquela inimizade lhe podia acarretar. Era o 1.º Caixa Administrativo da Intendência dos Diamantes e agora João Fernandes estava encarregado do contrato, era homem para persegui-lo e demiti-lo, pois gozava de influência junto a Pombal. Sem a amizade do desembargador, perderia todas as oportunidades, numa época em que não havia direitos, mas a vontade da Coroa. Pensando essas coisas sensatas, sussurrou ao amigo já de pé:

— Não será por isso que estremeceremos uma amizade, vinda de seu pai. Pode levar a mulata.

Naquela mesma noite, Cabeça, escravo de confiança de João Fernandes, foi procurar o que seu sinhô comprara. Chica saiu chorando da casa do sargento-mor Rolim e Cabeça acompanhou-a, levando-lhe o baú de roupas pobres à mansão da Rua Lalau Pires.

Naquele baú estavam apenas dois vestidos já usados, e badulaques.

Também na casa do sargento-mor a partida da ladina sacudira de pranto suas filhas, e sua esposa não se conformava com a saída de Chica:

— Vender a companheira de suas filhas! Menina criada por mim, e pela qual tenho afeição de mãe! É ter coração muito duro...

Eram inúteis as explicações do marido.

— Você nasceu foi mesmo pra comboeiro, pra negociar com fôlegos vivos... Só falta vender-me e suas filhas. Está virando bicho...

A escrava vendida chegou descalça no solar do milionário. O novo senhor apresentou-a aos outros cativos de seu serviço de modo um pouco desnorteante:

— Esta é Dona Francisca da Silva, a sinhá de todos vocês. Ela é a dona da casa.

Serviu-se uma ceia de coisas boas, não usadas nos lares do arraial. Francisca pouco pôde comer, embaraçada por lágrimas e ainda sob o peso da surpresa que a esmagara. Não compreendia o que estava acontecendo, tonta, desnorteada, perto de um homem que não conhecia a não ser daquela noite. Estava medrosa e era difícil erguer os grandes olhos negros, habituados a viverem baixos, submissos.

Jelena, escrava cozinheira que a conhecia, levou-a para o quarto de banhos do palacete. Às 10 horas, João Fernandes chamou-a, para conduzi-la ao quarto que lhe reservara. Esse quarto era o do próprio desembargador. Ao abrir-se a porta, a nova escrava sentiu-se infeliz. Não sabia o que estava acontecendo.

João Fernandes tomou-a nos braços, entrando com ela carregada no dormitório. Como tapete, ao rés da cama, havia espalhados centenas de diamantes de todos os quilates e a colcha da Índia do leito estava totalmente coberta de libras esterlinas de ouro. Beijando-a, João Fernandes confessou:

— Você de agora em diante será, para sempre, minha esposa.

No outro dia, muita gente já soubera do negócio. Padre Zuza indagou do Major Mota:

— Soube que João Fernandes comprou uma escrava de partes do Sargento-Mor Rolim?

O outro riu debochado:

— Se é escrava de partes deve ser coisa dengosa... João é solteiro. Tem quantas mulheres desejar, mesmo da alta.

— Você conhece a mulata?

— Muito. É filha do sargento-mor com sua escrava africana Maria, creio.

— Pois eu não sei quem é.

— Ora, pois todo mundo sabe quem é a Chiquinha, Queimada, por ser trigueira. A que teve filho do Dr. Sardinha.

— Mas espere. Se é quem eu penso, já era livre, pois é filha do Rolim com escrava, e nesse caso o filho já nasce livre.

— Nasce livre... As leis dizem isso, mas a realidade é outra. O sargento-mor tirou o corpo fora, não era ele o pai, e sim seu feitor Antônio Caetano de Sá. De modo que Francisca ficou mesmo escrava da silva.

A casa do Sargento-Mor Oliveira, na Rua Lalau Pires, era casarão confortável, cópia das belas casas portuguesas do século XVIII. Ali vivera nas ligeiras estadas no Tijuco e agora seu filho, que fazia suas vezes, ocupava-a na sua imponência de novo rico. Lá estava agora instalada a escrava Francisca da Silva.

No começo ninguém se importou com a compra da mulatinha, coisa comum no arraial.

Era justo que João Fernandes tivesse ladinas em casa, pois estadeava brasão de Contratador e mantinha casa digna de seu posto. Mas sua residência estava mobiliada com trastes usados de jacarandá da Bahia. Houve quem criticasse seu novo ocupante com picuinhas de aldeia:

— Um homem tão rico e não tem na sua sala de receber senão mobílias de toda gente.

Uma senhora apoiava:

— Nem poltronas e nem cortinas.

Muitos o defendiam:

— Para que esses luxos, se o homem vive pelas catas, dorme por lá em rancho e come o que aparece na hora? Depois, é solteiro. Casa florida, só com mãos de mulher.

Havia no arraial muitos parentes de Felisberto Caldeira, inconformados com a injustiça de sua prisão, e principalmente pela falta de notícias do chefe. Alguns desses elementos não foram desgraçados pela devassa que ele sofreu, e tinham certeza de sua volta e reassunção do lugar de contratador. Falar tolices é mesmo dos apaixonados. Capitaneava essa turma Juvenil Caldeira, rapaz simpático, sempre acoolitado por Santa-Casa, Santa-Fé, Papa-Gia, Valdo, Santiago, Pimentinha, Liborão, Magriço, Seu Val... eram muitos, todos boêmios, alguns inteligentes, mas, sem exceção, saudosistas do tempo de Felisberto. Por essas e outras eram chamados os felisbertos.

Na contraloja da bodega do português Toada, onde se reuniam todas as tardes, Santa-Casa abriu fogo no contratador:

— Vem com manias de meninas. Além das três que já estavam na casa do pai, comprou agora a Chica do Sargento-Mor Rolim.

Juvenil sorria calado, alisando o copo. Santa-Casa exaltava-se:

— Essa gente recém-chegada de Lisboa traz muitos vícios. Aprendem lá com as cômicas italianas, francesas e polacas. Chegando aqui, botam logo um harém. Quem é João Fernandes? Homem que está acabando com o que Felisberto fez no Tijuco. Para eles tudo, para o povo, merda. O refinado santarrão, por mandar nos pedestres, quer mandar em todos...

Papa-Gia interrompeu:

— Mas manda também nas trigueiras, que são papas muito finas... Gosta que a cabo-verde lhe faça chamotins na cabeça...

Nisto, chegou a notícia de que Quiabo acabava de roubar uma jovem no Piruruca.

— Chegou bem encapado, pois está chovendo, e, parando o cavalo na porta do Zé-Primo, chamou sua filha mais nova. Segurou-a pelo braço, suspendendo-a até a garupa. Saiu a meio-galope, com a mocinha, que não teve alma pra dar um grito. Roubou a moça na vista dos pais e irmãos, que estavam na sala da frente.

Quiabo era negro fugido. Já matara muita gente e ninguém lhe botava as mãos. Era o bandoleiro mais temido da Demarcação Diamantina e lugares circunvizinhos.

Cansara patrulhas e patrulhas do mato nos seus rastros. Os capitães do mato o temiam, pois não vacilava em matar nas tocaias mais repentinas. Era condenado à forca, à revelia, e sua cabeça foi posta a prêmio, o que não adiantou. Passava por muito rico e vivia absoluto no sertão do ouro.

Zé-Primo deu logo queixa. O Cabo Pantaleão, dos Dragões, ouviu-o, replicando:

— Tem certeza de que foi o Quiabo?

— Tenho certeza. Conheço ele.

O cabo emudeceu. A notícia do rapto, com afrontosa entrada do negro no arraial, causou pavor.

Naquela noite, ninguém moveu uma palha para detenção do fantasma. Como chegou, saiu. Quiabo estava acima das leis, mesmo porque os soldados mijavam de medo dele.

Foram chamadas à casa do contratador as costureiras mais hábeis do arraial, irmãs do Major Guerra, para vestirem Chica do que houvesse de melhor e mais caro no comércio tijuquense.

— Não façam economias. Quero tudo com muito luxo e sob medida.

Martinha era a bordadeira e rendeira maravilhosa do Tijuco.

— Você passa a trabalhar só para Francisca. O que aqui não se encontrar, mando vir de Vila Rica.

As três artistas passaram a trabalhar com exclusividade para florir a teteia do desembargador.

Dentro de duas semanas, Chica foi à missa da Igreja de Santo Antônio, assombrando as beatas conhecidas. Estava acompanhada por duas mucamas bem vestidas e que fizeram muitos ensaios para a vida nova. Dona Emerenciana, ao vê-la entrar, torceu o nariz, para dizer à companheira:

— Que é isto! Está vendo? A Chica-Queimada ostentando sedas, com sandálias de veludo e argolões de ouro nas orelhas...

— São coisas da vida. Ela é agora ladina de gente milionária. Na verdade, parece outra...

— Hum... Queira Deus esse luxo.

— Quem te viu, quem te vê. A filha de Maria da Costa na seda mais cara.

— Chica foi comprada por dois contos.

— É pra ver. Uma tipinha à toa, já babujada por juiz sem-vergonha, custar um dinheirão desse. Deus não me chame por testemunha em vida e na morte mas, pra mim, nesse luxo tem coisa. O contratador tem fama de não gostar de mulher, mas vejo tudo claro nessa tafularia da escrava...

— Pois eu já ouvi dizer que ele não dá valor a branca, pela-se todo por mulatas.

Chica envergava seda azul de vestido bem feito, que lhe revelava a cintura fina. Levava boina branca na cabeça de cabelos lisos, fortes e negros, calçando escarpins de veludo preto. Sacudia grandes arrecadas de ouro maciço, mas parecia acanhada com aquela indumentária que nunca sonhara. Tinha ainda os olhos baixos do tempo da servidão, e estava pouco compenetrada de ser senhora de muitos poderes cedidos pelo novo amante.

Finda a missa, retirou-se apressada, como quem foge à curiosidade geral. Juvenil Caldeira viu-a sair da igreja, de cabeça alta, sem dar confiança a ninguém. Sorriu com muito veneno:

— Ontem escrava, hoje Rainha. Entenda-se o mundo. Nasceu de africana repelente na enxerga de uma senzala, filha espúria, agora habita um palácio, tem escravas, manda e não pede...

Papa-Gia observou, conformado:

— Que quer você? Não demora e vamos tomar a sua bênção. Está aqui e está dona do Arraial. Parece que já é dona de muita riqueza. Não vê que é preciso muito ouro, pra andar num trinque danado desse?

Muitas devotas foram para casa escandalizadas com o estadão insolente da jovem.

Ao sair da igreja, o Major Mota foi ver o Padre Zuza.

— Vim da igreja. Mas vim abafado.

O padre inquiriu-o com os olhos, sem falar:

— É que vi a Chica da Silva já com outros arreios. Chegou embandeirada em grande estilo, sedas, argolões e sandálias de veludo... Será possível o que se boqueja por aí a respeito dela?

— O que é impossível para quem possui muito dinheiro? A quem possui muito dinheiro tudo é lícito, legal. Quem possui dinheiro tem razão, é bonito, é bom, tem caráter. Quem não tem dinheiro, como nós, são os pobres, os párias, os enjeitados da vida. Quem é rico sobrenada os preconceitos, fica acima dos regulamentos, é senhor de prerrogativas, de exceções, de coisas estabelecidas.

— Parece mentira essa amarga verdade.

— Só você não reconhece isso, até os meninos estão certos de coisa tão simples. Sempre foi assim. Jesus foi condenado porque Pôncio teve medo do imperador. Porque o povo, versátil, pedia a cabeça de Jesus, ele teve a sorte reservada a Barrabás. Não viva de ilusões, que são mentiras feias.

— Mas João Fernandes podia escolher a esposa que desejasse no Tijuco, que é a terra de moças mais bonitas da capitania...

— Ouça, Mota, esse negócio de ser bonita não interessa a quem vai casar. Às vezes, um lugar na face de mulher feia, um amuo engraçado de solteirona, valem mais que a beleza de muita fidalguinha água choca existente por aí. Ninguém entende ainda essas coisas.

— Chica, essa não é bela como muitas que há aqui, mas tem muita graça no corpo... Alta, delgada, de grandes olhos serenos, boca úmida de sorriso simpático e lábios polpudos sem exagero, não sei se tal conjunto é que atrai os homens.

O padre sorriu:

— Está aí. Ela é mulher parida, já vinha muitas vezes vasculhada por homem português devasso. Agora cai no goto de outro como engraçada. Há muitos mistérios na questão do sexo. Homens belos amam mulheres feias. Mulheres novas apaixonam-se por velhos. Existe qualquer mistério nessas preferências.

O major interrompeu:

— Sei lá. Pra mim, o que há nisso é mesmo safadeza... Agora, que João Fernandes está apaixonado por ela, não resta dúvida. Já é teúda e manteúda dele. Baba-se de amor. Querem a prova? Dizem que ele fica sorridente ao falar com ela... João Fernandes não sorri pra ninguém. Homem mais fechado que o cofre da Intendência, fica sorridente ao ver perto Chiquinha...

Padre Zuza também sorria, ao sabê-lo:

— São frutos do tempo. João é moço, é forte, é rico. As senhoras com filhas casadoras estão em guerra com ele. Que mal pode haver em amar alguém que foi comprada, em entusiasmo repentino, de primeira vista? Lembrem-se esses murmuradores apressados que é muito difícil atirar a primeira pedra de que falou Jesus. Todos podem botar defeito na mulher dos outros. A mulher é como esmeralda: é difícil encontrar uma perfeita, sem jaça.

A verdade é que a população crescia com a chegada de adventícios, falidos, moços em febre de fortuna e velhos que a procuravam no fim da vida. Caminhavam para aquele Oriente tantas esperanças... Algumas já amarelas do estio das desilusões anteriores, outras brotando em alegria de folha verde.

O que enaltece os trabalhadores das lavras de diamantes é que ninguém desanima. Depois de lavar em vão um monte de gorgulho, um velho sorriu triste:

— Não foi hoje, será amanhã. As formas não mentem... Estamos quase agarrando um diamante de galerim...

Com o aumento da população, João Fernandes tentava por todos os meios embaraçar o extravio, mandando soldados para as lavras de mais rendimento e alertando a tropa dos registros.

O Tijuco renascia, havendo até gente rica na lavagem do diamante.

João Fernandes remodelava sua casa, alimpando-a, fazendo-a confortável.

No grupo dos felisbertos, o saudosismo latejava. Juvenil enchia a boca:

— Estamos espantados com o progresso da nossa aldeia. Dizem que têm saído diamantes às pampas. Soube que o próprio intendente admira-se da energia do contratador. Ele espaldeira, arranca os ossos, fratura pernas de contrabandistas, mas a coisa vai...

Santiago tossiu:

— Em vez de só viver debaixo do tundá da trigueirinha, vive espernegando negros, mas têm saído pedras...

Falando à noite sobre o mesmo assunto, os amigos do padre faziam justiça. Guerra depunha:

— Pensei que, apaixonado, o homem não fizesse mais nada. Pois nosso arraial cresce.

Moura concordava:

— Isso é inegável. Mas tenho pouca fé em mineração. Como veio, acaba. Nas lavras, tudo depende de sorte.

Padre Zuza protestou:

— E o que não depende de sorte, no mundo? José foi vendido pelos irmãos, como escravo, e chegou a Chanceler do Egito. Casou com a filha do Faraó...

Silenciou, olhando o chão. — Eu... Fui aluno distinto, o primeiro de todos no Colégio Pontifício de Roma. Fiz estudos sérios, sonhando ser pregador do tope de Bossuet. Esperava ser um bispo de projeção na Igreja.

Levantou a cabeça, olhando alto: — Eis a que a sorte me reduziu. Vigário obscuro, enleado por intrigas em rabos de saia, suspenso de ordens... Só não fui expulso do distrito por ter padrinho... Por possuir uma sorte de terras e umas vacas velhas, fui dado como criador...

Chegara a hora da missa do dia, no domingo de céu lavado pela chuva da noite. Mas os que estavam na porta da igreja tiveram uma surpresa: Chica chegou ao templo numa cadeirinha de arruar, conduzida por dois escravos de libré. Acompanhavam a cadeirinha azul e ouro seis escravas vestidas de seda cor-de-rosa, bem calçadas e de boinas brancas na cabeça. Chica entrou na igreja com a missa começada e foi-se ajoelhar ostensiva logo atrás das grades das comunhões. Muitas devotas se espantaram. Dona Laurita cutucou com o cotovelo a irmã Adélia:

— Minha irmã, que estou vendo?

— Está vendo riqueza. É a que foi escrava e já está pisando em nós, de família nobre dos paulistas.

Na porta alguns sorriram. Mota foi um deles:

— Não falo? Ficou até bonita...

Guerra falou, como justificando:

— É a mocidade. Quem é moça é também bela.

— O que é lindo é seu vestido verde. Seda muito fina, os borzeguins de pelica... E este cheiro gostoso que ficou atrás dela. Já foi alforriada por documento público. O curioso é que nós já recebemos a situação como conformados; e a aplaudimos. Tudo é passageiro no correr dos dias, cada vez mais passageiro. Quem se lembra de Felisberto, senão gente de seu sangue, baqueada com sua queda? Os poucos a se recordarem é que ainda esperam benefícios. O povo só quer dobrar os joelhos a quem manda. A quem guarda e possui o poder da fascinação. Só ricos e poderosos dominam o mundo. Afinal de contas, a justiça não vale nada. Justiça é a de Deus...

Terminada a missa, Chica retirou-se, entrando na sua cadeirinha, sempre seguida pelas aias. Retirou-se de cabeça levantada, sem encarar ninguém. Todos se voltaram para vê-la. Santa-Casa, ao lado de outros felisbertos, aspirou fundo, deliciado:

— Hum... Legítimo perfume de Paris. Não usa mais o patchuli das mulatas. Não é que ficou diferente?

Muita gente esteve parada, olhando, enquanto a cadeirinha se afastava. Juvenil, muito sem graça, comentava para ser ouvido:

— Também João Fernandes entende de pedras sem jaça. Escolheu e está lapidando com muito carinho, em brilhante, seu diamante negro...

A preocupação máxima do governador era o contrabando. O Capitão-General Gomes Freire de Andrade, para mais aterrorizar o povo, mandava de tempos em tempos para o sertão estranha caravana. Eram três cabeças cortadas, de um preto, de um mulato e de um branco. Essas cabeças viajavam dentro de latões de cobre, mergulhadas em salmoura. Iam como carga, nos lados da cangalha de uma besta puxada por soldado. Atrás seguiam um corneteiro, dois tambores e um cabo comandante.

Esse cortejo visitava os centros auríferos de mais rendimento — Vila Rica, de onde partira, São João del-Rei, Vila de Nossa Senhora da Conceição do Sabará, Minas de Nossa Senhora da Piedade do Pitangui, Vila do Príncipe e, na volta, Santo Antônio do Tijuco.

Quando no largo principal dessas povoações, o corneteiro tocava o aviso aterrorizante:

— Tropas reais em diligência!

Tambores rufavam altos e precipitados. Ajuntava gente, o povo acorria para saber a novidade. Os prés tiravam dos latões as cabeças maceradas, escorrendo caldaça fétida. Essas cabeças eram fincadas em piques e expostas ao público. O cabo então falava, aos berros:
— Estão aqui, justificadas por el-rei nosso senhor, a cabeça de um calhambola, morto em resistência, a de um mulato apanhado com bateia e a de um branco, ourives peralvilho, ladrão de ouro!
Aproximavam-se caladas pessoas, cuspindo de nojo e com lenço no nariz. O cabo gritava:
— Foram justiçados por el-rei! É um calhambola, um mulato e um branco, todos ladrões de ouro. Chamavam João Congo, o preto, Sebastião Zaqueu, o mulato, e o branco foi Floriano Roiz!
As cabeças, da ponta dos paus, pingavam borras.
Estando proibida a entrada de ourives na capitania, tinham horror dos que lá apareciam, com desculpas de tratar de roças, mas fundiam ouro extraviado. Por isso estava ali a cabeça de Floriano Roiz.
No outro dia, a tropa levantava acampamento, para cumprir sua missão de apavorar os povos. As cabeças voltavam à salmoura e os piques eram postos em cima das cangalhas.
Padre Zuza sorriu para o Major Guerra:
— E, no entanto, o mato está cheio de negros arribados e o contrabando é maior que a extração legal...
Chica recusou-se a ver os despojos da justiça divina de el-rei. Apenas se persignou:

— É muito triste viver debaixo das garras desses candangos sem coração!

E ficou, em silêncio, encarada, pela janela aberta, no lumaréu triste das queimadas de agosto nos morros, muito longe.

IV
TERRA NÃO PROMETIDA

Instalada na casa da Rua Lalau Pires, com ares mais luxuosos, muitas senhoras do arraial que fizeram escândalo com a situação de Chica acharam melhor frequentá-la. Aquilo agradava a João Fernandes, que estava orgulhoso em ostentar na terra dos diamantes as roupas, sapatos e joias de sua amada.

Chica estava havia um ano ligada ao desembargador, mas custava a perder o ar tímido com que fora criada. A casa do sargento-mor era importante, e ela, estimada ladina da família, aprendendo em especial a obedecer e tratar com política os visitantes.

Agora, tudo mudado. Era senhora de suas vontades, via-se endeusada por milionário que exigia tivesse ela o trato de mulher rica. Mas faltava muita coisa a ser polida no caráter da trigueira. Com a súbita mudança de mucama para senhora, ganhou atitudes um tanto insolentes e tratava com severidade exagerada a seus serviçais.

Já possuía doze mocinhas escravas, que eram suas damas de honor, invenção de João Fernandes, que conhecia esses requintes vistos em Lisboa.

A escrava Jelena administrava a casa e as mucamas, trazendo tudo a brilhar. A nova baixela de prata era das mais ricas do Tijuco e a louça de porcelana dava para uma vida de uso cuidadoso. Toda roupa de cama fora feita de linho pelas irmãs Guerra, agora exclusivas de Chica, sendo que também Martinha só bordava e fazia rendas para ela.

Cabeça falava pelos escravos, entre os quais Ludovico, Mufembe e Carolina eram peças boas.

A moreninha reclamava, porém, a exiguidade da casa para seus objetos mais indispensáveis, principalmente a faustosa mobília de jacarandá, com poltronas estofadas de veludo carmesim e sedas amarelas. Para atendê-la, João Fernandes levantava o castelo no subúrbio da Palha, nas descidas da Serra de São Francisco. Era imenso o castelo, cabia uma corte real. Tudo de moderno estava sendo feito ali. Coisas que só no reino se viam...

Ficava no centro de chácara de três alqueires, plantada de árvores europeias, asiáticas e africanas. Lagos pequenos, com cataratas despencando a rolar sobre pedras, tanques com plantas aquáticas de flores lindas.

Prudêncio, o Fred, prático e farmacêutico do contrato, e Vavá, auxiliar da botica do Dr. Malafaia, boêmios avinhados, vendo o castelo subir no pulso de centenas de operários, rosnaram com mangação:

— Só um doido faz um palácio deste no carrascal...

— Doido de pedras... preciosas.

Mas o edifício se erguia, majestoso, com sua capela dourada e salão para óperas. Já se viam largas varandas laterais, com gradil de ferro forjado na Grã-Bretanha. As janelas ostentavam vidros coloridos da Moscóvia e todo o esquadriamento fora importado de Portugal.

Naquela tarde, Padre Zuza entretinha-se com os velhos amigos, quando recebeu uma carta. Leu-a, respondendo ao escravo:

— Vou já.

Quando o negro se retirou, o padre estava preocupado:

— Para que me chama João Fernandes? Será ordem de despejo do Distrito ou alvará que me chama a Lisboa?...

Os amigos ficaram preocupados, porque, em favor do Erário Real, o contratador fazia todos os absurdos, tendo dominado por completo o Intendente Francisco José Pinto de Mendonça. Naquele mesmo dia saíram tropas a prender garimpeiros e três capitães do mato em busca de negros fugidos, de que tiveram notícia na selva.

Zuza apanhou seu chapéu mole e o bengalão, pedindo:

— Vocês me esperem aqui.

Parou, encarando-os:

— Será que volto?...

Foi bem recebido por João Fernandes, no seu gabinete de trabalho, ao rés do chão do prédio.

— Padre Zuza, desculpe incomodá-lo, mas preciso do senhor. Deve saber que tenho em casa uma jovem que vive comigo como esposa. É a Francisca, infelizmente analfabeta. Lembrei-me do amigo para lhe dar umas lições, a fim de que ela escreva pelo menos o nome.

O padre ouvia calado.

— O senhor marcará com ela os dias para as aulas, pois Francisca tem minha estima e tudo farei para que seja digna de viver em minha companhia, sem humilhações.

— Pois, desembargador, estou às ordens, mas observo que ensinar a adulto é missão bastante árdua.

— Ela é inteligente e não tão velha que não aprenda. O senhor a conhece?

Bateu a campa de prata e apareceu uma ladina de avental branco, touca de rendas e argolões de prata nas orelhas.

— Peça a Dona Francisca que venha cá. Está aqui o Padre Zuza.

Não demorou e apareceu no gabinete uma jovem alta, espigada, leve no andar. Trajava um vestido de linho branco, meias de seda e borzeguins com fivelas de ouro. Tinha a cabeça enrolada por finíssimo turbante de *foulard* grená, e no pescoço colar de diamantes cor de canário, de nove quilates cada um. Nas orelhas pequenas, balançavam brincos de esmeraldas do Peru.

Manteve-se de pé diante da visita, que a cumprimentou com breve reverência de cabeça e resmungo o que podia ser boa tarde.

— Francisca, o Padre Zuza veio para combinarmos as lições de que lhe falei.

A mestiça encarou o padre, franzindo as sobrancelhas bem feitas, para sorrir depois com agrado:

— Às ordens.

Combinados dia e hora para as lições, o padre retirou-se ligeiro, ainda respirando o delicado aroma de essência francesa que ela usava.

Em casa, ainda encontrou os amigos.

— Então, que houve? Estamos assustados.

— Que houve? João Fernandes quer que eu ensine Chica a ler.

— Que impressão teve dela?

— Ótima. Cumprimentou-me com reverência muito digna. Aliás, as ladinas de casas ricas sabem ser políticas, imitando as sinhás suas patroas. Fiquei deslumbrado foi com a vestimenta de Chica; estava estonteante e, no meu parecer, ninguém nos salões de ouro do Paço da Ribeira traja melhor que ela. Estou espantado. Ainda sinto o perfume que ela usa. Parece essência de orquídeas, parece essência de rosas, não sei. Estou com a cabeça confusa.

Tôrres flauteou-o:

— Quer dizer que voltou encantado com o solar do ricaço?

— Não se trata de solar. Encontrei uma jovem muito harmoniosa, de poucas palavras, dentes brancos e olhos grandes, gateados. Não é a negra de que falam, mas morena de feições agradáveis e porte bastante distinto.

Moura estava desapontado, como os outros:

— Conheço a Chica da casa do sargento-mor. Pra mim ela é mulata igual às outras, com a diferença de que agora está nos trinques e deve ter alguma particularidade que agradou o homem.

Tôrres deu opinião sincera:

— Pra mim não há mulher mais prendada que a mestiça brasileira, pois é jeitosa, o que para o homem é tudo... O mulato não tem vez nas colônias.

Não pode ser empregado público, para não macular os cargos, não pode, até o quarto grau, ser testemunha, vereador ou padre. O *puritatis sanguinis* para eles é rigoroso, como para o mouro e os judeus. Estão sendo executados por ano, na colônia, oitenta mulatos por crime de cabeça. Oitenta por cento das mulatas do Distrito Diamantino são prostitutas. Mas a moreninha é coisa muito boa. Chica é filha de africana e pé de chumbo, tem os cabelos cacheados, olhos de veada com medo e cintura fina. O padre é que tem sorte. Vai lecionar à senhora João Fernandes. Será que ela aprende?

O Major Silva deu o caso por terminado:

— O fato é que a Chica já está respeitada por clero, nobreza, vereança e povo...

Entre os capitães do mato que saíram naquela manhã, por ordem de João Fernandes, a surpreender quilombolas nos garimpos do Jequitinhonha, seguira o negro forro Bastião, sujeito sem alma, feliz no prender negros no serviço clandestino ou nos ranchos do geral. Levava três cães de fila e saiu confiado no prêmio certo dos regulamentos.

Bastião tinha imenso orgulho de sua sorte, de entrar nos arraiais com negros amarrados de mãos para trás e presos pelo pescoço à cauda do cavalo, por sedenho.

Com a imunda profissão de pega-negros, viajava indagando notícia de quilombos. Não era mais homem; era vômito da polícia reinol. Gostava de se blasonar:

— Cumigo êze istrepa. Nun alizo êze, não! Fugiu, tá nu meo sedém.

E nesse sedém amarrara muitos, entregando-os aos ouvidores gerais e aos donos dos fugidos.

Até que naquele dia soubera de coito certo. Estavam muitos quilombolas nas matas do Itambé, nas fraldas da Serra da Pasmarra.

Ao chegar no mato grosso, soltou os cães, que não demoravam a levantar negros. Levantar negros era latir, acuando, primeiro um, depois todos, em alarido. Na mata, havia um núcleo de dez negros, tudo fora da lei, por serem mais de nove e terem pilão de arroz. Ter pilão agravava o caso legal dos fugidos, pois era prova de que estavam acampados em mocambos fixos.

Eram sete homens e três mulheres vivendo da garimpagem de diamantes, as mulheres cuidando de canteiros de pimentas e couves. Vendendo as pedras, compravam aguardente, feijão, arroz, pois carne tinham nos mundéus armados para bichos do mato.

Os cachorros levantando os fugitivos, Bastião tocou a cavalo para onde estavam os acuados. Entrou devagar, vigilante, com o trabuco aperrado nas mãos. Ao se aproximar do rancho de folhas que os cães cercavam, ladrando em halali, o pega-negros gritou a plenos pulmões:

— Intrega, nego! Intrega, qui iêu garanto as vida!

Os cães abalroavam, impedindo que fosse ouvido. Numa pausa dos latidos ele de novo gritou:

— Intrega, nêgo, qui Bastião é qui tá aqui!

Os cabeçudos acuavam apenas três negros e as negras, pois o mais estava fora.

Foi-se aproximando, atento, com o dedo no gatilho. Nesse instante, um dos negros que fugira pelos fundos do rancho foi pela traseira e, num bote de cobra, enfiou-lhe a zagaia nas costas, furando um pulmão.

Não pôde virar para o tiro armado no agressor, porque estava imobilizado pelo estrepe da zagaia. Logo pronto, outro negro fincou-lhe nova zagaiada nos rins e ele, virando apenas o braço, atirou para trás, sem pontaria. Errou, perdeu o tiro.

No coldre dos arreios levava outro trabuco que não logrou tirar, pois os sete negros caíram sobre ele com zagaias e facões de mato.

Bastião, golfando muito sangue pela boca, pendeu na sela, cai não cai. Os cachorros acudiram, mas cachorros não eram bichos para topar sete negros furiosos, com arma branca nas mãos, defendendo vida e liberdade.

Bastião rolou da sela sem mais poder falar.

Ao verem que tombara, socaram zagaias no seu peito, na barriga, no pescoço. Agonizava.

Um negro gritou, rouco:

— Arre, deabo! Viu u qui é home?

O pegador ainda abria a boca, ainda respirava. Morreu logo. Dois cães estavam mortos e o outro fugiu para latir de longe, com medo.

Uma preta escouceou a cara do morto.

— Tá i, danado! Tá i u qui ocê quiria, trem ruim...

Outra mulher lhe enfiou um chuço no peito:

— *Abāta, uló!* (Morra, cachorro)! *Afelá djā ê tá djó.* (Eis aqui teu pago como prêmio).

Arrancaram as roupas do morto e ali mesmo, com os facões, o esquartejaram nas pernas, nos braços. Cortaram-lhe as orelhas e o sexo, sob gargalhadas das mulheres.

Um fugido velho riu grosso e grave, como se rosnasse:

— Bosta dos inferno. Pricura nêgo fugido... Tá i, senvregonho!

Escarrou em cima das carnes sangrentas.

Tiraram de seus alforjes a paçoca e a garrafa de cachaça, comendo e bebendo ali mesmo. Guardaram isqueiro, fumo, armas, munições, polvarinho e um lenço ramado. Ficaram com os sedenhos, desarrearam o cavalo, espantando-o com chuchadas de zagaia para longe, para fora do mato.

Aí o negro mais velho olhou para cima, diante do silêncio de todos. Tinha as mãos postas.

— Nossinhô do Céu, nosso Pai. Tem dó de nós i cobra na alma desse infiliz tudo de rúim qui êl feis cum seus cativo, Nossinhô...

Estando bem preparada sua casa para receber visitas, João Fernandes resolveu oferecer um jantar a seus amigos mais chegados, mais íntimos. O que desejava não era homenagear ninguém, e sim exibir a amante. Porque Chica já ganhava ares patrícios, usava joias com certa elegância e tinha nos seus guarda-roupas quarenta vestidos de seda, linho, gorgorão, sarja e casimira inglesa. E sapatos? Cinquenta pares, do veludo à seda, do couro de cobra ao linho espanhol, de pelica francesa ao búfalo tratado na Alemanha...

Mas o Tijuco oferecia poucos lugares em que a mulher elegante pudesse mostrar as suas riquezas. Só em alguma visita ou nas missas de domingo. Aí, sim, toda a população abonada do arraial comparecia às igrejas, menos por devoção que para se mostrar em paradas de roupas finas e joias espetaculares.

Para o jantar foram convidados os companheiros da Intendência dos Diamantes, o Dr. Malafaia, os padres Zuza e Pessoa, os majores Tôrres, Guerra e Silva, o Alferes Moura, o capitalista Simpliciano, Tiburcio Aguirre, Dr. Pestana, seu secretário particular, o Capitão Cabral, Comandante dos Dragões Imperiais, as senhoras dos que eram casados.

Os primeiros a chegar foram o Dr. Malafaia, Simpliciano e o Major Guerra, recebidos à entrada pelo escravo Carolino, em libré verde, cabelos empoados de branco, gravata preta e sapatos rasos. Os sapatos obrigavam o escravo a andar feio, cambaleando como os urubus.

No salão, João Fernandes os acolheu com fidalguia. Acomodados nas poltronas de marroquim inglês, ficaram em pouco tempo sem assunto, até que o Dr. Malafaia pigarreou:

— Então, Contratador, os quilombolas esquartejaram o Bastião, não foi?

— Foi horrível. Essa gente precisa de repressão urgente, mas tenho poucos praças para as batidas.

Simpliciano concordou:

— São poucos e de duvidosa confiança. Eu não creio nos pedestres. Estão ficando desmoralizados.

João Fernandes estava decidido:

— Eu acabo com os quilombolas. São garimpeiros hábeis e estamos perdendo muitas pedras de valor, levantadas por eles.

Malafaia cruzou as pernas.

— Acho difícil acabar com os quilombolas. Eles voltaram às leis da natureza, ao instinto da vingança, e vivem da coragem e do faro.

Simpliciano estranhou:

— Do faro?

— Sim. Há pouco, um deles, que foi preso e já seguiu para Angola, me contou coisas extraordinárias. Os negros fugidos vivem muitas vezes anos e anos em seus mocambos, porque viver isolados, sem colaboração de malungos, é difícil e perigoso. É constante sua vigilância contra batidas de capitães do mato, alguns dos quais são ferazes e caçam negros com cães. Esses sub-homens vivem indagando por quilombolas encontrados às vezes por caminhantes, arrancadores de poaia e caçadores de bichos. Se encontram um tropeiro, indagam:

— Vancê viu em seu caminhu argum nêgu nu, qui correu ao ti vê? Não viu argum rasto de nêgu na bêra dus corgu?

Passam horas nas tabocas da estrada, ouvindo conversas, perquirindo, por interesse próprio:

— Num uviu nutiça di mucambu pur aqui?

Por outro lado, os pedestres fazem a ronda do mato e são sempre conversados por esses perseguidores de pretos. Ora, para viver fugido nos matos, nas malocas perdidas nas serras, é preciso ter os sentidos apurados, vivos. Os quilombolas excitam esses sentidos e precisam mais da audição e do olfato. Olfato e audição lhes valem mais que a vista. Audição, para distinguir num barulho do mato a pisada de um bicho da de um homem. É afamado o faro dos mocambeiros. Vivendo clandestinamente, precisam gamelar ouro e catar diamantes para viver. Ao mais leve bulício, param o trabalho, escutando. Farejam o ar repetidas vezes e depois sossegam o companheiro:

— Psiu! Mulé.

E em seguida, preocupado:

— Mulé branca.

De fato, a quinhentos metros de onde estavam, passava pelo trilho mulher branca levando uma gamela na cabeça. Passou, sem desconfiar... O negro, naquela distância, pelo faro, percebera sua aproximação.

Chegara outro convidado, o Major Silva. O doutor continuou:

— À noite é que os quilombolas saem de suas furnas, procurando se aproximar dos lugares onde negociam diamantes roubados. Saem em noites escuras, e ao notarem estar na estrada, deitam de bruços no chão, farejando pegadas.

— Passô aqui nêgu veio. Passô aqui genti di precata. Passô caálu suadu, passô genti di sapatu...

Não erram. Têm faro de cão de caça de nariz fino. O preso contou que dois fugidos caminhavam por trilho de pedregulho, quando um parou, a escutar:

— Vem genti ni caálu.
A noite escura ameaçava chuva.
— Vem genti e vem cachorru.
Esconderam-se numas pedras na beira do trilho, prontos a defenderem com sangue suas liberdades.
Passou tempo, e nada. O malungo do farejador dissuadiu-o:
— Vem não. É mêdu.
— É não. Vem genti.
Pois não errara. Passavam cinco dragões da esquadra do mato, em marcha noturna contra o extravio de pedras. Passaram e nem os cães deram com os negros escondidos. Mesmo de noite, vigiam, espichados nas esteiras da choça, rentes ao borralho, pois é perigoso dormir com fogo aceso, vivo, que pode atrair os seus inimigos. Mesmo no mato virgem que lhes esconde o céu, sabem que vai chover pela madrugada. Sentem o cheiro de chuva, com horas de antecedência, quando o tempo local é bom. O vento leva-lhes o cheiro da chuva a léguas e léguas de distância. Cheirando o chão, sabem se quem passou por ali é branco, mulato ou preto. Se o viajante for montado, sabem a cor dos cavalos, pois o castanho sua azedo, o pedrês salgado e o pampa azedo enjoativo. Chegam à perfeição de saber se quem passou levava chicote de sola ou couro cru. Não erram, dizendo se os cachorros do viajante são machos ou fêmeas. No encontro, no escuro, conhecem se o irmão que cruzou no trilho leva ouro ou diamantes. Quando é ouro, o malungo tem cheiro de molhado, e se conduz diamantes, de terra seca da cascalheira. Não são mais homens, passaram a ser bichos.
Chegaram mais convidados: o Capitão Cabral e esposa Dona Joana, e Aguirre e esposa Agda.
— De focinho apurado em tantos cheiros, depois de anos de coito nas brenhas, os fujões asselvajaram-se, regrediram à condição de gentios, orientados pelos elementos naturais, a chuva e os ventos. Chuva para fixar no chão a planta dos pés, ventos que lhes levam os odores errantes dos ares. Deixam o pouco que a civilização lhes deu, e reaproximam-se dos animais brutos. Passam a vida menos a respirar que a farejar. Vivem com o nariz apurando o ar e rente ao chão no farisco dos rastros, de sua caça que os alimenta, ou de seus caçadores, que os perseguem...
O capitão Cabral chegara no fim da conversa, de que ignorava o assunto. Malafaia explicou:
— Falava sobre os macamaus.
— Ontem mataram e esquartejaram um capitão do mato, o Bastião. João Fernandes, que estava solene e apreensivo quanto à demora dos convidados, explodiu muito convicto:

— Vou exterminá-los. Desarraigarei essa praga do Distrito Diamantino!
Chegaram os grandes da Junta da Intendência e João Fernandes foi recebê-los. O fiscal geral falou:
— O Doutor Intendente pede desculpas por não ter vindo, pois está com febre. Tosse. Estes ares não lhe são propícios.
— Sinto muito. Irei visitá-lo.
Estavam no salão todos os convidados e três senhoras: Dona Joana, Dona Dodô, esposa do fiscal, e a complicada Senhora Bibi, esposa sempre enferma do meirinho da Intendência.
Eram sete horas. O salão estava repleto de convidados, ou nas poltronas, ou em grupos nas janelas.
Um lustre de cristal da Boêmia estava aceso com 21 velas de cera de abelha, em arandelas, formando círculo. Alguns queixavam fome, pois o costume no arraial era o jantar às quatro horas.
Nisto uma árvore de prata de campainhas fratiniu nervosa, no corredor, e um mordomo de libré afastou a cortina vermelha, anunciando claro e alto:
— Dona Francisca da Silva!
Todos encararam a porta do salão. Leve, sorridente, entrou lenta Chica da Silva.
João Fernandes foi recebê-la, pegando-lhe a mão enluvada de pelica branca, à Jouvin.
Todos se levantaram. No meio do salão, a dona da casa deteve-se, fazendo uma vênia forçada, bastante sem graça. Estava esplendidamente vestida de seda malva *moiré* e, nos sapatos de seda verde, ostentava fivelas de ouro com pequenos laços de fita grená. O vestido, de decote baixo, expunha o pescoço esguio, abraçado por colar de rubis cor de fogo da Boêmia. Nos dedos, apenas a aliança de esposa. O que embasbacou os convidados foi que Chica trazia magnificente cabeleira loira, encaracolada até os ombros!
Dona Bibi, que estava mais longe, apertou o braço do marido:
— Virgem Mãe! Estou nua perto dela! Essa é a Chica?
A dona da casa assentou-se na sua poltrona privativa, agitando devagar grande leque de plumas brancas. Dona Joana animou-se a falar-lhe:
— Dona Francisca está lindíssima, com vestido tão bem assentado à sua pessoa...
Dona Bibi não ficou por baixo, pois tinha pose de portuguesa de bom nascimento:
— Que beleza de cabeleira, Dona Francisca. É da colônia?
Chica olhou para João Fernandes, como pedindo socorro. Ele é que respondeu:

— É de França. Francisca tem nove, de nove cores e cinco tonalidades, todas muito vistosas.

Entravam mucamas com bandejas de prata, com *champagne* já servido em taças finas.

A conversa estava emperrada; poucos se aventuravam a falar, olhando abobados para Chica. O fiscal depôs sua taça na bandeja, dirigindo-se à anfitriã:

— Sua casa está muito bem decorada, minha senhora. Foi a senhora quem escolheu a mobília?

— Foi sim, senhor.

Dona Bibi intrometeu-se:

— E sua costureira, Dona Francisca, é daqui?

— É sim, senhora.

Felizmente, para João Fernandes, a cortina se afastou, aparecendo uma jovem vestida de cor-de-rosa, boina e avental brancos:

— Dona Francisca, o jantar de V. Exa. está servido.

Passaram para o salão de jantar os convidados mais importantes, ficando para trás o Dr. Malafaia e o Padre Zuza.

Malafaia segredou ao amigo:

— Esse diamante está duro de lapidar! Não tem conversa nenhuma. É sim, senhora, foi sim, senhor!

Ambos riram. Padre Zuza murmurou:

— Na praia de Harlem, na Holanda, foi apanhada uma sereia e ela ficou muitos dias presa em uma gaiola de ferro. Não comia, não falava. Era linda, porém muda... O resultado foi ser solta de novo no mar.

— Não se nega que Chica é moça de hábitos marialvas, mas dourados por dendenzinhos de podre de rica...

Serviam sopa de aspargo, que ninguém ali conhecia. O vinho Rosé enchia copos altos.

Chica ficou assentada entre João Fernandes e Dona Bibi, que conseguia arrancar-lhe algumas palavras.

No fim da mesa, Simpliciano indagou de Aguirre:

— Isto é sopa de batata?

— É de aspargos. Não pergunte inconveniências.

Serviam peixe. Dona Joana elogiou os temperos.

— Dona Francisca, este peixe é daqui?

Chica virou-se para o amante:

— É daqui?

— O que, Francisca?

— O peixe.

Ele vivo, respondeu:

— Sim. É do Jequitinhonha. É o nosso dourado, incomparável rei dos nossos rios.

O fiscal, para agradar os mineiros, falou com fingida convicção:

— Este Brasil parece que foi mesmo um Paraíso Terrestre. Tem tudo de bom... de rico...

O meirinho, que respondia pelo apelido de Meia-Quarta, com o qual não se importava, já cutucado pelos vinhos (agora bebiam Saint Emilion branco), sorriu maldoso:

— Olhe o doutor Fiscal que, por fazer uma confirmação semelhante, já morreu gente em Lisboa.

— Não soube disso.

Meia-Quarta espevitou-se, paternal:

— Não sei se o doutor Contratador conheceu aqui e em Vila Rica um sujeito chamado Hanequim, Pedro Rates Hanequim.

— Hanequim... não me lembro. É muita gente...

— Pois ele morou em Tijuco e Vila Rica vinte anos, ignoro tratando de quê. Como o senhor sabe, Dom João V, que Deus fale em sua alma, tem um irmão, Dom Manoel, grande infante, mas um pouco ressentido com el-rei morto, por certas razões de linhagem e sucessão. Coisas sérias que não comento, por não serem de minha alçada.

Renovaram os vinhos dos copos, agora Bordeaux tinto, pois iam comer leitoa com farofa mineira.

— Ora, pois esse infante cortava os cabelos com o francês Monsiu Beloné e cai na leviandade de dizer que havia uma conspiração para fazê-lo aclamar rei do Brasil e que o brasileiro Pedro Rates Hanequim estava engrossando o tal assunto. Monsiu Baloné corre ao Paço da Ajuda e conta a seriíssima novidade a el-rei. Prendem logo Hanequim. Abrem assustadora devassa, escarafuncham a vida dos conjurados. Sabe-se que ele é cristão-novo e interpreta a Bíblia a seu modo!

Mudaram os pratos, para servir-se carne assada. Mais vinho gostoso de França.

— Pois esse pavoroso heresiarca, no seu depoimento, sustenta que o Paraíso Terreal foi nas Minas Gerais do Ouro e que Adão aqui se criara, seguindo mais tarde para Jerusalém! Afirmou que provam isso as pegadas que deixou numa pedra na Bahia.

Tossiu escandalizado, ou talvez pelos molhos da carne, enquanto os outros bebiam e comiam aquelas novidades.

— Pois a Santa Inquisição foi mandada ouvir o alucinado. O fim foi ser o brasileiro condenado à fogueira. Foram-lhe lidas as culpas no auto de fé e ele morreu, como devia morrer, enforcado por heresia. Foi queimado depois de morto.

O fiscal não gostou da brincadeira do meirinho. Sem comentar, voltando-se para João Fernandes:

— Estamos encantados com a recepção. Nunca vimos isso nas Gerais.

— Pois agora elas vão se repetir; é o gosto de Francisca...

Tiraram os pratos, para dar lugar aos de doces. A sobremesa era merengue de rosas.

Dona Bibi não conseguira muita prosa de Chica, mas conversaram alguma coisa.

Chica ainda não se habituara ao peso da cabeleira, que lhe descia em cachos graciosos para os ombros. Estava com a cabeça dura no pescoço, com movimentos difíceis e incômodos. Mas sorria, sofisticada toda inteira, da cabeça aos pés.

Padre Zuza, que era tímido e humilde, com a vinda dos licores dirigiu-se a João Fernandes:

— Contratador, sabe o que Dona Francisca me faz lembrar neste momento? Dona Maria Ana de Áustria, filha de Leopoldo I e esposa de Dom João V, ou a Condessa du Barry, da Corte de Luís XV. A cabeça tem a mesma imponência e a cabeleira dá-lhe muita graça.

João Fernandes ia agradecer, já na sobremesa, a presença dos amigos, quando ouviu gritos:

— Contratador! Contratador João Fernandes!

E rompia pela mansão adentro, descabelado e em chambre, o intendente-geral dos diamantes, que subira acompanhado de funcionários:

— João Fernandes, Lisboa foi destruída! Um terremoto arrasou-a! O que o terremoto esqueceu, o fogo destruiu!

Tremia, com papéis nas mãos. Deram-lhe poltrona em que se sentou, pálido de morte.

— Mas, que foi, intendente?

— Acabou-se tudo e eu tenho lá muitas pessoas da família!

Todos se ergueram, pensando que o chefe enlouquecera. Chorava convulso, prestes a enlouquecer mesmo.

João insistia:

— Como soube, intendente? O que fala não é possível!

Ele apenas chorava, com a cabeça entre as mãos.

João Fernandes, sem pedir licença, tomou os papéis das mãos do velho. Eram da correspondência trazida naquele instante pelo correio dos pedestres.

Era verdade. Lisboa fora arrasada pelo mais pavoroso dos sismos sucedidos na Terra até aquela manhã. Fora no dia 1.º de novembro, dia de Todos os Santos. Quase toda a população da capital do Reino estava nas igrejas, para a missa das 10 horas. De repente, os prédios sacudiram, tombaram, sepultando 45 000 pessoas, na opinião de Pombal. 20 000 feridos, mortos depois. Ruíra a Igreja Patriarcal, o Paço de Nossa Senhora da Ajuda, morada oficial do rei, o Paço de Bragança, o Tesouro Real, os Palácios dos duques de Cadaval e Lafões, todos os conventos, toda a cidade velha dos mouros, a quase totalidade da cidade nova, o novo cais de mármore, o Edifício da Inquisição, o Limoeiro... Não se salvou quase nada. Os fluxos do mar naufragaram navios; enfim, estava mesmo arrasada a cidade de Lisboa. Aquele tremor de terra fora o maior do universo. Abalara e destruíra, em várias partes do mundo, milhares de pessoas, casas e embarcações, chegando até a América do Sul! Fez bramuras na Espanha, em França, na Irlanda, em Tânger, na África, atingindo a ilha de Martinica, nas Antilhas, e devastou a Lapônia, esmigalhando as costas africanas até a Groelândia, até o Atlântico Sul. Nenhum outro igual em extensão, no universo, a esse terremoto que soterrou Lisboa. Lembrava em tudo o Apocalipse e o Profeta Isaías, quando, ao falar no fim do mundo, disse: Os fundamentos da terra tremerão.

Já serenado o intendente com o cálice de Porto, ficara abatido e sem energia para mais nada. Malafaia sossegava-o com palavras calmas e panos quentes.

Alguns comensais voltavam ao salão de visitas, quando Aguirre se alvoroçou:

— E Felisberto Caldeira?

O Padre Pessoa arregalou os olhos:

— É verdade. Estava no Limoeiro e o Limoeiro ruiu! Será que nosso amigo escapou do cataclismo?

O Major Guerra a todos desenganou:

— Nem pensem nisso. Quem conhece como eu o que foi o infame edifício do Limoeiro, sabendo que aquela mole de cantaria desconjuntou, desarticulada, virando um monte de lajes, não acredita que os infelizes dali escapassem. Nem um para dar a notícia.

Padre Zuza estava abatido.

— É isso mesmo. Ele agora só merece nossas orações.

Malafaia, lá dentro, levantava o espírito do intendente e assistia a uma crise histérica de Dona Bibi.

Chica testemunhava a confusão geral, debaixo de sua cabeleira loura, sem tugir nem mugir.

Parecia alheia e mais distante de tudo ali, do que a lua cheia que, naquela hora, clareava as montanhas.

João Fernandes saiu com Malafaia para levar o intendente, quase à beira de um colapso.

Todo o arraial já sabia do assombroso sinistro. Os felisbertos estavam sem verve, o que era difícil, e pareciam fantasmas deslizando pelas ruas. Acabaram entrando nas vendas, já agora como vivos que têm sede, muita sede. Juvenil, no seu grupo, gemeu baixo:

— Também pode não ser verdade. E a ser exata a notícia, Deus deve ter protegido a Felisberto, salvando-o. Era bom demais pra morrer como sapo esmigalhado no pé do boi.

Santa-Casa abatera-se.

— Nisso você se engana. Por ser bom não seria poupado, não. Os bons é que vão primeiro...

A notícia causava ao Tijuco umas poucas lágrimas e consumo de muita cachaça.

Pois no dia seguinte foi domingo, dia estiado de tempo de chuva e Chica amanheceu bem disposta. Olhou o tempo: era manhã de sol, do sol morno e dourado das cordilheiras. Céu lavado por aguaceiro de muitas dias, já acolhendo asas de andorinhas leves.

Tomou um banho frio e depois de um pouco de geleia de morangos, pão fresco e queijo suíço, bebeu sua gema crua em cálice de vinho branco. Um gole de chá quente terminou sua primeira refeição.

Passou para as mãos de suas mucamas de honor, começando a se aprontar. Sua cadeirinha já estava na porta.

Às 10 da manhã, quando a Igreja de Santa Antônio já estava repleta de fiéis, apareceu esplendorosa a assistir à missa. Trajava justo vestido carmesim, com broche de brilhantes diáfanos no peito, colar de ametistas no pescoço, anel de brilhante de 18 quilates sobre a aliança de esposa. Só? E a cabeleira? Chica exibia na rua, pela primeira vez, sua cabeleira loira.

Quando entrou no templo, todo mundo se alvoroçou com espanto. Os homens desejando a mulher alheia, as mulheres com o pecado da inveja.

Passou pela nave apinhada de gente, deixando seu extrato granfino encher os ares, e foi-se ajoelhar além da grade da comunhão, em genuflexório próprio, forrado de veludo verde, no recinto vedado ao povo!

Dona Aurélia cochichou para a vizinha, ao vê-la entrar:

— Chica da Silva... olhe como a diaba está bonita.

— Aquilo é cabeleira?

— É. Muito vistosa. Este mundo não vale nada...

— Não vale pra nós. Pergunte a essa mulata se o mundo não vale nada... Não vale pra os pobres, os velhos, os doentes.

— Olhe a sola dos sapatos dela. Novos em folha. A gente até perde a religião...
— Chica traz livro de missa. Com certeza é pra ver figura; não sabe o que é o A.
— Não, está estudando. Padre Zuza leciona para ela.

De mãos unidas sustentando a testa, de cotovelos no genuflexório, tinha suspenso nos dedos o terço de ouro maciço e cruz de brilhantes. Via-se no seu pulso esquerdo a corrente de ouro de São Brás, cheia de penduricalhos com cachorros, grelhas, abanos, viola, palmatória e lua de ouro legítimo.

Seu esquadrão de mucamas da rainha, doze moças vestidas com igual rigor, esperava de joelhos, confundido com os devotos.

Na porta da igreja, não podendo entrar, tantos eram os crentes, o Major Guerra ouvia missa e conversava com o Alferes Moura.

— Não acha, major, que João Fernandes fere demais o povo do Tijuco, estadeando sua mulata com esta farrompa toda?

— Ora, Alferes, isso são os estilos. São coisas naturais, coisas do tempo do ouro e dos diamantes. Na França, Luís XIV teve amantes ostensivas, casando-se com a viúva Mme Maintenon, pessoa sem raça que desbancou Mme Montespan. O Rei Dom João V contaminou a própria rainha de sífilis fistulosa, no primeiro ano de casado, ainda na lua de mel. O exemplo vem de cima. Se ele gosta da mestiça, fez foi bem. Nós ontem comemos e bebemos na casa dele. Deixa o mundo rolar.

Perto dos conversadores estavam outros rapazes, que não eram franças nem vadios. Representavam a nobreza da terra, gente de sangue limpo e geração verdadeira, descendentes de conquistadores e povoadores paulistas, baianos e pernambucanos do sertão aurífero, agora Comarca do Serro do Frio. Tinham direito de usar espada com bainhas de veludo, vestir seda e falar alto. Um deles, Zezinho, vendo-a ajoelhada, comentou:

— Já tem genuflexório próprio...

Seu Val definia-se:

— Eu sei é que ela está linda!

Chegara o instante da consagração e Chica pusera sobre a cabeleira rica mantilha preta, sevilhana, semeada de estrelas de prata.

Gertrudes, filha do Sargento-Mor Rolim, que estava ajoelhada no templo, ao ver sua irmã torta naquelas alturas, puxou para o queixo seu modesto cacundê, aferrando-se na oração.

Ao sair da igreja, tomou a dianteira de sua guarda de honra, dentro da ostensiva altivez de mulher rica. Na calçada do templo, mulher pobre cortou-lhe os passos:

— Nhá-Chiquinha, tem dó de iêu.

Afastou o xale que lhe ocultava a face e Chica deteve-se, assustada:
— Que é isso, criatura? Quem é você?
— Iêu sou Marga, Nhanhá.

A senhora levou a mão aberta contra a boca, pois estava abismada. O nariz de Marga inchara e abrira a cratera de uma ferida, mostrando no fundo trechos de ossos amarelos. A ferida alastrara-se até debaixo de um olho, fazendo cair a pálpebra inferior.

Aquilo era o cirro, o polvo da carne, o tigre dos ossos, o fim da vida.

Chica mandou Cabeça, que a acompanhava às ordens, dar dez cruzados à infeliz, e dirigiu-se para a cadeirinha. Antes de entrar no veículo, acorreram a cumprimentá-la Dona Bibi, Dona Joana e o meirinho da Intendência. Dona Bibi abraçou-a:

— Dona Francisca, sabe que não dormi com a notícia?
— Que notícia?
— A do terremoto que arrasou Lisboa! Estou num estado de nervos!

Chica respondeu com a maior calma:
— Ora, Dona Bibi. Deixa Lisboa pra lá... Quem morreu acabou, quem está vivo teve foi sorte.

Dona Joana apadrinhava-a:
— Senti que a senhora ontem levou um susto medonho. Pensei que fosse perder os sentidos...
— Levei susto, por quê?
— Por causa da notícia do inacreditável terremoto!
— Olhe, Dona Joana, eu nem liguei, sabe? Fiquei foi com vontade de rir quando o intendente chorava, parecendo doido. Tenho mais do que cuidar pra mexer com coisa que não é da minha conta.

Entrou para a cadeirinha, sem se despedir das senhoras. Voltou para casa condoída do estado de sua velha amiga Marga.

No outro dia, a pedido seu, o contratador mandou à Vila do Príncipe buscar a parteira Ana, curadora de chupão. A curandeira veio e, com uma garrafada e óleos locais, dentro de um mês curou Marga. Ficou-lhe indelével cicatriz no rosto e a amiga de Chica morreu anciã. As úlceras secaram como por milagre, e também cederam as dores.

A velha Ana morreu sem ensinar a ninguém a sua cura do câncer.[5]

À noite, na casa do Padre Zuza, conversavam os velhos companheiros Tôrres Mota, Luis Mourão, Moura e Guerra. Luís Mourão desprezava os portugueses, nem se importando com o terremoto.

---

5. Contam alguns velhos dessa cidade (Serro) que, antigamente, ninguém morria aqui de cancro, porque havia uma mulher que o curava, a qual morreu sem a ninguém ensinar o seu remédio. Luís Antônio Pinto, *Memórias Municipais* (Serro), 1896.

— Essa choldra será um dia varrida do Tijuco a bala, a chuço, a pau. Bom mesmo pra nós foi o Felisberto, que talvez tenha escapado do desabamento do Limoeiro.

Padre Zuza entrou na conversa:

— É engraçado. Esses felisbertos vivem de enganos, de ilusões. Procuram iludir-se a si próprios. Já querem criar o mito de um Felisberto redivivo, que ainda será contratador... ou são amigos demais de seus parentes, ou estão loucos.

Mourão protestava:

— Loucos, não. No tempo do ouro, construímos aqui os melhores prédios... chácaras... Voltou mais indigna, com os diamantes, a pata portuguesa. Voltou o arrocho aviltante para os pobres, que são o povo. Nossa querida Capitania das Gerais é a Canaã dos chumbinhos de patas pesadas.

Moura colaborava nessas ideias:

— Seja como for, João Fernandes, que não é português, mas vive alugado a eles, tem no Tijuco a sua Terra Prometida.

O padre que ouvira calado despertou, falando sério:

— Se ele tem nas grupiaras a Terra Prometida, não sei. Sei que ele tem na Chica sua Terra Não Prometida, o que é melhor. O que foi prometido já é um pouco nosso. O povo de Deus largou o Egito para alcançar a terra de leite e mel. Mas de todos que partiram só Josué, filho de Nun, e Celeb, filho de Jefoné lograram alcançá-la. Prefiro a coisa incerta, nas mãos, à certa que, afinal, só se alcança pela metade.

V

MULATA DE PARTES COM SANGUE AZUL

Estava terminada a construção do Castelo da Palha. Chica mudou-se para ele, levando o que era bom, caro e luxuoso da casa da Rua Lalau Pires.

As plantas da chácara, cuidadas com atenção pelos escravos, cresciam viçosas no doce clima da serra. Macieiras, pereiras, pessegueiros, parreiras, castanheiras, cerejeiras, estavam ali como em solo português, de onde vieram as mudas. Cercado de muito mimo, vicejava ali um pé de craveiro-das-molucas.

Os projetos do castelo e do horto foram supervisionados por João Fernandes e, para ele e para os entendidos, foram executados a primor. Muito curioso é o fato de ser menos comentado no Tijuco o terremoto de Lisboa do que a cabeleira aloirada de Chica...

Chegavam bandos com ordem formal de auxílios "voluntários" da Colônia para a reconstrução de Lisboa, reduzida a zero.

Padre Zuza rosnou, impaciente:

— Já começam a tomar mais dinheiro. O Brasil é obrigado a ajudar o Reino a manter seus prisioneiros em Tânger, a concorrer para os alfinetes da Rainha, para as guerras de conquista... Aliás, esse subsídio "voluntário" foi criado para a América portuguesa pelo "João Doido". Minas teve que dar 125 arrobas de ouro em pó como auxílio para o casamento de seus filhotes, José, Príncipe do Brasil, e Maria Bárbara. Só a Vila do Príncipe ofereceu 3.742 oitavas... De lá até hoje, tem sido arrancado, com pedaço de couro e carne viva, muito subsídio "voluntário". Agora, para reedificar a capital deles...

Pombal enfrentava com heroísmo ímpar o desastre. El-Rei, abatido, perguntou-lhe:

— E agora, que faremos?

O marquês de Alorna, que estava presente, respondeu precipitado:

— Enterrar os mortos e cuidar dos vivos!

Pombal perturbou-se mas repetiu:

— Enterrar os mortos e cuidar dos vivos...

Estava iniciada a reconstrução de Lisboa e o povo acalmava-se. Surgiu, porém, um boato alarmista. No Minho, certa mulher de virtude tivera um aviso do Além, de que novo cataclismo iria abater-se sobre Lisboa, destruindo outras cidades portuguesas. O povo começou a se alvoroçar e o boato passou a conversa obrigatória, mormente nas províncias. Falavam mesmo que foram descobertos outros versos de Bandarra, prevendo novo e mais terrível terremoto.

Em Lisboa, juravam que um padre boa-vida ouvira a voz de Santo Antônio aconselhando-o a fugir, se amasse viver. Já corria como fato consumado que velha irmã do Convento de Santa Rosa orava na capela, quando escutou vozes aflitas intimando-a a fugir de Lisboa. Todo Portugal já temia a nova convulsão.

Começava o alárma e ninguém punha dúvida nos boatos espalhados por pessoas ignorantes ou até por malfeitores. Mas Pombal não era ministro da ordem dos de Dom João V. Baixou logo um decreto, assinado pelo rei, desterrando para Angola quem inquietasse o país com tais boatos. Não iam só os lhagalhés, mas pessoas de alto bordo, magnatas que aproveitavam a oportunidade para combater o ministro. Estavam sendo desterrados até os que brincavam com o assunto. Bastava boquejar em público sobre o caso para cair nas garras de Pombal, que não era homem para perdoar ninguém. Parecia certo é que os boateiros foram os mesmos que saquearam igrejas, museus e casas bancárias, nos dias do terremoto. Não nascera ainda quem enganasse a Pombal.

Começou a seguir gente para a África. Essa providência aumentou o terror que avassalava a população.

Já não era só o povo inculto a temer e também as classes mais elevadas, gentis-homens da corte, fidalgos de boa linhagem. Faziam processos de extradição de boateiros, mas ninguém acreditava nos conselhos do governo aconselhando calma.

Para maior aflição, el-rei baixou um decreto escolhendo São Francisco de Borja, advogado contra os terremotos, como protetor de Portugal.

— Viram? Até o Rei está alarmado. Apela para São Francisco de Borja, para afastar o perigo que aí vem!

No Paço Provisório de N. S. da Ajuda, os fidalgos segredavam:

— Parece mesmo que há novidade. El-Rei não ia entregar o país à guarda do milagroso santo sem ter ouvido os doutores que entendem da coisa.

A marquesa de Portalegre disse um dia a Dona Aurora Teles, dama de honor da rainha:

— Soube que umas senhoras portuguesas foram visitar a língua de Santo Antônio, que ainda está corada e fresca no convento de seu nome, em Veneza. Rezavam, quando a língua falou que fugissem, que novo abalo estava com dia marcado. Estou nervosa com isso e disposta a abandonar tudo, inclusive meu lugar na corte, e fugir, fugir para qualquer lugar, onde não chegue a desgraça pavorosa.

As senhoras da corte viviam sob assustadoras expectativas.

Acresce que, com o terremoto, ficaram desabrigadas milhares de pessoas e, entre essas, as que tudo perderam. Pombal, que prometera cuidar dos vivos, não podia amparar tantas vítimas sem recurso algum para recomeçarem a vida.

A colônia do Brasil era o domínio mais próspero do reino e a fartura do ouro e dos diamantes atraía os fracassados. Os atingidos pela desgraça não foram só da ralé, mas de nobres, comerciantes e proprietários, que amanheceram ricos e às 10 horas estavam em penúria. Partiam, então, às centenas para o Brasil e, como o ouro e os diamantes eram das Gerais, chegavam à capitania multidões de aventureiros. Entre eles aportou ao Tijuco um grupo que se pôs sob a proteção de Chica da Silva e João Fernandes. Eram Rodolfo Morais e Dona Leonor, Seu Gonçalves e Dona Fátima, Vasco Beltrão e Dona Céu, Sebastião Albino e Dona Cândida, Gonçalo Alves e Dona Luzia, Nogueira e Dona Conceição, casais expatriados, alguns deles com filhos.

Esses emigrantes lograram a simpatia de Chica e foram-lhe de suma importância para lhe polir as maneiras, fazendo-a elegante e conversadora razoável.

Essas senhoras começaram a frequentar o Castelo de Chica, dando sugestões sobre modos de decorar o palácio, como receber visitas e função das mucamas.

Chica tinha tudo, mas usava o seu luxo de modo asselvajado. As lisboetas reeducavam a nova amiga conforme usos da sociedade europeia.

A exagerada frequência das retirantes no contato com Chica desagradou o meirinho, pois sua esposa, também portuguesa, só fora convidada uma vez para o jantar da milionária.

Como suas patrícias fossem bonitas, o meirinho insinuou maldade:

— Aquilo é o contratador quem convida. Ele é como os elefantes africanos que, segundo Plínio, são indomáveis, mas se agarram como carneiros na presença de mulher bonita...

Riu com os dentes negros de fumo.

— Porque a negra é feia demais para gente... Ainda agora cortou o pichaim à escovinha...

Quando o meirinho saiu, o Escrevente Gojoba sorriu com malícia:

— As patrícias estão causando inveja. Dona Francisca não é modelo de beleza e tem o que nos falta. A esposa do nosso companheiro é que é uma gracinha... Já beberam chá de poaia?... Dona Francisca aparou os cabelos não foi pelo que ele insinua. Está usando agora riquíssimas cabeleiras postiças e para melhor as adaptar, até a rainha Cleópatra raspou a cabeça.

João Fernandes colocou três dos novos amigos na Intendência e dois chefiando casas comerciais do Distrito Diamantino. Desde o tempo de seu pai, eram proibidas casas de comércio com que não concordasse o contratador. O sargento-mor instalou casas em nome de terceiros, que eram na verdade dele. O filho seguiu a manobra, com o que ganhava muito dinheiro. A colocação rápida dos maridos mais ligou as lisboetas a Chica.

Por sugestão delas, estavam organizando um grupo de ópera, de que se encarregara o ex-seminarista Zé-Mulher. Escolheu as peças e ensaiava moças locais em danças, recitativos e representações, especialmente cômicas.

Outro artista que entrou em contato com Chica foi Olinto, o melhor bailarino do Tijuco e amador de serenatas. Possuía voz agradável e, com o amparo que agora tivera, ganhava entusiasmo pela organização das serenatas no geral mineiro. Olinto e Zé-Mulher estavam orgulhosos da nova convivência e, se havia bocas onde o nome de Chica se gastava, eram as deles.

Agora o castelo não era um amontoado de coisas valiosas como a outra casa. Ganhara ordem, disciplina e bom gosto.

João Fernandes comprara em Sabará um mulato de meia-idade, Félix, maestro com admiráveis qualidades de compositor de valsas e modinhas. Chica estava organizando sua banda de música. As noites do arraial já estavam ressoantes dos infindáveis exercícios dos novos músicos, todos escravos do contratador.

Não era só: Chica estudava, ou, por outras, recebia lições, mas a coisa estava difícil.

Ela chamou então também outro ex-seminarista, Amarinho, para seu secretário particular. Amarinho era calígrafo invejável, quase perfeito, e, além de muita sarda, tinha boa educação social.

O castelo estava sendo reajustado em linhas funcionais de primeira ordem, para receber hóspedes e visitas.

Numa roda, perguntavam a Fred o que ele achara melhor no castelo, pois lá fora levar remédios e Cabeça correra o edifício com ele.

— A adega, nem se pergunta. Se me perguntarem o que de melhor acho no mundo: saúde, amor, dinheiro? Eu responderei: a adega do João Fernandes. Se Deus descesse à lama e me vendo tivesse pena de mim, indagando:

— Fred, você quer as estrelas, a lua, os diamantes todos da Índia?

Eu responderia bem firme:

— Não, Senhor, quero a adega do João Fernandes...

Vavá, Fred, práticos de botica, e Juvenil havia muitos anos disputavam a maratona para saber qual era o maior pinguço do Tijuco. As vantagens ora pendiam para um, depois para outro, amanhã para o terceiro, e decisão mesmo nenhuma. Paulo Horta, professor primário, disputara por certo tempo com eles esse título, mas acabara desclassificado por falta de resistência. Depois de certa dose, dava para chorar. Às vezes, a altas horas, desapontado pelo fracasso, já quase a chorar, erguia a cabeça, justificando-se:

— Fui desclassificado por pontos, mas vencido mesmo, na dureza, nunca fui.

Foi eliminado, mas, havia muitos anos, o páreo prosseguia, sem vantagens para os campeões.

O Major Guerra, considerando a impasse, opinou muito certo:

— Só o futuro decifrará esse enigma de saber qual dos três é o *nec plus utra* da cachaça. O futuro ou Deus, porque nós aqui não conseguimos a classificação.

Os serviços da extração alcançavam o auge de esforços, com máximo rendimento. Agora todos sabiam que João Fernandes era revelação de administrador.

Abriam-se mais bocas de serviços em vários quadrantes: Rio Manso, Penha de França, Araçuaí, Rio Preto, Gouveia, Curumataí, Pouso Alto, Curralinho... Trabalhavam com negraria triplicada em Rio do Peixe, Rio Pardo, Morrinhos, Jequitinhonha...

O arraial do Tijuco crescia em edificações e movimento, cada vez mais esfarrapado e milionário. Em face do lucro enorme, João Fernandes viajava todos os dias para inspeções rigorosas. Mesmo porque também ele, lesando o contrato, em vez de 600 estava com 4 000 escravos na lavra. Vendo-o passar, sempre de madrugada, o Alferes Moura um dia exclamou:

— Batente duro, o do João...

A esposa sorria, invejosa:

— Duro como o diamante...

João Fernandes absorvera toda a autoridade da Intendência, talvez por saberem das afeições de Pombal por ele. Passara a régulo absoluto do Distrito Diamantino, e aproveitava sua situação para dominar também todos os seus habitantes, mesmo os fora dos negócios de pedras. Sua prosperidade era escandalosa também por ser sócio de quase todas as transações comerciais da Vila do Príncipe, que, na ampliação do distrito, estava agora dentro dele.

Bastava ser rico para ficar poderoso, mas João Fernandes realizara mais. Amava e era amado por uma jovem a quem dava tudo.

Uma vez por semana, oferecia jantar ou ceia a amigos escolhidos e suas esposas, vendo com muito júbilo que Chica civilizava-se, não era só a carne incendiada, mas também um pouco de espírito.

Naquele tranquilo serão, antes da ceia, palestravam no castelo os convidados, entre eles os portugueses. Dona Leonor, que se honrava com a amizade de Chica, estava na conversa.

— Doutor Contratador, ouço aqui falar tanto em diamantes que espero um dia conhecer suas lavras.

— Quando Francisca quiser iremos vê-las. A senhora conhecerá como se tiram as pedras.

— Tiram-se dos rios...

— Não é só dos rios. Estão no cascalho do leito, nas margens dos rios, mas também em terrenos secos, até em morros onde, a acreditar nos geólogos, em épocas remotas passaram os cursos d'água. Coisa de milhões de anos...

— Há tantas variedades de gemas...

— Os diamantes pequenos chamam-se aqui olhos de mosquito, finquete, avoão ou avoador. À pedra defeituosa chamam bisborna; estrela é a mais perfeita. Chamam juça e urubus aos pontos escuros que afeiam as pedras. A de peso considerável apelida-se catatau e, quanto à forma, podem ser bala, com a forma dela, e chapéu de padre, por ser chato. As pedras de alto quilate, as incomuns, chamam-se carocas. Essas pedras, classificadas em volume, peso e pureza, são de primeira, segunda e terceira classes.

— E as cores desses diamantes?

— As cores... Os daqui têm as cores mais variadas do mundo. Temos diamante amarelo-avermelhado pálido; cinzento-claro; verde-oliva, amarelo-palha, branco de neve, branco-esverdeado; branco-avermelhado, branco-a-vermelhado cambiante, amarelo-pálido, branco-transparente, pardo-escuro, amarelo-enxofre, cor de mel, amarelo-vinho, verde-maçã, pardo-amarelo, pardo-esverdeado, pardo-claro-avermelhado, pardo de cravo, cor de tijolo-claro, amarelo-citrino, cor verde-aspargo, verde-marinho, cor de água, verde-aguado-sujo, azul-pardo, vermelho-rosa, verde-escuro quase negro, branco-sujo, azul e vermelho-sangue de boi.

— E quais os mais preciosos?

— Os mais puros, os que não contêm manchas, defeitos internos. Entre esses, são valiosos os azuis e os vermelhos-rubis, por serem raros. Têm cotação à parte nos mercados do mundo e os holandeses, que são os lapidários mais afamados, guardam em grande conta os diamantes dessas cores.

— Têm aparecido aqui grandes diamantes?

— Oh, sim. Não digo agora, mas desde que se descobriram as lavras apareceram grandes *paragons* que ainda assombram o mundo. Nossos diamantes são muito melhores que os do Reino, de Decão, Golconda e Bisnagar. Nossas grandes gemas não têm rival na terra.

Tossiu, de leve, no lenço de linho perfumado à orquídea inglesa.

— Em 1738 um forro aqui encontrou, ao banhar-se no ribeirão, um diamante de vinte e seis oitavas, vendendo-o por um mil-réis a certo capangueiro, que o negociou no Rio com Manuel Rodrigues Nunes. Tinha o tamanho de um ovo de galinha e por isso duvidaram que fosse mesmo diamante. Um certo Manuel Mata, primo da esposa do negociante, conhecia pedras, e fascinado pelo altíssimo valor da gema, roubou-a da gaveta onde a guardara o proprietário. Esse recorreu a el-rei, que mandou averiguar o caso, prender o ladrão e apreender o roubo, para que ficasse no seu Real Tesouro. Mas a pedra até hoje não apareceu... Outro *placer* de inestimável valor foi descoberto aqui, no Caeté-mirim, perto do arraial de Milho Verde. Pesava 1680 quilates e foi avaliado em sete bilhões e quinhentos milhões de francos. Todo o universo ficou estarrecido com tal achado. Muitos negociantes europeus de pedras preciosas duvidaram do seu peso. Mas era exato, pesava 1680 quilates! Foi mal lapidado, diminuído de peso e hoje se chama Bragança e pertence à Coroa portuguesa. Os diamantes de mais de vinte quilates pertencem ao Rei. O mais comum, dos grandes, na apuração anual, é o diamante de galerim, que pesa mais de dois quilates.

— É assombroso. E qual o rio que dá as melhores gemas?

— Todos os diamantes daqui são excelentes, porém os mais belos e puros, portanto mais valiosos, são os do Rio Pardo. Rio de águas escuras e diamantes magníficos. Aliás, todos os rios do Tijuco vertem para o Jequitinhonha, também rico de pedras finas.

— Sabe a quantidade de diamantes colhidos até agora aqui?

João Fernandes sorriu:

— É difícil dizer, assim, sem consultar livros. De um modo geral, sei que, na última viagem, foram pela frota do Rei três mil e vinte oitavas e cinco quintais de diamantes.

Nesse instante, afastada a cortina carmesim do salão de visitas, um escravo de cabelos empoados de verde, casaca azul e calções pretos, calçando luvas brancas, parou na entrada para exclamar com voz educada:

— Dona Francisca da Silva, a ceia de Vossa Excelência está na mesa!

Chica ouvia Manoela, filha de Dona Leonor, tocar minuetos no seu cravo holandês. Nem se alterou com o aviso do mordomo, até que a jovem terminasse a peça. Aproximou-se, com Manoela pela mão, do grupo que ouvia João Fernandes.

— Vamos? A mesa está posta.

Entraram todos para a sala de jantar. O Dr. Malafaia seguia aparelhado a Rodolfo e perguntou-lhe:

— A que família pertence em Portugal?

— Sou filho primogênito do Conde de Colares, morto como major do exército português na Batalha de Almansa, vencida pelo renegado Duque de Berwick, comandante dos franceses contra os ingleses, espanhóis, portugueses e holandeses, em Almansa, nos começos do reinado de D. João V.

As sopeiras de prata já estavam fumegantes ao longo da mesa. Começando a sorver a canja, Dona Leonor estava de cara alegre:

— Ótima canja, Dona Francisca. Em Portugal, a canja é prato de reis. Sabemos alourar a canja em horas de cozedura, mas poucos sabem que a alma da canja não é a galinha gorda e sim os temperos com que é feita. Uma folha de louro para mim é que dá mais sabor ao caldo suculento.

Dona Céu aprovava com espírito:

— Dona Francisca pode-se gabar de sua cozinheira, que é mestra em canja portuguesa. Está uma delícia.

Chica ficara satisfeita com os elogios.

— As senhoras estão elogiando a Bastiana, negra velha que entende de temperos...

Rodolfo, que já esgotara o prato, deu palpite caloroso:

— Bendita Bastiana que me faz lembrar nesta noite as vezes que ceei com el-rei, no Paço da Ribeira.

E voltando-se para Malafaia:

— Nosso rei, morto D. João V, era guloso e comia prodigiosamente. Seus jantares, os mais ligeiros, duravam duas horas. Tivemos um rei, D. João IV, que tomava no começo do jantar cinco pratos fundos de canja de capão cevado... Comia na cama, por andar artrítico de tamanhas comezainas e falta de exercícios. Os capelos amarelos do Paço viviam tontos com aquelas dores terebrantes da real pessoa.

Vavá, o prático farmacêutico admitido na ceia por condescendência, expôs sua vocação:

— Eu, pra mim, o que se leva do mundo é o que se come e o que se bebe.

Padre Zuza sorriu maldoso, o que raras vezes fazia:

— O que faz mal não é o que entra, mas o que sai da boca, segundo São Paulo.

Houve um silêncio guloso. João Fernandes enxugou os lábios, dirigindo-se ao Padre Pessoa:

— Hoje voltei aborrecido da lavra do Jequitinhonha. Vivem lá, num impossível muito fundo, umas cobras sucuris ou sucuriús, de que falou o Governador Lourenço de Almeida a Sua Majestade. São cobras de trinta palmos de comprimento, mas já foi morta uma de cinquenta e oito palmos. Têm a grossura de um barril e, segundo o governador, elas já engoliram alguns negros. Eu nunca dei muita importância a tal notícia. Pois ontem, ao anoitecer, um grupo de escravos estava sondando a profundidade do poço quando um daqueles monstros os atacou, levando um para o fundo. Os companheiros da turma acudiram, mas foi tarde. Perdi um cativo já maduro no serviço. Eu gostava dele; era negro direito.

As senhoras fizeram exclamações de espanto escandaloso, algumas até deixando as colheres, e o padre indagou, de boca sempre cheia:

— Por que não tira os negros de lá?

— Já tirei. Insistia na sondagem porque é debaixo das cachoeiras, desabadas nos poções, que se encontram mais pedras. Elas rolam desde tempos antigos e sendo o diamante muito pesado, ao cair vai logo ao fundo. Tem-se encontrado em lugares semelhantes verdadeiras reservas de pedras brancas.

Padre Zuza resmungou:

— Fim trágico, o do negro. Horrível.

Chica, sem muita emoção, benzeu-se:

— Cruzes! Que lugar perigoso.

João Fernandes estava com a palavra.

— Aliás, em matéria de monstros, estamos bem servidos no Jequitinhonha. No tempo das águas o rio cresce às vezes dez dobros do seu volume, espraiando-se pelo vale, inundando tudo. Nas suas margens há depressões, umas imensas, como bacias de pedra, que nas enchentes ficam repletas de água. Os peixes do rio entram por esses lugares, piaus, curimatãs, piranhas. Quando começa a estiagem, o tempo de arrancar a cascalheira, as águas cortam a comunicação com esses tanques, onde ficam presos centenas, às vezes milhares de peixes. Nesses tanques de pedra, eles não acham alimentos, e, entram a se devorarem, guerra feia. As piranhas, então, constituem verdadeiro perigo. Infeliz do bicho que ali vai beber, pois será fatalmente devorado.

Dona Leonor estava apreensiva:

— Que são piranhas, doutor João?

— A piranha é o peixe mais voraz do Brasil. É o tigre das águas, o tubarão das lagoas. Tem avidez tão grande por sangue e carne que todo objeto vermelho a atrai. Pescam-na até fisgando no anzol um pedaço de baeta vermelha. Abocanha com gana, cuidando ser carne.

Dona Leonor ficara espantada:

— Deus me livre desses lugares. E o senhor não tem medo de andar no meio de tais perigos?

Ele sorriu.

— Não é tanto perigo assim... perigo, para os que trabalham nas águas. Francisca vai convidá-los a irem conhecer o trabalho da lavagem do cascalho e a senhora verá as lagunas cheias de piranhas. É peixe saboroso, mas tem três filas de dentes afiados em todas as direções, para cortar, dilacerar, destruir tudo em instantes...

— E Dona Francisca vai ver esses monstros?

Chica sorria, calma.

— Vou... nós vamos.

Terminada a ceia, foram para o salão tomar o Peppermint.

Chica estava expansiva. Alimentados, bebidos os bons vinhos europeus, a palestra do serão começava agradável. Logo que se acomodaram nas poltronas confortáveis, Chica perguntou ao Padre Zuza:

— O que é, o que é: a mãe é verde, a filha é encarnada, a mãe é mansa e a filha danada?

O padre pensou, pensou, sorriu, mas não soube responder. Chica ria:

— É pimenta.

Dirigiu-se ao amante:

— O que é, o que é: que jogado pra cima é prata, caindo no chão é ouro?

João Fernandes estava desconcertado:

— Não sei, não, Francisca.

— É ovo.
— Mas por que é ouro quando cai?
— Porque quebra e a gema espalha...
Dirigiu-se a Rodolfo:
— O que é, o que é: que jogado no chão não quebra e jogada na água quebra?
— Ah, é difícil, Dona Francisca... Não sei.
— É papel...
Agora era com o Padre Pessoa:
— O que é, o que é: que é corpo por dentro e tripas por fora?
— É viola.
Todos bateram palmas, rindo alto. Chica alegrava-se:
— Muito bem. O senhor foi o único a responder.
Ela prosseguia:
— Doutor Intendente, o que é, o que é: que tem coroa de rei e não é rei; tem escama de peixe e não é peixe?
— Vou ver se descubro, essa é medonha!
Demorou e não respondeu. Chica gozava o aperto do velho:
— É ananás.
O Meirinho Meia-Quarta alvoroçou-se, muito vivo:
— Dona Francisca, a senhora é quem vai responder, mas muito ligeiro. O que é, o que é: quatro esteios com uma telha só?
Repentina, ela respondeu:
— É tatu!
Aplaudiram. Gritaram, em parabéns a Chica. Ela procurou com o olhar a mucama porta leque, sempre perto da Sinhá. Babita aproximou-se, refrescando-lhe a face com o leque de plumas alvas. Ela sorria e João Fernandes ficara satisfeito. Mas o Padre Pessoa ergueu-se:
— Dona Francisca, me dá licença para retirar-me. Estou cansado por ter respondido certo a sua pergunta.
Sorria.
— Trabalhei muito com a cabeça e fiquei até com sono. A senhora e eu fomos os heróis da noite, os únicos de respostas exatas...
Era meia-noite e o arraial já estava invadido pela neblina muito fria da madrugada.
O arraial de Gouveia era registro contra extravio, com quartel de 12 dragões imperiais, sob comando do Furriel Albertino. Lugar varrido de ventos da serra, em abril já faz frio e os habitantes se recolhem cedo.
Os dragões já estavam deitados às 10 horas da noite e a sentinela do quartel, de baioneta calada, ia e vinha, abrigada no capote reiúno, em frente do prédio.

Estavam ainda abertas nas pontas de rua duas vendolas de cachaça da terra, contra as leis reinóis mas porque eram da muamba do contratador.

Quando tudo estava quieto e as casas fechadas, um cavaleiro parou na porta do quartel, descarregando o bacamarte na sentinela, que caiu em sangue. O cavaleiro pulou do cavalo, entrando pela porta cerrada, mas foi escorado por dois praças. Gritou rápido e adoidado, disparando uma garrucha que derrubou os prés ainda de ceroulas. Ouviu-se grito rouco:

— Eu sou Jardim! Eu sou Jardim e venho beber o sangue de ocês!

O Furriel despertara aturdido, sendo barrado pelo crioulo, com faca de ponta. Esfaqueado, caiu; não podendo apanhar sua clavina. Os oito dragões restantes, vendo três mortos e um moribundo, saltaram as janelas da cozinha, fugindo na escuridão. Jardim vociferava:

— Tá i. Vim vê a cara dus covaldu du rei!

O furriel gemia no chão.

Jardim saqueou o que quis. Tirou sapatos, calças, túnicas, duas clavinas e munição à vontade. Montando, empurrou com o pé a sentinela morta, esgoelando sempre rouco:

— Fil da puta!

E desapareceu na galopada.

O arraial acordara com o alvoroço e os tiros. Os que estavam nas tabocas foram ver o que houvera. Vendo, do esconderijo, aparecer gente nas ruas, os soldados fujões voltaram. Mal falavam, de susto. Um popular indagou aflito:

— Que foi aí, camaradas?

— Que foi?! Jardim assaltou o quartel, matando o furriel e três praças!

Os do socorro pararam, gelados de horror. Acenderam cambonas. Examinado o estrago, o furriel ainda vivia. Os três soldados estavam mortos. O bandido levara também o dinheiro que estava na gaveta do comandante.

O vendeiro Plínio comentava lá fora:

— É coragem! Nego de coragem!

— Esse Jardim é trem doido...

Jardim era negro fugido e havia muitos anos cometia assaltos iguais em toda a Demarcação Diamantina. Chegava sozinho e sem aviso. Matava, roubava, fugia... Fora condenado à morte, à revelia, e assombrava as tropas reais em aparições súbitas como aquela. Vários governadores puseram a prêmio a sua cabeça. Não valeu. Jardim dominava soberano o sertão diamantino, fazendo correrias até no sul baiano. Ele e Quiabo zombavam das tropas de linha e não havia soldado nenhum que não tremesse de medo deles. Tinham os poderes que a audácia permite, a bravura escora e o desespero inspira. Estavam no sertão mais livres do que os ventos...

Como fora combinado na ceia, Chica, à frente de uma cavalgada, foi visitar as obras que o amante fazia no Poção do Moreira, no Jequitinhonha. Era trabalho demorado que apenas começava. Fazia-se a mudança do leito do rio para outro artificial, paralelo, trabalho que ia expor a seco o talvegue abaixo da grande cachoeira, onde esperavam colheita de milhares de diamantes.

Falavam no Tijuco, exaltando a obra:

— Só mesmo João Fernandes! Mudar o leito de um rio como o Jequitinhonha, só com muito cobre...

— Também, mudado o leito, é só apanhar no chão os diamantes, como quem apanha jabuticabas... Só dá palpite nas mais graúdas...

— É catar como galinha bica milho no chão, até encher o papo...

A cavalgada de Chica partiu pela madrugada, quando ainda estava escuro. Piavam três-potes ariscas na baixa enevoada dos ribeirões.

Todas as senhoras portuguesas iam nos cavalos bem-cuidados de João Fernandes. Manoela, a filha de Dona Leonor, era amazona sem prática, estava com medo e seguia a passo, agarrada na clina do seu ruço.

— Devagar, mamãe, tenho medo...

Chica avisava, em ordem:

— Solte as rédeas, Manoela, não seja covarde!

Chica marchava na frente, agitando o chicotinho de cabo de ouro, ao lado de João Fernandes. Seguiam-na os convidados, aduladores que lhe prestavam obediência.

Passaram por bocainas, gargantões de pedra, baixios de verduras escassas, onde brotavam sempre-vivas do abril das montanhas.

Dona Céu chamava a atenção:

— Olhem as águas claras no nosso Portugal...

O meirinho Meia-Quarta alegrava-se:

— Daí é que saem as glórias da nossa terra. Abençoados chãos e rios dadivosos. Parece incrível que tanta lama esteja elevando a nossa Lisboa!

Chica na frente gritava:

— Toque, Manoela, toque pra diante!

Chegaram de improviso, sem esperar. Uma aberta de areias e, ao lado, o Jequitinhonha corria com águas claras da estiagem. Entraram por enxame de cafuas sem ordem, fincadas no chão arenoso. João Fernandes anunciou:

— Estamos chegando, Francisca...

Entraram por verdadeira aldeia de casas de palha, de escravos que preparavam o cerco do rio. Passaram por dezenas de ranchos, até que João Fernandes parou na porta de um deles. Apareceram meninos. Imundos, de camisolões ensebados, paravam ao verem o contratador e sua comitiva. Levantavam a mão suja, de unhas grandes:

— Bênça?

João Fernandes indagou:

— Cadê Bengo?

— Tá nu sirviçu.

Tocou o cavalo, para encontrar seu feitor. Mas Chica demorou ao ver chegar na porta do rancho mocinha engraçada, vestida de chita, com os cabelos corridos de carijó, tendo uma sempre-viva ao lado dos cabelos.

A mocinha sorriu para Chica, pedindo a bênção, sem estender a mão.

Ela notou-lhe a beleza, mas principalmente seu desembaraço.

— Como se chama?

— Chamo Gracinha. Maria das Graça.

— Quem é seu pai?

— É Bengo. Vamo descer...

Chica silenciou, reparando o vestido novo de chita da menina, o bem cuidado cabelo, os jeitos desenvoltos.

— Seu pai o que é?

— Feitor, sim sinhora.

— O Contratador vem muito aqui?

Sorriu, mostrando dentes lindos.

— Vem.

— Você tem muitos irmãos?
— Não, sinhora. Só Zezinho.
Sorriu de novo. Chegava o irmão com um feixe de lenha e ela, atenciosa:
— É Zezinho...
Sem mais, como o sol castigasse, Chica tocou o cavalo para a sombra de gameleira próxima, acompanhada de Dona Leonor. Os outros da comitiva estavam com João Fernandes mais embaixo, nas obras preparatórias do cerco.
Sozinhas na sombra, Chica perguntou à amiga:
— A senhora não acha esquisito aquela sujeita com vestido novo de chita, quando todas as mulheres daqui usam saias velhas e camisa de cabeção sem blusa?
— Não reparei, Dona Francisca. Não conheço os costumes daqui.
— Então a senhora não viu que em lugar só de escravos que não podem encarar ninguém ela nos olhou de cabeça erguida, sorridente e confiada?
— Não reparei.
— E por que foi que ele só parou naquele rancho, passando sem olhar por mais de vinte ou cinquenta? Ah, Dona Leonor, parece que meu coração adivinha. Tenho andado com ele desassossegado...
— Dona Francisca...
— E o pior é que a diabinha é bonita, tem bons dentes, pés pequenos...
Chica fixou os grandes olhos garços no rumo da casa de Bengo.
— Eu estava adivinhando. Meu coração não me engana. Ele só parou naquela porta.
— Pode ser questão de serviço, Dona Francisca.
Chica estremeceu:
— Eu sei que serviço é esse. Não tem mulher que chegue pra certos homens. Eu bem vi. Viagens todos os dias pra estes ermos. Chega cansado... dorme logo...
Silenciaram de olhos esquecidos no chão. Viu aberta ali uma flor que é bola de pétalas levíssimas que qualquer vento mais forte desarma, espalha de uma vez.
Apontou-a com o chicotinho:
— Olha aí, Dona Leonor, o que é o amor dos homens. Até um sopro acaba com eles... A flor tem mesmo o nome, amor-dos-homens.
Chica estava agitada.
— É isso mesmo. Quando Deus não quer, Santo não pede...
Chegou João Fernandes.
— Não querem ver os trabalhos?
— Não. Estou com dor de cabeça.
— Queria mostrar a Dona Leonor o tanque das piranhas. Dos sucuris...

— Ela vai, eu espero.
A amiga insistia para irem juntas.
— Eu espero nesta sombra tão boa. Tenho medo do sol.
A senhora ficou embaraçada:
— Ficar aqui só...
— Não faz mal. Eu espero. Faço empenho que veja a morada dos monstros.

Quando João e Leonor se afastaram, num de seus repentes perigosos, Chica transtornada galopou, sem explicação, para o arraial. Não demorou e os convidados, surpresos com sua partida às súbitas, seguiram-na. João Fernandes galopava para alcançá-la:

— Espere, Francisca!
Fustigava o cavalo, galopava.
— Espere, meu bem!

Chica não ouvia ou não atendia. Chegou ao Tijuco muito antes dos companheiros. Tinha os olhos ardendo. Lavou-os com "água maravilhosa".

Depois de um banho morno, pôs no rosto pano ensopado de águas de maio, ficando no divã. Passada uma hora, ungiu a face e o pescoço com Leite Virgem, deitando-se.

Pouco dormiu. Estava incomunicável desde que chegou. Jelena, curvando-se sobre ela na cama, indagava com ternura:

— Está doente, Sinhá?
— Dor de cabeça. Foi o sol. O sol entrou na minha cabeça.

Durante a noite pouco falou, rejeitando mesmo os carinhos do amante.
— Quer que chame o Malafaia?
— Não. Quero ficar quieta. Quero morrer em sossego.
— Que é isto Chiquinha? Você me desorienta. Sente-se mal?
— A cabeça me dói até nos cabelos.
— Quer tomar uma hóstia?
— Não.
— Vou chamar o médico.
— Não chame. Deixe-me sozinha. Quero ficar sozinha. Quero dormir.

Pôs-lhe a mão aberta na testa, procurando febre. Todos andavam em pontas de pés.

Súbito acesso de choro convulsionou-a.
— Que é isso, Francisca? O que sente, meu amor?

Ela tapou a cabeça com a almofada.
— Sente dor, Francisca?

Os soluços convulsivos respondiam. Jelena trouxe botijas de água quente, acomodando-as a seus pés. Abafou-os com papas ingleses.

O Capitão Cabral, que fora a Gouveia fazer inquérito sobre o ataque ao quartel, voltou impressionado com a audácia de Jardim.

— Enquanto eu estava lá, deu-se um fato de que nunca ouvi falar. Havia perto do arraial um velho fazendeiro, começado com ouro, e então passou a criar gado e fazer roças. Sua casa era grande com varandão e tinha oito escravos de boa cavalhada. Deixou crescer a barba, que estava toda branca e sem trato. Seus cinco filhos são homens de bem e ultimamente a filha do casal, Mariinha, ficou noiva e marcaram o casamento. Fizeram muitos convites pela parentalha das duas famílias e vizinhos amigos. O casamento era em Gouveia e o Padre Lopes prometera ir com os noivos comer a leitoa preparada por sua comadre, mãe da noiva. No dia das bodas, já estavam na fazenda os convidados, todos felizes e brincalhões. O velho Lourenço apareceu de roupa nova e gravata no pescoço, coisa que há muito não usava. Aparara os cabelos, tomara banho morno e estava pronto a acompanhar a filha à igreja. Tudo em ordem para a partida, o velho chamou o seu filho primogênito:

— Tudo está preparado no arraial?
— Tudo, meu pai.
— Deu ordem para soltarem os foguetes quando formos chegando?
— Dei, meu pai.
— Então vamos. Chame a noiva.

Dona Clara, esposa de Lourenço, com seu vestido de gorgorão preto, fingia-se alegre; ia levar a filha ao altar. Brincou, ao subir ainda esperta para o silhão:

— Sou do tempo em que a mulher só saía de casa pra batizar, casar e enterrar...

Riram, gozando a frase.

— Mas hoje não tenho jeito senão ir casar a Mariinha.

Quase todos já estavam cavalgados e puseram um tamborete para a noiva subir para seu malacara de clinas entremeadas de fitas verdes. Sorria séria no vestido lindo, coroada de flores de laranjeira. O velho determinou:

— Os noivos seguem na frente, nós atrás. Vamos embora!

Aproximou-se de seu cavalo castanho estrelo bem arreado. Compôs no pulso o chicote de cabo de prata e segurou na cabeça do arreio para montar. Quando ia meter o pé na caçamba, cambaleou para trás, caindo de costas. Muitos apearam para socorrê-lo; Dona Clara gritava. Mas Lourenço estava morto. Houve tremenda confusão, mas o Major Rios disse que casamento adiado no dia era desgraça muito certa. Os filhos e a esposa do morto concordaram e, passados os momentos de desespero, o farrancho seguiu muito murcho para Gouveia, só ficando na fazenda alguns amigos mais íntimos e a viúva.

O Capitão, ouvido por todos, acendeu o cigarro de palha.

— Depois que os noivos seguiram, o Major Anastácio acertou com os presentes uma providência bem recebida por todos. Resolveram não interromper o almoço da festa e que ele fosse presidido pelo dono da casa, embora morto. Sentaram-no na sua cadeira de braços na cabeceira da mesa, firmando-o com um lençol, até que enrijasse.

Quando os noivos voltaram já casados, o Major Rios desatou os estorvos do lençol, pois foi um dia frio e o defunto endurecera ficando como vivo, de cabeça alta, firme na cadeira de chefe da família. Seus olhos abertos estavam baços e frios, fixos no fim da sala. Serviram o almoço. No início houve certo constrangimento, que a vista das iguarias desfez logo. Padre Lopes cumpria a promessa feita à comadre: estava na mesa, à direita do compadre, comendo da leitoa.

— Boa leitoa; vê-se logo que aqui andaram as mãos da comadre.

Na hora dos brindes, o padre foi o primeiro a se levantar, de copo de vinho na mão, felicitando os noivos. Deu conselhos; falou nos deveres do casal e nos filhos, se os tivessem. Por fim se referiu ao luto daquele dia. Elogiou o compadre, sua lealdade em convivência de tantos anos. E bebeu à felicidade de sua alma, já na glória de Deus.

Findo o almoço levaram a cadeira com Lourenço para o salão de visitas, onde fez as honras de chefe da casa. Até a noite o morto esteve entre os vivos, como se vivo ainda fosse. Só muito tarde, quando as visitas se retiraram, foi que os filhos puseram o pai no caixão vindo do arraial. O enterro foi no outro dia.

Chica amanheceu ainda abatida.

Jelena ajoelhou-se para lhe tomar a bênção matinal, depois indagou carinhosa:

— Gostou da viagem, Sinhá?

— A viagem foi o maior veneno pra mim. Se tivesse bebido um copo de peçonha talvez me fizesse menos mal.

As ladinas vinham-lhe tomar a bênção, ajoelhando-se:

— Louvado seja Nosso Senhor Jesus Cristo?

— Pra sempre seja louvado.

O amante já saíra, deixando-a dormindo.

Quando passava para o lavatório, ouviu Almerinda conversando com alguém.

— Quem é?

— Portador do Poção.

Chica foi atender.

— Quem é você?

— Sou Zezinho, do Poção. Venho com o recado.

Só aí Chica reconheceu o portador.
— Recado? Recado de quem?
O rapazinho perturbou-se:
— De lá.
— De quem?
— Vim buscar a incumenda.
— Que encomenda é?
— Não sei, não, sinhora.
— Suba pra aqui.

Já na varanda, o mocinho esperava de pé. Chica inquiriu-o de tudo o que precisava saber. Zezinho era irmão de Gracinha, filho do feitor forro Bengo. Ela indagou se a irmã tinha namorado, se sabia ler, perguntou pela vida toda da irmã...

Ele não sabia quem lhe dera o vestido de chita ramada. Apurou que o amante apeava é na casa de Bengo. Lá tomava chá, e quem servia a tigela de chá era Gracinha. Contava que a mãe estava doente, de cama.

Esqueceu que o rancho do forro era o melhor do aldeamento e Bengo um dos feitores mais velhos do serviço.

A cabeça girava-lhe, sentia-se doída, com o sangue a ferver no rasto. Dominou-se:

— Olhe, pode ir que eu mando levar a encomenda.

O portador viera com ordem do pai de levar a encomenda, e essa eram pregos de forja. Mas o rapaz não sabia que ficara tudo apalavrado com o Contratador. Foi buscar, sem saber o quê.

Chica sentiu no corpo uma labareda viva, que transformava sua vida em inferno. O ciúme do amante com Gracinha avassalou-a toda como repentino incêndio.

Por mal dos pecados, Cabeça apareceu questionando com o portador, que ainda atendia a senhora.

— Qui tá pircuranu aqui? É o Sinhô? Num sábi qui êl tá é na Casa du Contratu? Quagi todu dia veju ocê lá e num sábi qui êl tá lá?

O menino retirou-se e Chica mandou a cadeirinha para buscar Dona Leonor. Enquanto a amiga não chegava, Chica banhou-se, enrolando na cabeça grande lenço de seda branca.

Seu penteador de rendas *valenciennes* de imaculada brancura dava-lhe ares de imenso conforto.

Engoliu uma gema crua de ovo em cálice de vinho Madeira seco e refestelou-se em sua poltrona de veludo verde da varanda. Recostada a cabeça no espaldar, cerrou os olhos.

Viu então Gracinha, adolescente, sorrindo com os dentes brancos, linda no vestido de chita. Lá estava nos seus cabelos negros de curiboca a sempre-viva engraçada...

Dona Leonar chegou.

— Bom dia, Dona Francisca; houve novidade?

— Não. Preciso conversar com a senhora. A senhora é o mesmo que minha mãe.

E contou, bastante agitada, que o irmão de Graça fora ao castelo à procura de João Fernandes.

— Sabe pra quê? Pra buscar a "encomenda". Quando perguntei quem mandara ele perturbou-se, para depois dizer que fora o pai...

E repentina:

— Dona Leonor, estou muito infeliz. Sou a mulher mais infeliz da Tijuco! Preferia ser uma pobre pelo amor de Deus, a viver como vivo agora os meus dias.

— Dona Francisca, não vejo razão para isso. Teve alguma prova? Não teve. Percebeu alguma diferença dele com a senhora? Não. Por que esse desespero?

— Porque ela é bonita, engraçada e novinha.

A lisboeta sorriu, maternal:

— Não seja ingênua, minha amiga; nova a senhora também é e, com franqueza, não vejo razão para tantos ciúmes.

— O irmão dela é o recadeiro, é quem vem buscar presentes.

— Tudo isso está em sua cabeça, Dona Francisca. Não há nada. Seu marido vai lá por ser contratador, com imensas responsabilidades. Tenha calma. Deus dá jeito até nas coisas que o demônio baralha, quanto mais nas suas suspeitas vãs.

— Eu não sei não, mas estou vendo o diabo na casa do terço... Já não sei a quantas ando...

Chica tirou da manga de seu *negligé* um lenço perfumado a sândalo, levando-o aos olhos.

Chica chorava.

À noite, chegou de Vila Rica, pelo correio da Intendência, uma carta que muito abateu a João Fernandes. Seu pai, Sargento-Mor João Fernandes de Oliveira, fora chamado com urgência a Lisboa. O chamado era de el-rei, para seguir sem detença!

Assustado com aquilo, o sargento-mor pedia ao filho que viajasse logo para Vila Rica, pois necessitava de seus conselhos e instruções de como devia agir em Portugal. O sargento-mor estava malvisto pela Coroa, e seus modos tirânicos na administração dos contratos anteriores causaram-lhe inimigos perigosos, alguns até espias da Santa Inquisição no Distrito Diamantino.

João Fernandes seguiu dois dias depois. Antes de partir, com olhos marejados, beijou Chica e disse-lhe sem reservas:

— Vou em viagem de precisão até para mim, pois meu pai ainda é o Contratador oficial. Mas o que vai aqui é só o corpo, porque a alma fica com você.

Correu logo notícia de sua viagem apressada. O Meirinho Meia-Quarta casquinou um risinho mau:

— Brinquem com o marquês-rei... Pombal espia tudo. Vamos ver o resto...

Padre Zuza ficou entristecido:

— Coitado do sargento-mor. Além de doente, essa viagem de tantos perigos no mar.

— Mas é preciso obedecer, pois o Rei é a sombra de Deus na Terra...

Chica choramingou um pouco, perdeu a fome. Bem assistida como foi recomendado, retomou seu equilíbrio de dama da elite do Tijuco.

Na tasca do Toada, o felisberto Juvenil amarrotou-a:

— Com aquele fogo todo, vai ser difícil esperar o amante. Mulher burra, podia ir com ele...

Santa-Casa, o simpático rapaz de risadas grossas, protestou logo:

— De burra ela não tem nada. Sem ser bonita, embora moça, prendeu o desembargador milionário, faz dele gato-sapato. Ela é fina. Passou de escrava a mulher mais rica do mundo!

Santa-Casa tinha razão. Embora recebesse havia um ano lições do padre, e não soubesse ainda o abecê, possuía visão de muita coisa, coragem, presença...

Pois na mesma noite do dia da viagem do amante, ela chamou ao gabinete de João Fernandes, no castelo, Cabeça e outros escravos, Carolino e Jaconias. Trancou-se com eles e deu ordens muito explicadas, muito severas. Cabeça e Carolino calaram ao saber da espinhosa missão, e Jaconias alvoroçou-se mais do que vendo doce de leite. Jaconias era o negro mais perverso das Gerais, talvez de toda a capitania. Frio, sádico, insensato, sua alma parecia cheia de espinhos venenosos.

Recebidas as ordens, Chica entregou-lhes fumo e três lenços.

— Agora procurem a matula, que já está pronta com Jelena.

Os escravos partiram dentro da escuridão da noite.

Partiram calados. A madrugada nas montanhas do Tijuco é sempre fria. Os negros caminhavam ligeiros, de mãos geladas nos bolsos das calças. Nenhum bicho de pelo nas estradas. Apenas curiangos sem graça pulavam no caminho batido, mostrando os olhos sulferinos a brilhar no escuro.

Andaram bom pedaço da noite, passando por aldeolas dormidas, como também adormecido estava o acampamento do Poção do Moreira.

Chegaram ao pesqueiro com madrugada muito alta. Estendidos em descanso atrás das pedras, pareciam esperar. Estava ainda escuro quando Cabeça tocaiava de olhos vivos nos trilhos. O pesqueiro estava a meia légua do Poção do Moreira, e o escravo temia perder a viagem.

De repente, Carolino estirou os beiços para diante, resmungando com medo:

— Ói...

Vinha alguém pela margem do rio. Cada negro botava na cara, apertando-o com um cordão, seu lenço furado na altura dos olhos.

Era gente mesmo que vinha. Vinha assobiando, com vara de pescar e saco nos ombros.

No paredão em degraus, depôs o saco, iscou o anzol, batendo com a ponta da vara na água, para chamar peixes. Não demorou meio minuto e o pescador alçou uma piranha faminta, das fechadas no tanque pelo recuo das águas do rio.

Os negros nesse instante cercaram o rapaz. Amarraram-lhe os pés com soga trazida e, com forquilha já pronta, firmada na correia, empurraram-lhe os pés para dentro d'água, enquanto dois o sujigavam sentado na pedreira. As piranhas já assanhadas chegaram, mesmo porque Cabeça cortara a já pescada, jogando os pedaços ali perto.

Só então o mocinho gritou, porque as piranhas avançaram em seus pés em bocadas de cortar e arrancar. Afluíram em cardume, na fome de prisioneiras das pedras. Gritou para desfalecer, porque em minutos as onças da água devoraram os pés metidos no poço, firmados pelas mãos de Cabeça.

Correu sangue, muito sangue. O negro chefe puxou os pés para fora, exclamando sem sentir:

— Virg!

Os pés de Zezinho estavam reduzidos a ossos, com alguns dedos arrancados. Desmaiara, mas assim mesmo Cabeça lhe falou:

— Issu é procê aprendê a sê recadêru de môça senvregonha...

Vai agora buscá as incumenda di benzínhu...

Carolino alarmou-se:

— Ói u dia, Cabeça!

Deixaram o ferido de costas sobre as pedras e fugiram, não pela estrada, mas por onde foram. Ganharam os morros à esquerda, foram apanhar caminho muito longe, quase uma légua depois do Poção do Moreira. E não voltaram juntos; separaram-se, logo que saíram do mato carrasquento. Deixado no tabuleiro de pedras, como um bicho ferido, ficara gemendo Zezinho, filho de Bengo.

Às 11 horas, Cabeça apresentou-se à sua sinhá. Florentina palitava-lhe os dentes, ainda na mesa.

Ela acabara de almoçar e, calma, dirigiu-se ao gabinete do amante. O negro ajoelhou-se, para a bênção.

— Como foi?

— Tudu bem, Nhanhá.

— Fez tudo que eu mandei?

— Fiz tudu, in-sin.

— Ninguém viu?

— Nhá-não.

— E os outros?

— Éven, separadu.

— Vai almoçar. Diga a Jelena que te dê um copo de vinho.

Aquele dia foi de muito trabalho no castelo. Amarinho escrevia muitas cartas ditadas por Chica e Zé-Mulher ia fazer à tarde ensaio geral das *Guerras do Alecrim* e da *Manjerona*, a primeira ópera a ser representada no palácio.

Mas depois do almoço Chica dormiu a sesta. Desse hábito ninguém a demovia. Era uma hora de sono gostoso, com as janelas abertas arejando o quarto.

Enquanto ela dormia, Amarinho, Olinto, Zé-Mulher e Manoela, que era primeira figura da comédia, conversavam na varanda. Zé-Mulher estava entusiasmado com as iniciativas de Chica.

— Além das óperas, do castelo, das cabeleiras, das cadeirinhas, sua banda de música já está em condições de fazer retretas.

Olinto concordava:

— Ninguém fez pelo arraial o que ela está fazendo. E isso pega... Já tem aqui moças e senhoras com cabeleiras muito decentes. A mulher do Tôrres, do major, já tem cadeirinha. A do Alferes Moura, também. O Aguirre espera uma pra Dona Agda. Tudo exemplo de Dona Francisca.

Impou-se todo do proverbial, do eterno bairrismo tijuquense:

— O Tijuco civiliza-se! Chô, Vila do Príncipe...

A rivalidade dos dois lugares nunca desaparecerá.

Amarinho então perguntou:

— E o maestro de Dona Francisca?

Olinto apressou-se:

— Olhe, incrível! É medonho pra compor valsas. E viram os instrumentos que Dona Francisca já comprou pra sua banda?

Zé-Mulher sabia, sem ter visto. Olinto exaltava-se:

— São três requintas, duas clarinetas, dois saxofones, um soprano e um tenor, dois fagotes, dois oboés, dois pistões, dois *saxhorn* baixos, conhecidos por bombardinos, duas trompas de harmonia, para debaixo do braço, dois pratos, duas caixas surdas, dois tambores de rufas, dois bombos e dois contrabaixos pescoço de gato, chamados também tubas. São vinte e cinco figuras! A bandinha dos pedestres e dos dragões, com reforço das ordenanças, é de doze figuras...

Aquela tarde esteve cheia de providências, conselhos, chegadas de amadores, honrados da amizade, dos sorrisos de Chica.

Às cinco horas, chegou ao castelo uma notícia que já espantava o arraial. O filho do feitor Bengo fora apanhado por três bandidos com máscaras, quando pescava. Os miseráveis assanharam as piranhas do poço, onde estavam confinadas, e os pés do menino foram metidos na água. Os bichos devoraram os pés, só deixando os ossos.

Chica ouviu Amarinho contar o ocorrido, mas sorriu incrédula:

— Não é possível isso. Não acredito.

— O ferido chegou agora mesmo, na cama. O feitor foi ao Capitão Cabral, que não sabe o que fazer.

— Qual... Não acredito...

O comentário era geral. As lisboetas presentes acharam aquilo horroroso. Benziam-se ao saber de tudo. Chica estava tranquila, ainda duvidando:

— Aqui espalham muito boato... Isso é coisa de que ninguém já ouviu falar.

Mais tarde, o negro do portão de entrada comunicou que o feitor do Poção do Moreira queria falar com Dona Francisca.

— Venha.

A curiosidade dos que lá estavam era grande. Bengo aproximou-se humilde, insignificante. Parou, de olhos no chão.

— Que houve, Bengo?

Ele confirmou o boato. Contou que o filho saíra de madrugada para pescar e, como às 10 horas não chegasse, mandou procurá-lo. As lágrimas corriam-lhe. Fora verdade. Três negros o agarraram e meteram-lhe os pés, à força, n'água. As piranhas devoraram as carnes e os pés do filho estavam nos ossos limpos.

Trouxeram-no, procurando recurso. O Capitão Cabral mandou o Fred fazer um curativo, mas não podia ficar com o ferido para tratamento. Não tinha cômodo.

Chica exaltou-se:

— Não. Você é feitor de João Fernandes e seu filho terá todo o recurso que precisar! Não deixo faltar nada! Isto aqui não é como pensam, não! Temos recurso médico e seu filho será tratado como qualquer rico!

Mandou chamar o Dr. Malafaia, entregando-lhe o doente, por conta do Contratador.

Encarava o pai, velho, pobre e abatido ali, sem meio algum para amparar o filho.
— Bengo, quais foram os negros?
— Ninguém sabe. Tavam mascarado.
— Quer saber de uma coisa? Isso é estripulia do Quiabo, que roubou até moça aqui. Ou atrevimento do Jardim, que assaltou o quartel de Gouveia... Vai ver que foram eles. Vou mandar o Capitão Cabral fazer uma batida.
E moderando a voz:
— Sua mulher veio com o doente?
— Nhá-não. Veio a Graça.
Chica fechou os olhos, sentindo uma tonteira. Viu Gracinha, seus dentes brancos, a cintura fina, a sempre-viva nos cabelos...
— Pode ir. Vou tratar de tudo.
Mandou Cabeça alugar um rancho no Piruruca, para recolher o ferido. Dona Leonor admirou-se do expediente da amiga:
— Dona Francisca, a senhora é a mãe deste povo.
— Não sou, não, Leonor. Tenho é dó de quem sofre.

A hora do *Angelus*, tocada em todas as igrejas e capelas do arraial, era de concentração obrigatória. Nos lares, nas fazendas, nos ranchos de faiscadores e nas cafuas mais infelizes, as conversas morriam ao sinal da cruz. Ave, Maria!
Nas brenhas de coitos os negros fugidos, os criminosos em monte, rezavam a oração angélica. Respeito, temor de todos os cristãos, interrompiam palestras, negócios, discussões. Honravam a hora do anoitecer, em que Maria ouviu um ruflo de asas e perturbou-se, pois viu perto dela uma sombra transparente com as mãos postas. Era o Arcanjo Gabriel, que lhe disse:
— Ave, Maria, cheia de graça, o Senhor é contigo...
Nessa hora os homens tiravam os chapéus; os condenados, nos ferros, elevavam o coração, as prostitutas concentravam-se, os escravos interrompiam os trabalhos. Porque todos rezavam pedindo saúde e paz. Havia nos quartéis obrigação devocional do terço, ao crepúsculo.
Terminado o labor diário, os soldados compareciam a uma sala de seu quartel, para rezarem o terço. Não eram só os prés; os suboficiais eram também obrigados àquele dever.
Ai do que faltasse, não apresentando justa causa. Nos três quartéis do Tijuco, aquela reza era constante. No quartel dos dragões, quem dirigia a cerimônia era o Cabo Pantaleão, apelidado Panta. Ele exigia mais ali a presença da tropa do que em dia de revista geral. Fazia chamada. Todos presentes, diante das estampas de Jesus e Maria Santíssima, já com as luzes acesas, ele

ajoelhava-se no estrado das poltronas e, muito crente de sua missão, dava início à reza do rosário.

— Como vosmecês sabem, foi Nossa Senhora quem recomendou a São Domingos a devoção do rosário, para ganhar fé mais firme e proteção do Senhor em tudo na vida.

Ajoelhado em frente de todos, com rosário na mão, de olhos baixos, fiscaliza os soldados. Notando novidade, interrompia a introdução para disciplinar:

— Olhe essa conversa aí, Soldado Arlindo!

Recomeçava:

— Há no mundo inteiro milagres admiráveis brotados da devoção à reza em conjunto, nos lares, nas igrejas e nos quartéis, do santo rosário.

Enquanto falava, com o terço suspenso, vigiava de olhos sorrateiros sua assistência.

— Cabo Sales, olhe lá essa distração. Olhe esses olhos vasculhando a rua, pela janela... Olhe sua sem-vergonhice...

Para iniciar a oração fez o pelo-sinal.

— Creio em Deus, Pai todo-poderoso, Criador do Céu e da Terra...

Sacudiu o ombro, em gesto nervoso:

— Cabo Mariano, aqui não é lugar de pentear cabelo...

Concentrou-se de novo.

— ...e em Jesus Cristo, um só seu filho...

Levantou a cabeça:

— Soldado Gumercindo, aqui ninguém vem pra cochilar...

— Me perdoe, seu Cabo, cheguei agora e estive na ronda do mato a noite inteira.

— Não é a razão pra cochilar na hora do terço e acho melhor um banho de refle pra consertar o seu corpo.

Tornou à reza.

— ... Nosso Senhor, o qual foi concebido por obra do Espírito Santo; nasceu da Maria Virgem, padeceu em poder de Pôncio Pilatos...

Sacudiu a cabeça:

— Praça Herculano, sossegue com esse quepe que está bolindo em sua mão que nem tamborim. Olhe o regulamento!

Limpou a garganta, já nervoso:

— ... foi crucificado, morto e sepultado; desceu aos infernos, ao terceiro dia...

Olhou os assistentes:

— Praça Herculano, eu jogo esse quepe no olho da rua e ponho queixa em cima de você pra lhe dá compostura!

Voltou à oração:

— ... ressuscitou dos mortos, subiu aos Céus e está sentado à direita de Deus Pai, de onde há de julgar os vivos e os mortos. Creio...

Arregalou os olhos para os ajoelhados:

— Soldado Crispim, seu demônio, você está se rindo, mas ao acabar "isto aqui" eu lhe mostro o que é desrespeito. Faça como o Praça Osvaldo, que tem devoção e vergonha na cara.

Continuou:

— ... no Espírito Santo, na Santa Igreja Católica, na comunhão dos Santos, na remissão dos pecados, na ressurreição da carne e na vida eterna. Amém.

Falava indignado, afetando calma:

— Eu lasco a caneta em todos, hoje. Este Cabo Laurentino é o diabo, muda de um joelho pra outro como quem muda de não sei o quê. Olha, seu cabo, joelho é mesmo pra estragar na reza e o bom é meter você na enxovia, pra ensinar a ter respeito pelo rosário de Nossa Senhora! Vou pedir ao comandante pra me substituir nesta reza, porque se continuarem a não respeitar vou até pro inferno, de tanto ódio!

O terço tirado pelo Cabo Pantaleão era um flagelo para os soldados. A reza durava às vezes horas. Os praças ansiavam ganhar as ruas, os becos escuros, à cata de bebidas e de fêmeas.

O dever de rezar o terço era no arraial costume angélico. Apenas no quartel dos dragões constituía duro castigo, em vista das palhaçadas do Cabo Panta. Um dia o comandante se aborreceu com ele, rosnando furioso:

— Também você só serve pra tirar reza, pois no mato não presta pra nada. Você, se continuar nessa ruindade, vai parar com o corpo, divisa e tudo, é na Angola...

À tarde os felisbertos estavam reunidos na venda de Toada. Juvenil ingeriu seu trago habitual, não sem antes derramar um pouco no chão:

— É pra nossos companheiros, que não podem beber mais.

Era para os que morreram cedo de tanto beber.

— Nós aqui sempre alfinetamos a Chica, por farra. Mas ontem ela me encheu as medidas, mandando socorrer por sua conta o filho do Bengo, e até alugou casa pra ele ficar. Com o que ela fez com o rapaz, ganhou pra mim altivez e elevação moral que as muitas infantas do reino jamais tiveram. Nem hão de ter. Por essas e outras, João Fernandes trata-a com o mesmo cuidado com que se colhem as rosas.

Santiago apoiou muito o colega:

— Também eu fiquei satisfeito com ela. Isso é que é nobreza. Nobreza não é ter porte, ter entono, ter nascido de pais alcaides. Nobreza é bom sentimento, solidariedade com a dor dos desvalidos. O crime ficará impune, porque não temos polícia.

Toada observou:

— O Capitão Cabral garantiu que pega os negros.

Pimentinha casquinou seu risinho velhaco:

— Pega como pegou Jardim no assalto ao quartel. Com esses pedestres que estão aí, prender alguém... só se os criminosos estiverem dormindo... Só se estiverem babando de bebedeira...

Santa-Casa ia sair.

— É claro que eu também não confio nos pedestres. Gosto de gente limpa. Agora, achei lindo em grandeza de coração o que Chica fez ontem. Ninguém pode negar que Chica é mulata de partes, mas com sangue azul...

VI

ÍNDIA, ANGOLA, FOGUEIRA OU GALÉS

João Fernandes regressou de Vila Rica muito abatido. Seu pai fora chamado pelo rei, sem dizer por que ou para que fim.

O sargento-mor estava adoentado havia muito, sendo que o filho, João Fernandes, era quem mandava em seus negócios até particulares.

Os tempos eram perigosos. Levavam muito em conta as denúncias, mesmo por desforra, e o sargento-mor nunca tivera ambiente propício no Distrito Diamantino. Sujeito de modos importantes, sem caridade, queria pedras, pouco se importando com o resto. Era odiado pelo povo e com certeza muitas queixas foram contra ele aos pés de el-rei. Além disso, empregava escravos a mais nas catas, o que era crime grave perante a Coroa.

No tempo de Dom João V, essas coisas eram esmiuçadas sem consequência pelos escribas do Conselho Ultramarino, mas agora, com Pombal no governo, quem devia pagava...

Seguiu para Lisboa na Nau de Guerra *Falcão*, que levava o ouro dos Quintos das Gerais.

Era riquíssimo, porém João Fernandes voltava apreensivo com o resultado da viagem.

Quando João Fernandes tomou conta de seus negócios no Tijuco, havia imensa opressão sobre escravos, forros e mulatos, coisa que continuou. Mas apareceu para amparar os choques um Anjo Negro. Era Chica da Silva.

João Fernandes nunca foi popular, nem humano com os cativos. Homem da lei, cumpria-a.

Chica botava panos quentes em muitos casos, defendia, ajudava os perseguidos. Sabendo de ciência própria o que era escravidão e quanto pesavam os ferros impostos por direito e por injustiça, vendo-se poderosa, começou a ajudar os sofredores esmagados pelos portugueses.

Quando o amante voltou da viagem, trouxe ordens mais ásperas, combinadas com o Capitão-General Governador. Havia um certo afrouxamento no combate ao extravio. Trouxera novas ordens de perseguir e não perdoar infratores, render mais gemas!

João Fernandes reuniu o intendente-geral dos diamantes e seu pessoal especializado, o intendente do ouro lá instalado desde 1750 com seus cães de fila, para pegar infratores, os comandantes dos Dragões Imperiais, Pedestres e Ordenanças do Rei, além de capitães do mato. Combinaram normas de vigilância, mais aperto, mais sangrentas do que até então.

Ora, não houvera, nem no tempo de Felisberto, maior número de negros fugidos nos mocambos, grandes e pequenos do deserto.

E começaram a agir.

A agir com mão de ferro, contra um povo que nunca tivera liberdade.

Padre Zuza e os majores Guerra e Mota comentavam sobre o novo assomo de brutalidade. Zuza ponderava:

— O sargento-mor foi chamado para acertar contas. Eles pensam que foram denúncias do povo sofredor. Sei que fizeram muitas, não podiam deixar de fazer. Mas esquecem uma coisa terrível. Os espias da Santa Inquisição. Eles vigiam os vassalos com mais desumanidade, por mais argúcia desalmada do que a polícia reinol. Farejam crimes de judaísmo, por interpretações da Bíblia, por mínimos indícios de ateísmo, por nada. Suas condenações são de hábito perpétuo nas masmorras, por muitos anos nos subterrâneos, de excomunhão e morte na fogueira. Esse é o "relaxamento em carne" dos autos de fé. Para esses autos de fé comparecem as autoridades eclesiásticas. Dom João V não perdia um, acompanhado da família real. Da sacada do Paço da Inquisição, comiam e bebiam (porque esse paço ruiu no terremoto), assistindo as vítimas serem jogadas nas fogueiras do Pátio dos Hereges, entre as quais muitos sacerdotes, mulheres e crianças. Dom João V acendeu muitas vezes, em pessoa, as fogueiras onde iam ser queimados vivos muitos inocentes dobrados à intolerância dos fanáticos. Não havia perdão para aqueles crimes fantásticos. Foi Dom João III quem introduziu em Portugal a pavorosa instituição, Tribunal dos Padres, com o fim de extinguir a heresia. Ganhando enorme poder, agem com sigilo na instrução judiciária e abalam o mundo pelo rigor de suas sentenças inapeláveis. Só em Portugal o Tribunal do Santo Ofício até hoje queimou, vivas, mil e quinhentas pessoas, e condenou vinte e cinco mil a várias penas.

A Comarca do Serro do Frio e a Demarcação Diamantina estão sob os olhos de seus espiões, atentos a qualquer sinal, farejando heresias.

Guerra abriu a boca:

— Então a coisa é assim?

— Qualquer de nós pode ser familiar do Santo Ofício, e ninguém sabe de nada. É segredo inviolável e a revelação dele constitui morte certa.

Moura estranhou:

— Morte, como?

— Ora como! Morte. E você quer mais? "Morte natural", atrás do que está muitas vezes um veneno sutil. Tenho para mim que o meu colega visitador, o padre da Vila do Príncipe, é um deles. Homem perigoso. E há por aí sacerdotes às ordens misteriosas de lá...

Tôrres alarmava-se:

— Coisa séria...

— No Rio de Janeiro, o Bispo Frei Francisco de São Jerônimo, que foi Qualificador do Tribunal Inquisitorial de Évora, é Delegado do Santo Ofício... É o sujeito mais frio e covarde do Brasil.

Guerra pigarreou, com mal-estar. O padre foi adiante.

— Vão anualmente do Brasil cem pessoas presas para serem queimadas vivas nas fogueiras. Neste século, já foram despachadas para queima em Lisboa quinhentas vítimas sem defesa, entre elas um velho de setenta e um anos, outro de oitenta. Já foram para a boca do inferno lisboeta famílias inteiras, apenas suspeitas de judaísmo. Entre elas seguiram muitas mulheres e um menino de treze anos.

Os presentes estavam emocionados.

— Antes da chegada de tal bispo, a inquisição não queimara um só patrício nosso.

— E depois, do arraial, já foi alguma vítima?

— Se houve? João Henrique, natural do Tijuco e morador no Paracatu, com vinte e oito anos, foi relaxado em carne (queimado) como convicto, ficto, falso, simulado, confidente, diminuto, variante, revogante e impenitente!

— Que é isso?

— São as fórmulas dos catedráticos da bestialidade, para jogarem seres humanos nas labaredas. Há mais: o preto africano Antônio Correia e o pardo Salvador Serra, da Vila do Príncipe, foram degredados por toda a vida para a África, por trazerem consigo pedaço de partícula que diziam estar sagrada!

Malafaia, que chegava, suspirou:

— Pobre humanidade. Homens governados por bestas.

— Também Antônio Sá de Almeida, de trinta e três anos, morador na comarca do Serro do Frio, foi condenado por judaísmo, pois era cristão-novo (judeu), a cárcere e hábito perpétuos. Não é tudo. Na hora do julgamento, o Santo Tribunal recebeu já defunto e preso a João Rodrigues de Mesquita, morador no Tijuco, incurso nas penas de judaísmo...

Guerra sorriu incrédulo:

— Mas isso não pode ser. Defunto preso?

Zuza confirmou:

— Defunto e preso. Pois mesmo assim nosso patrício foi julgado... e queimado.

Malafaia, esperto:

— É bom não brincar com esses malucos. Esses padres estão endemoninhados. Deus me livre e guarde de suas santidades.

O padre estava amargo:

— Não pouparam em Portugal nem o médico São Cipriano, que foi queimado em três horas, no tempo de el-rei Dom Sebastião, o "Encoberto!".

Padre Zuza ainda informava:

— E sabem que o Santo Ofício andou cocando os escravos, por dançarem? Acham que as danças africanas são imorais. Queriam queimar vivos os cabeças-secas porque dançam o sabão, o miudinho, o passa-pé, o lundum de umbigada... Como se as danças dos ditos civilizados fossem muito angélicas.

Teve um gesto nervoso, afilando o nariz com dois dedos:

— Queimar negros por imorais... E nenhum desses familiares e comissários do Santo Ofício pensou em jogar nas brasas Dom João V, que vivia amancebado com freiras, que dormia no Convento de Odivelas com a Irmã Paula e foi amante até de pretas...

Foi apertado o cerco aos contrabandistas e aos negros perdidos. Parece que houve dos escalões reais alguma reprimenda às autoridades do Distrito Defeso quanto à polícia de vigia do Tijuco.

Começaram a agir com impiedade, mas os negros dos mocambos tinham a proteção reservada de gente boa metida no contrabando. Não eram de todo desamparados. Chica era uma que os protegia em segredo, não por ouro ou diamante, mas por ódio aos marotinhos. Ela protegia a negros, negras, mulatos e mulatas, forros e forras, além dos arribados no mato. Isso por ser mulher de cor, outra por ver essa gente perseguida pelos portugueses dos quais, no coração, não gostava.

Recebia com frequência, a horas mortas, pedidos de socorro para quilombolas doentes ou famintos. Nunca deixou de os atender, sem que branco nenhum soubesse.

Alguns fugidos na mata do Itambé, nos rumos dos campos de Cavodonga, enfermos, foram socorridos por alimentos e remédios enviados muitas vezes por ela. Vinham de longe buscar quem não esquecia os negros perdidos na selva, a samaritana encoberta dos caçados como bichos pelas autoridades frias.

O povo odiava os portugueses, mas Chica da Silva, desde que se ligou a João Fernandes, começou a ajudar não só os brasileiros oprimidos por eles, como a escravaria do serviço áureo ou diamantino.

Um dia, na lição do Padre Zuza, ela se revelou, falando da partida das cem arrobas de ouro da quota anual e da caixa dos diamantes:

— Isso tudo podia ser nosso. Ficar aqui...

O padre coçou a cabeça. Pensava da mesma forma.

— Na ilha de Ceilão, severo preceito religioso proíbe a matança das tartarugas. Então, para fabricarem pentes para as madamas, esfolam-nas vivas para tirarem a matéria-prima. Somos as tartarugas de Ceilão, que eles espostejam vivas, para seu uso criminoso.

Com a excelente administração de João Fernandes, cresceu o volume de retirada das pedras e, mais de uma vez, foram duas remessas anuais para Lisboa, coisa nunca vista na Demarcação das Terras Diamantinas. Em vista disso, Portugal pedia mais, queria mais diamantes...

Favoreceu a importação de maior número de negros africanos, sobre os 20 000 que saíam anualmente da Angola, Cabinda, Congo e Moçambique para os mercados do mundo. Chegando à zona diamantina, que lembra a esterilidade de muitas regiões angolanas, congolesas e cabindas, os negros baqueavam à evocação de seus pagos. Adoeciam aos centos, pois muitos deles, quase todos, nunca trabalharam na sua terra. Eram guerreiros da tribo, viviam de caça e pesca, foram pastores de gados. Todos eram, porém, homens livres.

Arrancados com violência de seu clã, no Brasil ficavam sujeitos a duros trabalhos obrigatórios. De livres, passavam a escravos de desumanos senhores.

O choque da mudança de vida era grande demais. Resistiam mal, por estarem para sempre desgarrados de sua tribo e no meio desconhecido e hostil. Era o mesmo que prender um animal selvagem: só o tempo e a prisão os poderiam amansar. O negro tinha outra grave dificuldade — era não conhecer a língua de seus donos. Nas senzalas, nem todos entendiam a língua de tribo diversa. No exílio repentino, não se faziam entender e seu jurubaco mais convincente era o chicote do feitor.

Lembranças de correrias na selva africana, em caçadas e guerras, atormentavam os desterrados, além da ausência da família, pois eram amorosos. Recordações de pais, esposas, filhos e companheiros atordoavam a sua cabeça afeita à convivência para sempre perdida.

O negro então desabava, adoecia. Perdendo a fome, esgotava as forças e irresistível depressão nervosa deles se apoderava. Era o banzo, a pavorosa nostalgia sem remédio que matava quinze por cento dos escravos nos primeiros meses da escravidão. Contra o banzo tentavam medicações, mezinhas. Um feitor gritava:

— A doença deste negro é preguiça!

Outro sugeria:

— A coisa qui acaba esse trem tá na miolêra dêl.

Esse feitor tinha razão. Aquilo que aniquilava o preto eram ideias, lembranças, recordações em monomania que acabavam derrubando-o. O coração baqueava, os pensamentos confundiam-se, obnubilavam-se-lhe, turbilhonando confusos; a nostalgia o matava devagar. Nostalgia ao recordar pessoas, a savana onde saltavam os antílopes, lagoas onde atufavam hipopótamos, rios, florestas, toda a terra africana.

Agora, o homem que descera a escravo, sob *stress* aterrador, era apenas uma coisa apática, pré-morta.

O Feitor Caçu, da cata de Lava-Pés, um dia desanimou:

— Num guentu mais tanta duença dus cachorru.

E decidiu, sem ouvir o senhor. Desceu nos doentes a tala de couro cru, em surra de criar bicho. Esbagaçou tudo. O calabrote bebeu sangue, o bacalhau rasgou pele, o rabo de tatu comeu carne dos doentes de banzo.

Na véspera, com remédios, morreram cinco. Pois o resto, os decadentes para morrer, endireitaram o corpo. Caçu, em face da grave psicose dos africanos, cansado de engambelos, apelou para sua reconhecida ignorância.

Mas descobriu como curar banzo...

Houve um ataque geral aos mocambos. Assalto a ferro e fogo, com cachorros para levantar quilombolas. A batida era dia e noite, coisa agressiva, guerra sem quartel.

A João Fernandes estava afeta a repressão aos negros fugidos e ele queria agradar Lisboa, aumentando a remessa com as pedras que os negros mineravam no mato, roubando.

Estava façanhudo:

— Agora acabo com todos!

As esquadras do mato, de pedestres, dragões e ordenanças, marcharam para topar os negros todos. Traziam um ou outro preto velho sem pernas para correr, mulher prenha...

Em geral eram levantados sem orelhas, isto é, de segunda fuga. Esses iam para as galés, de correntes soldadas nos tornozelos. Ficou decidido que esses trapos voltassem às catas, sob escoltas, para trabalhar na dureza. Outros iam para a Índia, nas naus de Macau que paravam para aguada no Rio. Havia os que eram desterrados para Angola, por toda vida.

O Intendente dos Diamantes apreciou aquele entusiasmo:

— Agora, sim! Não fica um calhambola no mato, João Fernandes é homem de cabelos nas ventas!

Chica ao saber que chegara arrastado no rabo de cavalo um dos presos, suspirou com pena:

— Coisa cara é a liberdade. Mas não pegam todos, eu sei...

É que entre os escravos africanos importados havia alguns buás de fama, que os patrícios respeitavam desde lá, no Reino de Mandinga, onde os conheceram. Eram, pois, feiticeiros eminentes aqui, como já o eram lá. Um deles foi o negro velho Pilão, que os malungos conheceram na África pelo nome de Kuluó, que quer dizer mesmo pilão.

Era peça de poucas palavras e gênio emburrado. Conversava sozinho e uma vez a filha de seu ex-senhor brincou com ele:

— Quem fala só, conversa com o demônio...

Era negro mau. Os conhecedores da mercadoria não gostavam de negros cabeludos e de cabeça grande. Rejeitavam-nos, quando passavam tropas de pretos à venda. Ao escolherem escravos, passavam por eles, só dizendo:

— Este, nem dado.

— Negro cabeludo é negro ruim.

Mas Sinhazinha, filha do senhor velho, flauteava o cativo, humilhando-o. Não se importava de ofendê-lo. O preto não era de graças e, embora em silêncio, ficava irado com a mocinha que ridicularizava suas pernas tortas e olhos feios de zarolho. Sinhá velha zangava:

— Não bula com quem está quieto. Se Deus o assinalou, algum defeito lhe achou.

Um dia Pilão se queixou à cozinheira dos aperreios da moça. Rosnou com os olhos zanagos bulindo:

— U deabu tudu incapa mas um dia dizincapa...

A cozinheira contou a conversa a Sinhá, que levou o que o negro falava como ameaça.

— Essa rês me paga. Vai ver como se ameaça a branca.

Sinhá jurava o negro, e negro jurado, negro apanhado. Pilão quase morre da surra.

Dali por diante, começaram a desconfiar dele. Pilão passou a andar de gancho de ferro no pescoço. Quando o gancho feria muito o pescoço, tiravam-no, botando-lhe na cara máscara de couro cru. Ficara odiado pelos amos.

Estava fervendo o *rush* dos diamantes no Tijuco. Venderam-no para lá.

Com pouco tempo o cativo fugiu. Havia mocambos e Pilão foi para um deles, na mata do Jaracatiá.

Mas que foi aquilo? Foi para a mata do Jaracatiá, mesmo perto da Vila do Príncipe?

Um forro que conhecia o fujão sorriu irônico:
— Taí, tá na chincha. Passa pru sabidu. Foi burru.
A fuga do preto espantou os malungos, porque a mata ficava ali perto. Era um pulo para qualquer capitão do mato...

O novo senhor do fugido teve notícia dele, no quilombo do Jaracatiá. Chamou um capitão do mato, contratando a pega do cativo.
De madrugada, o caça-negros partiu, assoviando o fila veterano de achar quilombolas. Levava corda, sedenho e peia de ferro para pulsos.
Formavam o quilombo dez negros aparecidos, que se diziam forros, mas sem prova.
O capitão do mato, ao meio-dia, chegou à orla do mato. Revistou as armas, tudo legal. Estumou o cachorro, já prático em levantar negros para seu dono pegar.
O cão avançou furioso, para voltar pouco depois, de cauda entre as pernas, para perto do cavalo.
— Vamo! Pega! Isso!
O cachorro não saía de perto do cavalo. Estava arrepiado, de olhos baixos.
O homem apeou, examinando o cão. Podia ser estrepe. Não era. Seria cobra? Coçou a cabeça:
— Qui deabu será isso?
Atirou uma pedra no mato, estumando o fila:
— Pega nêgu! Busca nêgu!
Qual. O cachorro esfriara o arreganho com que chegou. Não saía do lugar.
O caçador montou, esporeando o castanho para diante. O cavalo, ao aproximar-se da entrada do mato, empacou, sendo coisa que nunca fizera. Meteu-lhe a tala, fincou as rosetas.
Foi inútil. O animal chegava até a boca do mato, a fungar, refugando.
Nesse instante o cachorro deitara, com o focinho entre as patas. Dormia.
— Aqui tem coisa.
Fez um pelo-sinal ligeiro e desceu de novo da sela, marchando para o mato em passos firmes. Suas pernas logo bambearam, e se ele não sobe para a sela ia ao chão. Tirando o chapéu, fez uma reza de confiança e alvoroçou o cavalo para entrar no mato. O animal virou nos pés, quase o derruba.
Um medo repentino arrepiou-lhe os cabelos e, virando o cavalo, notou que ele saía lépido para trás.
O cão ergueu-se e marchou a seu lado.
— Cre'in Deus pad'e, todu poderozu...

Chegou tarde no Tijuco. No outro dia, espalhou a coisa na boca do povo. Houve quem duvidasse do fato, mas em geral acreditaram no batedor de negros. Velho companheiro de senzala de Pilão murmurou, satisfeito:

— Iêu seiu u qui é issu.

Contou a custo que Pilão recebera na Cabinda um poder, que ainda estava com ele. Quando precisava isolar rancho, mato ou onde lhe desse na cachola, para ali não entrar ninguém, com uma faca de mato fazia um risco no chão, em roda do lugar que ele quisesse deixar fechado para todos neste mundo... Só podiam pular o risco dessa divisa quando ele saísse dali.

Os pés-rapados do arraial assombraram-se com a notícia. Estava assente no povo que gente ou bicho não entrava na mata:

— Pé de cristão não pisa no Jaracatiá...

Os cativos estavam orgulhosos com aquilo.

— O Jaracatiá tá vangeladu. Pé di vivu entra lá u quê...

Uma noite Tôrres falou do boato em casa do Padre Zuza. O Major Guerra revelou convicto:

— Não sei, mas no sertão do São Francisco, nos currais de gado, tem muita rês braba e vaqueiros mestres de riscar chão, pra divisa sagrada. Daquele risco a rês não passa. Riscam com o ferrão das varas topadeiras. Chamam a isso amarrar gado. Um marruco vem tangido pelos cachorros, vem doido, furando mato. Chega no risco, fica preso...

Tôrres sorriu incrédulo:

— Todo vaqueiro faz isso?

— Não. Um ou outro. Eu já vi. Agora, como e por que, não sei...

Padre Zuza sabia mais:

— Sobre o caso do Pilão, também não sei. Nem opino sobre o fato. Mas Frei Jaboatão, que não é mentecapto, conta no seu *Novo Orbe Seráfico* uma coisa importante. Olinda, no Pernambuco, dominada pelos portugueses, sofreu duro assédio dos índios, de milhares de índios, número maior do que o dos portugueses que a defendiam. Apertado, quase vencido, Vasco Fernandes de Lucena toma de uma vara e risca no chão, entre atacantes e atacados. E gritou para a indiada que todo aquele que transpusesse o risco do chão cairia morto. Os aborígines riram com desdém do aviso e oito deles avançaram de armas nas mãos. Mal pularam o risco, para esmagar os inimigos, tombaram mortos. Outros não podiam saltar o risco porque as pernas lhes faltavam. O resto dos índios fugiu, gritando que Vasco Lucena era feiticeiro. O certo é que ele venceu, conservando a cidade para os portugueses.

Malafaia resmungou, conhecendo as coisas:

— Pilão veio da África com fama de perigoso buá. Em Vila Rica pôs doida a filha de seu senhor, implicada com ele. Aqui, pelo que sei, fez o diabo. É o feiticeiro mais perigoso da capitania. O fato é que permanece aqui perto, e ninguém consegue ir lá.

Guerra parecia envaidecido do negro:

— Ninguém pega o Pilão... Pra pegá-lo é preciso entrar na mata. Nem homem, nem bicho têm pernas pra entrar no Jaracatiá...

Pilão só deixou o coito quando muito bem quis. Viajou com os outros mocambeiros, ninguém sabe para onde.

Na hora da lição de Chica, Padre Zuza chegou com sua velha pontualidade.

— Manhã de rosas, Dona Francisca...

— Bom tempo.

No meio da aula, desatenta, Chica perguntou:

— Soube do caso do Pilão?

Ele balançou a cabeça.

— Soube.

— Mas o senhor viu que boa lição ele passou no pega-negros? Brinquem com essa gente...

— Gosto quando o português perde alguma coisa... A senhora fique sabendo que não há na capitania quem sofra mais do que o escravo do distrito proibido. Clama aos Céus. Nas outras lavras, Vila Rica, Mariana, Minas do Pitangui, exploram ouro, de condução mais difícil. A cata de diamantes é o inferno dos negros. Apanham para trabalhar com atenção, levam pisas por desconfiarem deles, são surrados por olharem para os lados, para o mato, onde podem jogar pedras. Não são só o esbordoamento de sangue e os ossos partidos. É também o martírio da sede e da fome, por vingança.

Sorriu com alívio:

— Mas também, para compensar, roubam. Gente de coragem, roubar na cara dos sanguinários feitores, roubar afrontando as quinhentas chibatadas, a Angola, as galés perpétuas, as galés com trabalho dobrado... Os negros fugidos são garimpeiros, a gente que os portugueses mais odeiam. Raro escravo da lavagem não furta. Com o tempo ganham natural habilidade para escamoteio de pedras, grandes ou pequenas. Jogam-nas com perícia para a frente, para os lados, para trás, marcando o lugar para buscá-las depois. Escondem-nas no apanhá-las, em passe de mágica, na carapinha. Escondem-nas entre os dedos dos pés, nas narinas, debaixo da língua, em buracos de dentes cariados. O processo mais em voga é engolir as gemas, jogando-as na boca sem ser vistos. Há escravo de notável maturidade no engolir diamantes. Com um piparote do dedo polegar, atiram-nos na boca, mesmo entreaberta, engolindo-os. Nas faisqueiras do Tijuco são engolidos milhares de diamantes, na lavagem do cascalho. Ai daquele apanhado nessa manobra. O feitor dá-lhe no mesmo instante um purgativo de óleo de mamona e os efeitos são examinados e bateados. O castigo é o mesmo dado aos garimpeiros, mas não amedronta os gatunos. O hábito de apanhar insensibiliza em parte a vítima, que diminui as dores retesando os músculos de todo o corpo, a trincar os dentes, ao mesmo tempo que aperta os braços no peito quando cai o bacalhau. Os malungos novos nas lavagens não têm prática de sonegar pedras, mas sendo os africanos muito solidários a seus companheiros ensinam os novatos a roubar. Desde o começo do século o sábado foi escolhido por ordem régia para folga dos cativos. Nesse dia, tomam banho nos rios, se os senhores consentem. Depois da bênção da manhã, muito cedo, tomada de joelhos, como é de preceito, a seu senhor, recebem uma cuia de canjiquinha de milho e vão em grupo ao banho nos ribeirões. É esse o único serviço que fazem fora da assistência dos feitores, sendo que os de mais confiança tomam conta dos outros. Na margem dos córregos, nus, estiram-se ao sol gozando a liberdade de poucas horas.

— Oje é dia di nêgu...

Dia de preguiça, de sono de dia, de negro com a corda toda. Nas conversas do banho os veteranos riem dos que não sabem furtar pedras. Sei de um caso importante. Estava no meio dos outros um curau recém-comprado para zurra da terra. Estava cru nas trapaças da negrada já sabida.

— Ói, aqui só é bão quem sábi furtá. Na lavage, ôiu viu, mão andou...

Os mais velhos puseram-se em fila, ficando o aprendiz no meio. Um dos mais velhacos se pôs em frente deles, fazendo de feitor. Deram lições de escamoteio, golpes de mão, piparotes de polegar. O aluno começou a imitar os golpes dos mestres. Atirou uma pedrinha de cascalho, que não foi à boca.

— Foi ruim. Se totó visse, ocê tava na tala...

Chamam ao feitor de totó, sapo na língua cabinda, por estar sempre de olhos arregalados nos lavadores. Recomeçou o exercício, jogando na boca outro cascalho. O feitor gritou:

— Ocê tava pirdido. Tava na hora de doze bôlu.

O pequeno cascalho não caíra onde devia. O aluno de novo atirou, rápido, outro seixo, que foi na boca e o feitor não percebeu. O que treinava então mostrou a língua onde estava o pequeno seixo que ninguém vira ao ser jogado. O feitor então se ergueu, falando alegre:

— Ah, malungu danadu, ocê agora é dos nossu. Totó num viu...

Muitos se aproximaram dele:

— Ocê vai longi. Ninguém viu a trapaça...

O feitor, satisfeito, abraçou-o:

— *Bulá di-na*! (Dê cá um aperto de mão)!

Outros importados lhe bateram nas costas:

— *N'dó uoró ñiuá*! (Irmão mais novo, jogou bonito)!

O mais novo da turma estava habilitado a furtar diamantes. Furtar, para vender por casca d'alho, trocar por fumo, binga, canivete. Mas sem essas coisas o cativo fracassava. Tais utilidades valiam o risco da escamoteação. Podia ser que, por esse meio, lhe chegasse uma pedra que lhe desse a liberdade.

Chica estava inquieta, pois havia gente à sua procura.

— Outra hora conversamos mais.

De lição mesmo pouco se cuidara.

Na seca o trabalho das lavras era áspero. Arrancava-se o gorgulho para ser lavado no tempo das águas.

Também os garimpeiros, os contrabandistas, tinham pouco que vender, passando a lavar ouro, que já não era tanto nas catas diamantinas.

Nas pausas dos serviços da garimpagem, os mocambeiros precisavam viver. Não tinham plantações, por serem nômades. Viviam mudando com frequência, mal era descoberto seu asilo na selva. Para isso, nesse descanso do batente nos rios, caçavam bichos para vender peles a seus intrujões.

Com a chegada dos lusitanos das Intendências do Diamante e do Ouro, além dos aventureiros em meia-praça nas grupiaras, tinham grande extração de couro de animais selvagens.

Onças pintadas, suçuaranas, jaguarunas. Em Portugal só os ricos possuíam peles de tigres-de-bengala, leões africanos, zebras, hipopótamos, tudo vindo da terra das conquistas do Oriente e África.

Valiam muito os couros de felinos brasileiros. Os negros fugidos sabiam disso. Caçavam com armadilhas, laços, mundéus, fojos. Porque arma de fogo não tinham e se tivessem não as podiam usar, para não trair os rumos de seus esconderijos. Os quilombolas inventaram então a caça das onças com anzol.

Vivendo nos matos virgens onde moravam as feras, canguçus da malha miúda, canguçus da malha grande e a onça preta feroz, procuravam cevá-las com carne fresca de bichos mortos em mundéu. Comida a isca, duas, três vezes, as onças estavam cevadas e os pretos armavam seus anzóis.

Era ridículo apanhar no anzol uma onça preta, que só os bons caçadores com matilha mestra e armas finas conseguiam. Esses anzóis nada tinham de especiais — eram os mesmos utilizados para a pesca dos surubins do Jequitinhonha, de tanta fama por seu sabor.

Os negros penduravam nas cevagens um pedaço de carne sangrenta a metro e meio do chão, carne que o bicho só podia abocanhar em ligeiro pulo. Escolhiam então um galho muxibento de árvore, como diziam, e que resistisse a empuxos violentos sem se quebrar. Encastoavam o anzol em três palmos de corrente, ligada ao laço de mateiro usado nos currais de gado.

Amarrado o laço na verga, o anzol ficava suspenso da terra metro e meio. Estava pronta a armadilha.

Morto um tatu, a posta de carne era enfiada no anzol, de modo que a farpa de ferro quase traspassasse a isca.

Iscado o anzol, os negros retiravam-se para suas choças.

Naquela noite, um canguçu saiu do mato, de focinho alto, como farejando. Olhava para os lados, atento. Caminhou para o lugar onde já comera carne fácil. Parou de novo, auscultando os ruídos da noite. Súbito, com um pulo, abocanhou o pedaço do tatu iscado no anzol, pedaço calculado para uma bocada de onça. Bocou para levar a posta de carne, apertando-a na engrenagem dos dentes. Mas o bicho não trouxe apenas a carne; o laço também desceu e com ele a verga muito forte, puxando para cima.

A onça irritada sacudiu a cabeçorra, tentando arrancar a boia de seu estorvo. Parece que não conseguiu. Recuou, pulando para um lado, para outro, e a verga não subia, oscilando, puxada pelo laço. Ouviam-se rosnados nervosos; a bicha pulava jogando o corpo imenso para trás, para os lados, até onde a corda permitia que ela fosse. Andou em círculo, já furiosa. Comera a carne? Não. Com ela na boca, nem a engolia, nem a repunha no chão.

É que a farpa do anzol, forçada pela tração do pulo, enterrara-se na carne viva de sua bochecha.

Belo canguçu de malhas vivas, sua vida acabou. Não mais rondará o mato, os campos, os altos dos morros farejando caça ou namorando a lua. Não mais seu urro aterrador espantará os bichos miúdos e a noite erma.

Estava fisgada. Quanto mais pulava para fugir, mais o anzol se enterrava nas suas fauces.

Houve luta medonha. Bruta, violenta, aos arrancos, a prisioneira puxava o laço, mas o galho forçava para cima. E agora?

A certa altura parou, arquejante dos esforços vãos para soltar-se. Cedia a cabeça para o alto, puxada pela verga. Babava sangue próprio, parecia esgotada.

No esforço desesperado, quebrara o mato dos arredores, fazia um picadeiro nos ramos de ervas amassadas. O anzol tranfixava a boca, apontando fora. Ainda tentava, aos pinchos, aos saltos, aos pinotes, em estirões de recuos bravos em que rasgava a própria carne, soltar-se do anzolão. Ofegava, inutilmente.

Tarde da noite, quando a lua saiu, um quilombola foi ver a armadilha. Riu grosso, com medo da situação da onça desesperada tentando fuga.

— Tá i, canguçu. Ocê num sangra nêgu nus pulo di trais dus pau... Num bébi mais sangui di bichu miudu na ora da sêdi, nus córgu...

A pintada, já exausta da luta, ainda queria arrebentar céus e terra para fugir. O preto voltou para o rancho, contando o que vira.

— Nossinhô mi live. U trem é fêiu!

Depois de ouvir o malungo, outro negro falou, com sono:
— Dêxa êl. El morri de raiva.
E morreu mesmo. Morreu mas com a cabeça e meio corpo puxados para cima, pela força do galho.
O anzol estava tão entranhado na sua bocarra que parecia fazer parte dela.

Assim viviam aqueles seres malditos que o domínio português fazia por reduzir a coágulos de sangue e coisas podres. Toda a população mais ou menos esclarecida era contra os agravos reinóis. Tratava-se, porém, de opositores literários, medrosos, mesmo porque havia razão de temor. Os prepostos do Rei não arranhavam, espostejavam; não feriam, usavam arrancar as carnes.
Só no Castelo da Palha havia eterna primavera. Ali sempre brotavam flores, murmuravam cascatas, havia risos, a alegria dos risos quase proibidos nas colonias portuguesas.
Chica estava tão ligada a Manoela, filha de Dona Leonor, que a não dispensava para nada de sua vida social. Muitas vezes dormia lá. E com honras de amiga da primeira dama do Tijuco.
Sendo a melhor comediante de suas óperas, ganhara a amizade da senhora, que não a dispensava para nada importante da vida de seu lar. Dizia repetidamente:
— Manoela é um anjo. Se Dona Leonor consentisse eu a adotaria como filha. Gosto muito dela. Eu já sou madrinha de quase todas as crianças que nascem no arraial...
Como iniciava, ao alvorecer, passeios a cavalo, chamou a filha de Leonor para acompanhá-la. Já treinada nas facécias das lisboetas, só usava as cabeleiras em casa, nas recepções, nas horas solenes. Para as cavalgadas ia com turbante muito gracioso, de seda belga ou linho irlandês.
Naquela manhã saíra bem cedo com Manoela, seu secretário Amarinho e Cabeça, o escravo de confiança. Saiu alegre, viva, depois do banho frio que poucos enfrentavam no arraial.
— Manoela, o que é bom na vida é a alegria!
Galopava na frente.
— Quem não tem alegria já está morrendo...
— A senhora tem tudo na vida, Dona Francisca. Não precisa mais nada...
— Tenho mesmo, Manoela, João me deu tudo.
Ao passarem pela cadeia, viram movimento de pedestres com espadas desembainhadas e em seguida, saindo do fojo imundo, fantasmas quase nus. Pararam para ver o que era aquilo.

Eram uns galés que partiam para os trabalhos nas lavras. Até havia pouco tempo aqueles desgraçados eram remetidos para o Tribunal da Relação do Rio de Janeiro, de onde seguiam para o desterro por três anos em Angola. Agora os condenados àquelas penas cumpriam a sentença trabalhando para el-rei, nas cascalheiras. Trabalhavam de sol a sol, apenas pelo alimento.

O cabo de dia contou os presos: eram sessenta e cinco.

Presos por quê? Porque voltaram à Demarcação Diamantina depois de expulsos; por suspeitos de contrabando, por andarem fora de horas nas ruas, por não terem emprego, por aborrecerem os soldados do rei. O intendente condenou-os.

Todos eles levavam golilha no pescoço, e dali pendiam compridas correntes que puxavam de arrasto. Muitos tinham nos tornozelos argolas ligadas a chumbo, de onde correntes grossas prendiam em suas cinturas. Alguns, além disso, traziam bragas de chumbo ligadas na perna e arrastadas na marcha.

Enfileiraram-se em frente da cadeia, magros, murchos, cabeludos. Nos pulsos, também com ferros, no pescoço e nos peadores, feridas abertas fediam, atraindo moscas. Um cabo fez a contagem. Faltavam cinco. O militar gritou:

— Aqui estão sessenta e cinco: faltam cinco. A lista é de setenta! Não recebo esta bosta sem o número legal!

O carcereiro aproximou-se falando com o cabo, em voz baixa. Ele espinhou-se:

— Então pra que não falou antes que os tralhas morreram?

— Morreram de noite. Quando fiz a contagem, faltavam cinco. Tão lá frios. Desses estamos livres.
— Então bota aí: sessenta e cinco na fila!
Estalou no ar áspero choque de piraí, que comandava mais que ele.
— Vambora! Tudo calado. Tudo dipressa!
Puseram-se a andar, depressa era impossível debaixo de tantas correntes.
Vendo arrastar-se aquele lote de animais estropiados, vinha o pensamento de que neles se faziam dois milagres: o de estarem vivos, quase sem comer, e o de caminharem com tantas feridas e úlceras infectas.
Seguiram chocalhando ferros, atrapalhados com as cadeias, a fraqueza e as bolas de chumbo no arrasto.
A procissão dos moribundos afastava-se, para o regime de arrancar cascalhos.
— Eh, aí, catuabas, avamo!
Todos iam na disciplina e, para os animar, por perversidade, o cabo estalava a ponta do chicote.
— Ispt! Tilap! Teschlap!
Manoela, de olhos muito abertos, perguntou:
— Que é aquilo, Dona Francisca?
— São os calcetes, os galés que vão para as minas.
Tocou os cavalo.
— Vamos embora, Manoela. Toca!

VII

A SULTANA DAS MIL E UMA NOITES

Era ainda madrugada escura quando a população do Tijuco despertou com enorme alvoroço nas ruas. Estrondavam bombãos em todos os bairros e ouvia-se o crepitar de foguetes às centenas nos ares.

Banda de música executava pelo arraial suas marchas heroicas e retumbantes dobrados.

— Que será?

Abriam janelas para espiar. A coisa continuava até que começou a amanhecer. As ruas estavam enfumaçadas dos fogos.

É que João Fernandes completava nova idade naquele dia e Chica mandara preparar a alvorada, inaugurando sua banda de música.

O castelo estava em rebuliço, pois havia jantar de gala e as portuguesas ajudavam a dispor as coisas com a fineza que era preciso. Praticamente Manoela morava com Chica, sua grande amiga e companheira nas cavalgadas matinais pelos arredores.

Aquela predileção da milionária pela moça embevecia e honrava Dona Leonor, desde cedo, ao chegar ali protegida pela amante do maioral. A banda de música de Chica provocou sensação no lugarejo. Composta só de escravos, sob a maestria de Félix, já apareceu famosa, tanto falaram nela desde os ensaios.

Os artistas ostentavam fardas vistosas: jaquetas brancas, calças vermelhas, camisas de folhos e casquetes verdes na cabeça. Durante todo o dia o castelo esteve repleto de amigos de João Fernandes, que iam lá menos para felicitá-lo que para agradar a amante e sentir o cheiro de sua adega.

Num grupo de visitas, o Meirinho Meia-Quarta, de taça em punho, comentava fatos locais.

— Apesar de nossa vigilância, ainda há falhas no policiamento das catas. O caso do filho do feitor, por exemplo, ainda não foi apurado.

O Capitão Cabral reafirmava:

— Não é por falta de diligências. Estou fazendo tudo, mas é difícil identificar mascarados. O que para mim não resta a menor dúvida é que foi obra de quilombolas.

— Mas... para que, por quê?

O militar encolheu os ombros.

— Isso não posso saber.

Chica entrou no assunto:

— Não será sortida do Quiabo ou do Jardim, os dois condenados fugidos?

Cabral fez cara pessimista.

— Pode ser. Esses miseráveis são a causa das minhas insônias... do meu desassossego. — E vivo, falando alto: — Esses miseráveis não são homens, são fantasmas do mato!

João Fernandes estava aborrecido com aquilo.

— Ontem fui ver o ferido. Faz pena. Malafaia não dá esperança nenhuma de cura. A mãe do rapaz já está um bagaço e sua irmã parece a estátua da dor...

Chica teve uma crispação nos dedos e limpou a garganta em tique nervoso. Sorriu, fingindo tristeza.

— Ora, sofrer todos sofrem.

Meia-Quarta dirigiu-se a João:

— Viu as cores do doente? Vi-o desde que ele aqui chegou, nas mãos de Deus. Zezinho é branco, puxou a mãe, que é alva. A irmã é que tirou o moreno claro do pai. Pois Zezinho começou a amarelecer, foi amarelejando, cresceu em amarelejão e de amarelejado, cada vez mais amarelento, passou a amarelidão de icterícia geral de doente do fígado às portas da barriga-d'água.

Malafaia explicava bem.

— É o sofrimento. São as dores, não é barriga-d'água. Agora, o fígado está imenso. Os ossos não vivem sem as partes moles que os cobrem e alimentam de sangue. Os do doente estão já necrosados, destacam-se as falanges do resto. Estão caindo as que restam, pois muitas foram arrancadas pela gana das piranhas. Pra melhor dizer, os dedos estão caindo. Os ossos enegreceram e fedem a cães mortos, atraindo as moscas pútridas. É caso perdido e o rapaz está resistindo por ser novo. Tenho feito o que é possível. Usei a arquebusada, o unguento mouro e compressa de linhaça e fécula. Está bebendo anticéltico, heroica medicação contra sífilis. Ainda emprego, como último recurso, o poderoso arcano. Mas ali, só Deus.

O doutor fiscal de diamantes apoiava:

— Faz bem. É isso mesmo, mas é preciso não perdoar. Oprimir a canalha! Matar, se preciso, em honra de el-rei!

O meirinho, sempre de pé, caminhava no salão:

— Sim, até matar em honra do rei, mas Pombal quer justiça, coisa difícil de se fazer...

Chica de novo sorriu:

— O marquês quer diamantes e ninguém os manda mais que João Fernandes... João adivinha onde eles estão...

Era verdade e todos apoiaram. João Fernandes mandava abrir boca de serviço em lugares desaconselhados pelos velhos trabalhadores das faisqueiras e sempre tinha razão, pois as pedras brotavam com fartura do chão condenado.

Bebiam vinhos finos no salão de visitas. O *champagne* espocava escachoeirado em taças de prata. Vinhos do Porto, licores Chartreuse Jaune, Bénédictin, Curaçao, Pipperment...

O fiscal afastava ideias incômodas:

— Hoje não é dia de falar em macamaus, garimpeiros e roubo ao Fisco. Estamos comemorando uma grande data, o dia mais feliz da vida de Dona Francisca...

Ela sorria, aprovando. Depois se retirou para dar ordens, pedidas por Manoela, que preparava surpresas para a noite. Lá dentro estava desarvorada, falando aérea:

— Olhe, Manoela, faça o que você e sua mãe quiserem. Não estou bem, hoje.

É que pensava na frase de João Fernandes, em que dizia estar Gracinha como a própria estátua da dor. Via os dentes brancos da cabocla, sua cintura fina, sua adolescência e a sempre-viva nos seus cabelos negros.

No alpendre, o Major Tôrres conversava com Aguirre e o Padre Pessoa. Aguirre chamou a atenção dos outros:

— Viram os olhos negros de Chica, hoje mais belos do que nunca? Estão vivos, refulgindo.

Padre Pessoa sorriu:

— Não há olhos negros. Os dela não são negros. Há olhos castanhos escuros, que parecem negros. Esse castanho pode ter rajas verde-cana madura mas no fundo são castanhos. Os olhos de Francisca são castanhos escuros, às vezes garços com reflexos verdes, mas sempre bonitos.

— Pode ser que eu me engane. O senhor já os viu de bem perto, no confessionário...

Amarinho e Zé-Mulher andavam naquele dia pelo castelo como em casa própria. Zé-Mulher fazia os últimos retoques no salão de ópera do palácio, onde naquela noite apresentava seu conjunto na comédia *Porfiar Amando*. Todos se tumultuavam em confusão de noite de grande festa.

Chica perdera a embalagem; estava distraída, deixando tudo às suas amigas e às ladinas disciplinadas. A referência de João Fernandes, "a irmã parece a estátua da dor", fora sobre a irmã de Zezinho, Maria das Graças...

João Fernandes notou qualquer novidade.

— Está doente, Francisca?

— Não! É cansaço.

Mas a tarde se aproximava. Começaram a chegar os convidados para a ceia.

O próprio mordomo Cabeça, bem vestido para a cerimônia, estava admirado:

— Genti importanti!

Chegavam os intendentes-gerais do diamante e do ouro, os fiscais, os caixas, os meirinhos, os comandantes dos Dragões Imperiais, dos Pedestres e das Ordenações do Rei, altos funcionários da Coroa, tesoureiros da Intendência e esposas, emproadas senhoras de prol no Reino.

Chica suplicava:

— Manoela, vá recebendo os convidados. Você e sua mãe, Dona Cândida, Dona Céu... Não lhes deixe faltar nada, a casa é de vocês.

Chamou Jelena:

— Bote mais olíbano e mirra nos perfumadores. Mantenha as brasas sempre acesas com ventarolas. Quero o palácio bem perfumado.

Dona Cândida desconfiou de passarinho verde:

— Acho Dona Francisca agitada.

Dona Leonor justificava:

— Dia de festa para ela. Está cansada dos preparativos. Há dias não dorme suas sestas.

Os felisbertos também foram homenagear o Contratador. Desconfiados deram parabéns, ficando no alpendre, com pouca verve.

Na chácara do castelo estavam florindo as árvores novas, naquele setembro das montanhas. Céus claros, clima suave, alegria nas almas. Já estavam em flor os pessegueiros, ameixeiras e jabuticabeiras irrigadas por água correndo nos pés. A fragrância das flores de jabuticabeira invadia o palácio, penetrante e envolvente.

No alpendre, ainda não atendidos como foram depois, estavam Santa-Casa e o santo do Caldeira Brant que aspirou fundo, com delícia:

— Ai, que perfume de Chica da Silva!

O jantar, também chamado ceia, foi um pouco confuso. Muita gente. Mas as mucamas e senhoras fizeram à risca o que lhes fora determinado.

Só na hora da refeição foi que Chica apareceu aos convidados.

O intendente do ouro espantou-se ao vê-la entrar:

— Que é isto? Rainha?

Não era a senhora ainda, era a filha da africana Maria da Costa, que chegava para seu jantar de cerimônia.

Chegou ao salão de visita pisando com passos lentos. Afastando as cortinas cor de malva, o mordomo Carolino anunciara bem claro:

— Dona Francisca da Silva!

Todos olharam para a entrada, levantando-se. Foi quando ela pisou no salão. João Fernandes foi recebê-la, por galanteria.

Estava magnífica.

Com vestido de baile, decote baixo, deixando ver metade dos seios morenos e os ombros nus, caminhava com a imponência de uma infanta, para cumprimentar os admiradores do amante. Cintilava-lhe no pescoço o colar de rubis, nos pulsos pulseira de ametistas grandes de Ava e nos dedos, além do brilhante de Narsinga, de 18 quilates, outros anéis e a aliança de casada.

Sentou-se na cadeira de dossel privativa, tendo atrás suas mucamas agitando flabelos de penas de avestruz.

Uma ladina colocou a seus pés um escabelo de veludo, de que não se utilizou.

Sorria, um pouco triste.

Nesse instante o mordomo uniformizado voltou a anunciar da porta:

— Dona Francisca da Silva, a ceia de Vossa Senhoria está servida!

Ergueu-se no espaventoso vestido de seda *moiré* verde-malva, convidando com sorriso os presentes a acompanhá-la. Apoiou-se no braço do Contratador.

À mesa...

Dona Cândida confessou às patrícias:

— Tem a fartura das ceias reais, com sua etiqueta irrepreensível.

Já estavam tomando a sopa desconhecida quando chegou, transtornado, Vavá, o prático enfermeiro do Dr. Malafaia. Sem o menor constrangimento sentou-se, revelando:

— Morreu Zezinho. Ninguém, nem mesmo na Lisboa, poderia salvá-lo. A mãe está desolada. Também... viver podre como vivia, foi alívio.

Todos apoiaram. Chica então perguntou com segunda intenção:

— E a mãe?

— Consolada, que fazer? A irmã é que está muito abatida. Sente-se desamparada.

Chica reviu seus dentes brancos, a cintura fina, a sempre-viva nos cabelos... Lembrou a frase do amante, "está como a estátua da dor"...

Chica falou, acolhedora:

— Vou ver se trago essa rapariga pra cá. Vou educá-la, pra mucama ou ladina.

João Fernandes aprovou logo:

— Pois faz bem. Gracinha é menina boa.

Serviam a Vavá a sopa que todos acabavam de tomar. Ele indagou:

— Que sopa é esta, menina?

— É de cogumelos.

Ele olhava para o prato, na dúvida de aceitar ou não.

— É o nosso fungão? O nosso guarda-chuva de sapo?...

João Fernandes acabava de confirmar:

— Isso mesmo. Vem enlatado da França, grato da nobreza europeia.

Nesse instante Aguirre apareceu na sala, com grande espalhafato:

— Quase não cumpro o dever de abraçar neste dia o nosso Contratador! Estava na Vila do Príncipe e vim voando para comemorar tão grande data. Vim voando!

Meia-Quarta, que capitaneava seu grupinho de farolagem, fingiu-se espantado:

— Pois correu risco! Se veio voando, podia acontecer com você o que se deu com o Passarola.

— Que Passarola?

— O Padre Voador Passarola. Sabem do caso?

Ninguém podia saber.

— Todos conhecem os amores do outro Rei com a Irmã Paula, do Convento de Odivelas. Ora, Dom João V tinha um irmão, o Infante Francisco, também amante de Mariana de Sousa, professa no mesmo convento. Essa Mariana era congregada com a companhia de quatro irmãs, também devotas freirinhas. Invejando o esplendor da vida da Irmã Paula, essas freiras bonitas começaram a fazer intrigas, cada qual mais viperina, para incompatibilizar o

Rei com sua querida. Não conseguiram. Foram então aos feitiços, tudo sem resultado. Mas alguém lembrou que havia fabulosa feitiçaria em Setúbal. Mariana, animada, seguiu para ali, na companhia da bela Teresa de Melo, viuvinha de vinte e quatro anos. Já em Setúbal, a viuvinha foi visitar um juiz seu conhecido, a quem contou o motivo da viagem, referindo-se à Irmã Paula com muito desprezo. O juiz viu naquilo brecha para ser promovido, e correndo a Lisboa informou tudo ao Rei! Disse mais, que as mulheres estavam acompanhadas por um padre. O Tribunal do Santo Ofício estumou gente atrás dos feiticeiros. O padre desconfiou de alguma novidade e fugiu para a Espanha.

E muito espevitado perguntou:

— Sabem quem era esse padre? O Padre Bartolomeu Lourenço de Gusmão, o que inventou o Passarola... A Santa Inquisição já estava de olho nele, pois ficou provado que tivera auxílio do demônio para fazer as asas do Passarola. Foi caçado por miúdo por todos os cantos... e nada. O padre desaparecera. Em Lisboa ele era o único assunto:

— Ora o Padre Bartolomeu Passarola conspirando contra a Irmã Paula e contra el-rei!

— Souberam? O Voador na conjura contra a Irmã Paula, de Odivelas!

— Devia é estar no asilo dos loucos... está doido varrido.

— É isso mesmo. Brasileiro só serve pra catar ouro e odiar portugueses.

— Eu sempre disse: cuidado com ele. O danado queria, por artes demoníacas, que subisse para as nuvens o mais pesado que o ar!

— Crime horroroso, capitanear mulheres para perseguir a amante do Rei. Além do mais, com interferência de feiticeiros.

Passara-se o tempo e nada do Voador, que foi o padre mais femeeiro que Deus criou.

Pois ele aportara mesmo à Espanha, em marcha para Madri. Na fuga, ficando doente de febres malignas, não chegou a Madri, parando em Toledo, onde morreu como mendigo, na Casa da Misericórdia.

Rindo, deliciado, encarou Aguirre:

— Por aí você vê o perigo que correm os voadores...

— Vá para o diabo...

E entrou no salão para cumprimentar João Fernandes.

Depois do jantar, houve no salão uma hora de recitativos de moças ensaiadas por Zé-Mulher e, mais tarde, o baile em honra do Contratador. A orquestra era a de Félix, tirada da banda de música privativa.

Chica apareceu no salão de visitas, depois de presentes todos os visitantes e convidados para o sarau.

Mudara de vestes, e apareceu esplendendo! Ataviada pelas portuguesas, quem ali entrava não era a mulher rica vulgar, mas uma rainha faiscante de joias, sedas e cabeleira loura de cachos mais compridos.

Não houve quem não calasse ao vê-la entrar. Pisava calma, repousada, arrastando a seda macau de seu maravilhoso vestido de baile.

Seu meio decote revelava colo cheio, moreno jambo, e as espáduas apareciam redondas, dignas de muitos beijos. O doutor fiscal dos diamantes sussurrou:

— Vejam como pisa. Que majestade!

O intendente-geral também se impressionou, coçando o nariz:

— Tem muita classe.

João Fernandes, que fora recebê-la ao entrar no salão, segredou-lhe:

— Querida, você está um espetáculo!

Sempre de pé, foi cumprimentada por todos os encantados com sua presença. Ela sorria, agitando o grande leque de plumas alvas, o que fazia ver melhor os anéis da mão direita, pois a esquerda estava metida em luva de pelica branca, até acima do cotovelo.

Muitos disputavam a honra de falar-lhe. Zé-Mulher, de longe, murmurinhava ao secretário Amarinho:

— Nem parece mulher. Parece um anjo.

Dona Cândida, no seu grupo, reconhecia uma verdade triste para ela:

— Vi rainhas e infantas no Paço de Queluz; nenhuma se vestia melhor que Dona Francisca nem tinha ar mais fidalgo...

Chica mandou começar o baile. O maestro Félix atacou uma valsa lenta e João Fernandes aproximou-se da amante, convidando-a para dançar. Não quis, desculpou-se. Mas com um gesto chamou Manoela:

— Dance com Manoela, que é nossa amiga querida.

O par deslizou pelo salão envernizado. Manoela estava linda e dançava bem.

João Fernandes pavoneava elegante véstia azul com botões de brilhantes e calções de seda escarlate, amarrados nos joelhos por laçarotes de fitas verdes. Suas meias de seda branca desciam lisas para os sapatos rasos de verniz com fivelas de ouro, como os do Cardeal Richelieu.

Dona Céu comentou com Dona Fátima:

— O que me encanta em Francisca são seus olhos de fogo! Espie...

— Pois o que me encanta nela é tudo...

Meia-Quarta, que ouvia a conversa, deu aparte intrometido:

— Há uma pedra chamada antracitis, que parece um pedaço de carvão. Basta ser umedecida de água, fica logo em brasa e só apaga a chama se é jogada no fogo... Pra mim Chica é igual. Fica uma brasa com a umidade dos olhos dos homens que a encaram, e apaga-se no fogaréu de João Fernandes.

O baile acabou pela madrugada.

Chica soubera que iam a leilão na Vila do Príncipe trinta escravos que não eram de leva mas de ladinos.

Como João Fernandes estivesse de partida, a serviço, para lá, a amante pediu que lhe arrematasse duas mucamas para completar a turma do castelo.

Na vila, às 10 horas foi para o Largo da Matriz, onde era o leilão. Já havia muita gente e estavam no adro da igreja vários escravos machos e fêmeas para leilão e uma velha mesa ocupada pelo lançador do diabo, como chamavam ao leiloeiro.

Estavam ali algumas negras parideiras e mocinhas cativas, para a sorte dos lances.

Começada a arrematação, foram leiloadas muitas peças, em lotes sortidos. Pretendentes examinavam os cachorros de que careciam. Mandavam-lhes falar, agachar, rir, pular, abrir a boca, correr, levantar os braços. Apalpavam as coxas, os braços, os seios, os ventres das reses. Indagavam sobre as prendas que possuíam. Bisbilhotavam sobre flores-brancas, menstruações e, às jovens, se eram virgens. Mandavam descer o cabeção da camisa para examinar se não havia carimbos de fujões nos ombros e nas nádegas.

João Fernandes pediu ao leiloeiro que pusesse logo em praça as ladinas Eufrásia e Anselma, com quem conversara.

Bateu o martelo na mesa, gritando para a pequena multidão de curiosos:

— Vou leiloar por ordem da lei as duas molecas Eufrásia e Anselma, ambas de dezessete anos, analfabetas, sadias, do espólio da viúva Dona Januária de Assis Moura. Quanto me dão pelas molecas? Quanto me dão? Elas estão à vista e podem ser examinadas.

Chamou-as para perto da mesa.

— São estas as duas molecas em leilão. Quanto me dão pelas molecas? Podem ver, podem apalpar, não façam cerimônias; são peças sadias, lançadas por ordem do juiz ordinário, do juiz de fora e pelo desembargador ouvidor-geral da Comarca do Serro do Frio. Quanto me dão?

Uma senhora idosa gritou:

— Cinquenta mil-réis.

— Cinquenta mil-réis, cinquenta mil-réis já me dão pelas negrinhas! Quem dá mais? Quem dá mais?

Dona Rosinha, proprietária da hospedaria da Vila acabava de ajuntar:

— Cem mil-réis.

— Cem mil-réis já me dão pelas duas escravas, peças moças, com saúde! Cem mil réis, já me dão. Quem dá mais? Oferta faço a quem mais acho, se mais achara lá chegara, quem dá mais?

João Fernandes gritou:
— Duzentos mil-réis.
— Duzentos mil-réis já me dão pelas duas molecas, leiloadas por ordem legal, quem dá mais? Duzentos mil-réis pelas duas escravas!
Um velho que estava próximo da mesa alimpou a goela:
— Duzentos e cinquenta mil-réis para o Contratador não levar!
João Fernandes inchou o pescoço:
— Quatrocentos mil-réis!
— Quatrocentos mil-réis me ofertaram pelas duas peças, quatrocentos mil-réis! Quem dá mais?
O velho contra o contratador animou-se:
— Quatrocentos e trinta mil-réis.
— Quatrocentos e trinta mil-réis já me dão pelas molecas! Quatrocentos e trinta mil-réis!
João Fernandes impacientava-se:
— Seiscentos mil-réis!
O velho retrucou muito vivo:
— Seiscentos e dez, pra alforriar!
Era uso, quando um licitante fazia um lance declarando que era para alforriar, que ninguém oferecesse mais nada. O leiloeiro dirigiu-se ao velho:
— Se é para alforriar, paro o leilão.
Mas João Fernandes conhecia a manha desses arrematantes:
— Interrompo meus lances, mas o senhor tem que declarar no cartório que fez seu lance para alforriar as negras.
— Eu alforrio!
— Isso não pode. Tem que ser tudo no tabelião.
— Não vou perder tempo com isso, o que falo, faço.
O mata-diabo ofendeu-se, aborrecido:
— Então, nada feito. Já tenho seiscentos e dez mil-réis. Quem dá mais? Senão, arremato.
João Fernandes acabou com aquilo:
— Um conto de réis para cada uma das negras!
— Dois contos de réis já me dão pelas duas peças. Quem dá mais?
Satisfeito com o lance elevado, ainda gritou:
— Ninguém dá mais? Dou-lhe uma; dou-lhe duas; ninguém dá mais? Dou-lhe três.
Com o martelo bateu forte na mesa, entregando um ramo verde de árvore, que ali estava, a João Fernandes:
— Que lhe façam bom proveito.

João Fernandes chegou ao Tijuco às quatro horas da tarde. Chica foi recebê-lo na varanda do castelo, onde havia algumas visitas mais íntimas.

— Já estava nervosa. Está ameaçando tempestade e você demorava.

— Francisca, estão aqui as peças encomendadas por meu amor.

Apresentou-as:

— Esta é Eufrásia, que sabe fazer crivos e rendas de bilro. Esta é Anselma, que foi ladina de sua falecida sinhá. Foram rematadas do espólio dela. Olhe Anselma, como tem os dentes bonitos.

Foi cumprimentar as visitas.

Mas Chica já agora sorria forçada, com os olhos de atalaia, procurando na face do amante algum traço de alegria recente.

Repelões de ventos estabanados assanhavam as cabeleiras das árvores, abrindo com estrondo janelas e agitando cortinas. João Fernandes olhou o tempo, observando:

— Vento de chuva que não demora. Fui feliz em chegar enxuto.

Dona Maria do Céu, que era das presentes, comentou para a amiga:

— A senhora foi feliz em ganhar mais duas ladinas, para aumentar suas damas de honra.

Ela riu com esforço:

— É.

— A senhora tem sorte até nisso. Digo todos os dias: Dona Francisca nasceu empelicada... E as novas mucamas são de boa aparência?

— Oh, são. Uma sabe fazer rendas e a outra tem os dentes muito bonitos.

— Pois é, a senhora tem as mucamas mais engraçadas do Tijuco.

Chica brincava os dedos nervosos com o moçambique a lhe cingir o pescoço. Seu bofetá cheiroso caiu da manga e João Fernandes ergueu-se para apanhá-lo. Ela o pegou primeiro.

— Não se incomode, João, você está cansado...

Seus olhos negros o fitavam com fixidez agitada, fingindo serenidade.

Dona Fátima, com a cabeça pendida, ouvia o rumor dos ventos lá fora.

— É chuva. Parece que já chove e preciso estar em casa na hora do jantar.

— Sair com um tempo deste? A senhora janta aqui, vão todos jantar comigo.

Dona Cândida assustava-se:

— Ouçam a chuva. São bátegas.

João Fernandes temia:

— Ela vai trazer frio. Nosso frio depois da chuva é um frio todo europeu. Não gosto de chuva. Adoecem muitos escravos, o serviço diminui de rendimento.

Chica estava calada e Dona Conceição notou-o:

— Está triste, Dona Francisca?
— Ah, não. Estou até alegre. É que tenho medo do vento...
A escrava branca Almerinda afastou o reposteiro cor de laranja:
— Senhora Dona Francisca, o jantar de Sua Senhoria está servido.
Afastou-se, recuando, para não dar as costas às visitas.
Chica levantou-se:
— Queiram entrar. Pelo menos nisso a chuva nos favoreceu; as senhoras vão jantar nesta vossa casa.
Dona Fátima corrigiu:
— Neste Castelo Encantado, neste esplêndido palácio onde mora uma fada.
— Qual, Palácio é casa onde mora a alegria... Onde reina a paz... onde o coração vive sereno.
— E aqui não há tudo isso?
— Vamos entrando, sem etiquetas.
— Tudo isso a senhora tem à vontade, como graça dos Céus.
Chica então falou um pouco suspirado:
— Se tudo que se pensa fosse verdade...
Antes da sala de jantar, Dona Leonor falou a Fátima:
— Viu como está linda a escrava branca de Francisca?
— Mas é como os pássaros de Java, que são belos mas não cantam.
Ladinas trouxeram em bacia de prata água de rosas para as mãos. As toalhas cheiravam a cravo branco.
Chica fez sinal para a mucama Dulce:
— Vamos beber vinho Bourgogne tinto.
A refeição foi cordial. João Fernandes comeu com fome, elogiando os borrachos assados no forno, com o que todos concordaram.
— Na Vila do Príncipe come-se mal. Já estou habituado aos temperos ensinados por Francisca. Não sei por que só aqui tenho alegria e sossego. Este rancho é o meu pedacinho do céu.
Dona Leonor sorriu, polida:
— Não é só este palácio que o atrai, mas o senhor não pode passar sem Dona Francisca...
— Em verdade Francisca é o lado do sol da minha vida.
E voltando-se para ela:
— Já terminou? Comeu como doente, sem apetite. Que há, querida? Não gosto de vê-la indisposta.
— Comi até bem. Comi mais depressa... Fiquei nervosa com os raios.
Como o jantar findasse, começaram a pôr os pratos para doces e frutas.
— Vamos comer hoje um *plum-pudding* muito saboroso, mas, para quem preferir, tem os doces de pêssego em calda, figos secos, framboesas com creme,

queijo suíço, merengues de rosas, baba de moça. — Sorriu intencional: — João gosta de peito de freira e de baba de moça...

— Eu só não; todos gostam, Francisca.

Veio o pudim.

Lá fora chovia muito e a tempo esfriara de repente. João Fernandes então, dobrando o guardanapo perfumado, convidou para tomarem a Peppermint no salão.

Chica deteve-o, sorridente:

— Espere um pouco, tenho uma surpresa pra você, coisa que hoje mesmo elogiou.

Fez um gesto para a ladina que servia a mesa e entrou na sala a jovem Anselma, que o Contratador arrematara.

A moça apresentou ao senhor uma salva de prata coberta com guardanapos de rendas, que ela própria levantou diante de João Fernandes.

Estavam na salva todos os dentes da própria Anselma, arrancados a torquês.

João Silvino lavrava ouro na Vila do Príncipe e tinha no Tijuco um compadre, André Mourão. Eram compadres desde que Mourão residia na Vila, antes do *rush* dos diamantes. Mudou-se para o Tijuco, onde era amigo de João Fernandes e protegido de Chica.

Um dia Silvino foi a negócio ao arraial, procurando a casa do amigo, que o recebeu com alvoroço.

— Parece que tem anos que não nos encontramos! Folgo demais em vê-lo, pois sabe que não esqueço de amigo como você.

Sorria.

— Eu fui pra Vila no faro do ouro, você veio pra cá puxado pelo diamante. Pelo que vejo, os diamantes aqui já estão dando nas suas canelas...

— Qual, luta-se muito e só se pega hoje um finquete, um fininho, um avoão. Quando muito uma bisborna. Tudo trem de terceira. De estrela mesmo... notícia. Pegar uma estrela é mais difícil do que ver rastro de alma... Quem está com ouro já nos peitos é você. Aquela vila é um dilúvio do amarelo!

— Quando se ajunta uma oitava é preciso acender vela pras almas, cair de birola...

Almoçaram, muito cordiais. João saiu para seus negócios e voltou pronto para viajar.

— Não, você não volta hoje. O estirão é grande e o que você tinha de acumular em ouro já está no monte.

— Vim às pressas. Tenho de estar com olhos arregalados na lavagem, pois sabe que nesse negócio de ouro as melhores bateias são os olhos do dono...

O viajante já acomodava suas coisas nos alforjes da sela, com o cavalo na estaca.

— Venha sempre, que isso me honra muito. Lembre que nossa amizade está com vinte anos!

— Vinte anos é muito dia passado... Mas é preciso dizer que sempre fomos amigos sem a menor alteração!

— Graças a Deus. Hoje amizade assim é rara.

Silvino estava para sair. Mourão, para ser agradável, lembrou-se:

— Até ia-me esquecendo. Como vai a comadre?

João Silvino encarou-o com os olhos duros:

— Que quer dizer esta pergunta? Você quer me desfeitear, me desonrar, perguntando por minha mulher? Sempre fomos amigos, mas preferia que me desse um coice a me fazer semelhante pergunta. Você sabe que nosso costume é — bofetada dada, mão cortada. Estou com as barbas brancas, mas até hoje respeitadas, e você me desonra perguntando por minha mulher. Nunca voltei a minha casa com insulto e agora me vejo de cara no chão e as barbas desonradas pela insolência, de quem? De um compadre que até hoje muito estimei.

— Compadre me perdoe.

— Compadre, a honra se lava é com sangue e muito sinto saber que você, homem de minha idade, agora deu pra bigarim, com licença da palavra, sem-vergonha. Só com sangue se lava tão grande afronta!

Montou estabanado, sem se despedir.

Mourão ficou em pé na porta, sem graça, desfeiteado, sem o velho amigo...

Porque perguntar pela mulher do outro era desconsideração que ocasionou não poucas mortes. Era imoral. A comadre considerava-se, respeitava-se na presença, mas a ninguém era permitida a liberdade que Mourão praticou. Eram proibidas, até para excomunhão dos padres, relações sexuais de compadres. João Silvino tivera razão ao repelir a injúria que o amigo lhe fizera.

Em vista da libertinagem geral, a ideia da família austera se guardava com muito recato. Como árabes e turcos proibiam que suas esposas e filhas mostrassem o rosto a estranhos, sob pena de adultério, na Capitania da Serra Acima das Minas Gerais, quem indagasse por mulher alheia indagava por tudo: pela pessoa de seu conhecimento mas também pelos olhos que namoravam, pela boca que beijava, pelos braços que apertavam os homens, e pelo sexo.

João Silvino e André Mourão nunca mais se falaram.

Logo depois da refeição matinal, Chica saiu para a rua, na sua nova cadeirinha de pau-cetim bordada a pão de ouro e com espelhos no painel traseiro. Saiu abrindo nas janelas das portinholas a cortina de seda grená.

Foi para a casa de Dona Leonor. Parando na porta, ao saberem que ela estava ali, saíram todos:

— Vamos descer, Dona Francisca. Desculpe estarmos à vontade.

— Vim buscar Manoela.

Enquanto a jovem se vestia, conversou com Dona Leonor. Estava alegre e comunicativa.

Havia paz na sua fisionomia descansada, apenas com as olheiras mais fundas. Leonor, que não vira Chica desde a antevéspera, não reconhecia ali a fera que mandou arrancar os dentes da mucama.

— Dona Leonor, a senhora precisa ir ver o jasmineiro da minha varanda. Amanheceu hoje florido pela primeira vez.

— Não diga. Irei ver!

Nesse instante, vendo a cadeirinha de Chica, Malafaia apareceu muito agitado:

— Souberam do que aconteceu em Lisboa? Deram um tiro no Rei!

Leonor pôs as mãos juntas para cima.

— Em el-rei? Meu Deus!

— Sim. Estão lendo na Intendência o correio de ontem. Todos estão horrorizados.

Chica muito fria perguntou:

— Morreu?

— Está muito ferido! Mas não morreu ainda.

— Nem morre...

— Nem morre por quê? Se está ferido a bala?

— Não morre porque Deus protege...

Dona Leonor chorava. Só pôde indagar:

— Quem é o regicida?

— Não se sabe. Deve ser um louco furioso, que há muitos soltos no mundo...

Manoela chegou e, vendo a mãe chorosa, inquiriu:

— Que foi, mamãe?

— Quiseram matar a el-rei, nosso senhor.

— Cruzes!

Chica abafou a cena:

— Olhe, Malafaia, volte à Intendência e saiba de tudo direito, depois vá me dizer no castelo o que apurar. Vamos, Manoela, a cadeirinha cabe as duas. Dona Leonor, vou mandar buscá-la para jantar lá.

E para seus negros:

— Vamos.

A cadeirinha afastou-se e Manoela jogou um beijo para a mãe. Chica balançou a mão no ar, falando alegre:

— Olhe que dia tão bonito!

Mais adiante, Manoela quis saber:

— Por que quiseram matar o Rei, Dona Francisca?
— Por boa coisa não foi... Talvez vingança por muita maldade com os cativos... contra o povo... Você não já ouviu dizer que um dia a casa cai?

Começou a trautear baixo uma cantiga que ela sabia:

> Tratei da bonina branca
> pra dá flor a uma menina.
>
> Veio de noite a geada
> e matou minha bonina.
>
> Meu coração foi alegre
> no fundo de meu sertão.
> Mas caiu nele a saudade,
> geada do coração...

— Eu hoje amanheci contente, Manoela. A gente às vezes é feliz quando não espera.

Ao descerem da cadeirinha, ao pé da varanda, Manoela não reconheceu uma das ladinas que as vieram receber.

— É a Graça, Maria das Graças. É a que está com fama de belezoca. Trouxe por caridade, pra ver se larga um rabixo. Namora um biltre, sujeitinho à toa.

Já no alpendre, chamou a atenção da moça:
— Olhe o jasmineiro. Floriu agora...

Pegou de um ramo, cheirando, de olhos cerrados, a estrela branca de um jasmim.
— Como é bom...

Havia flores abertas e muitos botões.
— Manoela, essas coisas são boas para fazerem a gente infeliz. Perfume é veneno pra recordar. Bole com a gente por dentro... endoida. Olhe, Manoela, não se prenda a ninguém, ame e vá passando... não recorde nada. Recordar faz mal. A gente recordando revolve cinzas, dentro de que às vezes uma brasa ainda viva nos queima.

Chica estava de branco, lenço na cabeça, feliz, mas preocupada como ninguém.

À tarde, mandou a liteira para trazer os amigos, pois chamara Malafaia, Padre Zuza, Amarinho e Zé-Mulher para o jantar.

Antes da hora aprazada, começaram a chegar outros amigos do casal, abalados pelos boatos. Eram Aguirre, os majores Guerra e Torres, Olinto, Alferes Moura, o capitalista Chamusco, Padre Pessoa, Mestre-escola Paulo

Horta, Juvenil, Santa-Casa, Dr. Pestana, Vavá, da botica de garrafagem, muitos... Iam chegando no farisco de notícias certas.

Na varanda, falavam assombrados.

Nisso, chegou João Fernandes da lavra do Mendanha. Ao ver tanta gente se assustou:

— Alguma novidade na minha casa?

Chica, ao sabê-lo chegando, apareceu para o receber.

— Novidade aqui não; parece é que tentaram assassinar o Rei.

— O Rei?

— Por enquanto são boatos. Mas espere... Malafaia está chegando.

O doutor entrou descontrolado. Nem cumprimentou os presentes.

— Li a correspondência, Dona Francisca. É tudo verdade. El-Rei está ferido à bala!

João Fernandes sentou-se, calado. Malafaia procurava papéis nos bolsos sempre entupidos de troços.

— Está aqui.

Estava cansado. Sentou-se também.

— No dia três de setembro passado, el-rei regressava, tarde da noite, ao Paço de Belém quando, perto do palácio, três embuçados dispararam sobre ele os bacamartes, ferindo-o gravemente na espádua e braço direito. Guardou-se imenso sigilo do regicídio, reunindo-se uma Junta de Inconfidência, de grandes juristas, e foi começada a maior devassa já havida na Península Ibérica para apurar o deicídio, pois atentar contra um rei, em Portugal, é atentar contra Deus. Afinal foram justiçados no mês de janeiro o Marquês de Távora, ex-vice-rei da Índia, chefe da conjura; sua esposa Dona Leonor, marquesa de Távora, ex-vice-rainha da Índia; o Conde de Autoguia, José Távora, ajudante de ordens do pai; Luís Távora, Segundo Marquês de Távora; Francisco Ferreira, guarda-roupa do duque de Aveiro; o Duque de Aveiro; Cabo José Romeiro; Antônio Álvares e José Policarpo de Azevedo, relaxado em estátua. Tiveram pernas e braços quebrados a malho. Alguns foram queimados vivos, mas todos incinerados depois do suplício, com os restos esparzidos no mar. A marquesa foi degolada.

Enfiou as notas no bolso, e suas mãos tremiam.

— Isso foi copiado da comunicação ao intendente.

Estavam silenciosos e de cabeça baixa, mas Chica sorriu:

— Ora, quem morreu morreu, e quem ficou vivo reze um Creio-em-Deus-Pai...

Curioso é que ninguém lastimou o rei, mas o covarde esquartejamento dos incriminados.

A comunicação real só não disse que o ódio do marquês de Távora por Dom José foi por ter este tomado para sua manceba a bela Teresa, também marquesa de Távora, esposa de seu filho marquês Luís Bernardo.

João Fernandes abaixou a cabeça:

— Muitas preocupações me inquietam. O caso de Lisboa me aborreceu. No poção do Moreira as sucuris continuam a fazer estragos. Acabaram com os porcos e as cabras dos feitores. Ontem engoliram um menino que pescava; os negros já não querem mergulhar nos poções. Não sei como resolver o caso.

Toda aquela turma jantou no castelo.

Num canto do varandão, Padre Zuza comentava com Malafaia o atentado ao Rei e a crueldade das punições. O padre estava indignado, sem poder explodir.

— Garanto que isso tudo foi obra do neto da preta escrava brasileira Marta Fernandes, e do Padre Sebastião da Mata Escura. Malafaia ignorava quem fosse o neto referido.

— Neto? Quem é ele?

— Então você não sabe que o Marquês de Pombal provém dessas ilustres cepas? O neto da escrava Marta Fernandes é ele...

O que ninguém sabia é que Chica estava com outro problema a queimar-lhe as faces. Soubera que João Fernandes, procurado por fiscal do serviço no poção do Moreira, fora visto dormindo na rede da sala do velho forro Libório. Libório tinha duas filhas, Luzia, entrevada, e Catarina, rapariga de dezoito anos, muito atraente.

Enquanto o encarregado recebia ordens de João Fernandes, Catarina lhe trouxe na mão nua um refresco de araçá, dos últimos araçás da redondeza.

Bastou aquela notícia para desnortear a amante. Chica vivia ultimamente trespassada de ciúmes insensatos e bastava leve denúncia para lhe perturbar os nervos. Não fazia cenas com o amante, mas procurava arredar o empecilho. Sua cabeça estava perturbada pelo copo de refresco de araçá oferecido pela rapariga, em hora de calma, no descanso da rede...

Ninguém sabia quem contava essas coisas à milionária, mas Chica estava ciente de tudo acontecido com João. Quando só, às vezes chorava. Revia o amante deitado na rede, balançada de leve pela mão amorosa de Catarina... A rede ia, a rede vinha, gemendo nos punhos.

A notícia do atentado contra o Rei agitara o Tijuco de modo incrível, pois muita gente portuguesa trabalhava no serviço das Intendências do Ouro e dos Diamantes. Além disso, alguns conheciam a Marquesa de Távora, o velho Marquês, o Conde de Autoguia e o Duque de Aveiro. Com a notícia sobre a execução, chegou um impresso com as cenas descritas e desenhos dos justiçados na prancha do martírio, coisa distribuída em Lisboa para ciência do povo.

Chica chamou Cabeça ao gabinete de João Fernandes. Conversou com ele muito tempo. Parece que o deliberado naquela conferência não foi coisa muito boa, porque Cabeça saiu do gabinete meio aturdido, com os olhos injetados de sangue.

Na madrugada seguinte, partiram para rumo desconhecido, Carolino, Ludovico e Jaconias, o preto sem alma.

Cabeça estava desinquieto, passando a mão pela grenha, que era seu sinal de preocupação. Ao anoitecer do outro dia chegaram ao castelo, trazidos por Carolino, os forros Libório e sua esposa Marieta. Foram levados para a senzala, onde Chica foi ter com eles. Mandou-lhes dar alimentos, doces, um copo de vinho. Depois do jantar, quando o amante saiu para a conferência com os dois intendentes e seus assessores, além dos fiscais dos diamantes e da administração, Chica foi conversar com os libertos. Disse-lhes que estava precisando de uma ladina para seu serviço, e ela se lembrara de uma filha dos amigos ali presentes. Se quisessem lhe entregar a Catarina para mucama, pagaria bom ordenado, dando roupas, sapatos, uniforme.

— Não conheço Catarina, mas dizem que é boa moça, direita.

Marieta lembrou que Luzia, a outra filha, era aleijada. Só tinha mesmo Catarina para ajudá-la.

— Mas a senhora veja que eu quero é o bem de sua filha. Além de ganhar dinheiro, vai contar com a minha amizade.

Afinal, não queriam que a moça ficasse longe. Amor de velhos pela presença da única filha válida.

— Pois sinto não ser possível, mas vocês vão levar um presente pra ela: um vestidinho.

Resolvido o assunto que os levara ao Tijuco, resolveram voltar de noite mesmo. Chica discordou.

— Vão amanhã; vou-lhes dar também umas coisas.

Essa conversa terminou às nove horas da noite.

Longe, no rancho de beira-rio, naquela mesma hora, bateram na porta. Catarina, lá de dentro gritou:

— Quem é?

— É recado de sua mãe.

Quando a moça abriu o tapume, dois negros a agarraram, tapando-lhe a boca, para que não gritasse. A poucos passos da casa estava a pequena praia do Jequitinhonha, junto aos poções. Amarraram as mãos de Catarina para trás e os pés, bem juntos. Ataram-lhe na boca um pano grosso, amarrado na nuca, pano que atravessava a boca aberta à força. Levaram-na para bem junto da água, com parte do corpo na raseira.

Os negros afastaram-se para umas pedras, atrás das quais permaneceram em silêncio. Meia hora depois a água mareteou no poço e flutuava à flor da água um vulto. Foi nadando vagaroso para a praia; via-se agora bem, como um coqueiro semiflutuante. Parecia amedrontado com os arrancos da rapariga bem amarrada que agitava as pernas, e com seus resmungos, pois gritar não podia. O que quer seja a mover-se no tanque mergulhou, como fugindo. Mas reapareceu bem perto da jovem, vigiando-a com prudência. À claridade das estrelas, era forma escura, nem bem escondida, nem fora das águas. Emergia, tornava a aparecer. Agora, perto da moça, acovardado, o bicho esperava. Até que se atirou, em frenesi rápido, sobre a prisioneira; viam-se dobras enormes do seu corpo envolverem a presa e nessas roscas, movidas ligeiras, Catarina integrou-se naquele bolo úmido e luzidio. A sucuri constringia-lhe o corpo, esmagava os ossos, apertando pernas, braços e tronco. Mais uns instantes e a cobra estava quase toda fora da água. Parecia babujar de alto abaixo o corpo da que acabava de morrer.

Espichou-se depois, começando a engoli-la pelos pés.

Horrorizado com aquilo, o negro Ludovico gritou sem sentir:

— Virg du Céu!

Pulou de trás das pedras:

— V'ombora!

A onça-preta fugia, num salto, atemorizada com a própria sombra. Também assustada com os gritos do preto, a cobra, num repente, arrastou sua vítima para o fundo do poço.

Os escravos passaram pelo acampamento do poção do Moreira antes da meia-noite. Parece que todos dormiam. Apenas um viralata, de dentro de um rancho, deu alguns latidos débeis.

Os cativos abaixaram calados na poeira, rumo do arraial.

Na manhã seguinte, muito cedo, Cabeça entrou na cozinha do castelo. Tomava seu chá quando recebeu chamado de sinhazinha. Ajoelhou-se para a bênção, dando contas:

— Us nêgu tá i.

— Como foi?

— Diz que túdu na órdi.

— Quero falar com eles, logo que o João sair. Dê vinte cruzados aos forros e mande-os embora.

Dispensava os pais da mucama que não pudera entrar para seu serviço... Enquanto isso, Chica se vestia, cantarolando. Vestia-se para seu passeio a cavalo. João Fernandes, mal tomou seu chá, saiu apressado para a Casa do Contrato. Ludovico e Jaconias fizeram então à Sinhá o relatório de seu trabalho. Contaram tudo, porque viram. Ela apenas sorriu, montando seu malacara que partiu a meio galope. Um negro acompanhava-a, levando à destra o cavalo para Manoela.

VIII
SUA EXCELÊNCIA O CONTRATADOR DOS DIAMANTES

A pavorosa, desumana devassa feita pelo Marquês de Pombal sobre os tiros em Dom José I deixara os jesuítas em posição delicada. Diziam na corte que estava no processo que o Padre Malagrida, pregador da nobreza, influíra no Duque de Aveiro e na Marquesa de Távora para o regicídio, que seria apenas pecado venial. No mesmo tom politicavam no confessionário Frei Gaspar da Anunciação, que fora confessor de Dom João V e da ex-Rainha Maria de Áustria, Padre João Alexandre, Padre João Matos...

Pois de tudo resultou a expulsão de Portugal e domínios — Índia, África e Brasil — da Companhia de Jesus e expatriamento dos jesuítas. Prenderam em cárceres negros todos os padres, com sentinelas à vista e um tostão por dia para a alimentação. Expulsou-se de Lisboa o núncio apostólico, cortaram-se relações diplomáticas com o Papa Clemente XIII...

A notícia espantava o Tijuco e, por seus homens de mais visão, Padre Zuza bramia:

— Viram? O neto de Marta Fernandes odeia as famílias nobiliárias, a *gens Cornélia*. Depois de expulsar os padres da Capitania, expulsa de Portugal e Colônia os padres da Companhia de Jesus, que fizeram a catequese dos gentios, com brandura e devoção.

Malafaia contestava:

— Isso não. Com brandura, não. O Padre Nóbrega, vindo com Tomé de Sousa aos aldeiamentos de São Vicente e Santo André, que viu nascer, declarou que o índio só ia com pancadas. Foi ele quem pediu mulheres, embora erradas, para serem as matrizes do Brasil do futuro... Anchieta, chegado com Duarte Coelho, apoiava seu superior, batendo para ensinar. Os padres Leonardo Nunes, Francisco Pires, Vicente Rodrigues, Afonso Boaz e Simão Gonçalves agiam do mesmo modo; podia ser até com amor, mas com brandura, não...

O Padre Zuza aborreceu-se:

— De qualquer modo, agora estamos sem eles, os jesuítas. — E irônico: — Eles eram espancadores, não valiam nada. Bons são os delegados do rei aqui na capitania, no Tijuco... Muita justiça, muita brandura...

No clima abençoado das montanhas do Tijuco, onde os ares são leves e doces, as árvores da chácara do castelo de Chica vicejaram, cresceram com a precocidade das crianças sadias. Quase todas floresceram com fartura e as frutas, mal amadureciam, já estavam açucaradas.

Chica já tinha filhos, Francisca, Rita, Ana, que estavam sendo criadas pela avó Maria da Costa, no solar da Rua Lalau Pires.

A vida trepidante do castelo não admitia crianças e, como infantas, com o máximo conforto, estavam sob o controle da avó materna. Havia tempos trabalhavam muitos cativos no fundo da chácara. Saía terra, chegavam pedras. Amarinho, que acabara a correspondência do dia, quis saber:

— Que fazem no fundo da chácara, Dona Francisca?

— É o mar. João faz um mar pra mim.

Cercavam o Rio Grande com represa de pedra e cal para um açude, um lago imenso.

A notícia da expulsão dos jesuítas nem tanto abalou o Distrito Diamantino, onde o assunto mais grave era o *Mascarado*, atrevido assaltante de lavras de ouro. Era conhecido nas minas do Pitangui, Vila Rica, Mariana, Catas Altas do Mato Dentro. Tratava-se de um homem de quem não fora ainda visto o rosto, oculto por máscara de barro negro. Seria branco, mulato, preto? Apavoravam-se todos quando ele aparecia, muito ligeiro, e com audácia incrível roubava nas faisqueiras, mas ninguém se atrevia a matá-lo, pois sua fama era de ser sobrenatural.

Os escravos chamavam-lhe *Dubêo*, que quer dizer sombra, na língua dos negros mandingas. O Tijuco, assombrado com Quiabo e Jardim, temia muito o *Mascarado*, cuja fama era feia. Falavam mesmo que era o Padre Bandeira, desalmado ladrão e assassino que chefiava uma quadrilha nos limites da Bahia.

Alto, espadaúdo, esperto e apressado, viam-no com o rosto, cabelos e pescoço barreados de preto e mãos metidas em meias de mulher, só com dois dedos, também tingidos, para fora. Os pedestres estavam à disposição do contratador para vigilância e cerco, além de ser de seu mister a polícia das lavras.

No fim da semana, eles escoltavam os encarregados de levar os diamantes para a Intendência. Naquela semana, o Cabo Pantaleão (o Cabo Panta dos íntimos) comandava os dois prés na condução das pedras do Caeté-mirim para o arraial. Em regra, prepostos do contratador é que conduziam o saquitel com as gemas. Não estando à mão tal encarregado, João Fernandes entregou o saquinho ao cabo, onde estavam pesadas e contadas as pedras, tendo escrito por fora essas coisas.

Quando a tropa abalou, um camarada do cabo cuspiu sangue:

— Olhe lá o *Mascarado*...

— Está aí uma coisa que eu desejo que aconteça: que o mascarado me cerque. Porque assim acabo com a moa dele uma vez pra sempre. — Riu esmalte e ouro dos dentes. — O *Mascarado* cerca é gente que amarela à toa. Cabra macho ele não cerca. E, se cercasse, seria a última vez na vida dele...

Tocou, muito convencido:

— Assombração sabe pra quem aparece. Pra soldado velho, isso não voga. A mim ninguém espanta balançando moita no caminho...

O amigo gritou, para que ele ainda ouvisse:

— Você prosa porque há um ano ele desapareceu... Ninguém fala mais nele.

O que se afastava ainda se blasonou:

— Se topasse com ele, amanhã mesmo eu era furriel... Essa misericórdia São Jorge não me faz!

O que a outro dissera era verdade. Havia um ano o assaltante desaparecera. A notícia corrente é que fora morto na serra da Mantiqueira. Morrera matando, na frente de um grupo que avançou numa comitiva para roubar. Só conheceram que era o *Dubêô* quando deram com o morto de cara mascarada de barro.

Ainda dia claro, o cabo passava o ribeirão. Quando desciam a rampa, de supina, um vulto rápido pulou na frente dos cavalos, o trabuco na mira. Não parou, correndo logo para o cabo, a pedir a carga. Era o *Mascarado*. Frios, baios de horror, os soldados pararam, e a mão do cabo estendeu o saquitel para o ladrão que, num pulo de gato, o agarrou e noutro salto sumiu atrás das pedras da cava.

Era a primeira vez que assaltava na Demarcação Diamantina, pois o ataque que fizera em Vila do Príncipe foi mentira. Fora muito atrevido o assalto agora feito a uma escolta real, sob as ordens de um cabo com fama de bravura, fama que acabou para sempre naquela tarde.

Os soldados e seu comandante foram aferrolhados na enxovia, enquanto era aberta a devassa do acontecido. A notícia espalhou-se logo, alguns gozando a prosa do suboficial que contava de sua vida de soldado velho coisas de muita importância.

Naquela noite não houve terço, porque seu mestre de reza estava na chave.

O comandante ficou furioso:

— A coisa seria outra se vocês chegassem feridos ao quartel e com as escorvas queimadas. Mas com as armas intactas, frescas, contando mentiras e sem os diamantes, não é possível. Parece que agora chegou a vez de vocês conhecerem a Angola. O cabo é que talvez suba os treze degraus da F, não sei, mas pra mim está perdido.

O F era a forca, que ele bem merecia. Não se sabe por que, gramou uns dias na pedra, voltando a tirar o terço, embora sem a importância e a proa de outrora.

A perda dos 23 diamantes resultou numa coisa espantosa: os pedestres foram considerados incapazes para conduzir e escoltar pedras preciosas...

João Fernandes, para afastar mais aborrecimentos, assumiu a responsabilidade do prejuízo e dispôs a coisa de modo a proteger melhor sua mercadoria. O Cabo Panta ficou sujo para missões de confiança. O comandante tomou-lhe aversão:

— Só serve mesmo pra tirar o terço no quartel. Para o mais, não vale uma pipoca.

As árvores estavam crescidas. A chácara tornara-se um paraíso. Pois o mais do mundo se agitava lá longe, lá fora, na corte, na capital da capitania, na Demarcação das Terras Diamantinas. Desgraças, terremotos, atentados à vida do rei, brigas de nações, países convulsionados, colônias lutando pela liberdade, lutas da vida... tudo isso ao chegar às muralhas da chácara de Chica, às raias de seu castelo, amainava na sua carne trigueira, onde havia convites para beijos e esquecimento do resto.

Ela ia afastando em segredo as prováveis rivais, tirando Zezinho de seus trilhos, Anselma do entusiasmo do amante, Catarina, a pobre moça dos refrescos de araçás.

Maria das Graças estava sob sua guarda, vigiada dia e noite. Afastando de seu caminho essas pobres sombras incômodas, respirou feliz:

— Parece que agora Deus se lembrou de mim.

Como se ele não a bafejasse, desde que o moço doutor fiscal dos diamantes chegou naquela noite, para negócio, na casa do caixa dos diamantes Sargento-Mor José da Silva de Oliveira Rolim.

João Fernandes voltou à noite marumbudo das lavras. Chegava com gente da Intendência e pessoas da sua amizade.

— Acho difícil o trabalho do poção. Há muitos empecilhos.

Silenciou, de fronte pendida. Chica estava presente e falou bem claro:

— E há no mundo alguma dificuldade que o homem não vença, ó João?

Ele perturbou-se:

— Não é isso, Francisca... são muitos desassossegos. Eu sei enfrentar as intempéries, mas, às vezes, acho que a coisa mais complicada que existe é a vida.

— Ora, você se lastimando. Tem graça.

Meia-Quarta parecia interessado naquele pessimismo:

— Dizem que o monstro continua a engolir gente lá.
— É exato. Anteontem pegou a filha de um forro na beira do rio.
Chica encarou-o:
— Que forro?
— O Libório.
— Pois eu até pedi que ele me cedesse uma das filhas pra mucama...
— Pois foi uma delas, a Catarina. A coisa ainda está meio embrulhada, pois a outra filha, paralítica, disse que, alta noite, chamaram a irmã para um recado. Ao abrir a porta, gritou. Podia ser um rapto. Mas, à tarde, o pai encontrou restos do vestido da jovem na praia, e sinais de grande luta nas areias e na lama. Lá estava também um luze-luze de contas que a menina usava. Meus escravos estão com horror de entrar n'água. Não sei o que fazer.

Chica, de pé, elevava o espírito de João:
— Ora, não sabe o que vai fazer. É tocar pra diante! Porque morreu um soldado acaba-se com a guerra? Estou desconhecendo você.

Chegou ao alpendre uma bandeja com espíritos. Chica apanhou um cálice, sentando-se perto do amante:
— Quando você aqui chegou, houve muito trabalho, incompreensões, rivalidades. Você venceu tudo, trabalhou muito e hoje, sendo o homem mais rico da colônia, fica abatido porque uma cobrinha à toa come gente na beira do rio... Isso é ridículo. Eu vou lá com você, pra dar brio aos negros preguiçosos que têm medo de água...

João Fernandes passou o braço pelo ombro da amante, para agradá-la. Chica furtou o busto, evitando ser enlaçada por ele.
— Eu admiro é os homens fortes, corajosos, dignos da vida, sem medo dela. Não sou mulherzinha choramingas, tenho o coração duro, mas também sei arrulhar com ternura perto de quem me merece.

Levantou-se, com ar imperioso.
— Vão todos ficar pra jantarmos juntos. Será que eu sou a única pessoa que não tem queixas da vida?

Cascavelou um riso sadio, retirando-se para o interior da sua mansão. Quando transpunha a porta cortinada voltou-se, pegando com dois dedos na saia, em vênia sorridente para todos.

Nenhum deixou de sorrir, feliz com a alegria dos outros.

O inquietante ciúme que transtornava Chica, em contínuas idas e vindas, acalmara com o desaparecimento de Catarina. Gracinha estava no castelo sob vigilância mais rigorosa que as do Marquês de Pombal. Havia gente ali cujo único serviço era espioná-la.

O infernal ciúme dava, por fim, um pouco de sossego à amante de João Fernandes. Restava saber se a paz descida sobre o coração de Chica seria prolongada ou duraria pouco.

Sua paixão pelo amante era grande demais para não ser estremecida até por leves suspeitas.

Nessa ocasião houve novo rebuliço provocado pelos diamantes. Coisa triste.

Havia no arraial um velho mulato forro, de nome Severino Angola.

Angola, por ser filho de escravo chegado de lá, Mateus Angola.

Severino logrou alforriar-se depois de muitos anos de cativeiro duro em que envelheceu, pois, nascendo escravo, só aos 60 anos comprou sua Carta de Liberdade. Homem calado, honesto e leal, não perdeu de vista seus ex-senhores, gente rica da Vila do Príncipe, a quem sempre visitava com alegria para a família.

Morava num rancho do Arraial dos Forros, arrabalde do Tijuco, onde vivia de tecer balaios. Vivendo só, poupava seu azeite, deitando-se mais cedo.

Uma noite, já bem tarde, acomodado e sem sono, ouviu a conversa de dois homens quase na porta de sua morada. Pela conversa, o contratador ia ser assassinado na madrugada seguinte, dali a poucas horas, ao sair para a cata de Lava-Pés, de onde brotavam diamantes como em buchos.

A conversa era dos próprios futuros assassinos, que acertavam as derradeiras providências para a tocaia, na saída do arraial. Severino reconheceu a voz de um dos sicários e levantou-se assustado. Foi logo ao castelo, onde devia estar dormindo o contratador.

Era quase meia-noite e no portão da chácara vigiava a sentinela, que naquela noite era o negro Zaqueu. Pedindo para falar com urgência a João Fernandes, a sentinela negou-lhe a licença. Não era possível. Sinhô estava dormindo e não havia homem que fizesse Zaqueu acordá-lo. Mesmo sabendo que era negócio de muita urgência, o vigia não concordou em chamar o milionário.

— Chamo o quê. É as orde. Di nôte ninguém aburrece Sinhô!

— Mais é coisa grave; coisa di sangui, di morti!

— Chamu não. É bão ocê i inbora sinão lo prendo.

Severino, resolvido a dar o aviso ao minerador, com quem nunca falara, pôs-se então a gritar:

— Cabeça! Ó Cabeça! Mi acude!

— Cala a boca, deabo, qui ocê acorda os Nhonhô!

— Cabeça! Secorro!

O mordomo Cabeça, sempre alerta, ouviu os gritos, abrindo a janela, pois dormia no castelo como cão de guarda dos patrões.

Severino continuava a esgoelar:
— Cabeça, acude!
Cabeça, intrigado com aquilo, saiu às pressas pela aleia florida, chegando ao portão:
— Qui latumia é essa aí?
— Vem cá, qui é coisa séria.
Severino, em voz baixa, tudo contou ao fiscal. Em seguida Cabeça o levou para a varanda, acordando o senhor.
João Fernandes ouviu de cabeça baixa o que de novo o liberto contava.
— Um então é ele.
Chica, percebendo novidade, surgiu no varandim, de penteador de rendas e lenço na cabeça.
João insistia:
— Você tem certeza de que é ele?
— Um, êl. Cunhici pela vóis.
Foram dadas as ordens e, ainda madrugada alta, Pedro Lumbo foi preso.

O acusado era também forro e trabalhara para o contratador, quando ainda cativo, libertando-se por tirar uma pedra de quatro quilates. Zanzara pelo mundo e, sem recursos, lembrou-se de matar na estrada seu ex-senhor, para roubar. Matar podia. Roubar era difícil, pois viajava sempre escoltado.

Antes de amanhecer ele negava a acusação, mesmo acareado com Severino. Às primeiras lambadas do couro cru de garras de ferro na ponta, arreou a importância, vendeu de rastros sua coragem, confessando o projeto e fazendo denúncia de seu sócio, o negro fugido Policarpo.

O quilombola estava na casa de uma perdida, esperando a hora de sair para o ataque. Preso, ao ver no chão da delegacia os instrumentos de suplício, escarpe, coroa, anjinhos, agulhetes e chapa de torrar pés, confessou também sua parte na trama. Contou com minúcia o que fora arquitetado em muitos dias e estava para acontecer naquela madrugada. Perguntado se tinha razão para matar um chefe de família, respondeu que apanhara muito de seus feitores, chegando agora o instante da desforra.

João Fernandes chegou em casa abatido:
— Nasci de novo hoje. Ia sair às quatro e às cinco horas estaria morto.
Foram apreendidos os trabucos, carregados com os quatro dedos de pólvora, chumbo grosso, pedaços de pregos e cacos de vidro.

Tirou o esplêndido relógio de ouro cravejado de brilhantes e falou sem graça, sorrindo amarelo:
— São cinco horas. A esta hora, já estaria sangrando no chão, ainda quente, com o peito aberto pelos tiros...

Estava pálido e tremia de leve as mãos. Chica horrorizou-se. Com a mão, procurava fechar o penteador afofado de rendas, para esconder os seios pequenos ainda soltos.

— Que horror, meu Deus. E os negros?
— Estão presos.
— E Severino, quem é ele?
— É um liberto. Mora aqui.

Estava agitada e seus olhos fulguravam.

— Pois você lhe deve a vida! Nós vamos protegê-lo. Vou conhecer esse homem e dar-lhe a gratificação que merece.

Movia-se, nervosa e impaciente:

— Como está isto, meu Deus!

O arraial amanhecia fervilhante de boato.

— Tentaram matar o contratador!
— Não diga. Quem foi?
— Gente desconhecida. Iam matá-lo às cinco horas da manhã de hoje, quando saísse pras catas.
— Prenderam eles?
— Estão nos ferros. Escapou por beiço de pulga...

O intendente estava indignado:

— Viram que perversidade? Vejam como um homem morre, sem mais nem menos, à inconsciência de assassinos covardes.

O fiscal dos diamantes estava abatido.

— Assim morre um branco nas mãos de pretos nojentos. Plebeus miseráveis. São a borra do mundo!

À tarde, os felisbertos encontraram-se numa venda. Juvenil estava impressionado:

— Viram? Quase acabam com o grandola...

Santiago indagava minúcias:

— Iam matar a faca?
— Não. A tiros. Apreenderam os trabucos, carregados com muita pólvora, pedregulhos, chumbo, pregos e cacos de vidro.

Santa-Casa virando seu copo:

— É isso mesmo. Felisberto foi morto por um rei safado. João Fernandes quase vai na burrice de dois negros.

Papa-Gia desvalorizava o denunciante:

— Severino teve sorte ao ouvir a conversa.

Riu sacudido:

— Não sei como não se ligou aos pretos pra cufar o ricaço. Imaginem João Fernandes encantonado por dois pretos e um mulato... Aqui se diz: Ruim como um negro, só outro negro. Eu digo: ruim como um negro, só um mulato.

Todos riram, alegrados pelo escândalo e pela brucutaia.

O intendente podia sentenciar negros escravos, forros e mulatos a todas as penas, até à morte, sem dar satisfação a ninguém. Estavam terminando devassas misteriosas, porque desconfiavam de muita gente no Distrito Diamantino.

Passara-se quase um ano e o caso dos negros estava ainda em segredo. João Fernandes só ia e voltava das bocas de mina com muitos guardas armados. Coincidia esse caso com a saída extraordinária de diamantes, cada vez mais numerosos.

Certo dia, na cata do Ribeirão Pinheiro, o contratador entregou a Cabeça um embrulho de pedras apuradas na semana.

— Você leve isto, que eu só vou mais tarde. Aqui estão ainda misturados 185 diamantes, conforme está escrito no saquinho. Entregue tudo na Intendência, contra recibo.

Cabeça meteu no bolso da calça o saquitel de seda amarela com a carga preciosa. Partiu ao meio-dia.

O tempo estava brusco e foi escurecendo para a tarde. Apressou o cavalo, com medo de temporal. Cada vez mais escuro, às quatro horas desabou a tempestade com ventos brutos e muita pedra. Até hoje se fala nessa chuva de granizos, que para o povo foi castigo. Repentina cheia de córregos, rios e lacrimais alagara tudo.

Cabeça assustou-se, jogando o cavalo de galope, e entrou no ribeirão espraiado do Palmital, quando já bem cheio. Ao sair do outro lado, o animal escorregou na laje, prancheando, e o feitor caiu n'água. O cavalo ergueu-se aos arrancos e Cabeça ia montar, já no lameiro da saída, quando um corisco o atordoou. O negro, com a mioleira quente, vingou a sela, disparando adoidado.

A tempestade foi assustadora mas breve. Às cinco horas o céu já clareava.

O mulato Severino Angola vinha da Vila do Príncipe e também apanhou o aguaceiro no caminho. Ao atravessar o Ribeirão Palmital, ainda com muita água, na saída do lado do Tijuco, viu uma capanga amarela no lameiro. Apanhando-a, notou não estar amarrada mas costurada na boca. Chocalhava, como se contivesse milho seco.

Pôs aquilo no bolso e tocou para chegar com dia.

Encontrou conhecidos que lhe informaram a passagem de Cabeça para o arraial.

— Antão a capanga é dêl i u qui tá dentu é os diamanti de Nhô João Fernandi.

Chegou à rua com noite já fechada.

Foi direto à Intendência, onde entregou a sacola, dizendo tê-la achado no caminho. Só então se recolheu ao rancho miserável.

João Fernandes chegou às 10 horas. Chica já estava agitada com a notícia de que Cabeça perdera o saquitel de diamantes. Mal ouvira a notícia, recebera recado do intendente, chamando-o com urgência. Estava desorientado e ao chegar soube, pelo fiscal de diamantes, que o mulato Severino Angola achara o saquinho perdido, entregando-o ao Meirinho Meia-Quarta.

João Fernandes sentou-se, quase em choque, entre o susto e a alegria do achado.

— Graças a Deus!

— Recebemos e escrituramos a entrada da mercadoria, como é de praxe. São cento e oitenta e quatro diamantes de vários tamanhos.

João Fernandes corrigiu a quantidade:

— Cento e oitenta e quatro, não; cento e oitenta e cinco.

Foram rever as anotações. Eram mesmo cento e oitenta e quatro. Conferido o número escrito na seda, estava claro que saíram da lavagem cento e oitenta e cinco pedras.

O fiscal aborreceu-se:

— Então fomos roubados e nesse caso o gatuno tanto pode ser quem recebeu o volume como o que o trouxe aqui.

— Quanto a quem foi entregue o volume, protesto, pois é meu escravo Cabeça, mordomo de minha confiança, por quem me responsabilizo.

O fiscal ficou em dúvida:

— Mas falta um diamante, que pode ser de grande quilate, e el-rei nosso senhor não pode perder nada.

— Espere, até que me entenda com meu escravo.

Mal João Fernandes saiu, o fiscal mandou prender o velho Severino Angola.

Severino era limpo de culpas na polícia local e nas repartições diamantinas. Contou como achara os diamantes, estando a boca do saquinho costurada, e assim o entregara ali. O forro confirmava o que dissera na entrega das pedras.

Começaram a espancá-lo, mas quem eram as feras reinóis para fazer o humilde mulato torcer a verdade? Sustentava o que dissera, mesmo debaixo da palmatória de latão, dos calabrotes com aspas de ferro no látego e dos anjinhos arrochando-lhe os dedos.

Nada conseguiram.

Queimaram-lhe os pés com a sartã ardente e separavam-lhe as unhas da carne com agulhetes de aço. Começando o suplício antes da meia-noite, ao alvorecer o preso era um bagaço ensanguentado.

Lá fora, na madrugada fria da serra, já cantavam os pássaros-pretos na copa das macaúbas.

Desfaziam-se as morosas neblinas do vale. Era mesmo dia.

Aferrolharam-lhe pés e mãos no tronco de ferro, o que o obrigava a curvar em arco a espinha, ficando quase de borco. Providência inútil, sobre quem já perdera até a voz.

Ao planger o aragão rouco da Igreja de Santo Antônio, na hora suave do *Angelus*, em que os corações suplicam a paz e perdoam agravos, Severino expirou.

A tarde descia tão serena que pouco faltava para se verem as asas dos anjos sobrepairando a cabeça das crianças e dos injustiçados.

À noite, Dona Lúcia, esposa do intendente, visitou Chica. Eram raras as visitas do ministro do rei, que só ia com a esposa em casa do contratador. Nunca procurou qualquer outra pessoa no arraial.

Enquanto os maridos palestravam nas poltronas do centro do salão as senhoras discreteavam em outro ângulo da sala.

— Dona Francisca, soube do roubo do diamante?

— Não, não soube...

— Um mulato achou uma sacola de pedras e entregou-a na intendência, mas roubou o melhor diamante.

— ... não soube.

— Foi disciplinado para confessar o furto mas não confessou. Dizem que era homem tão mau que não deu um só gemido no suplício. Acabou morrendo e foi enterrado hoje ao escurecer. Foi para a cova da fábrica do Burgalhau ainda quente, pois não convinha deixar no mundo pessoa tão repugnante.

Chica engolia em seco, engasgada.

— Não ouvi toque de enterro, hoje.

— A senhora se esquece que os pretos e os mulatos são tão desprezíveis que não têm direito, no enterro, a toque de sino de defunto.

Os trabalhos da extração dos diamantes estavam rigorosos em todas as frentes. Nunca se trabalhara tanto no Eldorado de pedras finas que era o Tijuco. O arraial crescia com muitas fortunas acumuladas do ouro e das gemas raras. Uma sede de diamantes se sobrepunha à fome do ouro.

A vida social crescera. Havia muitas famílias habitando prédios confortáveis (alguns com a fachada exibindo muxarabiês levantinos), com cadeirinha obrigatória para sinhás-moças. Muitas dessas usavam por luxo cabeleiras iguais às de Chica e algumas já mostravam esguios bastões de prata imitados da trigueira milionária.

Também nunca houvera tantas gemas de todos os recantos cavados por João Fernandes.

Ele agora abandonava a vigilância aos contrabandistas, de modo que todos tinham lucros e o povo enriquecia.

Seus trabalhos de cerco do Jequitinhonha iam adiantados; seria exposto a seco o leito do rio, onde esperavam colher milhares de pedras nos caldeirões ainda submersos.

Certa manhã, João Fernandes foi chamado às pressas, pelo feitor geral do Poção do Moreira. Na abertura do leito paralelo ao rio, deram com qualquer coisa espantosa.

Ele galopou atendendo ao chamado. É que, ao se retirar o bagulho superficial do chão, fora descoberta uma camada canjiquenta de diamantes, como ninguém vira ainda no mundo!

Assistindo a uma bateada, o contratador emocionou-se diante de tanta riqueza e caiu de joelhos, com as mãos postas e olhos ao alto.

— Senhor, se tanta riqueza for a causa de minha desgraça, fazei que todos estes diamantes se convertam em carvão!

E pôs-se a soluçar, comovido com tantas pedras que saíam, aos borbotões, da cascalheira virgem. Pobre João Fernandes, a imensa riqueza que lhe chegara às mãos fazia-o chorar.

Não se arredou da lavra, mandando chamar Chica para compartilhar do seu júbilo. A amante seguiu logo, protegida por Cabeça e Ludovico, tendo como dama de honor as mucamas Rita e Consuelo. Foram também na cavalgada triunfal Dona Leonor, Dona Céu e Manoela, que estavam no castelo quando chegou o escravo com a grande notícia da *bonanza* dos diamantes.

Chegaram antes do meio-dia, encontrando João Fernandes em mangas de camisa, cabelos revoltos e com ares desvairados. Chica agitou-se ao ver punhados de diamantes catataus, apurados na lavagem de um só dia. Abraçou o amante pelo pescoço, beijando-o repetidas vezes. Sorria, pálida, embargada de voz, quase a chorar. Dona Céu estava abismada:

— Como pode ser, Virgem Santa, tanta riqueza chegada de repente?

Dona Leonor, bastante diminuída com aquilo, abraçava a amiga:

— Bem empregado, Francisca...

Até os cativos sorriam, trabalhando de boa vontade.

Só aí é que Chica tomou conhecimento de que João Fernandes não se alimentava desde a véspera.

— Nem pensei nisso. Minha emoção foi grande. Toda esta babilônia de diamantes está na cata do Lava-Pés, coisa que ninguém sonhou!

Os ranchos estavam nos arredores e Chica providenciava um almoço ligeiro para o minerador. Em alguns deles moravam famílias de escravos alugados e, num mais próximo, a poucos metros do rio, encontrou ovos que ela mesma tratava para o tira jejum. Enquanto ia ajeitando uma beca para estrelar os ovos, muitas mulheres e crianças imundas, quase nuas, apareceram para vê-la de perto. Quando trabalhava as chamas no fogão de barro, chegou uma jovem morena simpática, ninando uma criança branca recém-nascida. Chica espantou-se:

— Você é daqui?

— Sou, sim sinhora.

— Casada com quem?

— Cum Cristinu.

— Ele é trabalhador do dono da mina?

— É, sim sinhora.

— É escravo?

— É livre. Nóis somu du Itambé.

Chica aproximou-se para ver melhor a criança. Era mesmo branca, de olhos azuis.

— Qual é seu nome?

— Mariana.

— Mariana, seu marido é branco?

— Não sinhora; é da minha cor.

— Ele trabalha aqui há muito tempo?

— Tem dois anu.
— Onde é que você mora?
A moça balançou a cabeça para um lado.
— Aqui, rênti.
— Seu filho, como chama?
Ela sorriu, com simpatia:
— É pagão. Tem só um mêis.
Chica ajeitou em caburé os ovos com um punhado de farinha, levando-os para João. Enquanto comia, Chica silenciou, de olhos na terra.
— Você não pode ficar assim. Vou resolver como faremos, já que é precisa sua presença na lavagem deste bucho.
Levantou-se, impetuosa.
— Vou-me embora e amanhã volto pra deixar você melhor instalado.
— Não, não volte; vou-me arrumando mesmo como está, até ver.
A senhora partiu com os companheiros. Na porta da jovem mãe do menino branco, Chica parou, chamando-a.
— Traga o nenê aqui pra as amigas verem. É uma teteia.
Veio o menino.
— Não é bonito, Dona Leonor?
Mesmo montada, Leonor buliu com o dedo nos beicinhos do pequerrucho.
— Engraçadinho.
Eram três horas e o tempo estava mudado. Chica seguiu na frente, em marcha batida de seu novo cavalo Isabel sopa de leite.
Sempre na frente, Chica chorava sem que ninguém lhe visse as lágrimas. Sentia-se abafada por uma dor insuportável, por uma revolta que pedia sangue.
Assim marchou duas léguas, quando percebeu que ia chover. Ao norte o cariz cinéreo do céu já se mudava em negro de tempestade, que não demorava. Ventos estabanados de chuva empurravam nuvens de água para os lados do Tijuco. Corriam de cúmulos escuros rajas de coriscos açafroados. Atrás deles trovões reboavam nas escarpas de pedra.
Ao chegarem ao Ribeirão Carrapatinho, Cabeça galopou para diante, pedindo a Chica para esperar uns minutos. Ali trabalhava pequena turma de escravos.
Chica zangou-se:
— Esperar, se a chuva está desabando!
— É pur issu mêmu, Nhanhá.
Já caíam grossas gotas esparsas de chuva.
O escravo galopava morro abaixo, voltando em poucos instantes com um negro velho na garupa.
O velho desceu. Estava de clavinote, mulambo de tanga em forma de calça curta, e chapeirão de palha na cabeça.
— Pra que este homem, Cabeça?

O cativo tirou o chapéu, pedindo a bênção com a mão estendida e olhos baixos. Quebrou em seguida um ramo verde, fazendo o sinal da cruz.

Voltando-se para o lado de onde vinha a chuva, começou a brandir o ramo no ar, como varrendo para longe alguma coisa. Movia, lento, o galho, como se empurrasse para os lados e para mais distante fumaça importuna.

Um pé de vento descabelou os arbustos corcundas do carrascal. Mas o preto continuava a vassourar uma coisa invisível para longe, para mais longe. Calmo, agitava a galhada no ar. Seus lábios se moviam, o negro velho rezava.

Os viajantes, que no começo riam, impacientes, ficaram respeitosos, atentos no que ele fazia.

Sempre de pé, alto, magro, desnutrido, tinha solenidade nos gestos de varrer o que só ele via para pontos distantes, para outros rumos, mais afastados.

Começaram a serenar os ventos. Os coriscos foram-se espaçando, os trovões ficando mais fracos.

O escravo desviava a chuva, mudava o rumo dos ventos. As nuvens escuras moviam-se para a direita, retrocediam, mudavam de rota. O africano conversava com a tempestade, dava-lhe ordens, mandava os ventos para outro quadrante.

O céu local começou a clarear. De escuro ficava cinzento, de cinzento fazia-se opaco. Foi esbranquecendo, azulando em pequenas nesgas abertas no nevoeiro. Via-se então bem claro que as nuvens descarregavam muita água nas montanhas afastadas, à direita, à esquerda, no fundo da paisagem.

O veterano então abaixou a galho, sorrindo gengivas negras, sem um dente sequer.

Passara a chuva; fora mandada para outras plagas...

Chica estava pasma. Seus companheiros olhavam o ancião, com respeito e medo. Dona Céu arriscou-se a perguntar a Cabeça:

— Coisa esquisita. É feiticeiro?

Todos estavam espantados. O velho, de pé, os olhos no chão, aguardava ordens. Dona Leonor teve coragem de lhe perguntar:

— De onde você é, meu velho?

— Da Angola.

— Há quanto tempo você veio de lá?

— Nem sêiu, Sinhá. Pirdi as conta.

Seu rosto de homem que passava fome estava escaveirado, mas tinha muita dignidade.

Chica mandou lhe dar 40 réis. Cabeça protestou:

— Um cob'e, Sinhá? É muntu...

Deu-lhe um vintém e masca de fumo.

Durante muitos dias, o caso do escravo que governava chuva foi assunto das reuniões do castelo de Chica. Mas ninguém se lembrou de lhe mandar mais angu para a boca e coberta para o frio. Malafaia teve um comentário humano:

— Os índios aplacavam a tempestade amedrontando o céu com flechas. Esse negro sofredor benze os temporais com orações. Pedindo, com humildade. A humildade dos corações tem muita força.

Naquela mesma noite Chica mandou uma cadeirinha buscar Dona Leonor.

A lisboeta, ao defrontar a amiga, pareceu-lhe que ela chorara. Chica jamais chorou em presença de ninguém: cultivava suas dores e seus ciúmes terríveis isenta de uma queixa.

Fecharam-se no quarto da senhora.

— Dona Leonor, quero seu conselho. A senhora acha que dois mulatos podem ter um filho branco e de olhos azuis? Diga com franqueza.

— Eu não conheço bem esse assunto mas tenho visto gente morena, de cabelos pretos, ter filho branco e louro. Parece que nesse caso o filho puxa um dos parentes afastados de um dos pais.

— Não creio nisso, a senhora me desculpe... Voltei da lavra com a alma em fogo, pareço uma doida, não tenho mais paz no coração.

— Tenha calma. Não confia em seu marido?

— Confiar em marido? E quem confia? Tola é a mulher que se fia em homem. Eu era escrava e ainda muito moça fui comprada pelo João, que tem me dado tudo. Mas também ganhou meu amor e eu seria incapaz de traí-lo, sob nenhuma desculpa no mundo. Sei que estou sendo enganada. A mulher traída adivinha as coisas.

Dona Leonor levantou-se.

— Vou pensar melhor o seu caso e volto amanhã. Tenha toda a calma.

Saiu com pena da infeliz milionária.

De madrugada partiu um cargueiro com tudo quanto João Fernandes precisava, até solução do enxame de diamantes, pois não podia deixar aquilo à mercê de feitores escravos.

Chica mandou comestíveis para uma semana, incluindo queijos franceses, salames, toucinho de fumeiro, linguiças, latas de bolachas, carne de sereno, *champagne* de França, chá inglês. Foi também uma rede, camisolões de dormir, chinelos, cobertores, velas de cera de abelha, pavio de acender lume, cambonas e um lampião de óleo fino.

Às seis horas partiu também para Lava-Pés, seguida de Cabeça, Carolino e Jaconias.

Já encontrou o amante na testa do mutirão, pois o bucho de diamantes se alargava, crescia com rendimento milagroso.

Chica dispôs tudo quanto mandara em rancho que na véspera fizera erguer.

— Eu fico aqui com você.

— Não, você não é mulher para ficar nesta brenha. Não resistirá às picadas dos anjos-bentos, que ardem como fogo.

Só naquela manhã, às sete horas, ela assistiu ao almoço dos párias africanos. Em grandes gamelas o angu, em bolas, tendo por cima um pouco de caldo negro de ossos, era a alimentação dos que davam duro na arranca e na bateagem do cascalho. As bolas de angu já vinham prontas, uma para cada escravo. Comiam com avidez de bichos.

Chica entristeceu e perguntou ao amante:

— O jantar é a mesma coisa?

— Não. No jantar comem feijão-preto e angu, tudo misturado.

Cada qual tira com a mão o que lhe toca para fartar. Comem quatro a quatro na mesma gamela.

— E pela manhã?

— Uma cuia de canjiquinha e, às vezes, chá de canela.

Os olhos de Chica estavam sombreados de uma tristeza dolorosa.

— O mundo não está, bem feito, não. Tenho pena dos sofredores, de quem trabalha doente, do que não tem nada pra matar a fome. Mas parece que eu é que estou errada.

Afastou-se e, vendo Cabeça perto, chamou-o:

— Indague quem é o marido de Mariana.

Fez com o indicador contra os lábios sinal de sigilo.

O mordomo deu uma volta e foi responder em voz baixa a sua ama:

— É aquêl qui tá bebenu água.

Chica silenciou, convencida de que ele era um cafuso de cores firmes.

Cavalgou seu castanho estrelo manalvo de clinas pretas e desceu a passos pela margem do rio, até a casa de Gracinha. Chamou, sem apear. Deu notícia da nova mucama, boas notícias, mas fez uma queixa:

— Dizem que está com um namorado que é coisa muito ordinária. É aparecido.

A mãe de Graça gemeu com voz triste:

— Inzempra ela, Nhanhá. Mais na casa de Vossa Senhoria ela ta evangelada.

Chica viu quanto aquela carcaça com sangue estava trabalhada pela saudade de Zézinho.

Via-se nos seus olhos a sombra do ausente. Parecia ter remorsos por ter deixado o filho morrer na adolescência, filho carinhoso, de palavras mansas que não chegara a sentir a divina alegria da vida.

Saudou e foi andando, foi descendo o trilho, bem devagar. Cabeça, logo adiante, chamou-lhe a atenção:

— Ali é u pôçu das piranha.

Ela mal viu as águas verdes onde não havia mais piranhas, águas secadas pelo sol.

Restava apenas uma lâmina de água se evaporando, até que a enchente voltasse.

Mais uns minutos de andança e Cabeça falou em voz pousada:

— Aqui, nêssi lugá de areia, Bengu achô us trem di Catirina, mulambu di rôpa, ua vorta di vido...

— E a família dela, que fim levou?

— Ninguém sabi, Sinhá. Survetêru nu mundu...

A senhora parou o cavalo e, pensativa, dormiu os olhos no poço negro, no brejo de cebolas e piripiris em que ele se estendia sob plantas aquáticas. Ali moravam as sucuris esganadas, ali desaparecera a jovem que fazia refrescos de araçá para seu patrão.

Sentiu uns arrepios, a garganta seca, o coração mais disparado. Cabeça ousou perturbar seu silêncio.

— A sucuri gêmi, Sinhá. Um gimidu fundu, um gimidu pesadu...

Chica voltou o cavalo a meio-galope, sem vontade de ver mais nada. As pontas de seda de seu lenço da cabeça voavam, palpitando ao vento da galopada.

Ela passava sem querer uma revista de reconhecimento, onde seu desvairado ciúme deixara soluços e saudades.

— Vou-me embora, João.
— Viu o brejo das sucuris?
— Vi.
— Não teve medo de aparecer uma delas e avançar em você?
— Medo? Eu ter medo de uma cobrinha de vidro que se esmaga com o pé? Não acredito nesses monstros.

Apeou-se, revistando as coisas do amante no rancho. Beijou-o no rosto, apertou-o nos braços.

— No fim da semana, se você não for, eu venho buscar você.

Montou, atirando um beijo, a agitar a mão em despedida.
Partiu, acompanhada pelos escravos fiéis. Atravessou o povoado de palhoças de escravos que trabalhavam por dia; foi passando pelas cafuas, até no fim do confuso arruado. Entre as últimas casinholas viu a de Mariana e, na praia pétrea do rio, lavando roupas, a moça.
Parou, para cumprimentá-la. Mariana, com a mão aberta, defendia o rosto do sol das três horas. Levantou-se, saudando a viajante.
— Cadê o nenê?
— Tá lá dentu. — Sorriu: — Tá druminu.
Chica bateu a mão, dizendo adeus. Marchou até o fim da rua virando ali, em resolução impulsiva, o cavalo, em galope ligeiro, até a cafua da lavandeira. Pulou e intrometeu-se pela porta aberta, indo apanhar o menino adormecido nos pés do girau dos pais.
Pegou-o com jeito e saiu calma para a beira do rio, com ele nos braços. Quando a mãe viu, não teve susto. Sorria agradecida da lembrança da patroa de pegar seu filho.
Chegando na barranca de pedra do poção fundo, ela desenrolou as baetas do corpo do pequerrucho e, num gesto repentino, em assomo alucinado, jogou a criança que despira no fundo do poço azul.
Mariana gritou, entrando na água para salvar o filho.
Chica já montara, galopando para o arraial. Acudiu gente da vizinhança, cercando a mãe que gritava loucamente.
O poção enorme e profundo foi mergulhado por muitos negros, com hábito de tal serviço.
Por mais que procurassem, a criança não apareceu naquele dia. Quando anoiteceu, viu-se uma vela de sebo acesa dentro de uma cuia que boiava ao sabor das maretas do Poção do Moreira.
Aquilo era muito usado para localizar quem se afogara. No ponto em que a cuia parasse, ali devia estar, no fundo, o cadaverzinho.

Naquela mesma noite, já muito tarde, o Intendente apareceu sobressaltado no castelo de Chica. Procurava João Fernandes.
— Dona Francisca, acabo de receber a correspondência de São Sebastião do Rio de Janeiro e da Vila Rica. Seu sogro, o sargento-mor, faleceu em Lisboa. Meus sentimentos. Chegou também ordem do Marquês de Pombal para considerarmos o desembargador João Fernandes o único contratador legal. Vou mandar chamá-lo hoje mesmo, com urgência.
À meia-noite seguiu dragão montado com carta para o minerador. Ele chegou às nove da manhã.
Encontrou a mansão em festa para recebê-lo, com honras de Contratador, por ordem de Pombal, o Ministro dos Negócios de Estado do Reino.

Calcularam bem a hora de sua chegada, e a Intendência em peso e todos os amigos do Tijuco estavam em sua casa para recebê-lo.

Quando as lisboetas entraram no castelo, Dona Cândida quase grita de agradável espanto:

— Mas Dona Francisca, a senhora está mais linda do que Sua Majestade a Rainha Mariana Vitória, esposa de Dom José I!

Dona Leonor sorriu, enlevada:

— Assombrosamente bela! Nenhuma testa coroada da Europa veste com maior fausto.

Com vestido de seda púrpura de Valência, ela trazia no pescoço um colar de rubis cor de vinagre da Índia, decote atrevido, cintura fina abarcada por fio de pérolas, sapatinhos de cetim branco com salto de lixa e fivelas estreladas de brilhantes. Na cabeça, cabeleira loura com cachos caídos até os ombros. Nos dedos, tinha apenas a aliança de casada, feita de platina, com 33 brilhantes azuis.

Houve tumulto no alpendre, no jardim e na aleia que levava ao portão de ferro forjado da entrada. Ao pé da escadaria, esperavam os intendentes do ouro e dos Diamantes e seus funcionários mais graduados. Estava formada na frente do muro da testa do castelo a Companhia dos Dragões Imperiais, em vestes de grande gala. Um clarim deu sinal de que ele se aproximava. A banda de música dos pedestres começou seu dobrado marcial, *Viva o Contratador*.

Ao apear, recebeu continência da força e o cumprimento, de espada tesa para o chão, de seu comandante.

Entrou pelo largo portão, debaixo de uma chuva de flores atiradas por senhoras e senhoritas tijucanas. Estava comovido, de olhos marejados, e agradecia com a cabeça.

Ao pé da escada, o intendente geral dos diamantes recebeu-o oficialmente.

— Em nome de S. Exa. o Ministro dos Negócios de Estado do Reino, Senhor Marquês de Pombal, da Administração Diamantina e no meu próprio, apresento-lhe pêsames pela morte do Sargento-Mor João Fernandes de Oliveira e, ao mesmo tempo, parabéns por ter sido considerado pela Coroa portuguesa, dentro da lei, o único Quinto Contratador dos Diamantes da Comarca do Serro do Frio, no Distrito Diamantino.

Pigarreou, nervoso:

— É hoje Sua Excelência, o Contratador dos Diamantes.

Aturdido e desengraçado, João Fernandes sorriu:

— Dispenso a Excelência...

O intendente reafirmou:

— Não pode. São ordens, em carta régia do Rei morto Dom João V; todos os ministros do rei têm direito de serem chamados excelências.

IX
CHICA QUE MANDA

No outro dia o intendente mandou à Vila do Príncipe um dragão imperial, com ofício de aviso da posse do Contratador, como único responsável pelo Contrato.

O dragão saiu cedo, orgulhoso de sua farda, que ostentava uma pluma vermelha no capacete. E de sua catana guardada por bainha com brilhos dourados.

Saiu assoviando, porque o assovio ajuda a caminhar e encurta distância. Seu cavalo era ligeiro e a manhã estava fresca, ainda encoberta nos varjões por lençóis ralos de neblina. Quando viu o Jequitinhonha, pegou a cantar suas coisas bobas:

> Ser mãe não é só dar leite,
> sem dar carinho também.
> Mamoeiro também dá leite
> e não é mãe de ninguém...

Quase na barranca do rio encontrou o escravo Rebolo, seu amigo. O escravo levava boia para os malungos da lavagem. Zé Juca o flauteou:

— Êh, Rebolo, cuidado, que nêgo in festa de branco é o último que come e o primeiro que apanha...

O preto virou-se, com o gamelão pesado na cabeça:

— Uai, é ocê? Óia o nêgu feio nus pano do Rei... abre us zóiu, quilombola, qui êszi ferrin ai nun val di nada...

Os dragões foram botados na caça dos negros fugidos e o ferrin criticado pelo cativo era a espada. Zé Juca não gostou do debique do negro à sua catana, e bateu nela:

— Isto aqui é boca pra mamá sangue de nêgo fujão...

Seguiu caminho, feliz da vida.

No outro dia voltou com espaço para ver o irmão, que trabalhava sozinho em data arrematada na grupiara do rio, a meia légua do caminho. A casa estava fechada. Gritou:

— Santinho!

Ninguém respondeu. Alteou a voz:

— Ó de casa!

Um vira-lata magrelo latiu fino e apareceu, avançando com a coragem de leão.

À espera de gente, reparava dentro do cercado de varetas a hortinha da cunhada. Ali estava o pé de arruda indispensável para curar quebranto, manjericão, cebolinha. Mas, de súbito, arregalou os olhos, assombrado. Chegava o irmão.

Zé Juca, mal o cumprimentou, foi dizendo, já dentro do cercado:

— Meu irmão, o que é isto?

— O quê?

— Um pé de pimenta em sua horta!

Uma frágil pimenteira vicejava mofina, já frutificando em duas pimentinhas malaguetas. Santinho sorria sem graça, não compreendendo o esparramo do irmão soldado, que ainda rugia:

— Você está doido, mano! Plantar pimenta! Não sabe que isso é proibido por alvarás? Quem desrespeita as interdições do rei sofre sequestro de todos os seus bens e vai para Angola, desterrado por dois anos!

— Não sabia...

— Sua ignorância do assunto não exclui a pena. Arranque isto daí, queime e enterre as cinzas! Se descobrirem que você plantou pimenta, cometendo horroroso crime, até eu vou sofrer; serei enxotado da Companhia dos Dragões Imperiais, como conivente, por ser seu irmão! Posso até ser despejado do Distrito Diamantino.

Santinho arrancou a pimenteira e a esposa fazia fogo de gravetos para consumir aquela imperdoável prova de revolta contra as leis de Portugal. É que estava proibido, sob sanções tremendas, plantar pimenteira na capitania. Não consentiam concorrência às especiarias da Índia, que enchiam de empáfia a el-rei nosso senhor de Portugal.

Por muito favor consentiam que se cultivasse em nossas terras o gengibre e o açafrão...

O surto diamantino na grupiara dos Lava-Pés foi mais importante do que parecia. Muitos tomaram o monte de pedra como caldeirão do rio, quando por ali passou, há milênios. Não era. A miraculosa colheita continuava, causando riso até aos próprios escravos. O feitor Angelino resmungava:

— Qui é qui Nhonhô vai fazê co êssi dispropostu di ped'a? Tamu inté cum mêdo!

Chica também se aborrecia de tanta fartura:

— Pra que mais diamantes? Eles já estão tirando a fome do João. Estou enfarada até de ouvir falar em pedras preciosas. O muito também sobra...

Chica estava, nesse tempo, com 28 anos. Polida pela riqueza e pelas lisboetas, sua figura sadia, amável e sorridente ganhara muita importância. Até ali, só anuviava sua vida o descontrolado ciúme pelo amante, sob o veneno do qual já fizera muitas bramuras, barbaridades e crimes sem perdão.

Alguns desses crimes, devido à sua astúcia, ficaram encobertos, outros — como o caso dos dentes de Anselma e do menino recém-nascido — clamavam aos céus.

Naquele tempo a realeza tinha carta-branca para suas extravagâncias e podia até matar. Desde que fossem nobres ricos.

Ninguém sabe por que, se por conselho ou por cálculo, Chica não fazia cenas de ciúmes com João Fernandes, mas afastava drasticamente do caminho de ambos a razão do zelo cruel.

Chica, para manter o castelo em boa ordem, ocupava, só com sua pessoa, doze mucamas, entre elas uma branca, oriunda de mulatos claros. Almerinda era filha de português, e Chica mandara-a comprar no Rio de Janeiro, para humilhação dos brancos do Tijuco.

A cozinha de sua casa ocupava muitos escravos, dirigidos por Bastiana, a cozinheira-mestra que vira Sinhá pichititinha. Jelena governava as ladinas, que eram onze, e também as mucamas, moças bonitas. Cabeça tomava conta dos escravos.

Parece que não havia motivos para o truculento ciúme de Chica. João Fernandes era apaixonado por ela, sendo correspondido no mesmo tom.

Mas estão enganados os que hoje evocam o tempo da formação social do Brasil, como a era das virtudes puritanas. Havia solta licenciosidade, depravação quase geral dos costumes, e as famílias honestas viviam isoladas do mundo, com sentinelas à vista, pais, maridos e filhos.

O aventureiro minerador, em geral, não transportava famílias para a capitania. Invadiam os lares, desrespeitavam qualquer senhora, sem o mínimo escrúpulo.

A chegada dos escravos africanos agravou a situação. As mulheres escravas e suas filhas tornavam-se logo concubinas dos senhores. Muitos cativos passaram a gozar liberdade nos lares, e a convivência gerou muito adultério.

Ora, Chica possuía em casa vários negros para serviços internos, gente escolhida. Na imensa chácara, ocupava muitos escravos, pois as plantas eram tratadas com grande esmero.

Desde que começaram a plantar as árvores, João Fernandes mandou para tal serviço um africano moço, alto, de feições de branco, oriundo da Costa da Mina, de onde vinham os cativos mais belos. Chamava-se Mufembe. Negro jeitoso, de bons dentes, sorriso bonito e olhos grandes, sabia ser respeitador e tinha preceito.

Sua dedicação às plantas e sua disciplina inatacável granjearam-lhe a simpatia de Sinhá, que o estimava com razão.

Era o negro mais bonito do Tijuco. Andava sempre limpo e vestido com decência, como todos em serviço no castelo.

O "mar" de Chica estava quase cheio, e os escravos passaram a tomar ali o banho bem ensaboado da manhã.

Na beira desse lago estavam terminando o navio para navegar com doze pessoas, na imensa represa que era o orgulho de Sinhazinha.

Certa manhã chegaram em grupo os escravos do castelo, para o banho obrigatório. João Fernandes, que inspecionava os trabalhos do barco, assistiu quando os negros se lavavam.

Admirou-se da plástica impecável de Mufembe, rapaz desbarrigado, de ombros retos e que em todo corpo mostrava a exuberância dos músculos enxutos, saltando em relevo na proporção dos movimentos.

Parecia um adolescente atirador de discos nas Olimpíadas, na planície sagrada do Peloponeso, em dias de competição atlética. Lembrou-se, ao vê-lo nu, dos soldados etíopes de Aníbal, nas vanguardas da batalha de Trébia, corajosos e calmos, arremetendo com a lança à destra contra as legiões romanas de Semprônio.

Mufembe saíra da água e seu corpo, luzindo ao sol da manhã, deixava ver o tórax apolíneo, ventre retraído, as coxas musculosas e o sexo desconforme.

Regressou com Cabeça à casa do Contrato, onde despachava.

Havia pessoas esperando o contratador mas ele chamou Cabeça para seu gabinete, trancando-o:

— Cabeça, você conhece bem o Mufembe?
— É rêis de respeito.
— Mas... acho o negro bem-apessoado.

Silenciou.

— Como é que você conhece o negro?
— Êl tava na cata já muito tempo. É di vregonha, é virgi di surra. Trabaiava na dureza, nunca recramou nada. Pra mim é nêgu sisudo, di fiança.
— Tem namorada, tem mulher?...
— Issu num seio, Sinhô. Mas Mufembe é nêgu muntu sujigadu, nun sai da senzala. As nêga veve doida cun êl. Os malungu fala qui é bobage deza, pru que Mufembe parece alejado. Mulé, cum perdão da palava, nun guenta êl...

O contratador continuava com a mão no queixo:

— Não estou gostando dele lá em casa, não.
— Si Sinhô quer, levo êl pra cata outra vêis.

O homem perturbou-se:

— Não, não. Vou ver. Vou ver isso...

E naquela mesma noite, no jantar, tocou no assunto com a amante.

— Francisca, os serviços das lavras, como sabe, estão apertados, e estou querendo levar o Mufembe de novo para lá.
— O quê? Levar o negro? E por quê?
— Porque o trabalho está muito... estou precisando de mais gente.
— Mais gente? Pois você tem na cata quatro mil negros, muito acima do permitido, e ainda quer levar uma peça que me faz falta? Que ideia foi esta?
— Não, Francisca, falei por falar.

Alimpou a boca no guardanapo de linho belga perfumado:

— O negro pode ficar... O negro fica.

Chica emburrou, cruzando os talheres.

— Coisa engraçada, essa. Você querer tirar do meu serviço um negro bom, de respeito, sem falta nenhuma, pra levar pro cascalho, como se lá não estivesse ninguém!

— Não, Francisca, o negro fica, não foi por mal que falei.

Chica ia além:

— Tirar do meu serviço um negro que rega minhas árvores de fruta, meu jardim, ainda de madrugada... Um negro que abraça as árvores, quando vão começando a florir... Um negro que para a capina das plantas brabas, quando ouve o sabiá cantando nas laranjeiras... Um homem sem maldade, de coração leal...

Retirou-se agastada, saiu da mesa sem terminar a refeição. João Fernandes também se foi.

Pessoas o esperavam no alpendre. Estava de poucas palavras, indisposto. Passou a noite inquieto.

João Fernandes estava morrendo de ciúmes de Chica com o escravo...

Chica, devido à moral intacável, mulher de que nunca se falou mal a esse respeito, nem os felisbertos, puxava, sem saber, ciúmes do amante com o escravo...

João entristeceu. Andava nervoso e, perto da amante, encarava-a com desconfiança nos olhos, procurando descobrir neles os olhares do negro. Viajando para o serviço, preferia não falar com os companheiros, obcecado que vivia nas palavras de protesto de Chica, ao lhe falar em transferir a peça para os eitos.

Conhecia muitas moças de boas famílias engravidadas por cativos e casos de senhoras que até fugiram com crioulos, depois de convivência carnal muito ardente.

Ele mesmo se responsabilizava de ser cego ao que podia estar acontecendo em sua casa. Vinha-lhe à mente sua vida de rapaz em Coimbra, sem inclinação para namoros, sem entusiasmo pelas rameiras de fama entre estudantes. De repente, a paixão instantânea ao ver, com a salva na mão, a moleca do Sargento-Mor Rolim.

Só vivia para Chica. Não sabia como, no açude, na hora do banho dos cativos, lhe viera aquele pensamento... e depois dessa suspeita, um desconforto inquietante, a dúvida.

Até agora trabalhara anos seguidos sem pensar naquela possibilidade: Chica dividir com o negro o amor que devia ser apenas seu. Sua ambição de riqueza, a volúpia de ver nas mãos as estrelas arrancadas do chão, a alegria de ser milionário, perderam no presente todo valor. Havia dez anos não conhecia o ciúme; agora o encovava no coração, com suas garras de ferro a roubar-lhe a paz que julgara eterna. Todos notaram sua mudança para mais duro, mais desprovido da educação que lhe reconheciam.

Chica percebeu aquela mudança:

— Está doente, João?

— Doente?

Estava aéreo:
— Não estou doente.
A amante encarou-o, sem saber falar mais nada.

Depois do almoço ele saiu para a casa do Contrato, quando no portão, ao montar, encontrou com o Padre Zuza, que chegava para as aulas à amante.
— Padre Zuza, não tenho tido oportunidade de perguntar-lhe como vai Francisca nos estudos.
— Contratador, vai mais ou menos...
— Mais ou menos como, se há dois anos o senhor lhe dá lições, duas vezes por semana?
— Contratador, tenho feito o possível, mas Dona Francisca ainda não saiu do bê-a-bá... É inteligente, tem boa memória, mas, para leitura...
— Então está ainda no bê-a-bá?
O padre sorriu, sem responder.
— Pois continue. Com o tempo talvez aprenda. Ainda não lê porque não quer.
Picou o cavalo.
As dores, quando se tornam crônicas, são toleradas com mais paciência. A dor anula a vontade e cansa os nervos. O tempo foi esbatendo aquela sensação de angústia a que João Fernandes vinha resistindo. Ele mesmo procurava arejar seu espírito: Não, não é possível. Francisca me ama, Francisca é bondosa, não tem coragem de me trair.
O navio estava pronto e já nas águas, preso à amarra, à espera de noite de lua cheia, quando seria inaugurado.
João chegou em casa mais cedo, procurando Chica. Estava na chácara.
Prevenido, desconfiado, foi até lá. Chegara a hora do crepúsculo, e não havia ninguém na granja onde as árvores vicejavam com o verde sépia das plantas novas. João não chamou, foi andando pelas ruas de árvores, quando viu Chica apoiando as costas no tronco de uma fruteira e, perto dela, Mufembe, de pé, escorado no cabo da enxada.
Um abalo perigoso sacudiu todo corpo do contratador, que parou, sendo logo visto pela amante. Chica, muito natural, aproximou-se dele:
— Esta fruteira tem um galho murchando. Mandei chegar a terra no tronco para ver se a salvo.
João silenciou, voltando com as mãos nas costas. Lá fora o chamava o fiscal dos diamantes. Ao atendê-lo, João Fernandes estava distraído, pálido e cheio de rancores.
Chica chegara em casa, natural como sempre, bem senhora de si, não demonstrando culpa.
O amante calou-se, embora desabado. Sentia-se vencido.
Depois do jantar teve muitas visitas no salão.
Não se julgou com ânimo de perguntar à companheira por que ficara até aquela hora, sozinha, ao lado do escravo que cumpria as suas ordens.

Na outra manhã, foi ver a fruteira. Tinha, de fato, um galho doente e nas raízes, em roda do tronco, estava a terra acumulada pelo negro.

Foi para a Casa do Contrato, mandando Cabeça na frente. Trancou-se com o mordomo no seu gabinete, diante da aparatosa secretária de pau-santo preto, fazendo uma pausa.

— Cabeça, como vão as coisas lá em casa?
— Qui coisa, Nhonhô?
— As coisas a respeito de Mufembe?
— Iêu tênhu riparadu. Num tem nada, não.
— Nada mesmo, Cabeça? Você não acha que sua Sinhá tem cuidado especial com ele?
— Tem não, Nhonhô. Sinhá é gênti de munta proa pra dá cunfiança a iscravu. Pra mim ela é santa, lôvadu Deus.

A resposta de seu negro desarmou o mineiro, que sentiu vergonha de falar-lhe naquele assunto melindroso.

Fez-se um silêncio aborrecido entre ambos.

— Pergunto essas coisas a você, por ser de minha confiança...

Novo silêncio entre os dois. A custo a minerador falou, bastante agitado:

— Pois é, Cabeça, não há nada. Graças a Deus não há nada.

Ficou a olhar para fora, para longe, com a testa franzida em rugas.

— Não há nada. Pode ir.

O escravo ia saindo quando João Fernandes o chamou:

— Cabeça, espere aí. Parece que tudo vai bem... mas, não sei... fico pensativo...

E inesperadamente, muito decidido, falou firme:

— Olhe, mande castrar a rapaz!

O mordomo estremeceu:

— Capá Mufembi?

— Amanhã vou cedo com Francisca inaugurar o cerco do rio. Enquanto isso, mande castrar a peça.

Cabeça pareceu desejar fazer uma observação, calou-se. Ao transpor a porta, deteve-se, sem olhar o senhor. Resolvera pedir confirmação:

— Antão mandu capá o nêgu...

João Fernandes levantou-se, tumultuado:

— Sim! Faça o que eu mando! Nem que o céu venha abaixo, cape o negro!

Como havia na região castradores de porcos, de poldros e de bodes, havia também capadores de escravos, utilizados por muitos Nhonhôs na situação de João Fernandes e em casos piores, de prova testemunhada de adultério de esposa ou perdição de filhas.

João inventou uma viagem às lavras, viagem apressada. Chica amoleceu, ao ser convidada para o passeio.

— Não estou boa pra viajar. A cabeça me pesa.
— Qual, o passeio far-lhe-á bem.

Viajaram mesmo, ao amanhecer do outro dia, levando Manoela e Dona Céu.

A chácara, incluindo o jardim, já estava regada pelos escravos encarregados desse serviço. Quando no portão da saída montavam para a excursão, os negros todos do horto pediram a bênção aos sinhôs. Chica recomendou a Mufembe:
— Cuidado com a fruteira doente. Não deixe faltar água.
João Fernandes notou que ela só se dirigiu ao negro, esplêndida peça de 20 anos, que as roupas pobres desengraçavam. Viu-o nu, como no outro dia, entrando no açude... reviu seus músculos de atleta... Não lhe deu a bênção pedida com humildade.
Só ao chegar ao Poção do Moreira Chica se lembrou do menino. Fustigou o cavalo para diante, como se aquilo fizesse esquecer lembranças incômodas. Passou pela casa de Mariana e pela praia do poço azul, sem um olhar mesmo leve.
A grande obra realizada por João Fernandes, o cerco do Jequitinhonha, estava pronta.
Na outra semana, a caudal escachoeirada ia mudar de leito. Apuravam os pormenores, cavilhames, pregos de forja, calços de madeira.
Chica passou o dia na rede. Estava enfastiada e de poucas conversas. Manoela queixava dor de cabeça. O passeio estava sem graça.
Chegaram tarde ao arraial. A senhora recolheu-se logo, nem quis comer. Parecia contrariada, pois viajara à força e fora para não aborrecer.
Na manhã fria, pois chovera de noite, ela tomou seu banho morno, recomeçando a dar ordens.
— Cadê Mufembe, Almerinda?
— Tá duenti, Sinhá.
Jelena emendou, talvez ignorando tudo:
— Cabeça buscou o doutor ontem. Mufembe está de cama.
Malafaia, o impertérrito defensor do segredo profissional, na mesma hora contou o fato ao Padre Pessoa, comentando a barbaridade do senhor:
— Castraram uma rês ainda moça, forte, com certeza por ciúme... Justamente aquele negro que é as candongas da Nhanhá...
O padre horrorizara-se. Quando Chica soube da doença do preto, ia vê-lo, mas Jelena deu recado do doutor:
— Ele disse que é caxumba. Desceu... Diz que pega.
Mas Chica foi assim mesmo à senzala, nos fundos da granja. O negro gemia.
— Que é isso, Mufembe?
Recebera de Cabeça ordens de como responder:
— Duenti, Sinhá.
Nada lhe faltou, mandado por Chica. Esteve de cama oito dias.
Padre Pessoa, encontrando-se com João Fernandes, falou, contrariado:
— Mesmo com todo o segredo, eu soube do caso com o Mufembe. Não concordo com essas coisas. A Igreja as condena, como grande pecado.

— Se isso fosse pecado tão grande, ela não permitia os meninos cantores eunucos na Capela do Vaticano. Nem concordava com a pena de morte.

E pondo a mão no ombro do padre:

— Casos semelhantes são comuns nos latifúndios das Gerais. Vossa Reverendíssima sabe disso.

Mas o negro sofreu inocente o atentado ultrajante.

Chica era mulher honesta.

João Fernandes mandara fazer os convites a autoridades e amigos para a inauguração do bicame, e por conseguinte do novo leito do Jequitinhonha. O rio ia começar a correr em outro leito, trabalho de dois anos, e no talvegue antigo, posto a seco, deviam ser colhidos milhares de diamantes. Nos caldeirões, debaixo das cachoeiras, é que as pedras preciosas dormiam, também havia milhares de anos...

Do leito antigo para o novo, a torrente bravia passava a correr pelo vasto bicame de madeira, atravessando na altura de quarenta metros o leito do rio com pouca água, pois a maior parte já corria na bica.

A festa inaugural consistia em cortar o restante da água, embocando-a no bicame. Nessa fundura trabalhavam sessenta negros e forros, deslocando pedrouços para futura bateagem.

Pois um feitor embriagado, vendo água esguichar de junta mal ajustada na bica, subiu e, com marreta, começou a apertar uma cavilha. Mas o bicame desconjuntou, abriu-se, desabando com a cachoeira da água que conduzia. Desabou sobre os escravos, que morreram todos esmagados ou afogados. A torrente quase inteira do Jequitinhonha caíra de chofre, com as obras, sobre os trabalhadores.

Avisaram ao contratador, que caiu em grave prostração. O arraial alarmou-se, fervilhante dos mais alucinados boatos.

— Morreram todos os escravos!

— Morreram cento e tantos cativos!

— Um horror nunca visto!

Não havia quem não estivesse excitado no Tijuco. A casa de João Fernandes encheu-se de amigos que comentavam a tragédia. João não falava mais, permanecia abúlico, de olhos marejados. Começou a ter crises de choro.

Com a casa repleta de visitas, na maior confusão, foi que Chica apareceu sorrindo, a cumprimentar os presentes. Ao ver o amante arriado, pôs-lhe a mão na cabeça:

— Que é isto? Está doente?

Ele balançou a cabeça, não a encarando.

— Pior do que doente; estou traumatizado para sempre. Minha vida acabou-se. Perdi sessenta negros e todo o material que estava no rio que se mudava. Aquilo foi um acaba mundo.

Chica soltou uma gargalhada que a todos escandalizou. Ria, de cabeça pendida para trás, ria sem parar, mostrando todos os dentes.

— Ora, que bobagem. Ficar apaixonado porque perdeu sessenta negros. Era o que faltava. Perderam-se os negros, compram-se outros... Por isso é que está ridículo, fazendo a delícia dos nossos inimigos?

— Não, Francisca, o desastre foi horroroso e as mulheres dos pretos estão lavadas de prantos.

— Mulher chora à toa... Daqui a pouco elas casam de novo... Você é diferente de seu amigo Marquês de Pombal. No terremoto morreram quarenta e cinco mil pessoas e Pombal tratou de enterrar os mortos e de cuidar dos vivos. Aqui, porque morreram sessenta negrinhos, o homem mais rico de Portugal e domínios deixa cair a cabeça... Chora... Eu não vou com essas mariquinhices. Gosto dos fortes, dos homens que topam a vida corajosamente!

Pois as palavras de Chica reanimaram o abatido contratador, que reergueu a fronte, concordando:

— Afinal a verdade está com você. Tivemos prejuízo, mas estamos trabalhando. Vamos para diante!

À noite, na sua salinha pobre, o Padre Zuza chamou a atenção dos amigos:

— Viram hoje o que vale u'a mulher forte? Viram como Chica levantou o espírito de João Fernandes? Coisa admirável! O camelo ao atravessar o deserto, já quase morto de calor das areias e de sede, ganha vida ao ouvir o canto do responsável pela caravana. Reanimando-se, em geral chega a um oásis, onde verdejam tamareiras e brotam sensitivas e lírios brancos. Hoje ouvimos o canto do caravaneiro...

Chica soube que os felisbertos estiveram falando na venda de Toada que ela estava com fumaças de rainha, mas, afinal de contas, não valia um grão de areia.

Quando, na tarde do mesmo dia, chegaram na vendola em cuja contraloja faziam suas farras, reclamaram a cachaça habitual, com tintura amarga.

Toada estava triste:

— Meus amigos, aqui vocês não bebem mais. São ordens.

— Ordens de quem?

— De quem pode, de Dona Francisca.

Ficaram espantados. Santa-Casa decepcionou-se:

— E esta?

O vendeiro explicava com pesar:

— E acho que vocês não bebem mais em venda nenhuma do arraial.

Juvenil, que chegara seco para uma lambada, sorria com desaponto:

— Você está brincando.

Mas não era brinquedo. Em todas as tascas percorridas, a ordem era a mesma.

— Aqui vocês não bebem, nem que o diabo reze o Padre-Nosso.

Foram às bitáculas de fim de rua. Pois não podiam beber mesmo, por determinação superior.

Revoltaram-se, disseram inconveniências, porém não beberam durante três dias cachaça comprada nos balcões do lugar.

No fim desse prazo, Chica chamou-os ao castelo. Foram quase todos da turma linguaruda de críticas, fofocas e retaliações à amante de João Fernandes. Eram Juvenil, Santa-Casa, Papa-Gia, Santiago, Santa-Fé, Valdo e Anto Caldeira, os mais afamados hidrófobos do Distrito Diamantino.

Chica recebeu-os sorridente no alpendre.

— Meninos, mandei chamá-los para provarem uma genebra que recebemos agora da Holanda.

Angelina a serviu em cálices altos, coloridos.

— Rapazes, esta genebra faz muito bem à línguas quentes. Queima para refrescar. Vocês podem beber onde quiserem, mas lembrem que Francisca da Silva não é inimiga de ninguém.

Daquela noite em diante foi levantada a ordem, que só provara quem era Chica.

Os boêmios não sabiam que João Fernandes era sócio oculto ou dono de todos os negócios da zona diamantina.

Na crescente da lua, tudo estava pronto para a inauguração do "mar" de Chica. O elegante veleiro aguardava amarrado na barragem, como também vários barcos dourados, de dois remos.

A festa inaugural era na noite de lua cheia. O gigantesco açude ficava para trás da chácara, estando represado o Rio Grande, que descia da Serra de São Francisco.

No fundo do horto de plantas, latejando a pujança do sangue das selvas, havia um tacho cercado de ripas. Chica bem cedo visitava os jardins em torno do palácio e trechos da chácara, para ver se foram regados com águas fartas.

Quando chegou perto do lance do ripado, onde estavam seus viveiros de flores raras, vindas de longe, quase cai de raiva. Uma porca e quatro leitõezinhos fossavam a terra fofa, molhada muito cedo. Gritou, furiosa:

— Mufembe, Carolina, Jaconias — corram aqui!

Os escravos chegaram sobressaltados. A patroa apontou a porca e a terra fossada com as mudas em desordem. Carolino sabia de quem era a criação.

— É de sô Amércu, aqui di pertu.

A castelã ficara lesa:

— Chame outros escravos e peguem os leitões.

Apareceram outros serviçais, cercam a leitoada que era esperta, já de mês. Apanhados, gritavam com estridência.

— Jaconias, agora corte as munhecas das mãos deles.

O cativo sorriu, satisfeito da missão. Justina, mucama que também chegara, falou arrepiada, mas respeitosa:
— Cortar, Sinhá?
— Sim. Mandei cortar.
Jaconias roletava, com sua velha faca, as articulações dianteiras dos filhotes. Terminada a operação do primeiro, Chica ordenou:
— Agora, solta.
E aos três restantes se fez o mesmo.
Desmunhecados, os quatro saíram com os cotos sangrantes mal firmados no chão duro. Mesmo assim, pisando a apalpar, aos arrancos e paradas, chegaram à casa do dono, morador na vizinhança.
Américo esbravejou, procurando João Fernandes, que ouviu tudo em silêncio, para depois dizer:
— Tome dez cruzados pelos leitões. E feche sua criação, para a coisa não sair pior. Aceite meu conselho.
Para evitar maiores aborrecimentos, João mandou murar o resto do terreno.
Aquela noite de lua cheia nas montanhas, a 1132 metros de altitude, custou a desaparecer da lembrança do povo. Nem de todo foi ainda esquecida...
Foi a noite em que Chica inaugurou seu "mar" e o gracioso veleiro que comportava 12 navegantes... Esse veleiro foi feito por oficiais trazidos especialmente do Rio de Janeiro, e era em tudo igual aos navios do mar de Deus.
As lisboetas organizaram a festa, que consistia em serenata com as melhores vozes de Olinto, cantores que embeveciam os ouvidos e corações nas madrugadas tijucanas.
Foram convidadas cinquenta pessoas e a orquestra do castelo regida por Félix instalou-se em bancos vestidos de linhos alvos, no paredão da represa, onde também estavam, cheias de flores daquela primavera da serra, a mais cheirosa do planalto sertanejo, 15 mesas com toalhas de rendas brancas. Não acenderam luzes. A luz era o luar montanhês, rosado e frio, com eflúvios que apenas a saudade e o amor sabem compreender.
Estavam presentes os grandes do arraial, os das Intendências do Ouro e dos Diamantes, com seus funcionários escolhidos e senhoras, menos crianças, que foram proibidas na serenata.
Os mais eram da amizade da dona da noite. Mas estava lá o que havia de mais fino e educado na sociedade local. Quando os privilegiados com os convites de Chica foram chegando para a reunião, estavam entre eles Juvenil e Santa-Casa.
O secretário Amarinho aproximou-se da senhora:
— Esses felisbertos foram convidados?

— Foram.

— Porque...

— Eu sei que eles falam de mim. Mas é preciso que eles vejam esta noite, para contar lá fora o que são as festas de Chica da Silva.

Antes das sete horas, subiu a lua no céu de delicada faiança azul clara.

Quando a lua surgiu no horizonte (subia ligeira) foi saudada por palmas e vivas da assistência. Chica apanhou de uma cesta punhados de rosas, atirando-as para cima, com gestos engraçados:

— Toma, dindinha lua, estas rosas são pra você...

Espocaram garrafas e garrafas do *champagne* mais aristocrático.

O fiscal dos diamantes estava enlevado e falou para os de sua mesa (eram quatro em cada uma):

— Dona Francisca parece mais a Semíramis, a Rainha da Babilônia, que possuía jardins suspensos cheios de rosas...

Padre Zuza murmurou, como respondendo, da outra mesa:

— Estou lembrando agora de Cleópatra, a Rainha do Egito, que amava as galeras floridas, nas quais, em cruzeiros estonteantes, fez a conquista de guerreiros como César e Marco Antônio... Dona Francisca me lembra a rainha egípcia...

As mucamas, com vestes vaporosas de filó branco e cabelos à alemoa, serviam doces, e os garçons, no rigor das librés com jaquetas alvas, não deixavam as taças vazias.

De sua mesa, Chica, feliz, ria alto exaltando a vida. As senhoras menos formalistas riam também. Não riam só pelo calor dos licores perfumados, e sim pela satisfação da presença naquela festa superaristocrática. Chica estava de lenço de seda na cabeça e vestia, com saia de linho, blusa de marinheiro.

Como se estivesse ensaiada (é possível que sim), ela ergueu-se, bateu palmas e falou para a assistência:

— Então, adeus! Adeus, amigos. Vou fazer minha viagem encantada...

Dona Cândida agitava um lenço no ar:

— Boa viagem, Francisca... Até um dia.

O veleiro já estava acostado no cais de pedras. Chica entrou, levando João Fernandes pela mão. Levou ainda Manoela, o intendente dos diamantes e senhora, Dona Leonor, Padre Zuza, Padre Pessoa, o Dr. Malafaia e o ouvidor-geral da Comarca do Serro do Frio, especialmente convidado.

As velas do navio palpitaram soltas à brisa da noite, vinda do norte. De cada lado do veleiro estava um remador, Mufembe e Ludovico, para as emergências.

João Fernandes, já acomodado a bordo, gracejou com a amante:

— Estamos em calmaria. O vento dorme, ainda não acordou para enfunar as velas. Vamos a remo...

Os escravos moveram os remos e o navio foi-se afastando devagar.

Nesse instante a orquestra, embarcada num bote, com violões e flautas, vibrou harmoniosa e também no barco, Vivi Valença, a voz mais apaixonada do Tijuco, se fez ouvir no silêncio mais concentrado:

> Serena estrela que no céu da tarde
> brilhas sozinha antes que a noite desça.
> Lembras-me a ingrata que em país distante,
> por outro amor hoje talvez me esqueça...

Mas as palavras não valem nada: o que valia, o que era suave, era a música dolente daquela modinha que fez sofrer tantos corações. Era o fogo do amor desvairado que ela acendia nas almas... a paixão delirante, o choro provocado, ao ser ouvida nas noites frias do Tijuco daquele tempo.

O veleiro se afastava e, atrás dele, a voz de Vivi plangia, embalando os notívagos felizes. No céu a lua, na terra o "mar", nos corações o amor, a paixão, os suspiros da carne satisfeita.

Todos os convidados viajaram, enfrentaram o desconhecido... Ninguém sofria, ninguém estava triste, porque pulsava, palpitante, no coração de todos, a maior glória da vida, que é a alegria de viver.

A ceia começou à meia-noite.
Já tomavam a canja tradicional, quando apareceu muito nervoso na sala o Meirinho Meia-Quarta. Saíra para receber um recado e voltava com ar de doido:
— Senhores, houve grande novidade!
Todos se assustaram, encarando-o. O meirinho completou:
— El-Rei Nosso Senhor Dom José I elevou a Colônia do Brasil a Vice--Reino, e transferiu a capital do país da cidade do Salvador da Baía de Todos os Santos para São Sebastião do Rio de Janeiro!
Chica levantou-se excitada, jogando para cima o gorro de marinheiro de Manoela, que estava perto:
— Viva o Brasil!
Levantaram-se todos. Espocaram logo muitas botelhas do *champagne* francês, em brindes calorosos. O intendente dos diamantes, bastante perturbado, ergueu com mão trêmula sua taça:
— Viva Dom José! Viva Portugal!
Alguns vivas chochos secundaram a voz do ministro da Coroa. Via-se naquilo, muito vivo, o nacionalismo anticolonialista da terra escrava. Estabeleceu-se confusão e muitos esqueceram a ceia. Depois de comer, todos foram para o salão de visitas, só ficando a bebericar na mesa Amarinho, Santa-Casa, Juvenil e Zé-Mulher. Amarinho, bastante mareado, fez um discurso particular elogiando Chica. A homenageada nem soube disso. Zé-Mulher, de copo cheio e vazio, declarou com firmeza:
— Transfiro parte desta homenagem para o Contratador, que muito a merece.
Santa-Casa sorria, feliz como peixe n'água:
— Faço também uma saudação aos fabricantes do *champagne*, não sei se na França, na Bélgica ou na Cochinchina...
Juvenil, sempre solene, reivindicou parte da última homenagem:
— Assim sendo, sinto-me no dever moral de também render minha homenagem às honradas, velhas canas-ubá e manteiga, matéria-prima da cachaça da terra brasileira.
Dançavam no salão conversando alto, eufóricos, sem lembrar que eram duas horas da manhã.
Dançavam a gavota, a valsa, a alamanda.
No alpendre, em torno de mesa bem servida, Padre Zuza discreteava com Dona Leonor sobre coisas do arraial. A lisboeta queixava-se da vida cara, pois comprara uma quarta de farinha por quarenta réis, um litro de leite por uma oitava e vinte e seis libras (peso) de carne também por uma oitava de ouro. O padre justificava a carestia:

— Em zona de minérios a vida é mesmo cara, as utilidades custam muito. Aqui só vive bem o minerador. Mas também é preciso ter conhecimento do assunto. Conheci no Tijuco um velho, Manoel Chico, vindo do sul, ignoro de onde. Chegou na onda dos famintos de ouro, ignorando as dificuldades da exploração do metal dono do mundo. Quando viu a necessidade de petições, requerimentos, registros, demarcações... desistiu. Com o pequeno capital que trouxera, comprou umas terras, levantando uma casa, grosseira mas confortável, para sua família, esposa e duas filhas. Riam dele. Um conhecido ridicularizou-o:

— A terra está tão prenha de riqueza que já está vomitando ouro. E você vai cuidar de roça...

O sitiante arranjou uns porcos, cabras, umas poucas vacas. Um outro que passou por suas terras torceu o nariz:

— Sítio em chão onde o ouro não deixa crescer capim...

As terras ruins foram sustentando seu gadinho. Quando Manoel fez a casa, a porta de entrada ficou em desnível, de modo que, aberta, precisava de escora para não se fechar.

Ele apanhou uma pedra no terreiro e calçou-a.

Bebeu seu vinho do Porto velho, sem a elegância com que deve ser bebido.

— Uma filha do pica fumo casou-se com gente daqui mesmo, caixeiro, pobre, mas ficou morando com o sogro. Vieram netos. Sobrevieram doenças, moléstias. O que o velho fazia mal dava para viverem. O mês de Santa Ana castigava as montanhas e as geadas os varjões úmidos. Amanhecia tudo branco de gelo. Tudo bonito mas duro de resistir. Na cozinha térrea acendiam fogo em grande bacia cheia de cinza. A família acercava-se do calor, tiritando. O velho então contava aos netos suas viagens de tropeiro no chapadão de Paracatu do Príncipe, no rumo das feiras goianas. Falava na beleza triste das queimadas à noite, no lombo dos morros iluminando a vastidão dos gerais. O casal ficara velho, sem conforto, ambos sacudidos por bronquites peculiares a este clima. Pois um dia o genro, ao ver os sogros doentes, aconselhou que mudassem para aqui.

— Vamos nada, meu filho. Não sou pra proeza de morar onde a vida ferve. Fiz esta casa pra nela morrer, na santa paz do Senhor. Nunca pensei em riqueza, criei a família com o suor amargo de meu rosto.

O padre bebeu outro cálice de vinho.

— Uma tarde em que só o velho estava na sala da frente, chegou um açougueiro moço daqui procurando comprar uma rês. Muito discutiram o preço, não firmando em nenhum.

Não fizeram negócio. Quando o rapaz se retirava, ao transpor a porta de fora, abaixou-se, apanhando o calço para ver.

— Quer me vender este cristal?

— Que vale isso? É pedra à toa.

— Dou dez mil-réis por ele, por ser bonito.

Manoel recebeu a cédula e o moço foi-se. O sitiante apanhou outra pedra colocando-a no lugar da outra, que calçara sua porta por 50 anos...

O carniceiro viajou logo para S. Sebastião do Rio, passando de largo pelos postos de vigia de contrabando. No Rio, procurou um holandês, que os extraviadores conheciam.

— Venho-lhe ofertar esta pedra, que parece ter algum valor. Quero segredo, porque os tempos são perigosos.

O holandês desembrulhou o objeto, exclamando com as mãos para o ar:

— Ah, senhor! Isto é um diamante de primeira água! Vale um Reino!

Parou abobado, de olhos fixos na gema. Serenado o choque, tratou de pesá-la: tinha 192 quilates, com pouca escória. Ninguém sabe com exatidão por quanto foi vendida a joia extraordinária, mas o carniceiro voltou rico para Mariana e rica é sua descendência, até hoje...

Dona Leonor, que ouvira atenta, acabou por indagar:

— E Manoel Chico?

— Morreu no ano seguinte, na paz do Senhor, como desejava.

Tudo seguia em terra de rosas para Chica. Suas filhas cresciam sob os olhos da avó e poucas vezes eram levadas ao castelo, mas os pais as viam todas as manhãs.

A vida social de Chica absorvia-lhe todos os momentos e, além de tudo, ela se preocupava com o amante, na perpétua guerrilha do ciúme.

A maré montante das pedras subia. Não era mais segredo para ninguém que ela se tornara a mulher mais rica de Portugal e colônias, o que humilhava suas amigas e abria as bocas dos homens. Chica estava no ápice do orgulho, em suntuosa empáfia de miliardária que não sabia mais o que fazer com o dinheiro. Suas festas tinham o toque asiático das grandes cortes europeias, nada faltando em seus salões para os igualar aos das velhas nobrezas da Áustria e da Grã-Bretanha.

Estavam lavando os derradeiros montes de gorgulho arrancados na estiagem, pois terminava o tempo das águas grandes no clima das alterosas. Chica organizou um piquenique para comemorar o fim do arroteamento dos cascalhos virgens. Entrava o mês de maio e, desde março, terminadas as chuvas do inverno, começava a seca, ocasião em que paravam os trabalhos da lavagem. Para a festa campestre foi escolhida a frente do serviço do Ribeirão Pinheiros, onde Violante de Sousa achara o primeiro diamante.

Maio já é frio na região montanhosa do Norte, sendo junho o mês de temperatura mais baixa dessa latitude.

Estava tudo pronto para a festa ao ar livre. Foram convidadas cinquenta pessoas, estando incluídas aí, pelas razões óbvias, três felisbertos que foram Juvenil, Santa-Casa e Bode-Rouco.

Os preparativos seguiram na véspera e Chica marcara a saída para as cinco horas da manhã.

João Fernandes estava pelo que ela fizesse, e avisara na noite anterior:

— Estejam todos no castelo às quatro horas, para um trago, pois às cinco já estaremos no caminho.

Ordens dada por Chica, ordens executadas por todos.

Mas, à noite, a temperatura caiu a cinco graus, coisa comum em maio naquela região.

Comendo o seu sanduíche de carne fria de porco em pão, a provar seu vinho branco, mesmo de pé, Padre Zuza comentava com Rodolfo:

— Nesta altitude, o termômetro cair a cinco graus é coisa comum. Baixa às vezes a zero.

Todos compareceram sem falha. Ao montar seu castanho estrelo, Chica perguntou ao escravo Carolino, que segurava o cavalo pelo freio:

— Muito frio, Carolino?

— Tô qui nun guento, Sinhá.

Partiram, Chica na testa da cavalgada, cantarolando alto para espantar a friagem. Ela, mal se via na estrada, cantava. Cantava pelos caminhos como São Francisco de Assis...

Quase todos tiritavam e alguns batiam os queixos. Um frio cortante castigava as carnes.

O arraial ainda dormia e as ruas estavam molhadas pelo orvalho da noite. No céu azul limpo brilhavam grandes estrelas muito inquietas.

O Dr. Malafaia gritou com voz escandalosa:

— Está caindo geada!

Caía muita e, já nos subúrbios, as árvores e ervas rasteiras estavam também molhadas.

Quando o dia começou a clarear é que notaram que tudo estava polvilhado de gelo, arbustos, pedras, capins da margem da estrada. A geada fora severa naquela noite. Quando amanheceu não se viam pássaros nem bichos do mato.

Parece que os pobres dormiram mal, pois os ranchos ainda estavam fechados e, antes de clarear, se via pelas frinchas das paredes fogo aceso lá dentro.

O tempo das geadas era funesto para os escravos, pois muitos morriam de frio, adoecendo de pleurises, bronquites, pneumonias. Viviam praticamente nus e os pretos tinham pouca resistência à friagem úmida. Morriam crianças negras, mais do que, juntas, as mulatas e as brancas.

A caravana festiva avançava e o frio aumentou quando o sol apareceu. Desfaziam-se as brumas dos vales e a bafagem leve dos ribeirões. À proporção que a geada se fundia, o ar ficava mais gelado. Na expiração dos homens e dos animais saía-lhes fumaça pelas narinas.

Ao chegarem na colina do vale do rio, já avistando as águas, ouviram-se muitos tiros de garruchões e foguetes. João Fernandes apurou os ouvidos, empalidecendo:

— Isso é sinal de diamante grande. Estrela ou caroca.

Jogou o cavalo a galope, Chica também galopou acompanhando-o. Ao chegarem à cata, um negro velho estava sendo coroado pelos malungos com uma grinalda de capim, entremeada de sempre-vivas das serras. Os cativos dançavam em torno dele, com grande alarido.

João Fernandes e Chica estacaram os cavalos perto do grupo que pulava de alegria. O feitor sorridente aproximou-se do contratador, com o diamante na mão suspensa:

— Sinhô, óia a beleza qui saiu agurinha!

João Fernandes recebeu a pedra, exclamando em arrebatamento:

— Oh, magnífica!

Tremia, mostrando a gema a Chica:

— Bela recepção você teve! Um diamante róseo de dezenove quilates!

Ela tomou a pedra, com transportes de júbilo:

— Que coisa linda! Que maravilha! Quem achou?

O feitor respondeu:

— O Bonifácio. Está aqui.

Empurrou com brandura o escravo para Chica ver. Era um velho de elevada estatura, magro, desempenado, só vestido de clavinote, com as mãos enormes sujas de terra. De tanto cavar a terra suas mãos já pareciam raízes.

O ancião, ainda emocionado, encarava a senhora com franqueza respeitosa. Encarou-a bem nos olhos, esperando agradecimento.

Chica não disse uma só palavra. Entregou a pedra ao amante e foi para o rancho destinado a guardar as coisas do piquenique, sentando-se num tamborete de couro peludo.

Só João Fernandes, muito expansivo, falava a todos.

— Hoje dou sueto a vocês. Estou satisfeito com os meus negros.

E para o feitor:

— Vou distribuir bebidas para eles. Hoje vão comer carne. Podem dançar à vontade. Quantos são?

— Oitenta e um, Sinhô.

— Amanhã você me leve o felizardo para receber na Intendência os quatrocentos mil-réis e a carta de liberdade.

Tirou dinheiro para o feitor comprar uma vaca para o churrasco dos negros e cachaça em vendola próxima. Essa venda era do próprio contratador.

Dali saiu para ver outras escavações em que depositava confiança. Inspecionou novas catas, regressando ao rancho, onde estavam a amante e grande parte dos amigos. Nisso ouviu gritos da negrada que bebia cachaça:

— Viva nosso bão Sinhô!

— Viva Sinhá Francisca, nossa mãe!

Esses cativos começavam a dançar ao som de atabales, chocalhos, urucungos e caxambus que possuíam.

João Fernandes entrou, sorridente, procurando Chica:

— Não quer ver com os amigos a dança dos cativos?

Chica não respondeu, de olhos fixos no chão, emburrada.

— Você está aborrecida? Que houve?

— É que o negro Bonifácio me olhou nos olhos com o maior descaramento, com uma liberdade inacreditável. Vi uma luz muito quente nos olhos dele. Estava, ao me olhar, imaginando liberdades comigo.

— Francisca, ele tirou o diamante mais raro, mais bonito deste ano. Por alvará real, está forro, se a olhou na menina dos olhos foi por emoção, sem maldade...

— João Fernandes, mande dar três dúzias de bolos no sem-vergonha e um chega-negro de calabrote de couro cru com ponta de prego.

O amante recostou-se pelo ombro no esteio do rancho, calando-se. Pensou uns momentos. Conhecia as iras da morena, quando fora dos eixos. Retirou-se, com passos lentos e mãos nos bolsos.

O feitor recebeu as ordens de seu senhor.

— Meu Sinhô, o negu tá forro, na lei.

— Cumpra e não discuta minha ordem!

Não demorou e, do rancho da festa, ouviam-se os estalos da palmatória de cobre, nas mãos do velho.

Chica alegrava-se, foi ficando comunicativa. Sorria, a pilheriar com as amigas.

Dali em diante o chicote tombou na carcaça magra de Bonifácio; escorreu sangue e o negro não gemia. Foi uma surra bárbara, que machucava o coração dos visitantes mais insensíveis.

Os malungos pararam as danças, embora esquentados pela moça--branca.

Uma orelha da vítima, ferida pela aspa da ponta do relho, esguichava sangue.

Quando o feitor, com o braço cansado, deu por findo o castigo, João Fernandes, covardemente o chamou com a mão:

— Para as feridas não inflamarem, banhe tudo logo com salmoura, mas acho bom botar nas bolhas que não arrebentaram um pano com cozimento de picão e vassourinha, para evitar o tétano.

Chica então apareceu na porta e viu o espancado ainda de pé, como um Cristo negro, transido da dor desesperante. Afetou espanto:

— Por que pararam a dança? Que é isto? Não! Quero todos dançando, o dia é de vocês. Quero o Bonifácio também dançando.

Mandou mais cachaça para movimentar os desgraçados. A turma dos festeiros do arraial já estava bebendo desde que chegou. Havia entre eles risos e pilhérias.

Mal Chica reclamou que queria os negros dançando, o urucungo começou a urrar de novo, os chocalhos cascavelaram e os pretos deram reinicio ao samba interrompido.

— Não cantam? Gosto de canto dos negros...

Puseram-se a cantar, com a nostálgica toada africana:

Mi Congo!
Nganna iámi zámbi Ucuatésse,
Gongo cuchala bu quimaquá conghéna,
quimaquá conghéna iá calunga.

(Ai Congo!
Valha-me Deus,
Congo fica na outra banda,
na outra banda do mar).

Outros respondiam, como solando:

Auê!... Auê!... Aiii! Aaa-iii...

No frenesi desapontado da turma, esquerdo, dolorido, pingando sangue, Bonifácio também dançava, cantando com a voz mais triste do mundo:

Cuzolóla cúia bemuene co itári
Cucáma iámi inamá.
Mi, Congo, quíai móna riala lélo cuquiema nga-banca ubica.

(Quero ir lá, mas as correntes
apertam minhas pernas.
Ai, Congo, seu filho hoje geme cativo...)

Cantava chorando na voz, enquanto seus malungos cantavam chorando nos olhos.

Chica chegou bem perto do espancado, para vê-lo em seu sapateio macabro, gorgeando uma dor abafada de soluços.

Chegava a hora do almoço dos festeiros. Cada um recebeu seu prato e copo cheio, procurando ali por perto lugar de sombra, a comerem sentados no chão. A mais alegre era Chica, desenvolta e parlante, no seu vestido de linho branco, de listras rubras.

Os felisbertos, que bebiam desde a chegada, com seus pratos servidos e uma garrafa de Saint-Emilion ainda encastoada de estanho dourado, foram para a sombra de um cedro de copa generosa.

Juvenil falou, olhando por baixo os parentes:

— Viram?

Bode-Rouco parecia amedrontado:

— Se me contassem o que assisti, não acreditaria. — E com cara de nojo: — Foi covarde. Essa rapariga é louca. O boboca de João Fernandes é um pobre coitado milionário, que vive encabrestado por ela. Vocês acreditam em feitiço? Pois eu acredito, depois que vi a passividade do contratador, que é escravo da que foi escrava... Vejam que desenvoltura... Olhem lá, riu-se despreocupada, sem uma ruga de remorso!

Abriram a garrafa. Santa-Casa bebeu com delícia meio copo e palpitou, enxugando a boca no guardanapo de cheiro:

— No Tijuco, ninguém pavoneia maior poder. Está virando, já é rainha absoluta... A Chica Queimada é hoje a Chica que manda em todos e em tudo...

Chegaram no arraial à boca da noite. Chica foi cantando pelo caminho coisas de amor, toadas de coração satisfeito.

O vento da serra desfraldava os vestidos das senhoras. Fazia tudo para despenteá-las mas os lenços bem atados não consentiam.

Ao pular do cavalo no portão do castelo, recebeu-a o braço da mucama Angelina. Subiu a escadaria de mármore do palácio muito suada mas alegre. Riu alto, tirando a *écharpe* do pescoço.

— Coisa boa é a vida, Angelina. A vida parece que é mais doce do que o amor e doce de coco...

No outro dia Bonifácio estava liberto.

X
TERRAS DE FAZER LONGE

Chica desceu da cadeirinha às oito da manhã, em frente da casa de Dona Leonor, e foi entrando bulhenta pela casa, a gritar:

— Manoela! Manoela, meu amor!

Apareceram em trajes caseiros Leonor e Manoela, esta com os belos cabelos negros só penteados para trás, com os dedos.

— Vim lhe trazer duas coisas: meu beijo de parabéns e estas rosas de nosso jardim.

Beijou a amiga, enchendo-lhe os braços com rosas vermelhas Príncipe Negro.

— Mas estes presentes só não bastam. Trouxe-lhe ainda uma lembrança de pobre.

Pegou a mão esquerda de Manoela e enfiou-lhe no dedo anular faiscante anel de ouro, com um brilhante de três quilates.

— É pra provar que não esqueci do seu aniversário.

A joia ainda estava sendo passada em revista por todos os olhos da família e Chica, sem se sentar, despediu-se apressada, sacudindo a mão para sair. Não houve nada que a detivesse. Manoela estava no auge do júbilo com o presente do anel.

— Nunca pensei ter na mão coisa igual.

Chorava de alegria.

Dona Leonor, muito satisfeita com a distinção da ida de Chica a sua casa, dar parabéns à filha, conversou com o marido:

— Veja como são as coisas. Ontem fiquei magoada com ela pelo absurdo que fez com o escravo. Hoje ela está desenvolta como uma criança e vem ver quem ela trata de "minha melhor amiga". Gosto dela. O que lhe falta veio do berço.

Rodolfo estava contente com o que acontecera ali, tão cedo, na manhã luminosa.

— Ela tem repentes perigosos, ímpetos sangrentos, mas no fundo é mulher boa, sabe se afeiçoar a quem merece.

Voltando da casa de Manoela, recebeu a visita do Dr. Malafaia, que foi ver, a seu chamado, o negro Mufembe.

— Doutor, depois da caxumba, o negro vive triste pelos cantos, como bode de bicheira. Emagreceu e Cabeça me disse que ele chora, às vezes, sem razão aparente. Trabalha sem entusiasmo e, pra mim, não ficou bom completo. Quero que o examine.

Malafaia examinou o doente, e ia mandar as beberagens.

— Isso é assim mesmo. A caxumba quando desce deixa uma reuma de cura demorada. Mas o preto ficará bom, vai engordar.

Combinaram mandar a peça para a fazenda Santa Bárbara, onde a convalescença era mais fácil, com os ares, o leite e o descanso.

O médico tomou um cálice de Madeira doce e ia sair quando chegou o Padre Zuza, para a eterna lição de Chica. Sentou-se para o vinho reservado.

— Souberam da morte de um negro picado de cobra na cata do Mendanha? Morreu ontem.

Chica espantou-se:

— Negro nosso?

— Sim, chamava-se Malumbo. Aliás, anteontem, a esposa do Regozino foi também picada de urutu.

Chica lembrou-se:

— Será a Dodô? Conheço muito.

— Ela mesmo.

— Morreu?

— Vou contar, que é coisa importante. Como a senhora sabe, o Regozino é forro. Comprou por quatrocentos mil-réis (foi alforriado por tirar diamante catatau), dinheiro do prêmio, umas terras, vacas, um cavalo. Fez uma casa, consorciando-se. Ia bem até agora. Trasanteontem, depois do almoço, sua esposa foi lavar roupa no rio, pertinho da casa. Mal chegara à fonte, gritou e subiu a rampa, muito apavorada. O marido ouviu o grito e ia ver o que fora quando ela chegou em pranto.

— Bicho-mau me picou!

Vizinhos afluíram para socorrê-la. O esposo chorava. Seu cunhado Zunga perguntou logo, aflito:

— Tem mulher prenha aqui por perto?

Não tinha.

Chica intrigou-se:

— Pra quê?

— Porque mulher pejada entregando com as mãos uma xícara de chá a picado de cobra, ele não morre nem a pau. Mulheres começaram um terço a São Bento, pedindo socorro e compaixão. A ofendida carpia-se:

Estou morta, marido, estou morta!

Zunga pulou para o cavalo em pelo, a fim de buscar Tio Olímpio, mestre curador de cobra, que mora a meia légua de lá. A velha Julieta ajoelhou-se, de mãos postas, numa jaculatória:

— Bicho-mau, tu não picaste a mãe de família com três filhos, mas picaste Frei Clemente de Jesus.

Fez uma cruz no chão, repetindo as palavras três vezes e traçando no ar três cruzes. A casa estava na maior confusão, quando a doente começou a sentir vista baralhada, vomitando em seguida. A cobra fora morta e estava no terreiro, cercada por muitos curiosos.

A Veva parteira balançava a cabeça:

— Acho difícil ela esperar Tio Olímpio. Picada de urutu chama-se "já morreu".

Dona Dodô ficava sem ar.

— Estou sem ar, eu morro! Ah, meus filho...

Baldoina falava na cozinha:

— Já está com as mãos geladas. Ali, só Deus.

A coitada quis urinar, urinou sangue. Havia gente demais no quartinho e as aflições aumentavam-lhe. Mas o pior de tudo é que o Tio Olímpio estava doente, com os pés inchados, reumático. Zunga ofereceu-lhe o cavalo. Não pôde. Ofereceu para levá-lo em rede, com a ajuda do filho do velho.

— Posso não, meo fiu. Muntu rumatismu...

Mostrava pernas e pé estourando de edemas.

— Pois se o tio não for a moça morre!

Como nada demovesse o preto, o portador ia saindo quando ele falou:

— Ói, Zunga, num vô mais ocê leva meo chapéu e põe na cabeça dela, us lovor de Nossinhô.

Zunga galopou para trás. Nesse ínterim, a moça piorara e a choradeira era geral entre os presentes. Quirina acendeu a vela, pondo-a na mão da moribunda. Agonizava. Agora, qualquer recurso chegaria tarde.

Em torno rezavam alto a Oração dos Agonizantes. A aflição com sarrido úmido sufocava-a e seu rosto se tingia de cor arroxeada. Nisso gritaram lá fora:

— Lá vem Zunga!

— Trouxe o tio?

— Não, evém sòzinho.

O que mais comovia era a filhinha mais crescida da agonizante, abraçada com os pés da mãe, soluçando com muita paixão. Zunga apeou-se de um pulo, entrando a empurrar os presentes que enchiam a casa. Foi chegando no quarto e enfiou o chapéu do velho na cabeça da irmã. Em minutos as coisas mudaram. A doente acalmou-se, voltou-lhe a fala, a cor do rosto foi clareando.

A dispneia fugia; pediu água e engoliu-a, o que não fazia mais. Incrédulos do mundo, descrentes dos poderes de Deus, pessimistas sem sol nas almas, a mulher não morreu. Só à noite tirou o chapéu, como fora recomendado. O Padre Pessoa aqui não quer que se conte o fato. Diz ele:

— Não me fica bem falar, mas conheço caso idêntico.

Malafaia saiu sorrindo, sem comentar. Chica fez o sinal da cruz.

— Sou muito pecadora e meu principal pecado é não saber perdoar, mas creio em Deus e em todas as suas misericórdias.

Depois do almoço, Chica mandou levar para Manoela grande tabuleiro com pudim real, tortas de ameixas, papos de freira, doces de figo em calda, tâmaras, damascos secos, uvas passadas e merengue de rosas. Em cesta foram seis garrafas de *champagne*, três do Porto especial, licor Curaçao e vinho tinto espumante Mebiolo. Sobre a toalha do tabuleiro ia uma rosa murcha, tendo preso na haste, com alfinete dourado, um papel que dizia: "A rosa murcha sou eu, Francisca". Amarinho, que escrevera o bilhete, reprovou muito a ideia:

— A senhora é uma rosa mogarim, começando a desabrochar de madrugada.

Chica sorriu com desalento.

Mandou ainda duas cadeirinhas, pedindo a Dona Leonor e filha que dessem um pulo no castelo, para uma surpresa.

O secretário ficou no gabinete da senhora escrevendo a correspondência e Chica recebeu as amigas, já transformada. Estava abatida e tinha os olhos inchados de chorar. Leonor teve um espanto ao vê-la:

— A senhora adoeceu? Estava tão bem pela manhã.

— Não é nada. Isto é cansaço. Chamei Manoela para escolher um corte de vestido.

Leonor encarava-a com visível sobressalto.

Levou as visitantes a seu quarto de vestir, onde havia grande mala ainda nova, de couro alemão. Abriu-a, mandando a moça escolher um corte de seu agrado, entre dezenas que havia ali. Escolheu um de seda cor-de-rosa, recém-vindo de Paris.

— Leva pra você se lembrar de mim.

De olhos molhados, a aniversariante agradecia.

— A senhora já me deu tanta alegria com o anel, agora este lindo vestido.

— A você daria até mais. Quero-a como filha.

Leonor comoveu-se e, para não chorar, retirou-se para o alpendre. Chica passou com a jovem para seu quarto, sentando-se nas poltronas forradas de seda verde-malva.

— Manoela, sabe por que lhe dei o anel com brilhante? É que o brilhante é o símbolo da lealdade. Eu gosto das pessoas sinceras. Uso de preferência o rubi, porque ele representa a ardência, a paixão. Você está moça, casará em breve, como é justo. Nunca seja infiel a seu marido, para sua dignidade interior não se rebaixar. Não pense que amor é palavra sem sentido; ele é tudo na existência da mulher. Seja vaidosa, cuide de si, use bons perfumes; esteja sempre em casa como se fosse sair para uma visita. A aparência nada vale mas é tudo. Não case apenas para sonhar, mas para viver. Não se fie em homem. Eles casam muito menos pelo espírito do que pela carne desejada. Não case com um bruto nem com um pobre. Com o bruto, você não pode mostrar o que é; com o pobre, não pode ser o que é. Não negue a seu marido tudo que ele desejar de seu corpo, para que você tenha dele tudo que precisa para gozo de sua vida. Nunca se vulgarize e seja diferente, embora mude constantemente para melhor. A vida é boa mas o mundo é mau. Nenhum homem olha para você pensando na pureza de seus olhos, mas na flamância de suas formas. Eu sou uma idiota, mas a vida me ensinou a viver. Nasci escrava, fui comprada e, esforçando-me sempre para ser melhor, consigo prender o homem que amo. Quem a vir nos salões e nas ruas não quer saber de suas virtudes, mas de seus vícios. O capital maior da sua vida é sua beleza, a sua simpatia. Casada, todos os dias seu marido sairá de casa saciado de seu corpo, mas compete a você mesma renovar seu desejo com sortilégios de mulher.

Dona Leonor voltou ao quarto. Chica sorria com grande descrença:

— Estava indicando a Manoela a única receita que há para ser feliz.

Chica pediu refrescos e doces secos. Enquanto elas comiam se queixou:

— Esta casa é muito grande para ser vista e vigiada por uma mulher só. Não imaginam quantos problemas me aparecem. Agora, por exemplo, apanhei um recadinho de namorado da ladina Graça, convidando-a para fugir com ele. E acaba fugindo...

Não havia namorado nenhum, nem chegara recado. Chica armava suas tranças.

Na volta para casa, Manoela comentou com a mãe:

— Dona Francisca é muito inteligente. Falou comigo coisas que nem a senhora pode falar, porque disse como, sendo escrava comprada, conseguiu dominar, até à servidão, um homem rico.

À noite, João Fernandes avisou que, a serviço, viajaria de madrugada com o fiscal dos diamantes, para a Vila do Príncipe.

Chica aborreceu-se:

— Mais viagem. Tantas viagens. Eu, se fosse você, trocava o lugar de contratador com o pedestre que faz o correio real para Vila Rica, pois assim chegava hoje e saía amanhã...

— São necessidades do serviço. Você compreende.

De fato ele saiu muito cedo, com o doutor fiscal dos diamantes. Chica, nervosa, não dormira. Quando Dona Leonor e Manoela chegaram, na tarde da véspera, e a viram com os olhos inchados de chorar, embora negasse, é que Chica chorara mesmo as lágrimas talvez mais tristes da sua vida.

Quando se deu o caso de Zézinho, irmão de Gracinha, foi o ciúme de quem quis afastar de seu trilho o "recadeiro" da irmã para seu amante. Tudo sem base, tudo apenas na cabeça turbilhonada de Chica. Receosa de que o namoro dos dois continuasse, chamou a mocinha para sua mucama e parecia estar esquecida de sua vã suspeita. Mas não estava. A moça era vigiada sem cessar por gente de olhos perversos. Até ali, não houvera novidade. E esta apareceu, e violenta, quase matando a senhora pela terrível surpresa.

Quando voltava da visita de parabéns a Manoela, recebeu más notícias de seu espia ou espias, para sempre desconhecidos. Seu coração, que amanhecera florido de rosas orvalhadas, ficou de repente mais triste do que um canteiro de saudades roxas. Seus olhos, que viam tudo azul de aleluias interiores, cobriram-se de névoas frias. No seu sentimento madrugado para a fraternidade, para a concórdia, apareceram clarões de relâmpagos sinistros e manchas de sangue ainda quente.

Foi então que Chica chamou Carolino e Ludovico, escolhendo na parte oeste de sua chácara um lugar oculto pelas árvores já crescidas, pois as plantas frutíferas não eram ali podadas, encorpando cheias de galhos desde o chão.

— Abram aqui uma cisterna de oito palmos de fundura. Não digam a ninguém que estão fazendo este serviço. Quero o buraco pronto antes da noite.

Que aconteceu com a senhora, ao voltar da casa de Manoela — coisa tão grave que lhe provocara o fluxo amargo de tantas lágrimas? Ao entrar no castelo, sopraram nos seus ouvidos uma notícia desconcertante: No dia da inauguração do seu "mar", quando o navio navegava entre flores por águas banzeiras, houvera a festa noturna para celebrar a lua cheia. As mesas foram servidas pelas mucamas de luxo da senhora. Levavam bandejas de empadas, doces e sequilhos de sal para os convidados de honra. Pois, no momento em que Gracinha chegava ao portão do fundo da Chácara, que abria para o cais de pedra do açude, João Fernandes ali cruzara com ela, falando-lhe com muito carinho:

— Graça, você está cada vez mais engraçada, mais bonita do que nunca. Não gosto dessa touca de rendas que usa agora na cabeça, lembrando-me sempre das sempre-vivas da serra que trazia nos cabelos, quando estava no sertão... Nunca mais pude esquecê-la, e você ainda se lembra de nossas conversas no seu rancho?

Quis dar-lhe um beijo, mas Graça levava grande bandeja. O contratador, mesmo assim, lhe beijou rápido a nuca morena, bem visível, agora que as mucamas de Chica usavam os cabelos à alemoa, esticados para cima.

A mocinha furtou com dengo o pescoço, por fingimento de pudor, continuando seu caminho.

Chica ainda soube, estremecendo de ódio, muito mais. João, nesse momento inesquecível, segredara à enamorada:

— Você me tira o sono. É a menina mais graciosa das Gerais. Você é um amor, meu amor...

Contava o informante que, logo depois, João Fernandes chegara ao paredão onde estavam as mesas, aproximando-se de Chica:

— Francisca, está aqui o seu "mar". Faço tudo para você ficar venturosa. Parabéns, marinheira...

Sob aplausos dos convidados, João beijou-lhe a testa, com muita galanteria. Os mesmos lábios que tinham acabado de beijar a nuca penugenta cor de canela de Gracinha beijavam agora a testa alta e cálida de Chica da Silva...

Depois de ouvir essas terríveis revelações, ela respirou fundo, com dificuldade:

— Isso é horrível, meu Deus! Mulher como eu não suporta essa grande afronta, essa indecorosa covardia.

A brasa dormida do ciúme, acesa na convivência do Poção do Moreira e abafada por tanto tempo sob cinzas já frias, irrompera em súbitas labaredas, queimando não a carne dos namorados, mas o coração da milionária.

Trancou-se nos seus cômodos, chorando com toda alma, com soluços convulsionantes, doida, doida. Chorava revendo, na porta do rancho da cata, o sorriso simpático, o riso alegre de dentes brancos da sertaneja e a sempre-viva fincada nos seus cabelos negros. Reviu-lhe a figura de mocinha em que os seios adolescentes, como dois limões-doces ainda de vez, avolumavam na blusa de chita...

Naquela hora, quando Leonor e Manoela chegaram, ela precisava confidenciar a alguém sobre o choque que acabava de sofrer. Mas calou. Chica jamais se queixava a outros de suas amarguras e desilusões.

Agora, ouvindo o acontecido na inauguração do seu veleiro, sentia a alma crispar-se como garras de fera que se retraem.

Passou o dia como sonâmbula, errando pelos salões de seu palácio, humilhada, preterida, jogada fora, apesar de todas as dedicações, para ser substituída por uma ladina do seu serviço...

Respirava com dificuldade, via listrões vermelhos no olhar, espicaçada, estremecida por cólera justa que não perdoa.

No fim da tarde, a cisterna estava pronta. Ficava entre árvores copadas, longe da aleia que levava à senzala e ao "mar", perto do muro do oeste.

Como o escravo Mufembe continuasse adoentado, marmuro e sem ânimo para qualquer vivência, Chica lhe mandava ao anoitecer uma gemada de ovos, leite e canela. Quem levava o alimento era sempre um garçom do castelo, mas às vezes u'a mucama conduzia a bandeja até o portão, entregando-a a Carolino, feitor da senzala.

Ao escurecer, a senhora teve uma conferência com Cabeça, Ludovico e Jaconias, o negro mais perverso do Distrito Diamantino. Depois chamou Jelena e deu ordens para, depois de escurecer, mandar Gracinha levar a gemada de Mufembe.

As lisboetas iam jantar com ela, mais o Dr. Malafaia e Padre Zuza. Chica preveniu a Jelena:

— Ocupe as mucamas nos preparativos do jantar, que estou nervosa e não desculpo falta nenhuma. Antes de mandar a gemada, venha falar-me.

À boca da noite apareceram Amarinho, Olinto e Zé-Mulher, que viviam muito honrados com a atenção que a senhora lhes dava. Chica inquiriu de Zé-Mulher, que ensaiava a comédia *Porfiar Amando*:

— Como vão os ensaios?
— Muito bem. A comédia é muito movimentada e Vivi tem um papel já bem sabido. A melhor das artistas, por enquanto, é Manoela. Tem um jeito especial para a cena, vai fazer sucesso. Agora aqui o nosso Amarinho, no papel de gracioso, está meio emperrado... ele pensa que representar o personagem de peralvilho freirático é com a cara de ex-seminarista que ele tem...
Todos sorriram e o secretário confessou:
— Ando meio encabulado com aquele caradurismo do meu personagem. Enfim, vamos ver.
Chegaram as senhoras. Lá fora escurecera e o céu alto, distante do Tijuco, palpitava de estrelas brancas.
Dona Leonor estava comunicativa:
— A senhora não imagina o sucesso que seus doces fizeram lá em casa. Eu só fiz um bolinho, para Manoela não entristecer. Quando chegou seu tabuleiro de coisas muito finas é que foi mesmo festa. Apareceram umas amigas e eu fui dizendo: estes doces têm privilégio, foram presentes de Dona Francisca. E as rosas? Foram admiradas por todas. Quando Manoela mostrou o anel a opinião foi geral:
— Presente assim, só Dona Francisca pode fazer.
Chica sorria, tranquila:
— Simples lembrança. Pra Manoela tudo é pouco. Manoela é o meu dodói...
Jelena chegou à porta, de avental e touca:
— Com licença. Posso mandar a gemada?
Chica respondeu que podia, balançando apenas a cabeça.
Gracinha saiu levando a bandeja com a jarra de gemada, biscoitos e bolos. A noite já estava fechada, mas a aleia que levava à senzala estava clara nas suas areias brancas.
Gracinha caminhava, levando o mandado, mas, ao chegar no meio da chácara, foi agarrada pelos três negros, que a amordaçaram, jogando-a em pé no buraco. Enquanto dois a seguravam, o outro jogava terra, de modo que não demorou e a jovem estava enterrada até o pescoço, com a cabeça de fora. Terminado o serviço, os cabelos negros da mucama estavam esparzidos sobre a terra fofa que acabavam de socar.
Ludovico ficou perto do palácio e Jaconias próximo à senzala, para não deixarem ninguém passar.
Mesmo amordaçada, Graça gritou a plenos pulmões, até ficar de repente rouca. Aflita, nem movia o corpo sepultado; latejava-lhe o rosto em desespero. Seus gritos abafados parece que foram no começo percebidos na cozinha, pois Laurentina parou seu dever, escutando.
— Parece que gritam.
Jelena observou-lhe:
— Cuide de sua vida e deixe o povo da rua nas suas gritarias.

Na varanda e na sala de visitas, os amigos da dona da casa palestravam despreocupados. Veio à baila o caso da mulher picada de cobra. Muitos deram suas opiniões. Chica manifestou-se também:

— Eu não creio nem descreio de nada, sou mulher que aceita a vida como ela vem.

Padre Zuza chegou à janela do salão, para saber o motivo do vento que agitava as cortinas de seda azul.

— O tempo mudou. Ao escurecer surgiram estrelas e já ameaça chuva.

Chica falava com toda calma:

— Este clima é assim mesmo. Quem mora no topo das montanhas não prevê tempo certo. Os ventos altos mudam tudo.

Ouviu-se a campainha de prata no corredor, e o garçom de libré anunciou a mesa posta. Antes de terminar a sopa dourada, desabou o temporal. Zé-Mulher foi a um janelão ver a chuvarada.

— Parece chuva de pedras.

Chica entendia seu clima:

— A temperatura vai cair. Gosto da chuva e do frio. Dorme-se melhor com a noite chuvosa.

Às dez da noite, Chica mandou Cabeça ver como iam as coisas. Sentia um desafogo confortador, um bem-estar, uma paz de água represada que serena depois do estrondo da cachoeira.

Cabeça voltou com cara fria:

— Inda gêmi, in-sim.

Choveu a noite inteira.

Amanheceu estiado, mas com céu brusco.

Chica foi ver a enterrada viva. As pálpebras violáceas estavam meio caídas e a boca entreaberta em espasmo final, deixando ver alguns dentes muito brancos. Os cabelos que outrora viviam floridos de sempre-vivas estavam acamados no chão, sujos de terra.

Em torno, as árvores molhadas gotejavam restos da água caída até a alva do dia. Nos lábios e nas pálpebras do cadáver formigas roíam a pele empalidecida.

Cabeça fora com ela. Recebeu ordens:

— Diga a Jaconias que traga um enxadão.

Arrancou uma folha e começou a mordê-la, calada. Ficou escutando. Não havia vozes nem pios de pássaros na manhã úmida. As árvores molhadas continuavam a gotejar no chão lamacento.

— Jaconias, arranque essa cabeça com o enxadão.

Com quatro golpes curtos e duros, como quem desenterra um toco, o preto arrancou a cabeça.

— Agora cave aí mesmo um buraco e enterre isso.

Em poucos momentos a cabeça de Gracinha estava sepultada ao lado do seu corpo.

— Espalhe umas folhas mortas, um pouco de cisco sobre isso aí.

Uma surpresa a aguardava quando entrou em casa. Bastiana cozinheira, inocente da verdade, perguntou-lhe:

— Sinhá, cadê a Graça?

— Então você não sabe que ela fugiu ontem? Fugiu quando ia levar a gemada de Mufembe. Eu sempre dizia: essa menina, se não largar o tal namorado, vai pegar fogo. Mas eu já mandei pedir ao Capitão Cabral pra ver se a encontra.

Mandou mesmo. Cabeça fora cedo avisar ao capitão a fuga da jovem, e pedir providências para sua captura.

À noite, Manoela chegava com a família para o serão, pois Chica exigia sempre a presença de sua amiga. Vinha também Dona Cândida.

Leonor achou a senhora mais tranquila. Pensou consigo: Aquilo foi nuvem, passou. Sorriu para dizer:

— Tudo florido em seu palácio, como na sua vida. Que beleza de jardim. As hortênsias azuis estão todas em flor, embora não seja ocasião da florada.

— São os cuidados, a água abundante, duas vezes por dia. As plantas são como as mulheres bem tratadas, que pagam carinho em flores, que são o sorriso e a amizade terna. A mulher maltratada torna-se agreste, sem ternura, não vale nada.

— Por isso é que a senhora é tão feliz, além de ser moça.

— Eu sou feliz porque me trato; quem se cuida é desejada. Além disso eu faço questão de receber todas as homenagens do marido. Eu já disse a Manoela que a mulher se entrega, para receber muito mais do que dá. Não pode se contentar com pouco, é preciso mesmo aparecer mais do que é, para se valorizar...

Cândida piscou um olho para Leonor:

— Veja como as brasileiras são hábeis. A senhora tem razão, a mulher descuidada de si mesma já está em segundo lugar, mesmo para o marido...

Todas concordaram. Chica dizia coisa sensata:

— Eu vivo sempre bem vestida, porque homem gosta disso, além do mais. Gasta-se muito, a mulher é caríssima...

Dona Leonor admirava-se da vivacidade da amiga:

— A senhora disciplinou tudo e todos em seu palácio. Sua vontade é a última lei...

Chica brincava com os dedos no moçambique de coral e ouro.

— Aqui os que não se submetem fogem. Ontem mesmo fugiu uma de minhas ladinas.

— Fugiu? Qual?

— Aquela menina que vimos na cata, a Maria das Graças.

— Não diga!

— Fugiu com o namorado. Deve estar feliz, nos braços de quem ama.

Chica revelou toda a história da "fuga" da Gracinha.

— Olhe, Dona Leonor, quando o corpo da mulher incendeia, não é com água que se apaga não, é com homem.

Chegavam Malafaia, para a visita ao escravo, e Amarinho para receber ordens. O doutor foi logo falando:

— Morreu outro negro ontem, no Rio Manso. Em dois dias, dois cativos picados de cobra.

Chica falou sem interesse:

— O João vai mandar o Padre Pessoa benzer as catas.

Manoela, que ficara espantada, quis saber:

— E a benzedura dá certo?

— É o único recurso. Aliás, temos por aí os mestres curadores de cobra...

Malafaia sorriu, pedindo para ver Mufembe. Nesse mesmo instante um sino de igreja começou a badalar a espaços. Quando reconheceram o toque, anunciando parturiente em perigo, as senhoras persignaram-se e Chica indagou:

— Coitada. Quem será?

Aquele toque pedia preces para quem arriscava a vida em parto difícil.

As senhoras rezaram em mente uma breve oração a Nossa Senhora do Parto, suplicando uma boa hora para a que sofria. Ouvido o sinal de alarma, todos se concentraram na reza misericordiosa e, nos lares mais educados, acendia-se uma vela no altar da família, onde as mães pediam pela salvação da vida periclitante. Esse dobre de sino era de nove badaladas lentas, repetidas de meia em meia hora. Se o perigo continuasse, o dobre entrava pela noite adentro, comovendo os corações.

Quando o sino pedia preces públicas pela felicidade do parto, é que estavam esgotadas todas as práticas das aparadeiras atrevidas. A parturiente já bebera chá de aparas de unhas do marido, botara na cabeça o chapéu dele, vestira às avessas a camisa de seu homem. Uma parteira fizera-a soprar com força o gargalo de uma garrafa; ficara de quatro no leito, com fita da medida do ventre de Nossa Senhora enfiada no pescoço. Nesse tempo já estavam trabalhando duas parteiras, sendo que a última fizera a padecente cavalgar o marido de quatro no chão. As parteiras mandavam esmagar no pilão um pinto ainda vivo, cuja caldaça a senhora bebia, depois de amornada ao fogo. Nesse transe, a criança nascia quase sempre morta. Mas, se a grávida, já esgotada de forças, gemia pedindo a morte, as parteiras então aconselhavam chamar médico, se os havia.

O doutor ali era o Malafaia, que concordava infalivelmente com as parteiras, pondo-se de fora.

— Vamos deixá-la descansar. As forças voltarão. Demos tempo ao tempo.

As comadres estavam de acordo:

— Está encruado.

Provocavam raiva terapêutica à pejada:

— Você é covarde, num tem raça nem pra pari!

Suas fumigações, apelos para mais força, responsos, amassaduras, massagens, cutucões com unhas sórdidas e benzeduras não davam certo. Apelavam então para as rezas das senhoras que sabiam o que era aquilo.

Nessa emergência, o aragão grave começava a gemer. Não raro, o dia inteiro e pela noite, aquele badalar triste fazia com que as mães a salvo firmassem promessas pela paz da mãe dolorida.

Se o parto se realizasse, o mesmo sino bimbalhava alegre, como em matinas de domingo. Os corações desoprimiam-se por todos os bairros do arraial, e bocas repetiam as graças a Deus. Apagavam-se as velas.

Acontecia também que aquele sinal de dor se mudasse em dobre de finado. Caíra de luto o lar infeliz. Ouvindo o clamor do bronze naquela hora, Malafaia sabia se o parto ia ter êxito.

— É preciso esperar. O amor tem dessas exigências inevitáveis.

Só mais tarde veio o repique de aleluia. O grande perigo se fizera riso.

Chica mandou Carolino acompanhá-lo à senzala.

À tarde chegou João Fernandes.

Chica recebeu-o com um beijo, coisa que mulher nenhuma fazia ali, ao chegar o marido.

Foi-lhe preparado o banho morno com água-de-colônia inglesa.

— Você como passou, Francisca?

— Sem você nunca passo bem. Falta-me qualquer coisa. Só fico em sossego quando o tenho diante dos olhos. Tive um aborrecimento que me fez chorar.

Ele espantou-se:

— Que foi? Aborreceram-na?

— A Maria das Graças fugiu.

— Fugiu? Como?

— Na falta de um servente, ocupados no momento, mandei-a de tarde levar uma gemada pra Mufembe, e ela... não voltou mais. Você sabia que estava convidada por um coisa à toa pra fugir. Falava um pouco sobressaltada: — Jaconias viu quando ele teve a audácia de a procurar aqui... no portão da chácara. Eu lhe avisei disso.

— Quem é o rapaz?

— Quem sabe? Dizem que é um bigorrilha pé-rachado, que apareceu por aqui.

— Pobre menina...

— Ora, João, mulher quando desembesta ninguém cerca. É como cabeça d'água na primeira enchente... ninguém pode segurar. Mandei pedir ao Capitão Cabral pra pegar os namorados. Não sei se ele botou gente no rastro deles.

— Também eu tive contrariedades. Morreu outro escravo picado de cobra. Vou mandar benzer as minas.

Depois do banho, recebeu pessoas da Intendência dos Diamantes, alguns amigos bajuladores de poderosos.

João Fernandes estava no zênite do poderio de contratador protegido pelo Primeiro-Ministro Marquês de Pombal. Dominava todas as autoridades e o próprio capitão-general governador temia-o, respeitava-o. Sua amante adorada ainda tinha mais poder que ele. Era a mulher mais adulada da capitania, verdadeira soberana, com todos os poderes.

O Padre Pessoa chamava-a Cabeça-Coroada do Tijuco. A nobreza daqueles tempos tinha muitos privilégios, mas Chica estava acima de todas as leis, sempre prestigiada pelo amante. Ninguém até ali tirara tantas pedras como João Fernandes. Isso era o que importava a el-rei. Se Vila Rica já fora a vila mais rica do mundo, o arraial do Tijuco era muito mais importante, pois dali saíam as gemas que eram as mais perfeitas da Terra, sem rival nas minas do Oriente, invejadas por todas as nações poderosas da Europa.

Chica, sendo mulata, era respeitada e adorada por toda a população mestiça das Gerais, que via nela uma estrela de incomparável fulgor. Os negros também a endeusavam, por ser filha de africana. Para completar sua felicidade, era desvairadamente querida por um homem dos mais ricos do universo.

O Distrito Diamantino era um reino dentro do reino, e não havia ninguém que contrariasse as vontades, mesmo excêntricas, do casal mais cumulado de adulação do Vice-Reino do Brasil. As ordens de Chica eram leis indiscutíveis. E ela, por astúcias ou por particularidades de seu corpo sadio, conseguira tornar-se a Inês de Castro desse Dom Pedro I chamado João Fernandes de Oliveira Filho.

Padre Pereira ia benzer as lavras para afastar as cobras.

Para começar a cerimônia, fazia naquele domingo de sol, na cordilheira, a procissão de São Bento.

Já estava ajuntando muita gente na Igreja de Santo Antônio, porque a procissão fora encomendada por João Fernandes. Chegavam as autoridades locais, as pessoas ricas e importantes. Aguirre falava no adro com o Dr. Malafaia:

— Afinal, quais são as cobras mais perigosas daqui?

— A principal é a cascavel, a capitânia da esquadra da morte, o jaracuçu de olho apagado, o urutu, que tem na cabeça escura uma perfeita cruz amarela, que o povo diz, quando ela pica é jurando por essa cruz como mata, a jararaca, a cainana e a coral-boi, além de outras, todas elas de picadas mortais. Não há preventivo nem cura para tais botes. Dão beberagens mas o povo, ensinado pelos africanos, usa no pescoço patuás de evitar cobras. Diz o povo que, ofendida, a vítima não pode dizer: Cobra me mordeu; pois, se disser, morre sem discussão. Para evitar tal morte é preciso dizer: Bicho-mau me picou. Também se o picado disser o nome da cobra, está perdido. Há os curadores de cobra, pessoas da maior respeitabilidade no geral. Respeitam esse mestre curador de cobra, como se respeita a um bispo. Todos querem ser seus amigos... Seu único assunto é contar casos de curas milagrosas, em que venceram vários doutores de pergaminho. São Bento é o protetor contra a agressão das cobras. Mulher que encontre uma cobra vira o cós da saia, ordenando-lhe: Está presa, por ordem de São Bento. O bicho fica amarrado, não sai do lugar; nem bole... É fácil assim matá-lo. Um dos processos infalíveis do curador de cobras é cuspir três vezes dentro da boca do ofendido. Outro é pôr as mãos no lugar lesado, rezando alto: Bicho-mau, tu não mordeste este cristão, mordeste foi São Bento e como não tens poderes para ofender São Bento, não terás poder contra este filho dele.

Reza depois, um Pai-Nosso e uma Ave-Maria, oferecendo-os à Santíssima Paixão e Morte de Nosso Senhor Jesus Cristo.

A procissão saiu com imensidade de homens em filas respeitosas, no meio das quais caminhava debaixo do pálio o padre em orações contritas. Ao lado do sacerdote, sob o mesmo pálio iam Chica e João Fernandes, os donos da procissão. Atrás deles seguia a banda de música de Dona Francisca, executando músicas sacras. Entre as filas dos homens movia-se o andor com a imagem de São Bento. No fim de tudo se atropelava a turba de mulheres devotas, cantando alto muitas rezas.

Abria a procissão um homem de opa roxa, com a cruz alçada. Esse homem era cotado por ser sacristão, Luís do Beco.

Rapazes ao lado dele soltavam foguetes de estrondo, fogos de vista e bombãos ensurdecedores que enchiam as ruas de fumaças.

Ao passar pelas ruas a imagem, os homens tiravam os chapéus e as mulheres benziam-se, ajoelhando-se. Percorreu o arraial de lés a lés.

Atrás do sacristão, dentro das paralelas das filas, um velho também de opa arrastava por uma corda enorme cobra de pano, com a bocarra aberta e comprida língua bífida de fora. Outro homem afetando medo, com um pau na mão, dava no ofídio incessantes porretadas.

Depois de várias andanças, a procissão voltou à igreja. Enquanto a imagem entrava no templo, o povo não diminuía os cânticos.

De um lado da porta, o Major Guerra viu o escravo Jaconias de mãos postas, cantando atrás do andar. Sorriu falando a Malafaia:

— Olhe como Jaconias está cristão... Reza alto... Pois há dias um amigo ouviu-lhe, bebendo numa tasca, uma declaração que é sua vida bem retratada. O vendeiro perguntou-lhe o que achava melhor no mundo. Ele declarou, por outras palavras, público e raso:

— A coisa melhor do mundo é ficar atrás de um toco e dar um tiro no peito de uma pessoa que passa no caminho...

Realizada a procissão, o padre, no dia seguinte, foi benzer as lavras. Foram muitos cavaleiros acompanhando o contratador para o ato religioso. Armaram um altar na campina, de onde se via o Jequitinhonha. O padre celebrou a missa, depois da qual, de hissope em punho, borrifou de água benta o chão, os arbustos, as pedras, o ar, os quatro pontos cardeais.

Nessa altura, João Fernandes chegou-lhe com cochicho no ouvido:

— Benza também a cata contra as formigas-lava-pés...

É que os escravos tinham horror das formigas-lava-pés. Habituados aos saltos dos leopardos, ao bramir dos leões do Congo e das panteras bengalenses, eles, que estavam sempre firmes no baque dos calabrotes, temiam as formiguinhas lava-pés... Espetavam nas zagaias elefantes e hipopótamos de quatro toneladas, topando de cara guerreiros de tribos antropófagas, mas temiam as pequenas formigas... Faziam-lhes mal à pele, às vezes já curtida da lepra e do piã, com cicatrizes indeléveis de flechas ervadas, as cócegas de um inseto insignificante na arranca do gorgulho.

Pois o vigário benzeu também as formigas, tocando-as para bem longe. Terminada a aspersão da água benta, o padre falou de cabeça erguida:

— Cobras e formigas, em nome de Jesus mudai-vos desta terra, que este chão não é vosso.

Uma tarde Chica palestrava no alpendre com amigos e visitantes, quando o porteiro do dia anunciou um casal de pretos desejosos de ver Sinhá.

— Onde estão?

— Tão nu portão di intrada.

— Mande-os subir.

Eram os velhos pais de Gracinha.

Ajoelharam no patamar, pedindo a bênção. A mulher chorava.

Velhos, magros, humildes, mal vestidos de farrapos, faziam pena.

Chica falou-lhes logo, franca, sem sair da poltrona:

— Sua filha fugiu. Era tratada aqui como gente, como rica. Engordou, ficando até bonita. Mas o diabo entrou no meio e ela começou a namorar um birbante aparecido no arraial.

A mãe chorava, embora com respeito, a enxugar os olhos no xale velho, muito limpo.

Manoela foi para perto da infeliz e, de pé, contemplava-a penalizada. Chica sentia incômoda emoção:

— Senti muito. Gracinha era boa moça. Mandei buscá-la, para protegê-la. Mas vi logo que sua filha só dava mesmo pra rapariga. De todas as armas, a que mais fere é a verdade. Que posso fazer? Mandei dar busca nos bordéis do arraial, pra ver se ela estava na casa das prostitutas; não estava.

Aborreceu-se daquela presença em hora tão imprópria, quando recebia visitas.

— Sua filha a esta hora está onde sempre desejou ir. Está nos chapadões secos do geral, nas terras de fazer longe... Talvez num rancho, nos braços do gangulino que a levou.

A velha fez um sussurro gemido, sem que Chica ouvisse o quê.

Manoela repetiu:

— Disse que morre de saudade da filha.

— Oh, agora é tarde. A saudade também é terra de fazer longe... Terra que aumenta a distância dos corações feridos... Terra que separa os que se amam.

Bateu a campa, dando ordem a Jelena para fornecer almoço aos pais da fugida... E dez cruzados.

Jelena mandou que passassem pelos fundos do palácio, para a cozinha.

Os tristes estenderam a mão direita, com subserviência:

— Bênça.

Chica nem respondeu. Desceram a escadaria de mármore, murchos, cabisbaixos, insignificantes.

Dona Leonor elogiava um galho de buganvília vermelha, florido pela primeira vez, que entrava pelo alpendre. Um perfume ativo e penetrante enchia toda a mansão.

Manoela suspirou fundo:

— Que gostoso. É flor, Dona Francisca?

— É meu pé de esponjeira que está florindo agora.

Era a esponjeira que floria em pequenos flocos amarelos, de aroma estonteante.

Chica estava cada vez mais cheia de vida.

— Gosto das cores vivas, dos perfumes fortes, dos amores que machucam.

Todos estavam calados, ouvindo sua palavra oracular.

— Aborreço o choro, só tolero o choro de ódio, tenho horror dos covardes, amo a coragem e a valentia contra a opressão. Mas acima de tudo sou mulher que, dominada, sei dominar.

Calou-se, olhando os horizontes perdidos, com os olhos doces de quem recorda. Com o silêncio dos presentes, ouvia-se longe, longe, o canto de uma araponga.

Chica ainda esquecia o olhar nos espaços sem fim.

XI
O CONDE DE VALADARES BEIJA A MÃO DE CHICA

> ... eis que chegou Judas.
> E o que traía disse-lhes dando sinal, dizendo:
> O que eu beijar é ele, prendei-o.
> E logo aproximando-se de Jesus, disse: Eu te saúdo Rabi. E beijou-o.
> Jesus porém lhe disse: Amigo, a que vieste?
> Evangelho de São Mateus, 26 - 47,48,49,50.

O Conde de Valadares, Capitão-General Governador da Capitania das Minas Gerais, chegava ao Tijuco naquela manhã. Sua visita foi anunciada oficialmente como de inspeção ao Distrito Diamantino e às tropas sediadas na sua capital, o Tijuco. O próprio governador escrevera ao Contratador João Fernandes, avisando que desejava ser hóspede do magnata dos diamantes.

O arraial estava em rebuliço, para receber com todas as honras o fidalgo representante de el-rei. Para João Fernandes a hospedagem não constituía problema, pois seu castelo estava preparado até para receber Sua Majestade Imperial em pessoa, tais as comodidades e o luxo um pouco excessivo com que ali vivia com Dona Francisca da Silva.

O intendente dos diamantes providenciou o que lhe competia, avisando os funcionários às suas ordens, o mesmo fazendo o intendente do ouro, que mudava sua repartição para a Vila do Príncipe.

O Comandante das Tropas do Rei, Capitão Cabral, chamou ao Tijuco as esquadras da Ronda do Mato, feita pelos pedestres, ordenanças e dragões.

O Tenente Carneiro, subcomandante dos pedestres, justificou alguma falha:

— Meus soldados estão muito batidos de serviço. Não sei como aguentam. Estão com as fardas velhas, sapatorras em más condições. Bater mocambos e policiar área tão grande não é brinquedo, não. Não sei como recebem as etapas em dia... Não fosse a Intendência, estavam passando fome.

O Capitão Cabral retrucou:

— E você queria que fosse o Rei quem pagasse as tropas? Quem paga as tropas de ocupação é o que está ocupando... Tinha graça que a Coroa pagasse com seu tutu os soldados que garantem a ordem na colônia... Tudo que Portugal gasta no Brasil é o Brasil quem paga...

O Tenente estava preocupado:

— Não fosse a vigilância em que vivemos, isto aqui já estava de pernas pro ar. O povo é rebelde, o extravio é como a fome. Mata-se agora a fome, e a fome volta de novo...

O arraial fora preparado para receber Sua Exa. Na entrada, ergueram altos arcos de bambus verdes, entremeados de flores em cacho, de candeias, canelas-de-ema floradas e fazlantos das várzeas da serra também em flor.

Ficou bonito. Plantaram bananeiras em filas de arborização, ao longo das ruas, por onde passaria a comitiva, no caminho do castelo. Essas ruas estavam cobertas de folhas verdes de mangueiras e pitangueiras.

No Largo da Intendência fora erguido um tablado, de onde o hóspede receberia as chaves do Distrito Diamantino. Ao lado desse palanque estavam três castelos de fogos a serem queimados quando ele fosse chegando. Ali também estacionavam as duas bandas de música, a de Dona Francisca e a Santa Cecília.

João Fernandes arrebanhara todos os fogos que havia no arraial, na Vila do Príncipe, Milho Verde, Gouveia e lugarejos vizinhos. O Padre Pessoa fora encarregado de saudar o viajante, quando transpusesse o arco.

Às seis da manhã saiu uma comissão para receber o conde, a uma légua do Tijuco. Na comissão iam pessoas importantes do lugar: João Fernandes, os intendentes dos diamantes e do ouro, o fiscal dos diamantes, o discal da administração, os três caixas, o Dr. Malafaia, o ouvidor-geral da Vila do Príncipe, o intendente do ouro da mesma Vila, o juiz ordinário também dali, o Padre Pessoa, O Meirinho da Intendência, Meia-Quarta, Aguirre... gente ilustre, gente importante.

Um foguete disparado a dois quilômetros do arraial avisaria a aproximação da comitiva.

Chica apurara o palácio, as baixelas, as roupas de cama, a cozinha, os escravos, com luxo de mulher abonada. Suas amigas lisboetas ajudavam os preparativos, honradas com a distinção. Dona Leonor expandia-se:

— É interessante, Dona Francisca. A senhora para receber um governador da capitania não se inquieta, não tem trabalho a não ser dar ordens.

Dona Céu explicava por que:

— Tem tudo de melhor que há no mundo!

Chica sorria com falsa modéstia:

— Tenho tudo pra não passar vergonha na vista de estranhos...

Cabeça afiara os escravos e Jelena as mucamas da casa, da cozinha, dos salões, da sala de comer.

Olinto, a voz de ouro do Tijuco, foi encarregado de providenciar as serenatas, e que inesquecíveis serenatas! Aguirre cuidava das diversões para alegrar o potentado. Zé-Mulher era organizador das óperas. Chica lhe dissera:

— Arranje lá fora como entender, mas quero uma representação aqui em casa. Escolha coisa boa, alegre, leve.

O Major Tôrres piscou o olho para o Padre Zuza:

— E você, não vai esperar o homem?

— Vou. Você já viu o capitão do mato trazer negro fujão arrastado com corda no pescoço, pelo rabo do cavalo?

— Já vi.

— Pois eu vou ver o pé de chumbo, mas arrastado pelo sedenho, como negro perdido entregue a capitão do mato.

Um quarto para nove o foguete de aviso espocou, longe. Todo o arraial estava no Largo da Intendência e houve um murmurinho quando apareceu, em marcha batida, o cavalo ruço-rodado, um cavaleiro na frente da tropilha. Vestia guarda-pó e vinha empoeirado. Acompanhava-o, além da comissão de notáveis do Tijuco, um troço de Dragões Imperiais com fardas de gala. Estrondaram os castelos de fogos de bengala, de fogos de vista, de bombãos e girândolas de pavios ligados.

Ao transpor os arcos de bambus, deteve o cavalo, consoante pedira João Fernandes. Padre Zuza, no meio do povo, tocou o cotovelo no Major Guerra:

— Tem proa mas é moço. Tem ares de cadete. Parece Dom João.

— Dom João III?

— Não. Dom João Tenório, o conquistador irresistível de mil mulheres. Cara pra isso ele tem.

Padre Pessoa vinha atrasado dos outros, espernagando sua mula de viagem para confissões em artigo de morte. Apeou-se, tirando do bolso da batina um maço de papéis.

— Ilmo. Exmo. Senhor Conde de Valadares, ilustre Capitão-General Governador da Capitania das Minas Gerais.

Padre Zuza resmungou:

— Muito título para um rapaz. Deve ser costelinha da imperatriz reinante.

Padre Pessoa iniciava sua indigesta arenga:

— Na sangueira dos campos de Ourique, na hora em que nascia a eterna Lusitânia, Dom Afonso Henrique esmagara os mouros, afastando as cortinas da escravidão, para anunciar ao mundo a nova aurora da liberdade de um povo que já vencera as legiões romanas!

Padre Zuza aborrecia-se:

— Virgem Maria. Que embrulhada medonha. Esse discurso vai ser mais enfadonho do que as crônicas de Azurara sobre a Guiné.

E foi. O padre vigário bajulava, rastejava, para terminar uma hora depois:

— Bem haja Portugal, que nos honra com um Capitão-General Governador cheio de tradições de nobreza, que vem desde Aljubarrota, quando um de seus ascendentes com uma lança em punho, lidador intemerato, ajudou Dom João I de Portugal, a esmagar Dom João I de Castela, no dia 14 de agosto de 1385!

Padre Zuza riu sacudido:

— Onde foi o Pessoa tirar tanta bobagem mentirosa, inventada? Ele está aí e está visconde. Visconde do Carrapicho, arraial em que nasceu.

O orador perorava exaltado, para deixar boa impressão:

— Este, o herói oceânico que a família tijucana recebe de braços abertos; este, o pai magnânimo do povo, o sábio conselheiro, o espelho dos exemplos cristãos a quem os povos beijam a destra, agradecidos pela benemerência de sua presença simpática de varão de Plutarco. Tenho dito.

Padre Zuza estava abismado:

— Belíssimo. Herói oceânico... espelho de exemplos cristãos... Conheço o Padre Pessoa, mas não sabia que ele está mentecapto.

O Conde apertou a mão do orador, passando em revista as tropas de pedestres, ordenanças e dragões formadas no Largo. Os dragões perfilavam corretos nos uniformes de jaquetas negra, coletes, calções curtos pretos, meias compridas, sapatos rasos, chapéus de dois ventos encimados por rompantes dragões amarelos e plumas vermelhas, dragonas largas, peitilhos e gravatas escuras.

Enquanto era passada a revista, a banda de música de Chica executava o dobrado *Chegou o Conde*, da lavra do maestro escravo Félix. Quando o nobre terminou a cerimônia e desceu para o arraial, foi comboiado pela Banda Musical Santa Cecília, que executava a barulhenta marcha musical *Aljubarrota*, composição maluca do maestro Pais.

O Major Torres comentou:

— Graças a Deus os bombãos impediram-me de ouvir muita tolice. A coisa mais difícil do mundo é adular, sem que o adulado perceba a adulação.

O conde desceu a rua sob os olhos de todo o povo, encantado com o seu fardão e sua mocidade muito vaidosa.

Dos sobrados cheios de gente jogavam-lhe flores e fitas de papel roxo. Os homens batiam palmas respeitosas. Ele agradecia com reverência de cabeça, mas sem sorriso.

Atravessou o arraial sob os olhos dos homens e admiração das mulheres. Dona Agda, esposa de Aguirre, exaltou-se:

— Tão moço, tão belo, parece o Arcanjo São Gabriel.

A cavalgada parou no largo portão de ferro forjado do Castelo da Palha.

Ali o esperavam muitas moças da melhor sociedade, vestidas de veludo agaloado de ouro e que espargiam rosas adiante dos seus pés na aleia do jardim por onde caminhava até o alpendre.

Chica o recebeu de pé, no patamar do imenso varandim. Ostentava flamante vestido de seda carmesim de Esmirna, cabeleira loira cacheada a escorregar pelos ombros, borzeguins de pelica preta com atacadores de ouro. Além da aliança de ouro filigranado, tinha no pescoço um alucinante colar de esmeralda, de Juba.

João Fernandes apresentou-a ao governador, que já despira o guarda-pó. Ele, em frente de Chica, em vênia palaciana, beijou-lhe demoradamente a mão. Foram-lhe depois apresentadas as senhoras lisboetas, que ainda usavam os vestidos de veludo vindos de Portugal.

Parecia cansado. João Fernandes chamou com um gesto um criado de casaca amarela, camisa de bofes com gravata preta esvoaçante, punhos de renda, calções brancos e sapatos rasos de verniz. O escravo tinha cabeleira polvilhada de ouro em pó e as mãos em luvas brancas de pelica francesa.

— Excelência, este é o seu criado grave. Chama-se Semeão. Queira acompanhá-lo.

Chegavam as malas do conde, as autoridades oficiais que o acolitavam e os que o receberam ainda longe do arraial. O restante de sua comitiva ficou sob as asas do intendente dos diamantes.

O escravo conduziu o viajante ao banheiro dos hóspedes. Padre Pessoa felicitou a João Fernandes:

— Muito empolgante a recepção, Contratador.
— Graças a seu discurso. Falou muito bem.

Malafaia calou-se, mas João Fernandes provocou-o:
— Não foi ótimo o discurso, doutor?
— Que discurso?
— O do Padre Pessoa.
— Homem, eu entendo é de feridas, cataplasmas, febres podres. Quem gosta de floreios, de voos de andorinhas e de borboletas deve ter gostado. O padre falou muito em guerras, nas espadas, em lanças, em sangueiras, em heroísmo de espaldeirar gente, coisas que aborreço. Não falou em paz, em concórdia, em solidariedade humana, em amor, o doce amor pregado no Sermão da Montanha pelo judeu Jeshum...

Todos desapontaram e o padre, irritado, cruzou as pernas, agitando a barra da batina.

— São pontos de vista, Dr. Malafaia. Você hoje está muito angélico, esquecido de que já espancou um negro.

Riu, histérico, na certeza de haver derrotado o velho médico.

— É verdade, eu já surrei um negro. Regressava de visita a um doente, quando ouvi gritos numa cafua. Entrei, topando um negro a forçar na cama uma criança de nove anos. Meu sangue ferveu e o recurso foi castigar o monstro com minha bengala. Só assim pude livrar a menina da bestialidade de um animal. Preso, esse preto confessou na polícia já haver estuprado outra criança. Se meu crime foi esse, creio que posso ser absolvido.

— Ora, doutor, o senhor não entende de política das nações, das conquistas de terras bárbaras, de invasões e do recurso das armas para libertar povos.

O conde apareceu na sala de espera, fresco e limpo. Sorria com gravidade.

— Senhor Contratador, estou encantado com o seu palácio e com sua família. Mora num paço que não desmerece o da Ribeira e suas instalações são ímpares na capitania. Nem uma só mansão de Vila Rica se equipara ao castelo de Dona Francisca.

Ela apareceu, convidando os presentes para o salão de visitas.

— São dez e meia. Às doze, o almoço de V. Exa. será servido. Por isso vão tomar uma salada de frutas, para aplacar a sede e aguçar a fome.

Entraram duas mucamas com bandejas de prata superdouradas, em que vinham taças também de prata do Porto e várias garrafas de *champagne* com o gargalo envolto em guardanapo de linho irlandês.

O uniforme das mucamas era de cassa cor-de-rosa, toucas também róseas e aventais brancos debruados de rendas em goma. Balançavam nas orelhas lembranças de argolões de prata, usando sapatos à Luís XIV e cabeleiras empoadas de verde.

As senhoras portuguesas já estavam presentes e o conde dirigiu-se a Dona Leonor:

— Patrícia, alegro-me de vos dizer que aqui dentro deste assombroso castelo estou como em nosso Portugal, e mais: em Lisboa, no Paço de Nossa Senhora da Ajuda, no Salão Azul, ao lado da Sereníssima Rainha.

— Assim é, Senhor Governador, é aqui o único lugar da capitania em que sentimos nos olhos e no coração nossa terra querida.

O fidalgo, de taça em punho, extravasava-se:

— Pelo menos a sala de banhos onde agora estive é mais suntuosa que a do Paço da Ajuda e só tem similar na do Paço de Sintra!

O intendente ergueu-se, pedindo licença para se retirar.

— Tenho serviço urgente.

Valadares protestou:

— Não, Intendente Mendonça, hoje ninguém sai deste castelo de fadas antes do almoço, a não ser que ofenda nossa anfitriã, Dona Francisca. Não há serviço urgente nenhum que fique bem-feito, quando se está com fome...

Depois da festa de chegada, iam descendo devagar a rua Direita o Padre Zuza e os majores Guerra e Torres. Padre Zuza estava ainda desiludido, mais amargo do que era.

— Aplaudindo o energúmeno, parece que ninguém se lembrou de que o chão do Distrito Diamantino está ensopado de sangue dos perseguidos pelos dragões imperiais, sangue que talvez não tivessem coragem de derramar, com o retinir das espadas, nas guerras contra os espanhóis. Ninguém se lembrou de nada.

Caminhou uns passos em silêncio:

— Vejam vocês como está a mioleira do Padre Pessoa. Falou como doido que atirasse pedras em santo da procissão. Fiquei com pena do velho. Dizer que as famílias recebem de braços abertos o português... Todos sabem que os portugueses são odiados no Tijuco. Uma população de dezessete negros e mulatos para um branco, sofrendo o que aqui sofrem mulatos e negros, é justo que odeiem os responsáveis por essa tão grande covardia. Na verdade real, as pessoas de cor têm ódio de morte aos pés de chumbo. A insignificante porção de brancos na capitania sabe o que eles querem: o Brasil, o ouro, os diamantes e a virgindade das mulheres. Nunca foram colonizadores. São sedentos vampiros, são carrascos de nervos frios. Vem agora o Pessoa e coloca Deus imediatamente abaixo deles. Na Índia, onde fracassaram, na África, onde cairão, decerto, os pretos que eles escravizam vendendo vinte mil peças por ano, exportando-as para os mercados escravagistas da Europa, os negros odeiam-nos. Há alguns anos um africano me contou uma história que corria na Angola, quando ele foi vendido para o Brasil. Contou que, no quinto dia da criação do mundo, Deus fez os animais domésticos e todos os répteis da terra, cada um segundo sua espécie. O diabo ficou admirado daquele trabalho, que era um milagre, e pediu para fazer também uns bichinhos. Deus consentiu, certo de que ele só podia fazer coisas ruins. O diabo então meteu mãos no barro, amassou diligente até suar e conseguiu fazer a aranha-caranguejeira, a mula sem cabeça e o português.

Todos riram com moderado escândalo. Ainda riam, quando encontraram Malafaia, que caminhava para o castelo com Paulo Horta e o Alferes Bala. Paulo Horta estava assanhado:

— Sabem? Está na terra o grande homem!

Padre Zuza mudou o tom da conversa com que vinha.

— Estamos com S. Exa. o Governador na terra. Grande homem. Veio passar revista nos escravos das Gerais, o infeliz latifúndio de Portugal.

Paulo, bastante exaltado, ia-se estendendo:

— Acabou com os vadios e facinorosos da capitania!

O padre gemeu:

— Acabou. Uns vadios foram castigados com o bacalhau de garras e prisão dura. Outros foram para a conquista do Cuieté. Foram em missão oficial. Como a conquista do Cuieté precisou ser conservada, o Conde (que Deus o cubra de graça) organizou um corpo de tropas de vadios e facinorosos para dar ordem no continente conquistado. Isso é mesmo de grandes capitães. A criação dessa luzida tropa foi aprovada pelo Conselho Régio. — Riu, sacudindo o busto: — Essa tropa de elite ainda está lá. Aliás, essa polícia de bandidos vem de longe. Em 1678, um bando mandava conceder perdão aos criminosos foragidos no mato, mesmo os que fugiram com pena de cabeça, para participarem da força de Dom Rodrigo Castelo Branco, que ia para o sertão descobrir minas de prata.

Torres encarou o professor Horta, barbeado de fresco, mas de grenha intacta. O padre ganhava ânimo para mais:

— O subsídio "voluntário" que "demos" por dez anos a Portugal, pelo terremoto, acabou. O grande homem renovou-o, com tretas, por mais dez anos.

Paulo Horta coçava o queixo. O padre fixava os olhos nos seus olhos:

— É um grande estadista. Quando Dom Pedro, Conde da Vila Real, foi nomeado, aos vinte anos, por Dom João III, para grande cargo, os velhos aristocratas da corte murmuraram, por ser ele muito moço. El-Rei respondeu: — Os filhos da casa de Vila Real já nascem emplumados...

O professor espinhou-se:

— Quer dizer que para você o Conde vale pouco...

— Não vale nada.

— Você está doido!

— Mente-se tanto em Minas, que a gente quando diz uma verdade passa por doido.

— Mas não pode negar, pelo que hoje assistimos, nosso grande progresso.

— Muito progresso. As próprias correntes, os troncos, as peias de ferro e as algemas que arrocham os perseguidos do continente veem da Espanha e da Inglaterra. Já fabricamos o chambuco de couro cru para a surra nos cativos e a cachaça da terra para revigorar a raça... No tempo dos bandeirantes comprava-se u'a mulher por um alfinete. Hoje você terá quantas mulheres precisar por um punhado de farinha.

O professor agastou-se:

— É verdade, a Capitania das Gerais vive muito atrasada, manquejando de muletas. Mas pense que essas muletas são de ouro, cravejadas de diamantes!

O padre pôs a mão no ombro do mestre:

— Gostei muito do arco de flores do Largo da Intendência, sob o qual ele passou. E do manejo dos pedestres. Muita disciplina.

Os majores riram escarninhos. O padre garantia:

— Não quero é perder a ópera. Quero ver o Manuel-Grilo no papel de gracioso da farsa heroica. O Grilo é notável, e então no papel de gracioso deve ser excelente. Isso de ter perna inchada de erisipela e ser banguelo, para a ribalta, não tem importância.

Paulo estava atordoado com as festas.

— Faz bem em não perder a ópera. Vá prevenido, porque aquilo demora muito. Falam que a representação de *O Soldado de Ceuta* vai durar quatro horas.

Padre Zuza estendeu-lhe a mão:

— Pois vou. Jesus esteve vivo três horas na cruz, como é que eu não vou aguentar quatro horas com o Manuel-Grilo em cena?

Valadares almoçara e jantara, recebendo muitas visitas, mas estava cansado. Pediu licença para se recolher. Semeão, às ordens, levou-o para o quarto, que abria para as árvores da chácara.

O quarto de dormir preparado para S. Exa. estava com o piso recoberto por felpuda alcatifa verde-musgo, que o cobria inteiramente. Os gonzos da porta desse cômodo, iguais aos de todo o palácio, eram de ferro dourado, e as fechaduras e as chaves, de prata. Alaranjadas eram as cortinas de seda cobrindo de alto a baixo as largas janelas, a porta de entrada e a que dava para o banheiro, de perfeita instalação de mármore negro. Isso num arraial onde as melhores famílias se banhavam em gamelas de lavar corpo...

A vasta cama de casal fora feita de cabiúna-preta, de encosto alto acolchoado de veludo roxo e com dossel de onde pendia curta sanefa de seda azul-clara. O leito era revestido em cima por travas de madeira, de onde desciam compridas, fartas cortinas de seda verde. Essas cortinas, quando corridas, fechavam a cama. Fofo colchão de clina e penugem de ganso estava coberto por lençóis de linho espanhol e completava-se com uma colcha de brocado em damasquim. Almofadões brandos, de fronhas fechadas por estreitas fitas cor-de-rosa.

No canto do quarto ficava a secretária de ébano, em estilo Luís XIV, com forro de vidro sobre o qual compassava o pêndulo de ouro de um relógio de prata, esmalte azul e cristal. Via-se ali um par de castiçais de ouro com velas vermelhas e um tinteiro de charão verde. Uma sereia de pórfiro sustentava o descanso para penas de cisne. Embaixo ficava o depósito de tintas verde, preta e roxa. Ao lado, o areeiro de prata, com areia misturada a pó de ouro de lei. Estava ali a repousante poltrona de pés de onça e estofo de seda verde-garrafa com flores escarlates.

Na parede, um espelho oval bisotado mostrava elegante moldura de alcachofras cor de ouro.

Semeão apresentou-se para ajudar o viajante a se despir, depois do que entreabriu o criado-mudo para que fosse visto um vaso noturno de ouro, com tampa esculpida em alto-relevo. Trouxe em seguida, depositando-a na mesinha de cabeceira, salva de prata rendada com tigela de louça da Índia coberta por guardanapo de crivo azul, cheia de canjica de rico. Num copo de cristal foi levado suco de frutas frescas e em outro, água de rosas para bochechar a boca antes de dormir.

O criado ia-se retirar, mas lembrou que a noite estava fria e estendeu sobre o papa felpudo da cama uma cocedra cremesim.

Antes de o criado cerrar as janelas, o conde se aproximou de uma, olhando em silêncio a noite escura. Uma fragrância penetrante de laranjeiras e ameixeiras floridas na mesma época invadia a mansão e embalava as almas.

Semeão pedindo a bênção, retirou-se. Enfadado e com sono, o fidalgo apagou a lâmpada de óleo de Chantre e, aninhando-se na cama com cheiro de jasmins pensou, com um bocejo:

— Não é que a trigueirinha é mesmo rica e importante? Tem a imponência de Dona Maria Ana de Áustria, viúva de Dom João V, quando ainda moça, no Paço de Almeirim...

XII

SERENATA COM LUA CHEIA NO TIJUCO

Quando a tarde começou a cair, o céu claro da cordilheira mudou-se de repente em cariz enevoado, de brumas cinzentas. Ao anoitecer o tempo estava ameaçador, coisa comum no clima das montanhas. Ameaçava chuva e não aparecia nenhuma estrela.

O conde estava dolorido da viagem, embora dividida em várias etapas e, deitando-se às nove horas, adormeceu logo.

O vento norte que traz chuva soprava com frequência no começo da noite, nas altitudes de mais de mil metros. Pois ele chegou, aos repelões, quando a noite já estava esfriando.

À meia-noite, o fidalgo acordou com barulho no jardim, embaixo das janelas de seus quartos. Cantavam. Uma voz de mulher cantava. O doce gorjeio, todo feito de veludo, pétalas de rosas e calor humano, era suave como apelos de amor. Cantava acompanhada de sons delicados de flauta, violões, clarineta e violinos, que secundavam em harmonia evocadora o acalanto apaixonado.

Aquilo era uma serenata dentro da noite, no sertão da Capitania das Gerais. Voz e música gemiam, soluçavam no jardim de flores abertas, algumas ao escurecer.

> Serena estrela que no céu da tarde
> brilhas sozinha, antes que a noite desça,
> lembra-me a ingrata que, em país distante,
> por outro amor hoje talvez me esqueça...

Os graves, serenos acordes e o suavíssimo gemer da jovem sertaneja despertaram o sonolento.

> Foi meu castigo achar-te em meu caminho,
> pois deste as mãos ao pálido viajor.
> Desde então fiz-me escravo, fui vencido
> de teus olhos ao pérfido esplendor.

O nobre rapaz sentou-se no leito. Sensibilizara-se à beleza nostálgica de voz e de música tão triste, sentindo na noite escura oprimir-se o coração, longe das pessoas que amava.

> Mas partiste sorrindo e não voltaste.
> O que ficou sofrendo, o que ficou
> foi esta alma infeliz que não te esquece,
> é o farrapo esquecido que hoje sou...

O lamento arquejava, ferindo as almas. Os instrumentos tinham vida nervosa, falavam baixo ou em soluços, convulsivos soluços, para depois sorrir, ainda com os olhos úmidos.

> Não voltarás, bem sei. Mas pelo menos,
> possas lembrar, sem riso de piedade,
> do pobre moço, quando a tarde desce,
> com um suspiro, um sorriso e uma saudade.

Fez-se quieto silêncio lá fora. Os instrumentos pararam de vibrar, parecendo que o coração de quem cantava cessara de sofrer ou chorava baixinho. Não demorou e outra voz de mulher se ouviu, serena como um murmúrio de água corrente.

> Vai, ó sensível saudade,
> buscar a que me despreza...

Ouviu, de olhos semicerrados, aquelas coisas lindas embaladas por flautas calmas, rabecas supersensíveis e violões que choravam. Não resistiu mais; enfiou o roupão e abriu uma janela. Mas a noite não era a mesma de quando se recolhera. A noite estava branca! A noite estava nívea... Um luar lactescente ungia as árvores e os morros, lá longe. Aquele era o luar das montanhas da abençoada terra das Gerais. Tudo vivia, acordava com a bênção do luar: micas nos montes, cristais nas serras, bichos nos matos. Era milagre da luz fria que desperta o amor, filtro imponderável que provoca lembranças dormidas, inspira a fraternidade e aveluda a garganta dos amorosos. O luar que transforma num sussurro o estrondo das cachoeiras...

Tudo aquilo — paz da madrugada, luar angélico e músicas em surdina, em dolência de cantos de mulheres — eram as serenatas da terra brutalizada pelos invasores. Aquela ternura de voz romântica mostrava ao estrangeiro a alma brasileira, indomável mas sentimental. Eram suspiros dos eternos escravos, sofredores, porém, revoltados.

O conde viu então sob uma janela jovens músicos e moças finas, os seresteiros que embalavam o sono até dos usurpadores.

Perturbou-se:
— Boa noite. Muito bonito.
As moças riram, desinibidas:
— Já é madrugada. Bom dia... Em noite de lua cheia no Tijuco só se dorme de madrugada...
— Mas... já é dia? Acordei atarantado...
Continuavam a pilheriar com ele:
— É feio moço dormir cedo como as galinhas, em noite de lua cheia...
— Ah, isto é lua cheia?... Pois a lua cheia do Brasil é a mais bela da terra! As senhoritas do Tijuco sabem cantar como ninguém canta, não para os ouvidos, mas para a alma.

Aquela serenata fora encomenda de Chica, em homenagem ao seu hóspede.

Agora os violões começavam de novo a gemer. Uma tijucana falou, por crítica:
— Desculpe termos acordado o rapaz dorminhoco... Foi a lua...

Os instrumentos das serenatas estremeceram em outro suspiro romanesco. Voz feminina voltava a cantar, afastando-se do jardim que circundava o palácio.

Quis debalde afastar-te da memória

Os boêmios familiares iam-se embora, cantando.

Meu destino, porém se opôs, Maria!

Dobraram a esquina do solar, procurando o lado do alpendre. Já não se ouvia senão a música; as palavras não se entendiam mais.
O nobre voltou ao leito murmurando, preocupado:
— Isto já é um grande povo. Tem ironia e sentimento.

XIII

BABAS DE MOÇA E OUTRAS DOÇURAS

> Bailes, teatros, caçadas, passeios, ricos presentes, jantares opíparos... nada poupou o Contratador João Fernandes para obsequiar seu nobre hóspede. Dr. J. Felício dos Santos — *Memórias do Distrito Diamantino da Comarca do Serro Frio, 1861.*

Às oito horas da manhã, Semeão bateu na porta do quarto do governador, conforme ele pedira. Levava o escravo barbeiro Nicolau para servi-lo.

— Já é dia, Semeão?

— É oito hora, Nhô-sim.

Escanhoado pelas mãos perfumadas de Nicolau, tomou seu banho e às nove estava no alpendre, envergando o fardão verde agaloado de fios de ouro de governador.

Já se achavam presentes as autoridades, comandantes da Tropa e peticionários com papéis enrolados na mão.

— Dona Francisca, estou encantado com seu acolhimento. E deslumbrado com a serenata e com as cantoras das modinhas mineiras.

— Gostou, Excelência?

— Estive a ponto de me ajoelhar, orando, com saudade da minha mãe, quando ouvi aquelas vozes maviosas que me lembraram os fados de minha terra. Nunca pensei encontrar no Tijuco...

A campainha anunciou o desjejum de S. Exa. Comeu com apetite arenque defumado, *bacon* com ovos, frutas da chácara do castelo, geleias de morangos e maçãs, tudo em prato de porcelana verde da China. Aí Chica sorriu:

— Agora V. Exa. vai beber o café à *la sultana*.

— Café, bebem café aqui?

— Em nosso rancho estamos bebendo café, infelizmente importado da Arábia. Dom Manuel proibiu, sob pena de morte, plantar café no Brasil...

Bebeu a infusão pouco fervida, sem açúcar e com um pouco de pó no fundo da xícara. Nada falando sobre a proibição, achou melhor elogiar a morena dourada:

— Até isso a senhora consegue. É preciso ter muito gosto para copiar o que é mais aristocrático na Europa.

Sinto não lhe dar agora as uvas de Jesus, que estão florescendo em nossa chácara.

— Sei que vicejam aqui plantas europeias. Estou extasiado com tudo que vejo em seus domínios.

O governador foi para a Intendência dos Diamantes, onde tinha assuntos a tratar. Fechou-se no gabinete do intendente, para ver papéis reservados. Mas não havia papéis reservados a examinar. Apenas desejava informações secretas, que obteve.

Pensei que o arraial cabeça, capital do Distrito Diamantino, fosse mais atrasado. Noto aqui um certo ar de fartura e o contratador parece homem de grande prol. Sabe receber... tem um castelo de luxo fora do comum na capitania, creio que mesmo em todo o Vice-Reino. Na Vila Rica, onde há solares dignos de reis, não existe um só comparável ao seu. Apenas em Lisboa isso é possível, e veja lá... Dona Francisca tem fama de mulher sem raça, mas é preciso reconhecer que tem fidalguia.

— Obra das senhoras portuguesas, chegadas depois do terremoto... Ficou mais razoável, aboliu certos costumes. Mas é mulher de repentes.

Na sala de fora o aguardava um arrematante de terras auríferas, agora diamantinas. Eram terrenos secos, longe da água para lavagem. Queixava-se de que arrematara águas de chuva para guardá-las em um poço, e um vizinho ia lavar seu cascalho ali.
— Comprou águas de chuva?
— Sim, senhor. Comprei do capitão-mor, há muito tempo.
O conde olhava-o, sem compreender.
— O capitão-mor que distribuíra as datas vendia água da chuva, as enxurradas, para completar os serviços.
— Bem. O intendente vai ver isso.
Ora, para quem transferia a questão... Não sabia que a água de chuva era vendida a peso de ouro...
E saiu, com as altas autoridades da Demarcação. Quando pisou na rua, o intendente estendeu com respeito o braço, detendo-o:
— Senhor...
O governador parou, a encará-lo. O outro completava:
— ... o Pai Nosso!
— Não entendo.
O intendente estava comovido:
— O toque da agonia!
Lentas e graves badaladas do sino maior da Igreja de Santo Antônio anunciavam que alguém agonizava, morrendo.
Súbito, do troço de dragões, o cometa embocou o clarim, dando sinal de silêncio. Vinha pela rua o Sacristão Luís do Beco, agitando estridente campainha. Logo atrás um irmão do Santíssimo trazia cruz alçada. Curta ala de procissão crescia com pessoas encontradas nas ruas. Atrás das alas um popular sustinha larga umbela, sob a qual caminhava o padre, segurando, envolto em manto preto, o Santíssimo Sacramento.
As autoridades ainda estavam paradas na porta quando passou, rápida, a procissão.
O soberbo intendente ajoelhou-se com humildade na rua.
— O Sagrado Viático!
Todos se ajoelharam, menos o Governador, que ficou de pé, se bem que respeitoso.
Não era homem para se ajoelhar, a não ser diante do Rei...
Dragões, pedestres e ordenanças que escoltavam o nobre ajoelharam-se também, com um só joelho.
Quando o préstito passou ligeiro, por ordem do Capitão Comandante Cabral um troço de dragões calou as baionetas, acompanhando em ordem, com as cabeças descobertas, o Santíssimo.
O intendente balbuciou:
— Neste ponto o povo aqui é educado. Nas aldeias de Portugal há o mesmo respeito pela procissão do Sagrado Viático.
O Conde inquiriu:
— E os dragões, por que o seguiram?

— É velho costume, de consideração ao Corpo de Deus que ali vai. A hóstia está nas mãos do sacerdote, já consagrada. Ele leva a Santa Eucaristia para um moribundo que deseja morrer bem com Deus. Os soldados tiveram ordem de escoltar o Santíssimo, de baionetas caladas e barretinas puxadas para a nuca, conforme o regulamento do exército. Os prés, no entanto, preferem seguir descobertos. Só voltarão ao quartel quando o padre regressar à igreja.

— Isso é bonito. Muito bem.

Foram andando para a Casa do Contrato, onde os aguardava o Contratador. O intendente expandia-se sobre o que acabava de assistir:

— O povo aqui tem a respeito do Viático superstições que não entendo. O povo diz que ficará até sem a própria camisa, quem tirar o couro do boi. Entre nós a profissão de magarefe é malvista por todos. Aqui, e, pelo que sei, em outros lugares da capitania, os padres não levam o Sacramento da Eucaristia a magarefe que agoniza na própria casa. Para que consiga *in-extremis*, o doente precisa ser levado para a residência de um vizinho, onde recebe a comunhão e os santos óleos. Depois vai acabar de morrer na sua própria casa... Dizem ainda que, se o acompanhamento do Santíssimo é grande, o enfermo logo morre, mas se espirar ao receber o pão dos anjos, está salvo...

Vendo-o passar para a Casa do Contrato, Padre Zuza alfinetou para o Major Moura:

— Pelo menos da ópera ele está livre. O Manuel-Grilo teve uma crise de repentino do mal de monte e está até verde de tanta febre. Assim é impossível a representação de *O Soldado de Ceuta*, pois o gracioso está com a perna em fogos. É pena. Porque foi ferido um soldado, acabou-se a guerra. Sujeito importante, o Grilo...

Depois do jantar, hóspede e visitas, que também jantavam, foram para o alpendre gozar a vista magnífica dali proporcionada. Serros, picos, desfiladeiros, rios de meias-águas puras. Foi-lhe servida uma chávena de café.

Valadares, recebendo a xícara de fina porcelana azul ultramarino mais uma vez se admirava:

— Nunca pensei que aqui se bebesse café.

João Fernandes sorriu envaidecido:

— Bebemos aqui o café importado da Inglaterra. Dizem que proveio do Yemen, dos arredores de Moka. Já podíamos ter café...

Tossiu, lembrando que cometeria uma imprudência, acusando a proibição do Rei de plantar café no Brasil.

O Padre Zuza agitou-se com a conversa dos grandes:

— Gosto até de ouvir falar na bebida abençoada, o café, que para mim é remédio que provoca alegria e bem-estar. Acredito mesmo no que dizem os árabes, que foi o Anjo Gabriel quem o trouxe do Céu, para curar o Profeta que estava doente...

A ladina ofereceu açúcar-cande.

— O açúcar tira o sabor do café. Gosto dele sem doce, como usam os árabes.

Malafaia recusou a sua xícara:

— Não gosto de café. Uso-o como remédio para acessos asmáticos, enxaqueca e falta de mênstruo nas mulheres. Tenho-o na minha botica, aliás com vendagem fraca. Mas não o bebo. — E dirigindo-se ao fidalgo: — Foi até bom lembrar; V. Exa. deve beber uma xícara dessa infusão, bem quente, depois de comer. Acelera a digestão e evita fermentações gastrintestinais.

Chica ouvia com enfado o cientista e, para desanuviar o ambiente, sorriu para o hóspede:

— Governador, vamos lhe proporcionar uma caçada. É do seu agrado?

— Muito. Caço sempre com a corte; raposas, no Bussaco, veados no Alentejo. Aliás, nos últimos tempos, Dom João V aboliu as monterías, por doença, mas Dom José I restabeleceu esse hábito muito real, tão de agrado das cortes europeias. Estou-me lembrando de certa manhã clara dos céus de França em que eu, ainda uma criança, acompanhado do embaixador português, estava nos bosques de Orly com a brilhante corte francesa à espera da chegada de El-Rei Luís XV. Não demorou e estrugiu um clarim de aviso. Chegava a galope, ao lado da Rainha Dona Maria Leczinska, o rei suntuoso, herdeiro do trono de São Luís. Chegavam com ele os grandes fidalgos do Império, embaixadores, ministros, adidos militares estrangeiros, notando-se entre os presentes, pela gentileza adolescente, seu neto Luís, futuro Luís XVI. Damas da corte e embaixadores das nações amigas também o seguiam. Ao se ouvirem as fanfarras e buzinas de caça, os cães, de ilustres *pedigrees*, com coleiras de ouro, ladravam frenéticos, ainda contidos pelos monteiros reais. Caçava-se a raposa e Sua Majestade, com o soberbo *entourage*, deu-me ideia de que ser testa-coroada é menos importante do que saber ser rei.

Silenciou, com ar de orgulho, para mudar de assunto:

— Há muita caça no sertão?

João Fernandes respondeu:

— Temos muitas. Veados, raposas, capivaras, pacas, onças, caças essas para grandes matilhas, mas caçamos também perdizes e codornas, que exigem apenas um cão. Proponho caçarmos veado, o que é mais emocionante, embora mais cansativo. Temos bons perreiros de trela, mestres em batidas.

Padre Pessoa pôs-se logo de fora:

— Para essas correrias não contem com o velho. Fui caçador quando moço, ou por outras, quando tinha saúde.

Malafaia achou brecha para se exibir:

— O reumatismo, e consequente artrite, são resultados do frio destas paragens e da umidade do ar, muito elevada neste clima.

Ninguém lhe deu importância. O padre ia adiante:

— Se quiserem-me ouvir, proponho uma caçada de tatus que, para mim, é a mais emocionante.

O Capitão Cabral achou ridícula a ideia:

— De tatus?

— Sim. É caçada noturna, em horas frescas. Agora com a lua cheia é tempo dos bichos estarem assanhados.

Muitos dos presentes sorriam, a mangar do velho. O conde ouvia-o atento.

— O tatu é o mais obscuro, o mais esquecido dos bichos. Ninguém se lembrou dele para ilustrar brasões, a heráldica ignora-o. O emblema do César era um caranguejo, o de Mecenas, uma rã, o de Seleukos, um touro, o de Epaminondas, um dragão, o de Polifemo, um cachorro, o de Porcelete, um porco, o dos Carvolcabo, um touro... As nações têm como emblemas outros tantos animais: a Eslavônia, a marta, a Galícia, a pantera, o Tirol, o leão negro, a Caríntia, o jacaré, a Westfália, o cavalo, a Armênia, o leão... Uma Ihama perseguida fez com que se descobrissem as minas de prata de Potosi. Seu perseguidor, para bater-lhe, arrancou um arbusto, expondo, no lugar de onde o arrancara, compacta massa de prata, que assombrou o universo. Aqui mesmo, ao acampar na beira de um brejo, com a bandeira ovante dos paulistas, alguém matou um veado que atravessava o manancial. Ao puxá-lo para fora, viram no seu pelo enlameado granetes e pepitas de ouro. Começaram a batear com aquela prova de ouro farto. O tatu foi quem proporcionou a descoberta do ouro das minas do Pitangui, vive, como o minerador, a cavar terra; tem nas unhas o granete de ouro que alucina pessoas e nações. Só aparece à noite, escondido, é modesto, é o zé-ninguém dos bichos...

Cruzou as pernas, dando solenidade a suas palavras.

O conde concordou com a caçada de tatu.

João Fernandes deu ordem a Cabeça de preparar tudo para a outra noite, no quarto minguante da lua cheia, que surgia às oito horas.

— Pra issu só u Josinu, Sinhô. É mest'e di caçá tistudu...

Deram as providências e, ao escurecer do outro dia, depois do jantar, partiu a cavalgada com João Fernandes, o pessoal graduado da Intendência, o Capitão Cabral, o Tenente Carneiro, uns pedestres, o Capitão Pingo, das Ordenanças, Padre Pessoa e seu coadjutor Modestino, Padre Zuza, Dr. Malafaia, majores Tôrres, Guerra e Moura, muita gente...

À última hora, João Fernandes foi surpreendido com a resolução de Chica, que ia também!

João Fernandes coçou a cabeça.

— Vou, sim, João. É perto, uma légua. Não ouviu o Conde dizer que as mulheres de lá vão também às caçadas?

Convidou as portuguesas, ficou pronta e partiu.

O coadjutor, que não apreciava a senhora, recebeu mal a notícia, segredando ao Major Moura:

— Isto é fogo. Seu sangue está em labaredas perto do capitão-general. Devia fazer como Ângela de Foligny, que aplicava ferro em brasa na própria carne, para refrescar as chamas que dizia ter no corpo.

Moura achou graça mas lhe pôs a mão no ombro:

— Olhe, rapaz, pois eu vejo tudo. Não sou menino como você, mas só de ver Chica eu sinto o gosto do mel de uruçu, doce, um pouquinho azedo, pra não enjoar de repente...

Os caçadores já desciam as escadas do castelo. Uns poucos já estavam montados.

Ao chegar ao pátio para cavalgar, Valadares espantou-se de ver o cavalo negro manalvo de Chica, seguro por escravo de libré. Estava arreado com silhão de marroquim inglês com aplicações de prata, freio e caçamba de ouro. Tinha as clinas trançadas com fita de prata, de bolas de ouro nas pontas soltas. Pisava em ferradura de prata e estava com os cascos pintados de dourado vivo.

Na testeira da cabeçada aparecia encravado um broche de ouro, tendo no centro grande topázio amarelo.

O governador chamou a atenção do Capitão Cabral para o puro-sangue:

— Veja que soberbo animal. Parece estampa de Borak, o corcel árabe que levou Maomé de Meca para Jerusalém, admirada na sala do comando da Cavalaria Real de Lisboa. Esse cavalo deve ter sangue dos Koclans, que são descendentes do nobre padreador de que provieram os cavalos de guerra do Rei Salomão.

Partiram em algazarra.

Chica seguia de par com o governador, muito desenvolta no seu costume verde de amazona, com a cabeça protegida por lenço de seda branca listrado de amarelo. Ria, agitando no ar o chicotinho de cabo de ouro.

Mas que era aquilo? O intendente e o Dr. Malafaia estavam de sobrecasaca preta, com colete de veludo roxo traspassado por corrente de coral e chapéu mole...

Malafaia não queria ir.

— Estou cansado, doutor Contratador. Minhas juntas vivem gastas de subir e descer morros. De Piruruca pro Arraial de Cima, do Arraial dos Negros pra o castelo...

João Fernandes decidiu, sendo obedecido:

— Não quer ir? Que é isso? Você é o assistente médico do Capitão-General!

Agora lá ia com o farrancho bulhento. Padre Pessoa, ao montar, elevou o chapéu de clérigo:

— Que Santo Humberto, o protetor dos caçadores, nos leve em maré de tatus...

Malafaia, mal-humorado, resmungava:

— Caçar tatu com esta infinidade de gente... Tatu é bicho zorro e só em silêncio se deixa surpreender. Caçam tatus uma ou duas pessoas. Aqui vão mais de trinta, fora o resto.

Padre Zuza estava conformado:

— É isso mesmo, Malafaia. Eles querem e acabou-se.

— Um fidalgo que já caçou nobres veados no Bosque de Orly, acompanhando o Rei de França e Mme. du Barry, conforme me contou; que esteve de outra feita na montería com a rainha reinante, caçar tatu, bicho pebleu que vive cavando terra, sem raça, sem graça, sem lei nem grei...

Padre Zuza riu alto:

— Pra mim ele nunca esteve em Orly; só se foi engatinhando. Ou então é mais velho do que dizem...

Chica adiantara-se de todos, galopando no belo cavalo negro manalvo refugador.

O conde sorria:

— É uma criança. Buliçosa como criança, mas tem muita personalidade. Dona Francisca não é apenas mulher admirável — faria sucesso em qualquer corte da Europa.

João Fernandes babava-se com o elogio.

— É um pouco voluntariosa, mas é meu amparo, ajudadora de coragem.

— Sim, pelo que vejo e sinto ela é vossa estrela, escolhestes bem. O arraial morre por ela, pois é a mulher mais inteligente das Gerais.

Mas estavam chegando. João Fernandes galopou para deter Chica, que rompia estrada, cantando.

Chegavam à ponte velha do começo do antigo mandiocal, onde havia tatus.

Na paz da noite, ainda escura, ouviam-se no brejo próximo os baixos e contrabaixos dos sapos-pipas alternando com os flautins trêmulos dos cururus. Luzes-luzes piscavam fogos verdes na noite.

João Fernandes deu ordem:

— Agora, ninguém fala. Se conversarem, a caçada acabou-se. Venha cá, Josino.

Empurrou para o conde um negro magro, descanelado, de grenha arruivada e olhos feios.

— Este é o mestre-caçador de tatus. Vai distribuir os caçadores pelas esperas. Isto constitui o maior segredo de quem caça, ficar na espera certa. É o plano da batalha campal... Josino, avisa que ninguém pode fumar, senão espanta o bicho.

Distribuiu os caçadores: o conde ficou perto de Malafaia, guardando um trilho que procurava o ribeirão. O conde reclamou:

— E as espingardas? Esqueceram as armas... E as matilhas?

João esclarecia:

— Não há matilha. Só se usa um cachorrinho.

E apontou Graveto, animal de faro sensível, afamado tatuzeiro, que era cria e companheiro de Josino.

João entregou ao nobre uma zagaia:

— Esta é a arma. Nesta caçada não se emprega arma de fogo. As armas são os ouvidos, a zagaia e as unhas.

Como tudo estava disposto, Josino saiu puxando Graveto, por um cordel. Os mosquitos atormentavam os caçadores. O conde dava tapas no próprio rosto, espantando os anjos-bentos e os invisíveis maruins.

Chica ficara na ponte, com as amigas. Manoela não estava feliz, com os pernilongos ameaçando o jambo róseo de seu rosto.

Passou-se meia-hora de silêncio e atenta expectativa. Muitos desanimavam. Malafaia resmungava:

— Coisa idiota. Andar às ordens de um negro ordinário como o Josino. Cismo com negro de cabelos avermelhados e olho de porco. É trem à toa. O que admiro é de um Capitão-General Governador andar na pauta de um valdevino feiticeiro como é o dono do Graveto.

O conde observou a meia-voz:

— Silêncio, doutor, olhe a recomendação de Josino.

Repentinamente, a lua em quarto minguante apareceu. A paisagem desolada ganhou vida com o banho do luar frio. Os caçadores alegraram-se e tudo no chão palpitou em reflexos de luzes.

Chica, de rosto ardendo pelas picadas dos mosquitos-pólvora, impacientava-se:

— Aqui tem tatu o quê... Manoela, amarre o lenço debaixo do queixo, que não desejo ver seu rosto manchado pelas ferroadas destes malditos.

Também ela dava tapas no rosto, espantando as muriçocas impertinentes.

Nisso se ouviu, lá em cima, um vagido débil do Graveto. Outro guincho. Fez-se uma pausa e depois e mais alto, um ganido de alarma. Logo em seguida, a voz gritada de Josino encheu a solidão:

— Lá vai! Lá vaai! Céér-ca!

Todos estavam curvos para frente, de olhos atentos nas moitas. O cachorro então gania chorado, na batida bonita atrás do que ele levantara. Josino continuava a esgoelar em tom nervoso:

— Lá vai u bichu! Lá vai u bichu pru riberãu!

Graveto descia a rampa, em latido vitorioso. Todos, nas esperas, de zagaia no ar, aguardavam a chegada do tatu.

Súbito, em disparada, rompendo moitas, um bicho enorme surgiu, rápido, na espera do conde, avançando pelo trilho onde estava Malafaia, de ferro em punho, com pernas abertas para se firmar melhor. O bicho, veloz, entrou pelas pernas do doutor, que caiu sobre ele, de cara para trás, atracando-lhe no rabo, que escorregou, e caindo ao lado do monstro.

Ao passar, correndo, golpeou-lhe a perna com unhas de palmo, fugindo para diante a fungar, para desaparecer nos capins.

— Uui! Socorro! Estou ferido!

Estatelados de horror, quase todos correram para o lugar do desastre e o resto fugiu para a ponte onde estava a cavalhada.

— Acuudam! Acuudam! Eu moorro...

Malafaia gemia alto, com alvoroçado escândalo:

— Aaai... aai...

O ferido arquejava e o conde tremia, jogando a zagaia longe. O próprio conde gritava:

— Acuda, João Fernandes, o doutor está morrendo!...

O primeiro a chegar foi Josino, gritando como a se desculpar:

— Foi caiguaçu... foi tatu canasta... Eu vi u roncu dêl...

Chegavam João Fernandes, Padre Zuza, o intendente. Foram aparecendo outros.

Valadares parecia louco:

— Um monstro horroroso surgiu do mato, atacou o doutor, fungando, roncando! O doutor está ferido, talvez morto. O bicho é imenso, todo plaqueado, como vestido de cota de malhas!

Josino, de pé, desculpava-se ou diminuía na fera descrita:

— Foi canasta... Foi caiguaçu... Eu vi u roncu dêl.

Afastou-se com a chegada de outros companheiros, segredando a Cabeça:

— Achu qui mest'e Malafaia tá curo badulaque pra fora. Tá cas fussura vazada nus pidrigúiu.

O Major Guerra, com mão trêmula, entupia de pó as ventas, gelado de susto. Afastara-se para longe, justificando como um negro sua covardia:

— Fiquei azoinado com o estrondo do bicho e sinto as pacoeras em batecum.

Chica chegou resoluta:
— Que foi, Dr. Malafaia?
— Aaai... aaai...
Estava caído de costas, não se movia.
Com o seu lenço perfumado ela alimpou a ferida do tornozelo, que de fato sangrava muito.
Era talho transverso de uma chave, do calcanhar à perna, abrindo pele e tecidos.
Chica alimpava o ferimento, a exigir:
— Quero lenços, mais lenços. Vamos depressa.
Jogou fora o seu, já empapado de sangue. Enrolou outro na mão, enchumaçando o talho, que apertou com outros lenços, fechando o amarrilho com alfinetes dourados que trazia na gola.
— Isto não vai ser nada, Malafaia. Seja homem!
— Aaai, Dona Francisca, eu morro. Tenho sede.
Dona Céu, de mãos apertadas no queixo, falou tremendo:
— Coitado, é a sangueira que lhe dá sede.
O coadjutor esfregava as mãos:
— Dona Maria do Céu, ele já está afilando o nariz! Parece que tem os bofes de fora... Dizem que foi um caititu preto, com as navalhas de palmo.
Josino, afastado do bolo de gente, dava sua opinião pouco escutada:
— U mest'e tá é cum curvejão rasgadu.
João Fernandes mandou Cabeça trazer numa folha de taioba água do ribeirão. Sentaram o ferido. Ele bebia, entornando água, molhando-se, enquanto a folha se rasgava.
Padre Zuza limpava a garganta sem parar, pois, vendo sangue, sentia náuseas. Advertiu ao Major Guerra:
— Moisés fala nos seus livros que a alma da carne está no sangue. Ele perde muito sangue. Tenho medo disso. Parece que tem os miúdos derramados nas pedras.
O conde chamou à parte o Capitão Morais:
— Vamos mandar vir recursos. Não temos assistência médica no Quartel?
— Temos um enfermeiro, que hoje está de folga.
— Parece que o sangue estancou, mas pode soltar-se de novo.
O capitão lembrou-se:
— Temos lá uma velha maca e malote de coisas de urgência.
Chica levantou-se, animando aos medrosos:
— O sangue parou; ele está melhor. Vamos levá-lo. Josino, venha cá. Montaram o doutor em Josino. O ferido atracou-se no pescoço do negro, enganchando-se em suas cadeiras, mas de pernas suspensas. Voltou a hemorragia. Voltou brava.
Chica resolveu:
— Vamos assim mesmo até a ponte.

Josino caminhava miúdo com a sua carga, acompanhado pelos mais. Chica animava os covardes:
— Isso não vale muita coisa. Coragem, Dr. Malafaia!
Não respondia, gemendo, vencido. Atrás do comboio João Fernandes explicava ao nobre o que é o tatu-canastra, mas o conde insistia:
— Não pode ser tatu. É um animal gordo, do porte de um grande porco ou de carneiro de raça. Tem metro e meio de comprido, no mínimo!
— É isso mesmo, Governador, mas o canastra não morde, é desdentado. Suas unhas são, no entanto, armas terríveis.
Chegavam na ponte e Chica resolveu:
— Com a perna dependurada, a hemorragia voltou. Vamos fazer uma cadeirinha dos braços de dois negros e outro vai segurando a perna, bem levantada.
Assim foi. A viagem de volta demorou, com Malafaia gemendo, ainda sem falar.
A chegada da caravana, tarde da noite, no Tijuco, provocou incrível sensação. Todos queriam ver a vítima do desastre. Correu mesmo que ele morrera.
— O Dr. Malafaia foi estrafegado por um bicho desconhecido. Está com os leves arrastando! Suas frissuras estão na poeira.
Dona Fátima, que estava na caçada, confessava ainda tremendo:
— Quase caio. Senti uma friagem de medo nos ossos, quando vi o doutor despedaçado nos colmilhos do javali.
O esposo perguntava:
— Mas foi javali?
— Sei lá! É uma coisa que ninguém sabe!
O próprio conde ainda estava pálido e de mãos frias, repetindo muitas vezes como fora o horroroso ataque do monstro, quando ele e o doutor estavam na espera.
— Confesso que me assustei, mas não tive medo... Esperava um tatu, animal insignificante, e quando vi aquela montanha roncando, pensei no banaza, monstro de três chifres que Fernão Mendes Pinto viu na Ásia. Ainda sinto horripilações.
Quando deitavam o ferido no seu leito de solteiro, o Major Guerra procurou brincar com ele, para animá-lo:
— O Dr. Malafaia não morre desta. Graças a Deus ainda teremos por muitos anos a presença do grande mestre. Há de viver 109 anos, como seu colega Hipócrates.
O Padre Pessoa ria à socapa, mas protestava:
— Isso é pouco. Pelo que devemos ao mestre, desejamos que ele se compare em longevidade a Metusala, que viveu 969 anos; a Lamech, que venceu 777 invernos; a Noé, que atingiu 950 idades...
Guerra interrompeu:
— Foi por causa dos vinhos...

— ...Seth, que viveu 812 janeiros; Enos, que arrastou 905 março; Jared, que brincou com 962 etapas; Adão, que só se foi depois de 930 aniversários sadios...

Tôrres limpou a garganta:

— Isso foi por virtudes do fruto proibido...

Malafaia percebeu a molecagem:

— Não brinquem com a dor dos outros, que a chuva que molha o defunto molha também seus carregadores. Eu quero mesmo é viver muito.

O Capitão Cabral mandou procurar o Pio, enfermeiro do quartel, que de novo pensou o ferido. João Fernandes, que assistira ao curativo, saiu satisfeito:

— Tem ferimento fundo, mas parece que só na pele; o mais, arranhões. Não sei é como o sapato foi rasgado, embora seja de pano, como vi.

Na sala de espera da casa pobre, o Padre Pessoa pilheriava:

— Não é nada, gente. Foi o nosso Hércules que enfrentou o leão Nemeu. Malafaia quis arrancar à unha as entranhas do dragão... Acabou voltando escanchado nas costas do negro perreiro, com o pé aberto, a pingar sangue. Também foi montar de cara para trás no canastra, bicho bruto...

Estava contente com a leveza dos ferimentos e tomava com delícia seu rapé:

— Quando ouvi a matinada do porco quebrando mato na carreira, pensei logo em desgraça. Ouvindo os berros do mestre, corri para ver sua badulacada no chão, rompida pelas adagas da besta.

Tôrres ajuntava:

— Também pensei nos miúdos do doutor descidos na barrigada, pelo talho das unhas do tribufu!

Padre Pessoa fingia ter-se assustado muito:

— Ao ouvir os ecos do Josino: Bicho! Bicho! E depois o do governador: O doutor está ferido!, cuidei ter sido o doutor alcançado pelo leviatã da Bíblia, por tigre faminto ou mesmo pelo lobisomem da Quaresma...

Era meia-noite quando Chica entrou no Castelo, protegendo-se logo com um manto de veludo escarlate e gola de arminho, fechado no pescoço por dois brilhantes cor de aspargo.

O conde chegou calado a palácio.

— Um tanto enfadado. Parece que tenho febre.

A senhora esclarecia:

— É cansaço. Uma noite bem dormida evita muitas indisposições. Mas antes de dormir vamos cear.

O capitão-general estava amolengado, pondo amiúde a mão na testa.

— Parece mesmo febre. Certa vez Dom Sebastião, de trágica memória, sentiu-se com febre e chamaram para vê-lo o médico Tomás da Veiga. O doutor receitou para o rei que deitasse num leito de rosas, e logo se curou. Quem me dera remédio igual...

Houve ceia esplêndida e, quando Valadares se recolheu, seu leito estava coberto de rosas colhidas naquela hora. Chica aviara, com galanteria, a receita do Dr. Tomás da Veiga.

Ficaram ainda na sala de espera de Malafaia alguns de seus amigos íntimos. O Padre Pessoa falava coisas sérias:

— Vocês viram como Chica se portou, na hora em que todos nós estávamos desorientados?

Tôrres dava testemunho:

— Agiu como médico. Teve calma. Decidiu o caso. O melhor médico é o que resolve o caso.

Pessoa continuava:

— Aliás, no Céu há também médicos: Santa Hildegarda é um deles, tendo até escrito um livro sobre Medicina. Além de São Lucas, lá está São Bento, que era operador. Henrique II foi operado por ele de pedra na bexiga. Mas o que poucos pensam é que Chica tem o destino regulado pela coincidência dos astros na hora de seu nascimento. Não riam. Luís XI acreditava que a vida é governada pelas estrelas. Chica é bafejada pelos planetas, tendo nascido na ascendência de Vênus, que a fez voluptuosa, coincidindo com os fluxos de Marte, que a tornaram absorvente e sanguinária. E tanto isso é verdade que ela usa pedras preciosas reguladas pelo fastígio daquela coincidência astral. Ela usa o diamante, que torna seu portador invencível, a pérola, que traz alegria ao coração, a esmeralda, que protege a memória, o rubi, que a torna ardente, o berilo, que instiga o amor, a água-marinha, que a preserva dos perigos...

A conversa foi interrompida por Malafaia, que voltava a falar, ainda fraco, escarapelando os cabelos com as mãos. Pedia água, a comentar depois de beber:

— Coisa sem graça. Não gosto dessas coisas de quem não tem o que fazer. Homem ocupado com meus doentes, não sou de perder tempo com futilidades. No fim dessa doideira, estou ferido em estado grave. Vão caçar tatu nos diabos que os carreguem. — Parou, salientando os perigalhos do pescoço. — E se não derrubei o bicho, foi porque seu rabo escorregou nas minhas mãos. Não fosse isso, dava-lhe um tombo de matar. Ele também me assustou batendo os dentes, com fúria de porco-do-mato acuado de cachorro...

Padre Zuza, que chegava para fazer quarto ao doente, falou com alegria comunicativa:

— Que Telésforos, o deus da convalescência, em breve levante nosso heroico Esculápio, que por esse ato de bravura se igualou a seu colega Podalírio, médico e guerreiro que esteve no cerco de Troia!

— Não sei se escapo dos estragos das garras da besta-fera. Porque fui jogado para as feras no circo, para alegria de doidivanas. Sou um mártir, de que não se lembrarão amanhã os regalões, os gozadores da vida. Fui sacrificado na caçada para agradar um forasteiro fé da puta...

O padre adiantava:

— E se morrer, estou certo de que ela plantará na sua sepultura os asfódelos amados pelos mortos...

Vavá, sempre a meio-pau, resmungou na porta para um amigo:

— Se ele espera essas flores, pode tirar o cavalo da chuva, pois, se morrer, na sua tumba vai nascer é mesmo capim...

Padre Zuza engrenava a conversa:

— Não se queixe de boca cheia. Isso são os ossos do ofício, doutor.

— Meu ofício é curar gente. Eu, se este lanho não aporismar, estou morto! Lé com lé, cré com cré. Me meti com os grandes, aí está.

— Pelo menos você pode se gabar de ser o único homem no mundo que montou num tatu-açu, embora ficasse espaduado. Pra mim você escapou a mingau.

— É que eu, já ferido, firmei no lombo do trem, pulando longe... Foi a sorte.

— Sorte? Milagre. Milagre de São Jorge, o Santo guerreiro. Quando pensei que você já estava no fim da raia, alegrei-me, porque, socorrido, já cavalgava o mestre-caçador. Agora é o ás de espadas, o campeão a que ninguém iguala. Você é vencedor, porque não passou sob o jugo do caiguaçu de mestre Josino... Caiu ferido, mas de pé!

— A sorte do monstruoso queixada foi estar eu montado de cara pra trás, senão com um tapa-olho virava sua carcaça de pantanas. Agora, preciso dizer é que, já em luta, senti o bafo do pagão, tonteei e, pulando fora, estava ferido gravemente no peador!

O Guerra confirmava:

— O mastodonte fede mesmo, de modo insuportável. Tonteia qualquer um, mesmo acostumado à sovaqueira das mulatas de senzala.

Zuza fingia preocupação:

— Sofri grande susto ao ouvir seus gemidos, pensando que seus mondongos estavam se arrastando pelo chão. Senti até frio nas entranhas, frio de gelar azougue. Em todo caso você deve muito ao negro Josino. Carregou-o na cacunda na hora do perigo.

— Que ele é negro malafeiçoado está na cara de olhos, mas me valeu.

Chegava uma cesta de dieta que Chica mandara, mesmo àquelas horas, para seu mestre. Frutas, biscoitos ingleses enlatados, conservas, geleias, vinhos. Tôrres alegrou-se:

— Pra ganhar estas grandezas, até eu enfrento um canastra.

Padre Pessoa, ao ver aquilo, sentiu água na boca, falando para o amigo:

— Olhe, o elmo de Aquiles em Troia era de cobre com penacho áureo. O de Heitor, de cobre, com penacho de clina. Sua proteção pessoal é escudo de ouro com ardentes rubis, cingido de bondade sem limites: chama-se Chica da Silva. Ela protege-o sempre e ontem o socorreu com maternal carinho. Você é um privilegiado.

Malafaia parecia reconhecer aquela proteção, ficando em silêncio com o queixo enterrado no peito. Mas estava consolado por dentro.

Acabou gemendo baixo:

— Na procissão de minhas indulgências, sempre carreguei uma pedra na cabeça, pedindo que chovesse graças na minha vida. Só tem chovido mesmo pedra...

Silenciou e o major teve pena de ver deitado em cama, quase miserável, o doente que estava com o pé enfaixado em panos, com manchas de sangue da ferida ainda aberta.

— Você deve é evitar essas violências de caçadas de noite.

Ajeitou com uma careta a perna nos travesseiros, voltando-se para o padre:

— Não fui por querer. Arrastaram-me. Tive pressentimento do que se deu. Agora, uma coisa eu lhes digo. Se algum infeliz me convidar pra caçada de testudo faço um sangangu tão grande, que Nosso Senhor até abre uma janela do Céu pra ver o que está acontecendo cá embaixo no seu mundo. Quando fico brabo e fungo sem querer, até o diabo foge de mim. Se me chamarem pra tal besteira, posso ficar alucinado ferindo e matando tanta gente que é capaz de não sobrar ninguém pra seguir o Santíssimo Sacramento levando extrema-unção pra moribundo.

Guerra falava com voz lenta:

— Ora, você pode ficar de repouso muito tempo. Está rico!

— Rico... Nunca vi ninguém ficar rico trabalhando em Medicina. Ficar rico, explorando fábrica de ingratidão... Neste sacerdócio se trabalha dia e noite, as noites do sono e da recuperação, lutando com unhas e dentes pra salvar uma vida, mas o depositário dessa vida amanhã esquece do escravo que zelou por ela, arrancando-a das garras da morte... Atribui a volta da saúde a promessas. Paga as promessas, mas não paga o doutor. Oitenta por cento de nosso trabalho é perdido, é negado, é fintado miseravelmente. Só somos bons na hora da febre, na hora do parto, na hora da dor insuportável. Passada essa hora da necessidade, para os que nos fintam, somos os malucos, os visionários, os ébrios. Para não nos pagar lembram nossos pequenos vícios de pobres de Deus, põem-nos defeitos que não temos. Tenho dó dos que sonham caminhar para o futuro, nessa estrada de desenganos. Um engenheiro faz a ponte e ela cai. Todos concordam que seu material é que era ruim. O advogado perde uma causa e estão de acordo que as provas eram insuficientes. Se o réu defendido por ele é condenado, é porque foi infeliz. Mas se o doente morre, o doutor é que foi culpado, é ignorante... O boticário o acusa, o povo o condena, o charlatão ri-se dele. Por isso não lhe pagam a conta... Se fora dessa profissão empreendemos algum negócio para vivermos sem vexames, passamos por incapazes na carreira. Somos burros, não temos vocação para nada. Na hora de pagar nosso amargo suor, todos os clientes são pobres. Não recebemos o justo pagamento, mas as esmolas dos que se serviram de nós. Por miseráveis quantias com que nos gratificam, fazem-se credenciários de nossos serviços por toda a vida. Se operamos, ao perdermos um doente somos carniceiros, somos meio doidos. Se o doente escapa, foi Deus quem velou por ele, Deus só, como se o médico não fosse o enfermeiro de Jesus. A ingratidão é a nossa infalível recompensa, e a injustiça chega-nos inda na convalescença do enfermo. Para eles somos os batedores de carteiras, o homem marcado para ser pobre até a morte. Para alguns, ao envelhecermos em seu serviço, já estamos caducando. Estou rico, por não ter onde cair morto. Estou mais pobre que a lua...

Era ainda muito cedo quando uma cadeirinha do castelo parou na porta do Dr. Malafaia, onde já havia amigos.

Chica desceu, com uma braçada de flores para seu médico. Achou tudo enxovalhado na casa do solteirão, assoalho, paredes, móveis, cama.

— Vim ver meu doutor. Como passou?

— Mal, dolorido, com febre, sede de boi...

— Já soube. Trouxe-lhe este anel com pedra de cristal, que mata a sede de quem está com febre.

Brincou com o acidentado, elevando-lhe o espírito abatido. Quando saiu, o Alferes Bala comentou com os outros:

— Pra mim está linda. Vestida de cassa branca, lenço vermelho na cabeça e este cheiro que fica por onde ela passa... Veio visitar o doutor, que foi ferido em farra de milionários. Eu, baleado em serviço contra os mocambos, com baixa por invalidez, não tenho desses privilégios. O que vale é que Deus consente, não para sempre...

O Major Mota descruzou as pernas:

— O Dr. Malafaia está bem na vida. Agora vive à monsiura, tem a proteção de Chica...

Naquela mesma hora, o capitão-general, já bem alimentado, conversava na varanda do castelo com gente oficial da Intendência, João Fernandes e Chica. Vários postulantes estavam barrados pelo escravo de libré, no portão da entrada da chácara.

Foi quando S. Exa. recebeu uma carta. Leu-a dando-lhe depois um piparote:

— Quem é Paulo Horta?

— É mestre-escola aqui, tem uns alunos.

— Convida-me para visitar seu estabelecimento. Capitão Cabral, mande-lhe agradecer o convite, que será atendido em outra ocasião. Agora não tenho tempo.

O capitão sorriu:

— Esse mestre veio da Vila Real do Sabará. À custa de muita saliva e promessas mirabolantes, conseguiu treze alunos. É discipulador bárbaro e logo no começo das aulas soube-se disso muito bem. Pendurou a Santa Luzia por um cordel no pescoço, declarando aos alunos, de cara:

— Aqui só fica quem quiser estudar. A porta é estreita para entrar e larga para sair.

Começou a organizar suas coisas, avisando à turma:

— A matéria é vasta e não temos tempo a perder, castigando os vadios em todas as aulas. Fica marcado o sábado para castigar quem não estudou e procedeu mal durante a semana. Pelo menos aquilo era novo. Um dia sem lições para castigar os indisciplinados. Mestre Paulo arranjou um caderno a que chama "Livro Negro", onde anota o nome dos que serão punidos no dia marcado. Faz escrita bem-feita: segunda-feira, Múcio Melo, três bolos; terça-feira, Simão Torres: capacete de orelhas de burro na cabeça, uma hora na porta da rua; Silvino Costa, ajoelhar em milho por duas horas; quarta-feira: Santinho Moura, três varadas de marmeleiro nas pernas; quinta-feira, José Pereira, João Sena, Jonas Tolentino e Alcides Cansado, uma dúzia de bolos. Beliscões, puxões de orelhas, murros, coques e tapas, tudo fica pra ser cobrado no sábado. Quem falta ganha o castigo dobrado na outra semana. Mesmo os meninos doentes fazem tudo pra não faltar no dia do castigo, medrosos do dobro das penalidades. De modo original, um aluno desse mestre se desculpou de convite para passeio, banho no rio, ensaio de circo infantil:

— Não posso faltar hoje; é dia de castigo na escola.

Alguns deles saem de lá feridos, empolados de varadas, outros com orelhas e mãos inchadas. Paulo Horta avisa sempre:

— Não me importo de matar um. O número treze de alunos é mau sinal... Ou consertam, ou desertam, ou dente, ou queixo...

— Algumas crianças saem do castigo fazendo molecagens, assobiando alto com os dedos na boca pra aborrecer o carrasco. Outros, os mais sensíveis, retiram-se chorando. Nos dias de aula, os alunos não podem se aproximar dos colegas em distância menor de dois palmos. Se chegarem, têm o nome no caderno... Os meninos apelidaram-lhe "Mestre Pau", comendo uma sílaba de seu nome pelo uso imoderado que faz da primeira. Os felisbertos tomaram conta do professor, que passou a tipo popular do Tijuco. Juvenil acha-o ótimo.

Diz sempre:

— É toda a instituição lusíada, em matéria de disciplina. Acha mais fácil quebrar ossos que ensinar...

Santa-Casa também adverte sempre:

— Ele espanca os pobres, mas no dia em que tirar sangue num filhozinho de papai, a porca torce o rabo...

Chica não gosta dele:

— Pelo que ouço, parece meio gira. Aqui os melhores arrancadores de cascalho não sabem ler.

Dona Fátima explicou a razão de seu método de ensino:

— Ele acha que para entrar alguma coisa na cabeça dos rapazes, é preciso rachá-la. Pelas brechas entra a sabedoria...

Valadares, inteirado de tudo, suspirou, como alheio àquele caso:

— Pobres meninos. Aprender a ler aqui é uma tentativa de suicídio.

Voltou-se em seguida para Chica:

— E seus filhos estudam aqui?

Ela sorriu com emproamento:

— Não. Minhas filhas são Mariana, Francisca Rita, Antônia, Helena, Luísa e Quitéria; estão estudando no Recolhimento de Macaúbas, em Santa Luzia do Rio das Velhas do Sabará. Um rapaz estuda no Seminário do Rio de Janeiro e para o ano, irá pra Coimbra ou Porto. O mais velho já está em França, onde estuda medicina em Montpellier. Perdi duas filhas no Colégio, Ana e Maria.

Chamavam o conde com recado do doutor fiscal dos diamantes. Ao deixar a sala tropeçou no vistoso tapete da Picárdia que se desdobrava no piso.

— Perdão, Dona Francisca. Estou parecendo os camponeses minhotos, que não sabem pisar nos tapetes de puro sangue.

Na manhã seguinte seguiu com ligeira comitiva para a cata do Rio Manso, pois desejava conhecer como lavavam o cascalho.

Logo que ganharam a estrada do Campo dos Cristais, viram uma vara de porcos, tocada por arigós a pé. Os animais embolados caminhavam a medo, como estropiados.

João Fernandes deu as razões:

— Esses porcos têm os olhos fechados por costura de barbantes, feita nas pálpebras: estão agora cegos, pois, sendo asselvajados e espantadiços, de outro modo fugiriam. Vêm de longe, da Passagem das Formigas ou Peçanha. São porcos rústicos, de focinhos compridos e mal feitos como lascas de pau, e têm as cerdas grossas e compridas. Parecem javalis da Europa ou caititus-do-mato. Aqui são conhecidos por canastras e canastrões. Devem ser oriundos de raças ilhoas trazidas do Cabo Verde por Tomé de Sousa, quando Governador-Geral do Brasil. Como V. Exa. vê, nem porcos a Comarca do Serro do Frio das Gerais produz. A fome do ouro e dos diamantes é maior que a da carne de porco...

Durante todo o dia o capitão-general correu minas, com o contratador e assessores da Intendência. Suas indagações eram, entretanto, de homem superficial, que não quer descer à raiz das coisas. Nada conhecia da exploração diamantina, nem do muito que via sem saber o que e por quê. Estava crente, com a arrogância universal de seu posto, de que também quase nada entendia. Das coisas que viu só se admirou do Jequitinhonha, embora no fim da seca. Contemplou as águas revoltas, turbilhonando para baixo.

— Que quer dizer Jequitinhonha?
— É palavra botocuda. Quer dizer rugido de onça.
— Hum!
— O nome se prende decerto à imponência rumorosa de seu volume de água. Nascendo nesta capitania, na Cordilheira do Espinhaço, deságua no Atlântico depois de cento e oitenta léguas de curso. Seu nome indígena lembra as cheias selvagens em que brama e espuma em sessenta catadupas, além dos estupendos cachoeirões de Santa Ana e Salto Grande.

Regressaram com o sol descambando. A uma légua do Tijuco, o sol entrava e a tarde enevoada ficara fria de repente. Nisso ouviram vozes cantando bem perto. O fidalgo parou o cavalo, a escutar. João Fernandes dava explicações:

— É o zunzum dos cativos na lavra. É seu canto de tristeza no fim do dia, toadas que vieram com eles de África e aprendidas aqui pelos crioulos, seus descendentes.

Aquilo era a queixa de dor dos negros da outra banda, o *de profundis* da raça humilhada. Os vencidos, em grupo, sofriam a amargura de todos. Aquelas vozes latejavam no seu sangue, clamavam a injustiça do cativeiro. Eram clamores de homens que foram livres, agora sob o jugo de seus donos. Ontem foram guerreiros atrevidos manobrando as lanças ervadas pelo cabanzo, a enfrentar inimigos de tribos agressoras, ferindo e matando na defesa do chão tribal. Foram caçadores de leões no estrepe das zagaias, provocando, aos berros, os leopardos, e hoje são apenas escravos dirigidos pelo chiqueirador terminado em garra de ferro. Adolesceram em posição vertical, desafiando as tempestades africanas, o assalto das feras esfaimadas. Vadearam grandes rios onde ressonavam crocodilos e agora vivem curvados na posição de escravos, arrancando a cascalheira.

Aquelas vozes de mágoas dolorosas subiam de seus peitos, como vindas de outro mundo em que não houvesse injustiça:

> *Angola, Angola, ichi ocúaba*
> *Angola, cuéri curila a jirolo;*
> *bu cúmbi iá negolócci,*
> *muénhu calébo iá quíai ochi.*

(Angola, Angola, terra bonita,
Angola, onde geme a rola
na hora do entardecer.
Vivo longe do teu chão).

O contratador falou com calma, como se monologasse:
Não sei por que esses lamentos me fazem mal, doem-me na consciência. Os africanos parecem mesmo cumprir a maldição de Cham. Não são raça inferior, são raça pura, com as características de resistência física e organização fisiológica muito mais definidas que a nossa. Não há raças inferiores nem povos superiores. Há os que têm um tipo biológico mais resistente ao clima e ao trabalho e os mais fracos; nós somos desses. No meio daqueles cativos estão homens de linhagem nobre, pelas condições políticas de ascendentes. A natureza quer a predominância dos mais vigorosos, para conservar as gerações. Eles são aptos a prolongarem sua raça pelas idades. Hoje estão no cativeiro e que fazem, se não podem quebrar os grilhões dos pulsos? Cantam o zunzum, que diz toda a nostalgia da terra perdida para sempre:

Ichí iá riégí riesala,
Uchi ngh-mona bú jihenda,
nga-cála bemuéne equi eo ichivazuata
acumémua ocuzuéta iá mutótu.

(Terra de lua cheia,
que vejo na saudade,
estou lá quando as boninas
se abrem, perto das cabanas).

O conde tocou o cavalo, sem esperar mais nada. A escória da capitania estava elogiada por um vampiro do sangue dos pretos. O que os senhores chamavam reses, peças, cachorros, mulos, gado da Guiné, cabeças de alcatrão, cabeças-secas e fôlegos vivos, encontrava nas palavras do desembargador alguma justiça. Justiça tardia, redenção pró-forma, absolvição sem consequência...
Ouvia-se ainda a harmonia dolorosa das vozes, esbatida na distância.
Chegaram ao Tijuco quando a boca da noite engolia os restos da tarde.

Quando passavam pela porta do Padre Zuza, ele conversava em cadeira na calçada com seus amigos íntimos Tôrres e Moura. Só João Fernandes lhes bateu a mão:
— Que estará fazendo aqui o companheiro de caçadas de Luís XV?...
Tôrres sorriu pigarreando:

— Papa os feijões do contratador...
— Quando o negro vem na garupa do branco, o cavalo é do negro...
Chegaram para o cavaco o Major Guerra e Malafaia, escorado no bengalão de convalescente manco. Moura falou uma verdade nunca ouvida ali:
— Não sei. Chica possui qualquer talismã que desfaz com sua presença as críticas sobre ela. Dizem que usando a pedra asbesto ninguém morre no fogo. Quem traz consigo o coral, não morre de raios. Ouço falar dela algumas inconveniências: pois ela aparece... tudo acaba.
Padre Zuza riu com vontade:
— O cheiro do pelo da pantera atrai os animais de modo tão completo que eles a procuram, para serem devorados... Será isso o que você quer dizer?
— Não. O que eu ia dizer é que a matilha rastreia a hiena com grande afã. Basta, porém, que os cães a vejam para perder a voz... ficam acabados.
Malafaia estava alheio à conversa já no fim e começou a sua:
— Vocês não ouviram ontem o sermão do Padre Pessoa. Estava brabo contra os desmandos da sociedade atual. Bradou contra os escravos conservados nos lares, desagregando as famílias. Insistiu nas reações que as mães têm de fazer contra os maus costumes, lembrando a pureza das damas romanas.
Padre Zuza sorriu despreocupado:
Escravos desagregando as famílias... É verdade que eles são nocivos nos lares convivendo com gente moça. Mas qual é a família que estão desagregando? Os de Piratininga foram aventureiros enriquecidos com os índios e ouro. Ricos, tornaram-se nobres, porque a nobreza na colônia é não trabalhar, ter escravos. Ninguém viu ainda um paulista com enxada na mão, plantando. Hauriam tudo, cercando o tapuio e guardando os granetes lavrados pelos escravos. Os baianos abriram currais de gado, vindo no faro das Minas do Sul. De vaqueiros passaram a brasonados. Os espremedores de fábrica de canas de Pernambuco também com o nosso ouro ganharam brasões. Esses foram os nossos troncos, não contando os portugueses que vieram atrás das patacas e dos índios. Essas famílias que o padre teme se perverterem vieram deles. Os reis de Portugal ofereciam títulos de nobreza a qualquer cristão ou pagão que descobrisse minas nos Matos Gerais, fosse criminoso foragido, ladrão de estrada, preador de índios ou vendedor de cabeças-secas. Quem descobrisse minas estava nobre, com ou sem sangue mouro, áfrico, cigano ou judeu... Quanto ao falar no exemplo das damas romanas, ignoro aonde quer chegar. Falam muito em Cornélia, mãe dos Gracos, mas esquecem Agripina, mãe de Nero, Terência, mulher de Cícero, Júlia, mulher de Pompeu, Calpúrnia, mulher de César, Lília, mulher de Augusto, Vipsânia, mulher de Tibério, Emília Lépida, Lívia Medulina e Valéria Messalina, mulheres de Cláudio, Faustina, mulher de Marco Aurélio, oh, seria enfadonho citar mais. Que foram essas

damas romanas, de máxima aristocracia? Foram depravadas, cheias de vícios torpes, mandantes de assassínios, prostitutas da pior laia.

Os amigos do padre trocavam ideias sobre o assunto, mas ele ainda falou:

— Estamos nos preocupando de coisas tolas, que são os sermões do Pessoa, mas há aqui uma incógnita de importância. Que veio fazer no Tijuco o governador? Está há dias em festas, bailes, banquetes, caçadas de feras... Vão lhe oferecer uma tourada...

Matos interveio:

— Os governadores sempre vieram aqui em diligência secreta, em inspeção.

— Vieram sempre?

— O governador nem pode entrar na Demarcação Diamantina, sem ordem do intendente. Isto aqui é um mundo à parte. É um curral do rei. É como os campos de concentração em que os monarcas antigos confinavam os judeus, isolando-os do mundo até a matança final. Não vejo com bons olhos a viagem do fidalgo. Deixa seus deveres em Vila Rica, abandona tudo pelo prazer das babas de moça e outras doçuras no castelo de Chica. Ou ele está doido como o Marquês de Pombal, ou aí vem tribuzana...

Depois do *breakfast*, não muito cedo, pois o hóspede dormira até tarde, Chica falou:

— Sr. Conde, eu e João Fernandes faremos hoje à tarde correr touros em honra de V. Exa. Não sabemos, porém, se isso é do seu agrado.

Ele, que terminava o *bacon* preparado com ovos mexidos, respondeu sem interesse:

— Gosto de touradas. Em Lisboa, elas constituem uma instituição nacional. Nossos reis preclaros sempre foram aficionados delas.

Tiravam os pratos já servidos e, com uma chávena de chocolate nos dedos, explicava-se melhor:

— A Espanha tem bons corredores de touros, que não logram jamais primazia sobre os nossos. Aliás, temos nomes de repercussão internacional, cujos feitos afinam com as glórias lusíadas no mundo. — Saboreou a bebida quente, prosseguindo: — Ainda cheguei a assistir no camarote real, embora muito jovem, às touradas da Junqueira, ao lado da alta fidalguia que escoltava Dom João V, que Deus tenha em sua glória.

Olhou para longe, como recordando:

— Eram tardes memoráveis. Tudo de mais aristocrático da corte portuguesa estava presente. El-Rei, já enfermo, sorria de prazer patriótico, ao lado da Rainha Dona Maria Ana de Áustria, senhora de grandes virtudes e que levara para a corte a fineza, as galas e a majestade da corte húngara, de tradições inapagáveis na Europa.

Terminara o chocolate, não aceitando mais nada. Acendeu uma cigarrilha, fumando sem hábito, por *chic*, pois a fumaça o perturbava.

— Os miúras que se correm em Portugal são criados no próprio país e não ficam abaixo dos que fazem o brilho das corridas espanholas. Lembro-me bem da última tourada a que assisti ao lado dos reis, quando os matadores não foram profissionais e sim os próprios fidalgos da Casa Real. Estou a ver tremulando nos ares da tarde de festas as plumas brancas e verdes do tricórnio do Duque de Cadaval, que picou dois touros. O Marquês de Távora, com suas plumas brancas e escarlates, picou novilho com elegante maestria. O Conde de São Miguel, com plumas brancas e amarelas, enfrentou outro touro, sendo aplaudido até por el-rei. O Visconde de Vila Nova de Cerveira matou um touro em honra de Dona Maria Ana e quando o animal debruçou, ferido de morte, a rainha se ergueu da poltrona para aplaudi-lo, sorrindo. O visconde foi à frente do camarote real, com o chapéu de plumas brancas e azuis na mão, curvando-se respeitoso diante da Sereníssima Rainha. Foram muito ardentes os aplausos dos nobres e do poviléu.

Chegou o intendente do diamante que nada aceitou; já saíra de casa bem alimentado. O conde continuava:

— No intervalo das corridas, a rainha recebia muitos cumprimentos dos vassalos mais graduados. Chegou ao camarote, na sua radiosa mocidade, a Condessa de Portalegre, que se vestia esplendidamente. Chegou com a Baronesa de Avito, de nobreza heroica, e em seguida apareceu a Condessa de Val dos Reis com a filha multimilionária do Marquês de Marialva. Muitas, muitas... Recomeçada a corrida, a vez era do Marquês de Alegrete, que se vestia de negro com bordados de prata na gola e nos punhos das mangas. Não levava plumas no chapéu e apareceu montando ardente corcel negro estrelo quatralvo, tendo no chairel da sela as ilustres armas de sua Casa bordadas a ouro. Caminhou a passo para a frente do camarote real, tirando espada de cruz de ouro, voltando-a para o alto e depois, dura, para baixo e para fora, em saudação de leal vassalo do monarca. Em seguida tirou o tricórnio de veludo negro, que levou lentamente na direção do camarote do Marquês de Távora, ex-vice-rei da Índia e então Coronel de Cavalaria Real. Aquela saudação revelava que ia enfrentar o touro em sua honra. A marquesa sorriu-lhe, acenando para ele seu grande leque de plumas brancas. É que o Marquês de Alegrete amava com grande paixão a jovem Teresa de Távora, cunhada da marquesa, a cujo lado estava, esplendendo em formosura. Porque dona Teresa de Távora era a mulher mais bela da Corte de Dom João V e veio a se casar com Dom Luís Bernardo de Távora, seu sobrinho. Falavam dela com S. A.

o Príncipe do Brasil, o herdeiro do trono, Dom José, o que infelizmente era verdade. Depois da saudação à marquesa, fidalga também de perfeita beleza e pompa, o Marquês de Alegrete mandou soltar o miúra. Era um touro preto de três anos, de muita elasticidade e que entrou no redondel de aspas finas para o alto, com um gemido de fúria. O marquês provocou-o e a fera arremeteu, para, depois de várias fintas, cair sob a espada em grande estilo do destro matador. Já caiu morto da estocada magistral do nobre. Aquilo sacudiu a praça em clamor de aplausos universais. O marquês foi então a meio-galope curto até a frente do camarote dos Távoras, de onde Teresa lhe atirou, com um beijo, uma rosa escarlate.

O palaciano acendeu novo cigarro, concluindo:
— Foi aplaudido até por S. Majestade. Mas voltou rápido, abatendo mais dois touros. Poucos fidalgos tiveram tantas palmas no redondel da Junqueira.

Silenciou, pensativo. João Fernandes desculpava-se:
— Aqui o Conde não encontrará coisas iguais, nem parecidas. Organizei uma tarde de touros sem raça própria, só para provarmos nossa boa vontade e lhe agradarmos.

O curral de paus roliços, com um único palanque, coberto de colchas de seda, foi armado no Largo das Cavalhadas.

Bandas de música de Dona Francisca e a de Santa Cecília. Muita gente. Às duas horas chegaram o visitante e pessoal da Intendência, inclusive as senhoras dos funcionários reais.

Chica sorria no meio dos linhos de seu vestido, com turbante branco a lhe engraçar a cabeça. O Major Tôrres falou para o Padre Zuza:
— A trincheira está à cunha. Não cabe mais ninguém.

Ao soltarem a primeira novilha curraleira, ela percorreu o curro de cabeça erguida, espantadiça. Apareceu o toureiro, de calças pretas, camisa amarela, capa vermelha e as garrochas na mão. Sacudia o pano para o bicho:
— Olé! Eh...

A novilha balançava os chifres, escarvando o chão. O toureador arriscou-se a se aproximar dela; mal fazia ênfase de arremeter, o artista pulava na cerca. Várias vezes isso aconteceu.

Na assistência, impacientavam-se, e alguém gritou:
— Chega na vaca, Zé Vagalume! O bicho é manso...

Muitos riram da piada. Outro popular gritava, desfazendo do toureiro:
— Paiaça!...

Encarapitado na cerca, o toureiro iniciou discussão com um assistente, esquecido de que estava ali como matador e não como cabra de briga.
— Paiaça!

Era mesmo palhaço aquele bigorrilha que, de garrochas na mão, brigava com o espectador em vez de descer à arena. O assistente espicaçou-o, quando ia descer para a sorte:

— Come ele, bizirrinha!...

A vacota partiu para o medroso, fazendo-o de novo pular na cerca. Do bolo de espectadores, uma voz berrou:

— Óia o cagão...

Uma assuada geral subia da ralé miúda para a farsola:

— Uuuu! Uuuuu! Fiau!

O dono da bezerra, vendo o toureiro com medo, resolveu provocar sua cria, pronta sempre a pegar quem não parava no chão. Começou a soltar bombas dentro do curro. O animal corria, espantado, beirando o tapume, sem homem para atacar.

Nessa altura, dois vaqueiros a cavalo, de aguilhadas em punho, inexplicavelmente tocaram a novilha para o curral. De lá deixaram sair um boi carreiro, caracu já erado, esse sim de guampas cumbucas, perigosas. Apareceu para toureá-lo um novo elemento, o João Bispo, afamado no sertão. Provocou o bicho com a capinha e ele, pronto, avançou para o inimigo. Bispo pulou na cerca. O boi bufou atrás, quase a pegá-lo bem firme.

O populacho vaiou-o:

— Óia a saia ti atrapaiano! Óia o mariquinha!...

Em cima da trava, desapontado, o valente permanecia sem coragem nenhuma.

— Desce daí, se é home...

— Não desce, ele é mulher!

O baio cumbuco escarvava terra, à espera de adversários. Pois o Bispo resolveu ir, de bandarilha enfeitada de fitas na mão e marchou resoluto para o carreiro.

— Eh!... Eh!...

O boi pulou num bufo sobre o provocador, que, assombrado, largou no chão a bandeira e as garrochas, voltando para seu poleiro na cerca. As risadas gerais o feriam com escândalo.

— Olha o canguincha, gente!

— Oia o cara di coválduo...

Suas armas de guerra estavam no chão, pisadas pelo caracu invicto.

— Vai buscar as calça, óia a saia no chão...

Assovios altos, de dedos na boca, enchiam de ódio João Fernandes.

A vaia crescia, desrespeitosa e desmoralizante. Pois um popular, quando o boi se virava, foi buscar as armas, entregando-as ao dono eventual.

— Toma a sua mamadeira, filhotinho de mamãe...

O herói ficou com aquelas coisas na mão, sem jeito de segurá-las. O boi rondava o curro com breves gemidos de cólera, desafiando.

Numa das vezes, porque passou rente ao lugar da cerca onde estava o toureiro, esse, da trava em que se encarapitara, cravou o garrochão no lombo do touro...

A vaia foi extraordinária, foi geral, avassaladora. A Banda Santa Cecília, que fora prevenida para tocar quando a garrocha fisgasse, vibrou os metais desafinados.

Aquilo era demais, enfadava o conde que, de cara ruim, nem sorria. Apenas murmurou impaciente:

— Foi decerto para esses toureiros que Gregório VIII mandou serrar as pontas dos touros...

João Fernandes via tudo perdido, além de censurado pelos olhares furiosos de Chica.

— O outro toureiro é melhor; vamos ver.

Chica franzira a testa:

— Qual, não prestam, não.

O Capitão Cabral resmungava no fundo do camarote para o Tenente Carneiro:

— Eles hoje me pagam.

— Quem?

— Ora, quem.

Solto e absoluto na arena, o boi batedor não encontrava homem para ele...

Foi quando um velhinho espigado, fazendo o sinal da cruz, pulou na praça. Era o vaqueiro Antônio Sertanejo, desconhecido de quase todos e que ganhara a camisa de seda amarela para também tourear.

O bicho saltou para o velho, como para lhe esmigalhar todos os ossos.

Antônio esperou-o, curvo para diante e, quando o boi abaixou a cabeça para o espetar, o velho entrou-lhe entre os chifres, atracando os braços na raiz das guampas e de pernas trançadas no queixo do bicho. Ficou ligado, colado à cabeça do bruto, tapando-lhe os olhos com o corpo. Foi sacudido, balanceado para cima e para os lados, não caindo, não largando o arrocho.

Foi um delírio. Aplausos, vivas, andavam no ar como poeira.

— Bravos, Antônio!

— Pegou na unha... Peegoou...

— Muito bem, catuaba!

— Velho bom, danado!

— Você valeu, Padre Eterno...

Padre Eterno pela idade, já imprópria àquelas proezas...

Chica batia palmas, João Fernandes ria alto, Valadares esboçou leve sorriso, de crítica...

Nesse instante o diretor da tourada invadiu a arena, em socorro do vencedor. Muita gente ajudava a imobilizar o carreiro, pegando-lhe na cauda, nos chifres. Um mais prático meteu-lhe o polegar na boca, torcendo-lhe a cabeça, que é modo de derrubar gado. Antônio saiu do aperto, pálido, mas vitorioso.

O conde levantou-se:

— Demos por terminada a função.

João Fernandes só pôde dizer:

— Peço perdão pelo fiasco.

Já descendo as escadas de paus roliços, Valadares sentenciou:

— Seus patrícios, para lidar touros, estão reprovados. Como soldados são assim, assim. Como mineiros são os melhores do mundo.

A banda de Dona Francisca abriu a marcha com dobrado vibrante.

O Capitão Cabral chamou o Cabo Panta, dando ordem urgente:

— Mande dar uma dúzia de bolos em cada um dos toureiros e meta-os no xadrez a farinha e água, por dois dias.

— E o que pegou o boi à unha?

— Todos. Entre péssimos não há piores...

Foi ponto alto da visita do Capitão-General Conde de Valadares ao arraial de Santo Antônio do Tijuco da Comarca do Serro do Frio da Capitania das Gerais o baile em sua honra, oferecido por Dona Francisca da Silva e pelo Contratador dos diamantes, João Fernandes de Oliveira.

O salão nobre do Castelo da Palha foi preparado para a festa e estava cheio de rosas, cravos, hortênsias azuis e bogaris. Acenderam-se cem velas em mangas de cristal e em castiçais de prata e ouro. No centro resplandecia um candelabro de 53 luzes de óleo de Chantre, dentro de arandelas de vidro em cores de Moscóvia.

Foram retirados os móveis dispensáveis, de maneira que só em um canto do salão ficaram poltronas estofadas de seda amarela com florões negros de grande efeito. Removeram-se os tapetes, de modo que salientou o assoalho de tábuas estreitas envernizadas, alternando as cores amarela e preta.

As cortinas de portas e janelas usadas naquela noite eram de seda branca, debruadas de tufos de rendas *valenciennes*.

Em outro ângulo do salão ficou a orquestra de Félix, o maestro escravo da família. Os dezesseis músicos vestiam fardas escarlates e sapatos rasos de verniz, tendo os cabelos engomados de branco. Na larga varanda externa ficara instalado o bufê de bebidas e salgados, coisa muito agradável aos rapazes admitidos na festa. Havia ali *champagne francês*, vinho do Porto, vodca russa, conhaque italiano, licores Peppermint, Vanille e Curaçao; gin, uísque irlandês, cerveja Ale inglesa, saquê japonês. Lá estavam ponches de *champagne*, de vinho do Porto com uma fatia de ananás, de vinho Bordeaux tinto, em poncheiras de cristal boêmio, além de água da serra, a pura água dos contrafortes da cordilheira do Espinhaço, para misturar bebidas mais violentas.

Havia ainda pastéis de caviar, de peixes em conserva, de presunto, de sardinhas de Nantes, de cogumelos franceses enlatados, de carne de sereno assada, sanduíches de língua fria de vaca. Estavam ali à mão empadas de ovos, de *foie-gras*, de galinha, de ovas de peixe, de batata inglesa, de nata, de polvo desfiado, de bacalhau da Noruega, de *petit pois*. Viam-se refrescos de frutas locais, além do aluá espumante de cascas de ananases. E frutas? Maçãs, uvas brancas, pêssegos, laranjas, tâmaras, ananases, nozes, castanhas cozidas, uvas passadas, damascos secos, figos em passa, *marrons-glacés* e geleias de morangos, ameixas, framboesas, maracujás e damascos.

Valadares era moço galante, já dançara com donaire a gavota na Corte de el-rei Dom José I e frequentava os salões da Senhora Rainha Mariana Vitória de Bourbon, esposa de seu rei, amo e senhor, no Paço de Nossa Senhora da Ajuda. Dançara ali com Dona Maria de Lencastre, Marquesa de Unhão, Camareira-Mor da Rainha Viúva Dona Maria Ana de Áustria e flor da nova Corte; com a bela Dona Ana de Lorena, Condessa de Vila Nova, e com senhoras de nobreza pura, amigas dos testas-coroadas reinantes. Conhecia os mexericos, as intriguilhas e os *potins* da Corte de Dom José I.

Naquela noite de festa que revolucionara o arraial do Tijuco, o potentado não se exibia com o fardão de governador, mas de casaca azul, camisa de canutilhos com rendas de bofes no pescoço e nos punhos; seu calção era preto e trazia meias de seda creme. Seus sapatos rasos tinham fivelas de prata à *la chartre*. Não conduzia adaga nem empoara os cabelos, mas usava no anular esquerdo anel de brasão de conde, com monograma.

Alguns convidados chegaram antes de ele aparecer nos salões. Conservara-se no seu apartamento a se preparar, servido pelo criado grave Semeão, em libré verde-oliva, com luvas de pelica branca e cabelos empoados de amarelo.

João Fernandes vestia casaca verde, calções vermelhos, meias e sapatos rasos com grandes fivelas de ouro. Sua camisa era de seda creme com gravata de bretanha lilás esvoaçante. Não usava pó na cabeleira.

Já estavam nos salões muitos convidados, o intendente geral dos diamantes, o doutor fiscal dos diamantes e o da administração, os três caixas administradores, o Meirinho Meia-Quarta, o Capitão Cabral, Comandante dos Dragões Imperiais, o Tenente Carneiro, que comandava os Pedestres, e o Capitão Pingo, do Comando das Ordenanças do Rei. Chegavam o Dr.

Malafaia, o Padre Pessoa, e seu coadjutor Modestino, os majores Tôrres, Guerra e Moura, Aguirre; os que eram casados, com as senhoras.

O Major Guerra chamou à parte o coadjutor:

— Olha, você que está com os olhos brilhando muito quando vê moças. A virtude quando encara seus olhos de pupilas dilatadas corre espavorida, gritando por Jesus. Você deve polvilhar com cânfora as virilhas. Pulverize bem a cânfora e esfregue com força, pois está incendiado pela luxúria, grande pecado mortal. É desse modo que Malafaia cura as grandes febres de amor...

O novato ouvia sem graça.

As moças tinham naquele baile um céu entreaberto. Queriam ver de perto o homem de que tanto se falava na capitania. Várias já estavam presentes, chamando a atenção pela graça e riqueza de seus trajes.

Às oito horas João Fernandes tirou o relógio de ouro cravejado de rubis:

— Nossos amigos portugueses estão retardados.

O Padre Pessoa pilheriou:

— Não sei como é isso, porque os portugueses nunca faltaram...

O intendente e os do seu grupo, vaidosos, sorriram agradecidos pela galanteria do vigário. O Capitão Cabral concordava:

— Quando demoram é que estão na batalha, e chegarão, vencedores.

Muitos aplaudiram com sorrisos e palavras.

Chegavam mais convidados: Dr. Pestana, secretário particular do contratador, Olinto, o príncipe das serenatas, Amarinho, secretário, Juvenil, Bode-Rouco, Santa-Casa e Santiago, felisbertos chamados para verem a grandeza do castelo em grande noite.

Afinal, os portugueses. Chegaram todos juntos. Na frente, linda e engraçada, Manoela, o dodói de Chica. João Fernandes alegrou-se.

— Parecem que chegam de África...

Rodolfo justificava-se:

— Para uma festa em casa do Contratador é preciso ir ao fundo das malas...

— Vemos em vocês as pessoas e não os trajes. Olhem como esta menina está fascinante! Francisca vai gostar do seu vestido.

— Foi presente dela...

Mucamas no rigor da moda, com graça, maneirismo e roupas esplendorosas, serviam aperitivos. No salão, a orquestra atacou uma valsa brilhante. No alpendre o Major Tôrres anunciava:

— Olhem quem chega... Zé-Mulher, presidente das fofocas elegantes, Fred e Vavá, os hidrófobos, o Major Gusman, dono do ouro da Vila do Príncipe...

Reinava entre todos a comedida alegria de festa de gente rica.

Foi então que apareceu o governador. Todos se levantaram. Cumprimentou os mais próximos dele. No extremo da varanda, o Major Gusman, que não o conhecia, falou ao Tenente Carneiro:

— Mas é muito moço. Não tem trinta anos.

— Trinta anos exatos, muito sangue nas guelras e importância na Corte.

— Parece ainda mais moço. Tem olhos de mau.

Dona Céu cumprimentava o contratador.

— E Dona Francisca?

— Está namorando os espelhos. Não demora a aparecer. O baile vai começar logo, pois à meia-noite temos a ópera.

A turma jovem acercou-se do bufê e parece que estava com sede.

Os grandes dirigiram-se ao salão e os rapazes pediam coisas de que nunca tinham ouvido falar. Quase todos estavam pasmos do que viam. Depois de examinar tudo, Santa-Casa estranhou:

— Não vejo aqui o pitoresco...

Juvenil, já muito vermelho, respondeu logo:

— O pitoresco não sobe a estas alturas. É a bebida oficial da canalha, dos pés-rapados sem sorte, é o elixir dos falidos em desespero, dos que jogam a vida nas brigas de faca; é dos amantes traídos, dos namorados postos para trás por um rival pior que eles, é o *champagne* da ralé sem eira nem beira... O pitoresco é aquilo que depõe contra quem o bebe, é o cáustico engolido pelos que vão se matar e pelos brutos sem justiça que resolvem seus problemas a ferro branco e a pau. É o néctar das prostitutas, dos soldados sem brio, dos covardes que se amparam nele para se dizerem valentes. É os santos óleos dos suicidas, dos que o procuram empurrados pelo destino, sempre contrário aos pobres neste mundo. O pitoresco é dos ranchos dos desvalidos da vida, a alegria postiça dos cativos, a alma sinistra das senzalas sem alforria, a asa negra dos que pendem para ele como para coisa que preste. O pitoresco é o brasão da aristocracia banguela dos becos, o orgulho da patuleia sem camisa, dos fidalgos já na ferrugem. Sempre foi o braço cego do ferro frio, a alma do ladrão noturno que puxa o pinguelo para roubar o vintém do faminto. Com ele até se dizem homens, as testemunhas falsas. Não pode deixar de ser a verdade dos mentirosos e a baba que nodoa a honra alheia. É o confidente dos safardanas e das putas, a capa dos bundas-sujas, o linguajar do vulgo, o riso do populacho. Está em todas as oposições, é sempre a favor do contra, sendo o verbo da canalha e a fortaleza do pusilânime. O pitoresco é a riqueza milionária dos pés no chão. Quem pode ser senão ele a força do fraco e a alegria do triste? É a alma do boato escandaloso, o jornal falado da gentalha. Não o procure nesta altitude, que aqui não é seu clima, pois é trem da lama e da poeira, muleta do arrependimento e único remédio para o remorso. Se quer achar o pitoresco saiba que ele está na consolação dos doentes sem cura e no ódio do lagalhé. Ora, você procurar o pitoresco no palácio de Chica da Silva! Esquece de que ele é filho natural do marufo plebeu, que envergonha o próprio negro, e da rapadura que não tem raça nenhuma. É o introdutor diplomático do *delirium tremens* e da barriga d'água. É o prumo do cambaleio e da cara inchada, por ser o pai dos edemas. Sendo conselheiro da corja, tem mãos sujas de sangue das porretadas da rafameia. Ele está sempre é nas pontas de rua, entre os cornos e o rufião. Onde caiu um bêbedo em sangue, furado por língua de cobra, ele está presente. Vive sujando a boca de quem blasfema contra Deus. É o sol da rebeldia e a luz dos revoltados. Encontra-se onde houver uma calúnia e com certeza nos que se rebelaram contra os tiranos no ferro-velho das barricadas. É o companheiro constante dos esfarrapados, da escória sem brio, dos invertidos e dos berdamerdas como nós. Onde estala uma bofetada ele chega logo, ou já chegou. É a valentia da gentaça, o elixir de longa vida borbulhante na escumalha dos prostíbulos. O pitoresco é a alma da plebe, o grito do populacho, a varredura dos corações feridos, o cisco das almas indignas, o lixo dos sem vinténs, o caráter do caradura. Como o *champagne* é o sol do rico, o pitoresco é o bordão reiúno do pobre diabo. Onde estiver armada uma tocaia ele anda por perto, e não falta onde a vingança vai derramar sangue. Na grandeza de muito heroísmo, vai ver que o herói foi ele. Em muita prostituição ele foi o amor e o crime de quase todos os condenados. É o pai universal da loucura. Manda o covarde avançar nas baionetas e qual foi senão ele quem derrubou o valente, pela mão do amarelinho? Encontra-se no monturo das tascas e na porta das vendas onde as mulheres da vida falam em honra, babam grosso e mijam em pé. Ele é o Supremo Tribunal da injustiça política. Mora onde não há pão, sendo companheiro dos traidores e inimigo das virgindades. É a dirimente do perseguido, a eloquência do gago. É o cabrão das roletas, mestre das batotas, inimigo mortal do trabalho. Onde houver briga de foice, palavra suja e o nome de mãe feito insulto, o pau que canta é o pitoresco. Esta é a bebida procurada por você, neste palácio de fidalguia. Ora, você perdeu a cabeça...

Os rapazes convidados abusavam de bebidas desconhecidas para eles. Nesse momento, Santa-Casa, bastante alegre, apoiou as mãos no balaústre do alpendre, contemplando trechos do arraial.

— Eh, Babilônia! O dilúvio dos diamantes ainda acaba com você...

Todos os rapazes estavam-se desarvorando. Fred, ao ver Santa-Casa a vaticinar o fim do arraial, sorriu bem-humorado:

— A diferença que existe entre Santa-Casa e o passarinho, é que o passarinho bebe água e Santa-Casa bebe água que o passarinho não bebe...

João Fernandes levara a nata social presente para a sala de baile. O governador e alguns mais, inclusive senhoras da alta, sentaram nas poltronas do fundo.

Padre Pessoa, que conversava com o conde desde a varanda, perguntou, sem pensar no que fazia:

— Senhor Governador, mesmo com tantos trabalhos, V. Exa. tem tempo de ler?

— Vivo como o matemático Pedro Nunes, glória do Reino, que abriu por duas vezes um livro de versos de Petrarca, fechando-o sem ler, para não baralhar a ordem dos números que trazia na cabeça. Hoje só leio leis, relatórios, ordens régias, bandos, alvarás, provisões, resoluções.

O padre aí levou às ventas uma pitada bem gorda.

Todos os convidados já estavam no salão nobre do castelo. A orquestra executava em surdina peças famosas, e os espíritos do bufê coravam as faces até dos impaludados. Nesse instante a escrava branca Almerinda surgiu na porta de entrada, agitando uma campainha de prata, para depois anunciar em voz clara:

— Dona Francisca da Silva!

Ela entrou vagarosa e sorridente, segurando com a mão esquerda, em suprema elegância, comprido bastão de prata com largo castão de ouro cravejado de brilhantes do Tijuco, esmeraldas do Peru e safiras da Sibéria. Estava infernal. Aparecia com vestido decotado de seda branca Macau, de imensa roda, e ostentava cabeleira loira encaracolada, vendo-se em seu pescoço de pêssego maduro o flamante colar de rubis granates vermelho-violáceos de Ceilão. Presos por fios invisíveis de linha, em vários lugares da cabeleira, estavam disfarçados muitos vaga-lumes, que despendiam com intermitência luzes-brancas, verdes e avermelhadas. Era a primeira vez que na capitania se usava tal requinte. Na sua mão esquerda via-se a aliança de casada e o espantoso anel de brilhante azul de Narcinga, de 19 quilates. Estava com unhas pontudas coradas de henê e na face um assassino-beijocador preto, em forma de coração. Pisava com sapatos de couro de texugo e saltos de lixa, fechados por fivelas de ouro cravejadas de safiras do Brasil. Calçava meias de seda veneziana, quase invisíveis de tão finas.

Sua cintura, que dispensava justilho, parecia de uma adolescente. No peito, à esquerda, logo na borda do decote provocante, sorria a estrela branca de uma rosa mogarim.

Quando ela entrava, o capitão-general se levantou, indo recebê-la no meio do salão. Chica falava com todos, mas encobria na sua figura, em polimento, o insopitável orgulho de ser a mulher mais rica do Vice-Reinado.

As senhoras presentes sentiram-se humilhadas com sua vista, tal a riqueza da indumentária que trazia, verdadeiramente real.

Ainda de pé, visada por todos, Chica falou com voz serena:

— Governador, perdoe-nos a pobreza do presente, mas este baile é oferecido a V. Exa.

Acreditam que o grande homem engasgou, não sabendo responder? Fez apenas uma reverência de bajulador, impressionado com o que via.

A um sinal de Chica, aproximaram-se algumas jovens de grande beleza e desembaraço.

— Quero apresentar a V. Exa. algumas meninas da nossa sociedade, que ainda não conhece. Não são tolinhas como pensam, mas algumas falam francês, todas sabem dançar e não coram na presença de gentis-homens. Esta é Vivi dos Santos, esta é Maria das Graças Mota, esta é Júlia Anunciada, esta é Henriqueta Hallais, esta é Eunice das Neves, esta é Moema de Castro, esta é Belkiss Teresa, esta é Mara Rotandaro, esta é Ofir Conceição, esta é Mabel Guerra, esta é Angélica Serrano. Dessas o Governador pode tirar seus pares.

A um canto do salão, Dona Fátima segredava a Céu:

— Não parecem tolas, não, essas raparigas. Veja como se vestem com riqueza. Repare as travessas que elas trazem nos cabelos: a de cor-de-rosa (era Vivi dos Santos) tem uma telha de coral, cravejada de turmalinas verdes. Tem meio palmo de tamanho; a de verde-musgo (era Eunice das Neves) tem um gomo de uma chave de altura e é de âmbar, com uma granada solitária, muito bonita; a de seda branca *moiré* (era Moema de Castro) tem uma tapamassa de um palmo, de tartaruga com brilhantes amarelos; a de vermelho-sangue de boi (era Henriqueta Hallais) tem um enorme trepa-moleque todo de ouro, com várias esmeraldas da Colômbia, que eu vi de perto; a de vestido cor de limão (era Mara Rotandaro) traz outro de quase um palmo, de ébano com um brilhante lindo; a de cor de laranja (era Ofir Conceição) tem um de jade verde com mais de palmo, onde está o Cruzeiro do Sul em rubis escarlates... Veja, todas têm pentes espetaculares, arrecadas de pedras preciosas e *trousses* ricas. Algumas são de platina e pedras raras.

A orquestra, que parara quando Chica apresentava as jovens, iniciou por sua ordem uma valsa lenta, *A Ausência*, muito em moda.

Corriam pelo salão bandejas com taças cheias de *champagne*. João Fernandes trouxe para sua esposa uma taça de ouro com o espumante francês, mas explicando com simpatia:

— Dona Francisca só bebe *champagne* em taça de ouro. Não acha sabor no vinho, bebendo-o em taça de prata ou cristal.

Padre Pessoa, que ficara para trás do grupo, falou a todos:

— Cleópatra, rainha do Egito, era também assim. São hábitos de filhos de algo.

Malafaia apoiou, de cara sempre amarrada:

— De gente da alta...

Ninguém deu importância ao aparte do padre, que desapontou por isso. O adendo de Malafaia quase não foi ouvido.

Chica então empurrou com brandura Manoela para perto do dignitário:

— Eis seu primeiro par.

— Muito honroso, mas pretendia dançar com Dona Francisca a primeira valsa.

Ela sorriu enlevada:

— Não danço, e dançando com Manoela é como se fosse comigo. Somos mais do que duas irmãs, somos uma só...

Valadares saiu dançando com a bela patrícia. Manoela valsava com admirável elegância, desinibida e com respostas prontas e claras a seu par.

Dona Francisca obrigou outros rapazes a tirarem moças para as contradanças. Vários já deslizavam enlaçados pelo salão claro como dia.

Chica, desejando humilhar os felisbertos presentes (motivo pelo qual os convidara), chamou Juvenil:

— Vou apresentá-lo, e a seus aparentados, ao Conde Governador. Mas você não diga que é parente de Felisberto Caldeira Brant, pois se disser poderá até ser preso. O nome de seu tio é muito odiado na corte.

Falava daquele modo por maldade sádica, e o moço, perturbado pelas circunstâncias e pelas bebidas, não soube responder. Disse aquilo na vista de todos, para diminuir os descendentes de Felisberto Caldeira, cuja memória ela odiava, como a todos de sua família.

Lá fora, os felisbertos e outros rapazes invadiram o bufê, comendo e bebendo a grande. Juvenil foi ter com eles, depois de atender à anfitriã. Estava irritado mas calou-se:

— Vou comer caviar e beber *champagne*, porque isso não vai acontecer mais nunca na minha vida.

Bebeu deliciado uma copa transbordante do vinho francês.

— Estou bebendo ouro! Com vida assim, até o passo do burro é doce. Mas apurando bem, a vida é muito engraçada, porque o nome de Maria da Costa está anotado na Intendência, no registro dos escravos, como cativa importada de Angola. É negra legítima. Hoje sua filha dá brado no mundo, é mais importante que qualquer princesa de sangue azul...

Estalava a língua, degustando o vinho fino. Santa-Casa, que comia com gula, falou de boca cheia:

— É uma tristeza pensar que hoje mesmo (porque já é madrugada), vamos terminar a festa sujando a boca no mastigo da parede ardida do Toada e com sua cachaça da terra, mais amarga do que a miséria.

Santiago estava impressionado com tudo aquilo.

— Eu casava de coração feliz com a escrava branca de Chica. É uma beleza. Sabe tirar proveito dos luxos que veste, por vaidade de sua iaiá.

No salão, a alegria borbulhava em risos, frases espirituosas, *gaffes* e galanteios insossos do enviado de el-rei. Expansivo, com gélida cara oficial, o Conde de Valadares aproximou-se de Chica:

— Dona Francisca, é como se recebesse ordem do Rei. A senhora vai esquecer seu protesto de não dançar, pois imploro que dance uma valsa comigo.

Ninguém esperava por aquilo. João Fernandes emocionava-se, enquanto Chica insistia ser má dançarina.

— Não me convence. Faço questão de honra de dançar com a vassala milionária da Rainha Mariana Vitória de Bourbon!

Estendeu o braço num gesto galante e Chica, muito desconcertada, ergueu-se de sua poltrona. Compôs, alisando na nádega, a saia-balão toda fofa, com um gesto requintado da mão aberta. Os dançarinos da sala interromperam a valsa para verem Chica dançar.

Foi pedido um minueto.

O par deslizou com donaire, o cavalheiro segurando ao de leve as pontas dos dedos da mineira. Os cachos de sua cabeleira tremiam-lhe sobre os ombros morenos. Dançavam sozinhos na sala, sob os olhares de todos. Por vários minutos encantavam os olhos fitos neles, com requintes preciosos de volteios de gente de muitos avós com brasões de raça, de muito sangue.

Em certa altura, ao lento passo do minueto real, o conde se pôs em frente de sua dama e, em meia-volta granfina, a suster os dedos da senhora onde refulgia o *paragon*, fez-lhe com pé atrás graciosa mesura, terminando a contradança.

Palmas quentes e gerais, com calor delirante, acendiam brilhos em todos os olhos. Padre Pessoa entusiasmara-se, falando para Chica e para a sala inteira:

— Dançou como a Rainha de Sulam, Sulamita. Dançou como Salomé diante de Herodes, dançou como Belkiss, a Rainha de Sabá, de Axum e do Himiar, para o Rei Salomão...

As palmas não paravam. Chica recebia abraços, enquanto João Fernandes chorava de emoção, procurando o capitão-general para lhe agradecer a honra que lhe proporcionara.

Chica dançara! Chica dançara o minueto real, com a importância de gente de sangue de quatro avós brasonados! Dançara leve, espiritual como princesa húngara, nos salões da nobreza mais cristalina.

Nova onda de *champagne* afogava as bocas, que ainda sorriam do privilégio de ver Chica dançar.

O Meirinho Meia-Quarta estava frenético:

— Vivemos aqui um momento histórico. É preciso descrever este baile para assombro das gerações futuras!

Todos os presentes estavam excitados pelas bebidas legítimas e pelo entusiasmo de ver Chica dançando.

Num repente incontrolável, Mestre Paulo Horta aproximou-se dela e ajoelhando-se, soergueu-lhe o vestido de seda, pegou-lhe um pé, que beijou. Os rapazes aplaudiram e Zé-Mulher e Amarinho imitaram o professor. De rosto congesto, Meia-Quarta levou seu beijo ao pé da sensacional comadre. No arroubo febril da homenagem, Santa-Casa beijou o pé esquerdo da senhora e, com ele ainda na mão, quis explicar seu gesto:

— Beijo não o pé da milionária, mas do anjo que agora mesmo dançou neste salão...

Juvenil, que bebia em excesso e não se embriagava, também beijou o pé calçado:

— Também rendo meu preito à graça de quem soube dançar o minueto como uma sílfide!

Depois do ósculo, ia-se levantar quando, em repente febril, retirou o sapato de Chica, levantando-o na mão para todos verem:

— Eis o ninho do papo-de-fogo, o sapatinho da Cinderela, que não é de vidro, mas de seda e brilhantes...

Toda a sala se ergueu, agitada em palmas muito vivas.

No ato de exporem os pés para o beijo, viu-se que Chica usava sete anáguas engomadas, que faziam a roda de meio balão de seu vestido magnífico. O conde falou com cara de páscoa:

— Muito galante a homenagem que rendem a meu par.

Padre Pessoa estava saindo dos eixos velhos:

— É o calor da mocidade. É a primavera que abre as flores da alegria no Éden. Antigamente só o Papa consentia no beija-pé. Agora, Chica também o merece...

Quase todos estavam de pé, excitados pelo que acontecia. Homens e senhoras sorriam com a soberba de suas presenças no baile oficial. Chica também sorria, convencida de que dançara muito bem.

Toda aquela febre de entusiasmos acontecia eivada do bairrismo local, como se fora outro o Vice-Reino, e o Tijuco um país livre. O que palpitava em todos era o orgulho da sociedade do Tijuco, pelo êxito retumbante da patrícia, dona de tanta graça.

Dançaram com garbo a mazurca, a redova, a cracoviana, a varsoviana, a polca, o galope, o montenelo e o fandango. O baile terminou quando os galos cantavam pela segunda vez, no triste arraial cativo.

Na manhã que clareava, Chica foi o único assunto de todas as conversas nas ruas, nas vendas, nos lares. Os amigos de João Fernandes impavam de vaidade:

— Viram? Dona Francisca dançou tão bem como uma princesa real!

Vasco Viana ainda estava exaltado:

— Como dança! Com que graça! Com que requintes palacianos! Estou satisfeito; ela é muito mulher...

O Major Gusman declarava público e raso:

— Ouvia falar e não acreditava. Estou pasmo com o fausto do palácio. E ela é coisa muito especial... Tem quindins de dendenzinho de papai milionário...

O capitalista Chamusco também estava eufórico:

— Estou vingado de muita coisa. Foi muito bom que o gringo soubesse que não é só Lisboa que tem gente pra se ver. O Tijuco já é rico e tem sociedade muito para cima. Estou lavado nos peitos, pelo que o afilhado do Rei viu ontem...

Só Zé-Mulher se lastimava com cara desconsolada:

— O baile teve tanto brilho que ninguém se lembrou da ópera... Tão bem ensaiada. Ficou pra outra noite. E quem se lembraria da comédia? Dona Francisca sozinha é um espetáculo...

Voltando para o arraial, Dona Fátima, embora um tanto despeitada por tudo, parecia contente da vida:

— Quem deve estar se banhando em água de rosas é Leonor. Dona Francisca elevou muito a Manoela com o capitão-general. Cedeu-lhe a primeira valsa, para o qual fora tirada pelo fidalgo. Nunca pensei que Dona Francisca fosse tão cortês. Nem que dançasse com tamanha gentileza. E como estava vestida!

Na tarde daquele dia, as portuguesas se encontraram. O assunto não podia ser outro. Mas dona Céu parecia triste:

— Confesso que tive inveja de seu vestido deslumbrante. De suas joias, nem digo. Ai Jesus, bela coisa é ter dinheiro...

Dona Cândida estava bastante desiludida:

— Depois do baile, ao chegar em casa, tive vontade de botar fogo nos meus trapos... queimar tudo... Bem falava minha mãe que é melhor um plebeu de pé, do que um fidalgo de joelhos...

Chica dominava os homens por seus feitiços pessoais, pela sua força, e fazia infelizes até suas amigas, pelo luxo esplendoroso com que vivia. A uns, infelicitava por sua política dominadora. Às mulheres, pela inveja que a todas provocava.

XIV

AS ALGEMAS DOURADAS

Os que estiveram até a madrugada, no baile de gala, só se levantaram muito tarde. Menos o Major Guerra, madrugador por hábito, que às oito horas já estava na casa do Padre Zuza, para comentar as brilhantes novidades do sarau.

— Senti que você não estivesse presente para ver coisas muito bonitas.

— Não gosto de festas nem tenho roupas exigidas nesses lugares. Sei que Chica é mulher de muita prosopopeia. Quem possui dinheiro tem o mundo todo nas mãos. O dinheiro é o sol da vida, o maior general do mundo. Você fala do luxo e do desperdício que viu lá. Eu sempre ouvi dizer que cozinha gorda, testamento magro...

Passou pela porta o Amarinho, espalhador de boatos e suspeito de espião da trigueira.

Não entrou, ficando debruçado para dentro da sala, na janela baixa:

— Sabe que esta noite mataram o Agapito-Frade?

Guerra espantou-se:

— Que diz? Quem matou?

— Não sei. O corpo chegou agora no cemitério. Dizem que tem um oco assim no peito.

Mostrou com as mãos o tamanho do buraco.

Padre Zuza estranhava o assassínio:

— Coitado do Agapito. Parecia bom homem. Ele morava com uma negra. Vai ver que nesse crime aparece mulher. E o baile?

— Estupendo. Acabou às três da madrugada. Ainda estou atarantado com o que vi. Bem vou à missa. Deus me livre de perder missa no domingo.

Saiu rápido. Guerra então riu com maldade:

— Padre Pessoa hoje não celebra. Era dos mais influentes do baile. Bebeu um bocado... a noite toda. Dizem que chuparam cento e vinte garrafas do *champagne*, fora o resto. Este resto se refere a uma adega de tudo quanto é bom de escorregar na garganta. Agora você imagine. Só o *champagne* francês custa três mil e cem réis a garrafa...

Sentado na sala do padre, Guerra viu Malafaia passando na rua, escorado na bengala de malcurado de seu ferimento.

— Malafaia! Malafaia!

Aproximou-se cheio de queixas. O padre sorria:

— Você tão cedo na rua... Não dormiu?

— Dormi às quatro e às seis já me acordavam pra examinar o corpo do Agapito.

— Quem matou?

— O negro forro Ganguela. Não sabe do caso de Ganguela na Vila do Príncipe?

Falando pela janela, entrou para contar:

— Agapito minerava ouro, antes de a vila ser incluída no Distrito Diamantino. Parece que até enriqueceu. Homem ainda moço, mas doente, magro, não tinha roda social. Morava na vila, mas vivia a semana na lavra, vendo e ajudando a extrair e a lavar piçarra. Casou-se então com branquinha do reino e não teve filhos. Sempre resfriado, com enxaqueca, tinha escravos na lavra, dez ou doze. Passando por lá um comboeiro de pretos, comprou um negro mina, moço de mais de oito palmos de altura, com ombros altos e largos, muito bem-proporcionado. Chamava-se João Ganguela. A peça era um assombro de força. Trabalhava por três e tinha bons costumes. Era calado e político. Dona Dolores, mulher de Agapito, ia sempre às catas e acabou tirando Ganguela para ajudar na casa da vila. Vocês sabem como são essas coisas. Conhecidos de Dolores começaram a maldar:

— Casou-se com um tipinho esmirrado, feio de doer e magro de trincar com o sol. Agora arranjou um servente de cozinha que tem dois tamanhos do marido, e está sendo tratado com suspiro de açúcar e peitos de freira... Ora, essas coisas não deixam de ter base pra acontecer. Os brasileiros não fazem exercícios ginásticos, por isso ficam miúdos, de ombros caídos, amarelos. Chegam os africanos altos, de ombros elevados, ágeis, valentes, habituados a danças, à caça, às correrias. As mulheres se embebedam por eles e o que acontece é o que nós chamamos safadeza, não sendo mais que a seleção da espécie, com a predominância dos mais fortes. Nas minas, como ia dizendo, os vizinhos malungos de Ganguela invejavam-lhe a sorte.

— Com o grilinho do marido Nhanhá não pegou bucho. Agora vai...

— Ou vai, ou rasga.

— Se fô, ói, di Ganguela ingastaia... o nêgu é disconformi.

Um ano depois da ida do escravo para a casa do homem, Sinhá pegou barriga. Talvez os boatos tivessem base, porque um dia Ganguela fez o senhor abrir a boca, apresentando dinheiro para a alforria.

— Como arranjou dinheiro, negro?

— Juntânu, in-sim.

— Juntando como?

O preto abaixou os olhos.

O senhor pensou... pensou... mandando chegar o cativo no esteio para a surra de despedida, muito usada no tempo. Mas cativo nenhum teve coragem de chegar as correias no rapaz. Nem todos juntos... Agapito aí contou as patacas, passando ao gigante a carta de alforria.

— Agora, suma! Suma daqui, senão mando tirar o seu couro, com você vivo.

Ganguela ajuntou os seus troços num saco e desapareceu. Agapito, na inzona da senzala, ficava cada vez mais seco, e Sinhazinha cada vez mais triste. Chegou o dia em que ela pariu um mulato de beiços revirados, meninão que era a fuça de Ganguela. Agapito mandou ao arraial do Itambé buscar os sogros, para lhes entregar a esposa infiel. Acontece que, três dias depois do parto, ao voltar a casa, não encontrou mais a esposa. Dolores fugira, de modo que ao virem seus pais, não tiveram quem levar.

Dolores... Dolores... a casa ficou sem seu perfil sereno, sem seus olhos sempre distantes, sem sua voz gemida de esposa subserviente. Dolores... Que seria feito da moça educada; onde estariam seus sorrisos simpáticos e seu andar macio de gata da noite? Agapito, abafado com o que se dera, chamou sua escrava moleca arrumadeira, apresentando-a aos sogros:

— Esta agora é a minha esposa. É a dona da casa, com todas as regalias e direitos.

E voltando-se para a negra:

— Ricardina, esta casa agora é sua. Você é minha mulher, perante Deus e o diabo.

Encarou os pais de Dolores:

— Agora sei que o dinheiro da alforria do negro foi dado pela fujona. E o pior é que todo ouro que eu guardava há muitos anos foi também levado por sua filha.

E com os olhos esgazeados de ódio:

— Vassourou tudo... Deixou tudo mais limpo que sua cara de lambida...

Muitos ainda indagavam:

— Pra onde foi Dolores, gente?

O vizinho mais próximo é quem respondia:

— Ora, que pergunta. Dolores renegou a bananinha de ouro do marido pela mão de pilão do negro da costa. Nem se pergunte: fugiu com ele. E fez bem, porque o Agapito não é homem, não...

Riu debochado:

— Agora, Dolores tenha cuidado, porque o negro não pode ser engolido assim na flauta, não.

O caso acabou perdendo o sabor. Ficou quase esquecido. Ninguém sabia onde estavam os amantes. Quando um dia falavam neles, o Geraldo achou que estavam longe:

— Nesse oco de mundo... No mundão sem valos... No geral soturno...

Até que apareceu quem os encontrasse lá em cima, perto do arraial do Urucu. O tropeiro que os encontrara disse que Dolores ia enganchada no pescoço de Ganguela. Coitada, ferira os pés na marcha. Pois, passados dois anos, Ganguela apareceu no Tijuco. Sua grenha estava intensa como enxame de abelhas arapuás. Bebeu e pagou na venda do Toada, que assustou com a presença do forro, seu conhecido da vila. Tentou conversa amável:

— De volta, seu Ganguela?
— É.
— Onde está morando?
— No mundo.

Não demorou, sumindo na rua. O Alferes Bala repreendeu a Toada:

— Por que não indagou por Dolores?
— Está doido, alferes! Bulir em caixa de murimbondo-tatu? Cutucar boipeba com o dedo?

Otávio Maga assanhou os boatos:

— Veio buscar outra branca... bem machucada a que levou nos ombros...

Zé Campos ficou alegre:

— Dolores tem bucho de loba aguentando um negraço daquele. É cabeçuda fora de regra.

Agapito é que ficou brabo:

— Vem fazer não sei o quê. Se topar com ele a terra treme. Tou trepado nas armas, disposto a matar mais que bexiga preta. Se encontrar ele, desmunheco bala como chuva de pedras!

Babava de cólera, mas tinha os olhos espantados... Passou a andar acompanhado por seu escravo valentão Zé-Fula, armado de trabuco, faca e zagaia.

Criticavam muito aquela capangagem, porque Zé-Fula parecia mais atrapalhado com as armas, que boi Pedreiro com os chifres no mato grosso.

Perguntavam:

— Zé-Fula, e se Ganguela aparecer?
— Cai co u pinguelo. Nem fala "Jesus".

Pois ontem Agapito voltava com o capanga da mina da Canjica. No Campo dos Cristais, Ganguela, que estava escondido atrás de umas pedras, berrou fogo no peito do inimigo. Agapito já estava no chão quando o negro pulou sobre ele, com estocadas cegas. Estava morrendo, ainda respirava. Ganguela então tirou da capanga uma vela, acendendo-a na binga e, ajoelhado, segurou a vela na mão do moribundo, apertando tudo nas suas manoplas. Movia as beiçorras como se rezasse. Quando o pobre morreu, o assassino apagou a vela e encarou o companheiro do morto. Zé-Fula, que estava de joelhos, com cara de choro, levantou as mãos postas:

— Nhô Ganguela, meo padim, tô pidino a Nossinhô pra botá a santa bença in vomecê...

João Ganguela, em silêncio, arrecadou tudo dos bolsos do defunto, fez fogo e acendeu o pito já enrolado.

Zé-Fula, ainda de joelhos, conservava as mãos postas:

— Meo padim malungo, *timba Zumbi zinguerengue!* (Deus o abençoe!)

O negralhão revistou os bolsos do capanga, tirando-lhe a faca e também o trabuco e a zagaia. Deu-lhe depois um pedaço de fumo, com ordem de voz grossa:

— Cai fora, nigrim rûim!

Zé-Fula chegou assonsado e meio maluco, indo direto ao quartel para contar o que eu repeti, pois testemunhei seu depoimento. O Capitão Cabral perguntou-lhe para onde se retirara Ganguela e ele, de olhos ainda brancos, só teve uma resposta:

— Suverteu no mundo...

Aconteceu um fato raro. Zé-Fula tem vinte e três anos e, assistindo ao crime, com o grande susto, ficou instantaneamente com a cabeleira branca.

O corpo de Agapito está no cemitério, onde chega muita gente para vê-lo. Uma dessas pessoas, ao contemplar o corpo no chão sobre o pau roliço do esquife, cuspiu com nojo:

— Já botaram ele de bruços?

— Não precisou. O assassino foi um preto seu ex-cativo. Tem testemunha.

Enquanto eu examinava o tamanho do rombo (fez também sinal de medida), deste tamanho, ouvi o que diziam alguns curiosos. Um preto, velho, apoiado a um bordão, chegou para ver o cadáver horroroso:

— Tá i, Voss'inhuria... Aqui nun é um nem dois só, qui já intraru seladu na aragi... Fi de puta... Nessa trabucada Nossinhô pois sua santa vertudi...

Riu grosso na garganta, afastando-se. Era um ex-escravo de Agapito, nas mãos de quem sofrera horrores. Aproximou-se também dele a mendiga Maria Bordada. Olhou-o com muita calma, balançando a cabeça:

— Coitado. Me negou muita esmola...

Enquanto contava como fora a morte do mineiro, Malafaia fazia caretas de dor apertando às vezes o pé. Padre Zuza provocou-o:

— Você piorou do pé. Olhe lá, doutor, unha de canastra é trem venenoso. Soube que você passou a noite toda de pé, bebendo coisas finas da estranja...

— É verdade. Não sei onde tinha a cabeça para fazer tamanha extravagância. O resultado é que piorei... pé inchado... muitas dores.

O padre sorria, enrolando o seu cigarro de palha:

— Você conhece o jacaré. Ele tem tal horror à onça que, ao ser apanhado por ela, deixa-se devorar vivo, sem se mexer, quietinho, não bulindo nem com os olhos. A onça começa a comê-lo pela cauda e o jacaré vai sendo devorado sem o menor movimento de defesa. Vocês todos aqui são para Chica o que o jacaré é para a onça...

— Não é isso.

— Você sabe onde é o Beco das Beatas. Tem lá um preto forro, Benaré, que arranca dentes, aplica bichas, tira ventosas, sangra, faz barba, amola ferro e responsa. Deve-se tratar com ele. É fácil dar com a casa, pois no portal está pendurado um rosário de dentes humanos. Vá procurá-lo que ficará bom. Você, só com responso.

Também no Castelo da Palha parece que as coisas não amanheceram boas. O governador, ao se levantar, apresentou-se muito abatido. Dispensou o *breakfast* substancial de todas as manhãs e pouco falava com as pessoas da casa.

Uma insólita tristeza abaixara sua orgulhosa fronte. Chica inquietou-se:

— O Conde está doente?

— Não sei. Dona Francisca, sinto-me outro hoje.

— Tem febre?

Ele próprio colocou na testa as costas da mão:

— Não sei; parece febre. Não, não é febre.

Madame mandou chamar com urgência o Dr. Malafaia. O complicado médico chegou carregando sua mala de socorros urgentes e o pé inchado, já metido num chinelo.

O que imaginavam doente aborreceu-se com a chegada do doutor. O galeno insistia na necessidade do exame.

— Que sente, Excelência?

— Apenas abatimento.

— Dói-lhe alguma coisa?

— Não.

— Teve ao se levantar esternutações?

— Que é isso?

— Espirros. Se teve espirros.

Balançou a cabeça que não.

Com uma lente espiou uma pálpebra inferior, baixando-a. Com os dedos no pulso, contou-o no imenso relógio despertador de bolso. Mesmo com o titular sentado na poltrona, Malafaia espetou ligeiro os dedos juntos abertos na região hepática.

— Hum...

Fez várias perguntas, exaustivas inquirições, que nada resolveriam. O médico sentou-se:

— Trata-se de enfarte do fígado, com atropelo da atrábilis, que determina a melinconia.

Chica, ao ver a mala de urgência aberta, indagou sobre a utilidade de certos objetos, entre os quais um espelho:

— É pra verificar morte. Colocando diante do nariz, se ele embaça, ainda há respiração e vida. Se fica limpo, é a morte.

— Cruzes.

— Há, entretanto, processo mais moderno pra verificar a morte. São estes fiapos de algodão que se colocam nas narinas, digo, ventas. Se eles se movem no ritmo da respiração, há vida. Se ficam quietos, há morte.

Malafaia mandou umas garrafadas de drogas, que o homem não bebeu.

Mas a sua melancolia continuava. De loquaz e espirituoso, passou a poucas palavras e a contemplativo. Saía tarde do apartamento, almoçava em silêncio, voltando a ficar só, espichado, mesmo vestido, no leito.

De seu quarto silencioso ele ouvia, nas árvores da chácara, cantarem azulões invisíveis escondidos nas ramagens.

À noite, em casa de Zuza, Malafaia agravava o estado de saúde de seu cliente. Chegou mesmo a exclamar, num acesso de adulação:

— Se ele não sarar ou se morrer, abandono a medicina. Rasgo a minha carta!

Zuza teve um riso maldoso:

— Você fará como o fidalgo português Dom Luís de Mascarenhas, que, levando um tombo de seu cavalo de guerra, julgou-se com isso tão desonrado que nunca mais montou em cavalo, abandonando o mundo, e meteu-se por toda a vida num convento...

Pois o doente passou a não receber ninguém. Só João Fernandes tinha licença de entrar no seu quarto. No jantar, depois de sopa ligeira, recolhia-se, muito sorumbático. Proibiu mesmo a entrada de Malafaia, embora recebendo com repugnância o intendente dos diamantes. Chica estava em fogos, imaginando mil doenças e complicações com o estado de saúde de seu hóspede.

Uma noite, João Fernandes falou-lhe franco:

— O Chefe parece preocupado. Diz que não está doente, contrariando nosso médico. Será que eu posso saber o que o preocupa tanto?

— Vou lhe dizer, muito em segredo, porque estou desolado. No último correio tive má notícia de negócios de minha família, em Portugal. Minha família é de poucos recursos e nossas propriedades estão hipotecadas por quinhentos mil cruzados. Vão ser vendidas em praça, em leilão, pois não podemos resgatar a hipoteca prestes a se vencer. É essa a razão de minha tristeza. Minha família, de brasões de quatro avós de linhagem pura, vai suportar a vergonha de ver em leilão, no bater do martelo, propriedades que vieram de ascendentes de nobreza honrada, sem que nenhum de seus membros tenha recursos para evitar a ruína de tudo.

O contratador retirou-se, abalado com aquele modo de pedir dinheiro. Abrindo suas gavetas na casa do Contrato, rugiu, já inteirado de seu hóspede:

— Fidalgos sem renda, o diabo os entenda...

No outro dia João Fernandes o procurou:

— Governador, estão aqui os quinhentos mil cruzados, de que precisa para levantar as hipotecas.

— Oh, não! As mãos de um Conde de Portugal nunca se mancharão recebendo dinheiro de um vassalo de el-rei! Prefiro cair com honra a baquear ferido na minha susceptibilidade de homem de bem.

— Mas essa quantia é presente de um amigo a outro amigo. Não a aceitando, o Conde fere-me.

— Pois bem, vou aceitá-la, não como dádiva, mas como empréstimo que resgatarei breve. — Seus olhos boiavam em lágrimas quentes. — Não esquecerei nunca seu amparo, em hora incerta. Demonstrar-lhe-ei sempre gratidão inesquecível, porque há favores que ninguém olvida sem desonra.

Abraçou a João Fernandes, como se abraça um irmão.

À tarde, apareceu com outro aspecto no alpendre, onde estavam amigos preocupados com a sua saúde.

Chica alegrou-se:

— Graças a Deus o Conde convalesce!

— Foi coisa ligeira, D. Francisca. Julgo-me bom. Apertou com calor a mão de Malafaia:

— Doutor, muito obrigado por seus remédios e assistência de médico às direitas. Seu sacerdócio no Tijuco faz honra aos capelos amarelos de Lisboa.

Malafaia babava-se como sapo em noite de chuva, ao ser elogiado pelo Governador da Capitania. Sentiu vontade de chorar, de sair correndo, gritando...

A tarde descera magnífica, tarde branca, azul e ouro, como são as das serras em setembro. Aceitou um cálice de ouro do velho vinho do Porto, não sem pedir licença ao doutor.

— Pode muito, este vinho é também mezinha do coração. V. Exa. está curado. O que cura são os remédios da boa ciência.

À noite, enquanto na sala nobre Mara Rotandaro, Vivi dos Santos e Carmem de Jesus cantavam plangentes modinhas acompanhadas por violões, o conde e Chica jogaram uma partida de damas. Zé-Mulher recitou um monólogo chistoso, falando sem graça nenhuma. À instância de Chica, seu secretário Amarinho e Zé-Mulher representaram um diálogo em que dois peraltas disputavam o amor da noiva de um terceiro frança.

De repente o conde, como lembrando, estranhou:

— Não vejo aqui a Manoela.

Chica apressou-se a dizer:

— Está repousando, coitada. Ela merece o descanso, pois foi a alma de nossas festas nos últimos dias.

Não foi fácil convencer a D. Céu a cantar uma ária italiana, acompanhada com impropriedade por violões.

Chica bateu o conde nas damas, encurralando-o no curé. Mas Valadares naquela noite estava outro. Sorria com frequência e riu muitas vezes.

Serviam champanha com palitos franceses e bomboneiras ofereciam pela sala grajeias, confeitos seixos e *marrons-glacés*.

Pelas janelas abertas entrava pela casa toda o aroma das flores das jabuticabeiras, abertas na claridade mais doce dos setembros nas montanhas. Várias vezes o hóspede respirou fundo o perfume penetrante, correndo depois os olhos:

— Que delícia este perfume! Parece de noiva a caminho do altar... Este seu castelo é o próprio Paraíso Terreal. Saiba que sua corte é de jovens tão belas, tão prendadas como só existem iguais... no Tijuco! A beleza simpática das mulheres mineiras não pode ser comparada a nenhuma outra no mundo. Não é só beleza, é a graça, a meiguice, o sorriso irônico, o volver irresistível dos olhos.

Chica sorria seu desmesurado orgulho de mulher ultrarrica e poderosa. Nada mais queria da vida, senão os unânimes elogios que de todos escutava. O conde, no veio das palestras, fez uma observação:

— Aqui tudo enleva e encanta, mas notei que ninguém cantou ainda o fado.

Ninguém cantava mesmo. Zé-Mulher lembrou-se:

— Dona Cândida canta o fado divinamente.

A distinta senhora retraía-se como sensitiva tocada. Mas acabou cantando a saudade das aldeias, a paixão das saloias, o suspiro das praieiras com os homens no mar. Aplaudiram com interesse. O conde explicava:

— O fado português nasce nas queixas da vida, nos amores deixados e na saudade portuguesa.

Vivi dos Santos animou-se a lhe perguntar:

— A saudade portuguesa é diferente da saudade brasileira?

— É diferente, pois, pois, menina. A saudade portuguesa não se explica, sente-se; não tem definição e está escondida no suspiro e na lágrima discreta.

Naquela noite, o governador não foi só o homem ocupado com papéis, relatórios e inspeções. Integrou-se na sociedade bem-educada do Tijuco, falou e ouviu o que devia ouvir, para fazer justiça à inteligência agrilhoada de Serra Acima.

Chegaram muitas visitas para o doente... pois constava que estava enfermo o governador. Recebeu-as com ar esportivo, explicando que a crise já passara. Foi o primeiro dia em que esteve cordial com os visitantes, sorrindo e dizendo amabilidades. Ao jantar, descobrindo a salva de bebidas que recebia todos os dias, expandiu-se, de olhos fúlguros:

— Abençoada terra, a da Capitania das Gerais e, dentro dela, a terra do Tijuco!

Naquela noite teve conferência no gabinete de João Fernandes; falou com todos, fez algumas pilhérias. Chica, ao se recolher à meia-noite, ainda o deixou na sala com amigos.

Ao dar-lhe as boas noites, falou com ironia:

— O conde elogiou o jantar, o Tijuco. Aposto como vai esquecer depressa tudo quanto vê aqui...

Ele estremeceu, fazendo-se ofendido:

— Dona Francisca, o coração de Santa Teresa, morta em 1582, e que está no Convento de Ávila, ainda palpita com ardência. Meu coração também palpitará por muitos anos, recordando os bons tratos e os amigos do Tijuco.

O governador queixou-se a João Fernandes de que chegara a hora de regressar à Vila Rica. Sendo o chefe do governo da capitania, voltava sem assistir a uma lavagem na extração dos diamantes. João Fernandes achou justo:

— Estamos no tempo da estiagem, em que só se arrancam cascalhos para lavagem nas águas. Mas vou providenciar uma lavagem para o governador ver como se opera.

Mandou vinte e dois negros para o Ribeirão Sentinela, a um quilômetro da lavra São Pedro, onde Violante de Sousa encontrara a primeira pedra das Gerais. Providenciaram para um trabalho de rotina, a fim de que seu hóspede visse tudo exato.

Chegaram muito cedo ao ribeirão, onde havia bastante gorgulho amontoado.

— Governador, vamos lavar a piruruca nas bateias, pois a lavagem na seca só pode ser feita desse modo.

Enquanto os negros se preparavam para o trabalho, João e Valadares se abrigaram numa sombra, com pedras servindo de bancos. João Fernandes mostrava saber coisas:

— Com a maré montante do ouro das Gerais, Portugal, mesmo com a decadência das Índias, tem o comércio mais formidável da Europa, e agora, com o fluxo dos diamantes, ele ostenta a coroa mais rica de todas as cortes do Ocidente. As gemas do Erário Real de Lisboa não têm rival no universo.

Mesmo no Tesouro Imperial da Santa Rússia não há pedras que se comparem aos *paragons* do seio milionário do Tijuco.

Os escravos estavam metidos na água, alinhados em filas, sob o olhar vigilante dos cabeças que, sentados diante deles, fiscalizavam as lavagens nas bateias. Com meia hora de trabalho, um dos cabeças gritou para os negros:

— Vão vê as cantiga, ôs minino!

Instigavam o canto dos pretos, temendo que eles jogassem na boca finquetes e avoões escamoteados da água.

Um angola velho começou com suavidade:

Dzumbi, Dzumbi jacombê,
aioê, maçu ñimá.
Zambiapungo turuê,

Os mais cativos completavam em coro:

Êh! Êeeh, aah...

Cantando, trabalhavam com mais ordem; parece que as toadas musicais faziam seus movimentos mais harmoniosos.

O governador já estava enfadado daquilo. Havia uma hora, bateavam suarentos, ao sol. Súbito, na fila dos lavadores, o cabinda Monco depôs a bateia no chão, batendo palmas com desespero. Gritava, dando pulos:

— *N'átōbō!* (Achei!) *N'átōbō!* (Achei!)

A turma parou espantada, embora sem sair da fila. Monco pulava como endemoninhado, sempre a gritar:

— *N'átōbō toto!* (Achei a estrela!) *Aradjeu djamá!* (Muita sorte!)

Levantou bem alto, na mão direita, uma estrela de seis quilates. Os negros todos começaram a pular, gritando, jogando os braços para cima. Largaram a forma em que trabalhavam, cercando o malungo feliz com abraços e empurrões de camaradagem, sempre a gritar alto de uma só vez:

— *A-bāta djō-ó!* (Acabou-se a escravidão!)
— *A-bāta djō-ó!* (Acabou-se a escravidão!)
— *Mangajambe á-ki!* (Deus é quem manda!)
— *Mangajambe, á-ki!* (Deus é quem manda!)

O importante é que o cabeça não se abalou do seu banco; sorria, mas sentado no seu posto.

Alguns irmãos do felizardo fizeram uma coroa de trepadeiras, entremeada de sempre-vivas do campo e folhas de murta, colocando-a na cabeça de Monco. Feito isso, com grande algazarra, dois pretos trançaram as mãos em cadeirinha, em que se sentou o angola, só então levado onde estava o cabeça.

O fiscal ergueu-se sorridente, abraçando o negro, que só então lhe entregou a pedra e, de olhos fixos nela, elevada ao sol, começou a tremer. Tirou então a enferrujada garrucha, descarregando-a duas vezes para o ar.

— Ocê tá liv'e, Môncu. Tá fôrru!

Só então Monco se pôs também a tremer, de olhos arregalados. João Fernandes aproximou-se da beira da água. O conde o seguiu.

O cabeça então lhe entregou o diamante, que foi visto e admirado pelos brancos. O contratador felicitou seu escravo:

— Você está livre, Monco. Boa sorte, seja feliz!

O escravo, que já tremia muito, como em acesso de maleita, pôs-se a chorar com a notícia oficial da liberdade. Valadares quis saber:

— Liberto por quê?

João Fernandes explicou a seu chefe:

— É do regulamento que o escravo achando um diamante de mais de uma oitava fica liberto, recebendo ainda quatrocentos mil-réis, um terno de roupa nova e uma faca. Pode, se quiser, continuar o trabalho, mas ganhando como operário livre.

João Fernandes devolveu a pedra ao cabeça:

— Você leve a pedra e o negro para a Intendência, entregando-a e recebendo a carta de liberdade e os mais prêmios para a rês.

A estrela achada pelo angolano era límpida e cor de água, arredondada e sem pinos. A emoção mudara a cor preta do cativo em fula, que é o baio-amarelado.

Os brancos regressaram de tarde. O conde confessava-se desiludido:

— É monótona a lavagem. Não me agradou, embora fosse tirada a pedra. João Fernandes, o diamante é feio. Gosto dele, admiro-o já lapidado, num solitário ou em colar no pescoço de mulher bonita...

João sorria com frieza.

Na Intendência regularizaram tudo. Já com a carta de liberdade na mão e o dinheiro no bolso da camisa velha, Monco estava aparvalhado, não acreditando no que se dera. Meia-Quarta perguntou-lhe:

— E agora, o que vai fazer?

— Premero bejá os pé di Nossinhóra du Rusáru, dispois bebê u'a lapada di cachaça...

Mostrou o tamanho da lapada: quatro dedos.

Quando o forro se retirava, o Meirinho perguntou ao cabeça:

— Deu o banho de despedida?

— Vontádi eu tivi, mais us brâncu tava lá...

Esse banho era uma sova, a surra de despedida, que os feitores e amos perversos mandavam aplicar nos negros que alcançavam a liberdade. Tornara-se costume e tradição das lavras e senzalas. Monco livrou-se dela, porque brancos de muita grandeza foram seus involuntários padrinhos.

Estava no opulento programa de agradar o hóspede uma ópera representada no salão teatro do Castelo de Chica. Zé-Mulher fizera tudo para seu conjunto de amadores brilhar na comédia *Chiquinha, pelo Amor de Deus*.

Adiada muitas vezes, chegara a noite que perturbara muitas noites do organizador da festa. A sala estava apinhada de gente da maior importância social do Tijuco. Custou a subir o pano de boca, mostrando, em pintura razoável, o rio com mineradores negros bateando, e longe, longe, enevoado por suas constantes brumas, o perfil do Pico do Itambé, nos seus 2.025 metros de altitude.

Começada a representação, salientou-se logo uma jovem de excelentes qualidades cênicas: Manoela, a portuguesa, amiga íntima de Chica. Comandou os amadores do começo ao fim. Ao terminar, teve tantos aplausos que muitos invejaram as mais que merecidas palmas. Os outros comediantes estiveram como água choca. Bastante sem espírito, inclusive o gracioso Amarinho.

A maior vitória de Manoela foi fazer o capitão-general rir espontâneo, riso alegre, humano. Ele e João Fernandes a cumprimentaram, ambos ainda com sorriso nos lábios. Outra vitória foi um beijo de Chica:

— Manoela, meu bem, sem você não há alegria neste salão. Você saiu-se esplendidamente! Você é um anjo necessário, anjo às vezes encapetado como hoje, na pele de Chiquinha...

E Zé-Mulher? Ninguém o felicitou. Esqueceram-no. Os que gozaram a comédia passavam por ele como por uma coisa sem importância...

Valadares e João Fernandes foram jantar em casa do Intendente. Chica escusou-se de os acompanhar:

— Não vou. Sinto-me indisposta e com a cabeça dolorida. Depois, tenho que conversar com amigas, sobre o chá de amanhã. Não vou mesmo.

Aquela tarde... aquela tarde fria... O que houve de muito grave no castelo talvez fosse encurtar muito a vida de Chica. Já viram a cabeça de água das enchentes repentinas dos rios, entre as montanhas? Com chuva imprevista mas violenta, as enxurradas despencam dos flancos das serras e confluem para os vales e enchem os rios, bramando, abrindo barrancos, arrancando árvores, rolando pedras. Arrancam cabanas, cercas, ervas, gados, gente... descem ululando, espumando e, como paredão líquido, devastam o que está na frente, lá vão...

Foi assim, na alma de Chica, a notícia que recebeu naquela tarde gelada, em Santo Antônio do Tijuco. Seus informantes indormidos nem calcularam como foi bruto o golpe despedaçante daquele segredo.

Contaram a Chica, atrás de portas fechadas, que João Fernandes e Manoela estavam se amando com loucura. Essa desvairada paixão já datava de alguns meses e eles se encontravam com frequência na casa do Contrato, onde João recebia pessoas para negócios de diamantes. O ou a espiã já vira, pelo vão da janela, um beijo na boca e abraços ardentes dos dois namorados. O ou a informante soubera que João Fernandes dissera ao hóspede fidalgo que, no Tijuco, só havia uma princesa capaz de fazer a felicidade de qualquer homem: essa princesa era Manoela.

Ouvida a terrível confissão, Chica tonteou, quase caindo. O monstro do ciúme, que ela já arrastara com tantos crimes nefandos, voltava a rondar seu coração, espiando-o com os frios olhos verdes.

O ou a intrigante, cumprida a sua missão desumana, indagou:

— Que vai fazer agora?

— Tenho a cabeça em chamas. Ainda não sei. Não costumo permitir que, no meu caminho, alguém me impeça de passar. Quando sofro, sofro sozinha, mas quando ajo, também ajo só. Minha carne está de novo em luta com esse desgraçado ciúme que já perdeu minha alma, por certas coisas...

Despediu a sombra que lhe trouxera aquele veneno, trancando-se no quarto. Chorou sem consolo, chorou como desesperada de qualquer amparo. Sentiu-se mais uma vez traída, mas ninguém traía Chica sem provar no corpo as garras de sua vingança, garras que acabavam sempre gotejando sangue.

Precisava deixar a tempestade ceder, para acertar seus planos, que ela realizava sempre com um sabor amargo de vindita sem quartel.

João Fernandes e o fidalgo voltaram tarde. Chica estava já deitada, fingindo dormir. Deixara ordem para nada lhes faltar, pois não queria que soubessem qual era seu ponto fraco de mulher que não se humilha. Eram os olhos inchados de chorar.

Não dormiu senão ligeira madorna, quase ao clarear do dia. João, ao se levantar, notou seus olhos empapuçados:

— Você chorou.

— Não chorei. Tive dor de cabeça a noite toda.

— Estive pensando: quem sabe sua dor de cabeça pode ceder com umas pitadas de rapé? A rainha Catarina de Médicis foi com o que se curou de enxaqueca terrível, que desafiava os médicos da corte. Curou-se com o uso de pé de fumo que ficou por isso conhecido como erva-da-rainha, quando o chamavam "divina erva". Experimente um caco de resguardo. Quer?

Ela esboçou um sorriso de crítica.

— Vou mandar vir o Malafaia.

— Ora, Malafaia... Essa ideia não é sua, é de mico. Minhas dores de cabeça quem as cura sou eu mesma: com água de açúcar e compressa de vinagre na testa.

Seria naquela tarde o chá, que as senhoras do Tijuco ofereciam ao capitão-general. Essas senhoras se resumiam em apenas uma, Chica, a que ofertava em nome de todas. Suas treze mucamas cumpriram o que ela determinara. As mesas para o chá, com lugares para quatro pessoas, ficavam, parte numa ala do jardim, parte sob as árvores comunicantes de sua chácara, ambos então floridos pela alegria da primavera.

Maria Jonjota, a doceira insuperável do arraial, arranjara os sequilhos, doces e salgados para o chá. Jelena lastimava o trabalho que a Sinhá resistia com a hospedagem do nobre:

— Sinhazinha adoece... é trabalho muito...

— Vou lidando enquanto posso. Mas não são apenas os trabalhos de mandar e fazer. Há outras preocupações que, essas sim, matam mesmo. Eu sou como garrafa de aluá, que suporta a pressão dos gases até quando pode. Quando não pode mais, arrebenta...

Às três horas, as mesas foram cobertas pelas toalhas da Ilha da Madeira, com uma jarra de prata em cada uma. Iam ser floridas na hora da festa.

A orquestra de Félix tocaria durante a reunião, a primeira ao ar livre que se realizava no arraial.

João Fernandes e o governador estiveram na Intendência até três horas e, ao chegarem ao castelo, já se estavam reunindo convidados seletos. Lá se encontravam os padres Zuza e Pessoa, os majores Guerra, Tôrres e Moura, Aguirre e senhora, o Dr. Malafaia, o Dr. Pestana, o capitalista Chamusco e esposa, Juvenil, Santa-Casa e Bode-Rouco (sempre convidados para espalhar as notícias), Vavá, prático antigo da Botica de Garrafagem, e Fred (os dois inseparáveis da Diva-Botelha), Olinto, Zé-Mulher, Amarinho... Iam chegando aos poucos outros amigos de ocasião.

Os homens preferiram esperar no alpendre e as senhoras foram levadas para o salão de visitas, onde já estava Chica, muito acolhedora e bem vestida como sempre.

Foi quando chegaram Valadares e João Fernandes, que também preferiram a varanda. O conde estava comunicativo:

— Assisti ontem a uma lavagem do bagulho na lavra. Tivemos sorte, porque apareceu um bom diamante. Mas o que me impressionou foram os campos, as colinas e as várzeas, todos abotoados com profusão de flores como jamais vi.

Padre Zuza, sempre caladão, resolveu conversar:

— É tempo das floradas na montanha. Nas lombadas florescem os ipês-amarelos, brancos, róseos e roxos, as candeias, as sucupiras, os paus-de-óleo, as aroeiras, os bálsamos, os jequitibás, o vinhático, o cedro, a macaranduba, a sapucaia, a canela-menina, a canela-de-cheiro, o murici-vermelho, tudo madeira de lei. Nas caídas das serras, a quina, a murteira, a caxeta, a jangada, o catucaém, o jatobá-roxo, a cabeluda, o araxá-piranga, o pau-tatu... Nos campos, a cagaiteira, o pequizeiro, o açoita-cavalo, a lobeira, o cambotá, o araticum, o monjolo, a umburana e, rasteiros, a fruta-de-barata, a gabiroba, a almécega, o alecrim, a uvaia-miúda, o bacopari, a cigana-da-serra... Nas várzeas, o lírio-bravo, a canela-de-ema, o assa-peixe, as trepadeiras roxas, vermelhas e amarelas, as sempre-vivas miúdas, as sempre-vivas grandes... Tudo está em flor no rebentar das seivas de setembro, pois isso, essa lindeza toda, é a primavera do Brasil.

O nobre sorriu, à curiosa enumeração e, querendo diminuir o velho padre, pilheriou:

— O senhor é botânico?

— Não. Sou amigo de minha terra.

— Mas esta terra de que o senhor tanto se gloria é também nossa, é também minha, é de Portugal.

O padre engasgou, sentindo-se tonto. Não podia responder ao dono do Brasil... Porque era verdade o que ele dissera, estava nas leis das conquistas — a colônia era de Portugal, mandavam nela, arrasavam-na, pisavam seu povo, humilde e altivo a um só tempo. O capitão-general, desviando a vista do padre, começou a respirar fundo com lentidão, muitas vezes, como enlevado.

— Que aroma agradável este! De que é, João Fernandes?

— É do craveiro-da-índia, que também está florindo na chácara. É realmente um perfume suavíssimo. Pessoas aqui chegadas contam que sentem essa fragrância a uma légua daqui, levada pelas brisas da serra. Dizem que o aroma que estamos respirando é mais suave que o do bálsamo de Meca da Arábia, e mais doce que o do óleo malabastro, que é feito de folhas destiladas da canela-de-ceilão. Temos aqui o cravo-da-serra, planta que viceja em alturas, e cuja flor tem perfume comparável em doçura ao chaque-das-molucas, que esse é seu nome lá. Aliás, muitas árvores trazidas para esta chácara estão florindo: cerejeiras, macieiras, caneleiras, nogueiras, cajueiros, ameixeiras do Japão. A ascensão da seiva, que é sangue que explode em flores, que são bocas sorrindo. A primavera nas Gerais anima, alegra, excita as árvores, os bichos do mato, os corações humanos... Deus do Céu, nós te agradecemos a alegria da vida que nos dás, nos polens da tua primavera.

As senhoras convidadas para o chá estavam quase todas reunidas no salão de visitas. Leve fumaça desprendia-se dos perfumadores de bronze, onde se queimava âmbar cinzento.

Já eram quase quatro horas e os amigos da casa esperavam, conversando na varanda.

Chica estava sentada em frente da porta principal do salão, que não era seu lugar preferido. Dali ela via, sem voltar o rosto, quem entrasse na sala.

Um pouco nervosa, ela indagou de Dona Céu:

— Nossos convidados chegaram todos?

— Faltam Leonora e Manoela.

Chica, bastante impaciente, bateu o leque fechado na outra mão. Nisso chegaram as retardatárias. Chica levantou-se com grande imponência e, quando Manoela penetrava sorridente no salão, falou-lhe bem alto, bem claro:

— Que vem fazer aqui, mulher cínica? Vem buscar seu amante João Fernandes, para sua pouca-vergonha de mulher depravada? Você me enganou por muito tempo, mas agora escute minha ordem: Saia daqui, cachorra! Estou te tocando! Nunca mais pise na minha casa, sua puta!

D. Leonor, chocadíssima, balbuciou:

— Que é isso, Dona Francisca?

Chica não respondeu. Ofegava, pálida, trêmula, desvairada.

Manoela tapou os olhos com as mãos, soluçando alto. De pé, na entrada do salão, parecia paralítica, petrificada.

D. Leonor abraçou-a, saindo com ela ainda sacudida por violento soluço. D. Céu e D. Cândida levantaram-se, decerto ofendidas com aquela desfeita brutal à sua patrícia. Chica percebeu que elas ameaçavam sair, exclamou em tom decidido:

— Ninguém saia do salão. Pode ser pior para quem se retirar.

Sentou-se, refrescando a face com o grande leque de plumas brancas. Ainda estava arfante do esforço colérico.

Dirigiu-se então a D. Lúcia, esposa do Intendente.

— Está ficando tarde para o chá. Vamos descer para o jardim. — Levantou-se, já sorrindo: — Vamos, minhas amigas, até me esquecia de que estão sem lanche.

As senhoras desceram as escadarias num silêncio mais constrangedor. Quase todas tremiam. Ao passar pela varanda, Chica fez convite geral:

— Vamos descer. Nosso chá está esfriando...

Quando os dois grupos se reuniram, Chica aspirou fundo o aroma embriagador do cravo-das-molucas.

— Ai, que coisa gostosa... Que cheiro de pecado...

Era esfuziante a alegria no garden-party de Chica.

Enquanto os convidados tomavam seus lugares, Chica pediu licença para se retirar um momento. Esquecera um lenço... Podia mandar buscá-lo, não o fez.

— O lenço que eu quero só eu sei onde está.

Acontece que falavam muito que ela andava de cabeleira por ter os cabelos carapinhos, o que não ficava bem para dama de seu estadão. Pois deixou crescer os cabelos, andando por vários meses ou de cabeleira ou de turbante na cabeça.

Já nos seus cômodos, tirou a peruca, penteando os bastos cabelos negros ondeados, no rigor da moda europeia. Em vez da carapinha, estava ali uma cabeleira natural de mulata, filha de branco puro, cabelos ondeados sem exagero, mas corridos como os cabelos dos puris.

Depois de penteada, pôs ao lado da cabeça um bogari e desceu para o jardim, onde reparavam sua demora. Quando chegou, houve sensação. Era a primeira vez, na nova fase de sua vida, que ela aparecia com os cabelos sem artifícios.

João Fernandes sorriu, de boca aberta, feliz da vida. Bateu palmas, no que foi acompanhado por todos. Ela sorria também, com vaidade, satisfeita do sucesso que estava fazendo. Juvenil comentou entre os seus:

— Ficou diferente, mais natural, mais mulher...

O conde foi na onda dos outros:

— Parece outra princesa... Mudou muito, se possível para melhor. Até há pouco era uma brasileira lisboeta ou parisiense. Agora é mesmo brasileira da bela Capitania das Serras das Minas Gerais...

Deixou cair os olhos, agradecendo. Ficara um tanto encabulada com as atenções unânimes. A cabeleira negra salientava o branco imaculado daquele bogari e a flor fazia mais pretos seus cabelos.

Na mesa do Padre Pessoa o Major Guerra murmurinhava:

— Ora, não sabíamos que ela possuía os cabelos mais encantadores do arraial... Pra Dona Chica ser completa não falta nada.

O Padre Pessoa falou como se rezasse:

— O teu cabelo é como rebanho de cabras que pastam em Gileade... A tua cabeça sobre ti é como o Monte Carmelo e os cabelos de tua cabeça como a púrpura...

Rezava mesmo o *Cântico dos Cânticos*...

Valadares falava, a olhar os galhos verdes, sob os quais estava parte das mesas:

— Muito agradável. Os ingleses é que apreciam chás em jardins e sob árvores.

O serviço de chá daquela tarde foi de porcelana cor de salmão transparente da China, feita como joia, no tempo da Dinastia Ming, e tinha a marca, a fogo, da fábrica de Pequim.

Padre Pessoa forçou a conversa:

— O governador tem gostado de nosso arraial?

Muito no ar, respondeu:

— Oh, sim. Interessante.

— E de nossas águas?

— São puras.

— Não só isso, Excelência. São verdadeiros remédios para muitos males e conservam a saúde. Aqui é lugar de pessoas longevas. Temos nove centenários no distrito. Nos tempos antigos, Ponce de León saiu de Porto Rico levando muitas caravelas, em busca de uma fonte que restituía a mocidade. Não a encontrou na Flórida, porque ela mana das montanhas de Vila Rica e do Tijuco...

O nobre, desinteressado, encarava aquela figura magra, esquálida e de cabelos alvos, que desmentiam as virtudes das águas que acabava de enaltecer.

Sem ser lembrado nem esperado, acabava de chegar o Dr. Malafaia.

— Como passou o dia? O avito cedeu? Olhe, Excelência, as águas daqui não ajudam o emulsionamento das gorduras ingeridas e isso provoca incômodos que se traduzem em arrotos ácidos e outras complicações. O Capitão-General Governador Gomes Freire de Andrade considera esta região doentia.

Valadares virou o rosto para D. Fátima, como querendo falar, mas Malafaia insistia:

— O quilo, em vista do excesso de acidez, perturba-se, retarda o trabalho do ventrículo e enche a tripagem de emanações turbilhonantes, que determinam melinconia e, por compressão, náuseas. O fígado...

— Mas já estou bom. Não sinto mais nada.

— ... reage logo; é a maior víscera, que se defende do bombardeio toxêmico mas concorre para o humor hipocondríaco de uma digestão serôdia.

Chica estava atraente, no vestido de seda azul-céu dorido de Sidônia, com decote baixo, exibindo o entresseio moreno, mal velado por uma rosa amarela. Não usava a não ser um bracelete de safiras de Ormuz e brincos de turquesas da Macedônia, além de solitário rubi de Ceilão, de um vermelho-cochonilha.

Mal se acomodou na mesa vizinha, Malafaia não esqueceu o assunto:

— A consequência de tudo pode ser ventosidades, más irritações químicas com fatores misteriosos, que não raro degeneram em febres podres, de epílogo sempre letal.

O viajante dirigiu-se às senhoras suas patrícias mais próximas:

— Entrevejo em vossas fisionomias o elogio do clima das montanhas, mas está visível em vossos olhos a saudade de Portugal.

D. Fátima sorriu com tristeza:

— Ninguém esquece Portugal. Os que o conhecem vivem com ele no coração, e os que dele têm notícia, estão com ele na esperança.

— Mas aqui as patrícias estão acolhidas como irmãs; Dona Francisca adotou-as como filhas. Ela fez de Manoela uma filha querida. Disse-me que ela é sua maior amiga, por quem morre. É verdade, não vejo Manoela!

D. Céu, com enorme desaponto, só pôde responder:

— Ainda vem. Retardou-se um pouco. O senhor Conde conhece tudo, quanto a nós portuguesas. Dona Francisca foi o que nos valeu; temos a impressão de estarmos em passeio por outras terras. Foi o coração mais cálido que encontramos na colônia.

Uma jovem mucama vestida de verde, com argolões de prata, cabelos empoados de branco e avental de linho enfeitado de rendas de goma, sapatos claros de salto à Luís XV, chegou à mesa do brasonado trazendo o chá. Chica levantou-se e foi servi-lo em pessoa.

João Fernandes começava a intervir na conversa:

— Nós aqui também tomamos chá... Para nós é agradável e estimulante nos cansaços em que vivemos, trabalhando não raro dia e noite. Aliás, na China e no Japão, ele é usado contra a fadiga. Contam que, em tempos remotos, Devuma era apóstolo budista na Índia, e saiu pela terra pregando sua crença. A rezar, em permanente penitência, venceu tantas noites sem dormir que um dia, baqueado pelo cansaço, não viu quando o sono chegou... Ao acordar, estava envergonhado e com uma tesoura cortou as pálpebras, atirando-as no chão. Esses mulambos de pálpebras enraizaram, vicejaram, nasceram em forma de arbusto e esse arbusto é o chá. A China começou então a usá-lo contra a estafa.

Todos sorriam com polidez.

— Neste rancho, tomamos o chá boi, que é seco ao sol; o chá-preto, seco no forno; o *chá souchong* e o *chá haison*, que são muito puros; o chá imperial, que para mim é o melhor; o chá padre, também bom; o chá de caravana, de incomparável perfume; o chá metino, vindo de Metina, da ilha de Lesbos, muito apreciado pelos antigos. O que estamos bebendo é o *haison*, de origem inglesa.

Malafaia sorriu, mostrando todos os dentes cariados:

— Os ingleses gostam disso. A falar verdade, dou mais pela nossa congonha rosa, pelo nosso bate-caixa ou pela nossa azeitona-do-mato, que pelos chás caríssimos que Dona Francisca é a única a servir nas Gerais. Eu por mim só conheço o chá das dores, para as mesmas, e que se vende nas boticas.

O conde nem olhou para o palpiteiro, mas esse forçou-o a ouvi-lo:

— Senhor governador, esse chá é, além de caro, bom para o ventrículo, como estomáquico.

Preferia, no entanto, para seu caso, o chá de folhas de mamão, sem açúcar.

Padre Pessoa, envergonhado das gafes do patrício, desviou-o para outro assunto:

— Doutor, sabe do caso da mulher protegida de Dona Francisca e curada de úlcera nasal externa, com uma garrafada de certa parteira da Vila do Príncipe?

Ele riu sem compostura:

— Sei. Mas que houve demais na cura?

— Você mesmo declarou em minha presença que a mulher estava com um cirro.

— Exato. E que tem cirro? Eu curo o cirro! Depende de certo regime, repouso e medicação ininterrupta!

Inteirado do caso, o Conde se interessou:

— Se o senhor cura o cirro, é um dever de humanidade proclamar sua descoberta, entregar a seus colegas a milagrosa medicação.

— Ah, senhor conde, custou-me descobrir isso. Não vou abrindo mão do meu segredo assim, por duas razões... Só eu sei quantas noites de sono, quantas fomes curti para descoberta da garrafada para essa cura!

O padre alterou-se:
— Perdoe-me, mas aqui só vi cura de cirro pela parteira da vila.
— Ora, parteira! Uma idiota que nunca estudou biologia nem a flora médica de onde retirei o remédio, para cura radical de qualquer cancro!
— É parteira aprovada, com ordem de curar feridas e tumores cirrosos.

Aproximou-se nova mucama, vestida igual à outra, mas de cabeleira empoada de verde.

Bebiam o chá perfumado, a água de rosas e a mucama de cabelos verdes oferecia sequilhos, sonhos, torradas finas de pão de ló, figos cristalizados, uvas-passas, damascos secos.

O doutor achou brecha para feio autoelogio:
— Como disse, descobri a cura de muitas moléstias, como a lepra, a moléstia de alfaiate, o cirro, que outros chamam câncer. Comuniquei tudo a Dom João V, não tendo resposta. Vou agora oficiar a Dom José I e ao Marquês de Pombal...

Valadares obtemperou, de senho carregado:
— É preciso não acusar os reis nossos senhores de negligência, doutor. Eles são intocáveis. Os vassalos podem pedir graças, mas acusar, nunca. Depois, o senhor se arroga a descobridor da cura da lepra, mas pense na Mesa da Consciência e Ordens, porque isso é assunto teológico. A incurabilidade da lepra é dogma para os doutores da igreja. O Tribunal do Santo Ofício pode pedir-lhe contas, o que será lamentável, desde que a Santa Inquisição jamais perdoa blasfêmia de ninguém.

Malafaia encolheu-se como a morre-joão, esbarrado.

O conde voltou a falar com as patrícias:
— As senhoras não conhecerão mais Lisboa, ao regressar. O Marquês de Pombal levantou das cinzas uma nova metrópole de mármore, palácios, aquedutos, avenidas.

Malafaia de novo se intrometeu:
— Tem ido da Capitania das Gerais ouro às pampas, diamantes muitos para essas obras...

Valadares pareceu ofendido:
— E para que precisamos da colônia, a não ser para ajudar o Reino a crescer e tornar-se rico?... Mantemos essa custosa máquina administrativa e judiciária apenas por desfastio? A Índia tem dado a Portugal suas especiarias e pedras preciosas. A África está exportando vinte mil escravos por ano, peças com que abastecemos, abarrotamos o mercado negreiro da Europa.

O doutor balbuciou:
— Pra o Brasil vêm muitos...
— Não vêm quantos desejáramos. Precisamos mais reses aqui para mais ouro, mais diamantes, mais couros, mais Brasil. Não pense que o insignificante ouro do Brasil enfrenta as despesas de um rei como Dom José I, que Deus proteja. O ouro desta colônia está é diminuindo! Que valem as miseráveis cem arrobas de ouro, que nem isso agora vai, sem o direito real das derramas?

Terminaram o chá, pois estava escurecendo. Valadares depusera o guardanapo em que alimpara os lábios.

— Dona Francisca, lembrei-me aqui dos chás de Londres, onde tomá-los é um ato intelectual, para não dizer litúrgico. Mas nem lá eu o sorveria com mais prazer, pois o de seu castelo tem os requintes que exigem para bebê-lo os mandarins do Japão. A senhora pode-se gabar de ter erguido, nas pedreiras ásperas do Distrito Diamantino, um delicioso oásis para quem chega do deserto, que é o planalto central desta capitania. Nessa ocasião, não falta a sagrada hospitalidade dos beduínos, nem a água fria, nem as tamareiras agora em flor, nem os lírios que vejo nos vossos assombrosos jardins. Felizes os que aportam a este refúgio na Serra. Os que são abrigados como eu sob as palmeiras floridas de sua chácara e gozam a presença dos donos desta ilha de fartura que se chama Santo Antônio do Tijuco. Os jardins de Carlos Magno foram considerados maravilhas da terra por terem macieiras, nogueiras, cerejeiras... Sua chácara possui desde a canela-de-ceilão às uvas de Jesus, de Portugal, dezenas de plantas exóticas bem aclimatadas. Mais vale, porém, nesta tenda de acolhida árabe, o calor humano de sua bondade.

Como esfriasse, Chica mandou buscar um agasalho, vestindo riquíssima peliça de raposa negra, que na Turquia só era usada pelo sultão e por seu grão-vizir.

As senhoras se entreolharam, cheias de espanto. O conde também se admirou, nem tendo palavras para qualquer elogio. Chica usava com volúpia o que era inacessível a qualquer outra mulher, não na colônia, mas nos salões de qualquer país do universo.

Nessa altura, o homenageado se levantou, ajeitando a farda, pois era reclamado pelo intendente para negócio na sua repartição.

Chica estava irradiante na sua simpatia acolhedora.

— Senhor Governador, o senhor vai é na cadeirinha dourada de meu uso particular. Faço questão disso.

— Estão aí os cavalos... Mais uma gentileza que lhe fico a dever. E voltando-se para o intendente:

— Vou na cadeirinha de Dona Francisca. Vou importante, no veículo da mulher mais rica debaixo do sol americano. Talvez da mulher mais rica do mundo... Vou no palanquim da Sultana Sheherazade das *Mil e Uma Noites*... O senhor pode ir a cavalo.

Sorria, ungido da felicidade que nunca tivera. Chica também sorria, ensolarada do mais justo orgulho. Em torno dela todos sorriam.

Apenas Malafaia, ficado para trás do grupo elegante, aproveitava para limpar o nariz com o dedo fura bolo.

A humilhante agressão feita a Manoela por Chica fora logo sabida por toda a sociedade local. Não houve quem não ficasse ao lado da milionária.

Na população de mulatos e negros, Chica era por justas razões muito querida, e, em geral, odiavam os portugueses usurpadores dos direitos do povo.

O capitalista Chamusco inflamou-se com irradiante euforia:

— Viram? Viram quem é Chica? É mulher de muita coragem... É mulher como o diabo! Essas gringas chegam aqui murchas de fome e, não demora, aparecem de bunda armada, arrastando empáfia. Estas que vieram sacudidas pelo terremoto foram protegidas, não sem meu protesto, por Dona Chica. Ela arranjou empregos para os chumbinhos, na Intendência para uns, para outros no comércio. Sempre viveram das sopas do castelo e agora, zás! Uma delas toma o homem da protetora, torna-se amante do protetor... Esqueceram que aqui é Chica que manda... Descobriu tudo... escorraçou a frega de sua casa, na fuça de todo mundo, ao meio-dia com o sol quente...

Dona Agda, esposa de Aguirre, também aprovou a afronta:

— Está aí uma coisa boa... Eu sempre disse: essa frequência exagerada de Manoela à casa de Dona Francisca me põe sal na moleira. Pode não ser por amizade, mas por amor... Fiquei foi admirada de demorar tanto a ser descoberta a tramoia.

Padre Zuza soube logo, falando com reserva:

— Está aí o que eu nunca imaginei. Se o caso é verídico, a Chica tem razão, em parte. Não gosto de soluções violentas. Podia o tumor furar por si, dispensando ferro.

Os felisbertos embandeiraram-se em arco. Bode-Rouco adiantava as coisas:

— Dizem que a cachopa já está cuspindo no chão... Coisa de três meses... Mas Chica não alisou não. Falou tudo na dureza, na cara da sirigaita...

Juvenil deliciava-se:

— João Fernandes tem bom gosto. Manoela é moça de muita boniteza. Podia tanto ter sido eu...

Santa-Casa desabafava:

— Vá a gente se fiar nas branquinhas do Reino... Não invejo o garanhão. As negras são quentes, as mulatas pegam fogo, mas as brancas são desenxabidas...

No mesmo dia do escândalo, Manoela já estava desmoralizada no Tijuco. Não se conhecia uma só pessoa nacional que ficasse contra Chica. Mais uma vez, ela aparecia como heroína incontestável de coragem, franqueza e decisão bem recebidas. Quando soube do fato, Rodolfo ouviu o intendente. Queria queixar-se a João Fernandes, da desconsideração sofrida pela filha.

— Nem pense nisso. Cale a boca. Você não conhece Dona Chica. Se vai questionar com ela, o mundo vem abaixo. O menos que pode acontecer é você ficar sem o emprego, ser tocado daqui. O melhor é calar. Aqui o que cala é quem discute melhor. Você não conhece o Brasil. Nós oprimimos no máximo sua canalha, mas, quando pode, o mulato levanta a cabeça... Eles têm a mística de uma coisa que chamam liberdade, coisa difícil de vencer. Nesta capitania, quando dois negros estão juntos, conversam em mulheres mulatas. Quando estão juntos dois mulatos, o assunto é mulher branca. Se conversam dois brancos, o assunto são diamantes. Mas se encontram um preto, um mulato e um branco, o assunto é liberdade. Fique calado, que o tempo normaliza tudo.

— Na porta da Igreja do Carmo, no domingo de missa, falando sobre mulheres bonitas do Tijuco, alguns casquilhos nomeavam as de sua predileção. Pimentinha deu o próprio palpite:
— Pra mim a mais bonita daqui é a Manoela. Não tem rival.
Papa-Gia, que se achegava ao grupo, tinha sentença:
— Bonita ela é. Mas não vale nada. Moça amante de rico sem pudor... Homem que já correu mulheres d'aquém e d'além-mar, de todas as raças, catedráticas de vícios que não foram conhecidos por Semíramis e Valéria Messalina... Manoela pra mim vale menos que as sabichonas do Beco da Alegria.

Todos concordaram. O Beco da Alegria era onde moravam as meretrizes.

E, no entanto, não era verdade o que contaram a Chica, nem Manoela era devassa, conforme opinião agora geral. A filha de Dona Leonor fora vítima de uma intriga provocada por despeito.

Tudo nascera na noite da ópera *Chiquinha, Pelo Amor de Deus*, muitíssimo ensaiada por Zé-Mulher. Coubera o papel de gracioso, cômico muito apreciado pelo público, a Amarinho, secretário particular de Chica. Amarinho era vaidoso e, sendo da intimidade do castelo, julgava-se grande sujeito, merecedor de atenções gerais. Fracassado como seminarista, caiu no ramerrão da vida tijucana, querendo ser em tudo o maior de todos.

Representando para o capitão-general, julgou-se digno dos aplausos mais vivos. Não teve nenhum. Foi infeliz no seu papel, fracassando de alto a baixo. Chica lhe prometera recomendá-lo ao governador, em vista do sucesso de sua ação, que seria dominante na comédia.

O que fez no palco foi uma vergonha. Até Chica o reconheceu.

E Manoela? Manoela brilhou. Recebeu aplausos unânimes, inclusive do governador, de João Fernandes e o beijo de Chica, quando lhe disse que a alegria de seus salões era ela.

Aquilo doeu em Amarinho. Todo seu florido projeto de granjear a admiração do conde fora por águas abaixo. Com o seu sucesso, ele talvez fosse para Vila Rica levado pelo maioral, como funcionário reinol. De lá para Lisboa seria um pulo...

Falharam seus projetos. Representara mal, com a nota péssima.

Amargando a inesperada decepção, atribuiu a Manoela, por ser espontânea, formosa e engraçada, seu papel triste de canastrão moço. O papel de gracioso fora representado de forma insossa, forçada, de pastelão idiota. Nunca ouvira falar de sua rival senão bem. Nunca também soubera ou vira nada, nada que depusesse contra sua moral severa de filha de boa família. Pois Amarinho concebera, para vingança, a infâmia que redundara na completa desmoralização da jovem. Ele bem pensava, e talvez soubesse mesmo, que o insulto recebido pela portuguesa não ia ficar só naquilo. Conhecia os ímpetos grosseiros de Chica, ímpetos que reviviam as taras de vinditas herdadas de sua mãe africana.

Esse infame recalcado, esse verme que rastejava com a etiqueta biológica de "Amarinho", lograra sua nojenta desforra, mudando o rumo da vida de uma adolescente respeitada até ali, mesmo pelas bocas mais sujas da maledicência. Com sua baba asquerosa, o destino de Manoela fora desnorteado, perdeu o brilho inquietante com que esplendia até então. Ninguém conseguiu tirar de sua vida a nódoa lançada pelo irresponsável. Lembrando o sinistro fim de Zezinho, de Catarina, do filho de Mariana e de Gracinha é que se calcula o perigo que Manoela corria. Ninguém esquecera o acontecido com Anselma e Bonifácio. Porque Chica da Silva tinha capacidade até para mais.

Vários admiradores de Chica e João, além dos prostrados aos pés do governador, ficaram no salão de visitas até bem tarde, bebendo o uísque da Escócia, que era melhor quando misturado à água doce do Tijuco. Várias senhoras enfeitavam o serão. Em certo momento, o contratador pediu licença e, ao sair, passando pela mesa central de pés de cabra, onde estava esguio vaso de murano, derrubou-o. O vaso espatifou-se.

Chica apertou num espasmo as mãos unidas, ficando sobressaltada. Benzeu-se, nada dizendo. Malafaia sorriu com maldade tola:

— Dona Francisca tem superstição de ver se quebrarem vasos, pratos e taças de cristal...

— Tenho mesmo. Sou supersticiosa e não nego. Ainda ontem, um beija-flor pardo de cauda branca entrou na varanda, pairando na minha frente. Os muitos sustos que tenho passado fazem mais viva minha cisma.

João desculpou-se, brincando, e todos riram da declaração da senhora.

— Podem rir. Tenho medo desses avisos. Há muitas coisas misteriosas na vida. Vou bater em madeira três vezes, para afastar as desgraças.

Com a franqueza de Chica, muitos dos presentes ficaram amedrontados. Na sua pose de hóspede tratado como rei, só o conde não sorriu nem falou. Parecia triste.

Na manhã fria, às oito horas, o governador tomava sua primeira refeição na sala do almoço.

Já apareceu ostentando o fardão verde agaloado de ouro, uniforme de dignitário máximo da capitania. Em seguida, recebeu pessoas com audiência marcada. Falou por muito tempo com o Capitão Morais Cabral, Comandante dos Dragões Imperiais, conversando com o Tenente Carneiro, do Comando dos Pedestres, e com o Tenente Pingo, que comandava interino as Ordenanças do Rei. Os comandantes dessas companhias retiraram-se, depois da entrevista.

Havia nos quartéis desusado movimento, sendo recolhidos durante a noite os pedestres e dragões volantes da Ronda do Mato.

Às nove, Chica mandou-lhes servir um Porto em cálices de prata. Almerinda, a mucama que levou a bandeja, com cabelos à alemoa, bem puxados para cima, balançava nas orelhas lunas de pedras caras e vestia-se de amarelo-ipê, com laçarote branco na cintura leve. Seus sapatos tinham atacadores de fitas vermelhas, que subiam, cruzando-se pelas pernas. Quando ela se retirou, o conde fez sinal com o olho para o doutor fiscal da administração:

— É assombroso. Até as mucamas aqui parecem princesas. Viram a Almerinda com brincos pendentes de celidônia nas orelhas?

Mal saíra a ladina, surgiram os dois pedestres que faziam o correio oficial de Vila Rica.

Bateram ruidosa continência no patamar. Como João Fernandes chegasse ao grupo naquele instante, o governador pediu-lhe licença:

— Preciso de seu gabinete para ler a correspondência.

— Toda a casa é de Vossa Excelência.

O próprio contratador o acompanhou, levando o malote oficial.

Nesse ínterim, passava pelo portão da chácara um troço de Dragões, já em ronda nas ruas.

João Fernandes voltou à varanda, onde estavam oficiais e suboficiais. Chegaram outros suboficiais dos vários corpos, às ordens.

Chica ainda dormia, pois deitara-se tarde, queixosa de cansaço do movimento excepcional do castelo naqueles dias. Porque o palácio de Chica passara a ser, havia onze dias, a sede da Governadoria das Minas Gerais. A bandeira da capitania se hasteava pela manhã, em mastro ao lado do portão de ferro, sendo descida à tarde pelos militares.

A campainha de prata do gabinete vibrou com nervosa estridência. Semeão, sempre às ordens, foi atender logo.

O governador chamava João Fernandes.

Mal entrou no gabinete, o conde pediu que fechasse a porta. Tinha em mãos grande envelope branco, onde se viam o sinete imperial e o selo de puridade.

O governador beijou o invólucro, reabrindo-o, porque já lera o ofício.

— Caro Contratador, acabo de receber notícias não muito boas com referência a Vosmecê.

Olhos fixos no conde indagaram o que havia.

— El-Rei Nosso Senhor Dom José I, que Deus guarde, pede sua presença com brevidade em Lisboa.

Um choque tremendo emudeceu o contratador. A fisionomia do capitão-general era grave:

— El-Rei manda e ordena que Sua Senhoria parta do Tijuco, no prazo improrrogável de três dias!

O intimado reagiu, aprumando-se:

— Em três dias é impossível, Excelência. Tenho compromissos, família, sou Contratador, e, se deixar o Contrato sem assistente de minha confiança, el-rei e eu teremos imenso prejuízo. Não tarda a época das lavagens do cascalho, e o prazo que recebo é curto demais!

— Quer dizer que não obedece à Ordem Real!

— Não desobedeço; preciso é prazo mais dilatado para seguir, deixando meus negócios em ordem.

— Isso é impossível, senhor. Não cumprindo a ordem de el-rei de enviá-lo com data marcada, eu posso ser desterrado do Paço Imperial, o que seria infâmia demais para gente de meu sangue!

Meio vencido, João Fernandes sentou-se, mas o conde ficou de pé, com o ofício aberto na mão.

— Sua Senhoria, se desrespeitar uma ordem direta do Rei, incorre em falta de inconfidência, que é rebeldia e deslealdade contra S.A.R., cometendo crime de lesa-majestade, que é crime de cabeça, com sequestro de bens e infâmia para sua geração!

— Estou às ordens de Vossa Excelência, para seguir dentro do tempo determinado. Viva el-rei!

Estava vencido. O conde sentou-se, abrandando a arrogância.

— Sua chamada à Metrópole não pode ser interpretada como punição. Estamos no fim do sexto contrato e talvez o Ministro Marquês de Pombal tenha aconselhado a el-rei a renovação do mesmo, como vem acontecendo desde 1750. Acontece que também eu estou chamado a Lisboa e viajo com o amigo. Seguiremos pela nau de guerra *Sereia*, que volta de Macau trazendo especiarias do Oriente e nos espera no Rio.

Enxugava os olhos de lágrimas fingidas. O que ele não disse é que João Fernandes estava praticamente preso, e foram adotadas severas providências para lhe evitar a fuga. Os caminhos estavam bloqueados e havia sigilo de todas aquelas ordens. Durante vários dias, houve conferências do governador e intendente com os comandantes militares, para evitar pânico na população e possível revolta de Chica da Silva contra a viagem, pois os portugueses sabiam que ela era temperamental.

João Fernandes sofrera áspero choque, mas Chica via longe e começou a tratar o conde como inimigo traiçoeiro.

João Fernandes ia dispor as coisas para viajar com urgência. O governador acenara-lhe com a renovação do contrato, mas fora escandalosamente desleal com o amigo, que o hospedara como príncipe. Não merecia o trato recebido.

Pombal tinha espiões em todos os lugares de projeção colonial e João Fernandes, senhor de extraordinária riqueza, inquietava a Coroa. Era o contratador mais feliz de todos e arrecadara inacreditável quantidade de diamantes, somando assombrosa fortuna. Sua importância social também era enorme e ele e a amante dominavam a Demarcação Diamantina com prerrogativa de reis. Esse casal se tornara o mais rico da América Portuguesa e Pombal conhecia a influência desse líder econômico na confusão social do mundo naquela época.

Valadares viera ao Tijuco longínquo com o fim exclusivo de afastar João Fernandes do sertão, e o rei ordenara que ele levasse o minerador por bem ou por mal. Escolheu sua casa para hospedagem, conseguiu-o. Foi acolhido como amigo, teve homenagens. Fingiu vencimento da hipoteca para alcançar dinheiro. Embolsou-o. Depois, cumpriu a determinação real, com falsas lágrimas.

Ocultou de todos sua missão de pusilânime. Guardou os presentes, dançou, comeu, dormiu em cama suntuosa e até sobre rosas, como na noite da febre. Ouviu serenatas, foi a diversões, bebeu vinhos caros de França e Espanha.

A cascavel armara o bote e pôs-se a esperar a aproximação da vítima. Picou-a.

Saindo do gabinete, João Fernandes foi ao encontro de Chica, no seu quarto. Ela estava calma e sorria, toda de linho branco e a cabeça envolta em lenço de seda creme.

— Francisca, vou a Lisboa.

Ela encarou-o com espanto.

— O rei mandou me chamar.

— E pra quê?

— O governador pensa que é para renovação do contrato, que finda a 31 de dezembro.

— Você foi acusado de alguma irregularidade?

— Não.

— Suas contas estão certas, bem escrituradas?

— Estão em ordem.

— Nas suas conversas com o conde, não fez alguma censura ao Rei ou ao Marquês de Pombal?

— Nunca. Não tenho razões para isso.

— E quando é que você parte?

— Dentro de três dias, sem falta.

— Pois eu não quero que você traqueje com lamúrias ou desculpas com esse irmão de Judas que está aqui.

— Por que diz isso?

— Porque é preciso agir com discrição e dignidade, para que não pensem que você tem medo. E também porque é difícil passar ao alcance das patas do tigre sem o risco de ser apanhado por suas unhas. Vou arranjar suas malas.

João Fernandes saiu precipitado.

Chica, ainda de pé, monologou abatida, fingindo-se forte:

— Somos ricos demais para sermos felizes. Esse sujeito que se diz fidalgo está com trapaças conosco. Lida com João como gato brinca com ratinho. Há qualquer coisa que ele sabe e não diz. Obrigar a esses portugueses a serem leais, só rezando o Credo às avessas.

Todo o arraial já sabia da inesperada viagem do contratador. Paulo Horta chegou alvoroçado à casa do Padre Zuza, quando ele acabava de almoçar.

— Padre Zuza, João Fernandes foi chamado com urgência a Lisboa!

— E qual a razão?

— Ninguém sabe, mas o povo está assustado.

— Vai fazer boa travessia. O tempo agora é favorável às naus do comércio e ainda mais às naus de guerra.

— Pois eu estou com medo dessa viagem feita assim, às pressas.

O professor saiu; parece que andava naquela manhã encarregado apenas de espalhar a notícia. Chegou também muito inquieto o Dr. Malafaia:
— Soube?
— Acabo de saber.
O doutor estava misterioso:
— Mas talvez não saiba é que as tropas do rei estão de prontidão desde ontem. Os quartéis estão impedidos.
— Olhe, Malafaia, há qualquer coisa podre neste Reino da Noruega. Para mim, João Fernandes está perdido. Foi enleado em muita intriga e a vida nababesca de sua amante está influindo no medo e na inveja dos candangos. Eles hospedam o chumbinho com pompa de Rajá da Índia. Para mim o safardana que aqui está é um dos nobres sem raça alimentados pelo ouro e pelos diamantes da infeliz Capitania das Gerais. O Rei Dom José, o Gordo, é digno continuador de seu pai Dom João V, o deflorador de freiras, pois agora vive com escândalo, acolitado por sua pomposa camarilha, como amante de Dona Teresa de Távora, irmã do ex-Vice-Rei da Índia, o Marquês de Távora, e esposa de Luís Bernardo de Távora, também marquês. Pombal arrasou os Távoras do modo mais indigno, mas o boboca do Rei vive cada vez mais balofo, amando. O pai do sujeito que aí está não tem na corte nome a não ser de bandalho e, como tatu já nasce cavando, Deus me livre dele. Queira Deus que o caso de Felisberto Caldeira não vá se repetir em João Fernandes.
O povo estava apreensivo com o acontecido. Ao almoço daquela tarde, Chica da Silva tratou o governador com sóbrio comedimento, sem cortesania. O chibante falava sem ser perguntado:
— Dona Francisca, João Fernandes não tema a viagem. Eu também fui chamado e vou com ele.
— Só teme quem é culpado. João Fernandes é homem de vida limpa.
Mas o almoço correu entre conversas convencionais; estava desagradável. Em vão o titular elogiava os pratos:
— Este ensopado de carneiro com ervilhas está famoso. O empadão de carne de porco não tem rival, mesmo em Lisboa.
Chica estava abafada e distraída. O conde notou-o:
— Dona Francisca, não entristeça com a ausência do Contratador. É coisa para pouco tempo. Vai a negócio e voltará ainda mais prestigiado, no conceito de el-rei e do marquês.
— Ele merece esse prestígio, senhor.
O vinho Bordeaux corava-lhe o rosto, avivando-lhe os gestos:
— As mineiras são iguais às portuguesas em sentimento. A separação as magoa...
Malafaia, que também almoçava, tinha olhos vivos e orelhas em pé, a ouvir tantas palavras vãs.
— Não se apoquente, Dona Francisca; dou-lhe minha palavra de honra como seu marido voltará mais breve do que pensa.

Terminado o almoço, Malafaia não falou mais em borborigmas e atrabílis, como era costume para agradar o lusíada nas suas comilanças. Foi direto à casa do padre Zuza, a quem revelou o que ouvira durante o repasto.

O padre irritou-se:

— Deu-lhe sua palavra de honra... deu-lhe o que é inexistente... garantiu promessas fantásticas por uma coisa que ele nunca teve...

— Estou estupefato com o descaramento de tal homem. Faz até medo, dá arrepios.

— E João Fernandes?

— Reservado, muito carrancudo e de poucas palavras. Chica é que parece, embora bem comportada, cainana que vai dar bote...

— Nunca tive ilusões com o propósito da viagem desse traste. Os prepostos do rei são a desgraça do Tijuco. Você veja Dom João V. Gastou dez milhões de cruzados na edificação do convento de Mafra num carrascal, não para que seu povo fosse feliz, mas porque a Rainha Dona Maria Ana de Áustria pariu novo rebento, herdeiro das taras das famílias. Sua irresponsabilidade foi tão grande que comprou do Papa Clemente XII, por quinhentos milhões de cruzados, a Bula que lhe dava o privilégio, único na terra, de comungar colocando na boca a partícula consagrada, com as próprias mãos!

— Foi um palhaço doido...

— O que tem ido da capitania em ouro e diamantes, nem convém falar. Cálculos pessimistas, porque só falam no escriturado e não nos desvios, revelam que até hoje foram para as goelas portuguesas duas mil e quinhentas toneladas de diamantes! A Grã-Bretanha, por cobrar taxas extorsivas em sua possessão na América Inglesa, já tem separadas da Metrópole treze colônias. Não tarda a se libertar. Aqui os vampiros não cobram taxas: levam tudo, arrasam a terra e o homem, furam os olhos e chupam os buracos... Agora, o que enriqueceu com trabalho lícito nos contratos que eles mesmo firmaram, incomoda o trono. S.A.R chama a Lisboa para tomar o que ele economizou...

— Temos poucos portugueses aqui e eles pisam na maioria, com grande impudicícia.

— Os portugueses aqui são poucos... mas são ruins.

O arraial estava alarmado, temendo acontecimentos iguais aos da prisão de Felisberto Caldeira. As conversas passaram a ser cochichos, as ruas ficavam desertas.

Sabendo que, ao escurecer, o governador fora para a Intendência, onde jantaria, Padre Zuza procurou João Fernandes.

— Desejo falar com o senhor, em reserva.

Trancada a porta do gabinete, o padre falou franco:

— Sei de tudo que se pode saber. Seus amigos que não vivem à sua custa estão indignados com os acontecimentos. Venho em nome deles propor que você chefie uma revolta, a eclodir amanhã, com o fim de pôr cobro a tanta humilhação. Todo o povo está conosco. São sete mil escravos que se levantarão na lavra. Prendemos o Governador, o Intendente, os Caixas da Administração, os Fiscais, prendemos tudo! Invadiremos os quartéis, pois os cativos têm contas de sangue a acertar com os miseráveis soldados. Toda a capitania se levantará contra a corja real. Não queremos mais a escravidão com o roubo descarado do que é nosso. Mas o que proponho precisa ser decidido agora, porque esta noite mesmo prenderemos os lobos. A sanha dos escravos fará o resto, com muito sangue.

João Fernandes ficou pensativo para depois dizer:
— Agradeço muito a solidariedade.

O padre interrompeu, com as mãos abertas para o ar:
— Não estou trazendo solidariedade, estou falando em nome de uma rebelião que só precisa chefe para estourar.
— Agradeço, mas aconselho calma.
— Se deixarmos o governador voltar, perdemos a ocasião e nada mais poderemos fazer. Ou hoje, ou nunca mais. Ficará para os que vierem, depois de nós... Quando tudo for roubado. Eles fazem o jogo da terra devastada.
— Acho que convém esperar mais.
— Esperar? Você sabe se volta? Felisberto Caldeira voltou? Seu pai voltou? Você voltará?

Levantou-se, com o rosto afogueado.
— A liberdade, quando vem para ficar, não se importa com o sangue das barricadas.

Pôs a mão na chave, para abrir a porta:
— Não queremos muita conversa, apenas sua resposta. Espero até meia-noite, nem mais um minuto!

Afastou-se, sem se despedir.

O governador tinha ciência de que o povo não aguentava mais a escravidão em que gemia. Todos os representantes do Rei na Demarcação Diamantina temiam uma noite de São Bartolomeu, com muito sangue. Um levante de negros e mulatos esmagava tudo em poucas horas de doidice heroica, pois mulatos e negros odiavam os brancos do reino. Seria quase certa a adesão dos pedestres, constituídos de escravos pretos e mestiços, que sentavam praça para darem a etapa aos seus donos. Em rigor, eram escravos alugados. Os dragões não passavam de contrabandistas privilegiados, tomando dos extraviadores para ficar com o contrabando. Que moral tinham esses militares a serviço da ganância reinol?

Era constante o terror em que viviam os usurpadores. Temendo um ataque, contra-atacavam antes, prendendo os líderes.

A partida estava marcada para o terceiro dia, a contar da recepção da ordem real. Pois na madrugada do segundo dia chamaram João Fernandes para viajar... O que houve de confusão, de desentendidos, de raivas represas na lufa-lufa daquela madrugada... O que houve de surpresas, explicações não aceitas e respostas sem sentido, de caras a caras mascaradas...

Mas João Fernandes partiu, quando suas malas nem estavam todas prontas.

No alpendre, de olhos marejados, abraçou Chica, prestes, em súbita fraqueza, a desabar em pranto.

— Adeus, nossos amores, adeus, Francisca. Reze por mim.

Chica beijou-o na boca, na testa, nas mãos geladas.

— Até breve, João! Deus seja seu guia. Não me esqueça; boa viagem.

Chica sorria pela primeira vez, desde a notícia da traição do fidalgo. Sorria, para animar o amante. Desceu as escadas com o braço passado na sua cintura, dizendo que o tempo estava bom, que a viagem ia ser favorável...

O Capitão Cabral, que fora buscar o contratador, só aí se aproximou de Chica:

— O governador pede desculpas por ter dormido na Intendência, onde passou resolvendo casos. Pede que lhe agradeça a hospedagem.

— Eu nem dei falta dele... Estava ocupada com João Fernandes, o que está no meu coração.

Já no portão da saída da chácara, João, confuso, encarou a amante, montando precipitado. Chica atirou-lhe um beijo com a mão.

— Volte logo!

O Capitão Cabral e um troço de dragões o acompanharam. Saiu a trote largo. Na porta da Casa da Intendência, reuniu-se ao conde, ao lado de quem iniciava a marcha para o desconhecido.

O enviado real pedia desculpas pela hora em que o mineiro fora acordado. Não teve resposta. Seguiam calados.

A madrugada de minguante estava escura e nas caídas da serra dormiam neblinas frias.

Chica ficara de pé, vendo a cavalgada afastar-se, até desaparecer depois do Rio Grande.

Restabelecido o silêncio, a solidão cresceu mais triste. A que ficara sozinha entrou, sentindo o coração apertar.

Na madrugada silenciosa cantavam galos pelos quintais, lá embaixo.

Já sem o amante, mesmo vestida como estava, Chica se arreou na cama, abalada por violenta crise de soluços. Os soluços mais incontroláveis do mundo.

Embarcado na *Sereia*, nau vinda de Macau, muito suja da maresia, João Fernandes não se alegrara ao ver de novo o mar. Uma tristeza, digna embora, o envolvia como um nevoeiro cinzento.

Valadares, mostrando-se prazenteiro, logo ao sair da barra da Guanabara, ficou parlante:

— Estou alegre ao regressar a Lisboa. As saudades já me feriam.

João Fernandes não deixou de rebater:

— Estou triste. Ao partir do Brasil, as saudades já me ferem.

— Há quanto tempo não viaja?

— Há vinte e um anos, desde que S. M. Dom José I subiu ao Trono. Assisti aos funerais de Dom João V. Vim de Portugal na nau *N. S. da Bonança*, em frota protegida pela nau de linha *Diogo Cão*. Naquele tempo, as naus de guerra protegiam os comboios de fragatas e naus.

Ao transporem a barra, via-se à direita o mar verde espumando em arremessos contra os rochedos da costa, desfazendo-se frol de espumas. Grandes gaivotas cinzentas comboiavam a nau para o alto-mar. De encontro, aos trancos, da embarcação batiam ondas carregadas de sargaços verdoengos.

Ao desaparecerem as costas brasileiras, na nevoaça das distâncias, um mal-estar abateu o ânimo do minerador. Recolheu-se à cabine, sentindo-se indisposto e de alma conturbada de preocupações. Fora arrancado com as raízes, como árvore da cordilheira natal, por tempestade do começo das chuvas do seu sertão. Sumira de seus olhos físicos a mulher que era tudo na sua vida. Viajava sob guarda de um infame enfeitado de galões, valido sem preparo, sem finezas e sem honra. Não conseguira dormir, enquanto os ventos forçavam as velas abertas como asas em voo, aos repelões que faziam ranger o cavername do barco e ladravam nas enxárcias.

A nau arfava, rangia nas juntas grosseiras, empurrada para diante ao sopapo dos marouços. Seu companheiro, que devia ser um administrador, em palestras com funcionários, negociantes e oficiais que voltavam das Índias, não se informava dos negócios do domínio, nem pelo rendimento das minas e especiarias. Nunca indagou pelo estado das fortalezas e dos efetivos militares. Não quis saber das condições sociais da população lusa no Oriente. Perguntava por mulheres, pelas *bayaderas* indianas das noitadas de Diu. Pelo tipo das dançarinas e por suas particularidades sensuais, que fascinavam a marujada de naus andejas.

Vasco Fernandes César de Menezes, quando Vice-Rei das Índias, fora obrigado a expulsar aquelas dançarinas públicas, para sossegar o escândalo dos sacerdotes, que incorriam em sacrilégio por paixão inspirada pelas mesmas. Por essa gente é que se interessava o nosso governador. Esse era o nobre que governava uma capitania, que fizera da colônia o maior empório do ouro na civilização do tempo e, com os diamantes do Tijuco, tornara Portugal o país do comércio mais florescente do universo.

Quando a *Sereia* lançou ferros na Ribeira das Naus, onde aportavam os navios chegados das colônias, já esperavam o governador alguns funcionários do Erário Régio.

— Apresento-lhes o Senhor Doutor João Fernandes de Oliveira Filho, arrematante do Sexto Contrato dos diamantes do Arraial de Santo Antônio do Tijuco, capital do Distrito Diamantino da Comarca do Serro do Frio, da Capitania das Minas Gerais, na Colônia do Brasil da América Portuguesa. É formado em Leis pela Universidade de Coimbra e Desembargador da Relação do Porto. — E sorrindo esfregava as mãos: — É o homem mais rico do Brasil, o marajá de "Baroda do Tijuco", por contrato legal, dono e senhor dos diamantes de el-rei nosso Amo, cuja glória Deus aumente e guarde.

Era ele mesmo que os oficiais foram buscar a bordo. Nem eram oficiais e sim galfarros de Pombal, o ministro que dominava o Rei, fazendo dele um espantalho.

Na capital do reino, o viajante não dava um passo, a não ser vigiado pelos cem olhos dos argos do Ministério.

Na manhã seguinte, João Fernandes foi recebido no Erário, onde desejavam falar com ele. Depois de muita parola, o chefe do Erário se abriu com o visitante:

— O Senhor Marquês, Ministro e Secretário de Estado dos Negócios do Reino, mandou acertar as suas contas neste Erário e, por várias irregularidades e infrações, Vossa Excelência tem que entrar para os cofres públicos com a quantia de onze milhões de cruzados.[6]

João Fernandes sentiu o chão fugir aos seus pés.

— Senhor, minhas contas são legítimas, estou que nada devo ao Erário de S. Majestade.

Compreendeu, porém, que de nada valia procurar desmentir uma conta do Marquês de Pombal. Talvez aquele assalto fosse uma das razões de seu chamado a Lisboa.

— Pois bem, senhor Diretor, amanhã às dez horas pagarei os onze milhões de cruzados.

Ninguém acreditou. Pensaram é que ele quisesse escapar, desde que sua fortuna imensa possibilitaria a fuga. Contavam acontecer com ele o que se dera com Felisberto Caldeira Brant, que, não podendo pagar um milhão e meio de cruzados, saíra de encontro igual àquele para a antecâmara da morte, que era a prisão do Limoeiro.

Saindo do Erário Real, ninguém passou em Lisboa uma noite mais vigiada. No hotel, que era o melhor da capital, ficou cercado pelos vigias do marquês, embora não soubesse ou de tal desconfiasse.

Pois no dia seguinte, às dez horas em ponto, o contratador chegou ao Palácio de Erário Real, sendo logo recebido pelo diretor.

— Senhor, vim pagar os onze milhões de cruzados, na hora exata que ontem marquei.

O diretor encarou-o, assombrado.

— Vossa Excelência é o homem mais extraordinário que já conheci. Sua palavra tem a honra de um nobre de quatro avós de brasões limpos.

— A obrigação de um vassalo é honrar seu nome, para com isso enaltecer ainda mais a nobreza de seu Rei.

Nunca se vira fato semelhante em todo o reino português. Todos queriam conhecer o milionário que pagara onze milhões de cruzados na hora certa, como se paga um xenxém.

Satisfeito com o seu golpe de magia, o Ministro Pombal dignou-se receber o contratador.

---

6. C$ 440.000, quantia elevadíssima para o tempo.

Compareceu à audiência levado pelo Governador Valadares. O encontro foi de antigo condiscípulo, cordial até certa altura, em vista de Pombal estar outro; transpirava incomensurável importância. Ciente do pagamento feito, que incluía multas, ele pediu ao caro desembargador que demorasse mais em Lisboa, pois ainda precisavam avistar-se.

Que assombroso malabarista era o Marquês de Pombal! Com grande cinismo, conseguira de João Fernandes o de que o reino e seus domínios não dispunham com a mesma presteza com que o colono pagara.

Quando se retiravam, o ministro mandou de novo chamar o conde, para conversa à parte.

— Prezado Governador, agradeço em nome de el-rei o serviço prestado de trazer o contratador. Mas quero outro favor seu.

Parou, preocupado. Valadares esperava a ordem.

— Peço-lhe que me empreste noventa mil cruzados, para urgente pagamento particular.

Valadares sentiu-se atordoado. Contrariar o ministro seria cair em desgraça infalível e imediata, pois ele é quem agia e reagia absoluto na Corte Real.

— Será servido, Excelência.

E emprestou o dinheiro.

Bem-recebido por toda a sociedade, que adora os ricos porque são poderosos, menos os poderosos que não são ricos, João Fernandes desanuviou a cabeça, sentindo-se renascer para a vida.

XV
O BÚZIO

Chica, embora no leito, não conseguiu mais dormir o resto da madrugada em que o amante viajara. Ao amanhecer, tomou seu banho frio, recompondo-se para assumir seu lugar de dona de casa.

Vestida de branco, os cabelos em desdém protegidos por garavim de fios de ouro, foi até o alpendre para ver a manhã.

O dia estava azul, dourado por sol morno. Em torno do castelo não havia ruídos. As serras distantes, de leve acinzentadas, mostravam picos altaneiros mais escuros. O perfume das árvores floridas na chácara invadia a casa e os arredores. Mesmo entre outros, o aroma das derradeiras flores do craveiro-das-molucas adoçava, muito suave, as narinas.

Um vácuo de abismo cercava Chica. Aqueles aromas despertavam saudades, a presença de João.

Seus olhos boiavam em água amarga, mas Chica reagiu. Foi para o interior, começando a dar ordem sem transparecer o que sentia. Para os que a viam, era a mesma, calma, embora tristonha. Estava, porém, muito longe, viajava, enxugando o suor poeirento da face ao que partira.

Uma ladina lhe apresentou um lenço, encontrado sob os travesseiros em que dormira o conde. Ela irritou-se:

— Jogue isto fora, no lixo. Espere, queime. Queime esse lenço que serviu a um covarde.

A moleca ia saindo quando ela resolveu:

— Olhe aqui, não queime. Dê esse trapo ao negro Jaconias. Diga que Judas é quem manda essa lembrança usada por ele...

Jaconias era o escravo mais sem qualidades do castelo. Só servia para baixezas, e para isso era conservado na senzala.

O arraial ainda estava amedrontado com o que se dera. A população, quase toda mestiça, ficara ao lado de Chica, e muitos lastimavam deixar-se ir o homem baixo, cumpridor de ordem que repugnaria a um negro.

O certo é que Chica surpreendera os que a julgavam desarvorada com o sucedido.

Naquela manhã, começou a receber visitas dos amigos mais íntimos da família. Padre Zuza foi dos primeiros. Ao se dirigir para o castelo, encontrou Aguirre:

— Tão cedo na rua, padre?

— Vou ver Chica. Vou levar meu abraço.

— Você vai levar-lhe é confeitos de enforcados...

— Não faz mal, o necessário é ir vê-la.

Seguiu de cara embezerrada.

— Vim oferecer meus préstimos de pobre. Estou ciente de tudo; surpreendido não. Sinto que ele não quisesse aceitar meus conselhos. A esta hora, estávamos com a corja esmagada em sangue.

Chica ignorava a proposta do levante. Ele continuou:

— Todos os negros das lavras, os mulatos perseguidos e os forros com cicatrizes do chambuco e dos ferros estariam vingados. Não quis...

Foi então que ela entendeu:

— João foi sempre de paz, foi sempre homem de bem.

— Isso para eles não adianta. São feitores das leis absurdas que sufocam todos os direitos, até animais, dos homens.

Malafaia apareceu, muito enfiado.

— Estou às ordens. Como amigo e como médico. Estou abafado com o que se deu; toda a gente está com medo de traição da ralé do mundo. O tal governador não passa de um fidalgote de terceira classe, sabujo dos reis mentecaptos, que envergonha a nobreza de sangue honrado com prova na palavra leal e nos atos de bravura nos campos de batalha. É tipo sem honra.

Padre Zuza concordava muito:

— Honra nos aduladores, honra nos Braganças... Lembre-se do que eles fizeram com o Vice-Rei da Índia Afonso de Albuquerque, vencedor do Reino de Ormuz, onde bateu Khadja-Atar, incorporando o reino do ouro à Lusitânia... Recorde-se do que fizeram com Dom Francisco de Almeida, vencedor de Coulam e Campalam e que, acusado por rivais, foi mandado buscar pelo Rei, com cadeias nos pés... morrendo na miséria. Evoquem Dom Pedro IV, cujo filho Dom Pedro se apaixonou por Inês de Castro, a que depois de morta foi Rainha. O Rei, na ausência do filho, mandou matar a espanhola no gume das espadas... Pensem nesse idiota que está no trono, que assinou a sentença de morte com a infâmia, sem nenhuma base jurídica, do ex-Vice-Rei das Índias, o Marquês de Távora, e sua ilustre esposa, a Marquesa... Esperar deles o que, a não ser injustiça, covardia, ingratidão!

Deteve-se em breve pausa, mas prosseguiu:

— Não se fiem no bonifrate que levou o João. Há muitas coisas que dão brado de longe e perto não valem nada. Vejam o vaga-lume. De longe, nos ares, é uma estrela errante, palpita luzes belas, e de perto, sob nossos olhos desiludidos, não passa de vil inseto. O que daqui se foi, quando lá, nas grimpas do Itacolomi, parecia sereno e imparcial, mas sua presença desmentiu tudo, por ser pusilânime e aproveitador.

Apareceram senhoras, os majores Guerra, Tôrres e Moura. Mudaram o tom da conversa. Chica, para abrir assunto, falou pausada:

— Espero que façam viagem feliz. Santa Quitéria proteja o saudoso João...

Mandou servir um *kummel* com gasosa aos amigos e licor Curaçao às senhoras.

Fervilhavam no arraial os mais desencontrados boatos. Falavam, pela manhã, para desmentir, de tarde, coisas graves, possíveis e impossíveis.

Os felisbertos, eternos sebastianistas, reapareceram com o fim do contrato. Não se conformavam com o ostracismo nem com o fim de seu chefe. Suas assembleias eram nas vendolas, nas portas das igrejas, nas missas dos domingos. Surgiram na ocasião inumeráveis partidários do desgraçado contratador. Apareceram como cupins de asas ou beldroegas depois de chuvas. Santa-Casa, na venda de Toada, falava, um pouco enrouquecido como era, a agitar o bengalão encastoado de prata:

— Meus tios Conrado e Sebastião podem erguer de novo a cabeça, mostrando a força dos Caldeiras Brant! Vão concorrer ao leilão do Contrato e, com a morte moral do João Fernandes, o povo terá gente a favor dele!

Papa-Gia estava rubro de álcool:

— Pagarão os que perderam Felisberto! Quem viver mais um pouco verá. Nossa política nunca foi de desforra, mas alguns dissolutos sofrerão pelo que fizeram...

Aguirre conversava com um amigo, na sua hospedaria:

— Vejo tudo pior. O pessoal da Administração Diamantina não tem ordenado fixo e sim com base na quantidade das pedras enviadas pra Lisboa. Com João Fernandes, que é um aborto de sorte, os diamantes seguiam em quantidade nunca vista e, desse modo, o rendimento dos funcionários era alto. Agora ele viaja. Vai cair a produção e já começou a indisciplina das tropas. Não sei o que irá acontecer. Estou desassossegado.

O castelo vivia repleto de pessoas amigas, à procura de notícias e insinuando boatos.
— Falam muita coisa...
Chica, toda confiante, respondia tranquila:
— Quando João chegar, tudo isso acaba... Ele está cuidando de nossos negócios. Portugal é longe... Ir a Lisboa não é ir a Milho Verde, partindo de manhã e chegando de tarde...

Ele viajara nos últimos dias de setembro. Em outubro começaram as chuvas do inverno mineiro. Era a época das lavagens do cascalho, tempo de serviço duro, de fiscalização viva.
Chica chamou os feitores, cabeças e encarregados para dar ordens. Fez muitas viagens, ordenou consertos, viu os ranchos, os instrumentos da apuração. Mandou suprir de cachaça as lavras, comprando um barrilhote de 24 garrafas por 2.800 réis. O Governador Dom Rodrigo José de Menezes achava indispensável a cachaça para os escravos que trabalhavam na água. Dizia ele que, "com ela, vivem mais sãos e mais largo tempo, sendo experiência certa que o senhor que a não dá aos seus, causa neles maior mortandade... ela anima, fortifica"...
Vendo-a chegar das lavras à tarde, o Padre Pessoa cochichou para um compadre:
— Ninguém pensava que ela fosse o que em verdade é. Assumiu a chefia dos serviços do amante e ele não o faria melhor. Admirável! Você conhece a flor das queimadas?
— Não.
— Em agosto botam fogo na macega aí dos campos. As labaredas comem tudo e esquentam a terra. Um dia, dois passam, e nas cinzas brota do chão a flor das queimadas. É um pendão vermelho, beleza!, que brota de dentro da terra com ação do calor. Não tem folhas. Aparece limpa, gloriosamente. Chica é a flor das queimadas do nosso sertão. O incêndio que o malandrim do fidalgo ateou no nosso continente, aquecendo as coisas, fez aparecer, como a flor, uma criatura que sabe administrar os bens do homem que ela ama. Ah!, o inverno nas montanhas, com brumas cinzentas e noites frias. Começam a encher os ribeirões, os rios nascidos nas serras. Rolam com as águas sujas invadindo as margens, silenciando as corredeiras. Nas suas beiradas coaxam sapos alegres das chuvas, babando tufos de espumas cor de terra. Nas madrugadas frias, saracuras ariscas, patinando as águas rasas, cantam aflitas repetidos três-potes. Ventos das cordilheiras, ventos estabanados escabelam as árvores, ladram nos ranchos de palha, assoviam, gemem, zunem, passam. Os horizontes se apagam no nevoeiro. Os groteiros aparecem nos caminhos, vestidos com ancaroças de sapé. Amolecem para o trabalho. O geralista acorda com frio, chegando à porta para ver o dia.
— Êh, tempo d'água...
Os trovões surdos do meado de outubro não enganaram a ninguém.

No Tijuco, os horizontes fecharam-se e as ruas ficaram desertas. Só nas lavras a negrada madrugava nas bateias. O negro é mais friorento que os brancos. Mas eles tinham os remédios para curar a friagem: a cachaça e o piraí. Durante os meses de outubro e novembro, a lavagem foi geral na beira dos ribeirões.

Amarinho aparecia todos os dias para escrever as cartas de Chica. Longas, minuciosas sobre negócios, para João Fernandes. Se não falavam, em saudade? Falavam. Na sua saudade cheia de esperança de volta sadia. No vácuo deixado pela ausência, embora a presença do amigo nunca fosse mais carnal. Quando o secretário ia fechar o envelope da derradeira missiva, ela o interrompeu:

— Bote agora no papel uma gota de essência de rosas, pra ele se lembrar de meu corpo...

Terminado o trabalho, o rapaz confidenciou:

— O povo anda aborrecido com a viagem do Contratador. Há porém os que se alegram com sua ausência. Ontem eu soube que Manoela vive muito abatida e a mãe satisfeita com a retirada dele... Ouvi-a dizer à filha:

— Você é muito nova para se matar por homem. Tem muito homem no mundo...

Saí, porque estava compreendendo o assunto. A senhora não ligue não, Dona Francisca.

Lembrou-se, de repente, de outra novidade:

— Ah, os felisbertos estão cantando umas troças contra a senhora. Mas são cachaçadas deles.

— Como é?

— Não me lembro, mas vou copiar pra senhora ver. Tem muita gente solfejando a cantiguinha. Mas a senhora sabe que são molecagens deles.

— Quando João chegar eu acerto contas com esses badamecos. Quanto à rapariga, ela não pense que eu esqueci, não. Oportunamente...

Era exata a informação do cômico sobre a canção dos felisbertos. Ninguém sabe quem escreveu e musicou a cançoneta, que andava de boca em boca. Tinha o nome de

PINICÓ, CÓ, CÓ

Vejam só que coisa boa
a Queimada ficar só...
O bichão foi pra Lisboa,
pinicó, có, có...
Lá nas estranjas
tem já xodó.
Xô, xô, Pardinha,
pinicó, có, có...

O negro velho apanhou
na lavra, até causar dó.

Mas cadê sô João Sinhô?
pinicó, có, có...

Ai, Chica que manda, e agora?
Cadê seu doutor liró?
Bateu asas... foi-se embora...
pinicó, có, có...

Chiquinha tem joias que
já lhe chegam no gogó.
Mas o marido, cadê?
pinicó, có, có...

Lá nas estranjas,
tem já xodó.
Xô, xô, Pardinha...
Pinicó, có, có...

A música dessa cançoneta era fácil e memorizável. A coisa foi muito bem recebida por todos que não tinham o que fazer no arraial, quer dizer que por todo o povo... Os rapazes cantavam-na, as moças, os próprios amigos de Chica assoviavam a toada com pimenta. Se até os íntimos de João Fernandes gostaram da coisa, que se dirá dos inimigos e dos invejosos da riqueza de Chica. Quando os boêmios, que tinham bilhetes da Intendência para andar de noite no Tijuco, saíam de madrugada do Beco da Alegria, com as mãos nos bolsos contra o frio, era trauteando em surdina o

pinicó, có, có...

Querendo saber mais, Chica chamou Cabeça:
— Dizem que os janotas estão cantando por aí umas indecências sobre mim. Você já ouviu?
— Nhá-não, Sinhá.
— Fale verdade, Cabeça; você já ouviu?
— Eze canta issu pur aí, Nhanhá.
— Como é a cantiga?
— Seiu não, nhi-sim.
Chica embrabesceu:
— Como não sabe? Não ouviu? Falam que o arraial está cheio dessas chulas.
O negro silenciou, mas tremia, vendo perto a tempestade.
— Como é o negócio, negro?
— Num sô i eu, não patroa. É us pé-rapadu na rua qui canta.
— Mas como é a cantoria? Diga!
O negro de estima estava no aperto.

— Eu tenho de saber de você. Vai me contar o que estão cantando.
— É uas bobagi di genti ruim. É us filisbertu qui inventaru issu. Eze canta ansim, lá eze:

pinicó, có, có...

Solfejou sem graça, desentoado... Chica danou-se:
— É só isso? Você é muito burro...
O que ele era é inteligente; não ia provocar as iras de sua ama, ele que conhecia bem do que ela era capaz... Se ele solfejasse toda a cançoneta, teria a transferência do ódio que Chica votava aos felisbertos.
Saiu estabanada:
— Safados. Esses felisbertos não são gente.
Afastou, num puxão, as cortinas de uma janela.
— Não demoro a vingar deles bem vingada. Sem-vergonhas...
O escravo de confiança deu graças a Deus por não ter cabeça para música.

No fim de dezembro, inesperadamente, rufou uma caixa de guerra no Largo da Intendência.
O povo assustou-se, com justa razão. Padre Zuza resmungou, apreensivo:
— Mau, mau. Chegam novos bandos. Queira Deus isso.
Encheu-se sem demora o Largo, enquanto os tambores batiam frenéticos.
— Chegaram bandos! Vamos ver o que há...
— Até hoje bando nenhum foi a favor do povo. Vamos ver este.

— Até hoje, não. Desde que o mundo é mundo, Portugal só lembra do povo para o sugar e ferir.

Subiam as ruas ladeirentas quase todos os habitantes do arraial. O meirinho--mor leu com o máximo de empáfia pernóstica o importante papel:

— Saibam os povos deste continente que S.A.R o Rei Dom José I por seu real braço extingue o Contrato dos Diamantes, criando em seu lugar a Real Extração Diamantina que será administrada pela própria Coroa Portuguesa.

O Major Tôrres torceu a boca:

— Pronto. Acabou-se o Tijuco. Se, com os contratadores, a coisa ia mal para o povo, imaginem com a Coroa o que não vai ser...

O Major Guerra foi saindo desanimado:

— Acabou-se é o resto da liberdade dos vassalos, isto é, dos escravos dos reis jacobeus... Acabou-se o João Fernandes!

A notificação causou grande pasmo no Tijuco. Zé-Mulher, que falava pelos cotovelos, parece que estava satisfeito:

— Eles dizem que agora vão fazer um arraial novo, um Tijuco decente.

Padre Pessoa ficara amuado:

— O que não tem a bênção de Deus... Quando o Imperador Juliano tentou reconstruir Jerusalém, um fogo saía da terra e queimava pedras e instrumentos, amolecendo-os... Levantou a cabeça, de lábios apertados. Quando falou, foi gemendo:

— Os árabes têm duzentas palavras para significar a serpente, oitenta para o mel, quinhentas para o leão e mil para a espada. É encantoados por essa que vamos viver o resto de nossa vida...

O intendente, conversando sobre João Fernandes, cujo contrato vencia a 31 de dezembro de 1771, rosnou com inveja:

— Tivesse eu a fortuna do João Fernandes! Ele está pubo de rico. No dia em que pagou os onze milhões de cruzados, o próprio Marquês de Pombal teve pasmo. O Conde de Santa Águeda sorriu com maldade:

— Pagou mas foi à falência. Acabou-se o homem.

A condessa de Arrábida penalizou-se:

— Coitado! Às vezes trabalhou a vida inteira para amealhar esse pecúlio e acabou por perdê-lo.

No Tijuco, o intendente conversava sobre o assunto:

— Pois saibam os senhores que uma semana depois João Fernandes comprou, a dinheiro, a Quinta nobre de Grijó, tida como a melhor do reino, e um quarteirão inteiro de casas excelentes na Rua Augusta, em Lisboa... Não foi só. Acaba de adquirir um sítio de mansões nobres no bairro grã-fino de Buenos Aires, o mais aristocrático da capital portuguesa; João Fernandes extraiu quantidade de diamantes que abarrotou os mercados europeus, caindo o preço do quilate, de nove para dois mil-réis. Ultimamente, os diamantes não têm cotação nas praças consumidoras de Amsterdão, Roma, Londres e Paris. O excesso da produção fez cair os negócios, e só passado algum tempo, com a saída do estoque, vai começar a procura das pedras preciosas. Tudo isso foi provocado pelo homem incomum que dominava, com seu vizirato universal, o preço dos diamantes do mundo. Quisera eu semelhantes privilégios...

   Chica saiu para a missa dominical, sempre acompanhada pelas mucamas esplendorosas. Foi a pé, com o fito de se mostrar, mandando na frente sua cadeirinha dourada, que a esperaria na porta do templo. Adiante dela, em brilhante uniforme, seguiu, tocando ardoroso dobrado, sua banda de música.
   Surgiram nas sacadas e varandas de ferro forjado da nobreza muitas pessoas para vê-la passar com sua pequena, mas seleta corte. Entreabriram-se algumas rótulas gradeadas em losangos de madeira, onde se viam cabeças de mulheres que, ainda em trajes íntimos, desejavam ver Chica.
   Dona Leonor, que seguia com Manoela para a igreja, cerrou o cenho:
   — Pensei que ela estivesse abatida. Acreditava que andasse enfarruscada no castelo. Mas qual. Está na rua, com suas damas de honor. Com essa mulher ninguém pode.
   Manoela, receosa de um encontro, quis voltar. A mãe se opôs:
   — Não; vamos à missa. Deus está nos vendo.
   Chica entrou de cabeça alta na igreja, irradiando cores alegres, importância e perfumes de Paris.
   O Alferes Bala, que estava na portada, segredou a um vizinho:
   — A essa, ninguém vence. É como o urubu-rei: chega primeiro, e ainda escolhe os pedaços...
   Ao terminar a missa, Chica se encontrou com as senhoras Conceição, Céu e Fátima, que saíam com os maridos. Aproximou-se delas para cumprimento amistoso. Ficou de pedra e cal combinado que fossem almoçar no castelo.
   — Mando a liteira buscá-los agora mesmo.
   E mandou.
   Ao regressar da missa, encontrou no seu alpendre Malafaia, Padre Zuza e os majores Tôrres e Guerra, além de Aguirre e esposa.
   Estava com ar de alegria:
   — Estão aí caladinhos. Eu sei por quê. Vou mandar o remédio. Dão licença.
   Aguirre justificou o silêncio:
   — Estamos gozando o perfume de suas árvores.
   — Algumas estão floridas. Numa chácara as flores não vêm todas de uma vez. É como as alegrias, chegam a seu tempo. Provocá-las não adianta.
   Começaram a beber gim com soda, muito apreciado por todos. Quando chegaram os portugueses, João Nogueira, o Nó, Vasco e seu Gonçalves, maridos de Conceição, Céu e Fátima, houve um certo constrangimento. Malafaia saiu dele:
   — Vocês vivem bem felizes, são casados. Aqui só os casados têm paz.
   Nó indagou:
   — O senhor não é casado?
   O doutor entristeceu de repente:

— Não. Os doentes são minha família. Quando fazia o curso na Escola de Cirurgia do Régio Hospital de Lisboa, conheci alguém. Fiquei noivo. Acreditava em várias miragens — felicidade, amor, gratidão.

Abaixou a fronte com visível mudança:

— Depois as miragens fugiram, apagaram-se. Fui ficando velho, vivo doente e hoje reconheço que a única realidade na vida é a dor.

Levantou a cabeça, olhando para longe:

— Vim para aqui puxado pelo ouro, encontrei o frenesi pelos diamantes. Parti com febre na busca do ouro e das pedras miraculosas das minas de Ofir e hoje só tenho mãos cheias de cinzas.

Dona Céu penalizou-se das palavras e da solidão do doutor:

— Ainda pode casar. Parece ter boa saúde.

— Estou às portas da velhice, *cruda verides senectus*, que vai dos sessenta aos setenta anos. Já escuto o toque do *Angelus* na tarde fria da vida. A velhice em verdade só chega aos oitenta, *aetas decrepita*. Quando chegar lá, talvez pense em casamento, pois atingirei a puerícia senil...

Ante o sorriso de todos, explicou, interessado:

— Saibam que não entrei ainda em minguante de virilidade. Mas não creio na *constans aetas*, que é assombro do mundo e fonte de pilhérias a que nunca farei jus. Encarou a senhora bem nos olhos:

— Na idade em que estou, sessenta anos, até o preço de um escravo, por melhor que tenha sido, desce para os sessenta mil-réis...

Nisso ouviram foguetes estourando lá no alto, bombãos dos dias de festas públicas. Puseram-se a escutar. Guerra indagou:

— Que será?

Aguirre sabia:

— Estão chegando os funcionários da Real Extração. Vem reforço de praças para os pedestres e dragões. Falam em muita gente, famílias.

Chica voltou à varanda, sendo servida de um cálice de vinho branco misturado com Amer Picon:

— Estão chegando os novos funcionários da Real Extração. Que sejam felizes.

Não se mostrava despeitada; falava como pessoa de coração leal.

Ouviu-se a campainha para o almoço. Chica entregou o cálice:

— Vamos. Desculpem o almocinho de tropeiros.

Na pesada mesa de jacarandá rajado, a toalha alvíssima estava posta com a louça de Viena e talheres de prata. No centro, alta jarra de prata abria-se em braçadas de rosas vermelhas. Chica distribuiu os lugares e, ainda de pé, falou para a poltrona vazia da cabeceira:

— João, você vai presidir em espírito nosso almoço. Em breve estaremos rindo, com você em pessoa junto de nós.

Sentou-se e Padre Pessoa, que acabava de chegar, se expandiu sem querer:

— Está aqui uma cena que não esquecerei mais. A dona da casa conserva a cadeira do ausente sempre vazia, esperando que ele chegue. E ainda pede que ele presida o almoço de amigos em família.

Malafaia, ajeitando o guardanapo:

— Muito bonito. Só para isso pagou a pena vir aqui.

Dona Fátima então falou sincera:

— Soube que ele comprou muitas mansões em Lisboa, inclusive a Quinta de Grijó e palacetes em Buenos Aires. Oh, quanto invejo a senhora, Dona Francisca... morar em Lisboa... passar tempos em Grijó...

Chica sorria.

— Se for lá é pra passeio.

— Por que não vai ter com ele?

— Minhas filhas vêm agora pra cá. Vêm me fazer companhia.

Entrou alvoroçado Zé-Mulher:

— Desculpe entrar sem aviso, Dona Francisca. É que vim lhe dar notícia muito horrível. As bexigas pretas já estão na Vila do Príncipe! Está morrendo gente como na guerra. Ontem morreram doze pessoas.

— Ave Maria. Santa Edwiges nos proteja.

Aguirre aborreceu-se:

— Como soube disso?

— Pedestres que chegaram agora. Juventino Cosme também veio de lá, às vinte! Disse que está uma tristeza.

Dona Céu parecia querer chorar:

— Como vai ser isso, Dona Francisca? Que horror!

— O doutor Malafaia é quem sabe.

Ele comia calmo e resignado como um boi. Nó inquiriu do médico:

— E não há preservativo nenhum contra a peste?

— Há o preservativo geral, público, de prática moderna, que é acender nas ruas grandes fogueiras de estrume seco de boi, para que a fumaça não deixe a epidemia chegar.

Bebeu seu resto de vinho Folha de Figo.

— O preservativo pessoal mais corrente é tomar em jejum um ponche de limão com cachaça ou uma colherinha de azeite-carrapateiro. Agora, se a pessoa adoecer e abrirem as pústulas, o melhor remédio é envolver o corpo do doente em folhas tenras de bananeira untados com azeite doce. Uma coisa, porém, está provada: o varioloso que beber caldo de galinha morre imediatamente; nem espera confissão.

A notícia agitou o fim do almoço. Depois de tomar seu cálice de Peppermint o Padre Pessoa declarou:

— Ouvido o Doutor Malafaia, acho melhor apelarmos para São Sebastião, advogado contra epidemias. É o que vou fazer amanhã, em procissão.

Malafaia, para se mostrar superior, fez uma observação maldosa:

— O caso é sério. O Padre Pessoa está até gago para anunciar a procissão.

O padre não gostou:

— Não sou nem estou gago. Gagos foram Aristóteles, Demóstenes e Sócrates, luminares do mundo.

Qualquer epidemia assombrava os escravos, forros e crioulos, enchendo também de horror o povo inteiro. Os africanos chamavam as epidemias *alabalá*, doenças de Deus. Assim consideravam a maior concorrência da pedra escrófula ou abevuleca (doença de dormir), de *háchi ria quingongo* (bexigas) e a *gicohona* (tosse febril), que era a influenza lá da terra deles. Os africanos chegavam todos ferrados pela jimaleta (maleita), epidemia constante na África.

Eram comuns no sertão mineiro as epidemias de tifo, sarampo e coqueluche, mas as de bexigas pretas é que mais abalavam o povo, pois em suas rondas faziam grande mortandade. As epidemias de varíola vinham sempre nos primeiros calores do estio, quando a terra já recebera as sementes maduras caídas das árvores, arbustos e ervas, esperando o sêmen das chuvas para a gloriosa fecundação.

A notícia do aparecimento da praga causava grandes transtornos na vida das populações desamparadas. A profilaxia era aquela indicada pelo Dr. Malafaia — acender fogueiras nas ruas. Nessa emergência, o povo apelava para seus santos favoritos.

A procissão do Padre Pessoa teve o acompanhamento da população total do Tijuco. Mesmo os doentes a seguiram, de olhos na bela imagem de São Sebastião.

O que houve de impressionante foram as vozes reunidas de todos, orando alto, rogando fosse desviado dali o perigo. Nesses clamores, suplicavam as graças, e a dolência, o tom daqueles cânticos, comoviam os corações mais duros. As mãos ou estavam unidas na prece, ou repassavam os rosários em rezas urgentes. Não houve música nem fogos. A multidão deslizava contrita, chegando ao templo sob a fé em seu santo e o temor da peçonha que a ameaçava.

Enquanto a turba aflita penetrava na igreja, de um lado da porta palestravam o Major Guerra e o Dr. Malafaia. O major estava apreensivo:

— Soube hoje, por gente chegada de Conceição, que a praga está derrubando o mundo. Você tem medicação que chegue na botica?

— Oh, sim; tenho tudo.

— E na Botica do Contrato?

— Não tem nada.

Malafaia agarrou o amigo pelo braço, falando-lhe em segredo:

— Olhe, major. A coisa está mesmo séria. São as bexigas pretas, não há dúvida!

— Estamos perdidos...

Malafaia estava exaltado:

— Dona Francisca da Silva me autorizou a mandar vir da Vila do Príncipe o que for preciso para o tratamento do povo todo do arraial. Tudo por conta dela. Mas eu fico pensando... o Vavá da minha botica vive mais bêbado que uma cabra; o Fred da Botica do Contrato anda mais tonto que um gambá...

— E você, não é o nosso doutor?
— Estou decidido é a fugir pro mato, ficar num rancho esperando a enchente descer...

Guerra ficou bobo, encarado no amigo.

A notícia da procissão levara quase todos os moradores circunvizinhos a assisti-la. Os negros, presos nas senzalas das minas, não puderam estar presentes, mas não se aborreceram por isso.

Agregaram-se em grupos que o medo coletivo reúne e fizeram suas orações, tiradas pelos africanos gongos, benguelas, minas e cabindas.

Entre os africanos havia *buás* de respeito, a quem todos obedeciam, inclusive os crioulos. Um dos velhos *buás*, Antão Cabinda, no meio do silêncio dos mais, alimpou a goela, muito calmo. Parolou baixo, sussurrando na sua língua e, sério, com um breve na mão, sacudiu-o, como a jogá-lo para longe, a rezar com muita crença.

Alguns malungos choraram na solenidade daquele rito, que viera com eles de suas delongadas terras.

Antão Cabinda, com o patuá sujo e a fumaça de ervas ali queimadas, desviava a peste para longe, para o *djanaba* (inferno), de onde se espalhara pelo mundo. Diante das ameaças da morte, os brancos, entre nuvens de incenso, pediam a São Sebastião que os livrasse do mal. Do outro lado da barricada, entre bulcões de fumo de ervas votivas, os pretos escravos pediam a Manganjambeb a mesma esmola.

Deus atendeu a prece de todos, porque naquele ano as bexigas não flagelaram o Tijuco.

Um dos grandes recém-chegados de Lisboa, para trabalhar na Real Extração, trouxe uma carta de João Fernandes para Chica. Nessa carta vinha uma procuração para o Padre Pessoa se entender com o intendente, a respeito da entrega de seus escravos e massame da exploração diamantina ao Intendente Mendonça. Queria tudo amigável, sob arbitramento de dois louvados. O dele seria o Major Guerra. O fiscal dos diamantes então pediu os livros comerciais do ex-contratador. Chica, depois de ouvir mais uma vez a leitura da carta pelo Dr. Pestana, voltou-se calma para o funcionário:

— Os livros eu não entrego.
— São necessários para o nosso negócio.
— Não. Se fosse para entregá-los a ordem estaria na carta. Diga a S. Exa. que a entrada dos diamantes tanto era feita aqui como na Intendência. Na vida de João Fernandes de Oliveira Filho não há mistério, é tudo honrado.

O homem pôs-se de acordo. Chica mandou chamar o Padre Pessoa, que se fez ciente de tudo.

— Agora, Padre Pessoa, vejo tudo claro. Quero o que ele manda resolvido logo, para tê-lo de novo perto de mim.

Desse modo estava esboroado o Reino Diamantino, de que João Fernandes usou e abusou por 21 anos. Foram vendidos à Coroa a escravaria (320 negros) e o instrumental extrativo nos muitos rios de meia água, nos ribeirões, grupiaras e tabuleiros. Excetuaram-se os cativos do castelo e das fazendas de plantação e criatório para despesa da escravaria. Foi doloroso para Chica ver passar para outras mãos velhos negros bons, que ajudaram o amante a enriquecer. Mas as ordens de João Fernandes foram cumpridas com fidelidade.

O padre procurava acertar as coisas:

— Você não precisa mais disso... Com o que tem pode viver na lei da nobreza. O que o João comprou agora em Lisboa é patrimônio inesgotável, verdadeira mina de ouro de bom toque e diamantes de alto quilate. Nesta capitania, quem enriquece em negócios ganha brasão de nobreza. Você, além de tudo, é nobre de sentimentos. Não se exceda e, principalmente, não se banalize.

Chica não precisava de conselhos, pois sempre soubera agir por vontade própria. O que Sulamita queria, João Fernandes também queria...

Os felisbertos estavam murchos com a extinção do contrato, perdida a esperança de ver um Caldeira Brant mandar de novo e desmandar no Tijuco... Na contraloja das vendolas do arraial, não abaixavam o facho em piadas e chalaças, embora vencidos pelas desilusões políticas. Juvenil bobocava entre os amigos:

— Aí está em que deu tanta fidalguia. Está sem rei nem reino, já vendo ao passar risinhos de deboche, e ouvindo gente mal-educada cantar o *Pinicó, có, có...*

Mourão protestou:

— Está sem reino? E a riqueza assombrosa que possui? Reino é dinheiro, é diamante, é ouro, que são os poderes de todas as rainhas...

Santa-Casa acomodava seu bengalão nas coxas:

— Ora, tirados aqueles luxos de ouro de cima dela, Chica não passa de uma lavadeira de pernas cinzentas... Agora uma coisa eu digo: João Fernandes foi bom pra o Tijuco. Ruim com ele, pior sem ele.

Era dezembro e chovia uma aruega gelada, com ventos incômodos. A hora de fechar as vendas passara para as oito da noite, pois João Fernandes tinha interesse naquilo. Os felisbertos bebericavam, quando, mesmo em frente da venda de Toada, parou, na Rua da Quitanda, um cavaleiro. Desceu da garupa, num pulo, uma mulher. O cavaleiro entregou-lhe uma criança enrolada em panos e outro embrulho, afastando-se. A mulher bateu na porta, fechada com o mau tempo.

O cavaleiro, que já ia adiante, voltou a cavalo, parando-o em frente da venda de Toada, onde estavam os rapazes. Mesmo da sela, pediu uma cachaça e fumo, pagando antes de beber. Era o negro Jardim, que levava para a família a moça furtada, já com um filho. O menino adoecera no mato. Febre. O negro levava-os para a casa do pai, de onde a raptara. Deixou com ela duas libras-peso de ouro.

Ajeitando a carroça molhada, afastou-se, não se despedindo. Toada entrou em uma tremedeira que assustava os fregueses. Estava assombrado, nem podia falar. Os felisbertos, com outros fregueses, caíram em grande desaponto, arregalando os olhos. Santiago indagou no ar:

— Será assalto?

Papa-Gia, que ficara com medo, quis brincar:

— Qual assalto! O preto veio molhar as goelas e ver de perto os Dragões Volantes... Veio visitar os capitães do mato que se pelam de medo dele...

Toada só então sorriu amarelo:

— Está mais gordo... só falta cortar a grenha que ficou intonsa, empurrando o chapéu pra fora...

Santa-Casa, ao falar, espiava a rua:

— É uma vergonha para o Capitão Cabral. Vem aqui nas barbas dele, bebe cachaça, calmo da vida...

Juvenil também não achou bom:

— Entra no arraial confiante, como quem entra na casa da sogra...

Correu logo notícia de que Jardim estava no Tijuco. As famílias assustaram-se, alguns homens revistavam armas guardadas.

Juvenil ainda insistia:

— Como quem entra em casa da sogra...

Antônio Campos, de olhos vivos, ainda tinha medo:

— Isso não é nada. Trasanteontem o Quiabo entrou no Milho Verde pra comprar coisas. Entrou lá assoviando, fez o que quis e saiu quando bem entendeu. Passou diante do quartel, passou pela sentinela, que não viu nada...

Santa-Casa voltava à carga:

— Fez que não viu... se fosse um pobre preto fugido, já estava no sedenho. Como são Quiabo e Jardim, negros duros, ninguém vê... ninguém sabe...

Mourão tinha censuras:

— Nossos capitães-generais governadores são de encomenda. Todos eles perseguiram esses dois valentes desde muitos anos, e nem nada.

Juvenil sorria sem dentes, alisando os bigodes grisalhos:

— O Conde de Valadares não teve tempo de prender bandidos. Seu tempo foi pouco pra beijar a mão de Chica e contar miséria pra papar diamantes de João Fernandes... Diamantes e tutu grosso.

Santa-Casa ria, voltando a cabeça para trás:

— Ele passa por bonitão... Tem olhos de mocinha deflorada de fresco. É muito safado.

Mourão estava de acordo:

— Deu com o João no fojo e ainda teve tempo de palitar os dentes...

Ao vasto solar dourado de Buenos Aires, para onde se mudara, depois de comprá-lo, comparecia sempre Dr. Aragão, condiscípulo de João Fernandes de Coimbra. Dr. Aragão era viúvo e procurava o amigo para se consolarem da viuvez e da ausência da amante. Bebiam moderado vinho do Porto no gabinete do brasileiro, trocando ideias e confidências involuntárias.

João vivia sempre só, evitando convivência de novos amigos, sempre ávidos de suas relações. Talvez por ser um homem de posses, o mais rico de Lisboa. Tinha carruagem com cavalos brancos e boleeiros agaloados em libré. Batia sozinho as ruas, sem olhar o povo, para voltar a sua mansão ainda mais enfadado.

Naquela visita noturna, o amigo lamentava a solidão do mineiro:

— Vejo aqui muitas empregadas, mas não vejo mulheres.

— Nem verá.

— Mas espere. Você parece doente. Sabe que aqui morreu de amor um fidalgo?

— Meu amor dá-me vida, alimenta a esperança de meu regresso.

— Tudo hoje lá ficou diferente. Não há mais contratos, você não é mais contratador.

— Mas alguém me espera. Tendo o amor de Francisca, tenho mais que todos os diamantes que ainda lá estão na terra.

— Mude de pensamento. Divirta-se. Olhe, nos teatros do Bairro Alto está agora a Gilda Bruza, vá ouvi-la. Vá cear com ela. É a cantora da moda, por quem estão fascinados todos os rapazes de Lisboa. Tem na voz o sol mediterrâneo, é também mulher, e que mulher! É tudo do calor latino que a Itália nos manda; *ragazza* de tanta gentileza ainda não pisou em Portugal. A Gilda é o remédio de que você carece.

João Fernandes ouvia, de olhos cerrados.

— Se por uma singularidade, não gostar da alegria, da graça dessa cômica, vá à Rua dos Condes, onde arrebata multidões a Cecília Rose, adolescente de olhos perigosos e sorrisos de menina. Canta como um pássaro e em beleza parece, Deus me perdoe, sua xará Santa Cecília. Sacuda o pó colonial que você trouxe das lavras mineiras, varra as teias de aranha da saudade que ainda tem nas ideias. Agite as asas como um galo que vai cantar. Você é filho da terra da luz, não se deixe abater de nostalgia. A tristeza é doença que murcha o cérebro. Você pode viajar, correr o mundo todo; vá a Paris, Roma, Londres... Conheça as mulheres dos grandes teatros, beba o *champagne* com elas, numa palavra, viva. Porque passar dias e noites neste palácio triste é procurar a morte.

— Mulheres... procurar mulheres... Você esteve comigo em Coimbra e sabe que nunca fui de noitadas de esbórnias com elas. Nunca tive uma namorada em Portugal. Mas chegando à minha capitania, de repente, como um choque elétrico, rendi-me a uma jovem. Essa mulher é Francisca. Espera-me, gemendo como uma rola sozinha.

— A gente esquece uma mulher é com outra mulher. Para vencer o fogo, só com o contrafogo. O veneno precisa o contraveneno, uma proposta, a contraproposta, a mina, a contramina... Para esquecer sua Francisca, busque uma Cármen, uma Lena, uma Consuelo...

— Francisca é uma só vida. Está a me esperar a mais de duas mil léguas. Não aceito seu remédio. Repugno os remédios sem virtudes curativas, que curam por sugestão de quem os bebe. Meu coração está tão cheio, tão completamente cheio de Francisca, que não cabe mais nem o olhar ligeiro de outra mulher...

— Você está como o Dante, que viu Beatriz apenas duas vezes passando na rua, e nunca mais a esqueceu, viveu e morreu por ela, sem que a própria Beatriz soubesse... Quer repetir os amores de Paolo e Francesca di Rimini, que estão no Inferno dando o beijo eterno, de Hero e Leandro, de Pedro e Inês de Castro...

— Você brinca com coisas sérias. Eu sei que enfrento agora inimigos solertes, mas por Francisca eu caminho até para a morte, de cabeça erguida, como se fosse para um combate necessário.

— Você está pagando o crime de ser rico demais. A Coroa teme seu poder nas montanhas natais. Pense que é um líder do povo e poderá levantá-lo em rebelião perigosa contra o reino. Olhe a guerra já começada na América Inglesa, com a libertação de várias colônias. Veja a agitação dos mestiços de São Domingos contra a França.

— Está falando certo. Sei que para você o domínio mais útil, a vaca de leite mais rendosa é o Brasil.

Tanto ouviu falar que a solidão mata, a saudade é doença e o pensamento fixo era loucura que João Fernandes resolveu assistir às peças da maior berra nos teatros. Esteve em ceias. Beberam na sua mesa liberal cômicas italianas de olhos pintados, francesas *rafinées*, dançarinas espanholas *mui salerosas*. Deu-lhes a beber vinhos espumantes, vendo dançar as ciganas bonitas, de olhos preguiçosos. Sorria também na presença dessas aventureiras; mas sorria triste.

Porque longe, depois do oceano, atrás das montanhas, depois dos chapadões, alguém estava naquele instante pensando nele. Chica...

Amarinho dava as caras todos os dias, para saber notícias. Aquela tarde ele chegou com ares preocupados.

— Dona Francisca, vou-lhe contar uma coisa muito importante: Manoela vai para Portugal.

— Ah!

— Vai. Soube agora. Contaram que um parente de Lisboa mandou passagem pra ela ir.

Chica encarou o rapaz, respirando com esforço.

— Mandou passagem pra ela e a mãe. Manoela fica lá, a mãe volta.

— Manoela vai pra Portugal, nada...

— Dona Leonor contou que o tio está com pressa de ver a sobrinha lá... Diz que Manoela está com medo de ficar aqui... nem sai mais de casa... Também falam dela horrores, por todo canto. A senhora não sabe do menino (dizem que aborto), que apareceu no mato, perto do Piruruca? Já estava quase todo comido pelos cachorros e porcos. Pois estão falando que o menino era dela. O arraial está cheio. O menino era branco.

— E o negócio da viagem?

— Não sei, Dona Francisca, eu soube... Soube com toda certeza.

— Elas nunca falaram comigo nesse tio. Chegaram aqui sem eira nem beira, e João arranjou lugar pro pai dela na intendência. Que diabo de tio é esse de que ninguém soube antes?

Amarinho encolheu os ombros.

Houve um silêncio. E nesse silêncio Chica viu a casa senhorial de João, no bairro de Buenos Aires... Viu as escadas de mármores e as janelas veladas de cortinas. Viu os jardins floridos. Viu Manoela vestida de costume azul, com chapelinha de palha italiana, sair com João, tomarem o carro de cavalos brancos, partirem para o teatro...

Despertou, balançando a cabeça num estremecer violento.

— Pois ela não vai, não.

Levantou-se, foi até o balaústre do alpendre. Carolino e Ludovico regavam o jardim. Chica sentiu-se um pouco tonta, com o coração disparado. Voltou à poltrona.

— Ela não chega a Milho Verde...

Lembrou-se de que falara demais, consertando:

— Ela não aguenta a viagem nem até Milho Verde.

Ajustou com movimento nervoso o lenço na cabeça:

— Você já ouviu falar que a salmoura que esfregam nos ferimentos dos negros que apanham dói mais que a surra?

Não soube responder.

— Eu tenho sofrido muito com o que aconteceu conosco; aguento sozinha muita coisa que tem se dado aqui, mas essa notícia foi mesmo que salmoura de sal e pimenta nas feridas de chicote em minhas carnes. Dói tanto que não sei se resisto.

Amarinho torturava sua protetora:

— Dona Francisca, a senhora acredita nesse caso de Manoela com ele?

— Eu hoje acredito em tudo. Nunca toquei no assunto com o João, porque faço minhas coisas calada.

Ia de novo traindo-se. Gaguejou:

— Isto é, tomo providências, quando tenho certeza. Sempre acreditei nele. Mas sei que homem não presta, não. — Repentina indagou, encarando-o: — Quando é que ela vai?

Balançou a cabeça.

— Não sei. Mas... posso indagar.

— Pois indague! Indague hoje mesmo, que será bem gratificado.

Ele ficou indeciso:

— Já ouvi dizer que ela vai ainda este mês. Estão chamando com muita **urgência**...

— Vá saber, vá saber e volte. Preciso saber de tudo!

Saiu, ficando de voltar à noite.

Chica ficara descontrolada. Perguntava-se: Será possível? Será que João mandou buscar a Manoela para viverem juntos? Ele terá esquecido de mim tão depressa?

À noite, Amarinho não voltou. Chovera o dia todo. O inverno em fins de dezembro no Tijuco ainda tinha qualquer coisa de fim do mundo. Chão em lama, rios cheios, céus apagados, goteiras chamando sono.

Chica deitou-se cedo, de coração dolorido. Pensou, em sua vigília, no solar da Quinta de Grijó, no quarto dourado onde Manoela dormia, de camisola de bretanha, com os seios aparecendo, no fofo leito que era também de João Fernandes. Pensou quanto estaria bela, ao acordar, com a cabeleira revolta, sorrindo ainda com os restos de sono, ao receber o beijo de "Bom-dia" do milionário das Gerais.

Doía-lhe, em fogos, a cabeça. Mandou chamar Malafaia.

Malafaia foi buscar os remédios na sua botica. Era água de valeriana. Ela bebeu com uma careta a primeira dose.

— Horrível! Que gosto detestável! Em todo caso, esta nojenta droga é mais saborosa, mais doce que minha vida.

Acalmou-se. Ao meio-dia chegou Amarinho.

— Fiz trabalho cuidadoso. Não vai agora. Só em meados de janeiro.

Chica respirou:

— Até lá, vai correr muita água por baixo das pontes. Até lá, o mundo pode ter acabado...

O Natal era a festa comemorada por João Fernandes com a serena alegria familiar. Ela ia manter a tradição, recebendo os amigos mais íntimos para uma ceia depois da Missa do Galo. Mandou convidá-los, embora pessimista:

— Pelo modo que correm as coisas, é capaz de não vir ninguém.

Enganou-se. Foram todos e até alguém que não convidara, como o capitalista Chamusco e esposa, o Dr. Pestana, Fred, o Noé da farmácia do antigo contrato, e seu digno colega e êmulo Vavá, da botica do Dr. Malafaia. Chegaram depois da missa, a que compareceram Chica e suas mucamas. Muitos desses amigos apareceram cedo, antes dela, que ao subir as escadas do solar, já os encontrou bem acomodados no varandão.

Ficara satisfeita ao saber que Jelena atendera as visitas, com ponches quentes de vinhos, pois a noite, além de chuvosa, estava fria.

Só faltava o Padre Pessoa, que uma cadeirinha de Chica fora buscar. Ao aparecer, subiu as escadas fingindo-se alegre:

— Sempre se espera pela pior figura.

Alguns protestaram. Ele tomou um cálice do ponche, e esfregando as mãos magras:

— Gosto do frio, da chuva não. A chuva é veneno pra meus ossos.

Já no salão de jantar, Chica designou os lugares para cada um. Na mesa, ao lado de cada prato, estava um embrulho. Chica explicava:

— É uma lembrança de Natal, para os nossos amigos de sempre. Abram, para dar sorte.

Padre Pessoa ganhou um par de luvas de lã e cachecol igual; Padre Zuza, uma camisola de lã e rapezeira de tartaruga com brilhantes; Malafaia, um colete de veludo; Céu, Fátima, Cândida e Conceição, um corte de seda azul, cor-de-rosa, branco e verde, para vestido; Dr. Pestana, um colete de seda bege; o Major Tôrres, um guarda-chuva de seda; o Guerra, umas galochas de borracha; o Moura, um par de meias de lã; Chamusco e esposa, uma cigarreira e um corte de seda creme; o Tenente Carneiro, um anel com granada rubra; Olinto, uma gravata de seda vermelha; Amarinho, um alfinete de safira para gravata; Zé-Mulher, um corte de sarja de seda para terno (andava sem roupa que prestasse); o Meirinho Meia-Quarta (que era compadre de Chica e João), um colete de veludo verde; Nó, esposo de Dona Conceição, uma gravata de seda azul; Vasco Beltrão, esposo de Dona Céu, um corte de casimira para terno; Seu Gonçalves, esposo de Dona Fátima, um alfinete de ouro e pérola para gravata; Gonçalo Neves, esposo de Dona Luzia (que estava doente), um blusão de lã; uma garrafa de genebra Fokin para Vavá (houve assuada quando ele abriu o presente, abraçando-se com a botija...); uma garrafa de Ron Espanhol para Fred (nova gritaria quando a recebeu); um rosário de prata para o coadjutor Modestino. Ele beijou-lhe a cruz, enquanto o Padre Pessoa falava:

— Bem lembrada essa lembrança. Ele precisa de muita penitência...

Todos estavam emocionados com os presentes, e então Chica entregou a Céu um lindo xale de seda espanhola, preto e vermelho, com franjas douradas:

— Essa lembrancinha era para Leonor. Se ela quiser aceitar...

Todos ficaram sensibilizados, porque Dona Leonor fora grande amiga de Chica e cortara relações com ela depois do caso com Manoela. Dona Céu apanhou o embrulho, dizendo:

— Aceita, pois não. Ela foi sempre sua amiga e o que aconteceu já passou.

Padre Zuza, assistindo ao episódio, murmurou sobre Chica ao Major Guerra:

— Grande coração!

Chica, de pé, disse de olhos úmidos:

— Falta um presente.

A mucama Almerinda estava perto dela com uma braçada de rosas Príncipe Negro. Chica recebeu as rosas, depondo-as na cabeceira da mesa onde estava a poltrona vazia do amante:

— João, este é o seu presente de Natal. Os outros, os melhores, estão na minha saudade. — Tentou sorrir, desnorteada: — Volte logo...

A cadeira vazia, em que ninguém sentava, era sempre ocupada pelo ausente, cuja sombra não se afastara dali. Não houve quem não se comovesse com a homenagem ao que, naquele instante, estava longe. Talvez pensando, pensando com certeza em Chica, bem viva na sua lembrança. Meia-Quarta quis fazer um discurso, Padre Pessoa não consentiu. Ele mesmo queria falar:

— Que o Deus menino, o Jesus que nasceu nesta noite, em Belém da Judeia, proteja a todos que estão neste solar e também a seu chefe aqui presente.
(Fez sinal para a poltrona vazia.)
Levantou-se, emocionado. Todos se levantaram com alegria fingida, com alegria triste. Lá fora, a chuva peneirava água.

No regresso ao arraial, não houve quem não salientasse a fineza da ceia e a homenagem comovente prestada pela amante ao expatriado. Dona Céu confessou que lhe vieram lágrimas, quando Chica lhe entregara o xale madrileno para Dona Leonor.
Dona Cândida estava perplexa:
— Não compreendo como Dona Francisca viva sozinha, quando podia estar nos palácios e na quinta que João Fernandes possui em Portugal.
Nó deu as razões:
— Para mim João Fernandes não volta mais. A situação dos reinados é muito crítica. Portugal está sob regime absoluto, menos do Rei do que do Marquês de Pombal. A aristocracia se revolta contra o ministro e ele humilha-a, prende, deporta-a com a maior sem-cerimônia. Vocês pensam que João Fernandes não quer levar Dona Francisca. Não é isso. A razão é muito outra. Há um alvará muito em dia, que determina a expulsão da capital do reino, para vinte léguas, dos gentis-homens capitalistas e homens representativos que vivam amancebados. Suas mancebas estão sujeitas também a esse castigo. Além disso, João Fernandes vive sob vigilância, pois el-rei tem muitas denúncias do seu poder no sertão. Podia ser que instigasse um levante. Se levar a manceba, dá logo na vista dos auxiliares de Pina Manique, o comissário todo-poderoso da polícia reinol.
Dona Céu explicava-se:
— Eu não sabia do alvará sobre amancebados. Pelo que vejo aqui, eles fazem muito bem, apertando a vigilância, porque a América Portuguesa é um perigo de insolências e revoltas caladas. Ninguém brinca com Pombal.
Vasco rosnava:
— É dever dele zelar pelas colônias; ter olho vivo nelas...
Dona Conceição falou com desprezo:
— Ter olho vivo nisto... Fazenda de criar mulatos, como Angola é nossa fazenda de criar preto... Também o que o Brasil possui de utilidade são ouro e diamantes e, para alguns, as mulatas...
Seu Nó riu alto, provocando as senhoras:
— Olhem que a mulata, para muitos, foi a melhor criação dos portugueses no mundo...
Dona Céu rebateu o marido:
— Não vá você também cair para as mestiças. Os portugueses têm fama de gostar do cheiro das mulatas...
Dona Fátima caminhava de olhos no chão, evitando as poças de água:

— Aqui eles falam que, negras, criá-las, depois vendê-las; mulatas, criá-las, depois papá-las...

Eram quatro horas da manhã, quando Chica se viu livre dos tumultos da noite e da madrugada do Natal.

As ladinas prepararam-na para dormir. Fez orações breves. Trancada no vasto quarto de viúva de marido vivo, sentou-se na poltrona onde vivera tantas noites felizes, ouvindo palavras ardentes de João Fernandes.

— Vou agora pensar nele, vê-lo, ouvi-lo. Vou misturar nossas almas, lembrando.

Apanhou um búzio que o amante trouxera de Portugal, ao chegar no Tijuco. Encostou-o ao ouvido, começando a escutar a plangência longínqua de sons velados, confusos e tristes. Naquele marulho soturno, havia gemidos, suspiros, lamentos. Disseram-lhe que aquilo eram arquejos do mar. Ouvindo-os, ela pensava nas praias distantes por onde ele passava, no oceano revolto que o levara, no choro, no rulo das ondas que ele também ouvia. Concentrou-se toda na música turbilhonante, plangendo dentro da concha.

Seus olhos se umedeceram.

Aquilo era a saudade.

XVI

O FARO DAS HIENAS

Com o começo dos trabalhos da Real Extração, a vida tijucana regredia aos primeiros tempos da descoberta dos diamantes. Desapareceu a fiscalização moderada de João Fernandes, nos 21 anos que agiu como contratador. O que se instalava agora no Tijuco era a bestialidade do absolutismo reinol, para arrancar pedras pisando no sangue do povo escorraçado.

Dobraram os efetivos das tropas e a polícia local agia com a truculência do Inspetor Pina Manique, ao garantir a política otomana de Pombal. Foram abolidos todos os direitos dos moradores do Distrito Diamantino. Voltou a ter força de sentença a carta anônima, a denúncia solerte que às vezes só escrevia um nome, jogando-o debaixo da porta de qualquer tipo com função na intendência. O dono desse nome estava perdido. A insolência dos esbirros dos reis não respeitava cara de ninguém. Passavam revista em todos que encontrassem nas ruas e nas estradas. O bilhete de permanência de estranhos só permitia, quando provada ser necessária, a demora por três dias no arraial. Desaparecera aquela confiança popular dos dias de Felisberto e João Fernandes. A polícia intrometida fuçava todos os cantos, fazendo tomadias. Arrombavam portas pela madrugada, procurando contrabando e contrabandistas. O povo estava sobressaltado. As crianças perderam de novo a graça dos risos. A geração saída daqueles lares nunca seria de homens para mandar e sim para obedecer de joelhos aos tiranetes ineptos da Administração. Ninguém possuía mais nada. Tudo era da regalia real. Nem a alma, porque esta já estava entregue ao demônio, por tanto ódio com que viviam.

A opressão agora se tornara insuportável. Era constante, pois a única, a exclusiva lei que vigorava para o povo era a falta de direito, era a cadeia, o tronco de ferro de pés e mãos, o expurgo do Distrito Defeso, as galés, o desterro para a África e a forca. Em 21 anos enforcaram 80 pessoas na capitania, sendo 22 na demarcação, negros, mulatos, forros e crioulos. O intendente tinha autoridade para, até verbalmente, mandar à forca seus desafetos e perseguidos. Suas prerrogativas para tanta autoridade se limitavam, entretanto, apenas aos negros e mestiços, mesmo forros.

Mas essa brutalidade asiática não vencia de todo o espírito irônico do tijuquense. O humor daqueles acalcanhados pela reiuna do desmoralisadíssimo exército português achava ocasião para sorrir, arranhando e ferindo os Scárpias sádicos.

O então Intendente dos Diamantes, Francisco José Pinto de Mendonça, funcionário desmoralizado pela subserviência a João Fernandes, tinha fama de peculatário e mulherengo. Pois mesmo debaixo de sua espionagem e tirania, apareceram nas ruas do Tijuco uns versinhos referentes a ele. Chamavam-se

ETC. E TAL

O Intendente, de ceroulas
vai pra os fundos do quintal,
vai namorar as crioulas,
    etc. e tal.

Vendo branca, frouxo fica,
nem mulata lhe faz mal.
Vendo preta, repinica,
    etc. e tal.

De noite, vestindo capa,
viu moça e, sentimental...
Mas o marido com um tapa,
    etc. e tal.

Com fama de garanhão
e arremesso de animal,
não pode... Só passa a mão,
    etc. e tal.

Quando ele, com bruta sede,
se casou em Portugal,
só pôde caiar parede,
    etc. e tal.

Não é só. Velho pacato
que finge tanta moral,
não passa de um grande rato,
etc. e tal.

Se ele aparece, matreiro,
quem tiver seu capital
esconda logo o dinheiro,
etc. e tal.

Chico Pinto Zé Mendonça
vendo um cofre com o metal
leva a mão na geringonça,
etc. e tal.

Se com atrevida violência
roubarem-te o principal,
vá buscá-lo na... Intendência,
etc. e tal.

Essas tolices rimadas causaram muito barulho no Tijuco. Prenderam muitas pessoas no afã de descobrir seu autor. Paulo Horta, o mestre-escola meio aluado foi um deles.

Havia tempos, encerrando as aulas para férias, ele escrevera umas coisas recitadas por aluno seu. Essas coisas eram versos de elogios à própria competência. A certa altura dizia:

Professor dos professores,
mestre dos mestres seletos.

Foi a conta. Os psicólogos da Real Extração nem vacilaram:
— Foi ele, não é outro. Se ele escreveu versos pra menino dizer, quem fez a mofina contra o intendente é lógico que foi ele.
Meia-Quarta ainda quis defender o velho:
— Não acredito. O mestre é aprendiz de poeta, ainda está pipilante. Ou por outra, é poeta que ainda está bicando a casca para sair. Nem é ainda um poeta de assovio, é como todos que fazem versos, um bobo alegre...
Mesmo assim, Mestre Paulo Horta foi para a pedra.
Puseram-lhe o infame arrocho na cabeça, aparelho com cremalheira para espremer o crânio, desesperando de dor a vítima. Meteram-lhe o agulhete para separar a unha da carne, até no sabugo. Puseram-lhe os pés no escarpe, espécie de ferro para esmigalhar ossos. Empurraram os pés mesmo esbagaçados na placa bem quente de torrar as carnes. Encheram-lhe as mãos de bolos, que ele sabia dar tão bem.

O velho não confessou. Esteve sempre em heroica negativa. O fiscal de diamantes, que assistia ao interrogatório, diante da inteireza moral inamovível do ancião, indagou de Meia-Quarta:

— Esse tralha aí é homem de recurso?

— Não tem nem um pau pra matar cachorro...

Dias depois o Capitão Cabral pareceu desiludido:

— Ele foi descascado em regra e não confessou. Isso prova que foi ele mesmo, pois a obrigação de quem faz bobagem é negar.

Despejaram do distrito o velho mestre. Como, depois dos interrogatórios, ele não pudesse caminhar, foi num cavalo dos dragões até a Vila do Príncipe, de onde tomaria rumo.

Ficou desse modo extinta a escola do "professor dos professores".

Não parou, entretanto, a procura de poetas. Procuravam poetas como quem procura agulha perdida. Terminou quando Meia-Quarta decidiu, em parecer:

— O arraial tem muita coisa ordinária, mas essa praga não vinga aqui. Deus nos livre e guarde dela.

O fiscal dos diamantes estava aborrecido:

— Então, deixamos de desagravar o intendente? Isso não é possível. Temos de arranjar um poeta.

Arranjaram. Foi Olinto, o amador das serenatas do Tijuco. Foi preso. Moço de boas maneiras e de ótima família, com precedentes limpos, negou, não fora ele.

Pois foi obrigado a confessar, para não morrer. Ao confessar uma falta que não cometera, não era mais um jovem de sociedade fina, era uma posta de carne sanguinolenta, esbagaçada por ferros e demais instrumentos de arrancar confissão de inocentes. Tal era o sistema adiantado de policiar a colônia, para ser digno do Sultão português e de seu Vizir, Dom José e o frio Pombal.

Olinto, rapaz habituado a conviver com moças distintas, sensível ao luar e às músicas de modinhas românticas de seu tempo, estava ali, nas lajes da masmorra, entregue aos algozes, mestres de esquartejar negros fugidos.

Certo é que ninguém mais soube dele. Seu desaparecimento não diminuiu a população do arraial, mas desfalcou a alma do Tijuco. Dia a dia, sua terra ficava menos rica de diamantes, que os usurpadores tiravam, mas a falta de Olinto empobreceu de repente a tradição romanesca de um povo que sabia sofrer e, contudo, também sabia sonhar.

Chica ficou estupefata com o desaparecimento de Olinto. Essa sua indignação crescia, ninguém explicava como era possível tão amarga injustiça em reino de monarcas fidelíssimos, rastejantes aos pés do Papa.

— Saibam que isso não fica assim. João vem aí...

Padre Zuza, presente, estava desassossegado:

— Ora, João Fernandes teve muita culpa em tudo que agora acontece.

— Culpa?

— Teve na noite anterior à partida oferta de trezentos e cinquenta fiscais de negros, com o apoio maciço de sete mil escravos, para espostejar de uma vez o que eles fazem de um em um... O povo ansiava que ele assumisse a chefia da rebelião. Todos estariam com ele. Não quis. Agora é tarde.

Chica fitava-o:

— Não soube disso. Eu e não ele é que devia ser consultada...

— Os portugueses fazem colonização devastando as terras. São como Átila e Tamerlão. Os ingleses gostam deles, por negócio. Os portugueses conquistam as terras, arrancam-lhes os haveres e entregam tudo à Inglaterra. Os portugueses mesmo não têm nada. Os beneficiários são os ingleses, o Papa. Veja o que os portugueses têm aproveitado do nosso ouro: nada. Os portugueses exploram os brasileiros, os ingleses logram os portugueses e o Papa limpa o resto. Os ingleses tratam os portugueses como os brasileiros tratam os índios: enganando-os com vidrilhos, espelhos, carapuças vermelhas, em troca do que lhes tomam as mulheres para fêmeas, as filhas para escravas e o pau-brasil para negócio. Belo país estão os nossos amos criando, no Domínio... Entregam o ouro, o diamante, as madeiras, em troca de cabelos postiços, perfumes, sedas, mobílias... Negócio de bobos com ladinos.

Chica perturbava-se:

— Eu sempre falei com ele: Olhe lá essa gente... Olhe lá esses amigos, João... Português é desumano. Ele não acreditava.

— Já estava vendido por denúncias anônimas. Vivia espionado pelos chacais encobertos do marquês. Como estava rico, resolveram chamá-lo para tirar de seu bolso o que o trabalho honesto lhe dera. Agora, é difícil.

Chica suspirou:

— Eu vi desde pequena o que eles fazem com os brancos, mulatos, forros, pretos e crioulos nossos patrícios.

O padre estava amargurado:

— Eu mesmo, que sou um pobre coitado, estou na espionagem deles. No caso da autoria da versalhada contra o intendente, pensaram em mim. Desde o Governador Antônio de Albuquerque, os padres são suspeitos à Coroa. Proibiram a entrada deles no Distrito Defeso. Agora, o Bispo de Mariana tem conferido ordens a grande número de sujeitos desclassificados, alguns até oficiais mecânicos, outros que deram baixa de soldados na tropa paga e são sacerdotes. Muitos deviam ser dispensados por mulatismo, desavergonhamento e outras ilegalidades. A nossa polícia da Real Extração está de olhos em todos. Até nos ex-seminaristas que arrepiaram carreira, pelo atual desprestígio da religião evangélica.

Chegaram pessoas para falar com a dona da casa.

Morte inesperada daquela semana foi a do velho Capitão Joseph Morais Cabral, Comandante dos Dragões Imperiais.

Ninguém se importou com sua morte, mesmo porque o sabiam enfermo e a doença era para valer.

Padre Zuza sorria, como satisfeito:
— Custou, mas foi... um pouco tarde.
Ouvindo os aragões do Tijuco plangendo a finados, todos sorriam. Chica se mostrava um pouco vingada:
— Está aí uma alma que não recebe minha Ave Maria...
O Major Guerra espantou-se:
— Alma? O capitão nunca teve alma. Estou pesaroso é que morresse na cama, quando merecia morrer de morte macaca... Estou convencido de que o dedo indicador da mão direita foi feito pra puxar o pinguelo, e as duas mãos, pra agarrarem o porrete...
Padre Zuza ainda sorria:
— Não agora, porque ninguém pode usar arma de fogo e um bando proibiu, sob pena de degredo, o uso do porrete...
— Mas quando o homem sai da lei, já está na casa do demônio. Pouco se importa com teias de aranha quando marcha, vendo vermelho, pra vingar coisas absurdas. As mesquinharias insuportáveis, a perseguição, a injustiça.
Comemorando a morte do tiranete desumano, à noite, dançavam no arraial dos forros, nas lavras, como no dia dos cativos... Nas catas do Rio Pardo, Pouso Alto e Carolina, foi dia de festa em coreto animado, ao saberem que ele morrera.
Zé-Mulher chegou na varanda de Chica, como se levasse novidade:
— Coitado, ele penou muito. Confessou, comungou. Esteve quatro dias agonizando. Ele tinha muito cuidado com o serviço. Pouco antes de morrer, despedindo o dragão que ia a mandado a Vila Rica, com voz já fraca, recomendou:
— Não se esqueça de trazer as coleiras de ferro pra os cativos. Pode trazer mais vinte e cinco e também onze freios pra boca dos pretos, porque os que temos já estão estragados.
Padre Zuza riu alto, como nunca fazia:
— Para abreviar essa agonia, o bom era amarrá-lo na cauda de um cavalo bravo, soltando o redomão, como fizeram com o Mortimer, amante da Rainha Isabel da Inglaterra...
Aguirre também se alegrara com o óbito:
— Seu eu estivesse presente na hora em que ele morria, soprava a vela de sua mão, pra ele morrer no escuro...
Quando o tal ainda agonizava, Carolino falou na cozinha do castelo:
— Ainda quéru ajudá a rezá o ofríçu di Nossa Sinhóra nu intêrru del i tirá u Bendítu na viági del pru sagrádu. Dispois vô fazê pinitença inté di jinjum pra mea reza valê às avessa...
Depois que João Fernandes viajou, o único, o primeiro dia de satisfação geral do povo foi aquele em que morreu e se enterrou o abominável capitão.
Para substituí-lo, já estava no arraial seu patrício capitão Urbano. Zé-Mulher indagou:

— Padre Zuza, o senhor acha que o Capitão Urbano será melhor que o falecido?

— As gotas de água são sempre iguais. Como agora a ordem é para ferro e fogo, esse indivíduo que chegou deve trazer a recomendação do neto de Marta Fernandes, para espremer com mais força o povo. Assim, o que está debaixo da terra pode ser lembrado daqui a pouco como um doce de leite, em vista do fel que o atual vai por na boca de todos nós. Enquanto houver diamantes, haverá escravidão.

Zé-Mulher estava indeciso:

— E será que o rei sabe dessas coisas?

— Ora, que pergunta. Só mesmo você podia perguntar com tanta ingenuidade. Tudo quanto os salafrários reinóis fazem aqui está acobertado pelo manto de púrpura do rei.

Chica vivia agora preocupada com os contratempos da sua vida. Estava de tal modo integrada a João Fernandes que a separação fora como o arrancar de uma parte de sua carne. A ferida ainda sangrava e doía demais para ser olvidada. Esperava sua volta...

As filhas, vindas do colégio, estavam agora no castelo. Eram mocinhas obedientes à disciplina das irmãs, sem o mínimo traquejo social. Em pequenas, viviam com a avó no solar da Rua Lalau Pires, com capela privativa onde calejavam os joelhos em ásperas penitências. No castelo, sentiam-se deslocadas, pois o ambiente de luxo as fazia ainda mais insignificantes.

Chica era menos mãe que mulher de vida social intensa, onde se traquejara para conviver com um contratador miliardário. Amando as filhas, seus carinhos pareciam forçados. Estavam convivendo no mesmo palácio, bastante estranhas dentro da família.

O filho Simão, educado na Europa, era doutor pela Universidade de Montpellier, especializado em Ciências Naturais. Parecia esquecido da mãe e do protetor João Fernandes. Com dinheiro à farta, esquecera o rincão natal. Não escrevia nem falava na saudade que devia a Chica. Era agora funcionário da Fazenda Real de Lisboa, ignora-se em que cargo. Os outros dois rapazes estudavam, um deles para o sacerdócio.

Os filhos da tijucana pareciam muito longe dos seus afetos, porque ela, Chica, em espírito e em carne, com seu amor alucinante, era toda do desterrado João.

Oh, nem tudo corria então em campo de lírios para a castelã tristonha da Palha. Mantendo sua casa com a mesma linha de aristocrática distinção, recebia os amigos da família com o aprumo dos tempos de prosperidade sem nuvens. Usava seus vestidos de grande *chic*, suas joias espetaculares e a cabeleira loira ondeada a escachoeirar pelas espáduas lindas.

Dava aos domingos jantares menos pomposos, porém notáveis aos amigos, onde se falava com certeza indiscutível na volta do que viajava... Falava-se no regresso de João Fernandes como em todo Portugal no de Dom Sebastião, o "Encoberto", depois da hecatombe de Alcácer Quibir.

Naquela manhã nevoenta, fria, tão comum nos contrafortes da Serra do Gavião, Chica levantou-se muito cedo. Ainda atormentada pela gota chinesa de uma saudade muito dolorosa, dessas saudades que matam devagar, ela abriu uma janela de seu quarto para a chácara umedecida pela neblina. Respirou fundo, enchendo os pulmões do ar do amanhecer. Alguém cantava na capina constante do horto. Pôs-se a escutar.

Gostava da toada dorida dos zunzuns africanos, onde também latejava a nostalgia que há muitos meses abatera sobre sua alma. Cantavam, mas sem a melodia dos pretos desterrados. O que estava ouvindo era inacreditável desplante:

>Chiquinha tem joias que
>já lhe chegam no gogó.
>Mas o marido, cadê!
>Pinicó, có, có...

Ela estremeceu, fechando as mãos num espasmo nervoso. A voz continuava:

>Lá nas istranja,
>tem já xodó.
>Xô, xô, Pardinha...
>Pinicó, có, có...

Vibrou, grosseira, a campainha, e apareceu a mucama, ajoelhando-se para a bênção. Nem abençoou:

— Chame Cabeça!

O preto veio logo.

— Quem está cantando na Chácara?

— Sei não, Sinhá. Ludovico e Jaconia tá na capina de limpeza.

— Vai ver quem é!

Chica enrolava o lenço na cabeça, com as mãos trêmulas de repentina cólera.

A ladina Almerinda chegou trazendo a salva de prata, onde estava o vinho branco Asti seco, e a gema de ovo que ela tomava ao se levantar.

Com o braço, muito agitada, afastou a salva.

Ainda ouvia a voz, lá em cima, entre as fruteiras, no refrão da cantiga:

>Xô, xô, Pardinha...
>Pinicó, có, có...

A voz do preto era suave a aveludada.

Chica expandiu-se na presença das mucamas assustadas:
— Minha vida hoje é um inferno.
Enrolava no pescoço, sobre as rendas do penteador branco, um cachecol de lã irlandesa.
Cabeça voltou com a resposta.
— É Jaconia, Sinhá. El é qui tá cantanu.
Saiu estabanada, dizendo ao negro:
— Venha cá.
Abriu o gabinete de João Fernandes, falando abrupta:
— Entre!
O velho entrou, apreensivo.
— Escolha na senzala quem precisar e dê uma surra de pé atrás no Jaconias. Enquanto espancar, diga que é pra não aprender indecências pra vir cantar na minha chácara!
O escravo esfregou calmo a cabeça com a mão direita (era seu modo de meditar), permanecendo de pé.
— Que está esperando!
— Nhanhá, perdoe o véio... Vancê pensô qui Jaconia é nêgu ruim... qui el sabi di munta coisa, Nhanhá?
— Muita coisa, o quê?
Esfregava a cabeça toda, de olhos no chão. Chica bramia:
— O que ele é, é muito ordinário. Mas comigo ninguém brinca, você sabe disso.
— Pois é, Sinhá... Antão mându sová u nêgu?
— Mande e agora mesmo! Quero ouvir os gritos dele!
Cabeça retirou-se, de má vontade. Chamou Carolino, já levando o bacalhau. Foram para o ponto da chácara, onde Ludovico e Jaconias alimpavam as gramas e beldroegas brotadas com as chuvas, no armado das árvores.
Quando os capinadores viram o velho chegar com o bacalhau e Carolino, pararam assustados. Carolino, obedecendo, às ordens do superior, pegou no braço de Jaconias, enquanto Cabeça ordenava a Ludovico:
— Sigura êl, Luduvicu.
Jaconias, num arranco seco, se desfez do malungo e, antes de Ludovico chegar, num pulo de gato, galgou o muro, fugindo para fora da propriedade. Os que iam segurar o preto treparam na muralha, com o fito de o apanharem. Ele já corria longe, subindo as fraldas do Morro de São Francisco.
Chica danou-se, injuriando o ancião:
— Também mandar um velho desse prender gente... Você devia chamar uns cinco escravos, porque o negro é sabido.
Não pensou que, depois da venda dos trezentos e tantos cativos das lavras, só tinham ficado treze peças masculinas na senzala, e seis estavam limpando a mansão e o quintal da Rua Lalau Pires. Duas estavam na rua para obrigações diárias de compras e os outros eram rapazinhos que regavam os jardins.

— Pois ele me paga e não esquecerá mais a lição que tenho pra ele. Todos têm um dia, o dele é hoje.

Mas Chica se enganou. O dia de o crioulo apanhar não era aquele. Não apareceu na senzala na tarde do fato, nem voltou mais à casa de seus senhores. Fugiu.

Mandaram à sua procura no Arraial dos Forros, no Beco do Mota, no Macau de Baixo, onde tinha um amigo alforriado. Ninguém deu notícia do cativo.

Dois dias depois, Cabeça, que sindicara por todos os recantos, voltou abatido.

— O nêgu arribô.

Olhava o chão, muito triste.

— Jaconia hoje é calhambola.

Depois de silêncio bem pensado, falou como cheio de temores:

— Sinhá, tô cum mêdu. Jaconia sabe munta coisa... Sinhá sabe, o nêgu é ruim... sabe munta coisa...

Chica ficou pensativa, mas se animou logo:

— Qual. Aquilo não tem cabeça pra nada, não. É trem que não presta pra nada.

No domingo, na missa do dia da Igreja de Santo Antônio, a banda de música de Chica chegou estrondosa, com instrumentos polidos brilhando ao sol da manhã. Félix na frente, em passo militar, era seguido pelos escravos artistas.

Não demorou e a cadeirinha dourada de Chica apareceu, com escolta das doze mucamas vestidas com esplendor.

Os que estavam no templo, em orações antes da missa, levantaram-se para ver a chegada. Os peralvilhos do adro fizeram pose para impressionar as ladinas que chegavam com cabelos empoados de branco. Santa-Casa achou ótimo:

— Vejam só. São doze cromos, teteias!

A cadeirinha parou um pouco distante da porta, porque ela precisava exibir-se, caminhando como sabia caminhar. O negro de libré que ia na frente, com o chapéu tricornio já na mão, chegou-se à portinhola, abrindo-a.

Chica desceu enluvada de pelica branca. Seu pé foi mostrado ao pisar no chão com borzeguins de camurça alva e fivelas de ouro. Para que o vissem, ela assungou a saia como se fosse preciso para descer do palanquim.

Estava vestida de seda vermelha-sangue de boi, que Dona Cândida chamou seda escarlate de Reims. Na borda do meio decote, uma rosa branca realçava aquele jardim moreno. A cabeleira loira estava impecável no conjunto de roupas de mulher aristocrata.

Mal deu os primeiros passos na rua, Juvenil não se conteve:

— Como vem frança! Como sabe pisar! Que mulher maravilhosa...

Os pintalegretes, segurando as adagas de cabo dourado metidas em bainhas de veludo, fizeram fila para ela passar.

Entrou sem arrogância, mas sem olhar para ninguém. Entrou devagar, com *charme*, bem senhora de seus gestos.

Atrás dela, e em torno e pela nave inteira se espalhou o suave aroma de *La bonheur existe*, do perfumista francês Avenel.

Papa-Gia, aspirando fundo, a prender o fôlego, falou quando pôde:

— Está aí. Mais, pra quê?... Chica é um milagre de pecado. A gente vem assistir à missa e, olhando pra ela, sai a pecar muito mais do que veio.

Entre as senhoras já de joelhos, houve um burburinho quando ela, compondo a saia, ajoelhou no seu genuflexório privado. Dona Vanda segredava para a beata Augusta:

— Soube que ela estava arrasada. Aí está. Bela como nunca, ninguém nega. Nossa Senhora de Guadalupe, protetora dos mulatos, tem muita força no Céu...

A velha Augusta deu leve muxoxo:

— Não gosto de ver Chica. Sua presença me faz mal. Não sei por que a felicidade dela me parece uma injustiça de Deus. Nem comungo mais hoje. Perdi minha confissão, com o pecado da inveja.

Quando terminou a missa, o padre descia os dois degraus do altar, passando para a sacristia, quando deu com Chica ainda ajoelhada. Sorriu-lhe. Santiago percebeu, dizendo entre os dentes:

— Ah, danado, já se viu?...

O povo se acumulava na porta para vê-la partir. Nesse instante, falou com algumas pessoas, convidando-as para seu jantar.

Várias, muitas mendigas, apinharam-se em torno dela, de mãos estendidas.

— Nhá Francisca, pelo amor de Deus...

Tem dó de mim, Nhá Chica...

Ela abriu sua bolsa de couro da Rússia com fecho de prata, tirando dois punhados de lisboninas, que entregou a Cabeça para repartir com os pobres.

Nisto chegou, lampeiro, Padre Pessoa.

— A senhora me honrou com sua presença...

Chica beijou-lhe a mão.

— Não falte ao nosso feijãozinho.

— A senhora está muito bem. Está muito feliz.

— É mais fácil a gente parecer que está feliz do que estar, de fato, feliz...

A parelha de negros da cadeirinha estava a postos, na imponente libré vermelha, mas de pés no chão. O padre fez questão de abrir a portinhola do palanquim, movendo a maçaneta de prata.

Augusta saía embiocada em seu *fichu* de pobre:

— Nessa bruxa nem o rei manda. Ela casa e batiza no arraial, sem dizer "água vai". Não tem mal que a pegue.

O padre ouviu o que a papa-hóstia dissera, repetindo-o para Chica, que riu alto e bonito:

— Mal sabe ela que uma coisa que ninguém vê está acabando comigo. É a saudade.

Céu e Cândida foram as primeiras a chegar, para a janta de Chica.

Depois do incidente com Manoela, Dona Leonor e Conceição fugiram do castelo. Leonor não foi mais lá e sua parenta Conceição pouco aparecia. Céu, Cândida e Fátima tinham os maridos empregados por João Fernandes em seus negócios; continuavam em relações obrigatórias com a senhora.

Ao chegarem, aquele dia, ficaram no alpendre, logo obsequiadas com refrescos e damasco em passas.

Dona Céu começava conversa inspirada em boatos:

— Soube que fugiu um escravo seu.

— É verdade. Fugiu um cativo aqui da chácara, o pior que há na Comarca do Serro do Frio. Dei até graças a Deus; era indisciplinado, mau.

— A senhora deu queixa...

— Não. Fiquei foi alegre. Só me aborrecerei se ele voltar.

E mudando de assunto:

— Soube que Dona Leonor vai viajar.

— Leonor?

— Não vai a Portugal?

— Oh, não. Creio que não. O marido está na Intendência, agora com serviço mais apertado.

Sorriu com tristeza:

— Quem nos dera, a nós portuguesas, a oportunidade de voltarmos a Lisboa... Manoela é que escreveu a um tio, falando que desejava ir ficar em casa dele uns tempos. Respondeu que estava as ordens; ela podia ir. Mas ir como?

— Pensei que fosse viagem decidida.

— Além disso, Leonor anda doente. Está ficando velha. Não pode viver longe da filha.

Chegavam mais convidados. A conversa mudou de rumo.

Às seis horas, todos estavam reunidos e muitos tomavam aperitivos no salão de visitas. Só preferiram o alpendre Nó, Juvenil, Santa-Casa, Bode-Rouco e Malafaia. Chica não dispensava os felisbertos, pelas razões conhecidas. Juvenil, de pé, com o cálice na mão, admirava sempre o conforto de tudo ali; de repente indagou:

— E João Fernandes, dá notícias?

Malafaia confirmava:

— Escreve sempre.

Mentia, pois o viajante só escrevera duas vezes, desde que fora.

— Espera certos negócios pra regressar.

Nó alimpou a garganta:

— Parece que está metido em altos negócios lá. Ora, rico, milionário como é, já comprou enormes e valiosíssimas propriedades em Lisboa. Eu, se fosse ele, mandava buscar a família e deixava a vida correr... Com dinheiro, palácios, carruagem, quintas, queria eu mais saber da colônia? Ele pode frequentar os teatros do Salitre, ouvindo a Luísa Tol, que agora faz sucesso, e os teatros dos condes, onde reina com muito rumor as Giovacchina...

Malafaia punha dúvidas:

— Sem Francisca, o João acha tudo insípido... Francisca também é doida por ele.
Nó estava amargo:
— No amor de todas as mulheres, mesmo das mais apaixonadas, há um fundo de ambição. Seja como for, podem viver esplendidamente em Lisboa.
A campainha avisou de que era hora do jantar. Já de pé, Nó ainda lastimava:
— Assim é que não podem viver. Ele, gastando a vida com suspiros; ela, a encurtar seus dias com saudades.

O jantar já ia em meio quando o Meirinho Meia-Quarta perguntou ao Padre Zuza:
— Disseram-me que o senhor sabe como foi a morte do escravo Bila. É exato?
— Sim. Conheço bem o caso.
Alimpou os lábios, depondo o talher.
— Luís Cunha e João Frederico eram bons amigos e sócios de uma cata de diamantes. Luís morava aqui e Frederico em Milho Verde. Luís batizara uma filha do amigo e as famílias estavam ligadas por mútua compreensão. Acontece que, um dia, os sócios se desavieram por coisa pequena, relativa a pedras apanhadas, desfazendo a sociedade. Ficaram inimigos mortais. Ora, Frederico possuía um velho escravo que, de ladino de seu pai, passou a homem de confiança de todos da família de seu dono. Chamava-se Bila. Era o guardião dos filhos do minerador; os meninos montavam nele, de quatro no chão, passeavam acomodados no seu pescoço. O cativo conhecia todos os segredos da casa, era o cão de fila do Frederico. Em lugarejo de vida social nula, com vizinhos grosseiros, o velho escravo se tornou a companhia da família do seu senhor, em vista de não trabalhar mais, por idade, na terra. Os filhos de Frederico só dormiam ouvindo histórias contadas pelo crioulo. O próprio Luís e seus muitos filhos eram também amigos dele. Pois a inimizade dos compadres só crescia, com muita intriga no entremeio, de modo que os inimigos só saíam de casa acostelados por negros de boas armas. Um ano se passou nessa agonia, insulto vai, insulto vem. Os dois homens não se evitavam: queriam mesmo é resolver com sangue suas contendas. Seus corações não se abrandavam, pareciam crescer cabelos, estavam transbordantes de ódio. Por essas alturas, Luís resolveu matar o compadre, numa tocaia. Fez várias. Para isso, viajava sozinho, a más horas. Sabia onde Frederico passava todos os santos dias, mas, ou passava bem acompanhado, ou não vinha. Quando fez a quinta sortida para matar o inimigo, em lugar dele quem passou na estrada foi o escravo. Luís então resolveu, da moita onde se ocultava, não perder aquela viagem. Quando o velho se aproximou, Luís fez pontaria bem no peito dele, disparando o bacamarte. Bila caiu morto. Já era noite quando o assassino chegou em casa, satisfeito com o que fizera. Não conseguindo matar o inimigo, e sabendo que ia ferir fundo a família de Frederico, matou seu escravo Bila.

Terminada a refeição, foram tomar café na sala de visitas. Chica estava agradável:

— Vou-lhes mostrar uma novidade para o Tijuco.

Aproximou-se de mesa forrada de veludo, onde estavam aparelhos desconhecidos ali por todos.

— É a lanterna mágica, pela qual se veem coisas importantes. Explicou o modo de manejá-la, mas ninguém entendeu. Mandou então fechar as janelas, escurecendo um pouco o salão. Fez vir um biombo branco, pois as paredes eram pintadas a óleo azul. Colocando o biombo em frente da máquina, acendeu-a e colocou dentro uma placa de vidro colorido.

Apareceu no linho do biombo uma paisagem em cores. Todos tiveram exclamações de muito espanto. O padre exaltou-se:

— Bonito! Muito importante a cachoeira do Niagara!

Chica mudou o vidro. O padre estava encantado:

— Vimos o Paço das Necessidades, a Prisão do Limoeiro, o Convento de Mafra. Vejam que coisa. A senhora tem de tudo. Pudera, é quem é...

Todos quiseram ver mais coisas grandiosas. E viram-nas, no fundo branco. Depois de apreciarem por muito tempo as novidades, Dona Cândida falava com entusiasmo:

— Que coisa. Vi toureiros, bailarinas, palhaços, cantoras, palácios que conheço de perto. Maravilha!

Padre Zuza fungou seu simonte de cheiro:

— É. O mundo não para de progredir. Só a senhora pode ter esses privilégios. A gente fica triste de ver tantas grandezas e abençoa quem as possui.

Chica não se importava mais com os elogios, achando-os merecidos.

Antes das oito da manhã, Amarinho chegou cansado no castelo:

— Dona Francisca, prenderam seu escravo Jaconias!

Chica o encarou, malsatisfeita com a notícia.

— Prenderam ele num mocambo do Arraial do Itambé, numa batida de dragões. Chegaram, repentinos, pra prender tudo. Uns fugiram pela grota abaixo, dois morreram resistindo à força e quatro foram amarrados. Falam que Jaconias, vendo-se cercado, investiu de facão na escolta, mas foi preso. Os dragões dizem que ele estava absoluto com Quiabo e Jardim, e que está mais perigoso que cancro! Mesmo cercado, o mulo fazia no ar um sarilho feio com a foice, impedindo que as praças chegassem nele. Quando, no entrevero, a foice quebrou, seu negro ficou maluco e fez frente à escolta com o facão do mato.

— Então... está preso.

— Contam que fez bramuras. Ah, morreu um dragão. Jaconias avançou na ronda do mato... resistiu de facão nas unhas...

— E agora?

— Agora é a senhora requerer a entrega dele.

— Onde está o preto?

— Não chegou ainda. Chega hoje. Deve chegar hoje.

— Muito bem. Agora vou ter uma peça valente na senzala. Resistiu à esquadra do mato.
— Dizem que é uma fera! O Cabo Panta fala que Jaconias é temeridade, é trem doido...
— O cabo já veio?
— Não. Vem hoje. Mas quem comanda o troço é o Furriel Quilute. Meia hora depois da estada do secretário no castelo, chegaram Zé-Mulher e Malafaia. O doutor sorria, expansivo:
— Prenderam seu crioulo em mocambo de negros fugidos, nas matas do Itambé, perto da Pasmarra. Corri para lhe dar a boa notícia.
— Então a rês estava entre negros alevantados... agora é quilombola, é negro perdido...
— Escravo de Dona Francisca é cachorro importante. O arraial todo já sabe que ele foi amarrado num mocambo.
Zé-Mulher intrometeu-se, para agradar:
— Estão falando que ele investiu, furioso, nos dragões; era o chefe dos negros fugidos...
Chica respondeu aos dois de uma só vez:
— Ele fugiu há três meses e ficou valente. Porque aqui ele sempre foi mau, porém covarde. Vou ter agora na minha senzala um valentão que enfrenta a cavalaria, não corre e avança contra a Força Real... Jaconias agora virou capitão de pé de serra...
Era exato que tinham prendido o negro no quilombo da Pasmarra e morrera um soldado. Levaram os presos para o Arraial do Itambé, onde foram ouvidos pelo furriel e pelo Cabo Panta. O que ele confessara não satisfez os desalmados, que recorreram aos seus "processos" para conseguir confissão. O novo Capitão Urbano estava prevenido com Chica e desejava oportunidade para conhecer a vida secreta do castelo. Para agradar o comandante, o furriel e o cabo, por conta própria, inquiriram Jaconias, agora sob seus ferros. O negro era safado, mas resistiu aos primeiros tratos, sem contar nada demais. Recorreram à sova, pois não dispunham nas diligências de aparelhos de suplício que extorquiam confissões. Esbagaçaram o preto mas não conseguiram grande coisa. Desanimavam, quando o Furriel Quilute, que chegara havia pouco de Portugal, empregou no preso novo sistema de fazer negro falar a verdade. Era derramar vinagre quente nos olhos do suspeito. Conforme o calor do vinagre, para mais ou para menos, o colírio dos inquisidores cegava ou inutilizava os olhos do infeliz. De qualquer modo, a dor era insuportável para qualquer bicho. Os honrados suboficiais do regimento experimentavam o novo processo nos negros fujões na Mata da Pasmarra. O primeiro que recebeu o banho de vinagre quente nos olhos foi o negro Malamba, que era o chefe do quilombo. Confessou logo, na loucura da dor, o que os dragões quiseram. Deu o tempo de sua fuga, quem era, de onde procedia e os crimes e assaltos que chefiara no esconderijo.

Chegou a vez de Jaconias. Ele resolveu não querer o vinagre quente nos olhos. Achou mais fácil confessar o que sabia. Quando o pré chegou diante dele com a caçarola de vinagre tirado do fogo, o negro voltou a cara para um lado, falando firme:

— Pára cum íssu, qui ieu ábru u sácu...

E na manhã fria da altitude, debaixo do jatobá a cuja sombra os quilombolas estavam sendo inquiridos, Jaconias abriu mesmo o saco de suas terríveis revelações. Contou o que vira, ouvira e assistira na fortaleza do Castelo da Palha. Contou o que fizeram com o Zezinho, no poço das piranhas, a mandado de Sinhá... Contou por miúdo o caso de Catarina, amarrada na praia do rio, onde a sucuri a envolvera, esmigalhara e engolira... Contou o caso do filho recém-nascido de Mariana, jogado no poço por Chica... Contou a morte de Gracinha, como fora, como lhe arrancara a cabeça com enxadão... Falou como fora enterrada viva em pé, na chácara, perto do muro da senzala... Entusiasmado pela atenção em que era ouvido, contou como se faziam as festas do palácio, as conversas que ouvia... as bebedeiras. Quanto ao que revelou sobre o palácio foi mentira, pois nunca entrara lá, nem houve bebedeira em festa alguma de Chica. A denúncia dos crimes era, no entanto, verdadeira. Tornara-se muito grave a situação de Chica da Silva, agora desamparada, com a ausência de João Fernandes. Os crimes revelados eram muito sérios e, com devassas, como sabiam fazer os portugueses, ela podia ser capitulada em penas de alta gravidade.

Pobre Chica!

Todo o seu reino, todos os seus poderes de milionária, estavam prestes a desabar com as acusações da boca imunda de Jaconias. Apertado pela sanha malaia dos beleguins portugueses, o negro sem honra acusava Sinhá de quatro crimes pavorosos. Acusava, citando as testemunhas, Cabeça, Carolino e Ludovico.

O código medieval que resolvia os crimes eram as Ordenações do Reino, que não admitiam a defesa dos réus. Os processos na Colônia do Brasil eram feitos na base de indícios, presunções e denúncias anônimas. Os depoimentos eram extraídos a ferro e fogo e neles aparecia mais sangue do que verdade. Sangue, sempre; verdade, nunca. Pobre Chica. Parece que agora a mulher aventurada que você sempre foi vai cair nas tenazes turcas da justiça desumana do Marquês de Pombal. Com o amante preso em Lisboa, preso sob vigilância, que é a maneira mais triste de ser preso, enfrentava sozinha, desamparada, a pior crise de sua vida. Sua protetora, Santa Quitéria, parece que se esquecera da antiga protegida.

Ouvidos os mocambeiros presos na mata, o furriel e o cabo mandaram amarrar nas costas os braços dos fujões, que partiram a pé a caminho do arraial. Eram quatro os negros, guardados por seis dragões montados. Caminhavam a passo, por estarem estragados pelos "depoimentos" que lhes rasgaram as carnes.

Na estrada, o cabo falava ao furriel:

— Um aí (era o Jaconias) vai ser marcado no ombro com ferro quente da letra F. É fujão. Os outros vão ter uma orelha cortada, pois é a segunda vez que arribam pro mato.

Um dragão, enfadado de acompanhar as reses, estava com sono e maldizia aquele trabalho:

— Pegar negro é pra capitão do mato, não é pra Dragão do Rei. Ficou morto um dragão e o que acontece? Nada. Mata-se na forca o assassino, mas quem fica sem pai são os seis filhos do praça. Isso é dereito?

O cabo falou, pilheriando:

— Cala a boca aí, Constantino, que, onde o comandante mandar pôr o pé, você deve botar o nariz.

— Nem os caalo guentam êsse rojão, quanto mais gente batizada.

Havia cavalos com os beiços retalhados a facão. O cabo brincava:

— Caminha calado que você hoje vai ter costela pra dormir, se alguém não tomou sua china...

— Tomar não tomam, e quem tomar tem que engolir este doce de leite, aqui. — Bateu na espada. — Tem que engolir calado...

Subindo um teso de pedregulho, apareceu, lá longe, o Rio Jequitinhonha. Estava escurecendo.

O furriel era veterano prevenido:

— Acho bom passar a fieira nesses tralhas. Já está escuro.

O cabo adiou:

— Na ponte. Quando chegarmos na ponte. Tem tempo.

Começaram a brilhar vaga-lumes inquietos pelos varjões do rio.

Antes de chegarem à velha ponte de madeira, já estava muito escuro. O furriel aborreceu-se:

— Leve o diabo viajar cocando calhambola, de noite.

O cabo acalmou-o:

— Não tarda a lua. Ela foi cheia trasantontem.

Ao descerem a rampa da ponte, ouviram vozes de gente que vinha. O furriel esgoelou:

— Quem vive? Escolta do rei! Alto!

Eram dois pés-rachados. Pararam, gritando:

— É de paz.

— Passe de largo!

Os matutos torceram na margem da estrada e a tropa continuou, descendo para a ponte. Ao pisarem nas primeiras tábuas, o furriel falou com medo:

— Muita água. Meio barranco.

— Agora é que começou a estiagem. Muita água ainda.

Estavam no meio da ponte e, repentino, Jaconias saltou do alto, no meio da correnteza. Depois de um baque na água, não se ouviu mais barulho nenhum. Um dragão gritou:

— Um pulou na água!

O furriel, que vinha atrás do grupo, também acudiu aflito:

— Que foi?
— Jaconias pulou no rio.
Outro dragão rosnava:
— Esse é da família do já-morreu. Pular nesse aguão com as mãos amarradas.
Os dragões envolveram os outros presos, atentos neles. O furriel estava furioso:
— Pra que não seguraram o infeliz?
— Segurar como, se ele pulou de estalo?
Quilute estava muito nervoso:
— Mais esta. E agora, cabo?
— Agora... você já viu olho furado ter cura?
— Vamos dar uma batida por aí.
— Por aí, onde? Batida a negro fugido com uma escuridão desta? Vamos é pitar um cigarro na espera da minguante sair. Ela deve estar bicando pra sair.
Mal falou, a lua surgiu, subindo rápida para o céu com algumas nuvens.
Dois dragões se afastaram de má vontade para uma revista pelas margens. Não demorou e ouviram da ponte um dos dragões esgoelando:
— Jaconias! Ôôô Jaconias!...

Maretas faziam barulhos moles nos barrancos. Pernilongos perseguiam os homens. Os presos restantes deitaram, parecendo mortos.
Quando os cavalarianos voltaram, um deles perguntou como crítica:
— Somos pra prender gente ou caçar defunto?
Um dos que ficaram palpitou, no silêncio triste da noite do rio:
— Você não vai dormir hoje no fofo, na gostosura do ninho. Vai hoje é pra pedra... Deixou o excomungado fugir.
O Furriel estava impaciente:
— A culpa é do cabo. Falei que convinha pôr os droga na fieira, porque na fieira eles não fugiam. Ele não aprovou a fieira e sem a fieira o nêgo caiu na água. Fieira é pra isso mesmo, porque, sem fieira, não há quem guente.
Resolveram continuar a viagem. Chegaram no Tijuco pela madrugada.

O Furriel Quilute fez o relatório verbal da ronda ao Alferes Rios. Apresentou os negros aprisionados e o relato escrito da morte, em combate, do Dragão Jorge Poderoso. O alferes indagou de cara feia:
— Qual é o preso que contou os crimes praticados aqui?
— Fugiu da escolta, pulando na água, quando atravessávamos a ponte do Jequitinhonha. Fugiu com os braços amarrados pra trás.
O furriel contou como foi o pulo, o desaparecimento do moleque. O alferes danou-se:
— Veja como você comanda uma ronda do mato — cochilando! Bote na chave por três dias os dragões, e você e o cabo vão ser censurados na ordem do dia. Deixar fugir um preso da importância desse!

O comandante soube do que depusera o negro Jaconias e mandou logo fazer sindicâncias secretas nas famílias de Catarina e Zezinho, Mariana e Gracinha.

Não se sabe como, o arraial se encheu da notícia do depoimento de Jaconias. O escândalo foi imenso.

Padre Zuza se inteirou logo do boato sensacional.

— É mais uma perversidade dos pés de chumbo. Querem perder a distinta senhora. É processo muito comum dos covardes da Extração.

O Major Tôrres estava muito indignado:

— Eles querem acabar com os que resistem a sua tirania. Dona Chica não é mulher de sujeiras. Estamos é perdidos com esses miseráveis.

Padre Pessoa abanava a cabeça, em sinal de não:

— Podem falar à vontade. Ninguém acredita. Todo o sertão conhece Dona Francisca. Não e não! Dona Francisca é, há muitos anos, a primeira do Rol das Desobrigas. Como sacerdote, desminto essa imputação caluniosa.

Aguirre e Malafaia estavam abafados. Aguirre espumava de ódio:

— É pra ver. Fizeram com o João Fernandes o que fizeram e agora investem contra uma santa, que todo o arraial adora.

Quando a notícia chegou à casa de Rodolfo, Dona Leonor pôs as mãos para cima:

— Será verdade, meu Deus! Não acredito que ela tivesse coragem para tanto. De qualquer modo, minha filha correu enorme risco. Manoela parece que adivinhou, pois está com horror de andar na rua, assusta-se à toa...

Dona Céu duvidava:

— Estive sempre em casa de Francisca, no tempo de Gracinha. Ela me queixava da menina, que namorava um mandrião. No dia em que Graça fugiu, Dona Francisca suspirou o dia inteiro. Falou-me: "Gostava da mucama. Senti muito a sua fuga".

Os próprios felisbertos, levando tudo em troça, defendiam Chica. Juvenil falou franco:

— É uma bárbara que se refinou em bobagens da alta sociedade. Sei que ela faz muita caridade escondida, no arraial. Não tem cabimento a acusação dos assassinos de Felisberto. Parece que eles querem tocar daqui, como já têm tocado, o resto da gente que presta.

O arraial estava estupefato. Não havia, no Tijuco inteiro, mesmo entre os inimigos de João Fernandes, quem acreditasse nos crimes atribuídos a Chica.

Passaram uns poucos, turbulentos dias de insuportável expectativa popular. Ninguém dava notícia de Chica. Passando perto do castelo, em viagem de negócio, o capitalista Chamusco falou a amigos em sua casa:

— Passei perto da chácara. Tudo está bem tratado, o castelo com pintura nova, os jardins cheios de flores. Não vi ninguém. Aquilo respira uma paz repousante de convento, onde vivem corações tranquilos. Ponho a mão no fogo por Dona Chica.

No outro dia, domingo, o arraial se alvoroçou com a aleluia matinal. A banda de música de Chica largava do arraial para comboiá-la à Igreja de Santo Antônio. Desceu vibrando marcha muito viva, com o maestro escravo Félix na guia.

E um pouco atrás de sua banda, Chica desceu da cadeirinha azul na porta do templo. Fora escoltada por suas mucamas de qualidade e vestia costume de linho verde muito bem-feito. Sua cabeleira era castanha encaracolada até os ombros, em bucles fofos. Desceu calma e repousada, cumprimentando os presentes com ligeira vênia.

Ela jamais fora tão admirada por beatas, bandarras e povo como naquela manhã. Parecia pairar acima de suspeitas e da sanha portuguesa que envergonhava a terra das Gerais. Ao se retirar, com as mesmas cerimônias, encarregou a Amarinho e Zé-Mulher do convite aos amigos habituais para um almoço ao meio-dia.

Dona Cândida foi cumprimentá-la quando saía da igreja. Todos os presentes à missa também a procuravam para um abraço, num ligeiro aperto de mão à mulher mais querida do Tijuco. Mesmo aqueles que nunca falaram com ela se aproximaram corajosos para a homenagem. Aquilo era significativo. A população maciça do arraial procuravam isentá-la de gravíssimos crimes, solidarizando-se com ela.

Quando a cadeirinha partiu, Padre Pessoa falou bem decidido:

— E essa é a que a baba da inveja enodoa. Querem fazer de uma santa desalmada assassina...

Dona Céu ficou vendo a cadeirinha se afastar comboiada pela banda de música:

— Basta ver a serenidade dela para se ter certeza de que não tem crime nenhum.

Santa-Casa teve ocasião de falar:

— Todos a procuram na hora da acusação sem pés nem cabeça. Isso é o povo em peso, é a prova de que o Tijuco está com ela, contra os lobos esfaimados.

Retirando-se, o Major Tôrres conversava com o colega Moura:

— Tirando Chica, o que resta no Tijuco?

— Não resta nada, porque os diamantes já foram roubados.

Tôrres e Moura foram tomar café em casa do Padre Zuza, porque o café, embora importado, se tornara bebida preferencial até dos de menos posses. O padre estava com medo de surpresas:

— Soube que mandaram buscar as famílias das supostas vítimas. Podem vir todas... Gato ruivo, do que vive, usa. É verdade que a acusação do negro foi muito séria. Ele ignora que provado o crime, ele próprio será condenado à pena capital, como o mandatário. Por sua condição de escravo, em processo regular, não pode ser testemunha juramentada, apenas informante. É como se fosse menor. Resta o depoimento dos outros negros que ele citou. Tenho medo de processos portugueses, cuja testemunha-chave é a tortura. Forjam processos com ferros de supliciar, fome, sede e vergalho de boi. Se Chica tiver o mais leve indício de crime, está perdida. Com a rafa com que agem contra os brasileiros, ela será fatalmente enforcada. A fuga do acusador favorece a acusada. Mas... vamos ver.

Tôrres estava decidido:

— Se as coisas tomarem corpo contra ela, o povo não deixará que vá presa!

Zuza balançou a cabeça:

— Povo... o povo não sabe o que quer. É como folha de bananeira, vai pra onde o vento sopra. Sei que o povo está com ela. Nós todos somos contra Portugal. O povo fala muito; é sujeito a perigosas paixões, revoluciona, intriga e revela que nada teme. Entretanto, na hora do pega pra capar, foge... Aqui é um povo inteiro contra a Tropa Paga, mas essa tropa paga é insuflada de fanatismo, dos "poderes divinos" do rei poltrão... tem armas, tem as fardas, tem a brutalidade do poder discricionário... Confesso que estou com medo.

Acendeu o cigarro crioulo.

— Depois, ninguém sabe o que está acontecendo com João Fernandes. A notícia é que espanta Lisboa com seu fausto babilônico, faz compras de ruas inteiras de palácios, mas o certo é que, desde que foi, só escreveu para Chica duas cartas em que fala de amor, saudade e outras frioleiras, menos na volta, no seu regresso.

Moura explicava a razão:

— Nem pode, está sob espionagem, sob censura de um sujeito como o Marquês-Rei.

— Isso é verdade. Enfim... vamos ver o que Deus manda neste seu mundo tão supliciado.

Guerra gracejou sem graça:

— Vamos ver se é Deus quem manda, ou o Marquês de Pombal...

Às 11 horas, um rebuliço enorme ferveu no Tijuco. Chegavam no arraial, adiante de dois pedestres, os pais de Gracinha!

Foram diretos para o Quartel dos Dragões Imperiais. Aguirre pegou o queixo com dois dedos:

— A coisa está ficando feia!

Juvenil, no seu grupo da venda, arregalou os olhos:

— Brinquem com "eles"... Essa canalha tem topete pra tudo.

Santiago achou ruim:

— Pensei que fosse só boato. A coisa não está boa, não.

Estavam diversos felisbertos na contraloja da venda de Toada e o assunto era um só: o caso da acusação de Jaconias a Chica. Bebiam, e Santa-Casa, o simpático rapaz sem sorte, viu cair seu bengalão. Para apanhá-lo, ao se abaixar, sentado como estava, e com o esforço, deixou sair com ruído gases do intestino. Papa-Gia, que ouvira, como todos, falou sem rir:

— Viva a liberdade.

Santa-Casa, que apanhara a bengala, comentou:
— No Tijuco, a liberdade é tão grande que só pode ser saudada com uma salva dessa...

Ao meio-dia Juvenil, Papa-Gia, Santa-Casa e Santiago foram para o almoço no castelo. Já havia convidados no alpendre, pois o almoço fora marcado para uma hora da tarde. Lá estavam os padres Pessoa e Zuza, os majores Guerra, Tôrres e Moura, Aguirre e esposa, Vasco e Céu, Dona Cândida e o Sebastião, Dr. Malafaia, Fred, Vavá, Chamusco, Dr. Pestana, Alferes Bala, Dona Rosinha, velha amiga de João Fernandes, proprietária de hospedagem na Vila do Príncipe, que recebera "bilhete" para permanência por três dias no arraial, Amarinho e Zé-Mulher. Bebericavam os aperitivos que cada um escolhera, sendo que os felisbertos, já chegando esquentados, escolheram *kummel*, o açúcar de fogo como lhe chamava Santa-Casa. Havia no grupo alegria forçada, pois todos estavam apreensivos com o caso de Chica.

Padre Pessoa abria caminho no constrangimento geral:
— Fui ontem ao Mendanha, para a confissão *in-extremis*. Admiro-me como, em fim de abril, os campos estão floridos. Que beleza! Tem razão quem diz que em abril há nas Gerais uma primavera prévia, de ensaio para a oficial, de setembro... Até nas ravinas de pedreiras a erva mais humilde está em flor. Notei uma coisa curiosa nas viagens que faço: as flores das várzeas do Jequitinhonha são, em grande maioria, amarelas, e as do Paraúna, Rio Grande e Rio Pardo são roxas. Estou quase concordando com Hanekin, de que falou aqui o Meia-Quarta: o Paraíso foi no Brasil, isto é, nas Minas Gerais...

Às doze e meia chegaram no portão da chácara três pedestres, pedindo para entrar. O porteiro anunciou-os. Chica deu ordem:
— Podem subir.

Subiram a aleia de areia branca flanqueada pelos renques de sagus, de tufos de hortências azuis. Já no alpendre, com rápida continência em saudação, um dos praças falou perfilado:
— O Comandante Capitão Urbano mandou buscar seus escravos Carolino, Ludovico e Cabeça.

Uma estupefação gelou todos os presentes. O Padre Pessoa se levantou, aproximando-se dos soldados:
— Posso saber por que buscam os escravos?
— Não fomos informados. Estamos cumprindo ordens.

Chica levantou-se, extremamente descorada, e foi para o interior da casa. Voltando, ocupou sua poltrona e disse aos pedestres:
— Queiram esperar. Os escravos não demoram.

Com breve espaço apareceram os três cativos que, de cabeça baixa, estenderam a mão direita para Chica:
— Bença!
— Deus os abençoe. Vão com Deus e sejam homens!

Desceram a escadaria na frente dos pedestres apertados, com espada e pistola no cinturão. As visitas estavam pasmas. Ficaram pálidas e muitas tremiam. Um silêncio terrível caiu sobre todos.
Chica, retomando seu aprumo, tentou sorrir.
— Então, Padre Pessoa, o Paraíso foi nas Gerais...
— Sim, parece que foi... Isto é...
Tossiu uma tosse nervosa. As senhoras não podiam falar. Dona Céu apertava as mãos geladas. Dona Cândida sentia as pernas dormentes. Respirava, sem ar. Ouviu-se a campainha do almoço. Chica levantou-se, muito serena:
— Vamos, meus amigos. Já devem estar com fome, pois eu também estou...

Aquele dia... aquele domingo no Tijuco...
Não houve um lar que estivesse em sossego. Muitas pessoas choravam. Padre Zuza ficara abatido:
— Em vista do que vi no castelo, da insolência dos soldados, agora creio que vão prender Chica.
Moura ponderou:
— Não pense muito nem fale em coisas más. Se a gente pensa muito em coisas más, elas acontecem.
— Pra mim, vão prender Chica.
Tôrres inquietava-se:
— Será possível?
— Tudo é possível na Colônia. Estou horrorizado. Cabeça é um negro de confiança, velho calmo, sem falta nenhuma. Nunca levou um beliscão do senhor ou feitor. Agora está preso. Estou horrorizado.
Insuportável tensão nervosa descontrolou a vida do arraial. Os forros segredavam-se:
— Cabeça foi preso!
— Ludovico e Carolino também.
Quando escureceu, Padre Zuza foi ao castelo, onde não havia um só visitante, um único amigo da família.
— Dona Francisca, vim oferecer meus préstimos de pobre. Uma noite eu vim aqui me pôr ao lado de João Fernandes. Dei-lhe um conselho que, por desgraça, não aceitou. Hoje...
— Obrigada, Padre Zuza.
— Hoje vejo sua situação bem crítica.
— Por quê?
— Porque não há consciência. Seus escravos estão presos. A opinião geral é a seu favor em tudo, mas seus amigos temem por sua liberdade.
Chica encarava, pela janela aberta, o vão dos espaços.
— A senhora também pode ser presa. Não acha melhor fugir?
Ela estremeceu com violência:

— Fugir, por quê? Tenho a consciência limpa, não me acuso de crime nenhum!

— De acordo, mas os cachorros de Pombal estão vigilantes, e injustiça e violência é com eles.

— Não, Padre Zuza. Mesmo que eu fosse criminosa, não adiantava fugir. Eles dominam tudo. Fugir seria me acusar. Podem prender-me. Estamos perseguidos, eu e João, por faltas imaginárias, inventadas. Não sairei daqui, onde tenho as filhas sob minha guarda. Não adianta nem pedir a proteção de Deus, porque Deus parece que está com eles... Nem daqui a cem, duzentos anos, os que nascerem neste lugar esquecerão a covardia do que fazem conosco.

Às nove da noite chegaram ao castelo os escravos de Chica.

Carolino quase não podia caminhar, surrado por horas no duro interrogatório a que fora submetido. Tinha nariz e beiços deformados por coices de dragões, quando deitado para o covarde "banho" nas costas. Quebraram com coice da clavina os dentes de Ludovico, de quem arrancaram muitas unhas de pés e de mãos. Ambos chegaram gemebundos e ensanguentados. Cabeça ganhara muitas dúzias de bolos nas mãos e não andava quase, com as solas dos pés moídas pelas bastonadas dos inquisidores.

Chegaram assombrados e choravam de dores e pela humilhação.

Mas uma coisa os algozes do Quartel dos Dragões não conseguiram: que eles confessassem participação nos crimes que Jaconias imputava a sua Sinhá.

Chica mandou buscar com urgência o Dr. Malafaia, para os seus feridos.

— Trate deles como de gente rica, doutor!

E falou aos cativos:

— Vocês hoje estão libertos. Vou alforriar vocês pela lealdade com que me trataram. Vocês são homens.

Malafaia mandou vir seu boticário prático, Vavá, que chegou enrolando as palavras de tão bêbado. O recurso foi o doutor mesmo ir buscar os remédios na sua botica. Foi e voltou resmungando contra seu auxiliar.

Lavou as feridas com água de albumina (que fez na hora, batendo claras de ovo em água fria), cortou peles dilaceradas pelo chanfalho e envolveu tudo em ataduras embebidas em Bálsamo Samaritano. Deu a beber aos espancados 20 pingos de Gotas-Negras Inglesas, que era fórmula com muito ópio, para usar de duas em duas horas.

Tudo pronto, saiu para preparar mais beberagens. Passou pela casa do Padre Zuza, que estava tão chocado com os acontecimentos que sentia febre.

— Seu Padre Zuza, os negros estão escalavrados!

— Soube agora que os pais de Gracinha defenderam Chica. Foram dignos, contando tudo, inclusive os avisos dela, quando a mocinha arranjou o namorado vadio. Foram apertados e saíram-se bem, contando que tiveram há tempos notícias da filha no Arraial de Nossa Senhora do Bom Sucesso das Minas Novas do Araçuaí. Isso foi para mim um alívio! Quero uma poção com água de alface, para acalmar os nervos.

— Pois eu vou passar a noite na cabeceira dos feridos.

— E Chica?
— Absolutamente senhora de si, não se queixa de ninguém. É um caso notável.
— Hum...
— E o pior você está esquecendo. Amanhã é dia do aniversário dela. A festa lá ficou pronta. Fomos convidados (os íntimos) para almoçarmos em palácio.
— Nem me lembrava, está.
— Estamos combinados para a visitarmos depois da missa. Vamos em turma, que é um modo de dizer que estamos com ela depois da facada pelas costas. Bem, vou ver os remédios, depois falaremos na manifestação.

Saiu precipitado, esquecendo o chapéu. Voltou para apanhá-lo.

Amanheceu com o céu de maio sobre terra florida. Era o dia 1º do mês, aniversário de Chica.

Ela, que frequentava a missa do dia, às nove horas dos domingos, na segunda-feira de sua nova idade, saiu para a missa das almas, celebrada às três horas da manhã. Não levou as mucamas e foi apenas com Jelena, que acompanhava a cadeirinha. Confessou-se e comungou. Havia pouca gente na Igreja e, às seis horas, chegava de regresso à chácara. Mas havia muita gente no portão de entrada. Quando a cadeirinha apareceu depois do Rio Grande, a banda de música Santa Cecília atacou o dobrado *Aniversário de Mãe*, composto em sua homenagem. Quando apeou, foi recebida nos braços da pequena multidão que a aguardava.

— Que surpresa agradável. Mas incomodei tantos amigos a esta hora... Eu não mereço estas coisas...

Foi abraçada e coberta de flores. Senhoras, moças, moçoilas, senhores, rapazes, os felisbertos, estavam ali para festejar a amiga de todos, pobres e ricos, brancos e mestiços. Chica emocionara-se, sentia vontade violenta de chorar, alvo que era do carinho dos amigos.

— Agora vamos entrar.

Não queriam, ninguém fora ali a não ser para o abraço de parabéns.

— Não senhores! Entrem todos; quem pede que entrem é quem hoje fica mais velha...

Nesse instante aproximara-se do portão alguns militares pedestres. Comandava-os o Furriel Quilute, que se dirigiu a Chica:

— Por ordem do Capitão Comandante Urbano, vamos fazer umas escavações na sua chácara, onde dizem estar enterrada uma pessoa. Trouxe os coveiros do cemitério pra o serviço.

Chica quase cai, amparando-se com o cotovelo no Dr. Malafaia. Todos os presentes ficaram abatidos, na maior decepção.

— Os senhores podem entrar. Façam o que lhes ordenaram, mas aqui, graças a Deus, só tem gente viva, embora na senzala haja três espancados. Podem entrar!

O furriel e cinco praças, acompanhados do coveiro, com alavancas e enxadões, encaminharam-se para a chácara, passando pelo jardim.

Com medo da diligência, alguns manifestantes fugiram à sorrelfa. Muitas moças choravam. Ninguém podia protestar com palavras, mas, por olhares, e gestos, a revolta contra a violência era unânime.

Os que entraram no palácio estavam sem assunto. Começaram a beber. O Padre Pessoa, que a cadeirinha fora buscar, ficou pálido de morte com a notícia. Suava nas mãos.

Chica foi para o interior, a providenciar sobre as visitas. Entrando no seu quarto, fechou-o, ajoelhando-se no genuflexório de veludo, em prece fervorosa. Pensava:

— Agora estou perdida! O negro revelou o lugar onde Graça foi enterrada, e hoje mesmo estarei presa, para condenação certa!

Jaconias, ao ser interrogado, marcara o ponto da cova perto do muro da senzala. Ou ele, ou quem o ouviu errou, pois Gracinha estava enterrada não longe do muro, mas a oeste da chácara, entre o renque das jabuticabeiras.

E começaram a cavar o chão, à procura da ossada. Chica estava disposta a não se entregar à polícia reinol. Quando descobrissem os ossos, ela beberia o veneno que guardava, tirado da Botica do Contrato. Como o encontro dos restos da mocinha era fatal, Chica vivia suas últimas horas, talvez seus últimos minutos.

Abriu a gaveta onde guardara por muito tempo o tóxico, frasco perigoso que mostrava desenhada na etiqueta uma caveira, para alertar que era droga de morte. Pegou o vidro, sacudiu-o. O pó branco cristalizado estava à espera de quem precisasse dele. Chica sentia arrepios só de ter o vidro nas mãos.

Abriu-o, retirando a rolha com uma tesoura de unhas e guardando-o de novo no móvel. Estava em condições de ser bebido. Fez suas orações perturbada, com a cabeça em fogos. Verificara o veneno, e voltou para o salão.

Mas os enviados do comandante já furavam outro buraco, jogando terra nas plantas mimosas do pé do muro. Abriram ainda a terceira cova, mais longe das primeiras.

Nada encontraram. Às duas da tarde, saíram por onde entraram, em busca perdida.

O Capitão Urbano foi avisado da pesquisa vã, quando presente o doutor fiscal da administração, que zelava pelo cumprimento exato dos decretos do rei. O capitão estava obstinado:

— Vou mandar prender a amante de João Fernandes. Se ela é criminosa, vai abrir o livro... Eu não respeito cara de ninguém, pra cumprir meu dever de soldado! Primeiro, o meu dever. O resto nada vale.

Chica ia ser presa.

Urbano chamou o furriel:

— Volte com os praças e traga aqui, presa, a tal milionária Chica da Silva!

O Doutor Fiscal da Administração, que era autoridade superior ao Comandante dos Dragões Imperiais, alimpou a garganta:

— Capitão, o senhor está exorbitando de suas funções. Dá importância a declaração de negro fugido, declaração que pode ser por vingança a sua Sinhá. Esse quilombeiro está arribado, não sendo possível uma acareação. Uma prova do crime seria a descoberta da ossada da pretensa vítima. Isso não se conseguiu. O senhor está desviando soldados de sua missão precípua, que é coibir o contrabando, prender macamaus e zelar pelos direitos do rei. Sou muito claro nas minhas palavras. Moro aqui há muitos anos e nunca ouvi rumor de que Dona Francisca fosse criminosa. É pessoa útil, pelas caridades que faz. Vamos zelar pelos direitos da Coroa, deixando crimes hipotéticos para um lado. Nossa missão aqui é outra. Deixe este caso e cuidemos da lei, cumprindo as ordens oficiais. O senhor vai ser substituído no comando pelo coronel que será o Comandante do Regimento Auxiliar da Cavalaria, que vem para a Comarca do Serro do Frio render a Companhia dos Dragões Imperiais. Não seja mais realista do que o rei. — E levantando-se, com muita autoridade: — Dou por terminado este caso de Chica da Silva.

A ordem do fiscal da administração foi acatada. Chica da Silva esteve bem perto da forca. Teve sorte até nisso: Jaconias indicou, atarantado pela ameaça de tormentos, lugar que não era onde fora sepultada viva a infeliz Gracinha.

Foi indescritível a alegria do povo, quase todo de negros e mestiços, pelo fracasso do processo já começado contra Chica.

Padre Zuza chorou, expandindo-se entre os seus íntimos:

— Fui caçador afamado. Caçador de bichos de pelo que conhece todas as grotas do nosso continente. Às vezes, o faro dos cães de caça embota e é preciso provocá-lo, com pó de fumo. É sabido que, dos bichos brabos, a hiena é de olfato finíssimo. Mas olfato para carniça, pois é covarde para atacar, e só come o resto do que os outros animais caçaram. — Riu, eufórico: — Na caça da carniça da moça o faro das hienas portuguesas estava embotado... Não há pó de fumo que o faça voltar...

O tempo foi rolando sobre os dias, coisas, acontecimentos, corações. O cotidiano aborrecido criava e desfazia pequenos problemas, no arraial vigiado pela desalmada polícia política do Reino.

As cartas de João Fernandes eram raras, sempre com promessas de regresso, dependente de seus carcereiros invisíveis.

Até que, em 1775, chegou notícia de que ele instituíra o Morgadio do Grijó, em que foram reunidos todos os seus bens imóveis. Sua resolução foi obra de opressivos conselhos de gente da berra em Portugal. O morgadio incluía, em Portugal, a Quinta de Grijó, um quarteirão de casas na Rua Augusta, de Lisboa; u'a morada de casas no Beato, com 27 casais a ela anexos; uma Quinta no Portela, termo de Lisboa; uma propriedade de casas nobres no subúrbio de Buenos Aires, onde ele residia; outra propriedade de casas também nobres na Rua da Boa Vista, com terras anexas; duas propriedades em frente ao Convento da Estrela; outra na Rua do Guarda-Mor; outra na mesma rua...

No Rio de Janeiro, entraram para o vínculo uma propriedade nobre, outra em Vila Rica, ainda outra em Pitangui; todas as fazendas da Comarca do Serro do Frio, doadas às suas filhas, com Chica, para usufruto; fazendas em Minas: de Santa Rita, no Paraná; Riacho das Areias, Jenipapo, São Domingos do Rio São Francisco; do Paracatu, do Jequitaí, do Rio Formoso; de Santo Tomás, de Santo Estêvão; de Santa Clara, da Ilha, da Formiga; da Ponte Alta, de Pitangui. Entraram ainda para o vínculo as quantias emprestadas, para futura compra de propriedades, os bens que ele adquirisse daquela data em diante, e o dinheiro apurado por sua morte, que devia ser para compra de imóveis. Para administrar o vínculo, nomeou seus filhos, com Chica. Esses rapazes andavam em estudos em Santa Luzia do Rio das Velhas do Sabará e Mariana, sendo que um deles pretendia a carreira eclesiástica.

Conhecida a integração dos bens imóveis de João Fernandes no vínculo, o Dr. Malafaia desanimou:

— Não volta mais. Fez esse negócio pra proteger a família de futuras complicações. Pelo menos assim, acontecendo tudo como vai, pra pior, Dona Chica está amparada com os filhos. João foi traído. Não o veremos mais.

Zuza fazia ponderações justas:

— Depende. Ninguém sabe se a turbulência do mundo atingirá ou não os doidos varridos que são todos os Braganças... Chica recebeu de que modo a notícia do morgadio?

— Ela não entende disso, como nós também. Disse que tudo quanto João faz é bom. Fala que só com a volta do amante vai saber direito as coisas.

— Coisa boa é a esperança. Bem disse Aristóteles que ela é o sonho do homem acordado...

Correram águas por muitos meses por baixo das pontes. Voltou à chácara a paz abençoada por Deus.

As árvores estavam crescidas, não tanto quanto a saudade de Chica. Os dias passavam muito grandes e seus pensamentos viviam longe, nas delongadas terras de além-mar.

Eis que, um dia, seu compadre Meirinho Meia-Quarta, que andava arredio, chegou alvoroçado ao castelo, quando Chica palestrava com o Padre Zuza:

— Venho lhe trazer grande alegria! Mereço até alvíssaras. Morreu o Rei Dom José e o Marquês de Pombal foi demitido do Ministério! A nova Rainha Dona Maria I o despachou. Vai ser processado.

O padre ergueu as mãos aos céus, dando graças a Deus.

— É verdade isso, ó Meia-Quarta?

— Chegou a correspondência, agora.

— Então, o monstro que por vinte e seis anos ensanguentou Portugal não vale mais nada?

— Como ministro, nada. Não é mais nada...

— Deus misericordioso, nós vos agradecemos a graça de desmontar do poder absoluto o Rei e sua sombra sangrenta! — Sorriu de olhos muito abertos: — Sendo assim, João Fernandes está de volta, não tarda.

Chica tremia, dominada de emoção que a embargava de falar.

Começaram a planger os aragões de todas as igrejas, pela morte do rei. Chica só aí pôde ajoelhar-se, tapando os olhos com as mãos abertas, em prece borbulhada do coração. Ouvia-se pela rua o povo exclamar ainda com medo:

— Morreu o Rei!

As ruas enchiam-se de gente procurando mais notícias.

No alpendre do castelo, Chica, ainda ajoelhada, com as mãos espalmadas tapando o rosto, agradecia a Deus a morte dos algozes de João Fernandes.

XVII

O VALO

Subira ao trono a Princesa do Brasil, Maria I, a "Piedosa".

Fora chamado, como Ministro e Secretário de Estado, em lugar de Pombal, o Marquês de Angeja.

O próprio Intendente Mendonça esperava o regresso do ex-contratador:

— Parece que agora João Fernandes regressa. Deteve-o em Lisboa a embirrança de Pombal.

Estavam sendo mudadas muitas coisas no Tijuco. Chegara para o arraial o 2º Regimento Auxiliar de Cavalaria, sob o comando do Cel. Luís de Mendonça. Estavam em dissolução as Ordenanças do Rei, as Companhias dos Dragões Imperiais e dos Pedestres.

A Real Extração dos Diamantes criara, entretanto, um clima de violência na Demarcação Diamantina, que tornava insuportável a vida na Comarca do Serro do Frio. O Tijuco foi, desde o início, a terra mártir, a terra supliciada pela avidez bestial dos usurpadores sem escrúpulos. Sua população gemia sem direito algum. O povo era uma palavra abstrata, que só existia para prover a magnificência dos testas-coroadas e para gerar escravos, sempre morrendo de fome para não faltar diamantes na Coroa d'el-rei.

Até ali, as prerrogativas do contratador João Fernandes possibilitaram um núcleo social em torno de Chica, onde havia relativa liberdade de ir e vir, sorrir e respirar, sem intervenção da polícia. Aguirre um dia desabafou:

— Quem manda é Deus e depois o dono da terra. O dono aqui é Dona Chica.

Pois no caso da prisão de Jaconias, a palavra de um negro arribado quase levara Chica à forca. Se encontrassem os ossos de Gracinha, era certa a condenação da senhora. A busca aos parentes de Catarina, Zezinho, Mariana e esposo foi inútil, não foi possível. Eles desapareceram depois do desastre do Poção do Moreira, e não lograram localizá-los. Voltou a paz ao castelo e os amigos do casal sorriam, ainda abatidos pelo susto que os sacudira. Chica mandou de novo pintar o palácio, dar verniz aos móveis e assoalhos. Renovou as cortinas e replantava o jardim circular da mansão. Os muros que cercavam a chácara foram também caiados. Deu roupa nova aos escravos, polindo todos os metais e utensílios caseiros. Comentavam no arraial:

— O Castelo da Palha está em obras. Viram a lufa-lufa em que está?

— Chica prepara-se para a volta de João Fernandes. Abatido o seu carcereiro, estará aqui, não demora.

Padre Zuza andava frenético:

— Saíram com a queda do monstro, só do Limoeiro, oitocentas sombras sofredoras. Eram os presos políticos de Pombal. Ele vitimou nove mil pessoas nos cárceres, incluindo bispos, fidalgos e doutores.

Tôrres perguntava de testa franzida:

— Será que ele é louco?

Zuza sabia responder:

— Não. É normal, na craveira dos celerados.

Chica saiu cedo para a Rua da Quitanda. Desceu da cadeirinha azul salpicada de estrelas de prata na porta de suas costureiras.

— Que honra, a senhora na nossa casa!

— Vim às pressas, que vivo ocupada com a reforma do solar. Venho para escolher umas rendas e encomendar vestidos.

A mais velha das costureiras, Srta. Guerra, sorriu:

— A senhora já tem tantos... Alguns nem foram usados...

— O João está pra chegar, e não quero que ele me encontre descuidada de mim.

As costureiras de Chica tinham muitas alunas que trabalhavam no salão da frente do prédio, dando assim para a rua. Ensinavam costuras, bordados, crivos, rendas de bilro, e a fazer remendos e cerziduras.

Para as alunas não se distraírem com quem passava na rua, eram obrigadas a trabalhar com um limão galego apertado debaixo do queixo, de modo a não poderem levantar a cabeça do serviço.

— Pois fazemos os vestidos. Para a senhora, não se pode negar nada.

Vendo-a passar de regresso ao castelo, Padre Zuza comentou com o Major Moura:

— Coitada de Chica, está como um menino pobre que achou gaita perdida. Alegria muito justa, pois agora acredito na volta do João.

— Ele deve voltar muito envelhecido.

— Por quê? Tem todo o conforto. Só lhe incomoda a saudade, que não é pouco. Vive em Lisboa, como o Sultão Bajazet, depois de vencido por Tamerlão. O vencido tinha tudo, tinha até Corte, morava com esposa e as concubinas; não podia, entretanto, sair da cidade sem ordem de Tamerlão. Seu Tamerlão era o infame Pombal. Como ele foi degradado, confio agora na sua volta.

Chica chegou, enfiando o pentedor de linho branco rendado. Deitou-se no divã malva do seu quarto, cobrindo o rosto com panos embebidos em águas de maio. Usava havia muito tempo esse remédio para amaciar e alimpar a pele.

Tinha ainda o costume de deixar dormir ao relento, apanhando o orvalho da madrugada, suas joias mais caras. Explicava seu sistema:

— Nada faz brilhar mais as pedras preciosas que o sereno. Ganham brilhos vivos passando uma noite ao ar livre. Os brilhantes, além de tudo, crescem com o sereno, ganhando beleza mais fascinante com essa chuva invisível do céu.

O muro da chácara, caiado de branco, ao sol, doía na vista. Até o bicudo de João, sempre no alpendre, ganhara nova gaiola de arame dourado.

Aquela noite Chica não dormiu. Sentia-se agitada, com mal-estar, respirando com insuficiência. Jelena deu-lhe água adoçada com açúcar-cândi.

Quando os galos cantavam a primeira vez, pareceu serenar. Não achava, porém, posição agradável na cama. Antes do amanhecer, mandou chamar o Dr. Malafaia.

Chica explicou o que se passara. Havia tempos que se cansava ao subir escadas e ladeiras.

— Sinto o fôlego curto. Preciso respirar fundo, para me satisfazer. Quando falo muito, me sinto indisposta e a respiração difícil.

— Que idade tem?

— Quarenta e dois anos, feitos agora.

— Não tem havido demasia?

Fez um sinal para baixo.

— Não; sempre normal, quatro dias em data certa, sem dores.

— Sua mãe foi regulada até que idade?

— Até cinquenta anos.

— Hum.

— Sempre fui mulher sadia, sem mais nada a não serem as regras.

Chica estava sentada na cama, com pés em babuchas de seda escarlate de alças douradas. Seus pés descansavam em fofo tapete de Esmirna.

— Preciso escutar-lhe o coração.

Ela deslaçou a larga fita de seda cor-de-rosa, que compunha o penteador pela cintura delgada. Aberto, apareceu a camisa finíssima de bretanha belga, vinda de França, onde custava 10 moedas cada uma. O decote baixo da camisa estava afofado de rendas *valenciennes*. Sem pedir uma toalha para escuta, como era de uso, o doutor encostou o ouvido na região precordial da doente, aspirando o aristocrático aroma da água-de-colônia Rainha da Hungria.

Escutou em quatro, cinco pontos, voltando a escutar no meio da mama esquerda, um pouco para fora. Enquanto auscultava, atento, apertando o ouvido na pele defendida pela camisa, comprimia a mão direita nas costas da doente, para melhor colar a orelha no foco procurado. Escutando, pensava que os seios de Chica, mãe de tantos filhos, eram seios pequenos de donzela. Ainda na ausculta, murmurou em pensamento:

— Que mulher diferente!

Finda a audição, calcou o polegar na testa e nos malares, para ver se havia edema.

— E os pés?

— Às vezes incham um pouco, pela tarde.
— A senhora lida muito, fica de pé muitas horas...
— É engano. Eu não faço nada. Apenas determino. Nesta casa tem gente pra tudo e, quanto a exercícios, não tenho quase nenhum. A maior parte do dia passo repousando neste divã, ouvindo minhas caixas de música (eram cinco) e os passarinhos cantando na chácara.

Ele abaixou-se para ver os pés, calçados com meias finas. Chica descalçava um pé, que ele tomou, aninhando o calcanhar na palma da mão, para premer com outro indicador os tornozelos.

— Mas tem tido aborrecimentos.
— Ora, aqui... Todo mundo vive assustado, todos agora, depois que João viajou, não conhecem mais a tranquilidade de outros tempos. Eu tive muitas contrariedades com a prisão de meus negros, e pela desfeita que sofri com os mariolas invadindo minha casa. Passei noites sem dormir.
— A senhora sabe que a vida aqui é a pior da capitania. Nosso arraial, sendo o mais rico do mundo, muito mais que a Vila Rica do Ouro Preto, é o mais castigado de todos da colônia. O Tijuco é como as cidades da Ásia, que só progrediam quando não passavam por elas Átila, Gêngis-Cã, Bejazet... nessas passagens eram arrasadas, ressuscitando quando eles estavam longe. Felisberto e João Fernandes melhoraram imensamente o arraial. Vieram os bárbaros Átila, Gêngis-Cã e Bajazet, na pessoa dos intendentes, arruinando o que era progresso e paz do povo. — Mudou de tom: — Acho a senhora anêmica.

Já havia baixado uma pálpebra para ver a cor da mucosa.

— Atribuo a inquietações o que sofre, e a descontrole do sistema nervoso, sempre sensível nas mulheres. O mais é anemia. Fique de repouso absoluto, comendo quase sem sal, pouca carne, e assim mesmo só de aves. Vou mandar os remédios e virei vê-la todos os dias.

Mandou uma poção de água-de-flores-de-laranjeira, para ser tomada às colheres de sopa, de meia em meia hora.

Às sete horas, Malafaia estava em casa do Padre Zuza.
— Vim tomar café com você. E trago-lhe más notícias.
— Aqui o cumprimento deve ser: mau dia, em vez de bom dia, pois o que começa com má notícia não pode ser bom. Devemos pela manhã perguntar: qual a má notícia de hoje?
— Não brinque. Chica está doente.
— Que há?
— Você sabe que estou obrigado, como vocês sacerdotes, a segredo inviolável. Mas a você eu digo: creio que é coração.

Contou toda a sua visita, o que ouviu, perguntou e fez no exame. Não esqueceu da finura da camisa de bretanha nem a água-de-colônia.

— Mas você tem certeza do seu diagnóstico?

Vacilou para responder:

— Homem, tenho e não tenho. Noto na ausculta um sopro de fole, embora muito leve, que não apurei ainda se é de anemia ou clorose, ou ainda orgânico, isto é, por lesão de válvula cardíaca. Certos sintomas são de clorose: palidez das gengivas, lábios, língua e face interna das pálpebras. A cor da pele da doente está mais fula, por ser morena. Vou saber o que sofre por prova medicamentosa. Darei pílulas ferruginosas de Vallet e vinho de quinha de cacau e Bugeaud. Prescrevi chá de folhas de salva, a ser bebido como água. Se essa medicação muito atual não der resultado, é que a doença de Dona Chica é mesmo do coração.

Padre Zuza gemia, sem sentir, bastante insatisfeito.

— Hum... hum... Triste coisa é a doença...

— Agora foi que vi que Chica vive entre joias e ouropéis da mais alta importância. Era seu médico pra casos ligeiros. Só agora entrei no seu quarto. Estou abismado. — Olhou para os lados e, mais baixo: — Seu padre, que mulher outra! Tem muito upa!

À noite, voltou para outra visita. Ela dormira muitas horas. Estava aliviada das aflições, porém abatida.

— É assim mesmo. A poção abate. Abate pra curar.

Notou que a camisa era outra, de igual finura. Aspirou fundo, para gozar o perfume da água-de-colônia Rainha da Hungria.

Chica recebeu muitas visitas. Zé-Mulher estava encarregado de ensaiar com seu grupo *As Guerras do Alecrim e da Manjerona* e *O Namorado Arrependido*, para uma noite de ópera na chegada de João.

Teve licença de entrar no quarto, onde se assentou num tamborete acolchoado de seda grená.

— Vou dar à senhora boa notícia. Jaconias foi visto no Arraial de Nossa Senhora do Bom Sucesso das Minas Novas do Araçuaí.

Chica sofreu um choque tremendo, sentindo de novo palpitações.

— Quem viu ele foi o pai da Nemita, o Tonho. Acho que ele largou o mocambo. Está zanzando à toa. Ouvi o Cabo Panta falar na venda do Quincas que, pra pegar o negro, só muitos praças e coragem monstra. Ele disse que Jaconias bebeu no mocambo o "aluá do diabo", e quem bebe isso não é ferido por faca nem por bala. Contou que ele está alevantado, numa brabeza que até onça corre dele. Está com o diabo no corpo, e agora conhece como bambear as pernas de quem for na sua perseguição. O cabo contou que o que bebe o aluá do diabo, no aperto, quando cercado, pode até desaparecer como fumaça, na vista de todos... Por isso é que ele pulou da ponte, amarrado de mãos pra trás, e saiu do rio cheio sem ninguém saber como...

Chica bateu a campa de prata, aparecendo logo a mucama alerta:

— Leve o Zé pra o alpendre. Dê-lhe um refresco de polpa de tamarindo, com água de rosas.

— Não precisa, vim só pra visita.

— Vá, estou com a cabeça pesada; tenho sono.

Ficou pensativa. Se o negro for apanhado, volta a ferver com certeza o caso de Gracinha. Preciso mandar tirar os ossos, jogar fora, longe.

Voltaram as preocupações, a angústia, a intranquilidade. Tomou três colheres da poção. Jelena chegava com a salada de frutas que ela apetecera.

— Não quero mais; quero dormir, esquecer.

A escrava insistia e ela voltou-se para o outro lado.

— Quando a gente está infeliz, até o carinho aborrece. O bom mesmo é morrer. João falava da água de um rio que, bebida, faz esquecer tudo que já passamos na existência. Jelena, traga um copo bem cheio dessa água misericordiosa, que eu bebo com a maior sede do mundo.

À tarde, uns bêbados protestaram contra dois pedestres que arrastavam pelos cabelos uma velha que lastimava a sorte de um filho, despejado do distrito para fora da comarca. Os pedestres ainda prestavam serviço de policiar as ruas.

Os soldados investiram contra os bêbados, que estavam com bilhete de permanência por dois dias no arraial. Investiram, mas eles não se entregaram, surrando os praças com suas próprias espadas. O Cel. Mendonça mandou um choque da cavalaria prender os valentões, que já iam fugindo. Os cavalarianos encantoaram os mulatos perto da Igreja do Carmo, onde entraram para fugir à prisão. Um dos soldados avançou, chegando a transpor com seu cavalo uma das portas do templo. Os mulatos fugiram pela sacristia, desaparecendo. O sacristão foi preso, para dar conta dos arruaceiros. Havia devotos na igreja, rezando a repousante oração da tarde. Alarmaram-se, gritaram que a Igreja estava sendo desrespeitada pela cavalaria. O arraial indignou-se pelo ultraje. Pediram ao Padre Pessoa uma procissão de desagravo a Nossa Senhora do Carmo. Sabendo da reação do povo, o comandante Cel. Mendonça apoiou seus prés:

— Quando mando prender alguém, é pra ser preso, mesmo que a cavalaria entre na igreja atrás do criminoso.

O padre estava abafado:

— Esse coronel parece com Bajazet, que na marcha pela Styra ameaçou dar cevada a seu cavalo de guerra no altar de São Pedro, em Roma. Vamos ver o fim desse sargentão...

O coronel proibiu a procissão de desagravo a Nossa Senhora, o que foi exorbitante, pois nem o exército ou a polícia tinha poderes contra a Igreja Católica. Mas, no Distrito Defeso, tudo era possível, até o absurdo.

A Companhia dos Dragões Imperiais e a dos Pedestres estavam desmoralizadas no máximo. Cada soldado agia por si, garantido pelos superiores. Também não tiveram vez os prés do Regimento Auxiliar de Cavalaria. Eram indisciplinados. Por isso, foi bom o que aconteceu.

Certa manhã de sol de ouro morno, desfilaram pela primeira vez nas ruas do arraial os garbosos soldados do Regimento da Cavalaria de Minas, sob o comando do Capitão José Vasconcelos Parada de Sousa. Esse regimento era também chamado Tropa Paga e seu Quartel General ficava em Vila Rica, sob o comando geral do Capitão-General Dom Antônio de Noronha, Governador das Minas.

Tinha por armas clavina curta, espada alemã e duas pistolas no arção da sela. Seu uniforme era casaca e calções azul-ferrete, vivos amarelos, pluma vermelha, e colete, meias e bolsas pretas. Seu correame, amarelo, e as platinas de escama. Os cavalos estavam arreados com sela amarela sobre manta azul com vivos escarlates, correias amarelas e freio português.

Essa tropa não era um arremedo, como as outras com sede ali; tinha organização supervisionada pelo bárbaro Conde de Lippe, importado por Pombal, e sua cavalhada e arreame eram nacionais, das capitanias de S. Pedro do Rio Grande do Sul e de São Vicente do Piratininga. Chegaram ao Tijuco na época da maior anarquia militar, quando a Real Extração, com três mil negros e escravos, desenterrava incrível quantidade de diamantes. A Administração Diamantina fechara quase todas as lojas de utilidades no arraial e, com isso, as que eram de João Fernandes foram proibidas. Assim, ficaram desempregados Vasco Beltrão, esposo de Dona Céu, e seu Gonçalves, marido de Dona Fátima. Também fecharam a bodega de Toada, ou por outras, deram-na a outro, o Quincas Biu, mameluco xereta de Portugal.

Os felisbertos perderam o pouso do Toada, onde bebiam a crédito. Ali resolveram elevados assuntos, desmascararam impostores, fizeram pilhérias de poderosos do dia, chegando mesmo a reconduzir Felisberto Caldeira ao lugar de Contratador, na crista sanguinária de um levante popular...

Santa-Casa, com seu vozeirão simpático, afirmava que o povo não esquecera seu tio, o grande homem; que bastava qualquer parente seu se alvoroçar no Tijuco, para se impor como líder das massas oprimidas.

Padre Zuza, ao saber desse arreganho "espirituoso", lastimou imprudência do conterrâneo:

— Está falando demais. Já se esqueceu de Olinto, Paulo Horta e outras vítimas. Ele confia no povo. Confia em sapato de defunto. Se conhecesse o mundo, podia-se lembrar de São Luís, Rei de França, que invadiu a terra dos infiéis com exército de ardentes cruzados. Sendo batido no Cairo pelos muçulmanos, foi carregado de cadeias e posto em masmorra. Seus cruzados, que escaparam da escravidão, foram para a França, e São Luís botado em resgate pelos vencedores. Pois nem um só dos seus soldados quis concorrer com a menor quantia, para resgate e libertação de seu Rei...

Manoela ia casar com um quidam, bisbórria filho de vendeiro, que não se importava de ser marido de moça já lambida por homem devasso. Porque ninguém lhe tirou a fama, inventada com o máximo de covardia pelo Amarinho. Ela andava meio assombrada, acordando aos gritos de que um negro tentava matá-la.

Amarinho ia sempre a sua casa, para tomar alturas, como espia de Chica. Lastimava o incidente com a milionária, achando que aquilo foi resultado de alguma intriga:

— Aqui tem gente ordinária, Dona Leonor...

O Castelo da Palha estava pronto, limpo e brilhante, para receber seu dono. Padre Pessoa chegou cedo para visita a sua amiga, que já bebia os ares livres no vasto alpendre. Chegou alegre. Alegrava-se com pouca coisa.

— Ontem, ao me aproximar da Igreja do Carmo, vi que as andorinhas viajeiras já estão voltando. Passaram longe o inverno e regressam a suas telhas, na casa de Nossa Senhora...

Chica entristeceu, cerrando um pouco os olhos fitos na imensidão dos espaços.

— Só o João demora. Só o João não volta aos afagos da esposa e dos filhos. Fico pensando umas coisas doidas. Talvez tenha-se esquecido de nós. — Mas reagiu, sorrindo confiada: — Não esqueceu. Ele chega a qualquer hora...

O padre mudava de posição na poltrona, alimpando a garganta. Conseguiu tirar uma rapezeira de chifre.

— Espero que sim. A senhora já cumpriu sentença de saudade muito dolorosa, muito gemida...

Depois de tranquila pitada, olhou nos olhos a convalescente:

Soube que Jaconias foi visto nas Minas Novas?

Chica teve outro leve estremecimento.

— Ouvi falar. Não sei quem falou aqui. Preferia não ver mais aquele boçal. Fez-me sofrer amargos dias, humilhações que não sei como olvide.

— Perdoa, filha. Só o perdão adoça a alma, aproxima ainda mais de Deus o cristão.

— Ah, padre, eu não sei perdoar. Não aprendi a perdoar ninguém. Não adianta dizer que perdoo, quando no coração guardo maldades e venenos para os que me ofendem.

— A senhora é caridosa. Ninguém sabe que o pão da boca de quarenta famílias desvalidas no arraial é dado por suas mãos. Ninguém sabe que socorre a quilombolas... que favorece os negros escapos. Ninguém sabe que a senhora protege todos os escravos que se revoltam contra Portugal...

Chica escutava de braços cruzados, satisfeita por ouvir falar nas suas benemerências.

— É a primeira pessoa que viu bem claro o que eles fazem na colônia... devastam, roubam. Mas deixarão a terra quando nada mais houver de minérios. Só deixarão o bagaço. A senhora entende que os diamantes são lágrimas dos negros, lágrimas choradas de fome e de dor da violência dos calabrotes. Para essa coragem de proteger os cativos com os olhos na terra, é preciso ter fibra.

— Eu vi minha mãe ser surrada, gemendo, pra depois se abraçar comigo, apertando-me no peito cheio de sangue ainda quente, vazando de feridas do rabo de tatu. Eu mesma apanhei muito, sei o que é a dor. Faço por eles o que posso, mas num lugar vigiado como este faço menos do que quisera. O senhor falou nos mocambeiros. Protejo esses escorraçados, que só passam necessidades, quando não me procuram. Vivem doentes e dou os remédios

que pedem. Dinheiro... mas se pensam que eles vivem sós, enganam. Têm proteção dos capangueiros nos povoados. Botam fora as pedras que vendem por quase nada, mas são avisados das batidas da esquadra. — E respirando fundo, pela sua falta de ar: — Queria todos livres... nos lares... trabalhando sem tocaia de soldados, deportação, galés e forca. Porque o senhor sabe que em vinte e um anos que João foi Contratador, o intendente condenou, sem apelação, muitos negros, mulatos, forros e crioulos à pena de morte. Fora os que morreram de fome e de pancadas nas enxovias. Estou querendo passar um mês ou mais em nossa fazenda de Santa Bárbara. Vou repousar na rede, ver as pombas de casa, que já são quase mil, revoando pela manhã, ao sol.
— Sorriu: — O senhor tem comido borrachos aqui. Vêm de lá, onde pelo menos as asas têm liberdade...

Chegava Malafaia para sua visita médica. O padre retirou-se, para não atrapalhar o exame.

Depois, na varanda, beberam um Porto de honra.

O doutor dava informações do que se falava:

— O Regimento de Cavalaria de Minas acaba com os efetivos dos pedestres e dragões. Tiram deles os bons elementos. O Cabo Pantaleão fica. Mais uns poucos, sem faltas na vida militar.

Chica repetiu, aérea:

— O Cabo Pantaleão fica... não tem faltas na vida militar... Foi ele quem carregou em mim, contando por miúdo as declarações do negro perdido. Um sabujo daqueles cheio de honras... Um rezador de joelhos, que se gabava de ser jacobeu... queria acabar com o segredo do confessionário...

O doutor ressalvava:

— Pelo menos o Capitão Parada declarou que vai agir com o governador, e não com o intendente geral. Já serve, porque o novo intendente chegou com o rei na pança.

O padre desviava-lhe o rumo:

— E a convalescente, vai bem?

— Vai melhorando. Está melhor.

Saíram juntos. Descendo a rampa do castelo, o padre falou pausado:

— Você, quando vê Chica, tem os olhos mais vivos que um mico.

— O velho também gosta do que é especial...

— Ora, você já está quase como o Cardeal Henrique. Ao subir ao trono, ele estava tão velho que mamava leite nos peitos de mulher parida de novo.

Malafaia riu escancarado.

— Nem tanto. Ainda sou homem. E saiba que abomino a velhice. Se soubesse dar resultado, eu era capaz de beber todos os dias, como Luís XI, um copo de sangue de menino adolescente...

— Malafaia, e João Fernandes? Pombal foi escorraçado no fim de fevereiro. Estamos em abril e dele, nem notícia certa.

— Não sei. Ouvi do Amarinho que está com calos nos dedos de tanto escrever cartas. Diz o secretário que não viu nenhuma resposta, mas Chica tem a mucama branca Almerinda, que sabe ler. Não sei, padre, estou achando isso tudo muito misterioso.

— E os escravos feridos?

— Vão melhores. Cabeça é que está abatido por grande paixão. Sente-se desonrado com a sova. Vive em silêncio e, já podendo voltar para o castelo, teima em permanecer na senzala.

— Malafaia, que juízo você faz do Amarinho?

— Ora, que pergunta. Sei que ele é um sacripanta, um parasita, um sem-vergonha. Quis casar com a Manoela e vive de levar e trazer mexericos por todos os cantos.

— Manoela não quis o casamento?

— Está embeiçada pelo outro meco, sujeito que pra casar, só entra com o corpo.

— Moça que foi apetecida para esposa de tanta gente boa... O doutor fiscal dos diamantes quis casar com ela.

— Mas Chica descobriu aquelas intimidades com o João. O atrito que elas tiveram acabou com a vida da menina.

— Seria verdade?

— Sei lá. À toa não foi que Chica fez aquilo.

Já na rua, se separaram.

A chácara estava cuidada com esmero de mão boa. Floradas fartas embalsamavam de aromas o próprio arraial. Na sazão das frutas, os amigos as recebiam como apetecido mimo de Chica. O resto ficava nas fruteiras, para os pássaros, que eram muitos. Sabiás, saíras azuis, guachos, assanhaços, papa-méis, encontros, canários vermelhos do campo, sofrês, periquitos, tiês-sangue, xexéus...

Também o palácio estava escovado e com cara nova. Os jardins verdes, bem regados, sorriam em flores rescendentes. Tantas flores belas e raras...

Só faltava ali, para completar a felicidade de Chica, uma pessoa que vivia por trás de delongados mares...

João Fernandes.

O padre baiano Plácido, que sempre contrabandeou diamantes no Tijuco, embora se gabasse de ser mercador do ouro legal, foi à Metrópole a negócios. O Padre Pessoa, que era seu amigo, pediu que Chica escrevesse uma carta a João Fernandes, a ser entregue em mãos por seu colega negocista.

— Você veja como ele vive, observe sua casa, indague do que ele faz e... se vive sem mulher.

O padre alegrou-se com a missão:

— Sou amigo do ex-contratador e terei satisfação em visitá-lo. Seguiu na fragata *Rainha dos Anjos*, navio de alto bordo e travessia rápida.

Chegara o tempo do frio no planalto da cordilheira. O risonho arraial (era o mimo das Gerais) amanhecia enevoado e a friagem chegava nos ventos noturnos.

Junho é o mês das vazantes extremas, dos rios expostos em pedras e burgalhaus que a estiagem faz aparecer.

Andavam nas ruas, como almas penadas, pobres enrolados em baetas, tiritando de frio.

Uma tarde, ao escurecer, Chica estava nervosa com as complicações de sua vida. Saiu para o alpendre, onde o frio queimava na pele. Sentou-se olhando lá embaixo as casas de beira-chão com luzes vermelhas de lamparinas. Um silêncio opressor abafava-lhe o peito. Piavam, nas árvores da chácara e nos arbustos artríticos dos arredores, tristonhos caburés. Piavam a espaços e aquilo agitou os nervos da senhora. Ergueu-se, com os olhos secos faulhando e a bater com as mãos na cabeça:

— Eu fico doida! Eu enlouqueço! Acendam as luzes...

Acudiram várias mucamas.

— Eu fico louca!

Levaram-na para o quarto. Agitada, não quis deitar. Apanhando o frasco de poção de Malafaia, levou-o à boca para beber muitos goles.

Andou pela casa toda, batendo a mão aberta nos móveis, desassossegada em extremo.

O remédio agia devagar.

— Vamos rezar o terço. Chamem todos.

E ajoelhada diante da imagem de Santa Quitéria, ela própria tirou a reza, com o rosário de brilhantes entre os dedos.

Padre Plácido fez boa viagem. Não tardou a procurar João Fernandes na sua mansão residencial de Buenos Aires.

Recebido com espanto, entregou a carta.

Leu-a muitas vezes e beijou-a, guardando-a no bolso do *veston*.

— Muito me agrada sua presença, padre. Vivo sem notícias da esposa e dos filhos. No começo, pensei que fosse ingratidão, depois compreendi que minha correspondência é censurada, ou antes, apreendida.

— Sua senhora também queixa o mesmo. Não recebeu, nos seis anos de sua ausência, senão três cartas.

— É para ver. Que horror! Escrevo todas as semanas!

O padre então contou o que houvera e o que acontecia no Tijuco. Falou por mais de hora, ouvido com avidez pelo desterrado. Por várias vezes, João teve os olhos cheios de água, embebendo-a no lenço.

Fez questão de hospedar o padre, com quem não tivera no Tijuco muitas relações. Conversaram até tarde, e o sacerdote ficou sabendo do que se dava com ele.

— Cheguei aqui chamado por Pombal. O homem catastrófico, o que agora paga suas perversidades respondendo a processo, em que será na certa, condenado. Além da multa a que me condenou, viu que sou homem rico, tendo amigos e influência na capitania. As monarquias absolutas vivem horrorizadas com o espírito de liberdade que sacode os povos submetidos. A rebelião de treze colônias da América do Norte contra a Inglaterra e a obra dos enciclopedistas franceses, que solapa o trono de Luís XV, alertaram o Marquês de Pombal sobre revoltas nos domínios portugueses. Sendo eu convidado a me por à frente de sedição nas Gerais, ele teve aviso do perigo pelos muitos espias que mantinha lá. Não aceitei, e foi erro, chefiar um levante contra a Coroa. O resultado foi que o Rei se preveniu comigo. Vivo vigiado. Pombal caiu com a morte de Dom José, mas a rafameia do Paço da Ajuda teme que eu volte para o Distrito Diamantino.

Baixou a cabeça:

— Assim, não sei o que será de mim. Quando o Marquês de Angeja subiu ao Ministério, tentei me defrontar com ele. Não consegui. Fiz um relatório de meu caso e espero resposta. Isso V. Revma. dirá de viva voz ao Padre Pessoa.

Chamaram para o jantar. O padre admirou-se da instalação magnífica do exilado:

— Está em palácio igual ao da Palha, no Tijuco. Mas vive só.

— Padre, Luís XI, no fim do seu reinado, trancou-se na Fortaleza de *Plessis-les-Tours*, cercado por quatrocentos archeiros e assombrosa defesa castelã. Ele, que era dominado por mania de grandeza, acabou sem o que fazer, e matava o tempo a brincar com camundongos... Assim estou eu: lidando com futilidades, para esquecer meus trabalhos hercúleos nas Gerais. Comprei imóveis, vinculei-os no Morgadio de Grijó, que garantirá para sempre o futuro de minha família, até afastados descendentes.

Terminada a refeição, foram apreciar um charuto na sala de fumar. O padre estava satisfeito, pois João mandara buscar suas malas na estalagem pobre onde se hospedara, na Mouraria.

João passou a confidências:

— Ela ajudou-me muito. Eu, sem tempo para nada, tinha no lar um refúgio para ganhar forças, pensar nos negócios. Francisca me deu conselhos salutares. Nunca foi muito dos portugueses (poderia dizer que os odiava), em que via os algozes de nossos patrícios brancos e mestiços. — Fez uma pausa meditada: — Compreende que todos nós somos escravos dessa gente, sem escrúpulos como colonizadores.

— Mas cruzam com os mineiros.

— Cruzam fora da lei, pois são proibidos de casar com gente preta, para não abastardar a raça.

Fez outro silêncio emocionado:

— Francisca foi a única mulher que amei. Conheci muitas mulheres quando estudava, aqui. No Brasil, sempre em trabalhos sem folga, nunca tive tempo de casar. Assumindo os encargos da administração de meu pai, agravaram-se meus deveres. Até que encontrei Francisca. Francisca... Era diferente de todas, no volver dos olhos, no sorrir, na fala, no andar... Levei-a para mim. Amei-a, amo-a com paixão, e só eu sei quanto é amarga a vida sem ela a meu lado. — Enxugou de novo os olhos. — Nada lhe falta, a mim falta a luz de meus olhos. Sem ela, a vida é uma cegueira, um tormento. Em Minas ela tem ordem franca de dinheiro na Procuradoria da Fazenda de Vila Rica. Aqui eu vivo sacando a saudade sobre ela, e a saudade cresce...

O padre trouxe cartas de ordem para procurar Chica, explicando todo o seu modo de vida, menos a revelação de que ele não podia, por enquanto, deixar Lisboa.

Ao Padre Pessoa escreveu com minúcia e pediu ao portador para lhe dizer a verdade.

— Eu bem desconfiava. Estamos sem nosso amigo. João Fernandes não voltará nunca mais.

Entristeceu.

Chica ouviu por horas o viajante. Ouviu tudo, perguntou até a saciedade.

— Então só espera a resposta do Marquês, para regressar.

— Justo. Recebida a ordem, só ficará até zarpar a primeira caravela...

Mentia, a pedido de João Fernandes.

Chica ficou até tarde palestrando com visitas. Estava excitada com as novidades que o padre viajante lhe botara na cabeça, quanto a belezas, esplendores, aliás verídicos, do palácio do amante em Lisboa. Agora, não eram vagas informações de cartas pouco explícitas que recebia. Padre Plácido, seu hóspede, ouvira o relato em viva voz.

Deitou-se com o frio cortante da meia-noite. Custou a adormecer, os lábios quentes do amante procurando sua boca. Sentia seus braços apertando-a, seus corpos se unindo no calor da febre momentânea.

Adormeceu com o terço de brilhantes entrançado nos dedos. Às duas da madrugada, ouviu-se um grito gutural, seguido de outros, de socorro. Correram para seu quarto muitas mucamas e ladinas.

Chica, asfixiada, lutava pelo ar falto nos pulmões. Abraçou-se com Jelena. A tiragem respiratória obrigava-a a grandes esforços.

— Abram as janelas!

Entreabriram uma, e o ar novo muito frio encheu o aposento. Sufocada, erguia os braços, mal podendo falar. Um escravo correu para trazer Malafaia.

Jelena abanava-a com uma toalha, rezando alto à Maria Concebida. Nesse instante, Chica amoleceu sobre si mesma, caindo na cama em síncope.

Queimaram algodão para que respirasse a fumaça. Perdera as cores e tinha a respiração estertorosa.

Ladinas trouxeram botijas de água quente para seus pés. Jelena chamava-a com brandura:

— Sinhá...

Não respondia.

— Sinhá Francisca...

Almerinda trouxe um chá de losna. Não conseguiram que ela bebesse.

Muitas vezes, as moças iam à varanda ver se o doutor chegava. Na madrugada gélida, as brumas desciam sobre o arraial, invadiam os campos, os morros, movendo-se como espectros. Almerinda correu para o quarto:

— Já vem o doutor.

Malafaia precipitou-se pela casa adentro, com o capote umedecido pelo nevoeiro. Chegava nervoso e sobressaltado.

— Que foi isso?

Jelena explicou. Ele, apanhando o braço, tateava o pulso, de relógio em punho. Pôs a mão aberta sobre o peito, a comprimi-lo.

— Dona Francisca!

Batendo nas faces palmadas curtas e fortes, apertava-lhe os olhos com dois dedos.

Deitou-a melhor, estendeu-lhe os braços ao longo do corpo. Com as mãos metidas sob o *édredon* de seda amarela, apalpou-lhe os pés, sentindo-lhe o calor.

Pediu uma colher e, soerguendo-lhe a cabeça com a mão na nuca, tentou dar-lhe o chá de losna. Bebeu sufocada, à força, porque ele fizera com os dedos ágeis violenta massagem na garganta. Engasgada com o líquido, tossiu.

— Dona Francisca, acorde!

Ela entreabriu os olhos, espantada. Despertava. Tentou erguer-se, no que foi detida pela mão do doutor.

— Que foi isso? Hein?

Ela o encarava, aérea.

— Que moleza é essa? Acorde!

A doente pôs-se a chorar, puxando o *édredon* para esconder o rosto.

Ele saiu, fazendo sinal a Jelena.

Queria saber coisas que a escrava confirmava. Perguntou sobre a alimentação da noite; se deitara nervosa, se discutira.

Reentrando no quarto, ajoelhou-se no tapete para auscultar o coração. Auscultou em vários pontos.

Chica chorava, respirando difícil.

Sentado rente, o doutor coçou a cabeça, apanhando um cigarro solto no bolso. Estava bem claro que ele não sabia de que se tratava. Mandou retirar as luzes fortes e as mucamas. Só ficaram ele e Jelena.

— Está melhor, Dona Francisca?

Chica pediu um lenço. Lá fora, na noite gelada, cantava um galo.

De súbito, ela se sentou na cama, ficando a escutar:

— Quem está aí fora?

O doutor respondeu:

— Ninguém.

— Jelena, quem está na chácara?

— Ninguém não, Sinhá.

Malafaia forçou-a com brandura a se deitar.

— Agora durma, que não tarda a amanhecer. Está melhor.

A doente murmurou, aninhando-se melhor no leito:

— Vou é mudar desta casa. Tem muitas coisas esquisitas aqui.

Fechou os olhos, acalmada. Malafaia saiu com o negro Aragão para mandar remédios. No alpendre, falou à governanta:

— Convém você dormir no quarto dela. A coisa não está boa, não. Mais tarde volto.

Bem cedo ela mandou chamar o Padre Pessoa.

— Estive mal, de madrugada. Não quis falar com o Malafaia, porque é um bocado linguarudo. Eu adormecera quando vi chegar no portão o Jaconias, na frente de muitos soldados da Cavalaria nova. Foram entrando para a chácara e Jaconias estava com a cabeça toda ensanguentada. Parecia muito ferido. Ele foi entrando por debaixo das árvores... — Chica, sem jeito gaguejava, de novo espantada. — Nesse instante eu tive um aperto aqui (pôs a mão aberta no peito), não suportei mais...

— Foi sonho. A senhora sonhou. Anda nervosa.

— Não foi sonho. Eu vi! Quero que o senhor benza esta casa.

— Fique tranquila. Os acontecimentos recentes abalaram seus nervos. É preciso repousar, esquecer, dar paz ao coração.

— Padre, eu quando vi chegando, no dia de meu aniversário, os soldados para cavarem a chácara, tive um ódio, um abalo tão grande, que não sei como estou viva. Pensei morrer...

— E podia ter morrido. O Rei Eduardo da Inglaterra morreu de ira, quando Luís XI casou o Delfim com uma austríaca, em vez de fazê-lo com uma inglesa, como prometera. A senhora está com os nervos abalados.

— Mandei chamá-lo porque preciso me confessar.

Quando a cadeirinha de Chica deixou o padre na porta de sua casa, passavam pelas ruas duas beatas que iam para a igreja.

— Padre Pessoa, o senhor soube da novidade?

— Que novidade?

— Da baianada dessa noite, dos praças com negros arribados. Os soldados da Esquadra do Mato cercaram ontem cedo uns quilombolas. Teve combate e morreram dois praças. Mas eles mataram três negros, entre os quais o Jaconias, de Dona Chica. Mataram ele a coronhadas, esbandalharam a cabeça dele, porque as balas tinham acabado e ele avançou nos meganhas na dureza do ferro! Todos chegaram agora pra enterrar. Os negros também.

O Alferes Bala, que chegava, ouvira a notícia que vinha dar ao padre.

— Vinha contar isso mesmo. Se o negro foi cercado e capeado com tiroteio, era mesmo pra recorrer aos ferros. Muitas vezes, o último recurso do perseguido é a faca de ponta.

O padre entrou na casa humilde, já rezando.

— Tem acontecido muita coisa sem explicação neste lugar. Coisas que fazem até medo.

O cupim invisível do tempo danificou e consumiu pessoas e coisas no Distrito Diamantino e no mundo. Já se haviam passado onze anos da partida do ex-contratador. Em 1783, o mundo se transformava. Os Estados Unidos estavam separados da Grã-Bretanha, após cinco anos de guerra cruel. Morrera Luís XV, agravando-se a situação política da França, agora sob Luís XVI. Toda essa fermentação social agravava o caso de João Fernandes, considerado régulo na Capitania das Gerais.

No Tijuco, a terra vomitava diamantes com sobra, mas havia desacordo entre o Intendente Geral e o Capitão Parada, Comandante do Regimento de Cavalaria de Minas, que obedecia ao Governador Antônio de Noronha, passando por cima do Intendente. O Capitão Parada favorecia licenças para negociantes trafegarem pelo continente, em contrabandos descarados. O extravio, que sempre foi grande, passou a ser muito maior que a safra legal das pedras. A opressão do Real Contrato crescera, se fora possível crescer o que atingira o máximo.

Padre Zuza, Padre Pessoa, Malafaia e os majores envelheciam, sem mais esperanças na vida. Chica... ainda esperava com fé robusta a volta de João Fernandes. Seus males se agravavam. O doutor chegara a resolver que ela sofria mesmo do coração. Passou a sair apenas para as missas dominicais e para raras visitas. Padre Pessoa a aplaudia, gabava-a:

— Não diminui suas benemerências aos pobres. Não pude fazer de Chica um coração humilde. Hoje reconheço que sua arrogância veio do berço, cristalizou-se em seu temperamento, que sempre viveu contra o despotismo do reino.

Estava no Tijuco, por esse tempo, o presbítero do Hábito de São Pedro, o Padre José da Silva de Oliveira Rolim, filho do Primeiro Caixa da Real Extração dos Diamantes, Sargento-Mor José da Silva de Oliveira. O padre era meio-irmão de Chica e a procurava sempre. Suas palestras eram sobre misérias do povo, a opressão desbragada e o clima natural de injustiças que dominava a capitania. As bastardinhas de João Fernandes abandonaram o Recolhimento de Macaúbas, onde foram quase criadas. O pai erguera ali, rente ao edifício das irmãs, um prédio chamado Serro, onde elas moravam.

Chica aborreceu-se com certas ordens que humilhavam as educandas, mandando-as buscar. Lá ficou apenas Antônia, que escolhera a carreira religiosa. Duas morreram em Macaúbas. A convivência do padre e das meninas nunca sofreu limitação, até porque ele era seu tio torto. Pois o diabo entrou no meio e Quitéria apareceu grávida do Padre José. Teve uma filha que se chamou Vicência, voltando para Macaúbas, não sem dificuldade, pois o Recolhimento só recebia virgens.

O padre José só ia ao Tijuco por influência do pai poderoso, pois já estava expulso do Distrito Defeso pelo Governador Luís da Cunha Menezes, por ser sacerdote, e também contrabandista de ouro e diamantes.

Já moravam então no Rio, na Rua do Rosário, o filho de Chica, Sargento-Mor Dr. Simão Pires Sardinha, que abandonara em Lisboa, em má situação política, seu protetor João Fernandes. Sabendo que a mãe estava enferma, não se abalou a vê-la, esqueceu tudo... Íntimo de prepostos do rei e do próprio vice-rei, o resto não lhe interessava.

Todos esses fatos abalavam Chica, traumatizada pela ausência, para ela inexplicável, do exilado.

Embora doente, abalada por tantos acontecimentos infaustos, Chica era incapaz de esquecer de si mesma. Cuidava-se, vestia-se esplendidamente ao receber os amigos do casal. No seu castelo reinava a maior ordem, os escravos eram disciplinados e ela não cedia seus direitos a ninguém.

Manoela, a fascinante jovem que tão amiga fora de Chica, casara-se com um bargante da ralé, ébrio habitual e jogador. Já com um filho, Manoela não era nem sombra do que fora. Numa das desavenças brutais com o marido, perdera dois dentes da frente, aqueles dentes claros que floriam seu sorriso simpático. Envelhecera no esplendor da mocidade brilhante, e era mulher à margem da vida. Devia tudo a Amarinho, o débil mental inçado de defeitos morais. A intriga que inventara para se vingar do fiasco de seu papel, na comédia representada para o Conde, apagara a estrela da moça mais admirada do Tijuco. Nada podendo ser, frequentava o castelo, ainda como secretário, porém Chica fora avisada de suas qualidades de fofoqueiro-mor.

Estavam na casa do Padre Zuza, Malafaia, Tôrres, Guerra, Moura e Aguirre. Só então chegavam ao Tijuco notícias exatas do processo de Pombal. Zuza falava baixo e lento:

— Foi condenado à morte, mas pediu perdão à rainha... Estava no fim da abominação moral e física. Morreu sob maldição de todo mundo. O médico Picanço fez-lhe o exame cadavérico. O coração da fera media palmo e meio de comprimento e continha cinquenta e três pedras... Não lhe faltava razão para ser duro...

Chica apreciava aquelas notícias, embora com repetidas crises de falta de ar.

Malafaia estava apertado com o caso, que não resolvia com o estoque de sua Botica de Garrafagem. Vivia impaciente, sem saber a quantas andava. Naquele dia, parece, não respondeu certo e com lógica ao que lhe perguntavam. Acabou por murmurar bastante irritado:

— Herdei de Adão as dores do corpo e meus pecados...

Alguém falou sobre a nova prática do Padre Pessoa, que acabara de ser feita. Foi sobre os muitos assassínios no Tijuco. Zuza sempre o contrariava:

— Pessoa tem mania de falar na paz romana, nas legiões invictas, nas damas de Roma. Mas parece que as coisas lá não eram tão boas como ele pinta nos seus sermões. Ele hoje falou na civilização romana, para reclamar que se mataram cinco pessoas nos garimpos. A vida em Roma não era das mais pacíficas. Cícero, Sêneca, Domiciano, César, Heliogábalo, Calígula, Agripina, mãe de Nero e Pompeu, foram mortos a punhal. Petrônio foi morto a lanceta, que é um punhal pequeno. César, com vinte e três facadas, Calígula com trinta. Crasso, Marco Antônio, Nero, Galba, Otão, foram mortos a espada. Todos se acabaram no ferro branco. Lá e cá, mas fadas há...

Dias e noites rolaram sobre complicações, figuras e fatos do Tijuco e do mundo. Chegou o ano de 1788.

Um jovem alferes, Tiradentes, da Tropa Paga das Minas, se encontrou no Rio com o seu conterrâneo José Alves Maciel, recém-formado na Europa. Conversaram muito... e dessas palestras o cérebro do oficial saiu incendiado. Era rapaz ardente, de fronte apolínea e coração bem brasileiro. Entregou-se à propaganda da liberdade de nossa terra e, como Jesus, ia morrer por uma ideia.

Recebeu de Maciel, em inglês, a Constituição dos Estados Unidos da América do Norte. Não conhecendo a língua, recorreu a seu amigo Dr. Simão Pires Sardinha, filho de Chica, para ler trechos para ele ouvir. O doutor prestou-lhe o obséquio, notando que o Tiradentes chorava em certas alturas do documento. Já saiu dali para Minas, pregando um levante para libertação da colônia. Pregava pelas estalagens do caminho, procurava iluminar a alma dos amigos, de conhecidos e desconhecidos que encontrava. Conseguiu nas Gerais congregar em torno de si os grandes vultos das letras e da jurisprudência, de Vila Rica e de outras cidades mineiras. Era a alma do que se chamou a Inconfidência Mineira.

No início da cruzada heroica do Tiradentes, o Dr. Simão se revoltou contra o patrício que não tinha medo. O filho doutor de Chica, muito acovardado, começara a proclamar que o Tiradentes estava louco... Fugissem dele...

Mas, por denúncia de um miserável, foi detido e acarretou a prisão de seus companheiros de ideal, entre os quais o Padre Rolim, meio-irmão de Chica da Silva.

A 15 de março de 1789, o padre foi preso, já escondido no mato, com seu escravo Alexandre, na Fazenda do Itambé, ou das Almas. O Padre Rolim foi considerado peça importante na rebelião, sendo ouvido quinze vezes na devassa.

No Tijuco, foram presos outros rebeldes: o irlandês Nicolau Jorge, João Francisco das Chagas, Lourenço Francisco Guimarães, José Moreira Homem, Cadete Joaquim José Vieira Couto, alfaiate Crispiniano Luís Soares, Sargento-Mor Raimundo Correia Lobo, sendo denunciados os irmãos do Padre Rolim, Dr. Plácido, Alberto e Carlos.

As conversas com Chica da Silva muito influíram no padre para abraçar logo a ideia da conjura. Seu nome não apareceu, porque nenhum inconfidente do Tijuco traiu os companheiros. Até nisso foram grandes.

A 14 de julho daquele ano, o povo de Paris, amotinado, tomou de assalto a prisão negra da Bastilha. Era a Revolução Francesa nas ruas. Os *sans-culottes* cantavam em delírio o *Ah, Ça Ira*, hino da revolução, feito por Becourt.

Chegara o fim do Rei Luís XVI e da Rainha Maria Antonieta de Áustria.

Com essas confusões no mundo é que Portugal não ia mesmo dar liberdade a João Fernandes...

Só a confiante Chica esperava sua volta:
— Não demora. Qualquer dia, chega para meus braços.
Aguirre, que conhecia a situação do exilado, balançava a cabeça com tristeza, ao ouvir as palavras vãs de Chica:

— Fala como fanática. É viúva de homem vivo...
Padre Pessoa chamou Malafaia:
— Noto que ela às vezes tresvaria. Muda de assunto muito depressa. Fala algumas inconveniências.
— Também eu noto isso. São as preocupações. Chica tem sofrido muito.
— E o coração?
— Melhora, piora. Quando se assusta, voltam as crises de dispneia, as palpitações.

O Major Moura estava impressionado:
— Não sei, mas isso parece coisa feita. Não riam. Chica provoca muita inveja. Tem muito preto cahen-bora capaz de tudo. — Encarou os presentes. — Isso veio depressa demais. Há dias penso nesse caso.

Malafaia comunicava, amigável:
— Ela tem na chácara um galo branco. Para os chins, o galo branco atrai a si os espíritos perturbados, que gostam de fazer mal. Esses espíritos ficam encarnados no galo.

Todos pareciam assustados.

No outro dia, domingo, ela, que não saía havia um mês, apareceu precedida de sua banda de música na Igreja de Santo Antônio. Foi na cadeirinha dos grandes dias.

Entrou no templo vestida de seda azul e cabeleira loura, levando no pescoço o raro colar de rubis do Peru lapidados em rosa, com 52 faces flamejantes. Levava nas mãos o rosário de brilhantes com a cruz de platina. Seu perfume encheu toda a nave. Dona Selma monologou:
— Tanta riqueza!

Dona Marocas segredava à irmã:
— Não dizem que está doente?
— Doente... olha aí a doença: é muita importância, muito dengo de mulher rica sem o que fazer...

Ao se retirar, falou com algumas pessoas e, às doze horas, já estava recebendo convidados para o almoço dominical.

O primeiro prato foi peixe fresco do Jequitinhonha, pescado especialmente para Chica.

Foi servido vinho Soternes branco. O outro prato foi de borrachos cozidos no leite, com molho de vinagre, cebolas, louro e malaguetas. Aguirre espantou-se:
— Borrachos, aqui?

Chica sorriu:
— Como não? E criados por mim. Tenho criação de pombos na fazenda Santa Bárbara.

Com esse prato, foi servido vinho *rosé* Nectarose d'Anjou.

O Alferes Bala, perto do vinho, ficava até valente:

— Ora, eu também penso que o que se leva do mundo é o que se come bem e bebe melhor. Só não bebi muito vinho do Porto, quando daqui saiu o "Cabeça de Ferro", porque é caro...

Cabeça de Ferro era apelido do Intendente José Antônio Meireles Freire, de sinistra memória no Tijuco, onde executou o que de pior havia no *Livro da Capa Verde*, código de indignidade contra os direitos naturais da pessoa humana.

Padre Zuza rosnou:

— Ele não merecia vinho do Porto e, quando muito, a cachaça dos negros.

O Major Tôrres também resmungava:

— Vamos ver o que faz o novo Intendente Antônio Barroso Pereira. Bom não será. O que é bom não vem aqui.

Padre Zuza passava a informar:

— Pois saibam vocês que ele já pôs as mangas de fora. Está implicado com o Governador Luís da Cunha Menezes. *Arcades ambo*... Sabem a última ordem do governador?

Todos ignoravam.

— O governador mandou cercar o Distrito Diamantino todo com um valo.

Moura riu violento:

— Com um valo? Não é possível...

Aguirre sorria, embora medroso:

— Valo, pra quê?

— Para proibir o extravio. O Fiscal Doutor Luís Beltrão está furioso. Já fez até o cálculo: esse valo deve ter dezoito léguas de norte a sul e dezoito léguas de leste a oeste...

Muitos riram alto. Padre Pessoa falou sério:

— No início da exploração diamantina, quiseram fazer muralhas largas, altas, iguais às da China... A ideia não vingou. Agora vem outro, com projetos de um valo... cercar todo o território por valo intransponível, como os que cercavam os castelos da Idade Média contra o assalto dos bárbaros... Querem cercar tudo, pessoas, povoados, fazendas, rios, montanhas, vales, tabuleiros, como quem fecha reses no curral... Principalmente pessoas... gado pacífico sujeito à ferra, a ferrão, à matança.

Chica ouvira tudo calada, porém, atenta. Por fim gemeu:

— Fechar o quê?

Guerra acudiu:

— A Demarcação Diamantina.

— Fechar, como?

— Com um valo.

— Com um valo... quando João chegar, passará por cima dele.

Guerra parecia brincar:

— Decerto, deixarão passagens para as pessoas. Uma ponte.

Chica falou com aparência calma:

— Quero explicar que João dispensa pontes pra passar, pois mandarei entupir o valo. Posso mandar entupi-lo até com diamantes.

Padre Zuza levantou-se, persignando-se. Os presentes entreolharam-se desapontados, pois Chica, passando normal toda a manhã, recomeçava os delírios a que estava sujeita. Seus olhos faiscavam turvos, perdiam o fascínio sereno, que era o maior encanto daquela beleza mestiça.

— Mandarei entupir tudo com diamantes!

As visitas retiraram-se todas juntas. Logo depois do portão, Aguirre expandiu-se impressionado:

— Eu ainda não assistira a essas crises. Parece mesmo miolo mole. Ó Malafaia, por que não chama o doutor Simão, filho dela?

— Ora Simão... doutor Simão. Mora no Rio, sabe a mãe enferma e sem pessoa da família pra deliberar. Pois nem às cartas a respeito dá resposta. Já lhe escrevi. As filhas são essas pamonhas que veem lá. Simão aborreceu-se com João Fernandes por não fazê-lo administrador do Morgadio de Grijó. João Fernandes tem olhos vivos... Em verdade, Simão despreza a mãe. Parece que tem vergonha dela.

Quem vivia muito preocupado com a moléstia de Chica era o seu médico. Queixava-se, para se engrandecer, que a senhora não lhe dava folga para cuidar de outros clientes. Falava quase só no seu caso, embora baralhasse os diagnósticos, não tendo nenhum seguro, exato.

Naquela tarde, chegou nervoso no Castelo da Palha, disposto a decidir certo assunto.

— A doentinha passou melhor?

— Melhor como, doutor? Melhor, só quando o João chegar.

O sangue ferveu na cabeça do galeno:

— Dona Francisca, vou-lhe dizer a verdade. João Fernandes não volta mais.

Ela sorriu, incrédula:

— Não volta? Que tolice é essa, Malafaia? Ele já está no caminho... a estas horas navega para matar minhas saudades, que são muitas.

— Há doze anos a senhora diz isso. João não volta mais ao Tijuco e a senhora é a única pessoa a acreditar nessa fantasia. Ele está retido no reino por justas razões de Estado. O ranço de Pombal ainda prejudica o nosso amigo. A rainha não o deixará regressar à Colônia, onde ele poderia ser primeira cabeça de motim, pôr-se à testa de um levante para emancipar a América Portuguesa. Esta é a amarga verdade. Por outro lado, seu filho doutor desprezou-a. A senhora só tem da família as filhas, pois os rapazes parecem não lhe ter nenhum afeto.

Ela ouvia, de olhos cerrados.

— A vida assim é difícil de levar. Está doente, por viver muito só. Perdoe-me estas palavras, mas nem casada é com o ausente! João Fernandes legitimou seus filhos, mas não casou consigo.

— Que tem isso?

— Que tem? É que, vivendo sozinha, está envenenando seus dias de vida.
Ela bateu a mão aberta no peito:
— Ele vive aqui, doutor. Sinto-o na minha carne, tanto quanto vive em meu pensamento.
— Isso não passa de ilusões. Precisa de alguém que a estime, não um rapaz... mas um homem maduro, que já tiver dado provas de afeição pela senhora... Não um petimetre como o que acabou com a mocidade de Manoela, e sim homem de senso, de nome...
Chica gemeu com lentidão:
— Não estou entendendo suas palavras, doutor. Ouço outras vozes misturadas às suas. Ouço as vozes de João me segredando nos ouvidos.
— A senhora bem que me entende... Eu procuro remediar seus males, de corpo e alma.
— Os do corpo o senhor vai levando, e os da alma serão curados quando ele entrar por esta casa adentro, de braços abertos aos gritos: Francisca! Francisca... Nosso abraço será tão forte, tão delirante, que nossas carnes ficarão uma só, e nosso beijo durará o resto da vida.
— Santa Teresa e Santo Agostinho gostavam de ler romances de cavalaria. A senhora parece gostar de coisas fantásticas, que levaram Dom Quixote à loucura ridícula.
— João... João...
— Está de novo delirando. O pensamento fixo nesse personagem se transformou, no seu cérebro, em monomania, que é uma forma atenuada de desequilíbrio mental. A senhora fica normal quando trata de seus negócios, mas ao falar em João seu fanatismo volta, a ideia fixa baralha até suas palavras. É o desvario. Necessita de um coração amigo, que a ajude no seu isolamento.
— Doutor, eu não vivo aqui senão por poucos momentos, pois estou sempre em Lisboa, e ele não vive em Lisboa, quando estou aqui...
Abriu de novo a mão delicada, no peito velado pela camisa de batista.
— Insiste ainda em não me compreender. Eu sou o que lhe dá atenção em todas as horas. Abandonei a clínica, para ser seu assistente devotado. Mais que assistente... Lamento sua situação de mulher desprezada, quero ampará-la, estar sempre a seu lado... — Engasgou um pouco, para ser claro: — Ofereço-lhe minha mão, o que o "outro" não quis fazer.
— João me deu mais que sua mão, deu-me o seu amor. Deu-me os filhos, que são nossas carnes misturadas. O fogo de nosso amor da mocidade ainda está vivo. Se agora não tem labaredas, vive nas brasas cobertas de cinza. — Parou, abatida: — Estamos velhos para começarmos um novo amor, mas vivemos com a atenção de moços para não deixarmos o amor que já temos envelhecer. Muito obrigada por me oferecer sua companhia. Aceito a do meu doutor, a de esposo não, porque amo outro até a morte.
— Pense que, na hora da paixão, Pedro negou a Jesus três vezes, e eu nunca a negarei.

Malafaia retirou-se, dizendo abrutalhado às filhas da doente, reunidas no alpendre:
— Voltarei mais tarde.

Chegara ali sonhando sair noivo, aos 62 anos, e voltava mesmo como era: médico resmungão, tabagista de rapé cheiroso e conversador sozinho. Regressava ao arraial, mais desiludido do que era, desejando mesmo que sua doente morresse logo...

Ao passar por um boteco, ouviu que o chamavam. Era Juvenil. Sentou-se, escorado no bengalão. Pelo ar abatido, via-se que o verde lindo de sua esperança de amor estava-se descorando, passando a verdoengo doente, a esverdinhado de água, igual ao das bandeiras com seda verde expostas ao sol por muitos anos.

Juvenil o encarou com interesse:
— Doutor, como vai a Chica?
— Esqueci como vai ela. Não posso revelar segredos profissionais a que estou sujeito. Que diria de mim um Doutor Brandão, médico de Dom João V e ainda vivo, e um Doutor Picanço, médico da Corte, ao saberem que eu conto o que vi e ouvi na cabeceira de um enfermo! Chica vai sempre pior. Além do coração bovino, alguma alienação mental episódica, na forma de monomania.

Juvenil, que bebia com outros felisbertos, convidou o doutor para um gole de pitoresco.
— Vá lá, sem exemplo. O frio exige este sacrifício.

Bode-Rouco estava com o polegar de um pé envolto em gaze. O doutor notou-o:
— Que é isto?
— Uma topada que me arrancou a unha.

Malafaia falou como a brincar:
— O tropicão no dedo grande do pé é a maneira mais rápida de se falar, sem querer, no diabo e no nome da mãe...

Mas Santa-Casa avançou bastante:
— O Doutor podia casar com a Chica. Parece que o João Fernandes levou o diabo por lá.
— Que ele levou o diabo é certo. Casar com ela? Que ideia. Casar, com a morte por testemunha...

Santiago o animava:
— Pelo menos você bamburrava naquele bucho de diamantes de grandes quilates... Dizem que ela tem uma canastra cheia deles.
— Canastra, não sei. Já vi uma arca bem grande, que dizem estar repleta das tais gemas.
— Pelo menos, casado, você ficava falando grosso... Mandaria às favas sua lanceta e ia gozar a vida por aí...
— Um médico atirar fora sua lanceta é como o soldado jogar fora a clavina, em pleno combate! Nunca o farei.

Bode-Rouco percebeu que o doutor estava abatido:
— Mas você está forte, vai trabalhar muito ainda.
— Nas margens do rio do destino, minha vida está desbarrancando... Caem pedaços de terra, outros já estão fendidos, balançam. Todos os dias, tombam porções do barranco... A chuva de lágrimas derrete os blocos ainda firmes, e lá se vai tudo por água abaixo... Vocês sabem que o que está atrás de barricada de rua serve-se de qualquer tapume, mesa, cama, portas arrancadas, colchões velhos... Eu, para minha barricada contra o sofrimento, me sirvo de suspiros, olhos cerrados e principalmente de minhas tristezas e saudades, que já estão de cabelos brancos...

Passando pela rua, o Major Tôrres lobrigou o doutor sentado entre os felisbertos. Aproximou-se:
— Pensei que estivesse no castelo...
Malafaia se alterou:
— Mesmo o galé de braga chumbada no tornozelo tem direito de coçar uma pulga... Acha pouco abandonar tudo pra ficar dia e noite às ordens de Chica? Escravo, nem de Santo Antônio...

Nos momentos de confidência, o ar querúbio do Dr. Malafaia mal encobria o instinto assanhado de um velho pai de chiqueiro.

Tôrres sentou-se:
— É preciso fazer justiça ao seu interesse profissional pela doente. *Quodi Cesaris Cesari, quod Dei, Deo.*
— Mas aqui, o que é de Deus e de César dá-se tudo de uma vez; a César... é a ordem dos Cãs malaios. Conheço a aldeia em que vivemos e seus sátrapas. O bicho mais duro do mundo é o homem. Aguenta injustiça, aguenta fome. Aguenta até o desprezo, que é a mais triste das pobrezas.

Tôrres espichava a conversa:
— Malafaia, não leve a mal. Por que não chama para conferência o Doutor Moura, da Vila do Príncipe?

Como resposta, o doutor sorriu com forçada ironia, para bacorejar:
— Acha que preciso um cireneu pra me ajudar a conduzir a pesada cruz? Saiba que sou responsável por meus atos, desde que prestei exame de anatomia no Hospital Real de Lisboa, com o Cirurgião-Mor do Reino, pois é sabido que médicos, cirurgiões, boticários, algebristas, ocultistas, dentistas e parteiras não podem trabalhar sem essa carta pública de habilitação. Não sou doutor de água-doce, desses doutorinhos salta-sabuco, de meia-tigela, que andam por aí. Sabem agora quanto vale meu pergaminho, de valor probatíssimo. Preciso dizer que faço os miolos em água pra curar a namorada do Tijuco...

Os presentes sorriram, ao ouvir e ver a soberba do doutor. Quando ele saiu, o Major Tôrres deu um muchocho de crítica:
— Agora tenho certeza de que ele é mesmo sangrador aprovado... Chica da Silva tem-lhe resistido porque mulato é como maracanã, duro pra morrer...

Ela, súbito, melhorou. Voltou-lhe inteira a consciência, reassumiu seus negócios, ditando cartas comerciais e de cobrança. O arraial soube dessa melhora, exultando.

Havia briga feia entre o doutor fiscal dos diamantes e o governador, que já dera ordem para início do valo que ia circundar todo o Distrito Diamantino. Garantido por picardia ao intendente, o Capitão Parada acobertava amigos e talvez sócios que contrabandeavam pedras, sem temor algum.

Chica passava mais calma, parecia voltar à vida. Na hora de se deitar, tomava a Água Sedativa ou uma xícara de amendoada com gotas de láudano.

Depois de semanas de sono de repouso, com visitas proibidas, uma noite ela chamou Jelena, que dormia no seu quarto:

— Venha cá, ouça. Quem foi que esteve aí, nos pés de minha cama?

— Ninguém, Sinhá.

Consertou a cocedra escarlate, puxando-a até o pescoço da ama. Repousou, de olhos fechados, para depois gemer:

— Jelena...

— Sinhá?

— Veja se as portas do quarto estão bem trancadas.

A escrava amiga foi ver as portas dos quartos de dormir e de vestir.

— Tudo direito.

Jelena adormeceu logo, tresnoitada que andava. Súbito, Chica se assentou na cama, assustada.

— Jelena... Jelena... quem está gemendo lá fora, na chácara? Quem sabe as janelas estão abertas?

A moça foi ver as janelas que abriam para o pomar. Deitou-se, calada. Não demorou e Chica se pôs de pé, com os olhos assombrados.

— Estão gemendo, estão pedindo socorro na chácara! Mande ver quem geme debaixo das janelas!

A escrava explicou estar em ordem tudo.

— Quero o leite de amêndoas, pra dormir.

Jelena derramou o remédio na colher de ouro da doente. Agora, parecia ressonar. Ficara quieta, embora respirando com esforço. O relógio de gabinete da sala de jantar bateu duas horas. Chica ressonava, com a cabeça elevada nos almofadões.

De repente, gritou. Jelena acudiu. Ela já sentara no leito e sua camisa de bretanha estava levantada até o meio das coxas.

— Uma cobra negra, enorme, se enrolou no meu corpo, quebrando os ossos. Ela está no quarto! Alguém tentou me amarrar as pernas e os braços. Veja onde está a cobra!

— Foi pesadelo, Nhenhá. Nhenhá sonhou...

— Não, eu vi a cobra, lutei com ela, arranhei suas escamas frias...

Já estava acesa a luz do alcoviteiro de cruzeta de óleo de Chantre.

— Chame Cabeça para revistar o quarto.

— Os galos já estão amiudando. Amanhece daqui a pouco. Não fique só de camisola, que está fazendo muito frio.

Apanhou numa poltrona o manto de vicunha com gola e punhos de marta, com que à tarde a doente se resguardara, acomodando-o nos ombros da Sinhá.

Chica deitou-se de costas, cruzando as mãos no peito.

— Vou confessar de novo. Vejo uns vultos passando perto de mim. Vultos brancos... Sombras gemendo, gritando. Escute. Estão de novo gemendo. Agora é choro de menino. Que menino está aí, atrás da porta?

Jelena chorava, esgotada pela trabalhosa vigília.

— Você acredita em fantasmas? Eu também não. O que vejo agora são sombras silenciosas deslizando sobre o chão... vultos que passam, voltam... Olhem aí um; este não desliza, não anda; sentado, se arrasta pelo assoalho.

Abaixou as pálpebras com os dedos, fechou o rosto nas mãos abertas.

Chica passou a soluçar baixinho. Estava atormentada por visões leves, transparentes, que passavam sem rumo perto de sua cama.

Quando o dia clareou, ela estava amarfanhada pela insônia, tinha os olhos pisados.

— Jelena, não diga a ninguém que vejo coisas estranhas, não diga que esta noite ouvi gemidos... não diga nada.

Depois de grande celeuma, o governador desistiu do valo que ia cercar setenta e cinco léguas quadradas de terras diamantinas e já começado nos limites de Milho Verde, Paraúna e Rio Manso.

Havia tantas novidades más no Tijuco, tantas inovações arbitrárias, que o povo passou a recebê-las com ironia, galhofas e molecagens, qualidades que os seus descendentes ainda conservam. Era isso a única defesa contra o despotismo crescente que espezinhava a população. O muro entrou na troça dos tijuquenses, por certo esquecidos do fim de Olinto e Paulo Horta...

Assim foi a vida no fabuloso Potosi dos diamantes, até que chegou o ano de 1796.

A doente mais rica do Brasil, Portugal e domínios definhava, na verdade sem socorros médicos. Em vista da recusa de casamento que resolveria seu destino, o doutor passara a se desinteressar pela cliente. No arraial, todos sabiam que sua saúde não era boa.

Dona Leonor, já muito idosa, não lhe perdoava a desfeita a Manoela:

— Para mim, Chica está lesa. Chica que manda só não manda na morte...

Santa-Casa fazia mais uma vez o inventário da patrícia:

— Vão ficar ricas as meninas beatas. Deus me livre delas... Não têm faísca, são murchas, estragadas pelos silícios... Vocês entendem, ficaram mortas, são frias. Ouvi há tempos um sermão do Padre Brandão, da Vila do Príncipe, em que ele dizia que um povo antigo, do tempo do Reino de Jerusalém, plantava jardins onde as flores já desabrochavam murchas. As filhas de Chica são assim, nasceram murchas...

Mourão contestava, com sabedoria lá dele:

— Qual nada, precisam é do calor das mãos de homem, na arte de lidar com mulheres sonsas. Tudo está no começar. O sangue herdado faz o resto.

Chica resvalava para a morte, sem perder o aprumo de mulher endeusada por todos, em muitos anos de mandonismo.

Como o deitar lhe acarretava anseios e mal-estar, estava sempre sentada, protegida por travesseiros e composta no regaço por colcha magnífica de brocado de ouro. Pisava em alcatifa de florões de prata. Com as feições alteradas pelo subedema, falando às vezes com dificuldade, mantinha durante o dia a cabeleira loura bem firme e as mãos floridas pelos brilhantes de seus famosos anéis. Não tirava do pescoço, agora pulsando em leve dança das artérias, o magnífico, suntuoso gorjal de rubis escarlates-cochonilha de Ceilão.

Não consentia que todo mundo entrasse no seu quarto, mas apenas os íntimos do tempo de saúde. Mais de uma vez, chamou a atenção das filhas, que se apresentavam à vontade:

— Que é isto? Não apareçam para ninguém despenteadas, com cara de choro e roupas em desalinho. É preciso mostrar vitória na adversidade. Resistir, com um sorriso de ironia, ao ladrar rouco da desgraça.

Chica vivia em alternativas de melhoras e pioras. Nos últimos dias, não passava bem.

O doutor pretendeu apor-lhe um cáustico severo na nuca, no que foi repelido por ela. Tomando ópio, sofria prisão de ventre, que o sábio resolvia com clisteres de limonada, de tamarindo e linhaça.

Nessas noites de sofrimento, palestravam no alpendre do castelo os padres Pessoa e Zuza, além do doutor e Aguirre. Este estava inconformado com a situação de sua amiga:

— Afinal, que determinou a doença do coração e o desequilíbrio mental de Chica?

Malafaia depôs o cálice de pé alto de genebra, que ele virara de uma só vez:

— Esses dois males podem ser oriundos de cóleras repetidas, sustos violentos, aborrecimentos políticos apaixonantes, fanatismo amoroso, que determinam desordem nervosa do coração, ideia fixa, fonte de seus desvarios.

— Ela, entretanto, passa bem alguns dias e piora depois.

— É isso mesmo. Esses doentes sofrem melancolias súbitas, temores infundados, com mistura de loquacidade e até de alegria. Ora, as razões para tais males ela os teve e tem até de sobra. Ficou monomaníaca, em resultado da ausência de João Fernandes. Agora, está em crise de tristeza, está deprimida, e nem parece a Chica de seus tempos venturosos.

— Agora entendo, sei por que ficou enferma.

Malafaia empunhava novo cálice de genebra:

— Custou, mas aprendeu. Antes aprender tarde do que morrer burro...

Chegou à tarde no castelo o escravo Carolino, que fora mandado à fazenda Santa Bárbara.

Chegou de orelhas em pé, contando que todos os pombos de casa da criação de Chica desapareceram da fazenda. Eram mais de mil. Levantaram voo no dia anterior pela manhã e não voltaram mais a seus telhados. Nem um só regressou.

Jelena ficara impressionada:

— Isso é sinal ruim. Na véspera da morte de seus donos, os pombos desaparecem. Minha mãe já contava isso. Ah, meu Deus, protegei a vida de Sinhá, tão boa...

No dia seguinte os amigos habituais chegaram cedo ao castelo. E espantaram-se. Chica estava de pé, embora fraca, envergando um penteador de seda japonesa verde-musgo. Tinha um lenço de linho cor de laranja enrolado na cabeça, à maneira de albornoz, e sorria, embora com alguma tristeza.

Falava comedida e, tirando os ligeiros edemas e a respiração mais forçada, parecia sã.

Transpirava a alegria simpática dos convalescentes, alegria triste, e estava cheia de projetos de viagens para Vila Rica e para sua fazenda do Pé do Morro.

— Em Vila Rica, vou ver amigos e beber a água doce das serras. Na fazenda, vou andar a cavalo, ver os campos virgens tão bonitos onde piam saudosas perdizes, amadurecem as gabirobas e há flores escarlates do para-tudo... A flor do para-tudo não tem pedume e parece uma bola de sangue. Mas tem, no lugar de pétalas, espinhos perigosos... Quero pôr uma no peito, em lugar das rosas do meu jardim.

Sorriu, cheia de esperança.

— Mas não vou só. Vocês vão comigo. Levarei muita coisa daqui, a passarmos uma temporada mais cômoda.

Os amigos estavam pasmos. Chica não falava em João nem na moléstia. Parecia gozar íntima saúde da alma e boa disposição para continuar a ser feliz.

Durante aquela semana, deu certeza de cura a todos que a viam. Dona Céu, que desanimara, ganhou coragem:

— Está muito melhor. Noto até que desinchou o rosto, as mãos. Sorri, como antes. Fala em vestidos, no seu teatro, em viagens. Convidou-me para ir com ela à fazenda!

Padre Pessoa se refazia dos sustos:

— Deus foi servido. Quem a vê hoje não se lembra de que a viu na semana passada. Foi milagre.

Ficou sorridente e, abrindo a rapezeira de tartaruga:

— Chica é igual ao pé-de-papagaio, planta que na seca fica como morta, parecendo lascas de pedra. Basta chover e, no outro dia, ela já está viçosa e desabrocha logo em flores lindas!

Aguirre sorria à toa:

— Não é que Malafaia é médico às direitas? Eu não acreditava... Chica salvou-se, com o favor de Deus.

Amarinho dava notícias agradáveis:

— Quer ditar cartas para Vila Rica, onde vai passar uns dias. Diz que vou com ela... Há muitos anos vivo ilhado neste cu de judas, sem ver civilização. Vou, e quero ver se fico por lá...

Todo o arraial estava satisfeito com a melhora de Chica. Centenas de pessoas de todas as classes deviam promessas pela cura da amiga de ricos, pobres e desvalidos.

No domingo ela não foi à missa, mas Padre Pessoa celebrou na capela do palácio. Quem foi para a missa ficou para o almoço.

Chica vestia azul-celeste, com meio-decote, trazendo na cabeça cabeleira loira, semelhante à da Rainha Maria Antonieta de Áustria, quando ainda fulgurava na Sala dos Espelhos de Versalhes. Afagava com gestos espontâneos o colar de incendiados rubis de altíssimo preço. À esquerda do corpete, prendera um botão de rosa rubra, mal aberto em seus canteiros. Pisava em sandálias douradas com fivelas de ouro, onde luziam topázios e, na mão esquerda, só trazia com filigranas delicadas a aliança de esposa.

Não houve quem não elogiasse a finura do almoço e a calma acolhedora da anfitriã. O Meirinho Meia-Quarta, que voltara a frequentar sua comadre, impava de orgulho, de como fora tratado:

— Foi a primeira vez na vida que tomei o *champagne* de Reims durante toda a refeição, como quem bebe água da bica. Por esta e por outras coisas é que ela estabeleceu um matriarcado de grande importância nos sertões das Gerais.

Às duas horas, os convidados se retiraram, para não cansar a convalescente. Alguns saíram nas três cadeirinhas de Chica, que fizeram várias viagens de cortesia, levando os amigos.

Já no portão, esperando o regresso do palanquim que fora levar Dona Céu, o Padre Zuza mostrou-se desanuviado:

— Nunca saí do castelo tão satisfeito como hoje. Chica está curada. Estou com o coração tranquilo.

Malafaia, com os olhos luzindo do *champagne*, comentou com apreensão:

— Pois eu não estou. A melhora foi rápida demais. Tenho mesmo algum receio. Assisto doentes há longos anos. Pra mim, essa assombrosa melhora pode ser a visita da saúde.

— Qual, vire essa boca agoureira pra lá.

Chegava a cadeirinha azul.

Quando as visitas se retiraram, vestida como estava, ela fez um pouco de exercício recomendado pelo doutor, andando devagar pelo jardim. Deu pequena volta pela chácara, mas voltou inquieta. Chegara cansada, respirando mal, com ofego. O peito cerrado provocava-lhe um sarrido audível de longe.

Foi direta para o quarto, mandando abrir as janelas calafetadas por ordem de Malafaia, que temia como perigo o ar livre.

— Abram as janelas; quero ver o céu, quero o ar das serras.

Encarou com enlevo o céu azul-claro porcelana, com a boca entreaberta e os olhos estáticos. Embebendo o olhar na tarde ensolarada, viu os andorinhões revoluteando nos ares transparentes. Sorriu para os familiares como se estivessem muito em paz. Da contemplação da tarde sofreu pequena crise de choro, sentindo-se tonta.

Amparada por suas mucamas de estima, arquejante, pediu que buscassem o Doutor e o Padre Pessoa.

Sentada na sua confortável poltrona, parecia sem equilíbrio, oscilava o corpo para os lados e para a frente, como se quisesse cair.

Fez-se repentina confusão no palácio, partindo duas parelhas de negros com as cadeirinhas. Cabeça entrava no quarto preocupado, rezando alto entre dentes. As ladinas da casa choravam.

Quando Malafaia chegou, com dois dedos foi logo procurando o pulso.

— O pulso vai bem. Temo é esse ar encanado. Os golpes de vento são um perigo. Vamos fechar as janelas.

A doente protestou, engasgada com a dispneia:

— Não! João Fernandes vai chegar agora e eu quero ir vê-lo descer do cavalo.

O doutor zangou-se:

— Boas. Eu não disse? É o vento!

— Vou recebê-lo nos meus braços.

O doutor insistia:

— Fechem as janelas!

— Não. Abram as outras! Já estou ouvindo os foguetes lá em cima. Soltam muitos fogos, porque João Fernandes está chegando...

— Sossegue, Dona Francisca, esta agitação lhe faz mal.

O padre acabava de chegar.

— Que foi?

Malafaia estava mal-humorado e impaciente:

— Está de novo delirando, está louca.

— Martinha, queime perfumes pela casa. Olíbano, incenso, benjoim. Vista as escravas com todo o luxo, não esqueça os argolões de prata nas orelhas de todas...

O padre aproximou-se dela.

— Viu, Padre Pessoa, para me separar de João Fernandes, o governador fez um valo, um valo de duas mil e quatrocentas léguas de largura, com o mar dentro dele...

Sorriu em esgar sardônico:

— De que serviu o valo? Para que esse valo? Mais largo, mais fundo é meu amor por João.

O padre perguntava:

— Não há remédio para essa excitação?

— Já dei leite de amêndoas com láudano. Espero o efeito.

Chegaram as senhoras Céu e Cândida, que o padre mandara buscar nos palanquins. Uma delas aventou:

— Não será melhor lhe vestirmos a camisola?

Indagada, Chica respondeu com a cabeça que não. Céu fez um comentário:

— Não quer se mostrar a homens em trajes de intimidade. Até nisso mostra que tem vivido na lei da nobreza.

Nesse momento, Chica se pôs de pé, sem firmeza e, amparada pelas escravas, deu uns passos para o leito, sentando-se.

— Jelena, tire a arca de joias que está debaixo da cama.

A escrava ajoelhou-se, puxando uma caixa de madeira forrada de veludo vermelho, um pouco desbotado.

— Abra.

Jelena virou na fechadura a chave que lá estava.

Encarando os presentes com olhares desvairados, falou, sob respiração em arquejos:

— Queiram se retirar. O quarto é de meu esposo. Os senhores que querem? Cavar o chão da chácara? Retirem-se que eu vou me preparar para ver o viajante corajoso que chega!

Seus olhos fulgiam luzes delirantes.

Ela então se abaixou para a urna a seus pés, abrindo-a. Forrada de veludo carmesim, a urna continha várias libras (peso) de diamantes de todos os quilates, e assombrosa quantidade de joias de preço, que ela pouco usara.

Chica enfiou as mãos nas pedras, tirando-as cheias de gemas, para entorná-las aos poucos sobre a cabeleira. As pedras caíam pelos cabelos, pelo decote, pelos ombros, acumulando-se no regaço, rolando no tapete.
Dona Céu, com grande, espanto unia as mãos:
— Ave-Maria!
Dona Cândida balançava a cabeça, abismada com o que via.
A doente de novo retirou da urna outros punhados de diamantes, que entornou pela cabeça. Outros punhados foram assim chovidos, e Chica sorria com ríctus sinistro:
— Pode vir, João... Eles não conhecem Chica da Silva, a Rainha do Tijuco. Eles não sabem que eu sou a sua Francisca... Fizeram um valo entre nós dois, mas não tememos nada... passamos por ele...
Parecia estar fraca; entretanto, sua voz ganhou volume como o dos tempos de poderio e de saúde.
— Quiseram nos separar com um valo... São violentos, mas são ingênuos.
Apanhava novos punhados de pedras, colares, broches, pulseiras, e levantava as mãos, deixando-os cair no seu corpo. Procurou erguer-se, cambaleando:
— Já vou descer, ouço o tropel de sua cavalgada!
Faltava-lhe ar, a voz lhe enrouquecia. O padre estava trêmulo, atarantado:
— Dr. Malafaia, vamos sossegá-la!
O médico também estava entredelirante e nada fazia, a não ser olhar abismado. Escravas e filhas procuravam contê-la e ela insistia em sair, ganhar a escadaria, para receber o que voltava depois de 25 anos...
— Larguem, quem se atreve a segurar a esposa do Contratador? Eu não temo a violência dos portugueses. Eu sou Chica que manda...
Ficara mais rouca e aflita, falando sem cessar, embora sem forças. Padre Pessoa, emocionado, se retirou para a varanda a falar sozinho:
— Muitos morrem do coração, esta morre pelo coração.
— Eu sou a Chica que manda...
De repente, amoleceu o corpo, dobrou os joelhos, com a fala já enrolada. Sentaram-na, com o corpo pendido para a frente, no amparo de filhas e mucamas. Começou a roncar aos arrancos, em gargalhos úmidos na garganta. Abria a boca, em respiração espasmódica, na tentativa inútil de mais ar.
Acenderam vela benta. Respirava aos puxos, com demorados arquejos. O doutor apalpou-lhe o pulso:
— É o colapso final. Eu o esperava.
Os presentes se ajoelharam. Padre Pessoa resmungou no ouvido do doutor:
— Seus recursos fracassaram. Vou recorrer agora à âncora sagrada, a última que os marujos lançam nas furiosas tempestades.

Começou a ministrar à agonizante a extrema-unção.

Dona Céu retirou-se, chorando de manso.

— Esta viveu para o amor e morre por ele. Feliz de quem pode morrer assim, crendo no amor.

Dona Cândida estava com os olhos alagados:

— Matou-a o sentimento mais delicado da vida, a saudade.

Malafaia apagou o círio. Francisca, a filha mais velha, com os dedos trêmulos, cerrou as pálpebras da mãe. Ouviam-se, pela casa toda, soluços e exclamações pungentes.

João Fernandes não chegara, e Chica foi-se encontrar com ele.

ELUCIDÁRIO DE EXPRESSÕES REGIONAIS, VERBETES E TOPÔNIMOS DO TEMPO REVIVIDO NESTE ROMANCE

A

Arrocho — Aparelho de ferro, com cremalheira, para apertar a cabeça dos acusados. Método de provocar confissão.
Agulhete — Estilete para descamar unhas, provocando confissão de crime.
Águas de maio — Colhidas da primeira chuva de maio. Eram de grande uso para clarear e acetinar a pele das mulheres.
Alferes — Hoje segundo-tenente.
Amarelinho — Brasileiro doente, sem cores.
Aparecido — Pessoa surgida no lugar. Era tida por suspeita.
Anjo-bento — Mosquito branco de picada dolorosa.
Alamanda — Dança de salão aristocrático.
Águas grandes — O inverno nas Gerais. Começavam em outubro e iam até 21 de março.
Arrecadas — Brincos.
Arquebusada — Mistura medicamentosa de grande fama para ferimentos. Fórmula hoje desconhecida.
Arcano — Medicação tida por milagrosa, para casos graves. Fórmula hoje desconhecida.
Anticéltico — Medicação para sífilis. Fórmula secreta.
Aluá do diabo — Beberagem miraculosa, usada nos mocambos para curar quilombolas e fechar-lhes o corpo contra balas e facas. Era da prática dos feiticeiros africanos.
Aragões — Sinos fabricados no Reino de Aragão, Espanha. Eram os melhores do mundo.
Amor-dos-homens — Flor esferoide de painas levíssimas, que se despetalam a um simples sopro.
Avoão — Diamante pequeno.
Alcoviteiro — Lamparina a óleo, com luz fraca, para quarto de doentes e recém-nascidos.
Azul-ultramarino — Tinta azul para pintura, vinda da Europa. Era também cor de roupas.
Aporismar — Apostemar, supurar.
Arraial do Urucu — Hoje cidade mineira de Carlos Chagas.
Azulão — Cyanocompsa cyanea. Ave azulega, de canto triste. Vive nas várzeas.
Ancaroças ou Caroças — Capas de sapé ou folhas de coqueiro, usadas no inverno.
Arraial da Conceição — Hoje cidade do Serro.
Água de valeriana — Raiz de valeriana 2,0; água fervente 180,0. Beber às colheres.
Aruega — Chuva fina e fria, com ligeira bruma.
Água de alface — Hidrolato feito de suas raízes. Calmante.
Amendoada — Mistura calmante, o mesmo que leite de amêndoas.
Algebrista — Médico, físico ou licenciado, que reduzia fraturas. Traumatologista.
Asfódelo — Planta cujas flores os antigos acreditavam ser amadas pelos mortos.
Água maravilhosa — Para descorar vermelhidão dos olhos e refrescá-los. Era cozimento de funcho, verbena, rosas, erva-andorinha e arruda. Foi inventada pelo médico sírio Almançor.
Abaixou na poeira — Começou a viagem.
Amarelo — Ouro nativo.
Abevuleca — Da língua bunda. Doença do sono.
Auto de fé — Cerimônia pública da queima dos condenados, pela Santa Inquisição.
Assassino-beijocador — Sinal de tafetá negro na face, perto da boca.
Arigó — Matuto.
Asbesto — Amianto.
Açafrão — *Crocus sativus,* Lin. Usavam seus estigmas em pó como reconstituinte sanguíneo, na opilação. Um a 2,0 por dia.
Atabales — Meios tambores de percussão africanos, para toques altos.
Araçá — *Psidium mediterraneum,* arbusto do campo, de fruta ácida, para excelente refrigerante.
Arraial de Nossa Senhora do Bonfim de Macaúbas — Hoje cidade de Bocaiúva.
Âncora sagrada — A última lançada pelos marujos, no desespero das tempestades. Último recurso.
Almocafres — Alavanca de ferro com ponta curva, em meia barra.
Amarra-cachorro — Empregado para serviços humildes; serviçal grosseiro.
Almug — Sândalo amarelo, madeira muito apreciada pelos antigos. Vem referida na Bíblia.
Adaga de gancho — Sabre curto e curvo, portado como atributo de nobreza.
Água com açúcar — Calmante ainda hoje usado no sertão.
Arraial de Santo Antônio do Tijuco — Hoje cidade de Diamantina.

B

Barrigada — Todas as vísceras abdominais.
Bisbórria — Homem ordinário.
Bargante — Vadio de maus costumes.

Bafagem — Neblina rala, vapor matinal na superfície das águas.
Brinco de Celidônia — Celidônia era pedra só encontrada no papo das andorinhas novas. Pedra muito procurada e valiosa.
Branquinha do reino — Mulher Portuguesa.
Banho — Surra em todo o corpo. De alto abaixo.
Bandajo — Vadio tagarela.
Bigorrilha — Traste, homem sem reputação.
Bunda-suja — Homem desclassificado.
Badameco — Homem ordinário, sem profissão.
Baianos — Nome genérico de todos os nordestinos e ciganos aparecidos no sertão.
Baía de Todos os Santos — Hoje Estado da Bahia. (Estando nosso Padre en a Baya de todos los sanctos..." Pe. Anchieta, Carta, 1542.)
Bandarras — Moças de elegância desfrutável, amigas de todas as festas públicas. Grã-finas.
Bofetá — Lenço fino.
Bisborna — Diamante grande mas com defeito de jaças e urubus.
Birola — Síncope, tonteira.
Bigarim — Malandro namorador, sem profissão.
Borrachos assados — Filhotes ainda implumes de pombos de casa.
Bucho — Acúmulo de muito ouro em pequeno trecho. Cova cheia de ouro ou diamantes.
Bonanza — Surto, abundância de diamantes, como de ouro.
Batecum — Taquicardia, batidas rápidas do coração.
Bunda armada — Vestido balão, com ancas levantadas.
Bálsamo Samaritano — Para unções calmantes de dores e irritações. É remédio bíblico, de fórmula desconhecida.
Breve — Patuá, bento com rezas, de pendurar no pescoço.
Bretanha — Tecido muito fino de linho ou algodão.
Bicudo — *Jacamaralcyon tridactyla*, Vieill. Pássaro de canto muito apreciado. É negro, com bico branco.
Boçal — O preto comum; o que não era ladino, escravo para qualquer serviço.
Burgalhau — Monte de pedras submersas a pouca profundidade. Dificultava a arranca do cascalho do leito dos rios.
Boca de serviço — Lugar onde trabalham na extração de ouro ou diamante.
Badulaques — Coisa de pouco valor, acúmulo de objetos velhos. O sexo masculino com todos os órgãos.
Badulacada — Grande quantidade de objetos usados e de pouco valor; órgãos genitais do homem.
Bando — Proclamação pública de leis portuguesas feita a toque de tambores, por militares e gente da justiça reinol.
Banzo — Nostalgia, tristeza depressora, saudade, *stress*.
Boa hora — Hora feliz no parto.

Buás — Feiticeiros e adivinhos cabindas.
Batedor de negros — Capitães do Mato.
Brucutaia — Cachaça ordinária.
Boca de mina — Lugar onde se trabalha na extração. Boca de serviço.
Bastões de prata — Requinte da maior elegância, usado nos salões de França. Havia-os até de porcelana.
Bicho-mau — Cobra.
Brasil — *Caesalpinia echinata*, Lam. Madeira de lei que fornece tinta escarlate, que determinou o nome do grande Brasil.
Bacalhau de garras — Rebenque ensebado, com aspas de ferro na ponta do látego.
Bacon — Toucinho frito.
Beldroega — *Portulaca oleracea*, Lin. Planta rasteira comestível em saladas, brotando sem cultivo no tempo chuvoso.
Baianada — Confusão, solução pessoal e forçada de casos, falta de ética, resolução de casos na marra; sujeira.
Bilhetes de estada — Bilhetes de licença para entrar e permanecer por tantos dias no Distrito Diamantino e em especial no Tijuco.

C

Capitania de São Pedro do Rio Grande do Sul — Hoje Estado do Rio Grande do Sul.
Capitania das Serras das Minas Gerais — Hoje Estado de Minas Gerais.
Capitania de São Vicente do Piratininga — Hoje Estado de São Paulo.
Canjica — Saibro grosso misturado com areia, terra e pedras miúdas.
Cânfora em pó nas virilhas — Remédio sedativo da luxúria, aplicado em fricções.
Cabeça — Fiscal da lavagem dos cascalhos diamantinos. (Convocará os cabeças das lavagens e bolinetes. No fim do dia os diamantes serão contados e pesados pelo cabeça... Dr. Vieira Couto — Breve Notícia dos Estabelecimentos Diamantinos do Serro Frio, 1821.)
Caco de resguardo — Pó de fumo fraco.
Carcamano — Italiano.
Carijó — Mestiço de branco e índio.
Continente — Região, zona, território.
Capelos amarelos — Médicos ou físicos oficiais de el-rei, que usavam esses capuzes, que eram insígnia de doutor.
Comboieiro — Vendedor ambulante de escravos em manadas.
Cabo-verde — Moça mestiça, bonita e engraçada.
Chamotins — Cafunés.
Cabeçudos — Cães de fila.
Cristão-novo — Judeu.
Cacundê — Espécie de casaco comprido, da mesma estampa do vestido, e usado sobre ele.

Cabelos em desdém — Soltos, em desordem, despenteados.
Chupão — Câncer. (V. Cirro.)
Craveiro-das-molucas — Craveiro-da-índia, de flores com admirável perfume. Lá também se conhece por chaque.
Curau — Novato, inexperiente, ingênuo.
Caça-negros — Capitão-do-mato.
Cachorros — Escravos.
Clister de Limonada de Tamarindo — Laxativo brando e descongestionante de mucosa entérica.
Cufar — Matar e também morrer.
Carta de liberdade — De alforria.
Clavinote — Calção curto de trabalhar na água.
Catatau — Diamante grande.
Cruzado — Moeda que valia 400 réis.
Capitão de pé de serra — Valentão desabusado.
Cahen-bora — Quilombola.
Confeitos de enforcados — Doces que se davam aos padecentes já no tablado da forca. Consolo inútil.
Capeado — Provocado.
Cabelos engomados — Empoados.
Cravo-d'amor — Piano primitivo, cravo do século XVIII, fabricado por Bertin.
Cu de judas — Lugar detestável, longínquo e deserto.
Cara de páscoa — Alegre.
Candango — Nome depreciativo com que os africanos designavam os portugueses. Longe de ser neologismo, é palavra bunda e usada desde os tempos da conquista do Congo.
Cabelos à alemoa — Arrepanhados para cima; invento de dona Maria Ana de Áustria, quando noiva de Dom João V, e introduzido por ela em Portugal.
Canguincha — Medroso.
Catuaba — Valente.
Carne de sereno — Também chamada carne de sol. Curada em sete noites no sereno e meia hora de sol da manhã.
Cafuzo — Mestiço de negro e índio.
Cabeças-secas — Escravos recém-chegados da África.
Cana-ubá — Originária da Índia; passou pela Arábia, Chipre e Sicília, até a Ilha da Madeira, de onde nos veio. Era macia e demorada no amadurecer.
Cana-manteiga — A cana crioula dos antigos. Macia para chupar com a casca.
Cachaça da terra — Cachaça malfeita mesmo nas Gerais.
Caroca — Diamante grande, de muitos quilates.
Chega-negro — Sova de couro cru.
Caiguaçu — Tatu-canastra, *Priodontes giganteus*.
Cidra — Bebida alcoólica feita de maçãs e peras.
Calhambola — Quilombola.

Canoa de lavar corpo — Banheira de pau.
Cavalo ruço-rodado — Branco de malhas arredondadas de pelos de outra cor, especialmente na barriga.
Criado-mudo — Mesinha de cabeceira de cama.
Canjica de rico — Pepitas e folhetas de ouro deixadas à noite em tigela na cabeceira dos hóspedes, como se fosse canjica de comer, então usada ao se deitar.
Cocedra — Edredão, alcochoado de penugens, para cama.
Cremesin — Carmesim.
Cavalo negro manalvo — Com uma das patas branca.
Curvejão — Tornozelo.
Cabanzo — Tóxico mortal de ervas com que os congoleses envenenavam lanças, flechas e zagaias.
Corcel negro estrelo quatralvo — Com pés e mãos brancos.
Carta de alforria — De libertação de escravo. O mesmo que carta de liberdade.
Cirro — Câncer. (V. chupão.)
Cisma — Desconfiança, medo, apreensão de infelicidade ou desgraça.
Coleiras de ferro — Golilha, para prender escravos.
Coreto — Festa de júbilo dos escravos africanos, onde havia cantos e música nativos.
Chapelinha — Chapéu de palha italiana, de grande elegância para mulheres.
Crime de lesa-majestade — Que feria e atentava contra a majestade divina do rei.
Crime de cabeça — Sujeito à pena de morte.
Credo às avessas — Assim rezado como eficaz, pelos pretos das senzalas.
China — Moça do sertão, mestiça e jeitosa.
Clavina — Carabina.
Conjura e Conjuração Mineira — Nome dado pela Corte de Lisboa e seus jurisconsultos à Inconfidência Mineira, levante do Tiradentes.
Cabeça de alcatrão — Escravos recém-chegados da África.
Cabiuna-preta — *Dalbergia nigra*, Fr. Al. Madeira de lei quase incorruptível. Jacarandá-preto.
Cometa (o) — O corneteiro, o soldado clarim.
Candeia — Árvore composta, só vicejando acima de 800 metros. Cobre-se de flores em corimbos cremes. É padrão de terras auríferas e sua madeira resiste séculos quando enterrada.
Canela-de-ema — Planta veloziácea das várzeas altas de Minas, que apendoa em flores alvas de grande beleza.
Castelo de fogos — Roda com bombas, bombãos e foguetes interligados, para explosão conjunta.
Cascavel — *Crotalus horridus*, Daudin. A mais venenosa das cobras brasileiras.

Cainana — *Spilotes pullatus*; apesar de ser considerada inofensiva, é ofídio de alta periculosidade ofensiva.
Coral-boi — *Elaps Marcgravii*, Newied. Cobra de veneno terrível. Tem o corpo cingido por anéis alternados, pretos, verdes-claros e vermelhos.
Chocalhos — Cabaças com pedras ou sementes secas, para acompanhar danças africanas.
Caxambu — Tambor de tronco de árvore fechado por pele, a ser percutida com as mãos. Instrumento de música africano.
Cavalo Isabel sopa de leite — Baio amarelo-claro.
Cebolas — Planta lacustre de flores roxas.
Capitania da Serra Acima das Minas Gerais — Hoje Estado de Minas Gerais.
Criminosos em monte — Foragidos nos matos do sertão.
Crime capital de lesa-majestade — Crime de morte com infâmia.
Conselho Ultramarino — Junta de Ministros para direção dos negócios públicos dos Domínios de Além-Mar.
Capitão-do-Mato — Serventuário oficioso da justiça-política do Reino, encarregado de prender quilombolas.
Capitão do Campo — Antecessor do Capitão do Mato; tinha as mesmas funções.
Catas — Terrenos escavados em que mineravam.
Cascalheira — Conjunto de cascalhos, lugar onde eles se arrancam.
Campos-virgens — Campos gerais com árvores intactas.
Caalo — Cavalo.
Chá de folhas de salva — *Salvia officinalis*, Lin. Era empregada nas amigdalites e inflamações internas.
Chá de Losna — *Artemisia absinthium*, Lin. Em infusões para os distúrbios digestivos. Ainda muito usado no interior.
Casa de beira-chão — Casas de paredes de sopapos com os telhados em "A" com as beiras no chão.
Capangueiros — Compradores de pedras na boca das minas. Em outros tempos as compravam dos quilombolas.
Coração bovino — Hipertrofiado, sinal de Traube.
Carocas — Os maiores diamantes.
Cochonilia — Inseto de que se extrai corante vermelho, a cochinilha.
Catas Altas do Mato Dentro — Antiga e rica região aurífera, onde estava situada a mina do Gongo Soco. Hoje cidade de Catas Altas.

D

Diamante brilhante — Aquele que na face inferior é como na superior, lavrado em facetas.
Diamante rosa — O de fundo raso e plano, sendo lavrado nas facetas da parte superior.
Demarcação das Terras Diamantinas — O mesmo que Distrito Diamantino.
Doutor de água-doce — Incompetente, sem notoriedade.
Doutor salta-sabuco — Incompetente e atrasado.
Doutor de meia-tigela — Incompetente e charlatão.
Diamães — Diamantes.
Diamante de galerim — O de mais de 2 quilates.
Dança das artérias — Vibração das artérias, visível no pescoço, por insuficiência cardíaca.
Distrito Proibido — O Distrito Diamantino.
Dragões volantes — Os Dragões equestres que patrulhavam a região.
Demasia — Mênstruo excessivo.
Dourado — *Salminus brevidans*, Lin. O mais belo e saboroso dos peixes dos nossos rios.
Datas — Trechos de terra arrematados de el-rei pelos mineradores.
Descoberto — Lugar onde achavam e tiravam minérios. Faisqueira.

E

Entrar selado na aragem — Morrer assassinado.
Espada rabo de galo — Comprida e curva.
Escravos de leva — Os que eram oferecidos em tropa, nas lavras.
Escravos de manada — Escravos de leva.
Esternutações — Espirros.
Estar cuspindo no chão — Grávida.
Embirrança — Embirramento, implicância.
Estrela — Diamante de alto quilate, sem defeitos.
Espíritos — Bebidas alcoólicas.
Extravio — Contrabando.
Erário Real — O Tesouro Português.
Escarpe — Espécie de sapato de ferro para arrochar pés nos interrogatórios de crimes.
Esquadra-do-Mato — Troço de soldados em missão de polícia contra garimpeiros.
Encroado — Encruado; demorado, sem solução ou seguimento.

F

Forasteiro — Português.
Fressuras — Todas as vísceras do animal. Barrigada.
Fábrica de cana — Engenho de fabricar pães de açúcar.
Ferro branco — Faca, punhal.
Ferro frio — Ferro branco.
Fazer os miolos em água — Trabalhar muito com a cabeça.
Finta real — Imposto sobre ouro e diamante.

França — Grã-fina, dengosa afetada.
Físico — Médico aprovado pela Junta do Protomedicato, ou diplomado pelos Hospitais do Reino.
Febres malignas — Tifo ou tifoide.
Fôlegos-vivos — Escravos recém-nascidos ou menores.
Frota do rei — A que vinha buscar ouro e os diamantes.
Fungão — Cogumelo.
Finquete — Diamante pequenino, chamado olho de mosquito.
Fininho — Diamante pequeno.
Fábrica — Cemitério de escravos.
Febres podres — Tifo ou tifoide.
Fé da puta — Filho da puta.
Fandango — Dança ligeira, popular nos salões do tempo. Era verdadeira mania no reinado de Dom João V.
Freios para boca dos pretos — Eram de pau e impediam de mastigar.
Fieira — Corrente comprida para ligar vários escravos, em marcha.
Formiga — Arraial da Formiga Grande, hoje cidade de Formiga.
Frol — Flor.
Facinorosos — Facínoras de qualquer espécie.
Fogos de vista — Foguetes de cores.
Foguetes de estrondo — Foguetes com grandes bombas que estouravam no ar.
Fofa — Dança lasciva ensinada pelos escravos. Foi proibida por alvará, como indecente.
Força real — As Companhias dos Dragões Imperiais, dos Pedestres e das Ordenanças do Rei.
Filho de algo — Vindo de fidalgo, filho de bem. O que tem nobreza, fidalguia e gentileza. Nobres nascidos ou feitos por el-rei, e que gozavam de privilégios, distinções.
Faiscadores — Pessoas que procuravam ouro; catadores de pepitas, mineradores.

G

Garavim — Teia de fios de ouro, para prender os cabelos.
Galinha — Coleira de amarrar negros pelo pescoço. Prendia uma corrente.
Gavota — Dança francesa, muito aristocrática.
Garruchão — Pistola grande e tosca, de dois canos.
Gomo — Travessa grande de prender cabelos.
Garimpo — Lugar de exploração clandestina de ouro ou diamantes.
Garimpeiro — O que explorava o garimpo. Era fora da lei.
Gorgulho — Cascalho.
Gracioso — Cômico, o engraçado das comédias.
Gamela de lavar corpo — Banheira de pau.

Galope — Dança de ritmo muito rápido.
Gringo — Todo estrangeiro.
Geralista — Habitante dos gerais, sertões semidesertos.
Gotas Negras Inglesas — Medicação calmante de dores. Ópio de Esmima 100,0; vinagre desfilado 500,0; açafrão 8,0; noz-moscada 25,0; açúcar 50,0. Administram-se em gotas.
Gengibre — *Zingiber officinale*, Roscoe. Planta de tronco subterrâneo, vulgarmente chamado raiz. Usado em licor como estomáquico. A raiz tem ação irritante e os vendedores de cavalos velhos, na hora do negócio, metem-lhes no anus um pedaço dessa raiz que, por ser irritante, os excita, parecendo animal novo.
Gancho de ferro no pescoço — Armação com hastes e ganchos para cima e para os lados, firmes em coleiras de ferro chumbada no pescoço dos escravos faltosos ou perseguidos.
Gentis-homens — Criados nobres dos reis.
Guarda-chuva de sapo — Cogumelo.
Geral grande — Ou sertão despovoado.
Granete — Grânulo grosso de ouro; ouro em pó grosso.

H

Horripilações — Calafrios.
Hóstia — Cápsula.
Hábitos marialvas — Rústicos, especialmente hábito de tratar de animais.
Hábito de Cristo — Ordem criada pelo Papa João XXII e instituída por Dom Dinis em 1319. O distintivo da Ordem é a Cruz encarnada com extremidades em forma de pata e cruz, esmaltada de branco no centro. Os comendadores usavam comenda idêntica e traziam em aspa o Hábito, encimado por coração vermelho.
Hortênsias — *Hydrangea paniculata Siebold*. Planta ornamental com variedades de flores azuis, rosadas e brancas.

I

Impossíveis — Poços, tremedais.
Importados — Africanos importados pela Colônia do Brasil.
In-Sim — Sim, sinhô.
Inconfidência do Curvelo — Revolta pioneira no centro de Minas contra Portugal, em que estavam envolvidos grandes patriotas locais, inclusive padres. Foi sufocada com urgência e seus membros levados para Portugal, com grande sigilo. Guardou-se até hoje do fato completo silêncio.

J

Justilho — Espartilho de mulher.
Jacobeus — Seita de fanáticos portugueses, que pugnavam pela revelação dos segredos do confessionário.

João Doido — Apelido popular de Dom João V.
Jurubaco — Língua, intérprete.
Jaguaruna — Onça-preta.
Já botaram ele de bruço? — Referia-se a defunto assassinado. É modo de conhecer quem é o criminoso, pois, dessa maneira, ele aparece logo.
Jararaca — *Lachesis lanceolatus*, Lacep. Cobra de terrível peçonha.

L

Leite virgem — Cosmético feminino para tirar manchas do rosto. É mistura de uma parte de tintura de benjoim com 40 partes de água de rosas.
Lundum de umbigada — Dança congolesa. Os dançarinos, em fila e em frente, terminam os volteios com umbigadas.
Leves — Bofes, órgãos abdominais.
Leite de Amêndoas — Calmante muito usado no tempo. Amêndoas doces 15,0; água 500,0; açúcar 15,0. Aromatizar com água de flores de laranjeiras.
Lavrados — Joias de ouro para uso pessoal.
Ladina — Escrava com prendas de serviços caseiros. Era de boa educação.
Ladino — Escravo, em geral moço, com muito preceito, treinado para servir nas Casas Grandes.
Lançador do diabo — Leiloeiro oficial.
Limões doces ainda de vez — No começo do amadurecimento.
Luna — Brinco.
Lisbonina — Pequena moeda de ouro, com valor de 6.400 réis.
Levantados — Negros fugidos. Alevantados.
Libambos — Correntes pesadas e compridas de prender negros.
Luzes-luzes — Vaga-lumes.
Luze-luze — Colar de vidros, que podem ser de cores.
Lembranças — Brincos de orelhas.
Lambada — Gole farto de cachaça.
Lhagalhés — Pés-rapados, desclassificados.
Libra (peso) — 453 gramas e 542 centigramas.

M

Mestre de Campo — Coronel de Milícias; seria hoje Coronel do Exército.
Mulata de partes — Escrava com dotes de beleza, educação e prendas domésticas. Eram as mais caras.
Minas novas — Topázios brancos, de muito brilho. (... topázios brancos, e conhecidos mais comumente pelo nome de minas novas. *Mawe-Travels in the Interior of Brazil*, London, 1812).
Melanconias — Melancolias.

Miudinho — Dança sapateada dos escravos.
Marotinhos — Portugueses.
Mavi — Prova judicial dos africanos, para ter certeza se o acusado era ou não criminoso. Era prova de beber veneno, ser queimado ou espancado. O que saísse imune da prova era inocente.
Malungo — Patrício, conterrâneo da mesma nação africana.
Mulo — Mulato.
Moçambique — Colar de pedras coloridas, às vezes de vidro.
Minas dos Matos Gerais — Hoje Estado de Minas Gerais.
Morrer de morte macaca — Ser assassinado.
Minas do Sul — As Minas Gerais e, em particular, os lugares de catas de ouro e diamantes.
Mulé — Mulher.
Merengue — Bolo folhado de ovos batidos, a que se ajunta água de rosas para aromatizar.
Mucamas da rainha — Escravas moças empregadas no zelo das Sinhás e Sinhazinhas.
Monsiu — Senhor, em geral estrangeiro, e não só da França.
Muamba — Língua bunda. Velhacaria, tralha apreendida como furto.
Mucama porta leque — A que o levava e abanava, quando preciso, sua Sinhá.
Meia-praça — Sócio meieiro do lucro da mineração. Tem do proprietário apenas o sustento alimentar, mas é quem trabalha.
Moscas pútridas — A *Cochliomyia macellaria*, varejeira ou mosca de vareja.
Mal de monte — Erisipela.
Maruim — Minúsculo mosquito de lugares úmidos.
Muriçoca — Mosquito pernilongo.
Miúdos — Intestinos e demais órgãos intraperitoniais.
Mulas-de-senzala — Escravas.
Monsiura — À maneira dos nobres estrangeiros. Afetação.
Mondongos — Intestinos e demais órgãos abdominais.
Miúra — Raça de touros ferozes, para touradas.
Minueto real — Minueto mais delicado, pois havia o popular, menos fino.
Moeda — Dinheiro antigo português; cada moeda valia 4.800 réis. 10 moedas, 48 mil-réis.
Mazurca — Dança polonesa, muito usada nos salões finos.
Melinconia — Melancoria, melancolia.
Moléstia de alfaiate — Tuberculose pulmonar.
Morte macaca — Violenta, por assassínio.
Mula — Mulata em geral.
Missa das almas — Nos tempos antigos era celebrada às 3 horas da madrugada.
Meco — Libertino sem profissão; vadio parlante.

Morre-joão — *Mimosa pudica*, L., a sensitiva.
Marufo — Língua bunda. Cachaça ordinária dos africanos.
Malacara — Cavalo com lista branca, do focinho ao topete.
Minas de Nossa Senhora da Conceição do Sabará — Hoje cidade do Sabará.
Minas de Nossa Senhora da Piedade do Pitangui — Hoje cidade do Pitangui.
Mulher de virtudes — Feiticeira, adivinha e cartomante.
Macaúba — *Acrocomia sclerocarpa*, Mart. Palmeira de coco catarro onde pernoitam e aninham muitos pássaros.
Mês de Santa Ana — Julho.
Moça branca — Cachaça.
Mosquitos-pólvora — Maruins, mosquitos minúsculos, só visíveis na pele quando já sugaram sangue.
Matos Gerais — Hoje Estado de Minas Gerais.
Molinete — Engenho de pau para espremer cana-de-açúcar.
Maracanã — *Propyrrhura maracana*, Vieill. Grande maritaca muito resistente à morte.
Macamau — Quilombola.
Marquês-Rei — O Marquês de Pombal.
Meganha — Soldado raso.
Mochila — Soldado raso.
Mèzinha — Medicina.
Minas do Pitangui — Hoje cidade do Pitangui.
Mata-diabo — Leiloeiro oficial.
Máscara de barro preto — Bandidos usavam mascarar-se de barro preto para assaltos e desforras de brancos. Isso era comum nas quadrilhas que assaltavam no caminho do Rei, especialmente na Serra da Mantiqueira.
Moa — Fama, notoriedade.

N

Nhanhá — Tratamento carinhoso de Sinhá.
Negro que é as candongas de nha-nhá — Protegido, mantido com cuidado e luxo.
Nascer empelicada — Envolta pela placenta; sinal de felicidade na vida.
Nhi-sim — Sim, Sinhô ou Sinhá.
Negros alevantados — Fugidos, quilombolas.
Negro fugido — Fugido dos senhores para os quilombos.
Nhá-não — Não, Sinhá.
Nhô-sim — Sim, Sinhô.
Nossos amores — A esposa.
Navalhas — Presas da arcada dentária de animal carniceiro. Carniceiras.
Negro da Costa — De qualquer das costas do continente africano.
Nossa Senhora do Bom Sucesso das Minas Novas do Araçuaí — Hoje cidade de Araçuaí.
Negro arribado — Fugido para os mocambos. Feito quilombola.
Negro perdido — O mesmo que negro arribado.
Negro escapo — Quilombola.
Narsinga — O mesmo que Bisnaga, na Índia, com o porto de Mangalor. Célebre por seus diamantes.

O

Ópera — Era drama ou qualquer outra representação teatral.
Olíbano — Incenso, usado para perfumar casas ricas.
Oitava (de ouro) — Peso antigo, que regulava nas minerações, 3 gramas e 89 centigramas.
Outra banda — A África.
Ourives peralvilho — Ourives que, à desculpa de tratar de lavoura, comprava contrabando de ouro, que fundia.
Ora-pro-nóbís — *Pereskia aculeata*, Mill. Cactácea espinhosa e trepadeira, alimento de pobres mineiros.
Olho de mosquito — Diamante miúdo, de um ponto para baixo.
Oração dos agonizantes — Senhor meu Jesus Cristo, pela vossa santíssima agonia e oração que por nós fizestes no Horto das Oliveiras, quando suaste sangue copioso que chegou a correr pela terra, humildemente Vos peço que Vos digneis mostrar e oferecer a vosso eterno Pai a abundância do vosso suor de sangue que, aflito e angustiado, derramastes por nós, e por este vosso servo (esta vossa serva)..., e livrai-o(a), nesta hora de sua morte, de todas as penas e angústias que pelos seus pecados tem merecido, Vós que com o Pai e o Espírito Santo viveis e reinais, Deus, por todos os séculos dos séculos Amém. Dom Frei Eduardo, O. F. M. — *Manual de Orações e Exercícios Piedosos*, 28º ed., 1958. Bahia.
Ordem Régia — Decreto Real em que o Monarca fazia algumas concessões.
Oficiais mecânicos — Proletários, trabalhadores manuais.
Olho de gato — Pedra preciosa de grande brilho, parecido com a esmeralda.

P

Patuá — Bento que se pendurava no pescoço e continha orações.
Pai de chiqueiro — Bode velho reprodutor.
Passa-pé — Dança de negros africanos.
Papo-de-fogo — *Clytolaema rubricauda*, lindo beija-flor de penas verdes e vermelhas.
Papas — Cobertores felpudos de lã autêntica.

Pitoresco — Cachaça da terra, fervida com açúcar preto ou rapadura ordinária. Era de grande consumo na Capital e nos centros de mineração das Gerais.
Pavio de fazer lume — Cordel impregnado de fósforo, que explodia quando esfregado em corpos duros, a parede, por exemplo.
Puris — Tribo de aborígines das Gerais. Na linguagem popular quer dizer, genericamente, índios.
Porta leque — A escrava que conduzia o leque e abanava, quando preciso, sua Sinhá.
Pintalegrete — Vadio, namorador sem profissão.
Pregos de forja — Pregos grosseiros feitos nas tendas da Capitania.
Padim — Padrinho.
Palanquim — Cadeirinha de arruar.
Piruruca — Mistura de saibro e areia. Granulado grosso.
Pau-santo — Jacarandá.
Prez — Honra, brio.
Patchuli — Perfume enjoativo da planta desse nome, usado por negras e mulatas.
Políticas — Polidas, educadas...
Peça — Escravo ou escrava.
Pé de chumbo — Português.
Pré — Soldado raso.
Pega-negros — Capitão do mato.
Picão — *Bidens pilosa*, Lin. Em uso externo era muito empregado, em compressas, em ferimentos e contusões. Era preventivo do tétano.
Peadores — Tornozelos.
Pão dos anjos — A Eucaristia.
Parede — Tira-gosto, tira-cheiro, salgadinho que o que bebe usa como aperitivo.
Polca — Dança polona de andamento rápido, muito apreciada na Capitania.
Placa — Era o sártem, placa de ferro quente, onde firmavam os pés dos acusados para confessarem crimes.
Pois, pois — Linguajar lisboeta. Significa — É isto mesmo, é isso, pois não.
Peralvilhos — Casquilhos, janotas, peraltas.
Pena de cabeça — Pena de morte.
Pílulas ferruginosas de Vallet — Reconstituinte do sangue.
Procuradoria da Fazenda de Vila Rica — Casa dos Contos.
Passagem das Formigas — Hoje cidade de Montes Claros.
Pé de exército — Efetivo do exército no lugar ou região.
Pau-brasil — O mesmo que brasil.
Pau-amarelo — Madeira preciosa explorada pelos holandeses como verdadeira riqueza.
Pau-marfim — Madeira preciosa para obras finas, muito estimada pelos franceses, então senhores do Norte brasileiro.
Pau-rosa — Madeira explorada avidamente pelos franceses para extração de essência.
Papangu — Figura de atoleimado malvestido que vê, ri-se e não fala.
Para-tudo — *Drimys granatensis*. Planta rasteira usada para vários males, como seu nome diz, mas especialmente contra catarro vesical. Sua flor é uma bola de cor escarlate de espinhos chatos, como pétalas.
Pedra-de-águia — É a aetita oca e chocalhante, a que atribuíam origem divina e era propiciadora de muitas virtudes.
Papa-hóstia — Beata, rezadeira.
Petimetre — Janota, vadio.
Pé-rachado — Pé rapado, pessoa da gentalha.
Povos — A palavra povo, sempre falada no plural.
Pepitas — Palhetas maiores ou menores de ouro.
Pena de cabeça — De morte.
Paracatu do Príncipe — Hoje cidade de Paracatu.
Preceito — Educação, cortesia, humildade.
Pedras brancas — Diamantes.
Peppermint — Licor francês, feito de menta.
Piranhas — Peixe do gênero *Pygocentrus*, temido pela grande voracidade. Atacam até boiadas que atravessam os rios a nado. Em poucos instantes reduzem um animal a carcaça. Em Minas, há as variedades cor de prata e amarela, com os nomes populares de piranha-redoleira, chupita, serra-fina e cabeça-de-burro.
Pássaros-pretos — Pássaros negro-azulados madrugadores e inimigos das searas de grãos. Vivem em bandos. Preferem dormir e aninhar na copa dos coqueiros.
Palmatória de latão — Vinham de Portugal e não tinham perfurações, os olhos de Santa Luzia.
Piripiris — Ciperácea. Planta lacustre que viceja em moitas. É o papiro egípcio.
Primo — Os reis se consideravam primos, embora de raças e países diversos.

Q

Quem vive? — Voz indagativa de sentinelas noturnas (quer dizer: Quem é?) ao ver aproximar-se alguém.
Quilombeiro — Habitante de mocambos. Quilombola.
Quebra-esquinas — Vagabundo.
Quinhentas chibatadas — Castigo fixo, legal, de contrabandistas. Eram aplicadas na picota do largo principal do Termo.
Quilate — 205 centigramas.
Quinto real — Imposto legal de 20% devido ao rei. Em Minas era cobrado pela exploração do ouro.

R

Refle — Grande sabre-baioneta usado pelos soldados.
Regalão — Gozador da vida.

Rafa — Apetite excessivo, fome canina.
Rosa mogarim — Bogari, bogarim, flor de delicioso perfume, originário do Mogol.
Reuma — Fluxão de humores nocivos, resíduo venenoso.
Resplendor — Travessa monumental de cabelos, ornada de pedras preciosas.
Relógio de gabinete — Em forma de armário.
Rês — Escravo ou escrava.
Registro — Posto militar para fiscalização do contrabando.
Redova — Dança muito movimentada, para grandes salões.
Reis jacobeus — Que professavam o jacobismo, seita fanática. Esforçavam-se por abolir o segredo da confissão auricular.
Redomão — Sem doma, animal xucro.
Rol de desobrigas — Registro de pessoas que confessavam regularmente na freguesia a que estavam sujeitas.
Rabeca — Violino.
Relaxamento em carne — Morte, quase sempre na fogueira.
Regateiras — Vendedoras ambulantes.

S

Sargento-mor — Corresponde hoje a major do Exército.
Selo de puridade — Selo Real em envelope de serviço da Coroa. Era sinal de segredo inviolável do Rei.
Semanário — Oficial do Exército ou Camarista que servia em palácio durante a semana.
Serras das Minas do Ouro — As Gerais, hoje Estado de Minas Gerais.
Soberano Sol El-Rei Dom João V — Assim lhe chamavam por bajulação, para fazê-lo igual ao Rei Sol, Luis XIV.
Sal do reino — Sal de cozinha, que era importado de Portugal. Era proibido, sob pena de morte, extraí-lo na Colônia.
S.A.R. — Sua Alteza Real.
Saint-Emillion — Vinho tinto poderoso. Poderoso por ser vivo e antigo.
Sisa — Tributo temporário para acudir a despesas urgentes de reis e senhores.
Sucuri — *Eunectus murinus*, também se chamada sucuriú, sucuruiú, sucuriju e sucuriúba, que vive nos brejos e pantanais. Grande ofídio sem peçonha, mas que esmigalha os ossos de pequenos animais e os engole. Conhecem-se exemplares até com 62 palmos de comprimento.
Serra Acima — As Gerais, hoje Estado Testa de Minas Gerais.
Sártem — Placa de ferro quente, em que punham os pés dos acusados para dizerem a verdade.

Sabão — Dança dos negros africanos.
Sempre-vivas — *Helichrysum bracteatum*, Andr. Planta de flores secas que apanhadas se conservam abertas por tempo indefinido. Há, nas serras e várzeas de Diamantina, ex--Tijuco, espécie minúscula, com as mesmas características.
Sangrador aprovado — Eram charlatães que sangravam a chamado ou por deliberação própria. Quase todos acumulavam a profissão de sangrador com a de barbeiro, dentista de extrações e aplicador de bichas. Alguns eram aprovados por exame pelo Cirurgião--Mor da Capitania ou por médicos locais a seu pedido. Eram esses os sangradores aprovados.
Salmoura — Água com sal, vinagre ou caldo de limão e pimenta, usada para esfregar nas carnes fendas dos escravos espancados pelos senhores.
Surubim — *Pseudophatystoma coruscans*, Agaziss. Peixe de rio, muito apreciado quando novo; moleque.
Sartã — Grande frigideira aquecida, onde firmavam a planta dos pés dos interrogados sobre crimes.
Sagus — Sagueiro. *Sagus farinaria*. Rum. Pequena palmeira das Molucas, aclimatada no Brasil. Dos frutos e de parte do tronco se extrai farinha para mingaus. Perfumava-se com água de rosas. Tônico e restaurador de energias.
Santa Luzia do Rio das Velhas do Sabará — Hoje cidade de Santa Luzia.
Posição do Pitangui — Revolta popular em 1720, no arraial das Minas do Pitangui.
Salto de lixa — Salto de linho grosso áspero, chamado lixa. O luxo desse salto vem exaltado até na Bíblia.

T

Trepa-moleque — Grande travessa de cabelos, muito espetaculosa.
Tapete da Picárdia — Pano de Arrás.
Tapa-olho — Tapa na cara.
Testa coroada — Rei ou rainha.
Tatu-açu — Tatu-canastra.
Telha — Travessa grande para cabelos femininos.
Terra de degredo — Venda, vendola.
Totó — Língua cabinda. Sapo.
Tunantes — Vadios enfatuados, valdevinos.
Terra de degredo — A Colônia do Brasil.
Três-potes — Saracura.
Tutu — Dinheiro.
Testudo — Tatu.
Tistudo — Tatu.
Taioba — *Colocasia antiquorum*, planta lacustre, de folhas semelhantes ao inhame.
Tribufu — Preto ou mulato feio e mal-encarado.

Trincheira — Curro, redondel para correr touros.
Travessa — Pentes grandes para cabelos.
Tomadias — Apreensão de contrabandos de ouro ou diamantes.
Tié-sangue — *Rhamprocelus brasilius*. Tiê-sangue de boi. Lindo pássaro dessa cor, que não canta. Apenas assobia.
Tabuleiro — Terreno alto e plano perto dos ribeirões onde se minerava.
Teréns — Tralha, objetos caseiros de gente pobre.
Tropas de pretos — Lotes de escravos que eram vendidos picados nas minas de ouro ou diamantes.

U

Unguento mouro — Feito de litargírio, alvaiade, unguento rosado e leite de peito de mulher. Usado como calmante local de dores nevrálgicas e cicatrizante de muita fama.
Uvas passadas — Passas de uvas.
Uvas de Cristo — Moscatéis brancas.
Urutu — *Lachesis alternatus*, ofídio de veneno hemolítico de efeito imediato.
Urucungos — Grandes bandurras de pele, de sons muito graves. É instrumento de percussão dos africanos.
Urubu — Jaça, nódoa do diamante. É defeito que o desvaloriza.

V

Vassourinha — *Sida carpinifolia*, Lin. Planta empregada em uso externo, em ferimentos, contusões e úlceras, como preventivo do tétano.

Virg! — Virgem! Exclamação de susto.
Velas de cera de abelhas — Eram as que se usavam, para iluminação de casas importantes.
Vozeiro — Advogado com curso na Universidade de Coímbra. Também assim chamavam os provisionados.
Vive à monsiura — À francesa ou à maneira luxuosa dos estrangeiros.
V'ombora — Vou-me embora.
Vinho madeira doce — Muito usado nas casas abonadas.
Vinho de quina Bugeaud — Tônico, antiescorbútico e digestivo.
Ventrículo — Estômago.
Vão da Jaíba — Geral fertilíssimo no hoje município de Montes Claros. Existe ainda o imenso bananal do tempo de Chica da Silva.

X

Xenxém — Moeda de cobre valendo 10 réis, em circulação na época.

Y

Yhesus — Nome aramaico de Jesus.

Z

Zunzum — Canto nostálgico dos negros africanos.
Zanzando — Caminhando sem rumo.